Für Rosalie,
in Erinnerung an zwei römische
Legionäre auf der A 29

>>Das Werk, das ich beginne,
enthält eine Fülle von Unglück,
berichtet von blutigen Kämpfen,
von Zwietracht und Aufständen,
ja sogar von einem grausamen
Frieden.<<

TACITUS, *Historien*, 1, 2.

Inhalt

ROM – RÖMISCHES GERMANIEN – GERMANIA LIBERA
September–November 71 n. Chr.

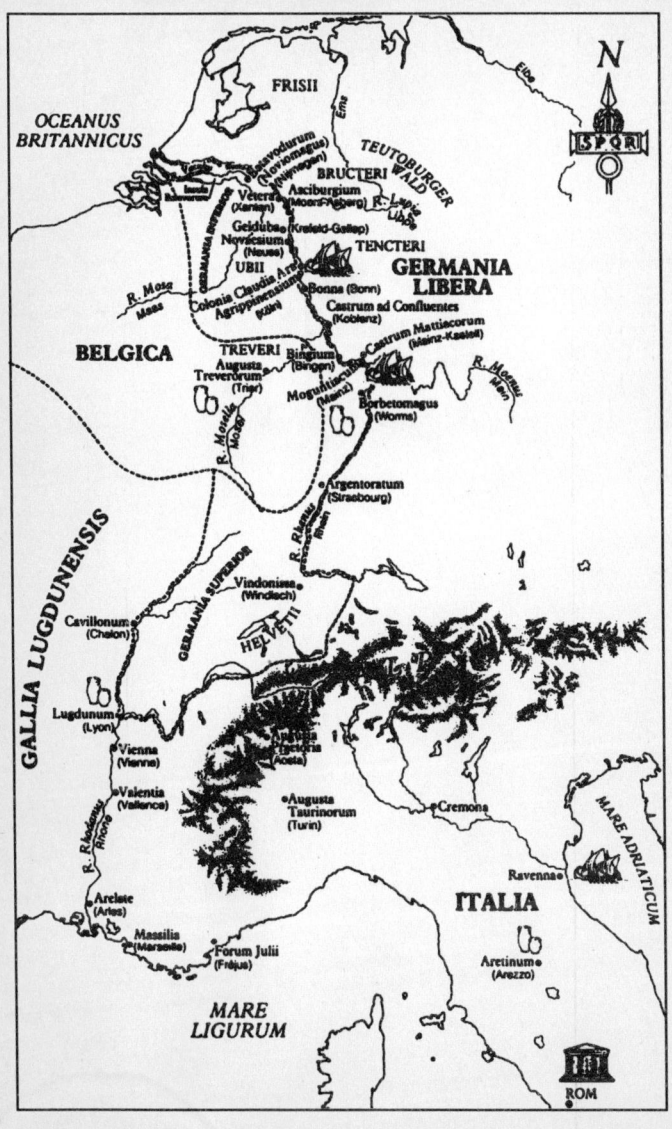

Die Hauptdarsteller

---

*(von denen aber nicht alle
aus der Kulisse treten)*

Kaiser Vespasian	braucht einen Kurier, dem er vertrauen kann, z. B.:
M. Didius Falco	ein Privatermittler mit Auftragssorgen; er will:
Helena Justina	die das Unmögliche will, aber nicht:
Titus Cäsar	der Falco aus seinem Revier fernhalten will

Ferner in Rom und Umgebung

Eine Witwe in Veii	eine bloße Ablenkung (ehrlich!)
Canidius	ein ungewaschener Archivbeamter, der streng auf Zensur hält
Balbillus	ein einbeiniger Ex-Legionär, der kein Blatt vor den Mund nimmt
Xanthus	ein scharfer Barbier, der die Welt sehen möchte
Silvia	die Frau von Petronius (der durch Abwesenheit glänzt)
D. Camillus Verus	Helenas Vater, ein Muster an Rücksichtnahme; auch Erzeuger von:
Camillus Älianus	ein hocherfahrener Jüngling (in Spanien)

Und aus dem Buch der Geschichte

P. Quinctilius Varus	eine Katastrophe von einem General (schon lange tot)
Petilius Cerialis	ein berühmter General (nicht so katastrophal wie Varus)
Claudia Sacrata	eine Kurtisane (vorzugsweise für Generäle)
Munius Lupercus	ein vermißter Offizier (vermutlich tot)
Julius Civilis	ein Rebellenführer, der dringend einen Haarschnitt braucht
Veleda	eine germanische Seherin, die allein mit ihren Gedanken lebt, und:

ein paar Verwandte von ihr, die auch dort hausen

In Gallien

ein gallischer Töpfer	der bald weit fort sein wird von Lugdunum
zwei germanische Töpfer	die wohl nie mehr nach Hause kommen

In Germanien

Dubnus	ein Hausierer, der mehr verkauft, als die Pietät erlaubt
Julius Mordanticus	ein Töpfer, der ein, zwei Dinge weiß
Regina	Kellnerin in der Medusa; ein jähzorniges Mädchen
Augustinilla	Falcos Nichte, krank vor Liebe und Zahnweh
Arminia	ihre flachsblonde kleine Freundin

Angehörige der berühmten Vierzehnten Legion

Florius Gracilis	ihr Legat (noch ein Offizier, der vermißt wird)
Mänia Priscilla	seine Frau, die ihn nicht vermißt
Julia Fortunata	seine Geliebte, die ihn zu vermissen vorgibt
Rusticus	sein Page, der selbst vermißt wird
der Primipilus	der Hauptmann der XIV. (ein Menschenverächter)
der Cornicularius	der hochnäsige Schreiber von der Intendantur
A. Macrinus	ihr arroganter Erster Tribun
S. Juvenalis	ihr aufmüpfiger Präfekt

und in der berühmten Ersten Legion

Q. Camillus	Helenas zweiter Bruder, ein Tribun und
Justinus	Träumer
Helvetius	ein Zenturio mit Problemen, u. a.: sein Diener, der Heimweh nach Moesia hat, und:

zwanzig etwas beschränkte Rekruten, darunter:

Lentullus	einer, der *rein gar nichts* kann

Komparsen

der Auerochse	Bos primigenius – ein Wildrind, das man nicht reizen sollte, und:
Tigris	ein Hund mit einem interessanten Knochenfund

BUCH I

ICH FAHRE NICHT!

Rom

im September 71 n. Chr.

»*Daß ich unter Vespasianus in
Amt und Würden eingesetzt, unter
Titus befördert ... worden bin, das
möchte ich nicht abstreiten.*«

TACITUS, *Historien*, I, 1.

I

Damit eins klar ist«, sagte ich zu Helena Justina, »nach Germanien fahre *ich* nicht!«
Sofort begann sie zu planen, was ich für die Reise benötigen würde.

Wir waren im Bett – hoch oben in meiner Wohnung auf dem Aventin. Ein richtiges Wanzenloch, diese Bruchbude im sechsten Stock; bloß daß den meisten Wanzen beim Treppensteigen vorzeitig die Puste ausging. Manchmal überholte ich sie auf halbem Wege, wenn sie abgeschlafft, mit hängenden Fühlern und matten Beinchen, auf einem Treppenabsatz Rast machten ...
Meine Mansarde war so schäbig, daß man sich darüber nur mit Humor hinwegretten konnte. Sogar das Bett wackelte. Und das, *nachdem* ich ihm ein neues Bein verpaßt und die Matratzengurte frisch gespannt hatte.
Ich probierte gerade eine neue Position aus, die ich mir ausgedacht hatte, damit unsere Liebesspiele nicht womöglich in öde Routine abglitten. Ich kannte Helena seit einem Jahr, hatte mich nach sechs Monaten heftigen Nachdenkens von ihr verführen lassen und sie vor etwa zwei Wochen endlich überreden können, mit mir zusammenzuziehen. Nach meinen bisherigen Erfahrungen mit Frauen würde sie nun bald anfangen, mir zu predigen, daß ich zuviel trinken und zu lange schlafen würde und daß ihre Mutter sie daheim dringend bräuchte.
Meine sportlichen Bemühungen, ihr Interesse wachzuhalten,

waren nicht unbemerkt geblieben. »Didius Falco ... wo um alles in der Welt ... hast du den Trick her?«

»Marke Eigenbau ...«

Helena war die Tochter eines Senators. Zu erwarten, daß sie sich länger als vierzehn Tage mit meinem mickrigen Lebensstil abfinden würde, war mehr als tollkühn. Nur ein Trottel würde in ihrer Liaison mit mir mehr sehen als ein letztes Austoben, ein kleines Abenteuer, bevor der Ernst des Lebens begann und sie einen spitzbäuchigen jungen Gockel mit Patrizierstreifen heiratete, der ihr Smaragdohrringe und eine Sommervilla in Surrentum bieten konnte.

Ich für mein Teil betete sie an. Aber schließlich war ich auch der Trottel, der sich der Hoffnung hingab, die Kaprize könnte von Dauer sein.

»Es macht dir keinen Spaß.« Für einen Privatermittler waren meine deduktiven Fähigkeiten knapp ausreichend.

»Ich glaube nicht ...«, keuchte Helena, »daß das funktioniert!«

»Warum denn nicht?« Mehrere Gründe waren auch für mich unübersehbar. Ich hatte einen Krampf in der linken Wade, spürte einen stechenden Schmerz unter einer Niere, und meine Begeisterung erlahmte wie ein Sklave, der am Feiertag im Haus eingesperrt ist.

»Einer von uns«, mutmaßte Helena, »fängt bestimmt gleich an zu lachen.«

»Als Skizze auf der Rückseite eines alten Dachziegels sah's ganz passabel aus.«

»Ach, das ist wie bei Soleiern. Das Rezept liest sich kinderleicht, aber das Ergebnis ist enttäuschend.«

Ich antwortete, wir seien schließlich nicht in der Küche, worauf Helena sich sittsam erkundigte, ob ich mir von einem solchen Szenenwechsel denn etwas versprechen würde. Da meine aventinische Bleibe über derartigen Komfort nicht verfügte, nahm ich die Frage als rhetorisch.

Ach, falls es jemanden interessiert: Wir lachten *beide*.

Dann enthedderte ich uns und liebte Helena so, wie wir es beide am liebsten hatten.

»Sag mal, Marcus, woher weißt du überhaupt, daß der Kaiser dich nach Germanien schicken will?«

»Auf dem Palatin gehen böse Gerüchte um.«

Wir lagen noch immer im Bett. Als ich meinen letzten Fall mit Ach und Krach und einem blauen Auge zum Abschluß gebracht hatte, versprach ich mir eine Woche Erholung am häuslichen Herd, was ich mir aufgrund der Auftragslage auch locker leisten konnte. Um ehrlich zu sein: Ich hatte im Moment überhaupt keinen Fall. Wenn mir danach war, konnte ich den ganzen Tag im Bett bleiben. Was ich an den meisten Tagen auch tat.

»Demnach« – Helena war vom hartnäckigen Schlag –, »demnach hast du dich umgehört?«

»Jedenfalls genug, um zu wissen, daß der Kaiser sich für seinen Auftrag einen anderen Dummen suchen kann.«

Da ich manchmal zwielichtige Geschäfte für Vespasian besorgte, war ich in den Palast gegangen, um herauszufinden, wie die Chancen stünden, ihm wieder mal einen faulen Denar abzuluchsen. Doch ehe ich im Thronsaal vorstellig wurde, hatte ich vorsichtshalber erst mal auf den Hintertreppen rumgeschnüffelt. Ein kluger Schachzug, denn nach einer kleinen Plauderei zur rechten Zeit mit einem alten Freund namens Momus trabte ich schleunigst wieder heim.

»Na, viel zu tun?« hatte ich Momus gefragt.

»Ach, nur Kinkerlitzchen, nichts, was sich rentiert. Aber du bist, wie man hört, für die Germanienreise im Gespräch.« Sein spöttisches Lachen verriet mir, daß es hier um eine Sache ging, vor der man sich tunlichst drücken sollte.

»Worum geht's denn da?«

»Genau die Art Desaster, auf die du spezialisiert bist«, feixte

Momus. »Irgendeine Untersuchung bei der Vierzehnten Legion ...«

An dem Punkt hatte ich mir den Mantel bis zu den Ohren hochgezogen und war verduftet – bevor mich jemand offiziell informieren konnte. Ich wußte genug von der Vierzehnten, um näheren Kontakt unter allen Umständen zu vermeiden, und auch umgekehrt gab es (die peinlichen Hintergründe können wir uns sparen) keinen Grund, warum diese aufgeblasenen Angeber sich über meinen Besuch hätten freuen sollen.

»Hat der Kaiser dich denn persönlich darauf angesprochen?« hakte meine Herzensdame nach.

»Helena, dazu lasse ich's gar nicht erst kommen. Ich will ihn doch nicht unnötig verärgern, indem ich sein wunderbares Angebot ablehne ...«

»Das Leben wäre wesentlich einfacher, wenn du ihn ruhig fragen und dann schlicht nein sagen würdest!«

Mein süffisantes Lächeln, welches besagte, daß Frauen (selbst kluge, gebildete Senatorentöchter) die Feinheiten der Politik einfach nicht verstehen, beantwortete sie mit einem beidhändigen Schubs, der mich rücklings aus dem Bett beförderte.

»Wir müssen essen, Marcus. Geh und such dir eine Arbeit!«

»Und was machst du inzwischen?«

»Ich werde mir stundenlang das Gesicht anmalen, für den Fall, daß mein Liebhaber zu Besuch kommt.«

»Wenn das so ist, dann verschwinde ich und überlasse ihm das Feld.«

Das mit dem Liebhaber war natürlich nur Frotzelei. Ich hoffte es wenigstens.

II

Auf dem Forum ging das Leben seinen gewohnten Gang. Unter den Anwälten herrschte Panik. Der letzte Augusttag ist auch der letzte Termin zur Vorlage neuer Fälle vor der Winterpause; folglich ging es in der Basilika Julia zu wie in einem Bienenstock. Wir schrieben mittlerweile die Nonen des September, und die meisten Advokaten – noch rosig angehaucht vom Urlaub in Baiae – beeilten sich, rasch ein paar drängende Fälle zu klären, um ihr Image aufzupolieren, bevor die Gerichte dichtmachten. Überall auf der Rostra hatten sie ihre lärmenden Schlepper verteilt, die Stimmungsmacher anheuerten, in die Basilika zu stürmen und die Gegenpartei auszupfeifen. Ich drängte sie beiseite.

Im Schatten des Palatin folgte eine gemächliche Prozession von Funktionären eines Priesterkollegiums einer ältlichen, weißgewandeten Jungfrau ins Haus der Vestalinnen. In ihrem Blick lag der Hochmut einer schwachsinnigen Alten, der Männer, die es besser wissen sollten, den lieben langen Tag Respekt zollen. Auf den Stufen der Tempel von Saturn und Castor drängten sich derweil sexbesessene Faulenzer und verschlangen alles (nicht nur das Weibervolk), was ein paar kesse Pfiffe wert schien, mit ihren Blicken. Ein wutschnaubender Ädil hetzte seine Meute auf einen Betrunkenen, der den Fehler begangen hatte, ausgerechnet auf der Sonnenuhr vor dem Goldenen Meilenstein umzukippen. Das Wetter war noch ganz sommerlich. Es roch scharf nach dampfendem Eselskot.

Vor kurzem hatte ich ein kleines Stück Wand auf dem Tabularium erobert. Ich war mit einem Schwamm bewaffnet angerückt, und ein paar geschickte Säuberungsmaßnahmen löschten alsbald die Wahlpropaganda aus, die bislang das antike Gemäuer verunziert hatte (*Mit voller Unterstützung der Maniküre-Mädchen aus den Agrippaschen Bädern ...* dann folgte der Name eines distinguierten Kandidaten). Die Tilgung dieses aufdringlichen Schwachsinns von unserem architektonischen Erbe gab mir, genau in Augenhöhe, reichlich Platz für meine eigenen Graffiti!

```
            DIDIUS FALCO

          FÜR JEGLICHE
            DISKRETE
        NACHFORSCHUNGEN
          BEI GERICHT
             ODER
        FAMILIENINTERN

            AUSGEZ.
         REFERENZEN
        GÜNSTIGE TARIFE

            ADR.:
        WÄSCHEREI ADLER
       BRUNNENPROMENADE
```

Verlockend, was?
Ich wußte, wer wahrscheinlich auf so eine Annonce reagieren würde: zwielichtige Zollbeamte, die reichen Witwen den Hof machten und genaueren Einblick in deren Finanzlage wünschten, oder der Wirt einer Eckkneipe, dem seine Kellnerin abhanden gekommen war.

24

Beamte zahlen lausig oder nie, aber Wirte können ganz nützlich sein. Ein Privatermittler kann wochenlang nach einem verlorenen Frauenzimmer fahnden, und, wenn er es leid wird, sich in Weinschenken rumzudrücken (falls es je soweit kommt), braucht er dem Klienten bloß zu flüstern, daß man vermißte Kellnerinnen in der Regel mit eingeschlagenem Schädel unter den Dielenbrettern ihres Liebsten versteckt findet. Daraufhin wird die Rechnung ultrafix beglichen, und manchmal verläßt der fragliche Wirt obendrein noch für längere Zeit die Stadt – ein Gewinn für Rom. Mir gefällt der Gedanke, daß meine Arbeit auch dem Gemeinwohl dient.

Natürlich kann man sich mit so einem Wirt auch viel Ärger einhandeln, nämlich dann, wenn das Mädchen wirklich durchgebrannt ist, auf und davon mit einem Gladiatoren vielleicht. Man sucht womöglich wochenlang, bringt es aber am Ende vor lauter Mitleid mit dem armen Tropf, der seinem billigen Turteltäubchen nachtrauert, nicht übers Herz, ihm das fällige Honorar abzuknöpfen.

Ich ging in die Thermen, um mit meinem Trainer ein bißchen Gymnastik zu machen, für den Fall, daß ich einen Auftrag ergattern sollte, der körperlichen Einsatz verlangte. Dann machte ich mich auf die Suche nach meinem Freund Petronius Longus. Der kam als Hauptmann der Aventinischen Wache mit allen möglichen Typen zusammen, nicht zuletzt mit jenen gewissenlosen Individuen, die vielleicht meiner Dienste bedurften. Petro vermittelte mir öfter mal einen Fall, und sei es nur, um dadurch lästige Kunden loszuwerden.

Da er in keinem seiner Stammlokale war, ging ich schließlich zu ihm nach Hause. Aber dort begegnete ich bloß seiner Frau – eine unwillkommene Freude. Arria Silvia war ein zierliches, hübsches Persönchen; sie hatte schmale Hände, ein reizendes Näschen und dazu die zarte Haut und die feinen Brauen eines Kindes. Innerlich allerdings war Silvia ganz und gar nicht zartbesaitet, was ihre herzhaft schlechte Meinung von mir bewies.

»Wie geht es Helena, Falco? Hat sie dich schon verlassen?«

»Noch nicht, nein.«

»Kommt schon noch«, versprach Silvia.

Das war Flachserei, wenn auch recht bissige, weshalb ich mich tunlichst bedeckt hielt. Ich bat sie, Petro auszurichten, daß ich gegenwärtig nicht gerade ausgebucht sei, dann verdrückte ich mich schleunigst.

Da ich schon mal in der Gegend war, schaute ich gleich noch bei meiner Mutter vorbei; Ma machte Besuche. Ich war nicht in der Stimmung, mir die Klagen meiner Schwestern über ihre Männer anzuhören; deshalb beschloß ich, meine Verwandten für heute abzuschreiben (was mir nicht schwerfiel), und ging heim.

Dort empfing mich eine alarmierende Szene. Ich hatte eben das stinkende Gäßchen von Lenias Wäscherei überquert, der diebischen Billigreinigung, die sich im Erdgeschoß unseres Hauses befand, als ich einen Trupp hartgesottener Flegel bemerkte, die, in schimmernder Brustwehr, an der Treppe herumlungerten – offenbar sehr bemüht, nicht aufzufallen. Eine schwere Aufgabe, denn allein die Schlachtszenen auf ihren Harnischen waren so auf Hochglanz poliert, daß eine Wasseruhr davor stehengeblieben wäre, von Passanten ganz zu schweigen. Zehn neugierige Kinder hatten schon einen Kreis um sie gebildet, begafften ihre scharlachroten Federbüsche und forderten sich gegenseitig zu der Mutprobe heraus, den mächtigen Männern einen Stecken zwischen die Schnürsenkel zu bohren. Es waren Prätorianer, die kaiserliche Leibwache. Der ganze Aventin wußte bestimmt schon, daß sie vor meiner Tür standen.

Ich konnte mich nicht entsinnen, in letzter Zeit beim Militär angeeckt zu sein; deshalb setzte ich eine Unschuldsmiene auf

26

und ging weiter. Außerhalb ihrer gewohnten vornehmen Umgebung wirkten die Helden ziemlich nervös. Es überraschte mich daher nicht, als ich am Eingang barsch von zwei gekreuzten Speeren angehalten wurde.

»Ruhig, Jungs, daß ihr mir nur ja keinen Faden zieht – diese Tunika soll noch ein paar Jahre halten ...«

Ein Wäschereimädchen, das aus dem dampfenden Verschlag gestürmt kam, trug auf dem Gesicht ein spöttisches Lächeln und im Arm einen Korb voll besonders widerlicher, ungewaschener Klamotten. Das höhnische Lächeln galt mir.

»Na, Freunde von dir?« fragte sie spitz.

»Beleidige mich nicht! Die Herren wollen sicher einen Übeltäter verhaften und haben sich verlaufen.«

Die Wache war offenbar nicht hier, um jemanden festzunehmen. Nein, irgendein Glückspilz in diesem verkommenen Winkel der Stadt hatte Besuch von einem Mitglied der kaiserlichen Familie, und zwar inkognito – abgesehen von der auffallenden Entourage natürlich.

»Was ist denn hier los?« fragte ich den kommandierenden Zenturio.

»Streng vertraulich – gehen Sie gefälligst weiter!«

Inzwischen hatte ich erraten, wer das Opfer war (ich) und was hinter dem hohen Besuch steckte (man wollte mich überreden, den Auftrag in Germanien anzunehmen, vor dem Momus mich gewarnt hatte). Mir schwante alles mögliche. Wenn der Auftrag so speziell oder so dringend war, daß er einen derartigen personellen Aufwand rechtfertigte, dann würde er bestimmt auch Anstrengungen erfordern, wie sie mir verhaßt waren. Wer von den Flaviern mochte es wohl gewagt haben, seine fürstlichen Zehen in den stinkenden Morast unserer Gasse zu stecken?

Kaiser Vespasian stand zu hoch im Rang und war sich dessen auch zu sehr bewußt, um sich einfach unters Volk zu mischen.

Außerdem war er schon über sechzig und hätte die vielen Treppen in meinem Haus bestimmt nicht mehr geschafft.

Seinem jüngeren Sohn Domitian war ich einmal flüchtig begegnet, als ich ein schmutziges Geschäft des jungen Cäsar aufgedeckt hatte. Seither wäre es ihm am liebsten, wenn ich von der Erdoberfläche verschwinden würde, und ich wünschte ihm umgekehrt von Herzen das gleiche, aber offiziell und auf gesellschaftlichem Parkett ignorierten wir einander.

Blieb nur Titus.

»Titus Cäsar zu Besuch bei Falco?« Impulsiv genug war er dafür. Um dem Offizier klarzumachen, daß ich solche Geheimnistuerei verabscheute, schob ich die eindrucksvoll polierten Speerspitzen behutsam auseinander und sagte: »Ich bin Marcus Didius. Ihr solltet mich passieren lassen, damit ich erfahre, welche Freuden die Bürohengste auf dem Palatin sich jetzt wieder für mich ausgedacht haben ...«

Sie ließen mich durch, wenn auch mit spöttischem Blick. Vielleicht hatten sie ja angenommen, ihr heroischer Feldherr habe sich zu einer schlüpfrigen Liebschaft mit einer aventinischen Maid herabgelassen.

Ohne jede Eile – schließlich war ich ein glühender Republikaner – begab ich mich nach oben.

Als ich eintrat, unterhielt sich Titus mit Helena. Ich blieb wie angewurzelt stehen. Der Blick, den ich die Prätorianer hatte wechseln sehen, ergab auf einmal durchaus einen Sinn. Mir kam der Verdacht, ich sei bis jetzt ein rechter Narr gewesen.

Helena saß draußen auf dem Balkon, einem winzigen Ding, das gefährlich wackelig am Gemäuer klebte und dessen bröckelige Steinstützen vor allem die zwanzig Jahre alte Schmutz- und Rußschicht an der Hauswand festhielten. Für einen ungeschliffenen Kerl wie mich war auf der Bank zwar genügend Platz neben ihr, aber Titus war höflich neben der Falttür stehengeblieben. Von hier oben bot sich ihm ein

28

prächtiger Blick auf die herrliche Stadt, die sein Vater regierte, aber Titus hatte kein Auge für das Panorama. Meiner Meinung nach würde das jedem so gehen, der sich statt dessen an Helenas Anblick ergötzen konnte. Offensichtlich teilte Titus meine Meinung.

Er war so alt wie ich, ein krauslockiger Optimist, der sich das Leben von nichts und niemandem würde vergällen lassen. In meinem unfürstlichen Quartier war seine mit vergoldeten Palmblättern bestickte Tunika gründlich fehl am Platz. Gleichwohl gelang es Titus, hier nicht deplaziert zu wirken. Er hatte ein anziehendes Wesen und fühlte sich rasch überall zu Hause. Eigentlich war er ganz nett und, für eine so hochgestellte Persönlichkeit, gebildet bis zu den Sandalenriemen. Als Politiker war er Spitze und hatte praktisch alles erreicht: Er war Senator, General, Prätorianerführer, Schirmherr staatlicher Einrichtungen und Kunstmäzen. Und obendrein sah er auch noch gut aus. Ich hatte das Mädchen (auch wenn wir das noch nicht bekanntgeben konnten); Titus Cäsar hatte alles übrige.

Als ich ihn jetzt mit Helena plaudern sah, wirkte er so hingerissen und jungenhaft, daß ich nur mit den Zähnen knirschen konnte. Er lehnte mit verschränkten Armen an der Tür, ohne zu merken, daß die Scharniere jeden Moment nachzugeben drohten. Ich hoffte, sie würden es tun, und zwar so gründlich, daß Titus in seiner prächtigen purpurnen Tunika rücklings auf meinen morschen Fußboden plumpsen würde. Ja, in dem Augenblick, als ich ihn so ins traute Gespräch mit meiner Freundin vertieft sah, überkam mich eine Stimmung, die fast jede Art von Verrat zur glänzenden Idee machte.

»Hallo Marcus«, sagte Helena. Das harmlose Gesicht, das sie dabei machte, konnte mich nicht täuschen: alles Theater.

III

Tag«, würgte ich hervor.

»Marcus Didius!« Dem jungen Cäsar fiel es sehr leicht, umgänglich zu sein. Ich ließ mich davon nicht beirren, sondern schmollte weiter.

»Ich wollte Ihnen sagen, wie leid es mir tut, daß Sie Ihre Wohnung verloren haben!« Titus sprach von der, die ich vor kurzem erst gemietet und die alle Vorzüge hatte – außer daß sie, im Gegensatz zu dieser Bruchbude, die allen Konstruktionsgesetzen zum Trotz immer noch stand, in einer Wolke von Staub eingestürzt war.

»Nette Hütte. Für die Ewigkeit gebaut«, sagte ich. »Das heißt, für die Ewigkeit von einer Woche!«

Helena kicherte. Was Titus den Vorwand lieferte, das Thema zu wechseln. »Ich traf zufällig auf Camillus Verus' Tochter, die hier auf Sie gewartet hat, und habe sie inzwischen unterhalten.« Bestimmt wußte er, daß ich versuchte, Ansprüche auf Helena Justina geltend zu machen, aber es gefiel ihm, sie als ein Muster an Sitte und Anstand hinzustellen, eine Dame, die nur darauf wartete, daß ein müßiger Fürst daherkam und ihr die Zeit vertrieb.

»Na, besten Dank auch!« versetzte ich bitter.

Titus warf Helena einen bewundernden Blick zu, der mich glatt aussperrte. Er hatte sie von jeher verehrt, und ich hatte ihm das schon immer verübelt. Immerhin stellte ich erleichtert fest, daß sie, ungeachtet ihrer Ankündigung, sich *nicht* in Erwartung eines Galans geschminkt hatte. Sie sah freilich auch so zum Anbeißen aus, in einem roten Kleid, das ich besonders gern mochte, mit hauchdünnen, achatbesetzten Goldohrringen und das dunkle Haar schlicht mit Kämmen aufgesteckt. Sie hatte ein markantes, gescheites Gesicht und war in der Öffentlichkeit eher zu selbstbeherrscht und kühl, wogegen sie privat dahinschmelzen konnte wie Honig an der Sonne. Ich fand das wunderbar, solange ich der einzige war, für den sie schmolz.

»Ich vergesse immer wieder, daß ihr beide euch ja kennt!« bemerkte Titus.

Helena schwieg und wartete darauf, daß ich Seiner Majestät erklärte, wie gut wir uns kannten. Ich hielt mich eigensinnig zurück. Titus war mein Gönner und Kunde; wenn er mir einen Auftrag gab, würde ich den ordnungsgemäß erledigen – aber kein kaiserlicher Playboy sollte je über mein Privatleben befehlen.

»Was kann ich für Sie tun?« Jedem anderen gegenüber hätte ich jetzt einen gefährlichen Ton angeschlagen, aber keiner, dem sein Leben lieb ist, droht dem Sohn des Kaisers.

»Mein Vater hätte Sie gern gesprochen, Falco.«

»Streiken die Witzbolde im Palast? Na, wenn Vespasian niemanden hat, der ihn zum Lachen bringt, will ich sehen, was ich tun kann.« Zwei Meter weiter glänzten Helenas braune Augen in unversöhnlicher Würde.

»Danke schön«, erwiderte Titus leichthin. Seine weltmännische Art gab mir immer das Gefühl, er habe gerade Spuren von der gestrigen Fischtunke auf meiner Tunika entdeckt. Ein Gefühl, das ich in meinem eigenen Haus sehr, sehr übelnahm. »Wir möchten Ihnen nämlich einen Vorschlag machen...«

»Na fein!« antwortete ich düster. Er sollte ruhig wissen, daß ich vorgewarnt war.

Er löste sich von der Falttür, die gefährlich schlingerte, aber nicht aus den Angeln sprang. Mit eleganter Geste deutete er Helena gegenüber an, daß er nicht länger stören wolle, da wir gewiß Geschäfte zu besprechen hätten. Als er zur Tür ging, stand sie höflich auf, überließ es aber mir, ihn hinauszubegleiten. Als wäre ich der alleinige Wohnungsinhaber.

Ich kam wieder herein und machte mich an der windschiefen Tür zu schaffen. »Jemand sollte Seiner Hochwohlgeboren mal flüstern, daß er seine illustre Figur lieber nicht an plebejisches Mobiliar lehnt ...« Helena blieb stumm. »Liebste, warum schaust du so vornehm? War ich etwa unhöflich?«

»Titus ist vermutlich dran gewöhnt«, antwortete Helena ruhig. Ich hatte versäumt, sie zu küssen, und wußte, daß ihr das aufgefallen war. Ich hätte das gern nachgeholt, aber jetzt war es zu spät. »Titus ist so umgänglich. Die Leute vergessen leicht, daß sie mit dem Partner des Kaisers, ja, mit einem leibhaftigen künftigen Kaiser sprechen.«

»Titus Vespasian vergißt nie wirklich, wer er ist!«

»Sei nicht ungerecht, Marcus.«

Ich knirschte mit den Zähnen. »Was hat er gewollt?«

Sie machte ein erstauntes Gesicht. »Na, dich zum Kaiser einladen – vermutlich, um über Germanien zu sprechen.«

»Dafür hätte er auch einen Boten schicken können.« Helena schien langsam ärgerlich zu werden, und das machte mich natürlich nur noch sturer. »Aber da er schon mal hier war, hätte er auch gleich selbst über Germanien reden können. Und zwar viel ungestörter als im Palast – wenn es denn schon ein so heikler Auftrag ist.«

Helena faltete die Hände vor der Taille und schloß die Augen, zum Zeichen, daß sie sich nicht mit mir streiten würde. Da sie normalerweise schon beim geringsten Anlaß auf mich losging, war das ein schlechtes Zeichen.

Ich ließ sie auf dem Balkon sitzen und schlurfte zurück ins Zimmer. Auf dem Tisch lag ein Brief. »Ist die Schriftrolle da für mich?«

»Nein, das ist meine! Älianus hat mir aus Spanien geschrieben.« Sie meinte den älteren ihrer zwei Brüder. Ich hatte den

32

Eindruck, daß Camillus Älianus ein segelohriger junger Windhund war, mit dem ich mich nicht gern an derselben Theke hätte erwischen lassen; aber da ich ihn noch nicht persönlich kennengelernt hatte, behielt ich das für mich. »Du kannst den Brief ruhig lesen.« Sie zeigte die weiße Fahne.

Aber ich blieb hart: »Es ist dein Brief.«

Ich ging ins Hinterzimmer und setzte mich aufs Bett. Ich wußte genau, warum Titus bei uns gewesen war. Sein Besuch hatte nichts mit irgendeinem Auftrag für mich zu tun. Ja, er hatte überhaupt nichts mit *mir* zu tun.

Früher als erwartet kam Helena herein und setzte sich still neben mich. »Laß uns nicht streiten!« Sie sah selbst ganz niedergeschlagen aus, als sie meine Finger auseinanderbog und mich nötigte, ihre Hand zu halten. »Ach, Marcus! Warum muß das Leben so kompliziert sein?«

Ich war nicht in Stimmung für Philosophie, machte aber meinen Griff doch ein bißchen liebevoller. »Was hat dir dein königlicher Bewunderer denn erzählt?«

»Wir haben bloß über meine Familie geredet.«

»Ach, nein!« Ich ging im Geiste Helenas Stammbaum durch, so wie Titus es wohl vor mir getan hatte: Generationen von Senatoren (was er von sich nicht behaupten konnte – mit seinen sabinischen Vorfahren, Pächtern aus dem Mittelstand); ihr Vater ein getreuer Anhänger Vespasians; ihre Mutter eine Frau von untadeligem Ruf. Ihre Brüder beide im diplomatischen Dienst und mindestens einer davon sicherer Anwärter auf einen Senatssitz.

Jedermann hatte mir versichert, daß in den edlen Älianus große Erwartungen gesetzt würden. Und Justinus, den ich persönlich kannte, machte einen guten Eindruck.

»Titus schien die Unterhaltung ja großen Spaß zu machen. Hat er auch über dich gesprochen?« Helena Justina: lebhaftes Temperament; attraktiv auf eine extravagante, unmoderne

33

Art; keine Skandale (mich ausgenommen). Sie war schon einmal verheiratet gewesen, aber einverständlich geschieden worden; außerdem lebte der Mann inzwischen nicht mehr. Titus hatte selbst zwei Ehen hinter sich – einmal verwitwet und einmal geschieden. *Ich* war immer noch Junggeselle und trotzdem nicht mehr so naiv wie die beiden.

»Er ist ein Mann – er hat von sich gesprochen«, spottete sie. Ich brummelte. Sie war eine junge Frau, mit der die Leute sich gern unterhielten. Ich auch. Sie war der einzige Mensch, mit dem ich so ziemlich über alles reden konnte, woraus ich ein Vorrecht auf sie ableitete.

»Weißt du, daß er die Königin Berenike von Judäa liebt?« Helena lächelte kühl. »Dann hat er mein Mitgefühl!« Das Lächeln war nicht besonders nett und kaum für mich gedacht. Im nächsten Moment setzte sie freundlicher hinzu: »Was macht dir eigentlich Sorgen?«

»Nichts«, sagte ich.

Titus Cäsar würde Berenike niemals heiraten, denn mit der Judenkönigin verband sich eine abenteuerlich exotische Geschichte. Und Rom würde niemals eine fremdländische Kaiserin akzeptieren – oder einen Kaiser dulden, der den Versuch machte, eine solche zu importieren.

Titus war zwar romantisch, aber er war auch Realist. Berenike war er angeblich ernsthaft zugetan, doch einen Mann in seiner Stellung hinderte das nicht, trotzdem eine andere zu heiraten. Er war immerhin der Erbe des Römischen Reiches. Sein Bruder Domitian besaß zwar auch einige der Familientalente, aber eben längst nicht alle. Titus hatte eine Tochter gezeugt, doch noch keinen Sohn. Da sich der Anspruch der Flavier auf den Purpur hauptsächlich auf das Versprechen gründete, dem Reich Stabilität zu garantieren, würde das Volk vermutlich erwarten, daß Titus sich ernsthaft nach einer salonfähigen römischen Gemahlin umsah. Und sehr viele Frauen, salonfähige und auch andere, hofften gewiß schon sehnsüchtig darauf.

Was sollte ich also davon halten, wenn ich diesen hochgestellten Kerl im Gespräch mit meinem Mädchen überraschte? Helena Justina war eine rücksichtsvolle, anschmiegsame und liebenswürdige Gefährtin (wenn ihr der Sinn danach stand); sie besaß Verstand, Takt und ein hehres Pflichtgefühl. Wenn sie sich nicht in mich verliebt hätte, wäre Helena genau die Frau, die Titus brauchte.

»Marcus Didius, ich habe mich für ein Leben mit dir entschieden.«

»Wie kommst du plötzlich darauf?«

»Weil du aussiehst, als hättest du das vielleicht vergessen«, sagte Helena.

Selbst wenn sie mich morgen verlassen sollte, würde ich das niemals vergessen. Das hieß aber noch lange nicht, daß ich großes Vertrauen in eine gemeinsame Zukunft setzte.

IV

Die nächste Woche war merkwürdig. Der Gedanke an die gräßliche Reise nach Germanien, die mir drohte, bedrückte mich. Sicher, es war ein Auftrag – den abzulehnen ich mir nicht leisten konnte –, aber ein Besuch bei den wilden Stämmen im europäischen Grenzland rangierte nun mal ganz oben auf meiner Liste von Vergnügungen, die ich tunlichst meiden wollte.

Dann suchte ich die Wohnung nach Indizien dafür ab, daß Titus wiedergekommen sei. Ich fand keine; aber Helena erwischte mich beim Schnüffeln, und das machte die Dinge nicht einfacher.

Meine Annonce auf dem Forum hatte zuerst einen Sklaven angelockt, der offensichtlich nie imstande sein würde, mich zu bezahlen. Außerdem suchte er nach seinem vor langer Zeit verschollenen Zwillingsbruder, was ein zweitklassiger Dramatiker vielleicht für ein gutes Forschungsthema halten mochte, mir aber als langweilige Plackerei erschien. Als nächstes meldeten sich zwei Beamte auf der Jagd nach einer lohnenden Mitgift; eine Verrückte, die überzeugt war, Nero sei ihr Vater (daß ich das beweisen sollte, brachte mich darauf, daß die Ärmste plemplem war); und ein Rattenfänger. Er war der interessanteste Kunde, aber er brauchte ausgerechnet einen Staatsbürgerschaftsnachweis. Das hätte zwar nur einen leichten Arbeitstag im Büro des Zensors bedeutet, aber selbst für faszinierende Persönlichkeiten wollte ich mich auf keine Fälschung einlassen.

Petronius Longus schickte mir eine Frau, die wissen wollte, ob ihr Mann, der vorher schon einmal verheiratet gewesen war, womöglich aus erster Ehe Kinder habe, die er ihr verschwieg. Ich konnte ihr mitteilen, daß im Geburtenregister keine eingetragen waren, stieß aber in den Unterlagen auf eine weitere Ehefrau, von der der Mann meiner Klientin nie offiziell geschieden worden war. Diese Frau lebte inzwischen glücklich mit einem Geflügelkoch (»glücklich« meine ich hier im landläufigen Sinn; in Wirklichkeit war sie vermutlich genauso vom Leben enttäuscht wie alle anderen). Ich beschloß, meiner Klientin nicht die Augen zu öffnen. Ein guter Privatermittler beantwortet genau die Fragen, die man ihm gestellt hat – und verschwindet dann diskret von der Bildfläche.

Petros Fall brachte immerhin so viel ein, daß wir uns eine Seebarbe zum Abendessen leisten konnten. Vom restlichen Geld kaufte ich Rosen für Helena, in der Hoffnung, dadurch als aussichtsreichster Kandidat dazustehen. Es wäre ein schöner Abend geworden, hätte sie mir nicht gerade bei der Gelegenheit eröffnet, daß ihr anscheinend selbst vielversprechende Aussichten winkten: Titus hatte sie in den Palast eingeladen, mit ihren Eltern, aber ohne mich.

»Laß mich raten – ein romantisches Diner, das im staatlichen Haushaltsplan nicht verbucht wird? Wann soll's denn stattfinden?«

Ich spürte ihr Zögern. »Am Donnerstag.«

»Und hast du vor hinzugehen?«

»Ich möchte eigentlich nicht.«

Ihr Gesicht wirkte angespannt. Falls ihre stinkvornehme Familie je Wind bekam von einer möglichen Verbindung zwischen ihrer Tochter und dem Star des Kaiserhofes, dann würde Helena unter schier unerträglichen Druck geraten. Daß sie zu Hause ausgezogen war, solange ihre Eltern keine anderen Pläne mit ihr hatten, war eine Sache. Ihr Vater hatte mir ja offen gesagt, daß er sie, die schon eine gescheiterte Ehe hinter sich hatte, nicht zu einer zweiten Heirat drängen wolle. Camillus Verus war eine Ausnahmeerscheinung: ein zartbesaiteter, gewissenhafter und rührender Vater. Bestimmt gab es trotzdem Ärger daheim, nachdem Helena durchgebrannt war. Sie hatte zwar das meiste von mir ferngehalten, aber ich habe schließlich kein Brett vor dem Kopf. Ihre Familie wollte sie zurückhaben, bevor ganz Rom erfuhr, daß sie sich mit einem armen Schlucker von Privatermittler eingelassen hatte, und bevor die Satiriker diesen Skandal zu ebenso schlüpfrigen wie verkaufsträchtigen Oden verarbeiteten.

»Marcus, o Marcus, ich möchte gerade diesen Abend mit dir verbringen ...« Helena schien durcheinander. Ihrer Meinung nach hätte ich offenbar ein Machtwort sprechen sollen, aber gegen diesen Rivalen konnte ich nichts unternehmen; den Korb mußte sie Titus schon selbst geben.

»Schau mich nicht so an, Liebste. Ohne Einladung gehe ich nirgends hin.«

»Das ist ja ganz was Neues!« Ich hasse ironische Frauen. »Marcus, ich werde Papa sagen, daß ich schon ein Rendezvous habe, das ich unmöglich absagen kann – mit dir.«

Für mich war das ein reines Ausweichmanöver. »Bedaure«, sagte ich kurz angebunden. »Aber ich muß am Donnerstag nach Veii. Einer von den Mitgiftjägern hat mich beauftragt, für ihn eine Witwe zu überprüfen.«

»Kannst du das nicht verschieben?«

»Wir brauchen das Geld. Nutze du nur deine Chance!« höhnte ich. »Geh in den Palast und amüsier dich. Titus Cäsar ist der harmlose Sprößling einer langweiligen Bauernfamilie. Du wirst schon mit ihm fertig, mein Schatz – vorausgesetzt, daß du das auch willst!«

Helena wurde noch bleicher. »Marcus, bitte, bleib hier bei mir!« Etwas in ihrem Ton machte mich stutzig. Aber inzwischen hatte ich mich schon so ins Selbstmitleid hineingesteigert, daß ich nicht mehr zurückkonnte. »Mir liegt sehr viel daran«, warnte Helena, und es klang gefährlich ernst. »Ich werd's dir nie verzeihen, wenn ...«

Das gab den Ausschlag. Die Drohungen einer Frau bringen das Schlimmste in mir zum Vorschein. Ich fuhr nach Veii.

Veii war eine Sackgasse. Irgendwie hatte ich mir so was gedacht.

Die Witwe war leicht zu finden, denn ganz Veii kannte sie. Vielleicht war sie vermögend, vielleicht auch nicht, jedenfalls war sie eine kesse Brünette mit funkelnden Augen, die freimütig bekannte, daß sie vier oder fünf unterwürfige Kavaliere gleichzeitig am Gängelband führte – Herren, die sich als Freunde ihres verstorbenen Mannes ausgaben und glaubten, sie könnten sich jetzt erst recht mit *ihr* anfreunden. Einer davon war ein Weinexporteur, der den Galliern jede Menge ungenießbaren sauren Etrusker andrehte – offenkundig der Favorit, falls das Frauenzimmer überhaupt noch einmal ans Heiraten dachte. Woran ich freilich zweifelte, denn sie genoß den gegenwärtigen Zustand einfach zu sehr.

Übrigens entnahm ich gewissen Andeutungen der Witwe, daß ich selbst von einem längeren Aufenthalt in Veii hätte profitieren können, aber die Erinnerung an Helenas flehende Miene hatte mich schon auf der Hinfahrt verfolgt. Also eilte ich fluchend und mittlerweile auch ziemlich reumütig nach Rom zurück.

Helena war nicht in der Wohnung. Bestimmt war sie schon auf dem Weg zum Palast. Ich ging aus und betrank mich mit Petronius. Als Familienvater hatte er auch sein Päckchen zu tragen und war immer froh, sich einen Abend freizunehmen, um mich aufzuheitern.

Ich kam absichtlich erst sehr spät nach Hause. Was Helena aber nicht übelnehmen konnte, weil sie überhaupt nicht heimkam.

Ich nahm an, sie habe die Nacht bei ihren Eltern verbracht. Das war schon schlimm genug. Als sie aber auch am nächsten Morgen nicht in der Brunnenpromenade erschien, geriet ich in Panik.

V

Jetzt saß ich wirklich in der Tinte.

Den Gedanken, Titus könne sie entführt haben, verwarf ich gleich wieder. Dazu war er zu anständig. Außerdem hatte Helena einen starken Willen und würde sich so etwas nie gefallen lassen.

Ich konnte unmöglich zum Senator gehen und ihn um Aufklärung bitten. Schon deshalb nicht, weil ihre erhabene Familie mir die Schuld geben würde, ganz gleich, was passiert war.

Verschwundene Frauen wiederzufinden war mein Beruf. Bei meiner eigenen sollte es kinderleicht sein. Falls man sie ermordet und unter den Dielen festgenagelt hatte, wußte ich zumindest, daß diese Dielen nicht mir gehörten. Gut kombiniert, aber leider nicht besonders tröstlich.

Ich fing da an, wo man immer beginnt: Man durchsucht die Wohnung, um festzustellen, was sie zurückgelassen hat. Als ich erst mal meinen eigenen Müll weggeräumt hatte, blieb nicht viel übrig. An Kleidern und Schmuck hatte sie ohnehin nur sehr wenig mitgebracht; das meiste davon war jetzt verschwunden. Ich fand eine ihrer Tuniken, die sie offenbar mit einem von meinen Lumpen verwechselt hatte; eine Jetthaarnadel, die auf meiner Bettseite unterm Kissen lag; einen Specksteintopf mit ihrer Lieblingscreme, der hinter die Vorratskiste gekollert war ... Sonst nichts. Widerstrebend kam ich zu dem Schluß, daß Helena Justina ihre Sachen aus meiner Wohnung geräumt haben und beleidigt abgezogen sein mußte. Es sah schlimm aus – bis ich auf eine Spur stieß. Der Brief ihres Bruders Älianus lag immer noch auf dem Tisch, wie vorgestern, als sie mir anbot, ihn zu lesen. Das holte ich jetzt nach. Hinterher wünschte ich, ich hätte es nicht getan. Aber dann war ich doch froh, daß ich Bescheid wußte.

Älianus war der lässige Faulenzer, der sich normalerweise nicht die Mühe machte, an seine Familie zu schreiben, obwohl er regelmäßig Post von Helena bekam. Sie war das älteste der drei Camillus-Kinder und verwöhnte ihre jüngeren Brüder mit jener altmodischen Zuneigung, die aus anderen Familien mit dem Ende der Republik verschwunden ist. Ich hatte schon spitzgekriegt, daß Justinus ihr Liebling war; nach Spanien schrieb sie mehr aus Pflichtgefühl. Es schien typisch für

Camillus Älianus, daß er, sobald durchsickerte, daß seine Schwester sich an einen Plebejer mit Schmuddelberuf gehängt habe, plötzlich doch zur Feder griff – und einen so haßerfüllten Schmähbrief verfaßte, daß ich die Rolle angewidert fallen ließ. Älianus war fuchsteufelswild, weil Helena angeblich den noblen Namen der Familie befleckt hatte. Und mit der Gefühlsroheit eines Zwanzigjährigen machte er aus dieser seiner Meinung auch nicht den geringsten Hehl.

Helena, die doch so an ihrer Familie hing, mußte dieser Brief tief verletzt haben. Sicher hatte sie pausenlos darüber nachgegrübelt, ohne daß ich es bemerkte. Und dann war Titus aufgetaucht, und eine Katastrophe drohte ... Daß sie nicht viele Worte darüber verlor, sah ihr ähnlich. Und daß ich, als sie endlich doch um Hilfe bat, sie im Stich gelassen hatte, war typisch für mich.

Sowie ich diesen Brief gelesen hatte, wollte ich sie in die Arme schließen. Zu spät, Falco. Zu spät, sie zu trösten. Zu spät, sie zu beschützen. Offenbar in jeder Beziehung zu spät.

Ich war nicht überrascht, als ich eine kurze, bittere Nachricht erhielt, in der nur stand, Helena habe es in Rom nicht mehr ausgehalten und sei ins Ausland gegangen.

VI

So kam es, daß ich mich doch nach Germanien schicken ließ. Ohne Helena hielt mich nichts in Rom. Sie einholen zu wollen war sinnlos. Sie hatte es so eingerichtet, daß ich ihre Nachricht erst bekam, als die Spur schon kalt war. Ich wurde es bald leid. Mir von meiner lieben Verwandtschaft sagen zu lassen, sie hätten ja schon die ganze Zeit darauf gewartet, daß Helena mich fallenlassen würde. Ich hatte ja selbst auch damit gerechnet. Ihr Vater ging oft in das gleiche Bad wie ich, und ihm aus dem Weg zu gehen war nicht einfach. Irgendwann entdeckte er mich hinter einer Säule; er schüttelte den Sklaven ab, der ihm mit einer Stielbürste den Rücken schrubbte, und eilte in einer Wolke von Duftöl auf mich zu.

»Ich vertraue darauf, Marcus, daß du mir sagen wirst, wo meine Tochter steckt!«

Ich schluckte. »Sie kennen doch Helena Justina, Senator ...«

»Du weißt es also auch nicht!« rief ihr Vater Und sofort entschuldigte er sich für Helena, als wäre ich derjenige, den ihre Extravaganzen gekränkt hätten.

»Beruhigen Sie sich doch, Senator!« Ich legte ihm besänftigend ein Handtuch um. »Ich verdiene meinen Lebensunterhalt damit, anderen Leuten ihren verschwundenen Augapfel zurückzuholen. Ich werde sie schon finden.« Ich bemühte mich, angesichts meiner Lüge nicht allzu verlegen dreinzublicken. Er folgte meinem Beispiel.

Mein Freund Petronius versuchte nach Kräften, mich aufzumuntern, aber selbst er war einigermaßen verblüfft.

»*Ins Ausland!* Falco, du hast ein Hirn wie 'n minderbemittelter Katzenfisch. Warum konntest du dich nicht in ein normales Mädchen verlieben? Eine, die heim zur Mutter läuft, wenn du sie gekränkt hast, aber die Woche drauf mit einer neuen Halskette wiederkommt, die du bezahlen mußt?«

»Weil nur ein Mädchen, das auf sinnlose dramatische Auftritte steht, sich in mich verlieben würde.«

Er knurrte ungeduldig. »Willst du sie suchen?«

»Wie denn? Sie könnte überall sein, in Lusitanien oder der nabatäischen Wüste. Hör auf, Petro, ich hab' die Witzeleien satt.«

»Tja, eine Frau allein verreist nicht weit ...« Petronius selbst hatte immer einfältige, schüchterne Miezen bevorzugt – oder jedenfalls Frauen, die ihm weismachten, solche zu sein.

»Frauen *sollten* nicht allein reisen. Aber eine so simple Vorschrift würde Helena nicht abschrecken.«

»Warum ist sie dir ausgerückt?«

»Das kann ich dir nicht sagen.«

»Ah, ich verstehe: *Titus!*« Einer seiner Männer hatte offenbar die Prätorianergarde gesehen, als sie vor meinem Haus rumlungerte. »Das heißt, du bist aus dem Rennen, Falco!«

Ich sagte ihm, daß mir der Optimismus anderer Leute zum Hals raushinge, dann zockelte ich davon.

Als ich das nächste Mal in den Palast gerufen wurde, angeblich zu Vespasian persönlich, da wußte ich, daß Titus dahinterstecken mußte, der wohl einen Plan ausgeheckt hatte, um mich vom Schauplatz zu entfernen. Ich unterdrückte meinen Zorn und schwor mir insgeheim, das höchstmögliche Honorar herauszuschlagen.

Für meine Unterredung mit dero Gnaden warf ich mich so in Schale, wie Helena das gern gesehen hätte. Ich zog eine Toga an. Ich ließ mir die Haare schneiden. Ich preßte die Lippen fest zusammen, um mein republikanisches Knurren zu unterdrücken. Das war das Äußerste, was je ein Palast von mir erwarten durfte.

Vespasian und sein ältester Sohn regierten das Imperium gemeinsam. Ich fragte nach dem alten Herrn, aber der Empfangsbeamte hatte Gummipfropfen in den Ohren. Der schriftlichen Einladung seines Vaters zum Trotz war es an diesem Abend offenbar Titus' Aufgabe, von der Rostra herab Bittgesuche und Gnadenerlasse zu verhandeln oder sich um Subjekte wie mich zu kümmern.

»Falscher Thronsaal!« sagte ich entschuldigend, als der schwerhörige Lakai mich bei ihm abgeliefert hatte. »Cäsar, ich höre, das Wohl des Reiches erfordert es, daß ich reise. Jedenfalls geht das Gerücht, Ihr edler Vater habe mir diesbezüglich einen schrecklichen Vorschlag zu machen, auf den ich schon sehr gespannt bin.«

Titus merkte natürlich, daß ich mich über seine persönlichen Motive lustig machte. Als er hörte, daß ich eventuell bereit sei, Rom zu verlassen, stieß er ein kurzes Lachen aus, in das ich freilich nicht einstimmte. Er winkte einem Sklaven, vermutlich, damit der mich zum Kaiser führen sollte, doch im letzten Augenblick hielt er uns zurück. »Ich versuche schon eine ganze Weile, eine gewisse Klientin von Ihnen aufzuspüren«, räumte er – gar zu nebenbei bemerkt – ein.

»Dann ist sie also uns beiden entwischt! Was hat sie Ihnen erzählt?« Darauf antwortete er nicht; wenigstens zornige Botschaften hatte Helena für *mich* reserviert. Schon wieder mutiger, riskierte ich eine spöttische Bemerkung. »Sie ist auf Reisen. Offenbar ein Besuch beim Herrn Bruder. Kürzlich erhielt sie einen Brief vom ehrenwerten Älianus, in dem er sich sehr empört über eine angebliche Kränkung ausließ.« Ich sah keine Veranlassung, Titus mit dem Geständnis zu verwirren, daß ich Gegenstand dieser aufgebrachten Epistel gewesen war.

Titus runzelte argwöhnisch die Stirn. »Wenn ihr Bruder böse auf sie ist, wäre es dann nicht logischer, ihm aus dem Weg zu gehen?«

»Helena Justina reagiert da anders – sie würde auf der Stelle zu ihm wollen.« Titus sah immer noch skeptisch drein. Ich glaube, er hatte selbst mal eine Schwester, ein untadeliges Mädchen, das einen Vetter geheiratet hatte und blutjung im Kindbett gestorben war, wie man das von einer Römerin aus guter Familie erwarten durfte. »Helena sieht den Dingen gern ins Auge, Senator.«

»Was Sie nicht sagen!« bemerkte er, vielleicht ein bißchen

44

ironisch. Und dann fragte er etwas aufmerksamer: »Camillus Älianus ist doch derzeit in Baetica, der spanischen Südprovinz? Komisch – ist er nicht eigentlich noch zu jung für ein Quästorenamt?« Angehende Senatoren schickt man normalerweise als Finanzbeamte in die Provinz, bevor sie mit fünfundzwanzig offiziell in den Senat gewählt werden. Helenas Bruder hatte bis dahin noch zwei oder drei Jahre Zeit.

»Seine Familie hält große Stücke auf ihren Sohn Älianus.« Wenn Titus Helena kriegen wollte, würde er ihre Familienverhältnisse aber erst mal gehörig pauken müssen. Mit der Lässigkeit des Eingeweihten erklärte ich ihm die Lage: »Der Senator überredete einen Freund in Corduba, dem jungen Herrn vorzeitig einen Posten zu besorgen, damit Älianus so früh wie möglich Auslandserfahrung sammeln kann.« Nach dem Stil des Briefes an seine Schwester zu urteilen, war dieser Plan, Älianus Diplomatie zu lehren, reine Zeit- und Geldverschwendung gewesen.

»Und? Zeigt der junge Mann besondere Qualitäten?«

Ich antwortete feierlich: »Camillus Älianus scheint wohlgerüstet für eine glänzende Karriere im öffentlichen Dienst.«

Titus Cäsar sah mich an, als hege er den Verdacht, ich hielte einen Hauch von Misthaufen für das gängige Kriterium für einen raschen Aufstieg in den Senat. »Sie scheinen ja gut unterrichtet zu sein!« Er beäugte mich und rief dann einen Überlandboten herein. »Falco, wann ist Helena Justina abgereist?«

»Keine Ahnung.« Er raunte seinem Boten etwas zu, wovon ich bloß »Ostia« verstand. Dennoch sah Titus mir an, daß ich etwas aufgeschnappt hatte. »Die Dame entstammt einer Senatorenfamilie. Ich kann ihr verbieten, das Reich zu verlassen«, sagte er trotzig.

Ich zuckte die Achseln. »Schön, sie macht ohne Erlaubnis Ferien. Warum nicht? Sie ist schließlich weder Vestalin noch

Priesterin des Kaiserkultes. Ihre Amtsvorgänger hätten sie für soviel eigenmächtiges Handeln womöglich auf eine Insel verbannt, gewiß, aber von den Flaviern hat Rom sich was Besseres erhofft!« Trotzdem, wenn er sie finden sollte – ich hatte selbst vergeblich einen Tag lang die Kais von Ostia abgegrast –, dann sollte es mir recht sein, wenn Titus meine Herzensdame nach Rom zurück eskortieren ließ. Ich wußte ja, daß man sie, aufgrund ihres Ranges, respektvoll behandeln würde. Und ich wußte auch, daß Titus Flavius Vespasianus charybdische Turbulenzen drohten, wenn er den Befehl dazu gab. »Helena Justina wird sich dagegen verwahren, daß man sie mit Gewalt vom Schiff holt. Wenn Sie wollen, bleibe ich«, bot ich an. »Denn wenn die Dame erst einmal in Fahrt ist, können auch Ihre Prätorianer sie vielleicht nicht ohne Hilfe bändigen.«

Titus machte freilich keine Anstalten, seinen Boten zurückzurufen. »Ich bin sicher, daß ich Helena Justina werde besänftigen können . . .« Keine Frau, die er ernsthaft begehrte, wäre je imstande, ihm die kalte Schulter zu zeigen. Richtig hoheitsvoll sah er aus, wie er so dastand und die üppigen Falten seiner purpurfarbenen Tunika glattstrich. Ich pflanzte mich mit gespreizten Beinen ihm gegenüber auf und schaute einfach nur knallhart. Dann fragte er unvermittelt: »Sie und Camillus Verus' Tochter stehen sich wohl sehr, sehr nahe?«

»Glauben Sie?«

»Lieben Sie Helena Justina?«

Ich lächelte einfach. »Cäsar, wie könnte ich mich erdreisten.«

»Sie ist die Tochter eines Senators, Falco!«

»Das sagt man mir immer wieder, ja.«

Uns beiden war nur allzu bewußt, welche Macht sein Vater hatte und wieviel Autorität schon auf Titus übergegangen war. Er war zu höflich, als daß er Vergleiche angestellt hätte, aber ich tat es.

»Billigt Verus diese Liaison?«

»Wie könnte er, Cäsar?«

»Hat er seine *Erlaubnis* gegeben?«

Ich sagte ruhig: »Helena Justina ist eine reizende Exzentrikerin.« Ich konnte ihm am Gesicht ablesen, daß Titus dies schon selbst festgestellt hatte. Ich überlegte, was er wohl zu ihr gesagt haben mochte; noch viel mehr plagte mich allerdings die Frage, was *sie* zu *ihm* gesagt hatte.

Er rutschte auf seinem Sessel herum zum Zeichen, daß die Audienz beendet sei. Er konnte mich aus seinem Thronsaal weisen; er konnte mich aus Rom wegschicken; aber wir waren uns beide nicht so sicher, ob er mich aus Helenas Leben verbannen konnte. »Marcus Didius, Sie sollen im Auftrag meines Vaters eine Reise machen. Ich denke, das wird für alle Beteiligte das beste sein.«

»Könnte es vielleicht nach Baetica gehen?« fragte ich hinterhältig.

»Falsche Richtung, Falco!« parierte er genüßlicher als angebracht. Doch faßte er sich rasch wieder und fuhr fort: »Ich hatte gehofft, die Dame letzten Donnerstag hier bewirten zu dürfen. Und ich habe es sehr bedauert, daß sie nicht kommen wollte – die meisten Menschen feiern allerdings ihre ganz privaten Feste vorzugsweise im Kreise ihrer Lieben …« Das war eine Art Test. Ich sah ihn an, ohne eine Miene zu verziehen. »Ich spreche von *Helena Justinas Geburtstag!*« rief er triumphierend wie einer, der mit beschwerten Würfeln eine Doppelsechs geworfen hat.

Ich hatte es nicht gewußt. Und das sah er mir an.

Mühsam unterdrückte ich den spontanen Wunsch, seinem tadellos rasierten Kinn einen Haken zu versetzen, der die schönen Zähne des jungen Cäsar in seine Schädeldecke verpflanzen würde.

»Viel Spaß in Germanien!«

Titus unterdrückte seinen Triumph ritterlich. Trotzdem wurde mir in diesem Moment das Dilemma klar, in dem Helena und ich steckten. Für sie war die Lage peinlich geworden, für mich aber regelrecht gefährlich. Und egal, welche miese Mission man mir diesmal zugedacht hatte – Titus Cäsar wäre es gewiß am liebsten, wenn ich sie nicht beenden würde.

Er war der Sohn des Kaisers und konnte viel tun, um sicherzugehen, daß ich, hatte er mich erst einmal aus Rom fortgeschickt, auch nicht mehr zurückkehren würde.

VII

In düstere Gedanken versunken wurde ich durch die parfümierten Amtszimmer dreier Kammerherren geschleust.

Ich bin nicht ganz auf den Kopf gefallen. Nach zehn Jahren eines in meinen Augen erfolgreichen Liebeslebens vertraute ich darauf, den Geburtstag einer neuen Freundin im Nu herauszukriegen. Ich fragte Helena; sie ging lachend darüber hinweg. Ich bohrte bei ihrem Vater nach, aber da der Sekretär mit der Liste der Familienfeste nicht zur Hand war, konnte er der Frage listig ausweichen. Ihre Mutter hätte es mir sofort sagen können, aber Julia Justa kannte wirkungsvollere Wege, sich aufzuregen, als den, mit mir über ihre Tochter zu sprechen. Schließlich suchte ich sogar stundenlang im Büro des Zensors nach Helenas Geburtsurkunde. Ohne Erfolg. Entweder hatte den Senator bei der Ankunft seiner Erstgeborenen die Panik ergriffen (verständlicherweise) und er hatte es versäumt, sie ordnungsgemäß registrieren zu lassen, oder aber er hatte sie unter einem Lorbeerbusch gefunden und konnte sie nicht als römische Bürgerin eintragen.

Eins stand jedenfalls fest. Ich hatte eine üble Tat begangen. Helena Justina mochte viele Kränkungen übersehen, aber einen Fauxpas wie den, daß ich mich an ihrem Geburtstag nach Veii absetzte, bestimmt nicht. Daß ich ja nicht *wußte*, daß es ihr Geburtstag war, tat nichts zur Sache. Ich hätte es eben wissen müssen.

»Didius Falco, mein Cäsar...« Noch ehe ich soweit war, mich auf die hohe Politik zu konzentrieren, hatte ein Haushofmeister, der nach langjähriger Eitelkeit und jüngst geschmorten Zwiebeln stank, mich dem Kaiser gemeldet.

»Sie ziehen aber ein langes Gesicht. Was ist denn los, Falco?«

»Ärger mit dem schwachen Geschlecht«, gestand ich.

Vespasian war einer, der gern herzhaft lacht. Jetzt warf er den Kopf in den Nacken und wieherte los. »Darf ich Ihnen einen Rat geben?«

»Aber gern, Cäsar.« Ich grinste. »Wenigstens ist dieser Schwarm nicht mit meiner Achselbörse abgehauen oder mit meinem besten Freund durchgebrannt...«

Einen Augenblick blieb es auffallend still, als ob dem Kaiser eben eingefallen sei, wer mein jüngster Schwarm war.

Vespasian Augustus war ein vierschrötiger Bourgeois, ein Mann, der mit beiden Beinen auf der Erde stand. Er war im Durcheinander eines brutalen Bürgerkrieges an die Macht gekommen und hatte dann den Beweis dafür angetreten, daß man auch ohne protzige Vorfahren Talent zum Regieren haben kann. Er und sein ältester Sohn Titus hatten Erfolg – weshalb die Snobs im Senat sie garantiert *niemals* akzeptieren würden. Allein, Vespasian hatte sich sechzig Jahre lang gegen Widerstände durchgesetzt; nach so langer Zeit erwartet man nicht mehr ohne weiteres Anerkennung – selbst wenn man den Purpur trägt.

»Sie haben es aber nicht eilig, Näheres über Ihren Auftrag zu erfahren, Falco.«

»Ich weiß jetzt schon, daß ich ihn nicht haben will.«

»Das ist ganz normal.« Vespasian räusperte sich und sagte dann zu einem Sklaven: »Hol Canidius herein.« Ich zerbrach mir nicht erst den Kopf darüber, wer dieser Canidius war. Wenn er hier arbeitete, dann war er mir nicht so sympathisch, als daß ich ihn hätte kennenlernen wollen. Der Kaiser winkte mich näher heran. »Was wissen Sie über Germanien?«

Ich machte schon den Mund auf und wollte das Schlagwort: »*Chaos!*« in die Debatte werfen, dann fiel mir ein, daß Vespasians eigene Anhänger das Chaos heraufbeschworen hatten, und ich klappte den Mund wieder zu.

Geographisch betrachtet ist das, was Rom als Germanien bezeichnet, die Ostflanke Galliens. Vor sechzig Jahren hatte Augustus beschlossen, nicht über die natürliche Grenze des Rheins hinaus vorzurücken – ein Entschluß, den ihm das Quinctilius-Varus-Fiasko abgerungen hatte, jenes tragische Unglück, bei dem drei römische Legionen in einen Hinterhalt gelockt und von den Germanen vernichtet wurden. Augustus hatte das nie verwunden. Vermutlich war es just dieser Thronsaal, in dem er damals, ruhelos auf und ab gehend, ächzte: »*Varus, Varus, gib mir meine Legionen wieder ...*«

Auch wenn das Massaker nun schon so lange zurücklag, war mir der Gedanke an eine Reise in dieses Unglücksland äußerst zuwider.

»Na, Falco?«

Es gelang mir, unvoreingenommen zu klingen. »Cäsar, ich weiß, daß Gallien und unsere rheinischen Provinzen im Bürgerkrieg eine entscheidende Rolle gespielt haben.«

Der Aquitanier Vindex, der Legat in Gallien war, hatte mit seiner Revolte Neros Sturz ausgelöst und damit die Lawine ins Rollen gebracht. Der Statthalter von Obergermanien schlug dort den Aufstand zwar nieder, aber als man ihn nach Rom zurückberief, weil Galba unterdessen Ansprüche auf den Thron erhob, da verweigerten ihm seine Truppen den Treueeid. Nach Galbas Tod übernahm Otho in Rom die Regierung, wurde aber von den Rheinlegionen nicht anerkannt, die beschlossen, sich ihren eigenen Kaiser zu küren.

Ihre Wahl fiel auf Vitellius, den Statthalter von Untergermanien. Er galt als brutaler, herumhurender Säufer – nach den Maßstäben der Zeit hatte er also offenkundig das Zeug zum Kaiser. Noch von Judäa aus forderte ihn Vespasian heraus. Um die Legionen in Germanien, die Anhänger seines Rivalen, niederzuzwingen, ermunterte Vespasian einen einheimischen Stammesfürsten, doch die Besatzungstruppen ein bißchen aufzumischen. Das klappte – nur leider zu gut. Zwar eroberte Vespasian die Kaiserwürde, aber der Aufstand in Germanien ließ sich nicht mehr eindämmen.

»Eine Rolle«, fuhr ich fort, »die in der Revolte des Civilis ihren dramatischen Höhepunkt fand, Cäsar.«

Der Alte schmunzelte über meine vorsichtige Neutralität. »Demnach kennen Sie sich aus?«

»Ich lese den *Tagesanzeiger*.« Ich paßte mich seinem düsteren Ton an. Schließlich ging es hier ja auch um einen wirklich trostlosen Augenblick in der römischen Geschichte.

Das Fiasko in Germanien war komplett gewesen. Rom selbst war damals eine zerrissene Stadt, aber die schockierenden Szenen am Rhein übertrafen sogar unsere Probleme mit Feuersbrünsten, Seuchen und Panik. Der Rebellenführer – ein batavischer Heißsporn mit Namen Civilis – hatte versucht, alle europäischen Stämme zu einem unabhängigen Gallien zu vereinen, eine hoffnungslose Utopie. In dem Chaos, das er heraufbeschwor, wurden eine ganze Reihe römischer Festungen gestürmt und niedergebrannt. Unsere Rheinflotte, die mit einheimischen Ruderknechten bemannt war, ruderte zum

Feind über. Vetera, die einzige Garnison, die halbwegs ehrbar standhielt, wurde durch eine unerbittliche Belagerung ausgehungert; als die Besiegten unbewaffnet vor die Tore wankten, stürzte der Feind sich auf die wehrlosen Männer und schlachtete sie buchstäblich ab.

Während bei den Eingeborenen in ganz Europa die Rebellion tobte, verfiel auch die Moral unserer Truppen zusehends. Allenthalben kam es zu Meutereien. Offiziere, die nur etwas schneidig auftraten, wurden von ihren eigenen Männern angegriffen. Es kursierten abenteuerliche Geschichten über Legionskommandeure, die gesteinigt werden sollten, sich im letzten Moment retten konnten und sich dann, als Sklaven verkleidet, in Mannschaftszelten versteckten. Einer wurde von einem Deserteur ermordet. Zwei ließ Civilis hinrichten. Der Statthalter von Obergermanien wurde vom Krankenlager gezerrt und umgebracht. Ein besonders schauriges Schicksal ereilte den Legaten von Vetera: Den legte Civilis nach der Kapitulation der Festung in Ketten und schickte ihn in den barbarischen Teil Germaniens – als Geschenk für eine einflußreiche Seherin; bis auf den heutigen Tag wußte man nicht, was aus ihm geworden war. Auf dem Höhepunkt des Aufruhrs schließlich verkauften vier unserer rheinischen Legionen ihre Dienste, und wir mußten zusehen, wie römische Soldaten den Barbaren Treue schworen.

Ja, das klingt phantastisch. Und zu jeder anderen Zeit wäre es auch ganz undenkbar gewesen. Aber im Vierkaiserjahr, als das ganze Reich in Trümmer fiel, während die Thronanwärter sich aneinander die Zähne ausbissen, war dies nur eine besonders grelle Facette im allgemeinen Wahnsinn.

Ich überlegte düster, wie sich die turbulenten Szenen an der Rheingrenze wohl auf mein langweiliges Leben auswirken würden.

»Wir haben Germanien im Griff«, erklärte der Kaiser. Aus

dem Munde der meisten Politiker wäre das bestenfalls frommer Selbstbetrug gewesen. Nicht so bei ihm. Vespasian war selbst ein guter General, der es verstand, starke Untergebene zu halten. »Annius Gallus und Petilius Cerialis haben eine dramatische Wende erkämpft.« Gallus und Cerialis waren mit *neun* Legionen ausgesandt worden, um Germanien zu unterwerfen. Das war vermutlich die größte Sondereinheit, die Rom jemals mobilisiert hatte, und der Erfolg stand von vornherein fest, aber als loyaler Staatsbürger wußte ich, wann ich mich beeindruckt zu zeigen hatte. »Zur Belohnung mache ich Cerialis zum Statthalter von Britannien.« Eine schöne Belohnung! Cerialis hatte während des Aufstandes der Britannierfürstin Boudicca auf der Insel gedient und würde also wissen, was für ein schäbiger Preis ihm da angedreht wurde.

Zum Glück fiel mir gerade noch rechtzeitig ein, daß der ehrenwerte Petilius Cerialis ein naher Verwandter Vespasians war. Also verkniff ich mir meine geistreiche Erwiderung und fragte statt dessen lammfromm: »Wenn Sie Cerialis entbehren und ihn für höhere Aufgaben einsetzen können, Cäsar, dann ist die Grenzregion also wieder unter Kontrolle?«

»Bis auf ein paar unerledigte Kleinigkeiten – aber darauf komme ich noch.« Was immer offiziell behauptet wurde, in Wahrheit war das Rheinland bestimmt nach wie vor gefährlich. Jedenfalls derzeit denkbar ungeeignet für eine lauschige Kahnpartie stromabwärts mit einem Weinschiff. »Petilius Cerialis hat sich mit Civilis getroffen und ...«

»O ja, davon habe ich gehört!« Ein bühnenreifer Auftritt: Zwei feindliche Feldherrn stehen sich an einem tosenden Flußbett gegenüber und brüllen sich von den Enden einer zerstörten Brücke aus ihre Forderungen zu. Es klang wie eine Szene aus den Ursprüngen der Heldengeschichte Roms, wie man sie den Schulknaben eintrichtert.

»Seitdem hält sich Civilis ganz ungewöhnlich bedeckt ...« Im

Gedanken an den Rebellenführer stockte Vespasian auf eine Art, die mich hätte stutzig machen sollen. »Wir hatten gehofft, er würde sich friedlich in die Heimat der Bataver zurückziehen, aber er ist einfach verschwunden.« Das weckte mein Interesse, witterte ich doch hier den Haken an meiner Mission. »Gerüchten zufolge soll er sich in den Süden abgesetzt haben. Zu dem Thema wollte ich Ihnen gern folgendes ...«

Was immer er mir noch über den Rebellenführer Civilis hatte sagen oder wovor er mich hatte warnen wollen – er kam nicht mehr dazu, denn just in dem Moment flog ein Vorhang auf, und der Beamte Canidius, nach dem der Kaiser geschickt hatte, trat ein.

VIII

Als er herangestolpert kam, wichen die aufgeweckten Burschen in den blendendweißen Uniformen, die den Kaiser bedienten, allesamt zurück und fixierten ihn mit finsterem Blick.

Er war eine richtige Papyruslaus. Noch bevor er den Mund aufmachte, wußte ich, daß er einer jener komischen Käuze war, die sich in den Sekretariaten herumdrücken und den absonderlichsten Beschäftigungen nachgehen. Kein gutgeführter Palast hätte ihn behalten, es sei denn, er hatte irgendwas Einmaliges zu bieten. Er trug eine pflaumenblaue schmuddelige Tunika, einer seiner Schuhriemen war total verheddert und sein Gürtel so schlecht gegerbt, als wäre die Kuh, von der er stammte, noch am Leben. Er hatte strähniges Haar, und sein Teint war aschfahl; ein Farbton, der sich in seiner Jugend vielleicht noch hätte abwaschen lassen, jetzt aber in den Poren nistete. Auch wenn er nicht direkt schlecht roch, so sah er doch aus wie einer, der müffelt.

»Didius Falco, das ist Canidius.« Der immer forsche Vespasian stellte uns gleich selbst vor. »Canidius betreut das Legionsarchiv.«

Ich hatte also richtig getippt. Canidius war ein Schreiberling ohne rechte Aufstiegschancen, der einen ausgefallenen Posten gefunden hatte, den er sich nach seinem eigenen Gusto zurechtbiegen konnte. Ich grunzte unverbindlich.

Vespasian warf mir einen argwöhnischen Blick zu. »Nun zu Ihrem Auftrag, Falco! Sie reisen als mein persönlicher Emissär zur Vierzehnten Legion in Germanien.« Diesmal schenkte ich mir die Höflichkeit und schnitt bloß eine Grimasse. Der Kaiser ignorierte das. »Wie ich höre, droht die Vierzehnte aus dem Ruder zu laufen. Setzen Sie uns ins Bild, Canidius.«

Nervös, aber ohne Notizen, begann der exzentrisch wirkende Schreiberling mit seinem Vortrag. »Die Vierzehnte Legion wurde von Augustus ins Leben gerufen und stand ursprünglich in Moguntiacum am Rhein.« Er hatte eine dünne Quengelstimme, die den Zuhörer rasch ermüden ließ. »Sie gehörte zu den vier Legionen, die der göttliche Claudius sich für die Invasion Britanniens erkor; sie schlugen sich tapfer in der Schlacht am Medway, wo ihnen die batavischen Hilfstruppen wackeren Beistand leisteten. Die Bataver, ein nordeuropäischer Stamm aus dem Rheindelta, sind durch die Bank ausgezeichnete Ruderer, Schwimmer und Lotsen. Alle römischen Legionen sind im Ausland durch solche Einheiten verstärkt, insbesondere durch einheimische Reiterei.«

»Falco hat keine Verwendung für Ihre Claudius-Anekdoten«, grummelte Vespasian. »Und ich war selbst dabei!«

Der Schreiberling wurde rot. Den Werdegang des Kaisers zu vergessen war ein schlimmer Fehler. Vespasian hatte in der

Schlacht am Medway die Zweite Augusta befehligt, und er und die zweite Legion hatten bei der Eroberung Britanniens viel Ruhm eingeheimst.

»O mein Cäsar!« Canidius krümmte sich wie ein Wurm. »Auf der Ehrenliste der Vierzehnten steht ferner der Sieg über die Fürstin Boudicca, wofür ihr – zusammen mit der Zwanzigsten Valeria – der Titel ›Martia Victrix‹ verliehen wurde.«

Sie wundern sich vielleicht, wieso die Zweite Augusta nicht auch mit so einem »von und zu« geadelt wurde. Schuld daran war eine jener Pannen, die unsere Geschichtsschreiber so gern leugnen und die in diesem Fall dazu führte, daß die glorreiche Zweite (meine Legion so gut wie Vespasians) überhaupt nicht auf dem Schlachtfeld erschien. Die Legionen aber, die sich tatsächlich dem Stamm der Icenier entgegenwarfen, konnten nur mit knapper Not ihre Haut retten. Seitdem tat jeder Angehörige der Zweiten gut daran, um die Vierzehnte Gemina samt ihren Ehrentiteln einen großen Bogen zu machen.

Canidius fuhr fort: »In den jüngsten Kriegen spielen die batavischen Hilfstruppen der Vierzehnten eine entscheidende Rolle. Man trennte sie von der Mutterlegion und unterstellte sie Vitellius in Germanien. Die Vierzehnte selbst war zunächst Nero treu ergeben (hatte der sie doch nach dem Sieg gegen Boudicca als seine beste Legion gerühmt) und unterstützte später Otho. Der brachte sie nach Rom. Dadurch standen die Legion und ihre eingeborenen Kohorten auf einmal in gegnerischen Lagern, und gleich nach der ersten Schlacht, bei Bedriacum ...« Canidius brach traurig ab.

Offenbar wollte er sich vor dem heiklen Thema drücken, deshalb sprang ich ein. »Ob die Vierzehnte Gemina vor Bedriacum tatsächlich dabei war, ist noch fraglich. Lieber behauptet sie, an dem Gefecht nicht teilgenommen zu haben, als daß sie eine Niederlage eingestehen würde.«

56

Vespasian grummelte Unverständliches vor sich hin. Bestimmt dachte er, die Vierzehnte wolle sich bloß aus einer Blamage rausmogeln.

Hastig nahm Canidius seinen Bericht wieder auf. »Nach dem Selbstmord Othos führte Vitellius die Legion und ihre Hilfstruppen wieder zusammen. Es kam zu einigen Konkurrenzkämpfen.« Dieser Euphemismus war einfach zum Lachen. Der Archivar hatte offenbar keine Ahnung, was der Kaiser wollte.

»Halt!« rief ich. »Sie lassen ja das Spannendste aus. Seien Sie doch ehrlich: Es kam immer wieder zu Streit und Händel zwischen der Vierzehnten und ihren Batavern, und bei einem dieser Zusammenstöße wurde sogar Augusta Taurinorum niedergebrannt...« Dieses Desaster warf ein schlechtes Licht auf die bislang so gepriesene Disziplin der Vierzehnten Legion.

Um endlich das heikle Thema hinter sich zu bringen, kam Canidius eilig zum Schluß. »Vitellius beorderte den Stamm der Vierzehnten nach Britannien zurück und gliederte die acht Bataverkohorten seinem persönlichen Gefolge an, bis er sie wieder nach Germanien verlegen konnte.« Noch mehr Politik. Canidius sah wieder ganz traurig aus.

»In Germanien schlossen sich die Bataver dem Civilis an, was der Rebellion natürlich gehörigen Auftrieb gab.« Ich war heute noch wütend darüber. »Da Civilis ihr Stammesfürst ist, hätte der Kaiser eigentlich darauf gefaßt sein müssen, daß die Bataver überlaufen würden!«

»Genug, Falco«, schnarrte Vespasian, der strikt dagegen war, einen anderen Herrscher zu kritisieren – auch dann nicht, wenn er ihn selbst entthront hatte.

Er nickte Canidius aufmunternd zu, und der preßte hervor: »Die Vierzehnte kehrte zurück aus Britannien, um Petilius Cerialis beizustehen. Derzeit verstärkt sie die Truppen in Moguntiacum«, schloß er, hörbar erleichtert, seinen Bericht.

»Wir haben leider nur die Festungen in Obergermanien halten können«, sagte Vespasian, an mich gewandt. »Moguntiacum kontrolliert gegenwärtig beide Gaue.« Wenn das Kastell, in dem die Vierzehnte stationiert war, eine so wichtige Rolle spielte, mußte Vespasian sich natürlich voll und ganz auf die Legion verlassen können. »Mein oberstes Ziel ist es, die Disziplin der Truppe zu straffen und alte, gegen uns gerichtete Stammesbande zu zerschlagen.«

»Was wird aus den Streitkräften, die zum Gallierbund übergelaufen sind?« fragte ich neugierig. »Welche waren das noch gleich, Canidius?«

»Die Erste Germanica aus Bonna, die Fünfzehnte Primigenia aus Vetera und die Sechzehnte Gallica aus Noväsium – ach, und die Vierte Macedonia aus ...« Er hatte es vergessen, ein erstes Zeichen von Menschlichkeit.

»Moguntiacum«, ergänzte der Kaiser und unterstrich damit, warum er dort gerade jetzt eine kaisertreue Legion brauchte.

»Ergebensten Dank, mein Cäsar. Als Petrilius Cerialis die Rädelsführer empfing«, erklärte der Archivar, »da sprach er zu den Meuterern ...« Zum ersten Mal schielte Canidius nach dem Notiztäfelchen an seinem Gürtel. Diese bedeutende Ansprache wollte er denn doch im Wortlaut zitieren: »›Von heute an sind die aufständischen Militäre wieder Soldaten ihres Landes. Von heute an seid ihr aufs neue rekrutiert und durch euren Eid dem Senat und dem römischen Volke zu Treue und Gehorsam verpflichtet. Der Kaiser hat alles Geschehene vergessen, und euer Oberbefehlshaber wird sich an nichts erinnern.‹«

Ich versuchte, mir mein Entsetzen über diese Neuigkeit nicht direkt anmerken zu lassen. »Wir nennen die Umstände außergewöhnlich und lassen Nachsicht walten, Cäsar?«

»Wir können es uns nicht leisten, vier Elitelegionen zu verlieren«, grollte Vespasian. »Die Verbände werden aufgelöst, die

58

Männer moralisch aufgerüstet und nach einer Umerziehungs-
phase anderen Einheiten zugeteilt.«

»Aber diese neuen Legionen werden vom Rhein abgezogen?«

»Ja, weil es dazu keine vernünftige Alternative gibt. Die
Grenzen werden künftig von den zuvor Cerialis und Gallis
unterstellten Truppen geschützt.«

»Dazu sind aber nicht alle neun Legionen nötig.« Jetzt begriff
ich endlich, vor welcher Entscheidung der Kaiser stand. »Die
Vierzehnte Gemina könnte also entweder nach Britannien
zurückgehen oder in Moguntiacum Stammquartier beziehen.
Canidius hat uns doch gerade erzählt, daß dies ursprünglich
ihr Standlager war. Was haben Sie beschlossen, Cäsar?«

Vespasian zierte sich. »Ich überlege noch.«

»Hat mein Auftrag etwas mit diesen Überlegungen zu tun?«
Ich weiß nun mal gern, woran ich bin.

Er schien verärgert. »Greifen Sie mir gefälligst nicht vor!«

»Cäsar, es liegt doch auf der Hand. Unter Cerialis hat uns die
Vierzehnte gute Dienste geleistet, davor aber war sie höchst
unberechenbar. Und seit ihrem Sieg über die Icenier könnte
sie den Beinamen ›Die Eigensinnige‹ tragen ...«

»Unterstehen Sie sich, eine tüchtige Legion schlechtzumachen!« Vespasian war ein altmodischer General. Er mochte
einfach nicht glauben, daß auch eine Einheit mit untadeligem
Ruf irgendwann über die Stränge schlagen kann. Geschah es
allerdings und er bekam den Beweis dafür, dann kannte er
kein Erbarmen. »In Moguntiacum stehen zwei Legionen, aber
es sind auch unerfahrene Truppenteile darunter. Ich brauche
also die Vierzehnte – vorausgesetzt, ich kann ihr trauen.«

»Die Legion ist dort aufgebaut worden«, sagte ich nachdenklich. »Und es gibt kein besseres Mittel, Soldaten in Schach zu
halten, als die wachsamen Augen der jeweiligen Großmüt-
ter ... Außerdem liegt Moguntiacum näher als Britannien,
was die Überwachung erleichtert.«

»Falco, was halten Sie davon, die Vierzehnte einmal ganz diskret unter die Lupe zu nehmen?«

»Cäsar, wo denken Sie hin! Ich habe während des Schlamassels mit den Iceniern in der Zweiten Augusta gedient. Die Vierzehnte erinnert sich bestimmt noch gut daran, wie wir sie damals im Stich gelassen haben.« Ich kann mich zwar in einer Schlägerei behaupten, aber fünftausend rachsüchtige Berufssoldaten in die Schranken zu weisen, die allen Grund hatten, mich zu zerquetschen wie eine Bohrassel an der Wand eines Badehauses – also, das ging denn doch entschieden zu weit. »Cäsar, die sind imstande, mich in ungelöschtem Kalk zu begraben und feixend zuzugucken, wie ich verbrutzle!«

»Das zu vermeiden wäre doch ein guter Prüfstein für Ihre Fähigkeiten«, frotzelte der Kaiser.

Ich versuchte gar nicht erst, meine Nervosität zu verbergen. »Was genau ist mein Auftrag, Cäsar?«

»Nicht viel, Falco, nicht viel! Ich möchte der Vierzehnten ein neues Feldzeichen schicken, zur Belohnung dafür, daß sie sich in jüngster Zeit in Germanien so brav geführt hat. Und *Sie* sollen es überbringen.«

»Klingt ja ganz einfach«, brummte ich dankbar, suchte schon nach dem Haken an der Sache. »Und während ich in Ihrem Namen diese hohe Auszeichnung überreiche, soll ich die Stimmung in der Truppe sondieren und herausfinden, ob sie Ihre Wertschätzung verdient?« Vespasian nickte. »Bei allem Respekt, Cäsar, aber falls Sie vorhaben, die Vierzehnte zu schleifen, warum lassen Sie sich dann nicht vom kommandierenden Legaten einen entsprechenden Disziplinarbericht schreiben?«

»Das wäre nicht zweckmäßig.«

Ich seufzte. »Heißt das, Sie haben auch mit dem Legaten Probleme, Cäsar?«

»Natürlich nicht«, antwortete Vespasian mit Nachdruck. In

der Öffentlichkeit *mußte* er so reagieren, solange er keinen handfesten Grund hatte, um den Burschen aus dem Verkehr zu ziehen. Mir schwante, daß ich just diesen Grund beibringen sollte.

Ich mäßigte mich im Ton. »Verzeihung, Cäsar, aber können Sie mir vielleicht etwas über den Mann erzählen?«

»Ich kenne ihn nicht persönlich. Er heißt Florius Gracilis und wurde vom Senat für eine Kommandeursstelle vorgeschlagen; dagegen hatte ich nichts einzuwenden.« Es ist ein Mythos, daß alle öffentlichen Ämter vom Senat vergeben werden. In der Praxis kommt niemand am Veto des Kaisers vorbei. In der Regel schlug Vespasian auch seine eigenen Kandidaten vor, aber mitunter schmeichelte er der Senatsversammlung schon einmal damit, daß er ihr den Vortritt ließ und sie irgendeine Dumpfbacke nominieren durfte. Diesem Legaten nun schien Vespasian zu mißtrauen – aber fürchtete er unverfrorene Korruption oder ging es bloß um normale Inkompetenz?

Ich ließ es auf sich beruhen. Schließlich hatte ich meine eigenen Quellen, wenn es darum ging, einem Senator auf den Zahn zu fühlen. Gracilis war vermutlich ein ganz normaler adliger Trottel, der seine Zeit bei der Legion runterriß, bis ein Militärkommando ihn mit Dreißig im *cursus publicus* auf der Karriereleiter den entscheidenden Schritt voranbringen würde. Daß man ihn zunächst in eine Grenzregion schickte, war unvermeidlich. Daß er ausgerechnet eine Legion in Germanien bekam, war dagegen einfach Pech.

»Bestimmt ist Seine Hochwohlgeboren den Anforderungen seines Postens voll und ganz gewachsen«, sagte ich, aber mein Ton verriet dem Kaiser, daß ich, während ich die Legion inspizierte, auch einen kritischen Blick auf Florius Gracilis werfen würde. »Das wird wohl wieder mal eine meiner komplexen Missionen, Cäsar.«

»Das ist doch die einfachste Sache von der Welt!« behauptete der Kaiser. »Ach, und wenn Sie schon mal dort sind«, setzte er ohne jede Logik hinzu, »dann können Sie sich auch gleich noch um ein paar Probleme kümmern, die Petilius Cerialis leider nicht mehr hat lösen können.«

Ich holte tief Luft. Jetzt kamen wir zum Kern der Sache! Die Loyalität der Vierzehnten konnte schließlich jeder kompetente Zenturio vor Ort einschätzen. M. Didius Falco sollte aufs Geratewohl ein paar Phantome jagen.

»Ach?« meinte ich nur.

Vespasian übersah geflissentlich meine saure Miene. »Ihre schriftlichen Befehle werden alles weitere erläutern.«

Der Kaiser drückte sich selten vor einer Aussprache, darum wußte ich, als er jetzt so nonchalant vor den Details kniff, daß die »ungelösten Probleme«, die ich da von Petilius Cerialis erben sollte, wirklich zum Himmel stinken mußten. Vespasian baute offenbar darauf, daß ich meine Instruktionen erst unterwegs lesen würde – zu spät, um nein zu sagen.

Er sprach davon wie von einer Lappalie. Und doch war diese vermeintliche Nebensache, die mir da nachgeworfen wurde wie ein vergessenes Gastgeschenk, der eigentliche Grund dafür, daß er mich nach Germanien schickte.

IX

Es war mir unangenehm, mit einem Gespenst wie Canidius in der Öffentlichkeit aufzutauchen. Er sah aus wie einer, der sich auf dem Weg ins Badehaus verlaufen hat und drei Wochen später immer noch zu schüchtern ist, nach dem richtigen Weg zu fragen. Aber wo würde ich so viele Informationen auf einmal finden wie in seinem vollgestopften Schädel?

Mich immer schön auf der Windseite haltend, lotste ich den bleichen Gesellen zu einer Weinschenke. Vorsorglich suchte ich eine aus, in der ich nur selten verkehrte, vergaß dabei freilich, daß ich wegen ihrer unverschämten Preise nicht zu den Stammgästen zählte. Ich verfrachtete ihn auf eine Bank neben eine Handvoll Würfelspieler und versuchte, ihn mit dem Feuer eines teuren latinischen Roten aufzutauen.

»Hören Sie, Canidius, das autorisierte Gesülze über die Vierzehnte haben Sie ja schon runtergebetet – nun rücken Sie mal mit der Wahrheit raus!«

Der Archivar machte ein betretenes Gesicht.

Schließlich war er nur für die aufpolierte Version des Staatsgeschehens zuständig.

Aber mit einem Becher intus würde er mir bald auch all die schlüpfrigen Geschichten erzählen, die nie in den Büchern stehen.

Sein Blick wanderte zur Decke, durch die, vom Schlafzimmer über uns, die kommerziellen Lustseufzer der Kellnerinnen drangen. Canidius war bestimmt schon vierzig, benahm sich aber wie ein Jüngling, den die Mutter nie zuvor vom Gängelband gelassen hat.

»Ich kümmere mich nicht um Politik.«

»Denken Sie etwa, ich?« gab ich grämlich zurück.

Ich kaute am Becherrand herum und überdachte meine vertrackte Lage. Da wurde ich zu einem Zeitpunkt, an dem die Aussichten für die zivilisierte Welt besonders düster waren, in eine Provinz am rauhen Rand des Reiches geschickt. Auf eine Mission, die so aussichtslos war wie der Versuch, einem wilden Schaf die Kletten aus dem Fell zu klauben. Ohne eine Freundin, die mich hätte trösten können. Mit der Gewißheit, daß auf irgendeiner Zwischenstation ein Killer auf der Lauer lag, der, von Titus Cäsar beauftragt, meiner Reise ein vorzeitiges Ende bereiten sollte. Und fast ebenso sicher war, daß die Vierzehnte Gemina mich, sollte ich Moguntiacum wider Erwarten doch erreichen, als Grundstein für eine Befestigung nutzen und ihren nächsten Wall über meiner Leiche errichten würde.

Ich machte noch einen Vorstoß bei Canidius. »Gibt es sonst nichts, was ich über Neros Lieblingslegion wissen sollte?« Er schüttelte den Kopf. »Kein Skandal, kein Klatsch?« Pech gehabt. »Canidius, haben Sie eine Ahnung, welche Spezialaufgaben der Kaiser mir in Germanien zugedacht hat?« Ahnungen waren nicht seine starke Seite. »Na schön, versuchen wir's anders herum: Was wollte der Kaiser mir über den Rebellenführer Civilis erzählen? Er wurde mitten im Satz unterbrochen, weil Sie kamen.« Hoffnungslos.

Ich hatte Geldbeutel und Geduld umsonst strapaziert. Noch immer brauchte ich eine Menge Fakten; wenn ich erst einmal vor Ort war, würde ich die offenen Fragen – und die Antworten darauf – selbst ausbaldowern müssen.

Im stillen verfluchte ich mich dafür, daß ich zu diesem Schwachsinnigen so gastfreundlich gewesen war, aber ich ließ ihm die Flasche. Natürlich ließ er mich bezahlen. Er war eben ein typischer Beamter.

Auf dem Heimweg besorgte ich einen Laib Brot und ein paar Brühwürste. Vor meinem offenen Fenster wurde es Nacht. Das Haus erzitterte unter fernen Schlägen und Geschrei; die anderen Mietparteien gerbten sich auf diverse glückspendende Weisen gegenseitig das Fell. Die Straße unter meinem Balkon hallte wider von seltsam raunenden Stimmen, denen ich lieber nicht zuhörte. Die Nachtluft wehte den typischen Stadtlärm herein; knarzende Räder, verstimmte Flöten, maunzende Katzen und die Klagelieder von Betrunkenen. Aber noch nie war mir aufgefallen, wie still es in der Wohnung war ohne Helena.

Bedrückend still, bis sich Schritte näherten.

Sie waren leicht, aber zögerlich – müde vom langen, beschwerlichen Aufstieg. Keine Stiefel. Auch keine schlappenden Sandalen. Zu große Schritte für eine Frau, ausgenommen eine, die mir nicht willkommen gewesen wäre. Zu lässig für einen Mann, den ich hätte fürchten müssen.

Die Schritte machten vor meiner Tür halt. Dann war es lange still. Jemand klopfte. Ich lehnte mich auf meinem Sitz zurück und blieb stumm. Vorsichtig öffnete jemand die Tür. Der vornehme Duft einer kostspieligen Salbe stahl sich herein und geisterte neugierig durchs Zimmer.

Dann folgte ein Kopf, darauf sorgfältig gelegte dunkle Locken, die von einem geflochtenen Stirnband gehalten wurden. Dieser Haarschnitt sollte ins Auge springen. Der Kopf wirkte sauber, adrett, wohlgepflegt und war auf dem Aventin so fehl am Platz wie Bienen in einem Federbett. »Sind Sie Falco?«

Mein eigener Schädel wurde plötzlich heiß und juckte, als hätte ich Schuppen. »Wer will das wissen?«

»Ich bin Xanthus. Man sagte mir, Sie würden mich erwarten.«

»Ich erwarte niemanden. Aber wenn du schon mal da bist, kannst du ruhig reinkommen.«

Er tat, wie ihm geheißen. Für die Wohnung hatte er nur ein abfälliges Grinsen übrig; damit waren wir schon zwei. Er hatte die Tür aufgelassen. Ich sagte, er solle sie schließen. Er tat es mit einer Miene, als fürchte er, von einem Paar wilder Zentauren zu Boden geworfen und unter feurigem Wiehern seiner Männlichkeit beraubt zu werden.

Ich musterte ihn. Ein Schwuler. Nicht der übliche Palastkurier, mit einem Hirn so zäh wie Honig. Nein, der hier hatte Klasse – auf seine Art.

Während ich ihn noch angaffte, nistete sich der Duft seiner unpassenden Rasiercreme in meiner Wohnung ein. Auf dem Kinn, das sich mit dieser ägyptischen Zaubersalbe schmückte, sproß seit schätzungsweise zehn Jahren ein zarter Flaum. Der Kurier trug eine weiße Palastuniform mit Goldsaum, aber die Schuhe, die ich draußen auf der Treppe gehört hatte, waren gewissermaßen seine persönliche Note: eine vorn abgerundete, zinnoberrote Kalbslederkreation, die bestimmt ein Vermögen gekostet hatte, auch wenn sie beileibe nicht jedermanns Geschmack war. Die Art feine Fußbekleidung, wie ein drittklassiger Schauspieler sie von einer dankbaren Verehrerin bekommen mag, die er erhört hat.

»Ich habe einen Brief für Sie.« Er streckte mir die Papyrusrolle entgegen, vor der mir schon die ganze Zeit graute: fest wie Pastetenkruste und beschwert mit mindestens einer Unze feierlich gesiegelten Wachses. Ich wußte, daß sie die Instruktionen für meine Reise nach Germanien enthielt.

»Danke«, sagte ich nachdenklich. Dieser komische Kerl in den schrillen Schuhen hatte mich neugierig gemacht. Er war nicht ganz das, was er schien. Nun traf das zwar auf die meisten Römer zu, aber seit Titus Cäsar sich so eifersüchtig in mein Privatleben einmischte, machten solche Blender mich besonders nervös. Ich nahm den Brief »Häng du dich derweil an einen Kleiderhaken, für den Fall, daß ich eine rüde Antwort zurückschicken möchte.«

»So ist's recht«, schimpfte er. »Verfügen Sie nur über mich! Ich habe ja auch nichts anderes zu tun, als auf Türschwellen rumzulungern, während die Herrschaften ihre Post erledigen.«

Hier stimmte etwas nicht. Ich mußte herausfinden, was. »Du scheinst ein sehr rastloser Bote. Wo fehlt's denn? Sind deine Hühneraugen schlimmer als sonst?«

»Ich bin Barbier«, sagte er.

»Und dabei solltest du auch bleiben, Xanthus. Aus Bartstoppeln kann ein Bursche mit geschickten Händen ein Vermögen machen.« Von den Mieslingen, die ihren armen Opfern mit geschickter Hand und scharfer Waffe an die Kehle gingen,

66

ganz zu schweigen. Ich musterte ihn verstohlen; wenn er ein Messer bei sich trug, dann war es jedenfalls gut versteckt.

»Bei wem bist du eigentlich Friseur?«

Er sank förmlich in sich zusammen. »Früher hab' ich Nero rasiert. Er hat sich mit einem Rasiermesser umgebracht – wahrscheinlich war's eins von mir. Seitdem sind alle Großen durch meine Hände gegangen. Ich habe Galba rasiert und Otho – dem hab' ich sogar noch sein Toupet gereinigt!« Zum ersten Mal glaubte ich ihm: Nur ein echter Friseur würde so stolz seine illustren Kunden herunterbeten. »Und dann hab' ich sogar Vitellius rasiert, wenn ihm mal einfiel, sich seinen Vierzehntagebart scheren zu lassen ...«

Schon wieder hatte mich der Argwohn gepackt. »Und Vespasian?« fragte ich düster.

»Nein.«

»Wie steht's mit Titus?« Er schüttelte den Kopf. Ich war zu alt, ihm das zu glauben. »Kennst du einen gewissen Anacrites?«

»Nein.«

Anacrites war der Oberspion im Palast und mir gar nicht grün. Falls jemand im Palatin eine private Hinrichtung befahl, dann hatte Anacrites bestimmt seine Hand im Spiel. Besonders, wenn ich das Opfer sein sollte. Das würde Anacrites gefallen.

Ich biß mir auf die Unterlippe. »Wie kommt es, daß ein kaiserlicher Barbier in einer Zeit, wo eine saubere Rasur so schwer zu finden ist wie ein Smaragd in einem Gänsemagen, sich seine schicken roten Treterchen als Botengänger auf dem Aventin einsauen muß?«

»Man hat mich degradiert«, sagte er (traurig).

»Auf einen schäbigen Posten beim Zustelldienst? Sehr unwahrscheinlich. Du lügst.«

»Ach, glauben Sie doch, was Sie wollen. Ich habe mein Bestes getan, um jeden, der unter dem Handtuch auftauchte, zufriedenzustellen, aber nun hat man keine Verwendung mehr für meine Dienste, und da Vespasian unnütze Esser haßt, bin ich dem Sekretär zugeteilt worden.«

»Hartes Los!«

»Allerdings, Falco! Die Flavier haben allesamt ein starkes Kinn. Ich war für Titus Cäsar zuständig ...«

»Hübscher Wuschelkopf.«

»Genau. Ich hätte aus seinen Locken was Ansehnliches machen können ...«

»Aber der Sieger von Jerusalem will seine hübsche Kehle nicht einer scharfen spanischen Klinge in den Händen eines Mannes anvertrauen, der zuvor schon Nero und Vitellius balbiert hat? Tja, mein Freund, wer könnte ihm das verdenken?«

»Oh, diese Politik!« Er spuckte das Wort förmlich aus. »Jedenfalls hat man mich jetzt dazu verdonnert, durch den Mist in stinkenden Gassen zu stapfen und endlose muffige Treppen hochzukraxeln, um angeblich dringende Depeschen bei unfreundlichen Zeitgenossen abzuliefern, die sich nicht mal die Mühe machen, sie zu lesen.«

Die Klagen machten keinen Eindruck auf mich. »Bedaure, aber ich bin nicht überzeugt. Hat Titus dich hergeschickt?«

Der Barbier schüttelte ungeduldig den Kopf, aber mittlerweile war ich mir sicher. »Hör doch auf mit der Wackelei – sieht ja aus wie eine Hure an einem stressigen Abend nach den Rennen.«

»Woher dieses üble Mißtrauen? Ich bin doch bloß ein armer Wicht, für den die da oben keine Verwendung mehr haben.«

Und ob sie Verwendung hatten für ihn!

Ich las die Rolle, die Xanthus mir gebracht hatte, und stieß auf weitere schlechte Nachrichten.

Vespasians Instruktionen an mich hatte ein Sekretär geschrieben, dessen hübsche griechische Schnörkel gut als Dekoration auf eine Vase gepaßt hätten; sie zu entziffern war eine Qual. Während ich daran herumbuchstabierte, drückte der Friseur sich fest gegen eine Zimmerwand. Er schien vor irgendwas Angst zu haben. Vielleicht vor mir.

Als ich fertig war, blieb ich einen Moment schweigend sitzen. Mir war schwummrig von dem Wein, den ich mit Canidius getrunken, und von der Wurst, die ich wohl zu schnell heruntergeschlungen hatte. Aber nach dieser Lektüre wäre mir sowieso schlecht geworden. Was ich in Germanien zu tun hatte, war folgendes:

Der Vierzehnten Gemina das Geschenk des Kaisers überbringen und dem Kaiser anschließend Bericht erstatten.

Jeder Depp würde das fertigbringen. Vielleicht sogar ich.

Das Schicksal des ehrenwerten Munius Lupercus in Erfahrung bringen.

Wer das ist? Ich will es Ihnen sagen: nur der kommandierende Legat der Legion in Vetera, jenem Kastell, das fast bis zum Hungertod ausgeharrt hatte, bevor die sich ergebenden Truppen allesamt niedergemetzelt wurden. Alle außer Lupercus. *Ihn* hatten die Freiheitskämpfer über den Rhein geschickt, als Geschenk für ihre abgrundtief böse Seherin.

Veleda das Handwerk legen, wenn möglich.

Richtig geraten: Veleda ist besagte Priesterin.

Den Verbleib von Julius Civilis in Erfahrung bringen.

»O ihr Götter!« Selbst für meine leidvolle Geschichte ekelhafter Aufträge war diese letzte Aufgabe einfach unerhört.

Den Verbleib von Julius Civilis in Erfahrung bringen, seines Zeichens Stammesführer der Bataver, und seine künftige Kooperation innerhalb eines befriedeten Galliens und Germaniens sicherstellen.

Vespasian hatte bereits zwei Oberbefehlshaber in voller Purpurrüstung nebst neun bewährten Legionen ausgesandt, um Civilis zurückzugewinnen. Egal, was der *Tagesanzeiger* treuherzig von seiner Säule im Forum herab berichten mochte, jeder Versuch war gescheitert. Und jetzt schickte Vespasian mich los.

»Schlechte Nachrichten?« fragte Xanthus mit nervös bebender Stimme.

»Schlecht? Katastrophal!«

»Aber Sie fahren doch nach Germanien?« Das hatte ich vorgehabt, bis ich diese Liste der Unmöglichkeiten zu lesen bekam. Jetzt konnte mein Reiseziel nur noch in der entgegengesetzten Richtung liegen. »Ich beneide Sie, ehrlich!« schwärmte der Friseur mit der seinem Stand eigenen Taktlosigkeit. »Ich wollte immer schon mal was vom Imperium außerhalb Roms kennenlernen.«

»Unbequemlichkeit kannst du doch hier viel billiger haben. Versuch's doch mal an einem heißen Nachmittag mit dem Circus Maximus. Oder mit einem schlechten Stück im Theatrum Pompeii. Kauf dir einen Becher Wein auf dem Forum. Meeresfrüchte tun's auch. Oder versuch's zur Abwechslung mit den Weibern. Oder wenn du dir unbedingt was Exotisches einfangen willst, dann schwimm im August eine Runde durch den Tiber ... Xanthus, ich muß dringend nachdenken. Also halt gefälligst den Mund. Nein, hau besser gleich ab. Und wenn's geht, komm mir nicht mehr unter die Augen mit deinem gräßlichen roten Schuhwerk!«

»Das wird nicht gehen«, erklärte er süffisant. »Ich komme morgen wieder und bringe Ihnen das Paket, das Sie nach Germanien mitnehmen sollen.«

Ich bedankte mich für die Warnung und beschloß, am nächsten Tag nicht daheim zu sein.

70

X

Ich hätte diese Mission ablehnen sollen. Und eigentlich hatte ich das auch vor.

Aber ich brauchte das Geld. Dringend. Das Honorar konnte sich sehen lassen – falls ich am Leben blieb und es einfordern konnte. Außerdem lag mir daran, aus Rom wegzukommen, bevor die Blicke, die Titus Cäsar mir neuerdings zuwarf, zu Schlimmerem führten. Vor allem aber konnte ich es ohne Helena einfach nicht mehr aushalten in meiner Bude.

Armut hätte ich verkraften können. Vielleicht hätte ich es sogar mit Titus aufgenommen. Aber die Sehnsucht nach Helena machte mich fertig. Ihretwegen blieb ich traurig in meinem elenden Loch an der Brunnenpromenade hocken und konnte mich nicht einmal dazu aufraffen, auf den Palatin zu stürmen, um mich beim Kaiser zu beklagen. Helena war auch der Grund dafür, daß ich dringend nach Germanien wollte. Ja, ich wollte dorthin, selbst wenn ich einen Winter in einer Provinz aushalten mußte, die durch eine kaum erstickte Rebellion jeden Hauch von Komfort verloren hatte und wo mich Aufgaben erwarteten, die riskant bis haarsträubend, ja, unmöglich waren.

Titus hatte ich gesagt, Helena Justina sei zu ihrem Bruder gefahren. Ich hatte ihm das erzählt, weil ich es für die Wahrheit hielt.

Trotzdem hatte ich Titus vielleicht ein klein wenig an der Nase herumgeführt. Helena hatte einen Bruder namens Älianus, der in Baetica die hohe Schule der Diplomatie erlernen sollte. Sie hatte einen zweiten mit Namen Justinus. Den kannte ich persönlich. Ich war ihm in einem Lager begegnet, in dem er als Militärtribun diente. Das Kastell hieß Argentoratum. Und Argentoratum liegt in Obergermanien.

Am nächsten Tag traf ich meine Vorbereitungen. Ein Palast-sekretär, den ich mir für solche Fälle warmhielt, versprach mir Kopien von Protokollen über den Civilis-Aufstand. Außer-dem beantragte ich einen Reisepaß und einen Satz Landkar-ten. Dann spazierte ich rüber zum Forum, wo ich mich an eine Säule am Saturntempel lehnte und wartete. Worauf? Auf einen Einbeinigen. Es ging mir um keinen Bestimmten, nein, der Mensch, den ich suchte, brauchte nur eine Bedingung zu erfüllen: Er mußte im Bürgerkrieg gekämpft haben, am be-sten unter Vitellius.

Vier Leute sprach ich an. Einer war aus dem Osten heimge-kehrt, kam also nicht in Frage, und die drei anderen waren Betrüger, die, kaum daß man ihnen eine harmlose Frage stellte, auf zwei Beinen davonrannten. Aber dann fand ich doch noch den Richtigen. Ich ging mit ihm in ein Speisehaus, ließ ihn eine volle Schüssel bestellen, die ich bezahlte, ihm aber vorenthielt, bis er mir Rede und Antwort gestanden hatte.

Er war ein Exlegionär, den man nach seiner Amputation in Rente geschickt hatte. Das konnte nicht lange her sein, denn der rot-wunde Stumpf war kaum verheilt. Mit der »Rente« war es freilich bestimmt nicht weit her, denn für dienstun-taugliche Soldaten, die nicht so rücksichtsvoll sind, gleich ins Gras zu beißen, hat Rom noch nie gut gesorgt. Dieser arme Kerl konnte weder einen Grabstein beanspruchen noch die staatliche Landzuweisung, die pensionierten Veteranen zu-stand. Also war er nach Rom zurückgehumpelt, wo jetzt nur das Korndeputat und das Gewissen seiner Mitbürger zwi-schen ihm und dem Hungertod standen. In dieser Woche besaß ich anscheinend das einzig funktionierende Gewissen, und anscheinend war es eine ganz normale Woche.

»Sagen Sie mir bitte, wie Sie heißen und in welcher Legion Sie gedient haben.«

72

»Balbillus. Ich war in der Dreizehnten.«

»Waren Sie bei den Kämpfen von Cremona dabei?«

»Bedriacum? Ich hab' nur den ersten mitgemacht.«

Vitellius hatte seine wichtigen Schlachten – die gegen Otho, den er besiegte, und die gegen Vespasian, der ihn besiegte – beide am selben Ort ausgetragen: in einem Dorf namens Bedriacum in der Nähe von Cremona. Das sollte Sie nicht wundern. Als er erst einmal einen hübschen Flecken mit Blick auf den Fluß und landschaftlichen Reizen gefunden hatte – warum hätte er da weiterziehen sollen?

»Bedriacum reicht schon. Mich interessiert, wie die Vierzehnte sich aufgeführt hat.«

Balbillus lachte. Die Vierzehnte Gemina löste immer wieder hämische Reaktionen aus. »Mein Haufen hat manchmal mit denen gesoffen...« Ich verstand den Wink und beschaffte ihm flüssige Stärkung. »Also, was wollen Sie?« Er war unter den schlechtesten Bedingungen aus der Armee ausgeschieden und hatte nichts mehr zu verlieren durch lockere demokratische Reden.

»Ich brauche Hintergrundinformationen. Aber nur aus der jüngsten Zeit. Den heldenhaften Sieg der Vierzehnten gegen Fürstin Boudicca können Sie sich also sparen.«

Diesmal lachten wir beide.

»Die waren schon immer ein rabiater Haufen«, bemerkte Balbillus.

»Allerdings! Falls Sie an Geschichte interessiert sind: Der wahre Grund, warum der göttliche Claudius die Vierzehnte für die Eroberung Britanniens auserkor, war Beschäftigungstherapie. Die Burschen haben nämlich schon vor dreißig Jahren gestänkert. Aber der Einsatz in Germanien führt offenbar zur Meuterei! Also, Balbillus, lassen Sie mich die blumigen Details hören. Als erstes, wie hat die Vierzehnte auf Vespasian reagiert?«

Das war eine riskante Frage, aber er beantwortete sie halbwegs. »Ganz schön durchwachsen.«

»Weiß ich. Im Vierkaiserjahr mußten die Leute mit jedem Neuling, der die Bühne betrat, ihre politische Überzeugung revidieren.« Ich konnte mich freilich nicht erinnern, daß ich die meine korrigiert hätte. Das lag wohl daran, daß ich wie gewöhnlich alle Kandidaten verachtet hatte. »Ich nehme doch an, daß alle britischen Legionen Vespasian als einen der ihren ansahen?«

Balbillus war anderer Meinung. »Viele Offiziere und Soldaten in den britischen Legionen sind von Vitellius befördert worden.«

Kein Wunder, daß Vespasian jetzt so scharf darauf war, einen neuen Statthalter nach Britannien zu schicken, einen, dem er vertrauen konnte. Bestimmt segelte Petilius Cerialis mit dem Auftrag durch die Gallische Straße, drüben jedem Abtrünnigen den Garaus zu machen.

Balbillus brach sich ein Stück Brot ab. »In Britannien haben sich ein paar merkwürdige Dinge abgespielt.«

Ich schob ihm eine Schale mit Oliven hin. »Was ist passiert? Die Skandalversion, wenn's geht.«

»Die Vierzehnte behauptet, daß der britische Statthalter seine Truppen noch ärger in Rage gebracht hat, als Statthalter das für gewöhnlich tun.« Durch diesen Anfall von zynischem Witz machte der Veteran sich bei mir noch beliebter als mit seiner mitleiderregenden Verletzung. »Der Mann lag im Dauerstreit mit dem Legaten von der Zwanzigsten Valeria.« Während meiner Militärzeit hatte auch ich mit der Zwanzigsten Legion zu tun gehabt: ein langweiliger, aber tüchtiger Haufen. »Der Bürgerkrieg ließ den Streit erst recht aufflammen, die Truppen stellten sich hinter den Legaten, und der Statthalter mußte aus der Provinz verschwinden.«

»Jupiter! Und was wurde aus Britannien?«

74

»Die Legionskommandeure bildeten einen Ausschuß, der die Tagesgeschäfte weiterführte. Der Vierzehnten hat es offenbar ziemlich leid getan, daß sie den Rummel verpaßte.«

Ich stieß einen Pfiff aus. »Nichts von diesem feinen Skandälchen ist je durchgesickert!«

»In einem wilden Sumpf wie Britannien«, meinte Balbillus sarkastisch, »sind ungewöhnliche Maßnahmen wahrscheinlich ganz normal!«

Ich war schon wieder bei meinem eigenen Problem. »Das heißt, als die Vierzehnte aufs Festland zurückkehrte, war sie bereits daran gewöhnt, sich ihre Regeln selbst zu machen? Von anderen Rangeleien ganz zu schweigen.«

»Meinen Sie mit den Batavern?«

»Ja, besonders ihre Eskapade in Augusta Taurinorum. Sie kämpften unter Vitellius und stießen bei Bedriacum wieder zu ihrer Legion, stimmt's?«

Er machte sich abermals über das Brot her. »Sie können sich denken, wie gespannt wir alle vor der Schlacht waren, weil angeblich die berühmte Vierzehnte Gemina anrückte.«

»Das war ja auch ein entscheidendes Gefecht. Haben sie's denn deichseln können?«

»Zugetraut haben sie sich's wohl!« Balbillus grinste. »Aber dann sind sie ja überhaupt nicht aufgetaucht. Die Bataverkohorten kämpften auf seiten des Siegers – sie sind in einem brillanten Gefecht auf einer Insel im Po gegen eine Gruppe von Gladiatoren angetreten. Damit haben sie natürlich hinterher furchtbar angegeben und geprahlt, daß sie die berühmte Vierzehnte auf den Platz verwiesen hätten und daß Vitellius seinen Sieg überhaupt nur *ihnen* verdanke.«

»Deshalb sah sich die Vierzehnte genötigt, ihnen so publikumsträchtig wie möglich eins überzubraten?«

»Sie müssen sich das so vorstellen, Falco: Das waren Rowdys, die im Feld notgedrungen miteinander auskommen mußten, aber in Augusta Taurinorum hat Vitellius sie auch noch miteinander ins selbe Quartier gesteckt – obwohl sie schon hoffnungslos zerstritten waren.«

»Und dann kam's zum Krach? Waren Sie Zeuge?«

»Klar! Ein Bataver beschuldigte einen Arbeiter des Betrugs, woraufhin ein Legionär, der bei dem Arbeiter einquartiert war, den Bataver verprügelte. Straßenkämpfe brachen aus. Schließlich beteiligte sich die ganze Legion an der Rauferei. Als wir die Männer mit Gewalt auseinandertrieben und das Blut aufwischten . . .«

»Gab's auch Tote?«

»Nur ein paar! Jedenfalls wurde die Vierzehnte nach Britannien zurückbeordert. Beim Abmarsch aus der Stadt ließen sie absichtlich überall Feuer brennen – und Augusta Taurinorum ging in Flammen auf.«

Unverzeihlich – unter normalen Bedingungen. Aber auch wenn die Vierzehnte sich wie eine Horde Krimineller aufgeführt hatte, waren ihre Soldaten nie Meuterer gewesen. Die ihnen verhaßten Bataverkohorten dagegen waren zu Civilis übergelaufen. Die Vierzehnte Legion diente jedem, der gerade Kaiser war. Kein Wunder, daß Vespasian fand, alles, was diese wackeren Helden jetzt bräuchten, sei ein Befehlshaber, der sie im Zaum halten konnte.

»Dann braucht der Mann aber einen eisernen Griff!« höhnte Balbillus, als ich darauf zu sprechen kam. »Als Vitellius sie sich vom Hals schaffte und nach Britannien zurückschickte, da hatten sie strikten Befehl, mit Rücksicht auf die einheimische Bevölkerung nicht über Vienna zu marschieren. Trotzdem wollte die Hälfte dieser Idioten schnurstracks da lang. Haben Sie das gewußt? Und sie hätten auch ihren Kopf durchgesetzt, wenn nicht die anderen auf ihre Karriere bedacht gewesen wären . . .«

Ich hielt es der Vierzehnten zugute, daß sich immerhin der

Klügere durchgesetzt hatte. Aber ansonsten bestätigte mir Balbillus' Bericht, daß die Legion sicher nicht in der Stimmung war, sich ausgerechnet von mir sagen zu lassen, sie solle in Zukunft brav in der Kaserne hocken und mit ihren Essensmarken spielen, statt prahlend Städte niederzubrennen …

Ich gab Balbillus das Geld für eine Rasur und eine zweite Flasche Wein, dann ließ ich den einbeinigen Soldaten sein warmes Essen genießen, während ich wie ein ehrbarer Bürger nach Hause spazierte.

Ich wäre besser in der Kneipe geblieben und hätte mich dort betrunken. Leider hatte ich den Palastfriseur ganz vergessen. Er wartete in meiner Wohnung – mit zauberhaftem Lächeln, ekelhaften kirschroten Schuhen und einem großen Weidenkorb.

»Ich hab's doch versprochen!«

»Ja, ja, Sie haben mich gewarnt.«

Fluchend packte ich einen Griff und versuchte, den Korb näher heranzuziehen. Er rührte sich nicht vom Fleck. Ich stemmte mich gegen eine Bank und zog aus Leibeskräften. Das bleischwere Ding schleifte mit schmerzhaftem Quietschen gerade mal ein Dielenbrett weiter. Ich schnallte die dicken Gurte ab, und wir spähten in den Korb. Da lag das neue Feldzeichen der Vierzehnten.

Xanthus war entsetzt. »Was um alles in der Welt ist das?«

Ich reise am liebsten mit leichtem Gepäck (wenn es denn überhaupt sein muß). Der Kaiser hatte ein Schmuckstück von genau der Sorte ausgesucht, die man auf einer langen Reise nicht gern im Rucksack rumkollern hat. Er bürdete mir für die Fahrt nach Germanien die Verantwortung für eine zwei Fuß große, derb geschmiedete Menschenhand auf. Sie war vergoldet, aber unter der gleißenden Oberfläche bestand die Skulptur, die ich durch halb Europa schleppen sollte, aus massivem Eisen.

Seufzend sah ich den Friseur an. »Je nachdem, ob der Experte, den man konsultiert, ein Optimist oder ein Realist ist, wird dieses Monstrum als großmütige Geste internationaler Freundschaft dargestellt – oder als Symbol erbarmungsloser Militärmacht.«

»Und? Was denken Sie?«

»Ich denke, daß ich mir das Kreuz kaputtmache, wenn ich diesen Klotz durch Europa schleppe.«

Ich ließ mich auf die Bank plumpsen. Wer mochte diesem zarten Knaben geholfen haben, den Korb hier heraufzuwuchten? »Na schön, du hast das Ding abgeliefert. Worauf wartest du noch?«

Der zwielichtige Palastkurier schlug verschämt die Augen nieder. »Ich hätte Sie gern was gefragt.«

»Raus damit!«

»Darf ich mitkommen nach Germanien?«

Das untermauerte meinen Verdacht, Titus habe das Bürschchen auf mich angesetzt. Was mich nicht einmal überraschte. »Ich muß mich wohl verhört haben.«

Er kannte einfach keine Scham. »Ich hab' Ersparnisse, wissen Sie – und mein Gesuch auf Freikauf hab' ich auch schon gestellt. Aber bevor ich mich irgendwo niederlasse, möchte ich schrecklich gern die Welt sehen ...«

»Beim Jupiter!« grummelte ich in den Kragen meiner Tunika. »Ist schon schlimm genug, wenn einen so ein Dummkopf von Barbier schneidet, während er sich erkundigt, ob der Herr den Sommer in seiner Villa in der Campania zu verbringen gedenkt. Aber daß so ein Windhund mit in die Ferien will – also das schlägt ja wohl dem Faß den Boden aus!«

Xanthus sagte nichts.

»Hör zu, Junge, ich soll als kaiserlicher Gesandter zu den Barbaren. Warum um alles in der Welt sollte ein *Barbier* dieses Elend mit mir teilen?«

78

»Vielleicht«, meinte Xanthus mißmutig, »brauchen die Leute ja auch in Germanien mal 'ne anständige Rasur.«

»Was siehst du mich dabei an?« Ich rieb mir das Kinn – tatsächlich, kratzige Stoppeln.

»Tu ich ja gar nicht.« Sein Grinsen war die reinste Beleidigung. Wenn sich unter seiner modisch gestutzten Mähne erst mal eine Idee festgesetzt hatte, war Xanthus nicht mehr zu bremsen. »Hier vermißt mich bestimmt keiner. Und Titus will mich sowieso loswerden.« Das konnte ich mir allerdings vorstellen. Titus wollte mir seinen privaten Messerwetzer an die Fersen heften. Da war es doch besser, wenn ich Xanthus in eine gottverlassene Provinz mitnahm, bevor er das Messer zückte.

»Titus kann von mir aus deinen Reisepaß mit gepökeltem Fisch bestreichen und unter Wasser verspeisen – ich fahre allein. Wenn Titus dich von deinem Amt entbinden will, dann soll er dir eine Abfindung zahlen, mit der du in den Thermen einen Friseurstand eröffnen kannst.«

»Ich falle Ihnen bestimmt nicht zur Last!«

»Offenbar muß man ohne Ohren geboren sein, um mit Schere und Rasiermesser zu reüssieren.«

Ich schloß die Augen, um ihn auszusperren, obwohl ich wußte, daß er dadurch nicht wirklich verschwinden würde.

In mir reifte ein Entschluß. Inzwischen war ich überzeugt, daß Titus diesem parfümierten Clown meine Kehle als Streichriemen für sein Rasiermesser andienen wollte. Wenn ich mich auf das Spiel einließ – wenigstens zum Schein –, dann wußte ich immerhin, vor wem ich mich in acht nehmen mußte. Schlug ich dagegen diese Chance aus, so wäre ich gezwungen, jedermann zu mißtrauen.

Ich schlug die Augen wieder auf. Der Barbier hatte offenbar gleichfalls seine grauen Zellen strapaziert, denn er fragte unvermittelt: »Man kann Ihre Dienste doch mieten?«

»Hin und wieder findet sich mal ein Dummer, ja.«

»Und wie hoch ist Ihr Tagessatz?«

»Kommt ganz darauf an, wie sehr mir der Auftrag stinkt.«

»Geben Sie mir doch wenigstens einen Anhaltspunkt, Falco!«
Ich zog ein angewidertes Gesicht, tat ihm aber den Gefallen.
»Soviel kann ich leicht auftreiben«, prahlte er. Ich war nicht
überrascht. Kaiserliche Sklaven sacken gute Trinkgelder ein.
Außerdem nahm ich an, daß Xanthus seine Europareise von
einem Bankier spendiert bekam. »Ich beauftrage Sie, mich auf
Ihrer Reise zu begleiten.«

»O süßes Abenteuer!« spottete ich. »Kriege ich denn auch
jedesmal einen Bonus, wenn ich's arrangieren kann, daß man
dich verprügelt und ausraubt? Doppeltes Honorar, wenn du
dir bei einer billigen Hure in Germanien was holst? Und das
Dreifache, falls du im Meer ersäufst?«

Er antwortete steif: »Ihre Aufgabe wird es sein, mich zu
lehren, wie man die Gefahren in der Fremde meidet.«

»Schön, Lehre Nummer eins lautet: Such dir einen anderen
Reiseweg als meinen.«

Offenbar hielt er meinen Überdruß für eine romantische Pose.
Nichts vermochte ihn abzuschrecken; wer immer ihm befoh-
len hatte, mich zu begleiten – es mußte jemand sein, dessen
Befehlen man bedingungslos gehorcht. »Falco, Ihre Philosophie gefällt mir. Ich denke, wir könnten gut miteinander
auskommen.«

»Also gut.« Ich tat so, als sei ich des Streitens müde. »Ich
hatte schon immer eine Schwäche für Klienten, die es mögen,
wenn man sie pro Stunde zwanzigmal beleidigt. Ich brauche
noch zwei Tage für meine Recherchen und meine persönlichen Angelegenheiten. Wir treffen uns dann am Goldenen
Meilenstein – eine so lange Reise beginne ich nämlich immer
am Nullpunkt. Sei bei Tagesanbruch zur Stelle, bring deine
gesamten Ersparnisse mit, zieh dir statt dieser gräßlichen

roten Latschen ein paar vernünftige Schuhe an, und vergiß deine gültige Freiheitsurkunde nicht! Ich hab' nämlich keine Lust, als Dieb kaiserlichen Eigentums verhaftet zu werden.«

»Danke schön, Falco!«

Ich winkte unwirsch ab. »Was ist schon eine Last mehr oder weniger? Apropos: Vespasians Geschenk an die Legion hat ein stattliches Gewicht. Du kannst mir helfen, die Eisenhand zu tragen.«

»O nein, Falco!« protestierte der Barbier. »Das geht nicht, ich muß doch schon mein ganzes Werkzeug schleppen.«

Ich sagte, er müsse noch eine Menge lernen. Dabei litt ich doch, als ich mir diesen Xanthus aufhalsen ließ, bestimmt selbst an Gehirnerweichung.

BUCH II

UNTERWEGS

Gallien und Obergermanien

Oktober 71 n. Chr.

*»Flaute! Aber wir kommen schon
bald in stürmische Gewässer ...«*

TACITUS, *Historien*

XI

Wir waren ein hübsches Gespann, der Barbier, sein Koffer
mit Salben und Tinkturen, die Hand in ihrem Korb und ich.
Zwei Reiserouten standen zur Auswahl: über die Alpen via
Augusta Prätoria oder zu Wasser und dann durch Südgallien.
Im Oktober empfiehlt sich keine von beiden. Zwischen September und März bleibt jeder vernünftige Mensch in Rom.
Vor Schiffsreisen graust mir eigentlich noch mehr als vor dem
Bergsteigen, aber ich entschloß mich trotzdem, über Gallien
zu fahren. Das ist die Route, die das Militär am häufigsten
benutzt – irgendwann muß wohl mal jemand ausgetüftelt
haben, daß es, logistisch gesehen, die ungefährlichste ist.
Außerdem war ich die Strecke einmal mit Helena gefahren
(wenn auch in umgekehrter Richtung), und ich redete mir ein,
daß sie, falls sie wirklich nach Germanien statt nach Spanien
unterwegs war, vielleicht Orte wiedersehen wollte, die schöne Erinnerungen bargen ...
Anscheinend war dem nicht so. Ich hielt die ganze Reise über
Ausschau nach einer hochgewachsenen, dunkelhaarigen
Frau, die den Zöllnern Beleidigungen an den Kopf warf, fand
aber keine Spur von ihr. Ich kämpfte den Gedanken nieder,
daß sie womöglich lebendig begraben unter einer Lawine
liegen oder den feindlichen Stämmen in die Hände gefallen
sein könnte, die hinter den unwegsamen Pässen Helvetiens
lauern.
Wir landeten im Forum Julii, wo es noch recht angenehm war.
Jedenfalls im Vergleich zu unserer nächsten Station, Massilia,
wo wir übernachten mußten. Soviel zu meiner Reiseplanung.

Massilia ist, in meinen Augen, ein fauliger Abszeß am empfindlichsten Zahn des Imperiums.

»Das sind aber rauhe Sitten hier, Falco!« klagte Xanthus, als wir uns durch die Flut spanischer Ölverkäufer, jüdischer Geschäftsleute und ungewaschener Weinhändler aus allen Landen boxten, die um ein Bett in einer der nicht ganz so verrufenen Herbergen kämpften.

»Massilia ist seit sechshundert Jahren griechische Kolonie, Xanthus. Die Stadt hält sich noch heute für die schönste westlich von Athen, aber sechshundert Jahre Zivilisation haben nun mal eine deprimierende Wirkung. Hier gibt's Olivenhänge und Weingärten, einen stolzen, auf drei Seiten vom Meer umspülten Hafen und ein faszinierendes kulturelles Erbe – aber in den Straßen ist kein Durchkommen vor lauter fliegenden Händlern, die einem billige Töpfe und kitschige Statuen von drallen Gottheiten mit komischen Kulleraugen andrehen wollen.«

»Sie sind schon mal hier gewesen?«

»Übers Ohr gehauen worden bin ich hier! Übrigens, wenn du essen gehen willst, dann ohne mich. Wir haben noch einen weiten Weg vor uns, und ich will meine Kräfte nicht aufs Spiel setzen und mir an einer Schüssel heimischer Garnelen die Darmfäule holen. Laß dich nicht mit den Massiliensern ein – und mit den Touristen genausowenig!«

Mit hängendem Kopf machte sich der Barbier auf die Suche nach etwas Eßbarem.

Ich ließ mich unter einer sehr mickrigen Öllampe zum Kartenstudium nieder. Ein Vorzug der Reise war der, daß der Palast mich mit einem Satz erstklassiger militärischer Wegverzeichnisse für alle größeren Straßen ausgerüstet hatte – dem stolzen Resultat siebzigjährigen römischen Wirkens in Zentraleuropa. Es waren nicht nur Meilenanzeiger zwischen den

Städten und Kastellen, sondern solide und detaillierte Reiseführer mit Anmerkungen und Diagrammen. Trotzdem würde ich mich mancherorts auf meinen Instinkt verlassen müssen, denn zum Beispiel östlich des Rheins zeigten die Karten beängstigend große weiße Flächen: *Germania Libera* ... Unendlich weite Gebiete, die »frei« vom wirtschaftlichen Einfluß Roms waren; dort galten weder römisches Recht noch Gesetz. Und hier ausgerechnet lauerte die Seherin Veleda und hielt sich wahrscheinlich auch Civilis versteckt.

Auch das Grenzland war ziemlich unsicher. In Nordeuropa wimmelte es von Nomadenstämmen, die dauernd – und manchmal sehr zahlreich – auf der Wanderschaft waren. Seit Julius Cäsars Zeiten versuchte Rom, befreundete Stämme gruppenweise so anzusiedeln, daß sie Pufferzonen bildeten. Unsere Provinzen Ober- und Untergermanien bildeten längs des Rheins einen militärischen Korridor zwischen den befriedeten gallischen Landen und den riesigen, unerforschten Weiten des Ostens. Jedenfalls war das bis zum Bürgerkrieg so gewesen.

Nachdenklich studierte ich meine Karte. Hoch im Norden, oberhalb von Belgica, im Mündungsgebiet des Rheins, lag die Heimat der Bataver mit der Festung, die sie »Die Insel« nannten. Den ganzen Rhein entlang standen die römischen Kastelle, Wachtürme und Feldpoststationen, mit deren Hilfe wir Germanien unter Kontrolle hielten; die meisten kleineren Stützpunkte waren von dem Schreiber, der die Karten für mich auf den neuesten Stand gebracht hatte, sauber durchgestrichen worden. Der nördlichste Außenposten war Noviomagus, wo Vespasian ein neues Lager bauen wollte, um die Bataver in Schach zu halten; vorläufig freilich war es bloß ein Kreuz auf der Karte. Dann kam Vetera, der Schauplatz jener grausamen Belagerung; es folgten Noväsium, dessen hasenfüßige Legion zu den Rebellen übergelaufen war; Bonna, das von den Bataverkohorten der Vierzehnten mit furchtbarem Gemetzel überrannt worden war; und Colonia Agrippinensium, das die Aufständischen zwar gestürmt, aber aus strategischen Gründen verschont hatten (außerdem hatte Civilis, soviel ich weiß, Verwandte dort). An der Mosella lag Augusta Treverorum, die Hauptstadt des Stammes der Treverer, wo Petilius Cerialis die Rebellen vernichtend geschlagen hatte. Und da, wo der Moenus in den Rhein mündete, lag endlich mein Etappenziel: Moguntiacum, die Hauptstadt von Obergermanien. Vom großen gallischen Kreuz bei Lugdunum aus führte die Straße direkt dorthin.

Oder aber ich bog bei Cavillonum von der Hauptstraße ab und näherte mich Obergermanien von weiter südwärts her – was sich leicht mit dem Vorwand rechtfertigen ließ, ich müsse mich erst langsam akklimatisieren. Das letzte Stück nach Moguntiacum, zu meinem Treffen mit der Vierzehnten, konnte ich dann per Schiff zurücklegen. Diese Alternativstrecke war nicht länger als die erste (redete ich mir ein) und hatte den Vorteil, daß ich direkt bei Argentoratum auf den Rhein stoßen würde, also am Stützpunkt eines gewissen Jungaristokraten, dessen Schwester ich verfallen war.

Während ich noch düster auf die riesige Strecke starrte, die vor uns lag, kam der Friseur hereingekrochen; er war ganz grün im Gesicht.

»Xanthus! Welche Unbill des Reisens hat dir denn das Leben vergällt? Knoblauch? Verstopfung? Oder hat man dich bloß geschröpft?«

»Ich hab' den Fehler gemacht, mir was zu trinken zu bestellen.«

»Ach! Das passiert jedem mal.«

»Ein Becher Wein kostet hier ...«

»Sag's mir nicht, ich bin sowieso schon deprimiert. Die Gallier haben eben wahnwitzige Preisvorstellungen. Sie selbst sind verrückt auf Wein und zahlen sich dumm und dämlich dafür. Aber ein Volk, das allen Ernstes glaubt, eine Amphore mittelmäßigen Importweins sei soviel wert wie ein gesunder Sklave, ist einfach nicht vertrauenswürdig. Der Weinhändler hier wird dir natürlich nicht weniger berechnen, als er selbst gezahlt hat, bloß weil *du* in einer Stadt aufgewachsen bist, wo in der Schenke der Krug für einen halben As auf den Tisch kommt.«

»Aber wie kommen die Leute denn hier über die Runden, Falco?«

»Ich glaube, erfahrene Reisende bringen ihren eigenen Wein mit.«

Er starrte mich entgeistert an. Ich lächelte mit der friedlichen Miene eines Mannes zurück, der vermutlich sein persönliches Quantum gesüffelt hat, während sein Begleiter draußen übers Ohr gehauen wurde.

»Soll ich Sie rasieren, Falco?« Er klang gekränkt.

»Nein.«

»Sie sehen aus wie ein Wilder.«

»Um so besser: Dann falle ich da, wo wir hin müssen, wenigstens nicht auf.«

»Ich hab' gehört, Sie wären ein Frauenheld.«

»Die Frau, deren Held ich vielleicht bin, weilt gerade anderswo. Und jetzt leg dich schlafen, Xanthus. Ich hab' dich ja davor gewarnt, mit deinen hübschen Schühchen ins Ausland zu tippeln.«

»Ich hab' Sie angeheuert, damit Sie mich beschützen«, brummte er und wickelte sich in die dünne Decke auf seinem schmalen Bett. Wir waren in einem kleinen Schlafsaal untergebracht. Massilia schwört darauf, seine Gäste dicht an dicht zu packen, wie Pökelfleisch auf einem Frachtkahn.

Ich grinste. »Das ist die richtige Einstellung! Schließlich warst du auf Abenteuer aus. Und wer die erleben will, muß auch was aushalten können.«

Kurz bevor die Lampe endgültig ihren Geist aufgab, ließ ich ihn noch zusehen, wie ich meinen Dolch prüfte und unter das dünne Kissen schob. Ich denke, er verstand die Botschaft. Schließlich war ich ein durchtrainierter Profi. Die Gefahr war mein Lebenselixier. Sollte auch nur eine Maus an den Dielen kratzen, so würde ich blitzschnell reagieren und den Barbier niederstechen. Und bei der Menge Rasierwasser, die er sich ständig ins Gesicht klatschte, würde ich ihn selbst im Stockfinsteren riechen. Ich wußte, wo ich meine Waffe am wirksamsten anzusetzen hatte. Was immer man ihm im Palast auch erzählt oder vielmehr nicht erzählt hatte – soviel war ihm bestimmt inzwischen klar.

Der erste Tag in Gallien hatte ihn zu sehr mitgenommen, als daß er gleich in der ersten Nacht etwas riskiert hätte.

Es warteten ja auch noch genug andere Gelegenheiten. Aber wann immer er sich entschließen sollte, die Drecksarbeit für Titus Cäsar zu verrichten, ich würde auf der Hut sein.

XII

Wir erreichten Lugdunum. Ich will nicht sagen: ohne Zwischenfall. Unterwegs mußten wir eine Bande von Dorflümmeln in die Flucht schlagen, die in meinem Korb mit der symbolischen Eisenskulptur etwas vermuteten, was sie gut hätten verkaufen können. Dann nahm mich ein Weinschiffer ein Stück mit, auf dessen Kahn mir die Hand fast über Bord gefallen wäre. Tatsächlich hätte ich jedesmal, wenn wir ein Nachtquartier vor der Weiterreise räumten, beinahe Vespasians Geschenk an die Vierzehnte im Regal vergessen.

In Arleate machte uns das Trinkwasser Probleme; dank des gallischen Bratfetts hingen wir kraftlos über der Reling, als wir an Valentia vorbeigerudert wurden; in Vienna setzte uns ein heikler Schweinebraten für einen Tag außer Gefecht; und als wir endlich in der Provinzhauptstadt ankamen, hatten wir einen furchtbaren Kater von dem Wein, mit dem wir versucht hatten, den Schweinebraten runterzuspülen. Die ganze Zeit kämpften wir einen aussichtslosen Kampf gegen das übliche Herbstaufgebot von Flöhen, die sich ihren Wintervorrat anlegten, gegen Wanzen, Wespen und widerlich kleine schwarze Viecher, die sich mit Vorliebe in der Nase unglücklicher Reisender einnisteten. Xanthus, dessen verhätschelte zarte Haut kaum je aus dem Palastbereich herausgekommen war, kriegte prompt einen Ausschlag, dessen Fortschritte er mit nervtötender Genauigkeit beschrieb.

Und nun also Lugdunum. Als wir von Bord gingen, ließ ich mich herab, Xanthus einen bildenden Vortrag zu halten: »Lugdunum – Hauptstadt der drei Gallien. Getreu dem Satz: ›*Und Cäsar teilte Gallien in drei Provinzen‹*, den jeder Schulknabe auswendig lernen muß. Aber vielleicht bleiben euch Friseuren ja diese Niederungen der Erziehung erspart ... Eine schöne Stadt, von Marcus Agrippa gegründet als Verkehrs- und Handelszentrum. Beachte das ausgeklügelte Aquäduktsystem, das durch abgedichtete Röhren, die unterirdisch verlegt sind, die Flußtäler verbindet. So was ist wahnsinnig teuer, woraus wir schließen können, daß die Bewohner von Lugdunum wahnsinnig reich sind – auf Provinzniveau, versteht sich! Dem Kaiserkult ist ein Tempel geweiht, den wir nicht besuchen werden ...«

»Ich möchte mir aber so gern die Sehenswürdigkeiten anschauen!«

»Halt dich getrost an mich, Xanthus. Diese Stadt rühmt sich auch eines Zweigwerkes der großen Keramikmanufakturen von Arretinum. Dort werden wir uns amüsieren. Du und ich, wir halten uns an die bewährte Touristentradition und erstehen einige Terrakotten als Souvenir – zum doppelten Preis und unter dreimal soviel Mühen, wie man sie in Rom dafür aufbringen müßte.«

»Warum tun wir's dann, Falco?«

»Frag nicht.«

Weil meine Mutter es so wollte.

Die Fabrik für samnisches Tafelgeschirr bot reichlich Gelegenheit, sich den ganzen Vormittag die Füße wund zu laufen und Tausende von Töpferwaren zu bestaunen – ganz zu schweigen von der Chance, so teure Geschenke zu kaufen, daß dem Bankier daheim die Knie weich werden würden. Die Töpfer von Lugdunum waren auf bestem Wege, flächendeckend das ganze Imperium zu beliefern. Sie waren der größte wirtschaftliche Erfolg unserer Zeit. Ihr Ziel war das Monopol, und in ihren Werkstätten regierte jene Atmosphäre eiserner Gier, die so oft für Unternehmergeist ausgegeben wird.

Brennöfen und Verkaufsstände umgaben die Stadt wie eine feindliche Armee, und die Keramikindustrie war der beherrschende Faktor des täglichen Lebens. Alle Ausfallstraßen waren von Frachtkarren blockiert, die unter der Last ihrer hochaufgetürmten Kisten kaum vorwärtskamen. In Stroh verpackt wurde das berühmte rote Geschirr in alle Winkel des Reiches und wahrscheinlich sogar über seine Grenzen hinaus exportiert. Sogar die Wirtschaftskrise, die dem blutigen Bürgerkrieg gefolgt war, hatte Lugdunum unbeschadet überstanden. Sollte der Bedarf an Töpferwaren eines Tages sinken, würde es hier ein böses Erwachen geben.

Meilenweit nichts als Werkstätten. Jede hatte einen einheimischen Töpfermeister, der in der Regel frei geboren war. Die

Mutterfabrik südlich der Alpen wurde dagegen von Sklaven betrieben. Meine Mutter (die nie um Geschenkwünsche verlegen war) hatte mir erklärt, daß es mit Arretinum bergab ging, der Vorposten des Stammwerkes hier in Lugdunum dagegen bei anspruchsvollen Hausfrauen ob seiner erstklassigen Waren gerühmt würde. Teuer waren sie freilich, aber als ich jetzt die schwankenden Stapel von Töpfen, Krügen und Tellern in Augenschein nahm, war die Qualität unübersehbar. Die Formen zeigten wahlweise zierlich gestanzte Muster oder anmutige klassische Szenen, und im Brennofen bekam der vorgefertigte Ton dann die begehrte tiefrote Glasur mit dem unverwechselbaren warmen Schimmer. Jetzt verstand ich, warum diese Keramik genauso gefragt war wie Bronze oder Glas.

Meine Mutter, die sieben Kinder fast ohne Hilfe meines Vaters aufgezogen hatte, verdiente solch hübsches rotes Tongeschirr (sie hatte sich eine Kompottschale gewünscht), und gern hätte ich auch noch einen schönen Servierteller gekauft, um Helena damit zu besänftigen. An beiden Frauen hatte ich einiges gutzumachen. Trotzdem wollte ich mich nicht neppen lassen. Jedesmal, wenn ich es riskierte, nach dem Preis zu fragen, ging ich nach erhaltener Antwort hastig weiter.

Sonderangebote gab es nicht. Das Lockvogelprinzip war in Lugdunum unbekannt. Die Kunsthandwerker vor Ort fanden, wer dumm genug sei, zweihundert Meilen stromaufwärts zu reisen, nur um ihre Geschenkartikel zu bestaunen, der solle auch ruhig den gängigen Preis dafür zahlen. Der wiederum war so hoch, wie der Töpfer ihn glaubte treiben zu können, nachdem er die Edelsteine an den Ringen eines Kunden und den Flor seines Reisemantels taxiert hatte. In meinem Fall war das eigentlich nicht sehr hoch – aber immer noch mehr, als ich zu zahlen bereit war.

Ich hörte mich um, aber anscheinend dachte jeder dieser Händler, die Kundschaft sei dazu da, ausgeplündert zu werden. Schließlich landete ich unter einem Tisch, wo ich in einem Korb mit angeschlagenen Stücken wühlte, die heruntergesetzt waren.

»So was lohnt sich doch nicht mitzunehmen«, brummelte Xanthus.

»Ich bin der Sohn eines Auktionators. Man hat mir beigebracht, daß sich gerade in dem Kasten mit dem ausrangierten Plunder manchmal ein wirklicher Schatz versteckt.«

»Ach, Sie mit Ihren Ammenmärchen!« grinste er.

»Ah! Wer sucht, der findet – hab' ich's nicht gesagt?«

Tatsächlich hatte ich am Boden des Korbes eine Kompottschale gefunden, die kaum Sprünge und Brennfehler aufwies. Der Friseur gab gnädig zu, daß meine Hartnäckigkeit sich ausgezahlt habe; dann machten wir uns auf die Suche nach jemandem, der uns das Geschirr verkaufen konnte.

Gar nicht so einfach. Die Töpfer in Lugdunum wußten, wie man knauserige Kunden straft. Die Burschen, die die Säcke mit feuchtem Ton schleppten, taten, als wüßten sie die Preise nicht; der Mann, der eben eine neue Form kreierte, war zu sehr Künstler, um zu feilschen; die Heizer am Brennofen konnten vor lauter Hitze nicht rechnen; und die Frau des Standbesitzers, die normalerweise für ihn kassierte, war an dem Tag mit Kopfschmerzen daheim geblieben.

»Wahrscheinlich brummt ihr der Schädel vor lauter Grübeln darüber, was sie mit ihrem vielen Geld machen soll«, raunte ich Xanthus zu.

Der Künstler selbst war gerade verhindert. Er und die meisten seiner Standnachbarn hatten sich in mürrischer Runde draußen auf dem Weg für die Lastkarren versammelt. Als wir dort nach ihm suchen wollten, entwickelte sich ein hitziger Disput, und alle schubsten und rempelten, um möglichst nahe an die Streithähne heranzukommen. Ich riet Xanthus, sich in sicherer Entfernung zu halten.

Eine kleine aufgebrachte Gruppe von Handwerkern, die Schürzen und Unterarme noch voller Tonspritzer, drängte sich um ihren Wortführer, der zwei Männer, die offenbar eine Debatte erzwingen wollten, mit barschen Worten abspeiste. Hier gab es mehr Voll- und Backenbärte, als man in einer Männerrunde in Rom finden würde, aber ansonsten stach keiner sonderlich hervor. Die beiden, die sich so heftig empörten, trugen die gleichen gallischen Tuniken wie die Einheimischen, mit den gleichen hohen, gefältelten Kragen, die den Hals wärmen sollen, darüber jedoch germanische Filzmäntel mit Stehkragen, weiten Ärmeln und spitzen Kapuzen. Alle beide brüllten so hitzig wie Kämpfer, deren Sache schon verloren ist. Die anderen riefen von Zeit zu Zeit lautstark dazwischen, standen ansonsten aber mit verächtlicher Miene abseits, so als wären sie Herren der Lage und hätten es nicht nötig, sich mit diesen Störenfrieden herumzustreiten.

Die Sache wurde entschieden brenzlig. Ein langer Lulatsch mit gespaltenem Kinn und höhnischem Grinsen, der mir der Anführer zu sein schien, machte plötzlich eine obszöne Handbewegung in Richtung der beiden Fremden. Der kräftigere von den zweien ballte schon die Faust, doch sein Kamerad, ein jüngerer Mann mit rötlichem Haar und vielen Warzen, hielt ihn zurück.

Ich hatte gehofft, die erhitzten Gemüter würden sich schon wieder beruhigen, damit ich endlich meine Kompottschale bezahlen konnte. Doch wie es jetzt aussah, würden heute nur noch Geschäfte zustande kommen, die mit blutigen Nasen besiegelt wurden. Also drückte ich Mamas Geschenk einem Einheimischen in die Hand, nahm Xanthus am Schlafittchen und gab Fersengeld.

»Um was ging's denn da eigentlich, Falco?«

»Keine Ahnung. Aber misch dich in der Fremde nie in Händel ein. Man kennt die Hintergründe nicht, hält prompt zur falschen Partei, und wenn's schlecht ausgeht, hat man am Ende beide Seiten gegen sich.«

»Aber Sie haben Ihre Kompottschale dagelassen.«

»Gut beobachtet.« Sie war sowieso schief gewesen.

XIII

Auf der nächsten Etappe unserer Reise wurde es unruhig.

Ich war niedergeschlagen. Der Besuch in den Keramikwerkstätten hatte zwar Ablenkung gebracht, aber auch zusätzliche Sorgen, denn ich hatte nichts gekauft und würde daheim sicher Prügel beziehen, wenn ich mit leeren Händen ankam. Aber ich kümmerte mich nicht weiter um die Töpfer und ihre Probleme; schließlich hatte ich genug eigene am Hals. Mein Einsatz rückte bedrohlich näher. In Lugdunum hatten wir, die strapaziöse Seereise von Ostia aus mitgerechnet, ein Drittel des Weges zurückgelegt. Je näher wir dem breiten Fluß des Rheins kamen und mit ihm den haarsträubenden Aufgaben, die Vespasian mir gestellt hatte, desto deprimierter wurde ich.

Nicht zum ersten Mal packte mich das Entsetzen vor der endlos langen Reise und der Weite des Landes.

»Schon wieder eine schlechte Nachricht, Xanthus! Auf dem Fluß kommen wir zu langsam vorwärts; bei dem Tempo ist es Winter, bevor ich meinen Auftrag erfüllt habe. Ich muß meinen kaiserlichen Paß nutzen und zu Pferde weiterreisen. Wenn du also mit willst, dann mietest du dir am besten ein Maultier.«

96

Jetzt denken Sie bloß nicht, Vespasian hätte mich mit dem nötigen Kleingeld für die Miete eines Postpferdes ausgestattet, weil er um meine Bequemlichkeit besorgt war; ihm ging es wahrscheinlich nur um den Transport der Eisenhand.

Inzwischen sah man auf den ersten Blick, daß wir im Ausland waren. Statt an weitläufigen römischen Villen mit Hunderten von Sklaven, deren Herrschaft durch Abwesenheit glänzt, ritten wir an bescheidenen Pachthöfen vorbei. Schweine statt Schafe auf den Weiden und mit jedem Meilenstein weniger Olivenhaine und kümmerlichere Weingärten. An den Brücken mußten wir Nachschubtransporten den Vortritt lassen; ein sicheres Zeichen dafür, daß wir uns militärischem Sperrgebiet näherten. Städte wurden immer seltener. Und überall war es kälter, feuchter und dunkler als daheim.

Als Reisender wurde Xanthus zusehends selbstbewußter, was freilich von mir als Kindermädchen dieses Trottels nur erhöhte Wachsamkeit verlangte. Bei jedem Pferdewechsel die kleinsten regionalen Gepflogenheiten erklären zu müssen war lästig, und zu allem Überfluß hatte es auch noch angefangen zu regnen.

»Da hat mir wer ein paar ganz blöde Münzen angedreht, Falco – halbierte und geviertelte, stellen Sie sich vor!«

»Tut mir leid, das hätte ich dir sagen sollen: Kleine Münzen sind knapp hier. Aber mach deswegen keinen Ärger, das würde dich nur als ahnungslosen Touristen entlarven. Halbe Münzen gelten hier in der Provinz nämlich als Zahlungsmittel. Paß bloß auf, daß du keine mit heim nimmst. Falls wir je heimkommen.« Was ich in meiner momentanen düsteren Stimmung stark bezweifelte. »Du wirst dich schon daran gewöhnen. Verschwende nur keinen As oder Quadrans, wenn du mit einer größeren Münze zahlen kannst, und horte dein Kleingeld für schlechte Zeiten. Wenn den Kellnerinnen das Wechselgeld ausgeht, geben sie Küsse, und wenn die alle sind ...« Ich schauderte vielsagend.

»Blödes System!« maulte Xanthus. Der typische Friseur. Kein Sinn für Humor.

Mit einem heimlichen Seufzer schob ich die sachliche Erklärung nach: »Die Soldaten werden in Silber ausbezahlt. Sesterzen lassen sich nun mal leichter en gros transportieren. Das Schatzamt hat noch nie daran gedacht, auch ein paar Kisten Kleingeld als Taschengeld für die Kameraden rüberzuschicken. Lugdunum hat zwar eine eigene Münzanstalt, aber offenbar mag man aus Bürgerstolz die großen Glitzertaler lieber.«

»Wenn diese Provinzler doch bloß auch ihre Preise halbieren würden, Falco.«

»Was meinst du, was ich mir alles wünsche!«

Ich nahm mich zusammen, obwohl ich fast am Ende war. Wenn es doch endlich aufhören wollte zu regnen! Wenn ich nur endlich Helena finden könnte. Sicher daheim in Rom wäre und einen leichten Auftrag ohne Risiko hätte. Während der Barbier unerbittlich weiterquasselte, wünschte ich mir aber am meisten, ihn loszuwerden.

Wir verbrachten die Nacht in einem der für diesen Landstrich typischen Dörfer: eine langgezogene Ortschaft mit einer Hauptstraße, die hauptsächlich auf das Geschäft mit Touristen eingerichtet war. An Herbergen war kein Mangel, und als wir eine saubere gefunden und unser Gepäck dort deponiert hatten, gab es eine große Auswahl an Gasthäusern für einen Tapetenwechsel. Ich entschied mich für ein hell erleuchtetes, säulengeschmücktes Lokal, und wir tasteten uns hinunter in den schummrigen Keller, wo schon andere Reisende an runden Tischen saßen und kalten Braten oder Käse verzehrten und dazu heimisches, obergäriges Bier tranken. Da alle einen Tagesritt im strömenden Regen hinter sich hatten, hingen säuerliche Dampfschwaden in der Luft, die wollenen Überziehern und durchweichten Stiefeln entquollen. Aber das Lokal war warm und trocken, und die Rohrkerzen auf den Tischen verbreiteten ein angenehmes Licht. Es herrschte eine »Hier-ist-der-Gast-König«-Atmosphäre, in der sich selbst jene von den Strapazen der Reise entspannten, die sich eigentlich nicht entspannen wollten, aus Furcht, das Schicksal könne sie nachher dafür büßen lassen.

Wir tranken. Wir aßen. Xanthus wurde zusehends aufgekratzter; ich sagte nichts. Er bestellte Bier nach; ich klimperte mißmutig mit meinem Geld. Die Zeche würde wie üblich an mir hängenbleiben. Xanthus fand viele Möglichkeiten, sein Urlaubsgeld zu verplempern, war aber so gewitzt, nur dann tief in die Tasche zu greifen, wenn ich ihn allein losziehen ließ. Er hatte uns bis an die Ohren mit Souvenirs eingedeckt – klirrende Lampen, kleine Statuen kraftstrotzender einheimischer Gottheiten und Amulette aus dem Rad eines Streitwagens –, aber die Rechnung für unser Abendbrot blieb irgendwie immer an mir hängen.

In diesem Lokal wurde großzügig kassiert: Die Gäste zahlten erst ganz am Schluß. Ein guter Trick, um den Leuten mehr abzuknöpfen, als sie eigentlich hatten ausgeben wollen, aber als ich mich an die Theke schleppte, um meine Rechnung zu überprüfen, fand ich den Aderlaß nicht allzu schmerzlich, gemessen an dem, was der Barbier gegessen und getrunken hatte.

Ein schöner Abend – für einen Mann, der ihn unbeschwert genießen konnte.

Ich schickte Xanthus schon voraus, während ich das übliche Gezeter des Personals abwartete, das genug Kleingeld zusammenkratzen mußte, um mir herauszugeben. Als ich auf die Hauptstraße hinaustrat, war meine treue Nervensäge verschwunden. Ich hatte es nicht eilig, ihn einzuholen. Endlich hatte es aufgehört zu regnen, und zwischen hohen, flüchtigen

Wolkenbänken funkelte ein Sternenteppich am pechschwarzen Himmel. Morgen würde es wahrscheinlich wieder wie aus Kübeln schütten, aber jetzt hielt ich einfach genießerisch das Gesicht in den stürmischen, trockenen Wind. Die Straße war menschenleer. Ein Anfall von Reisemelancholie überfiel mich. Rasch entschlossen machte ich kehrt, ging ins Lokal zurück und bestellte eine Schale Rosinen, dazu ein Glas Wein.

Die Gaststube hatte sich inzwischen ziemlich geleert. Da ich nun die Auswahl hatte, suchte ich mir einen anderen Platz, einen, von dem aus ich die anderen Nachtschwärmer beobachten konnte. Einige Männer unterhielten sich in kleinen Gruppen, andere tafelten allein. Zwei fielen mir auf, weil sie, obwohl offenbar zusammengehörend, kein Wort miteinander wechselten. Es sah nicht nach Streit aus; die beiden wirkten einfach noch deprimierter, als ich es gewesen war, bevor ich Xanthus los wurde.

Eine Kellnerin zündete auf dem Tisch der beiden eine frische Kerze an. Als die Flamme wuchs, erkannte ich das Paar; sie trugen hochgeschlossene Tuniken unter brombeerfarbigen gallischen Mänteln mit spitzer Kapuze. Der eine war dick und mittleren Alters; der andere hatte rötliches Haar und wuchernde Warzennester auf Wangen und Händen. Kein Zweifel, es waren die beiden, die sich in der Keramikfabrik mit den einheimischen Töpfern gestritten hatten.

Hätten die zwei gesprächiger gewirkt, dann wäre ich vielleicht hinübergegangen und hätte sie angesprochen. Aber sie waren in Gedanken versunken, und ich war müde und genoß dieses mühsam ergatterte Stündchen meines Alleinseins. Ich aß meine Rosinen auf. Als ich das nächste Mal aufblickte, waren die beiden im Aufbruch. Vermutlich besser so. Sie hatten mich in Lugdunum wahrscheinlich gar nicht bemerkt, und außerdem waren sie so außer sich gewesen, daß sie bestimmt nicht

100

an diese häßliche Szene erinnert werden wollten. Morgen würden wir mit unterschiedlichem Ziel weiterreisen, und eine weitere Zufallsbegegnung war mehr als unwahrscheinlich. Und doch sahen wir uns wieder. Das heißt, *ich sah sie.*

Am nächsten Morgen, das Dorf lag schon eine halbe Stunde hinter uns, wunderte sich der Barbier immer noch wortreich darüber, wo ich am Abend zuvor so lange gesteckt hätte. Ich ignorierte seine Litanei wie üblich mit zusammengebissenen Zähnen, als wir plötzlich auf zwei Zeltschaften von Rekruten stießen. In Gallien selbst waren keine Rekruten stationiert. Diese Grünschnäbel waren also wohl auf dem Marsch zur Grenze. Hier hatten sie offenbar angehalten, weil sie über etwas gestolpert waren. Wie aus dem Korb gekullerte Karotten standen sie auf der Landstraße herum, zwanzig Siebzehn- und Achtzehnjährige, denen der schwere Helm noch ungewohnt war und wohl langsam dämmerte, wie stumpfsinnig so ein langer Marsch ist. Aber mit dem Problem, über das sie hier gestolpert waren, kam offenbar selbst ihr Zenturio nicht zurecht, der gewiß schon einiges erlebt hatte. Er wußte, daß er Recht und Gesetz repräsentierte und etwas unternehmen mußte. Lieber hätte er sich freilich an die Parole »Augen geradeaus« gehalten und wäre schleunigst weitermarschiert. Ich, ehrlich gesagt, auch.

Dagegen sprach, daß die Rekruten die Leichen zweier Reisender im Abzugsgraben entdeckt und eifrig ihren Zenturio herbeigerufen hatten, der nun notgedrungen anhalten mußte. Als wir dazukamen, sah der Mann gar nicht gut aus. Er war hinuntergeklettert, um die Leichen zu inspizieren, und im nassen, schlüpfrigen Gras ausgerutscht. Er hatte sich das Kreuz verrenkt, seinen Mantel eingesaut und war mit einem Bein bis zur Hüfte im Schlamm versunken. Unter einem Schwall von Flüchen war er eben dabei, sein Bein mit einem Büschel Gras sauberzureiben, als Xanthus und ich neugierig unsere Reittiere zügelten und ihn dadurch noch mehr in Rage brachten. Wie immer er das Problem jetzt auch anpackte, er mußte mit zwei kritischen Zeugen rechnen.

Wir hatten Lugdunum durchs Nordtor verlassen und waren der Sâone auf der Konsularstraße gefolgt, einer vom Militär als Direktverbindung zu den beiden Germanien angelegten Schnellstraße. Dieser auf Staatskosten unterhaltene Verkehrsweg war ein Meisterstück moderner Ingenieurkunst: zuunterst eine Schicht festgestampfte Erde, dann eine Lage Kies, darüber Geröll und endlich ein Betonbett für das Pflaster, dessen Wölbung wasserabstoßend wie ein Schildpattpanzer war. Die Straße lag etwas höher als das Umland, was als Schutz vor Wegelagerern gedacht war, denn von der Fahrbahn aus genoß man weithin freie Sicht. Zu beiden Seiten der Straße verliefen steile Abzugsgräben.

Die neugierigsten unter den jungen Rekruten waren ihrem Zenturio hinterhergeschlittert. Seit dem Abmarsch aus der Heimat hatten sie nichts so Aufregendes mehr erlebt. Eben rollten sie den dicken Leichnam auf den Rücken. Ich glaube, ich war schon auf die Entdeckung gefaßt, noch bevor ich sein Gesicht sah. Vom langen Liegen im Regenwasser war es aufgedunsen, aber trotzdem erkannte ich den einen der beiden Männer aus Lugdunum. Und ich erkannte auch seinen Gefährten, obwohl der noch mit dem Gesicht im Schlamm lag; aber die Warzen an seinen Händen waren unübersehbar. Bevor man ihn in den Graben geworfen hatte, waren dem armen Teufel nämlich die Hände auf dem Rücken zusammengebunden worden.

Was immer diese beiden so in Rage gebracht hatte, das Schicksal hatte einen unfehlbaren Weg gefunden, ihnen darüber hinwegzuhelfen.

102

XIV

Der Zenturio stopfte die baumelnden, bronzebeschwerten Enden seines Leistenschutzes in den Gürtel und reichte seinen Helm einem Soldaten, der ihn mit spitzen Fingern am Trageriemen hielt. Der Regen hatte inzwischen aufgehört, aber die Feuchtigkeit, die man auf Reisen in den Norden offenbar nie aus den Kleidern bekommt, hing noch schwer in den wollenen Falten des scharlachroten Offiziersmantels, der sich im versilberten Wehrgehenk verfangen hatte. Als er den Kopf hob, las ich in seinen Augen müde Resignation; kein Wunder, hatten wir ihm doch durch unsere Ankunft den Weg verbaut, die Leichen mit Reisig zuzudecken und sich dann klammheimlich davonzumachen.

Ich lehnte mich vor und nickte ihm kurz zu.

»Schaff die Zivilisten weg, Soldat!« bellte er. Die Rekruten waren noch so unbedarft, daß sie, statt stur davon auszugehen, der Befehl gelte dem Nächsten im Glied, geschlossen gegen uns aufmarschierten. Ich blieb, wo ich war. »Zeigen Sie denen doch Ihren Paß!« zischte Xanthus laut; offenbar meinte er, wir säßen in der Klemme – was wir nach seiner vorlauten Einmischung auch prompt waren. Ich ignorierte ihn, aber der Zenturio wurde ganz starr. Jetzt würde er genau wissen wollen, wer wir waren, und wenn er so gründlich war, wie er aussah, auch gleich noch, wo wir hin wollten, wer uns geschickt hatte, was wir hier in der Wildnis zu suchen hatten und ob *unser* Geschäft sich irgendwie nachteilig für ihn auswirken könnte.

Das gab genug Stoff, um uns mindestens zwei Wochen lang zu verhören. Mein unheilvolles Schweigen brachte den Barbier zur Besinnung, und er schrumpfte unglücklich in sich zusammen. Der Zenturio maß uns mit zornfunkelndem Blick.

Inzwischen hatte ich mich mehr oder weniger damit abgefunden, daß die Leute Xanthus und mich für einen Schwulen und seinen Lustknaben hielten, die zusammen auf Zechtour waren. Xanthus sah man den Friseur an der Nasenspitze an, aber ich war augenscheinlich viel zu arm, als daß ich mir einen Leibbarbier hätte leisten können. Mein Pferd und sein Maultier stammten aus Postställen, die die kaiserlichen Kundschafter ausrüsteten, doch das sah man den Tieren zum Glück nicht an. Der Korb mit Vespasians Geschenk an die Vierzehnte machte einen stabilen, um nicht zu sagen militärischen Eindruck. Mein eigenes Gepäck sah aus wie das eines Geschäftsreisenden. Aber jeder Hauch von Beamtentum, den ich mir zu geben versuchte, kollidierte aufs peinlichste mit dem Auftreten des Friseurs. Wie jeder andere taxierte der Zenturio neugierig seinen Mantel im griechischen Schnitt und die violette Tunika mit der safrangelben Stickerei (wahrscheinlich ein abgelegtes Stück von Nero, aber ich hatte mir die Frage danach verkniffen, um Xanthus keinen Anlaß für eine seiner Schnurren zu geben). Das Offiziersauge ruhte auf dem rosig überhauchten Teint, dem makellosen Haarschnitt und der Schuhkreation des Tages (purpurne Quastenfüßlinge mit Lochmuster). Er registrierte den Gesichtsausdruck. Dann wandte er sich mir zu.

Ungekämmt und ungerührt erwiderte ich seinen Blick. Ich gab ihm drei Sekunden, um mir eine Erklärung zu verweigern. Dann versetzte ich ruhig: »Ein Fall für die Zivilpolizei am nächsten Magistratssitz?« Ich konsultierte meine Straßenkarte und ließ ihn sehen, daß es ein Heeresblatt war. »Lugdunum liegt drei Tagesreisen hinter uns, aber Cavillonum dürfte nur noch einen Grillenhupfer weit entfernt sein. Das ist eine ansehnliche Stadt und ...«

Die Menschen sind undankbar. Kaum wies ich ihm ein Schlupfloch, da erwachte bei ihm das Interesse. Er wandte sich wieder den Leichen zu. Ich hätte jetzt weiterreiten sollen, aber mein wenn auch noch so flüchtiger Kontakt mit den Toten weckte in mir so eine Art kameradschaftliches Mitgefühl. Also stieg ich vom Pferd und stürzte mich ebenfalls, halb springend, halb rutschend, in die *fossa*.

Die beiden tot zu sehen wunderte mich eigentlich nicht. Sie waren gewissermaßen Gezeichnete gewesen, Männer auf dem Gipfelpunkt einer schlimmen Krise. Gut, vielleicht bildete ich mir das im nachhinein ein, aber ihr Auftritt hatte eine tragische Wende ahnen lassen.

Indizien, die auf die Todesursache schließen ließen, gab es zwar kaum; aber es sah so aus, als hätte man die beiden Männer erst mit Schlägen gefügig zu machen gesucht und ihnen dann die Kehle zugedrückt. Die gefesselten Arme waren der eindeutige Beweis dafür, daß sie vorsätzlich ermordet worden waren.

Der Zenturio durchsuchte teilnahmslos die Leichen, während seine jungen Soldaten sich ängstlich im Hintergrund hielten. Als der Offizier mich mit einem Blick streifte, sagte ich: »Gestatten, Falco.« Er sollte ruhig merken, daß ich nichts zu verbergen hatte.

»Beamter?«

»Was für eine Frage!« Wenn das nicht beamtenhaft klang! »Wie beurteilen Sie den Fall?«

Er hatte mich als ebenbürtig akzeptiert. »Sieht nach Raubüberfall aus. Die Pferde sind verschwunden. Und hier, dem Dicken hat man einen Beutel vom Gürtel geschnitten.«

»Wenn das alles ist, dann würde ich an Ihrer Stelle nur den Fundort der Leichen melden, wenn Sie durch Cavillonum kommen. Den Rest sollen die Zivilisten erledigen.«

Ich berührte einen der Toten mit dem Handrücken. Er war kalt. Der Zenturio hatte es gesehen, aber wir verloren beide kein Wort darüber. Die Kleidung des Dicken, den die Rekruten umgedreht hatten, hatte sich vollgesogen mit dem Brackwasser im Graben. Der Zenturio sah, wie ich den triefenden Stoff musterte.

»Kein Hinweis darauf, wer sie waren und wo sie hin wollten! Ich tippe immer noch auf Diebe.« Sein Blick forderte mich heraus; ich lächelte leise. An seiner Stelle hätte ich die gleiche Taktik eingeschlagen. Wir richteten uns auf. Er rief zur Straße hinauf: »Holla! Lauf mal einer zum letzten Meilenstein zurück und notier die Angabe.«

»Zu Befehl, Helvetius!«

Wir nahmen beide die Böschung mit Anlauf und kamen gleichzeitig oben auf der Straße an. Unten gaben die Rekruten den Leichen mit gespielter Tapferkeit einen letzten Schubs, dann folgten sie uns; die meisten schafften die steile Böschung nicht auf Anhieb, sondern purzelten ein paarmal wieder runter. »Schluß mit dem Theater!« grollte Helvetius, hatte aber offenbar doch viel Nachsicht mit ihnen.

Ich grinste. »Der Nachwuchs heutzutage ist, scheint's, überall gleich begriffsstutzig.« Wie jeder Ausbilder haßte er es, wenn Fremde seinen Haufen kritisierten, aber er ließ es durchgehen. »Zu welcher Legion gehören Sie?«

»Erste Adiutrix.« Von Cerialis über die Alpen geholt und der Sondereinheit zugeteilt, die den Aufstand niederschlug. Ich hatte vergessen, wo die Erste zur Zeit stationiert war. Als ich hörte, daß er nicht von der Vierzehnten war, fiel mir ein Stein vom Herzen.

Xanthus fragte gerade einen der Rekruten, zu welchem Lager sie unterwegs seien, aber der Junge wußte es nicht. Der Zenturio mußte es wissen, aber er stellte sich taub, und ich fragte ihn auch nicht.

Wir trennten uns von den Soldaten und ritten weiter zur Cavillonumer Kreuzung, von wo ich nach Süden abzweigen wollte. Nach einer Weile erklärte mir Xanthus stolzgeschwellt, er habe die Toten wiedererkannt.

»Ich auch.«

Er war enttäuscht. »Aber Sie haben kein Wort gesagt!«

»Wieso sollte ich?«

»Und was geschieht jetzt?«

»Der Zenturio wird einen Richter beauftragen, die Leichen zu holen und einen Suchtrupp auf die Verbrecher ansetzen zu lassen.«

»Und Sie glauben, daß man die schnappt?«

»Wahrscheinlich nicht.«

»Woher wissen Sie, daß das ein Zenturio war?«

»Er hat sein Schwert links getragen.«

»Tragen einfache Soldaten es auf der anderen Seite?«

»Genau ...«

»Wieso?«

»Weil sich dann Scheide und Schild nicht ins Gehege kommen.« Für einen Infanteristen konnte Bewegungsfreiheit über Leben und Tod entscheiden, aber solche Details interessierten Xanthus nicht.

»Wissen Sie, was?« trällerte er begeistert. »Es hätte genausogut uns treffen können. Wenn Sie und ich heute morgen früher als die beiden aufgebrochen wären, dann hätten die Diebe vielleicht *uns* erwischt.«

Ich sagte nichts. Da er glaubte, mir einen Riesenschreck eingejagt zu haben, ritt er mit überlegener Miene weiter. Das war auch so eine seiner irritierenden Angewohnheiten: Er konnte ein Problem zur Hälfte durchdenken, dann gab sein Hirn den Geist auf.

Selbst wenn er und ich im Morgengrauen mit klimpernden Satteltaschen und der Aufschrift »Greifen Sie zu!« in drei europäischen Sprachen losgeritten wären, hätten uns die Mörder der beiden unglücklichen Kerle kein Haar gekrümmt. Es handelte sich nämlich nicht um ordinäre Wegelagerer. Einiges an dem Fall war ungewöhnlich – das war Helvetius ebenso aufgefallen wie mir. Erstens waren die beiden aus Lugdunum *nicht* am Morgen ums Leben gekommen. Die Leichenstarre war nämlich bereits eingetreten, und ihre durchweichten Kleider bewiesen, daß sie schon die ganze Nacht im Graben gelegen hatten. Wer aber reist bei Nacht? Nicht einmal kaiserliche Kuriere, es sei denn, ein Cäsar ist gestorben oder sie haben Einzelheiten über einen *sehr* peinlichen Skandal zu befördern, in den ganz hohe Tiere verwickelt sind. Im übrigen hatte ich die armen Opfer ja noch bei ihrem letzten Abendbrot gesehen. Da wirkten sie unglücklich, gewiß, aber doch längst nicht so, als müßten sie noch im Finstern mit Laternen weiterhetzen. Sie hatten genauso geruhsam in dem Lokal gesessen wie die übrigen Gäste.

Nein. Diese beiden waren (vermutlich kurz nachdem ich sie gesehen hatte) noch in eben diesem Dorf getötet und dann im Schutz der Dunkelheit ziemlich weit weg transportiert worden. Wäre ich nicht so lange über meinem Wein hockengeblieben, hätte ich den Überfall vielleicht sogar noch mitbekommen; ja, ich hätte ihn womöglich verhindern können. Höchstwahrscheinlich hatte man ihnen beim Verlassen des Lokals aufgelauert, sie in einer finsteren Gasse zusammengeschlagen und erdrosselt und die Morde im nachhinein als x-beliebiges Bubenstück einer Wegelagererbande inszeniert; wie ein Routinefall sollte es aussehen, damit niemand Fragen stellen würde.

»Alles bloß Zufall, Falco, wie?«

»Kann sein.«

Kann auch nicht sein. Aber mir fehlte die Zeit für gründlichere Nachforschungen. Eine Frage ging mir freilich unablässig im Kopf herum: Verdankten die beiden ihr trauriges Schicksal ausschließlich ihrem persönlichen Problem in Lugdunum, oder bestand da eine Verbindung zu mir und meiner Aufgabe? Ich sagte mir, daß ich es nie erfahren würde.

Was aber nichts geholfen hat.

XV

Argentoratum hatte vergessen, was Gastfreundschaft heißt –
wenn die Leute dort denn je ein Gespür dafür hatten. Seit
Rom sich für Germanien interessierte, befand sich ein riesiger
Militärstützpunkt in der Stadt, und darunter hatten ihre guten
Manieren gelitten. Meine eigene Legion, die Zweite Augusta,
hatte ursprünglich hier ihr Hauptquartier. Zu der Zeit, als ich
ihr in Britannien zugeteilt wurde, erinnerten sich nur noch ein
paar grantige Veteranen an das Leben am Rhein. Aber da Rom
in Britannien immer einen ziemlich wackeligen Stand hatte
und wir davon träumten, in ein angenehmeres Klima verlegt
zu werden, sprachen die Männer in meiner Legion von Argentoratum stets so, als ob wir immer noch dorthin gehörten.
Das hieß freilich nicht, daß ich auf gute Behandlung hoffen
durfte, als ich jetzt den Fehler beging, dort Station zu machen.
Ich war früher schon in dieser Trutzburg gewesen, und zwar
auf dem Weg zu noch schlimmeren Orten. Doch beim letzten
Mal hatte ich zumindest Camillus Justinus hier getroffen, der
mich zu einem unvergeßlichen Festmahl eingeladen und mir
sowohl die großen Sehenswürdigkeiten als auch das Rotlicht-
milieu gezeigt hatte. Leider waren erstere nicht so spektaku-
lär, wie Argentoratum sich das einbildete, und letzteres nicht
so aufregend, wie ich damals gehofft hatte. Ich war deprimiert
– mit anderen Worten, ich war verliebt, auch wenn ich das
damals noch gar nicht kapiert hatte. Inzwischen fragte ich
mich, ob Camillus gemerkt hatte, daß seine würdevolle
Schwester (deren Leibwächter ich eigentlich sein sollte, nur
daß Helena wie üblich ihren eigenen Kopf durchsetzte) alles
daran setzte, mich einzufangen und wie ein Singvögelchen im
Käfig zu zähmen. Ich freute mich schon darauf, ihn das zu

fragen und mit ihm zusammen über diesen köstlichen Witz zu lachen (aber dazu mußte ich ihn erst einmal finden).

So ein großer Stützpunkt hat seine Nachteile. Zum Beispiel findet man am Tor nie einen Wachposten, den man schon kennt, weil nämlich der freundliche Beamte, an den man sich vom letzten Besuch erinnert, längst das Weite gesucht hat. Und die Stadt ist auch nicht erfreulicher. Die Einheimischen sind so sehr damit beschäftigt, den Soldaten das Geld aus der Tasche zu ziehen, daß ihnen die Durchreisenden vollkommen gleichgültig sind. Die Männer sind schroff und die Frauen hochnäsig. Die Hunde bellen und die Esel beißen.

Nach langem Hin und Her zerrte ich Xanthus an einer maulenden Warteschlange vorbei zum Wachlokal. Ich hätte mich natürlich als Bote des Kaisers eintragen und in ein Quartier im Kastell steckenlassen können, aber das hätte bedeutet, einen Abend lang vor der Intendantur zu katzbuckeln, und das wollte ich mir ersparen. Aus einem der Posten konnte ich alle schlechten Nachrichten rauskitzeln, die ich brauchte: Es war keine edle Schwester eines edlen Tribun eingetroffen, und Seine Hochwohlgeboren, Camillus Justinus, weilte nicht mehr in Argentoratum.

»Sein Nachfolger ist schon seit zwei Wochen hier. Justinus' Gastspiel bei uns ist vorbei.«

»Was denn – ist er schon zurück nach Rom?«

»Ha! Wir sind hier am Rhein; so leicht kommt uns keiner davon! Nein, nein, Justinus wurde bloß versetzt.«

»Und wo ist er jetzt stationiert?«

»Keine Ahnung. Ich weiß nur, daß wir seit neuestem die Parole für die Nachtwache von einem bartlosen kleinen Idioten kriegen, der frisch aus der Philosophieschule kommt. Der gestrige Geniestreich hieß *Xenophobie*. Heute sitzen drei Posten im Bau, weil sie die Parole vergessen haben, und ein stellvertretender Zenturio rennt rum wie ein Bär, der sich in

110

'nen Dornbusch gesetzt hat, weil er seiner besten Zeltschaft ein Disziplinarverfahren anhängen muß.«

Gegenwärtig konnte sich keine Legion in Germanien Schnitzer der Wachmannschaft leisten. Über die Provinz war schließlich das Kriegsrecht verhängt – und zwar aus gutem Grund. In solchen Zeiten ist kein Platz für einen idiotischen Tribun, der sich aufspielen will.

»Ich denke, der Legat wird eurem neunmalklugen Neuen schon tüchtig die Leviten lesen!« Ich unterdrückte meine Sorgen um Helena und konzentrierte mich auf ihren Bruder. »Vielleicht ist Camillus Justinus zu einer der Elitelegionen beordert worden?«

»Soll ich mich mal erkundigen?« Der Posten tat so, als wolle er dem Freund eines Tribun gar zu gern behilflich sein, aber wir wußten beide, daß er nicht vorhatte, von seinem Schemel aufzustehen.

»Bemühen Sie sich nicht«, versetzte ich mit mokanter Höflichkeit. Zeit zu gehen. Mir war nur zu bewußt, daß der Friseur, der in einer Wolke exotischen Gesichtswassers mir über die Schulter linste, allmählich in den Augen dieser hartgesottenen Frontsoldaten ein denkbar schlechtes Licht auf mich warf.

Eine letzte Information wollte ich freilich noch aus ihm rauskitzeln. »Was gibt's Neues von der Vierzehnten Gemina?«

»Dieses elende Kroppzeug!« rief der Posten barsch.

Volkes Stimme. Aber mehr durfte ich hier auch nicht erwarten. Eine Legionärswache an einem finsteren, naßkalten Oktoberabend ist einfach nicht die richtige Umgebung für spritzige Salonkonversation. Hinter mir warteten zwei erschöpfte Melder auf ein Nachtquartier, Xanthus hielt noch dreister Maulaffen feil als sonst, und ein sturzbetrunkener Wildbretlieferant, der in der Offiziersmesse eine Rechnung reklamieren wollte, rempelte mich derart unverschämt an, daß ich mich

111

verdrückte. Schließlich wollte ich nicht gleich am ersten Abend Streit, auch wenn ich mich so belästigt und gekränkt fühlte wie eine Kellnerin an den Saturnalien.

Ich mietete uns in einer Privatpension zwischen Kastell und Fluß ein, damit wir gleich bei Tagesanbruch würden aufbrechen können. Wir gingen ins Bad, wo es freilich schon kein heißes Wasser mehr gab. Ganz perplex darüber, daß die Leute hier offenbar mit den Hühnern schlafen gingen, verzehrten wir ein karges Abendbrot, das wir mit saurem Wein hinunterspülten, und wurden dann die ganze Nacht von schwerem Stiefelgetrappel wachgehalten. Ich hatte uns in einer Straße voller Bordelle einquartiert. Xanthus' Interesse war geweckt, aber ich machte ihm weis, daß draußen nur Soldaten auf Nachtübung vorbeimarschierten.

»Hör zu, Xanthus, wenn ich nach Moguntiacum rauffahre, kannst du meinetwegen hierbleiben. Wenn ich die Aufträge des Kaisers erledigt habe, hole ich dich dann auf der Heimreise wieder ab.«

»Nein, nein, jetzt bin ich schon so weit mitgekommen, da bleibe ich auch weiter bei Ihnen.«

Aus seinem Munde klang das so, als täte er mir damit einen Riesengefallen. Ich schloß die Augen und gab keine Antwort.

Am nächsten Morgen versuchte ich, eine Gratispassage für uns zu ergattern, hatte aber kein Glück dabei. So eine Rheinpartie ist sehr malerisch, und entsprechend gesalzen waren die Preise, die die Schiffer für das Vergnügen, hundert Meilen schöner Landschaft zu bestaunen, kassierten.

Wir landeten auf einem der Weinschiffe. Die langsam vorbeiziehende Aussicht teilten wir uns mit zwei alten Knackern und einem Hausierer. Die Opas hatten krumme Rücken, blanke Glatzen und viele köstliche Leckereien, die mit uns zu teilen sie aber keine Anstalten machten. Sie saßen einander

112

gegenüber und unterhielten sich die ganze Fahrt über so intensiv wie Leute, die sich schon sehr, sehr lange kennen.

Der Hausierer, der in einem kleinen Ort mit Namen Borbetomagus an Bord kam, ging ebenfalls gebeugt, aber nicht vom Alter, sondern unter der Last seines zerlegbaren Standes und des gräßlichen Plunders, den er verkaufte. Xanthus und ich wurden unfreiwillig zu seinem Publikum, vor dem er alsbald seine Leinenbündel aufknotete und seine Ware auf Deck ausbreitete. Ich ignorierte ihn, aber Xanthus war gleich ganz aus dem Häuschen.

»Falco, so schauen Sie doch nur!«

Da ich manchmal einen halbherzigen Versuch unternahm, ihn vor seiner eigenen Dummheit zu bewahren, warf ich einen Blick auf den Kitsch, für den er jetzt im Begriff war, sein Geld rauszuwerfen, und stöhnte auf. Diesmal hatte er sich in Militaria vergafft! Eigentlich hätten unsere fußkranken Helden die Nase so voll haben müssen von Uniformen und Kasernendrill, daß sie ihren sauer verdienten Sold nicht für diese Kinkerlitzchen ausgeben würden, aber weit gefehlt. Der schlaue Fuchs von einem Hausierer machte ein gutes Geschäft damit, daß er den Legionären die traurigen Souvenirs aus früheren Kriegen andrehte. Ich hatte so was schon in Britannien gesehen. Nicht zu vergessen die Wagenladung Ramsch, die mein älterer Bruder, ein maßloser Mensch, aus den Suks von Cäsaria heimgekarrt hatte. An die neun Legionen hier am Rhein, die sich meist langweilten und alle reichlich kaiserliches Silber in der Tasche hatten, konnte ein gewitzter Händler bestimmt jede Menge uriger Stammesspangen, ausgemusterter Waffen und merkwürdiger Eisenzacken loswerden, die von jedem x-beliebigen Werkzeug stammen mochten.

Der Mann, ein gebürtiger Ubier, hatte eine kesse Lippe und redete ohne Punkt und Komma. Die Lippe spannte sich über großen, vorstehenden Zähnen; das Gelaber war seine Taktik,

113

mit der er die Kunden weichklopfte. Xanthus fiel darauf herein, was aber nicht viel heißen will. Ich überließ die beiden ihrem Gefeilsche.

Der Hausierer hieß Dubnus, und er verkaufte die üblichen spitzenbewehrten Germanenhelme, »antike« Pfeil- und Speerspitzen (die er offenbar letzten Donnerstag im vorigen Lager vom Müllabladeplatz aufgeklaubt hatte), einen schmutzigen Trinkbecher, der angeblich aus dem Horn eines Auerochsen geschnitzt war, Teile einer »sarmatischen Rüstung«, die Hälfte eines »icenischen Zaumzeugs« und – ganz zufällig – auch noch eine Sammlung Bernstein von der Ostsee.

Zwar waren keine versteinerten Insekten drin, aber der Bernstein war das einzig Annehmbare in seinem Sortiment. Xanthus hatte natürlich keinen zweiten Blick dafür übrig. Ich sagte, ich hätte vielleicht eine Kette für meine Freundin gekauft, wenn die Steine zueinander passen würden und sorgfältiger gefädelt wären. Als Dubnus daraufhin prompt drei oder vier repräsentable Halsketten aus seiner schäbigen Tasche zog und mir zum drei- oder vierfachen Preis anbot, war ich nicht übermäßig überrascht.

Etwa eine halbe Stunde feilschten wir um die Kette mit den kleinsten Steinen. Rein als Stimmübung drückte ich ihn lautstark auf ein Viertel des geforderten Preises und krallte mir dann eine der schöneren Ketten, auf die ich von Anfang an ein Auge gehabt hatte. Der gewitzte Hausierer hatte sich schon so was gedacht, aber Xanthus war einfach platt. Er wußte ja nicht, daß ich meine Kindheit damit zugebracht hatte, auf dem Gebrauchtwarenmarkt in der Saepta Julia herumzuwühlen. Ich dachte, es sei vielleicht ratsam, ein Geburtstagsgeschenk für Helena zu kaufen – für den Fall, daß sie mir doch noch über den Weg laufen sollte. Sie fehlte mir sehr. Das machte mich zur leichten Beute für jeden, der auch nur einigermaßen geschmackvollen Schmuck anzubieten hatte.

Da er erriet, daß meiner Börse weiter nichts zu entlocken sei, versuchte Dubnus erneut, den Barbier einzuseifen. Er war ein Meister seines Fachs. Als Sohn eines Auktionators machte es mir beinahe Spaß, ihm zuzuschauen. Zum Glück fuhren wir nicht bis runter ins Delta, sonst hätte Xanthus dem Hausierer noch sein ganzes Sortiment abgekauft. Auf das Trinkhorn fiel er allerdings herein. Dubnus schwor, er habe das Horn mit eigener Hand einem jener wilden Auerochsen abgehackt, die für ihren unberechenbaren Jähzorn berühmt sind ...

»Ach, Falco, ich möchte zu gern mal so einen zu Gesicht kriegen!«

»Sei lieber froh und dankbar, daß der Wunsch kaum in Erfüllung gehen wird!«

»Haben Sie auf Ihren Reisen denn schon mal einen gesehen?«

»Nein. Aber als vernünftigen Menschen hat mich das auch nie gereizt.«

Seine Neuerwerbung war als Trinkbecher einigermaßen brauchbar; jedenfalls floß ihm beim Ausprobieren nicht allzuviel in den Kragen seiner Tunika. Und er polierte das Unikum so lange, bis es wirklich ganz hübsch glänzte. Daß ein Auerochse keine gebogenen Hörner hat, sagte ich ihm lieber nicht.

Als das Weinschiff sich gemächlich unserem Ziel näherte, begann Dubnus, seine Schätze wieder einzupacken. Xanthus spielte verträumt mit einem Helm. Um ihn vor dem sicheren Bankrott zu bewahren (der ja bedeutet hätte, daß ich künftig *alles* würde bezahlen müssen), nahm ich ihm das Ding weg.

Auf den ersten Blick sah es aus wie ein normaler Legionärshelm, aber dann entdeckte ich doch Abweichungen. Der moderne Helm hat Nacken- und Wangenschutz, dazu verstärkte Ohrenklappen. Diese Extra-Schutzvorrichtungen wurden wohl wegen der breiten Keltenschwerter entwickelt. Das ursprüngliche Modell, also der unverstärkte Originalhelm, war lange vor meiner Zeit ausrangiert worden. Jetzt aber hatte ich genau so einen vor mir.

»Das muß ja eine richtige Antiquität sein, Dubnus.«

»Ich würde sagen, es ist ein Überbleibsel aus der furchtbaren Varusschlacht«, versetzte er so verschmitzt, als wolle er einen Schwindel eingestehen. Doch dann fing er meinen Blick auf und besann sich. Nur mit Mühe konnte ich ein Schaudern unterdrücken.

»Wo haben Sie den her?«

»Ach, irgendwo aus den Wäldern ...«, brummelte er ausweichend.

»*Woher?*« wiederholte ich.

»Ach ... aus dem Norden halt.«

»Aus dem Teutoburger Wald vielleicht?«

Aber Dubnus war auf einmal sehr zugeknöpft. Ich hockte mich hin und musterte sein Sortiment mit erhöhter Aufmerksamkeit. Ihm, der mich schon als lästigen Schnüffler abgestempelt hatte, gefiel das gar nicht. Ich ignorierte ihn. Das verwirrte ihn um so mehr.

Jetzt entdeckte ich ein altes Stück Bronze, das von einem römischen Schwertknauf stammen mochte; Ordensspangen, die einer Medaillengarnitur glichen, wie ich sie bei meinem Großvater gesehen hatte; den Halter eines Helmschmucks – wieder ein Teil aus einer auslaufenden Serie, das man inzwischen zu einer Trageschlaufe umfunktioniert hatte.

»Die gehen wohl gut, diese ›Varus-Souvenirs‹, wie?«

»Der Kunde kann glauben, was er mag.«

Da lag auch noch ein geschwärzter Gegenstand, den ich aber lieber nicht anfaßte; ich war mir ziemlich sicher, daß es sich dabei um einen Totenschädel handelte.

Ich stand wieder auf.

Augustus' Stiefenkelsohn, der tapfere Germanicus, hatte angeblich die Stätte des Massakers gefunden, die sterblichen

Überreste unserer Soldaten eingesammelt und Varus' unter-
gegangener Armee ein halbwegs anständiges Begräbnis verschafft – aber wer glaubt ernsthaft, daß Germanicus und
seine verängstigten Truppen sich besonders lange als weitere Zielscheibe in diesen feindlichen Wäldern aufgehalten haben? Gewiß, sie taten ihr Bestes. Sie brachten die verloren
geglaubten Fahnen nach Rom zurück. Danach konnten wir
alle wieder den Schlaf der Gerechten schlafen. Und daran,
daß – irgendwo in den finsteren Wäldern des unbesiegten
Germaniens – womöglich noch zerbrochene Waffen und andere Beutestücke zwischen toten Römern lagen, die kein
Grab bekommen hatten, nun, daran dachte man am besten
nicht.

Die Soldaten von heute waren imstande und kauften diesen
verschimmelten Schnickschnack. Männer in Uniform lieben
Souvenirs, die nach ruhmreicher Tapferkeit vor dem Feind
riechen. Je grausiger, desto besser. Sollte Dubnus wirklich auf
jenes alte Schlachtfeld gestoßen sein, dann hatte er sich damit
eine Goldmine erschlossen.

Ich mußte an meinen eigenen Auftrag denken und ließ deshalb
das Thema erst mal auf sich beruhen. »Sie gehen also auch auf
die andere Rheinseite, wie? Und rauf in den Norden?« forschte ich. Er zuckte die Achseln. Auch geschäftlicher Erfolg
gebiert mitunter Schneid. Im übrigen war das freie Germanien
für Händler und Kaufleute nie Sperrgebiet gewesen. »Wie
weit fahren Sie denn so? Sind Sie je der berühmten Seherin
begegnet?«

»Wer soll denn das sein?«

Natürlich foppte er mich. Ich versuchte, nicht übermäßig
interessiert zu wirken, für den Fall, daß die Kunde von meiner
Mission mir schon vorausgeeilt war. »Gibt's denn mehr als
eine böse Hexe, die die Stämme beeinflußt? Ich meine die
blutrünstige Seherin der Brukterer.«

117

»Ah, Veleda!« feixte Dubnus.

»Sind Sie der schon mal begegnet?«

»Die kriegt man nicht zu Gesicht.«

»Wieso nicht?«

»Weil sie in den Wäldern in einem verlassenen Turm haust. Keiner von uns kriegt die zu Gesicht.«

»Seit wann sind Prophetinnen denn so menschenscheu?« Mal wieder typisch. Ausgerechnet eine richtig Verrückte. »Ich habe mir zwar nicht vorgestellt, daß sie in einem Büro aus Marmor residiert, wo im Vorzimmer die Empfangsdame den Besuchern Pfefferminztee kredenzt, aber ein einsamer Turm! Wie bringt sie denn da ihre Prophezeiungen unter die Leute?«

»Ihre männlichen Verwandten sind ihre Boten.« Dem Aufruhr nach, den Veleda in der internationalen Politik angerichtet hatte, mußten ihre Onkel und Brüder förmlich eine Schneise in die germanischen Wälder getrampelt haben. Das nahm ihrer Unnahbarkeit doch viel Glanz.

Der Barbier war vor Neugier schon ganz zappelig. »Hat Ihr Auftrag etwas mit dieser Veleda zu tun?« zischte er. Seine kulleräugige Naivität setzte mir allmählich so zu wie etwa Seitenstechen auf der Flucht vor einem wildgewordenen Stier.

»Frauen weiß ich zu nehmen. Aber mit Druiden hab' ich's nicht so!«

Ein kerniger Spruch; außer heißer Luft nichts dahinter. Zwei von uns wußten das, aber der arme, alte Xanthus schien sehr beeindruckt.

Ich mußte rasch handeln. Unser Schleppkahn näherte sich bereits der großen Brücke von Moguntiacum; demnächst würden wir anlegen. Nachdenklich sah ich den Hausierer an.

»Mal angenommen, jemand wollte mit Veleda sprechen – kann man sie irgendwie benachrichtigen, auf ihrem Turm?«

»Vielleicht ...«

118

Meine Frage hatte Dubnus offenbar arg verschreckt. Ich setzte noch eins drauf, ließ durchblicken, daß ich allerhöchste Vollmachten hätte. Dann legte ich ihm nahe, die Stadt nicht zu verlassen.

Der Hausierer reagierte mit der Miene eines Mannes, der die Stadt verlassen würde, wann immer es ihm paßte, und zwar, ohne mir zuvor Bescheid zu geben.

BUCH III

LEGIO XIV
GEMINA MARTIA
VICTRIX

Moguntiacum,
Obergermanien

Oktober 71 n. Chr.

»... *und allen voran die
Vierzehnte, die sich durch die
Niederwerfung des Aufstandes in
Britannien einen hervorragenden
Ruf erworben hatte.*«

TACITUS, *Historien, II, 11.*

XVI

Moguntiacum.
Eine Brücke. Eine Mautstelle. Eine Säule. Ein Gewirr von
Zivilunterkünften, dazu eine Handvoll stattlicher Häuser, die
den einheimischen Wein- und Wollhändlern gehörten. Und
das alles im Schatten eines der größten Kastelle des Reiches.
Die Siedlung stand nahe der Stelle, wo Rhenus und Moenus
zusammenflossen. Die Brücke, die das römische Rheinufer
mit den Kais und Baracken auf der anderen Seite verband,
hatte ein Holzgeländer und stand auf eckigen Pfeilern, die die
Strömung bändigen sollten. Die Mautstelle war ein Provisorium, das bald von einem großen neuen Zollamt in Colonia
Agrippinensis abgelöst werden sollte. (Vespasian war der
Sohn eines Finanzbeamten; der Regierungsstil des Kaisers
blieb davon nicht unbeeinflußt.) Die Säule, zu Zeiten Neros
errichtet, war eine gigantische Huldigung an Jupiter. Die
riesige Festung stand als Symbol dafür, daß Rom es ernst
meinte mit seinem Engagement in Germanien. Ob wir jedoch
die Stämme bluffen oder vielmehr uns selbst Mut machen
wollten, das war noch nicht heraus.
Die erste Enttäuschung erwartete mich schon, kaum daß wir
einen Fuß an Land gesetzt hatten. Ich hatte Xanthus gesagt,
er könne an der *Canabae* seinen Barbierstand aufschlagen.
Um die meisten Militäreinrichtungen wuchert ein ganzer
Wald von Buden, in denen der Truppe nach Dienstschluß die
üblichen handfesten Unterhaltungen geboten werden. Diese
Slums schießen aus dem Boden, sobald außerhalb des Lagers
die Bäder errichtet sind, die auch als Feuerschutz dienen.

Bäckerläden, Bordelle, Barbiergeschäfte und Bijouterien ziehen dann rasch nach – mit oder ohne Lizenz. Als nächstes erscheinen die unvermeidlichen Marketender und die inoffiziellen Familien der Soldaten, und ehe man sich's versieht, ist aus dem Budengewirr um die Festung eine veritable Zivilistensiedlung geworden.

In Moguntiacum gab es keine Marktstände.

Für Xanthus war das ein schwerer Schlag. Man sah noch, wo die Buden gestanden hatten. Offenbar war man rasch und gründlich zu Werke gegangen. Ein Haufen eingeschlagener Fensterläden und abgebrochener Markisenpfosten lagen noch vor den Wällen. Ansonsten war die Festung jetzt von einer weitläufigen, kahlen und übersichtlichen Berme umgeben, ein im Verteidigungsfall sehr günstiges Terrain, aus dem die Zitadelle stolze achtzehn Fuß aufragte, gekrönt von Wachtürmen und Wehrgang. Zu den mit bloßem Auge erkennbaren Verteidigungsanlagen gehörte ein punischer Graben mehr als üblich, und im Mittelfeld legte ein Arbeitskommando gerade einen sogenannten Liliengarten an: Tiefe Fallgruben werden im Quincunx-Schema ausgehoben, mit angespitzten Pflöcken bestückt und anschließend mit Reisig kaschiert – eine brutale Abschreckung für jeden Angreifer.

Die Zivilisten waren bis über den äußeren Graben hinaus abgedrängt worden, und obwohl der Aufstand des Civilis schon gut ein Jahr zurücklag, duldete man auf dem Hoheitsgebiet des Kastells keine Händler. Die Anlage wirkte kahl und abweisend. Und genau das sollte sie auch.

Innerhalb der Festungsmauern herrschte nicht wie sonst zu Friedenszeiten eine zwar straff geordnete, aber trotzdem heitere Atmosphäre; die hier stationierten Truppen saßen vielmehr auf einem ziemlich hohen Roß, und mit der einheimischen Bevölkerung trieben sie nachgerade Schindluder.

Der Barbier und ich wurden, bis zum Beweis des Gegenteils,

wie Einheimische behandelt. Als wir uns am Prätorianereingang meldeten, verschlug es sogar Xanthus die Sprache. Unsere Pferde mußten wir einem Stallknecht übergeben. Die Chance, uns bei einem gelangweilten Posten im Wachlokal beliebt zu machen, bekamen wir hier nicht. Man ließ uns nämlich nur bis in den zugigen Vorhof zwischen den Doppeltoren. Dort mußten wir warten, und es lag auf der Hand, daß wir, sollten unsere Geschichte und die Papiere nicht zusammenpassen, von überlangen Speerspitzen an die Wand gedrückt und einer gründlichen Leibesvisitation unterzogen werden würden.

Der rüde Empfang versetzte mir einen Schock; unwillkürlich fühlte ich mich nach Britannien zurückversetzt, wo nach der Revolte der Boudicca ähnlich rauhe Sitten geherrscht hatten – eine Zeit, an die ich nicht erinnert werden wollte. Auf gar keinen Fall.

Immerhin, man ließ uns passieren. Mein Laufzettel vom Kaiser erregte zwar Argwohn, erfüllte aber seinen Zweck. Wir wurden gründlich gemustert, protokollarisch erfaßt und dann, mit der Auflage, uns auf der Stelle in der Principia zu melden, durchs innere Tor gelassen.

Ich war auf Größe und Weitläufigkeit des Lagerinneren gefaßt, aber nicht einmal die labyrinthischen Gänge und Zimmerfluchten des Kaiserpalastes in Rom hatten Xanthus auf diese gewaltige Trutzburg vorbereitet. Moguntiacum war nicht nur ein stehendes Lager, sondern eigentlich zwei. Da zwei Legionen hier stationiert waren, existierten fast alle Einrichtungen in zweifacher Ausführung. Diese Festung war eigentlich eine ausgewachsene Militärstadt. Zwölftausend Mann waren hier zusammengepfercht, und die Kaufläden, Schmieden und Kornspeicher reichten aus, um einer monatelangen Belagerung standzuhalten – den armen Teufeln in Vetera hatten freilich ähnlich gute Bedingungen nichts genützt, als sie von den aufständischen Germanen angegriffen wurden. In einer Trutzburg wie Moguntiacum residierten die beiden kommandierenden Legaten vermutlich jeder in einem kleinen Schloß, das ihre Würde und ihren diplomatischen Status gebührend widerspiegelte. Die Quartiere der zwölf jungen Militärtribunen, die ihnen als Adjutanten dienten, waren so luxuriös, daß die schönsten Villen in Rom daneben verblassen mußten, und sogar die Intendantur, zu der Xanthus und ich unterwegs waren, hatte mit ihrer militärisch-nüchternen Fassade noch etwas Majestätisches.

Wir traten aus dem kühlen Schatten des Wehrgangs. Über uns ragten die Wachtürme des Torhauses in den Himmel, vor uns dehnte sich – achtzig Fuß breit – die sogenannte Grenzscheide. Diese Schneise, die Schutz vor Wurfgeschossen und raschen Zugang zu allen Bereichen der Festung gewähren sollte, war vorbildlich geräumt. Diese tadellose Haushaltsführung war sicher zur Hälfte das Verdienst der Vierzehnten Gemina, auch wenn die Legion bestimmt ihre Unterlinge die Mülltonnen leeren und die Straßen fegen ließ. Stapel von Ersatzspeeren lagen griffbereit vor den Wällen, daneben säuberlich aufgeschichtete Stapel von Wurf- und Bolzengeschossen. Von den streunenden Tieren und den Wagenkolonnen, die man sonst so oft in Feldlagern sieht, fehlte hier jede Spur. Und falls die heiligen Hühner in Moguntiacum Auslauf hatten, dann jedenfalls nicht in diesem Teil der Festung.

Ich schleppte den Barbier an den schier endlosen Kasernen vorbei: fast fünfzig Paar (obwohl ich sie, ehrlich gesagt, nicht gezählt habe); in jedem waren hundertsechzig Mann in Zehnergruppen einquartiert. Dazu kam am Ende jedes Blocks noch eine Doppelunterkunft für die Zenturionen. Ausreichend Platz für die Legionäre plus beengtere Quartiere für die einheimischen Hilfstruppen – auf die aber die Vierzehnte derzeit verzichten mußte, weil ihre berühmten acht Bataverkohorten ja zu den Aufständischen übergelaufen waren. Und solange mein Bericht nicht vorlag, würde Vespasian sie auch nicht ersetzen.

Xanthus war ganz ergriffen von der Atmosphäre; mein Herz klopfte zwar auch ein bißchen schneller, aber nur, weil mich alles so lebhaft an die eigene Militärzeit erinnerte. Ich sah, daß die Festung jetzt, untertags, halb leer war. Ein Großteil der Truppe war sicher auf dem Exerzierplatz oder im Arbeitseinsatz, andere absolvierten ihren allmonatlichen Geländemarsch: zehn Meilen mit voller Montur! Der Rest patrouillierte das Gelände, aber bestimmt nicht bloß zu Übungszwecken. »Na, Xanthus, beeindruckt? Warte nur bis heute abend, wenn das Lager voll ist! Dann erlebst du etwas ganz Einmaliges: zwölftausend Mann, die perfekt aufeinander eingespielt sind!« Er sagte nichts. »Was ist? Rechnest du dir schon aus, was sich mit zwölftausend Rasuren verdienen läßt?«

»Ha! Das sind auch zwölftausend Varianten von Mundgeruch!« versetzte er heftig. »Und zwölftausend Variationen von ›der Kleinen, die ich letzten Donnerstag flachgelegt habe‹. Nicht zu vergessen die zwölftausendfache Warnung: ›Schneid mir ja nicht in die Gurgel, Barbier!‹«

Wir kamen auf die große Durchgangsstraße. »Xanthus, merke dir diese Straße gut, für den Fall, daß wir getrennt werden und du dich allein nicht zurechtfindest. Das ist die Via Principalis, der wichtigste Verkehrsweg der ganzen Festung. Sie ist hundert Fuß breit, und selbst du kannst sie nicht verfehlen. Bleib stehen und orientiere dich: Die Principalis führt als Querachse vom linken zum rechten Tor und stößt beim Hauptquartier im rechten Winkel auf die Via Praetoria. Das Hauptquartier wiederum steht immer frontal zum Feind. Solange du also sehen kannst, aus welcher Richtung die Wurfgeschosse kommen, solange kannst du dich in jeder Festung der Welt orientieren ...«

»Wo ist der Feind?« Er war ganz konfus.

»An dem anderen Flußufer.«

»Und wo ist der Fluß?«

»Na *da lang!*« Ich verlor die Geduld und verschwendete meine Zeit. »In der Richtung, aus der wir gekommen sind«, erinnerte ich ihn, aber der arme Kerl war schon zu verwirrt.

»Und wohin gehen wir jetzt?«

»Zum Antrittsgespräch bei den netten Kollegen von der Vierzehnten Gemina.«

Es wurde kein Erfolg. Aber damit hatte ich auch gar nicht gerechnet.

Zum einen waren meine Fälle nie so leicht zu lösen, und zum anderen hatte die Vierzehnte Gemina keine netten Kollegen.

XVII

Das Hauptquartier war dafür ausstaffiert, jeden Barbaren, der es wagte, bis hinters Prätorianertor vorzudringen, in Ehrfurcht erstarren zu lassen. Es lag jetzt genau vor uns, und im Näherkommen wurden auch wir ganz gehörig eingeschüchtert.

Die Verwaltung war in einem Block untergebracht. Die beiden zur Zeit hier stationierten Legionen hatten ihre Quartiere rechts und links davon, teilten sich aber dieses Gebäude, das die Beständigkeit der Festung symbolisierte. Und wirklich war es wie für die Ewigkeit gebaut. Die Fassade bestand aus säulenbewehrten Mauern zu beiden Seiten eines gebieterischen, dreiflügeligen Tores, das uns über die Via Praetoria hinweg entgegenstarrte. Wir kamen uns sehr klein vor, als wir

128

links durch den Bogengang schlichen. Vor uns lag ein ausgetretener Exerzierplatz, der größer war als das Forum einer durchschnittlichen Provinzstadt. Zum Glück fand gerade kein Aufmarsch statt. Mein hasenfüßiger Begleiter hätte sonst vor Schreck den Geist aufgegeben.

»Wir können da nicht reingehen!«

»Wenn einer pampig wird, dann beiß deine Perlzähnchen zusammen und überlaß das Reden mir. Und merke dir eins: Leg dich mit keinem an, der ein Schwert trägt, solange wir hier drin sind! Ach, und Xanthus, versuche nicht, so auszusehen wie die zweite Besetzung in einem von Neros Theaterstücken ...«

Auf drei Seiten war der Kasernenplatz von Vorratsspeichern und den Büros des Quartiermeisters gesäumt. Gegenüber stand die Gerichtshalle, Zentrum der offiziellen Veranstaltungen beider Legionen. Dorthin mußten wir, deshalb steuerte ich quer über den Exerzierplatz darauf zu. Aber auf halbem Weg fühlte selbst ich mich wie auf dem Präsentierteller. Es schien eine gute halbe Stunde zu dauern, bis wir endlich drüben waren, und währenddessen spürte ich förmlich die giftigen Blicke wütender Zenturionen aus den umliegenden Büros. So muß dem Hummer zumute sein, wenn das Wasser im Kochtopf langsam heiß wird.

Die Principia war gigantisch. Sie erstreckte sich über die ganze Breite des Kastells. Die Dekoration war freilich eher karg; der Bau wirkte durch seine Größe. Dem vierzig Fuß breiten Mittelschiff waren, durch mächtige Säulen abgesetzt, jeweils halb so große Seitenschiffe angegliedert. Die Säulen trugen ein gewaltiges Dach, über dessen Gewicht man sich tunlichst keine Gedanken machte, solange man darunter stand. An einem Regentag konnte eine ganze Legion hier stehen, wie Sardellengräten in einer Fischpastete. Die übrige Zeit blieb diese imposante Halle leer, hütete still ihre Geheimnisse und präsentierte sich dem Bewunderer als stolzes Wahrzeichen der Baukünste unseres Heeres.

Im düsteren Halbdunkel erkannten wir vorn in der Apsis die Umrisse des Tribunals. Der Innenraum wurde beherrscht vom Legionsschrein, gleich gegenüber dem Portal.

Als ich darauf zuging, hallten meine Schritte auf den Fliesen wider. Es roch schwach nach Salböl; frisch, nicht ranzig. Hinter einer Blendmauer verborgen lag ein feuerfestes Gewölbe, das ein anderes »religiöses« Heiligtum barg: den unterirdischen Tresorraum. Hier oben, im frei zugänglichen Teil der Basilika, stand der tragbare Altar, von dem aus die Weissagungen verkündet wurden. Ringsum waren die Feldzeichen aufgepflanzt.

Die Vierzehnte hatte für ihr Schaustück den besten Platz beschlagnahmt und ihre Waffenbrüder von der Ersten Legion in ein Seitenschiff abgedrängt. Den Ehrenplatz krönten der gleißende Adler der Vierzehnten und ein Porträt des Kaisers, drapiert mit schwerem purpurnen Tuch. Im schwachen Lichtschein, der aus den Lichtgadenfenstern hoch oben in der Haupthalle fiel, zählte ich an den Feldzeichen mehr Tapferkeitsmedaillen, als ich jemals auf einmal beieinander gesehen hatte. Meist waren es Ehrungen der Kaiser Claudius und Nero, also Verdienstorden für herausragende Leistungen in Britannien. Natürlich fehlten auch die Bronzestatuen ihrer Titularpatrone, Mars und Viktoria, nicht. Neben diesem prunkvollen Aufgebot nahmen sich die schlichten Fahnen der anderen Legion recht bescheiden aus.

Wir waren freilich nicht gekommen, um vor dem Schrein zu erstarren. Also zwinkerte ich dem Adler, der die schlichten Fahnen der Ersten bewachte, kurz zu und schob Xanthus hinüber zu den angrenzenden Amtsräumen. Das wichtigste Büro, gleich neben dem Schrein, war das Sekretariat. Da sich sonst keiner mit der Raumaufteilung herumschlagen will, sind

130

immer die Schreiberlinge für die Belegung zuständig. Und natürlich sichern sie sich die besten Plätze.

Ein glatzköpfiger kleiner Beamter wies uns den Weg zu der feudalen Büroflucht, die die Vierzehnte sich unter den Nagel gerissen hatte. Hier ging es gemächlich zu, was entweder bedeuten konnte, daß die Legion ein lahmer Haufen war oder daß der heutige Aktenberg schon aufgearbeitet und weitergeleitet war. Vielleicht hatte sich ihr Legat aber auch gerade zum Mittagsschlaf in seine Privatgemächer zurückgezogen und der Lagerkommandant kurierte einen Schnupfen aus. Aber selbst falls die Tribunen sich freigenommen hatten und auf die Jagd gegangen waren, maßte ich mir noch kein Urteil an. Solange die Kornspeicher wohlgefüllt, Waffenappell und Buchführung korrekt und auf dem neuesten Stand waren, solange würde Vespasian es der Vierzehnten nicht ankreiden, wenn ihre Intendantur eine ruhige Kugel schob. Ihn interessierten einzig die Resultate.

Im größten Büro fanden wir gleich zwei Federfechter.

Der eine, offenbar ein Etappenhengst, trug eine rote Tunika, aber keine Rüstung. An einem Nagel hing sein Helm, verziert mit zwei Hörnern, denen er seinen Titel verdankte: Cornicularius, Leiter der Heeresverwaltung. Ich glaube ja im stillen, daß die Legion sich mit diesen zwei kleinen Hörnern einen Scherz erlaubt und ihre hohen Beamten der Lächerlichkeit preisgegeben hat. Der zweite Mann im Raum war von anderem Kaliber: Ein Zenturio in voller Montur, einschließlich einem vollen Satz *Phalerae*, dem neunfachen Brustschmuck, und die tiefsitzende Verachtung, die sich in seinen Zügen spiegelte, sagte mir, daß dies der Primipilus sein mußte, der rangälteste Hauptmann der Legion. Dieser begehrte Posten hat eine dreijährige Laufzeit, danach winkt als Gratifikation ein Bürgerpatent; mit dem wiederum stehen einem bekanntlich die tollsten Jobs im Zivilleben offen. Man-

131

che, und ich rechnete diesen hier dazu, verdoppeln ihre Dienstzeit allerdings auch freiwillig und werden dadurch mit sicherem Instinkt zum Schrecken eines jeden arglosen Rekruten. In einer gottverlassenen Provinz in den Sielen zu sterben, so stellt sich ein echter Primipilus ein erfülltes Leben vor.

Dieser hier hatte einen kurzen, dicken Hals und sah aus, als sei es sein Partygag, Fliegen mit Kopfnüssen zu töten. Er hatte breite Schultern und einen Oberkörper, der sich bis zum Gürtel hin kaum verjüngte. Dennoch hatte er kein Gramm Fett am Bauch. Seine Füße waren auffallend klein. Während unseres Gesprächs bewegte er sich kaum, und doch ahnte ich, daß er zackig auftreten konnte, wenn es galt, sich Autorität zu verschaffen. Er gefiel mir nicht. Aber das spielte keine Rolle. Ich gefiel ihm auch nicht. Und darauf kam es an.

Der Cornicularius machte eine weit weniger imposante Figur. Er hatte eine Stupsnase und einen kleinen, verkniffenen Mund. Was ihm an Statur fehlte, machte er wett durch Gehässigkeit und eine flinke Zunge.

Als wir eintraten, hatten die beiden gerade einen Soldaten in der Mangel, der einen Regelverstoß begangen, vielleicht eine harmlose Frage gestellt hatte. Sie genossen es, den armen Kerl zu demütigen, und waren bereit, sich den ganzen Nachmittag damit zu vertreiben, falls nicht jemand auftauchte, der ihnen noch mehr zuwider war. Dieser Jemand erschien – in Gestalt von Xanthus und mir.

Die Herren befahlen dem Soldaten, sich ins eigene Schwert zu stürzen, sinngemäß jedenfalls, und der junge Bursche drückte sich dankbar an uns vorbei.

Primipilus und Cornicularius sahen uns an, wechselten einen Blick und guckten dann wieder verächtlich in unsere Richtung. Sie warteten darauf, daß der Tanz begann.

»Ich glaub', ich spinne!« wunderte sich der Primipilus.

132

»Wer hat dieses Kroppzeug reingelassen? Da muß doch wer der Wache am Tor eins auf den Dez gegeben haben!«

»Oder die Lahmärsche von der Ersten haben wieder mal gepennt!«

»Schönen guten Tag«, grüßte ich von der Tür her.

»Schleich dich, Lockenköpfchen!« fauchte der Primipilus. »Und nimm deinen Samtheinrich wieder mit.«

In meiner Branche gehören Beschimpfungen zum Geschäft, und so ließ ich denn das Gewitter ruhig über mich ergehen. Ich spürte zwar, wie Xanthus sich indigniert neben mir aufplusterte, aber wenn er glaubte, daß ich ihn vor diesen Eisenfressern in Schutz nehmen würde, dann war er schief gewickelt. Ich trat näher und knallte ihnen den Korb mit dem kaiserlichen Geschenk vor die Füße. »Gestatten, Didius Falco.« Hier schien die Förmlichkeit angebracht. Ich zückte meinen kaiserlichen Paß und reichte ihn dem Cornicularius, der ihn mit spitzen Fingern nahm, als wäre er eben aus der Kloake gefischt worden. Um seinen verkniffenen kleinen Mund spielte ein hämisches Grinsen. Dann schob er meinen Ausweis über den Tisch, damit auch der Primipilus was zu lachen bekam.

»Und was ist Ihr Geschäft, Falco?« fragte der Cornicularius. Die Worte quollen aus seinem kleinen Mund wie die Füllung aus einer schlecht vernähten Matratze.

»Ich stelle unhandliche Pakete zu.«

»Ha!« kommentierte der Primipilus.

»Und was ist in diesem Picknickkorb?« fragte sein Kollege, anscheinend der Gesprächigere von beiden.

»Fünf Brötchen, eine Wurst im Schafsdarm – und ein neues Feldzeichen für die Vierzehnte. Das schickt der Kaiser als besonderen Gunstbeweis. Wollen Sie's mal sehen?«

Der Primipilus war offenbar hier der Mann der Tat; während der Cornicularius mit dem stumpfen Ende eines Stylus seine

Maniküre nachbesserte, kam er widerstrebend näher, als ich die Korbgurte abschnallte. Die Eisenhand wog bestimmt soviel wie eine Wasserleitung, aber er hob sie mühelos am Daumen hoch wie ein Amulett.

»Ach, wirklich hübsch!« An seinen Worten war nichts auszusetzen, nur der Ton war falsch.

Ich hielt meine Stimme ruhig. »Mein Auftrag verlangt, daß ich Vespasians Geschenk Ihrem Legaten persönlich übergebe. Ich habe auch noch eine versiegelte Depesche für ihn, die, wenn ich es recht verstanden habe, das Programm für eine standesgemäße Einweihungsfeier enthält. Ob Florius Gracilis wohl jetzt zu sprechen ist?«

»Nein«, sagte der Cornicularius.

»Gut, dann werde ich warten.«

»Dann können Sie schon mal Maß nehmen für eine Urne und nachher Ihre Asche reinstreuen.«

An Xanthus gewandt, sagte ich freundlich: »Das, mein Lieber, ist der berühmte Charme der hilfsbereiten Vierzehnten Legion.«

»Wer ist eigentlich dieses ekelhaft stinkende Gänseblümchen?« wollte der Primipilus plötzlich wissen.

Ich schenkte beiden Militärs einen vielsagenden Blick. »Sonderbeauftragter von Titus Cäsar.« Dann fuhr ich mir mit dem Finger über die Kehle, eine Geste, die von alters her überall verstanden wird. »Ich habe noch nicht rausgekriegt, ob er ein gut verkleideter Attentäter ist, der jemanden aus dem Weg räumen soll, oder bloß ein Buchprüfer mit Sinn für Verkleidungen. Aber jetzt, wo wir am Ziel sind, wird es sich gewiß bald herausstellen. Entweder Sie müssen mit Toten rechnen, oder er wird Ihre Bücher prüfen ...«

Xanthus war so perplex, daß er ausnahmsweise einmal die Klappe hielt.

Die beiden Neunmalklugen hielten verdrossen Kriegsrat.

»Wie wir's uns gedacht haben!« Der Cornicularius seufzte. »In Rom pfeifen sie offenbar auf dem letzten Loch. Jetzt schicken die uns schon abgehalfterte Musikanten und falsche Fuffziger wie die da auf den Hals!«

»Nun mal sachte!« Scherzend ging ich auf ihren Ton ein. »Was immer ich bin, es ist garantiert echt! Doch zurück zum Thema. Wenn Gracilis jetzt keine Zeit hat, dann geben Sie mir halt einen Termin für später.«

Manchmal kommt man mit Schmeicheleien weiter. Hier nicht.

»'n echter Dreckskerl, was?« unkte der Primipilus. »Kriech dir doch selbst in den Arsch, Lockenköpfchen!«

»Meine Öffnungen haben wohl nichts mit dem Tagesbefehl zu tun! Und jetzt hören Sie mir mal zu, Zenturio: Ich habe diese Eisenhand durch halb Europa geschleppt. Jetzt will ich sie auch ordnungsgemäß abliefern! Die Vierzehnte ist ein blasphemischer Haufen ohne Kultur, das weiß ich, aber wenn euer Legat sich sein Amt als Konsul nicht verscherzen will, dann wird er wohl kaum dulden, daß ein protziger Ausbilder und ein Tintenkleckser eine kaiserliche Auszeichnung ausschlagen ...«

»Nicht so vorlaut, Lockenköpfchen!« warnte der Cornicularius. »Das Feldzeichen und die versiegelte Depesche können Sie ruhig hierlassen. Vielleicht«, spekulierte er mit plötzlich geradezu heiterer Miene, »vielleicht steht in dem Brief ja: ›Der Kurier dieser Depesche ist unverzüglich hinzurichten ...‹«

Diesen dummen Scherz überhörte ich taktvoll. »Das eiserne Kunstwerk lasse ich mit Freuden da, aber der Brief ist vertraulich, und ich werde ihn nur Gracilis persönlich aushändigen. Ach, übrigens, können Sie mich im Lager unterbringen? Sie dürften doch reichlich Platz haben, jetzt, wo Sie die getreuen Bataver los sind!«

»Falls Sie sich hier auf Kosten der Vierzehnten amüsieren«,

grunzte der Primipilus, »dann machen Sie das Beste daraus. Noch so ein Witz geht Ihnen nämlich nicht durch!«

Ich entgegnete, daß es mir nicht im Traum einfallen würde, die Sieger von Bedriacum zu kränken, und daß ich mir selbst eine Koje suchen würde.

Kaum, daß ich ihn auf den Korridor hinausbugsiert hatte, quäkte Xanthus: »Was ist Bedriacum?«

»Ein Schlachtfeld, von dem die Vierzehnte nur deshalb nicht als Verlierer abgezogen ist, weil sie so schlau war, zu behaupten, ihre Soldaten wären gar nicht zum Gefecht angetreten.«

»So was Ähnliches hab' ich mir schon gedacht. Sie haben die beiden aber mächtig geärgert.«

»Na, wenn schon!«

»Und die wissen jetzt, daß Sie für den Kaiser arbeiten.«

»Nein, nein, Xanthus! Die halten *dich* für den Gesandten des Kaisers.«

»Ach? Und wozu soll das gut sein?«

»Die Herren wissen sehr wohl, daß ihr Ruf angeknackst ist, und sie rechnen damit, daß der Kaiser ihnen einen Prüfer auf den Hals schicken wird. Mich halten sie aber für ein ganz kleines Licht. Und solange ich sie in dem Glauben lasse und mich dumm stelle, kommen sie nicht auf die Idee, daß *ich* der Spion sein könnte.«

Zum Glück fragte Xanthus nicht, warum mir so viel daran lag, einen anderen als Kurier des Kaisers auszugeben.

Oder was die Vierzehnte Gemina vielleicht mit dem, den sie dafür hielt, anstellen würde.

Als wir zum Ausgang kamen, traten aus einem anderen Büro gerade zwei Tribune, die in einen ernsthaften, aber trotzdem kultiviert geführten Disput vertieft waren.

»Macrinus, ich will ja nicht aufdringlich sein, aber ...«

»Er ist für niemanden zu sprechen! Plant mal wieder einen seiner Überfälle auf angebliche Unruhestifter. Erinnern Sie mich morgen noch mal daran, und ich lasse Sie zu ihm, wenn er ein bißchen Luft hat.«

Zuerst hörte ich bloß zu, weil ich annahm, daß von Gracilis die Rede war. Der junge Mann, der zuletzt gesprochen hatte, war einer jener selbstsicheren, stämmigen Typen, die mir noch nie imponiert haben: durchtrainierte Figur, Vierkantschädel und Kupfersträhnchen im lockigen Haar. Als mein Blick auf den anderen fiel, stutzte ich jedoch: Der Mann kam mir irgendwie bekannt vor.

Er war wohl um die Zwanzig, sah aber jünger aus. Ein knabenhaftes Gesicht wie viele andere. Eine schlanke, hochgewachsene Gestalt. Dem Wesen nach eher in sich gekehrt, aber stets ein offenes Lächeln auf den Lippen.

»Camillus Justinus!« Der andere Tribun wußte den Augenblick, da ich seinen Kontrahenten erkannte, geschickt zu nutzen. Als Sproß einer traditionsreichen Senatorenfamilie hatte er eine gute Erziehung genossen: Er sprach Griechisch und andere Fremdsprachen, war bewandert in Mathematik und Geographie, wußte, wieviel Trinkgeld man einem Freudenmädchen gibt, woher man die besten Austern bezieht – und wie man lästigen Gesprächspartnern auf elegante Weise entkommt. »Tut mir leid, Justinus«, sagte ich betreten. »Habe ich Sie bei einer Besprechung gestört?«

Helenas Bruder sah dem blankgepanzerten Rücken, der sich eilig entfernte, stirnrunzelnd nach. »Macht nichts, er hätte mir den Gefallen sowieso nicht getan. Falco, wenn ich nicht irre?«

»Ja. Marcus Didius. Ich habe schon gehört, daß Sie versetzt wurden – aber doch hoffentlich nicht zur Vierzehnten?«

»O nein, deren hohen Anforderungen bin ich nicht gewachsen! Aber man hat mich überredet, ›freiwillig‹ noch ein Gastspiel bei der Ersten Adiutrix zu geben – eine neue Einheit, wissen Sie.«

»Freut mich, daß es nicht die Vierzehnte ist – ein unhöfliches

Pack, diese Legion. Ich habe denen gerade eine Trophäe gebracht – und die Banausen verweigern mir eine Unterkunft!« Schamlos, dieser Wink mit dem Zaunpfahl, ich weiß.

Justinus lachte. »Wenn das so ist, schlage ich vor, Sie übernachten bei mir. Kommen Sie! Ich habe den ganzen Tag versucht, diesem Haufen Vernunft einzutrichtern, jetzt sehne ich mich direkt nach meinem abgedunkelten Schlafzimmer.«

Wir gingen los. »Was führt Sie denn her, Marcus Didius?«

»Ach, nichts Besonderes. Ich bin im Auftrag Vespasians hier. Hauptsächlich Routine. Ein bißchen Beschäftigungstherapie für die Freizeit – Aufständische bezwingen und ähnliche Spielchen«, scherzte ich. »Zum Beispiel gilt es, einen verschwundenen Legaten aufzuspüren.«

Sichtlich verblüfft, blieb Justinus wie angewurzelt stehen.

»Was ist denn, Tribun?«

»Sagen Sie, hat der Kaiser sich etwa die sagenhaften Weissagungsmethoden der Etrusker beschafft?«

»Wieso? Stimmt was nicht?«

»Wirklich, Falco, Sie setzen mich in Erstaunen! Genau das habe ich eben mit meinem Kollegen zu klären versucht. Ich begreife nicht«, murmelte er, »wie Vespasian so rasch erfahren konnte, daß in Germanien was faul ist ... Also so was: Er schickt Sie her, noch bevor mein Kommandant sich überhaupt entschieden hat, ob er Rom benachrichtigen soll oder nicht!«

Als ihm endlich die Puste ausging, fragte ich schlicht: »Wollen Sie mir das nicht näher erklären, Justinus?«

Er linste verstohlen über die Schulter und sagte dann, obwohl wir ganz allein über den Exerzierplatz gingen, vorsichtshalber mit gedämpfter Stimme. »Florius Gracilis ist schon seit Tagen nicht mehr gesehen worden. Die Vierzehnte will es nicht mal meinem Stabschef eingestehen, aber wir von der Ersten haben den Verdacht, daß *ihr* Legat verschwunden ist!«

XVIII

Warnend legte ich dem Tribun die Hand auf den Arm, winkte Xanthus und sagte ihm, er solle vorausgehen und gegenüber dem Haupttor auf uns warten. Er schmollte, hatte aber keine andere Wahl. Wir sahen ihn davonschlappen; erst zog er demonstrativ die Füße durch den Staub, doch bald besann er sich darauf, das türkisgrüne Leder seiner eleganten Riemchenschuhe zu schonen.

»Wer ist das eigentlich?« fragte Justinus argwöhnisch.

»So genau weiß ich das nicht.« Ich maß ihn mit starrem Blick, für den Fall, daß er annahm, ich hätte mir diesen Reisegefährten freiwillig ausgesucht. »Aber wenn Sie sich ein paar Stunden richtig langweilen wollen, dann lassen Sie sich mal von ihm erzählen, warum spanische Rasiermesser die besten sind und was das Geheimnis germanischer Gänsefettpomade ist. Er hat sich mir aufgedrängt – als Tourist. Ich habe allerdings den Verdacht, daß er in weniger harmloser Mission unterwegs ist.«

»Wer weiß, vielleicht hat er Fernweh.« Jetzt fiel mir wieder ein, daß Helenas Bruder sich einen geradezu kindlich rührenden Glauben an das Gute im Menschen bewahrt hatte.

»Vielleicht – vielleicht auch nicht! Ich habe ihn hier jedenfalls als Vespasians Spitzel eingeführt.« Justinus, der bestimmt von meinen eigenen verdeckten Ermittlungen wußte oder zumindest von meiner Vergangenheit gehört hatte, lächelte still vor sich hin.

Während wir noch warteten, bis Xanthus außer Hörweite war, blähte ein plötzlicher Windstoß unsere Mäntel und wehte ein charakteristisches Geruchspotpourri herüber: Ich schnupperte Reitstall, geöltes Leder und Schmorbraten Marke Massenverpflegung. Staub wirbelte auf und setzte sich prickelnd an unseren bloßen Waden fest. Und jetzt schlugen auch die Geräusche des Lagers an unsere Ohren, gedämpft wie der Klang einer Wasserorgel, die langsam in Schwung kommt: metallenes Hämmern; quietschende Wagenräder; das dumpfe Klacken von Holz gegen Holz, das die Sparring-Übungen der Rekruten begleitete; und zwischendurch die gellende Stimme eines Zenturio, der seine Befehle brüllte.

»Ein unbelauschteres Plätzchen als hier finden wir wohl kaum. Also, Justinus, was ist hier los? Und vor allem: Was ist mit Gracilis?«

»Da gibt's nicht viel zu erzählen. Er ist nur seit ein paar Tagen nicht mehr gesehen worden.«

»Ist er vielleicht krank – oder auf Urlaub?«

»In dem Fall wäre es mehr als unhöflich, daß er den Legaten der Schwesterlegion im selben Lager nicht unterrichtet hat.«

»Schlechte Umgangsformen wären ja nun wahrhaftig nichts Neues bei der Vierzehnten!«

»Zugegeben. Wir sind ja eigentlich auch erst richtig stutzig geworden, als nicht einmal seine Frau, die ihn hierher begleitet hat, wußte, wo er steckt. Sie hat die Frau *meines* Legaten gefragt, ob wir ein Geheimmanöver abhalten!«

»Und?«

»Aber Falco, ich bitte Sie! Wir sind weiß Jupiter genug im Einsatz, auch ohne daß wir eigens Trainingslager aufschlagen und Gefechte simulieren.«

Ich sah ihn mir genauer an. Mit wieviel Autorität er das gesagt hatte! Bei unserer letzten Begegnung war er Zweiter Tribun gewesen, aber jetzt trug er die breiten Purpurstreifen des Ersten – Camillus Justinus, die rechte Hand seines Legaten. Dieser Posten blieb in der Regel einem designierten Senator vorbehalten; daß ein junger Offizier durch bloße Beförderung in diese Vertrauensstellung aufrückte, war mehr als ungewöhnlich. Gewiß, die gesellschaftlichen Voraussetzungen brachte Justinus, als Sohn eines Senators, natürlich mit, aber bisher hatte ich immer den Eindruck gehabt, als würde sein älterer Bruder das ganze Balsamieröl der Familie aufbrauchen. Im Hause Camillus Verus war es längst beschlossene Sache, daß Justinus nur die mittlere Beamtenlaufbahn einschlagen würde. Er wäre allerdings nicht der erste junge Mann, der die Erfahrung macht, daß die Armee sich nicht an vorgefertigte Karrierepläne hält – oder der, einmal dem Elternhaus entschlüpft, erstaunliche Fähigkeiten entwickelt.

»Und wie reagiert die Vierzehnte auf diesen Verdacht? Was sagen ihre Soldaten dazu?«

»Na ja, Gracilis ist erst seit kurzem bei der Truppe.«

»Ich weiß. Und – ist er unbeliebt?«

»Na ja, die Vierzehnte hatte da ein paar Probleme...« Justinus war bewundernswert taktvoll. Die Vierzehnte hatte nicht nur Probleme, sie *war* ein Problem, aber darüber ging er diskret hinweg. »Gracilis kann mitunter recht aggressiv werden. Und eine Legion, die ohnehin reizbar ist, nimmt das natürlich übel.«

Ich entschloß mich, Vespasians vertrauliche Information mit ihm zu teilen. »Der Senat hat Gracilis seinen Posten verschafft. Sie wissen ja, wie das geht: ›*Verehrter Florius, Ihr Großpapa war ein Freund von uns; höchste Zeit, daß Sie auf der Karriereleiter eine Sprosse höher klettern; wir wissen schließlich, was wir den Unsrigen schuldig sind ...*‹ Wie ist er denn so?«

»Ach ... ein Kraftsportler halt, laut und krachledern.« Einträchtig schüttelten wir uns.

»Hören Sie, Tribun: Ich weiß, daß der Kaiser dem Gracilis nicht so recht traut, und nun erzählen Sie mir, er ist verschwunden. Vermutet die Erste Adiutrix vielleicht, daß der Legat kaltgemacht worden ist – am Ende gar von seinen eigenen Leuten?«

»Olympus!« Justinus lief rot an. »Was für ein schrecklicher Gedanke!«

»Aber offenbar nicht ganz abwegig.«

»Schauen Sie, Falco, die Erste befindet sich in einer sehr schwierigen Lage. Wir haben keine Vollmacht, einzuschreiten. Sie wissen ja selbst, wie das läuft – der Statthalter ist nicht greifbar, inspiziert gerade die Streitkräfte in Vindonissa ... und falls Gracilis blaumacht, kommt die Offiziersehre ins Spiel. Außerdem hat mein Legat Angst, daß er sich blamiert, wenn er schweres Geschütz auffährt und auf einem Treffen mit dem Kommandanten der Vierzehnten besteht.«

Ich nickte verständnisvoll. »Er würde ja auch dumm dastehen, wenn Gracilis ihm putzmunter entgegenkäme und sich lässig den Frühstücksbrei vom Kinn wischte!« Dann – offenbar hatte die Gesellschaft des Friseurs doch auf mich abgefärbt – fügte ich hinzu: »Vielleicht hat Gracilis sich auch einen neuen Haarschnitt verpassen lassen, der ihm jetzt so wenig gefällt, daß er untergetaucht ist, bis die Locken nachwachsen.«

»Oder er hat plötzlich einen *extrem* peinlichen Ausschlag gekriegt ...« Justinus klang auf einmal wie Helena und ihr Vater; hinter seiner ernsten Miene verbarg sich ein überaus sympathischer, humorvoller Zug. »Leider ist das Ganze kein Witz.«

»Nein.« Tapfer unterdrückte ich die Sehnsucht, die sein vertrautes Lachen geweckt hatte. »Gracilis sollte rasch wieder zum Vorschein kommen, egal, welche Filzlaus er sich in den Pelz gesetzt hat.« Wenn es nur nichts Schlimmeres war! Eine Meuterei unter den Legionen, gerade jetzt, wo Ruhe eingekehrt zu sein schien, wäre für Vespasian eine Katastrophe. Und an die politischen Verwicklungen, die das Verschwinden eines weiteren römischen Legaten in Germanien auslösen würde, wollte ich erst gar nicht denken. »Ich verstehe schon, warum über die Geschichte, so lange es geht, kein Wort

142

verloren werden soll. Vespasian braucht Zeit, um sich eine Erklärung einfallen zu lassen. Sagen Sie, Camillus Justinus, Sie glauben doch nicht, daß die Vierzehnte dem Kaiser schon Meldung gemacht hat und jetzt auf Instruktionen aus Rom wartet, wie?«

»In dem Fall hätte man auch meinen Legaten informiert.«

»Ha! Glaubt das! Ich sage Ihnen: Geheimhaltung ist das Herzstück der Demokratie!«

»Trotzdem, Falco. Schließlich treffen immer noch fast täglich Kuriere mit vertraulichen Depeschen für Gracilis ein. Ich weiß das, weil mein Stellvertreter dauernd für ihn unterschreiben muß. Aber weder Vespasian noch der Statthalter würden persönliche Botschaften schicken, wenn sie nicht überzeugt wären, daß Gracilis auch hier ist, um sie in Empfang zu nehmen.«

Langsam begriff ich, warum Primipilus und Cornicularius gar so sauer auf meinen Besuch reagiert hatten. Selbst im günstigsten Fall, also wenn ihr Legat nur verlorengegangen war, sah es für sie doch schon ziemlich übel aus. Sollte er aber bei einer eilig vertuschten Meuterei erwürgt worden sein, dann würde es ihnen an den Kragen gehen. »Gracilis' Tribun hat Sie eben ziemlich rüde abgefertigt; mein Empfang war auch nicht besser. Ist das hier so Brauch?«

»Ja, leider. Die Offiziere decken Gracilis perfekt.« Im Manöver oder bei der Parade würde das nichts fruchten, da mußte der Legat in der Kolonne mitmarschieren, aber hier im Lager konnte die Vierzehnte ihr Versteckspiel nach Gutdünken ausleben. Unwillkürlich dachte ich an den einbeinigen Balbillus, der mir erzählt hatte, wie die Legionskommandeure in Britannien nach dem Putsch gegen ihren Statthalter die Regierungsgeschäfte einfach selbst in die Hand genommen hatten. Aber die Zeiten der Anarchie waren ja angeblich vorbei.

»Bis zur nächsten Festlichkeit braucht die Legion keinen

Legaten im Kommandeursrock zu präsentieren. Aber *wenn* hier eine Verschwörung im Gange ist«, grinste ich, »dann habe ich den Herren gerade die Suppe versalzen! Ich bringe der Truppe eine Eisenhand, Vespasians Geschenk, und Instruktionen für die Einweihung nebst großer Fahnenparade. Spätestens bei der Gelegenheit müssen sie ihren Legaten vorführen.«

»Wunderbar! Ein solches Fest wird selbst der Statthalter sich nicht entgehen lassen!« Camillus Justinus war von einer Beharrlichkeit, die mir gefiel. Es freute ihn diebisch, daß der Versuch der Vierzehnten, ihn auszutricksen, jetzt zur Bauchlandung zu werden drohte. »Wann soll die Einweihung denn stattfinden?«

»An Vespasians Geburtstag.« Er überlegte. Der Kaiser war noch nicht lange genug an der Macht, um fest im Kalender etabliert zu sein. Ich wußte Bescheid (ein Schreiber, der Privatermittler für Ignoranten hielt, hatte mir einen Vermerk in meine Auftragsrolle gemacht). »Vierzehn Tage vor Dezember.« Wir hatten erst Oktober. »Also bleiben Ihnen und mir der Rest dieses Monats plus die ersten sechzehn Novembertage, um das Rätsel diskret zu lösen und uns einen Namen zu machen.«

Grinsend gingen wir zum Haupttor. Justinus war Manns genug, seine Chance zu erkennen. Wenn er dieses Verwirrspiel auflösen konnte, bevor Rom eingeschaltet werden mußte, würde das seiner Karriere sehr nützlich sein.

Ich sah Verantwortung auf mich zukommen. Immerhin war ich der Liebhaber seiner Schwester – gehörte also beinahe zur Familie. Da war es doch meine Pflicht, ihm zu seinem Glück zu verhelfen. Obwohl Justinus womöglich strikt gegen meine Liaison mit seiner Schwester war. Und wahrscheinlich die meiste Arbeit an mir hängenbleiben würde.

Während wir so friedlich schweigend nebeneinander hergingen, strengte ich meine grauen Zellen an. Die ganze Geschichte war oberfaul. Das war mir inzwischen klar. Ich war erst seit einer knappen Stunde in Moguntiacum, und schon wurde der zweite hohe Offizier vermißt – als ob ein offiziell vermißter Legat, meuternde Truppen, ein wahnsinniger Rebellenhäuptling und eine bekloppte Seherin nicht gereicht hätten.

XIX

Wir sammelten Xanthus ein und machten uns zu dritt auf den Weg ins Quartier der Ersten Legion. Als unverfängliches Gesprächsthema wollte ich wissen, wie Justinus zu seiner ungewöhnlichen Beförderung gekommen sei.

»Sie waren doch zuletzt in Argentoratum stationiert – ich habe dort sogar nach Ihnen gesucht. Aber dort waren Sie noch nicht Erster Tribun, stimmt's?«

»Nein, und ich hatte auch nicht damit gerechnet, einer zu werden. Das war sozusagen der Köder, mit dem man mich dazu gebracht hat, meinen Militärdienst zu verlängern. Und langfristig zahlt es sich bestimmt aus, wenn ich sagen kann, daß ich auch die breite Schärpe getragen habe ...«

»Sie haben hoffentlich höhere Ambitionen für Ihren Grabstein! Aber Spaß beiseite – irgendwen müssen Sie mächtig beeindruckt haben.«

»Darüber habe ich noch gar nicht nachgedacht ...« Er war anscheinend immer noch ein Knabe in einer Männerwelt. Und große Worte erschreckten ihn. »Mein Vater ist mit Vespasian befreundet. Vielleicht deshalb.«

Ich fand, der Junge sei zu bescheiden. Wer auch immer ihm

diesen Posten verschafft hatte, er mußte ihm allerhand zutrauen. Germanien war schließlich keine Provinz, in der man eine ruhige Kugel schieben konnte. »Und wie ist sie so, Ihre neue Einheit? Ich kenne die Erste noch nicht.«

»Nero hat sie gegründet, oder vielmehr aus der misenischen Flottenmannschaft ausgehoben. Die Erste und Zweite Adiutrix besteht aus ehemaligen Matrosen. Wahrscheinlich ist das mit ein Grund für die Spannungen hier bei uns.« Justinus lächelte. »Ich fürchte, für die glorreiche Vierzehnte Gemina Martia Victrix ist *unsere* Einheit bloß ein nichtsnutziger Haufen von Dockarbeitern und Wasserratten.«

Die regulären Landstreitkräfte hatten die Soldaten der Flotte seit jeher als schwimmfüßige Trabanten verspottet – eine Einstellung, die ich, ehrlich gesagt, teilte. Aber eine unerfahrene Einheit in dieses brodelnde Gebiet zu schicken war einfach Wahnsinn. »Dann sind Sie also hier, um der Ersten mit Ihrer Erfahrung den Rücken zu stärken?« Bescheiden, wie er war, zuckte er nur die Achseln. »Nun mal nicht so schüchtern!« sagte ich. »Das wird sich auf Ihren Wahlplakaten alles sehr gut machen, wenn Sie erst für den Stadtrat kandidieren.«

Vor zehn, zwölf Jahren hatte Titus Cäsar die Ersatztruppen angeführt, die nach Fürstin Boudiccas Aufstand die sehr gelichteten Reihen der britischen Legionen auffüllten. Und heute stiftete ihm jede Siedlung in den nebligen Sümpfen ein Denkmal und schwärmte davon, wie beliebt er seinerzeit als junger Tribun gewesen sei.

Unversehens stellte sich mir die unangenehme Frage, ob Justinus eines Tages vielleicht auch – wie Titus – zur Familie eines regierenden Kaisers gehören würde – durch Heirat, beispielsweise ...

Ich wollte ihn schon fragen, ob er Nachricht von seiner Schwester habe. Doch zum Glück waren wir gerade vor seinem Haus angelangt, und so blieb mir die Peinlichkeit erspart.

146

XX

Das Haus des Ersten Tribuns hatte zwar kein eigenes Bad, aber für einen Burschen Anfang Zwanzig, der eigentlich nur Platz für seine Paraderüstung brauchte und für die ausgestopften Köpfe der wilden Tiere, die er in seiner Freizeit aufgespießt hatte, war es eine luxuriöse Hütte. Tribune sind nicht dafür bekannt, daß sie stapelweise Akten aus der Intendantur mit heim nehmen, und auch privat sind sie mit Terminen nicht gerade überhäuft. Meist sind sie nämlich Junggesellen, und nur die wenigsten laden ihre liebe Verwandtschaft auf längere Besuche ein. Einem ledigen Offizier eine Villa zur Verfügung zu stellen, die bequem für drei Generationen reicht, ist eine der beliebtesten Extravaganzen des Militärs.

Justinus hatte sich zur Gesellschaft einen kleinen Hund zugelegt. Das struppige Kerlchen, noch ein Welpe, hatte er vor einer Rotte Soldaten gerettet, die sich einen Spaß daraus machten, es zu quälen. Dieser Hund hatte nun hier das Sagen, schoß kläffend durch die langen Gänge und schlief auf so vielen Ottomanen wie möglich. Justinus hatte dem Hund nichts zu sagen; wenn der bellte, machte der Tribun Männchen.

»Der kleine Kerl hat ja einen feudalen Zwinger gefunden! Langsam verstehe ich, warum so viele Tribune sich Hals über Kopf in die Ehe stürzen, sowie ihre Dienstzeit um ist. Wer will sich nach einem derart ungebundenen Leben schon wieder dem elterlichen Joch beugen?«

Die Ehe war auch so ein Thema, das Justinus nervös machte; eine Reaktion, die ich nur zu gut verstehen konnte.

Helenas Bruder brauchte einfach einen Freund, der ein bißchen Schwung in die Bude brachte. Bitte sehr, ich stellte mich gern zur Verfügung (obwohl Helena meine karitative Neigung wohl mißbilligen würde).

Justinus rang sich schließlich dazu durch, seinem Legaten zu gestehen, daß er gegen die Mauer des Schweigens bei der Vierzehnten vergebens anrannte. Während er also zum Rapport zog, wurde ein Sklave ans Haupttor geschickt, um unser Gepäck zu holen. Ein Hausbursche des Tribun verstaute den Barbier irgendwo, und ich kam endlich wieder einmal in den Genuß eines eigenen Zimmers – das ich aber gleich wieder verließ. Meine Neugier auf einen heimlichen Inspektionsgang war einfach zu groß. Das Gästezimmer, das man mir gegeben hatte, war gut, aber nicht das beste des Hauses. Daran konnte ich meine Position abschätzen: ein lieber Gast, aber kein Freund der Familie.

Meine Mutter wäre entsetzt gewesen über den Staub auf den Beistelltischen; bei mir mußte nicht alles so picobello sein. Ich würde mich hier ganz gut einrichten können. Justinus entstammte einer Familie von Denkern und Rednern, aber die Camilli sprachen und dachten gern mit Obstschalen rechts und links und Kissen im Rücken. Ihr Schatz war gegen Heimweh gut gerüstet ins unwirtliche Germanien geschickt worden. Das Haus bot wirklich jede Bequemlichkeit. Und das Personal war nur deshalb so schlampig, weil ihm eine starke Hand fehlte. Ich schrieb »Falco war hier« in die Staubschicht auf dem Sockel einer Vase – eine kleine pädagogische Maßnahme.

Es hätte schlimmer sein können. Zwar lagen zu viele Mäusekötel in den Ecken, und niemand machte sich die Mühe, das Lampenöl aufzufüllen, aber die Diener waren wenigstens höflich, sogar zu mir. Sie wollten ihren jungen Herrn nicht zu irgendwelchen anstrengenden Disziplinarmaßnahmen zwingen. Damit waren sie sicher gut beraten, denn wenn er seiner

Schwester auch nur im mindesten ähnelte, dann waren ihm weder Jähzorn noch eine deftige Sprache fremd, wenn man ihn über Gebühr reizte.

Falls er Helena ähnelte, hatte Justinus freilich auch ein weiches Herz und wäre imstande gewesen, mich zu bemitleiden, wie ich da mit düsterem Blick durch sein Haus geisterte und mir den Kopf darüber zerbrach, wo in unserem großen Imperium seine temperamentvolle Schwester sich wohl versteckt haben mochte. Wenn er allerdings in Familienangelegenheiten so heikel war wie sein Bruder Älianus, würde er mich für meine Liaison mit seiner Schwester eher in einem Sack verschnüren und von einer schweren Wurfmaschine über den halben Rhein schleudern lassen. Weshalb ich denn, sosehr ich auch um sie zitterte, meine Sorgen um Helena Justina vorsichtshalber für mich behielt.

Ich wanderte zu den Legionärsthermen, die gut geheizt waren, tadellos intakt und obendrein gratis.

Justinus und ich kamen gleichzeitig in sein Haus zurück. In meinem Zimmer hatte jemand meine Klamotten ausgepackt und drei Kleidungsstücke zum Waschen gegeben, was bei meiner spärlichen Garderobe bedeutete, daß meine Satteltasche nun so gut wie leer war. Schließlich fand ich doch noch eine Tunika, die (bei der trüben Beleuchtung in diesem Haus) im Triklinium passieren würde. Nach dem Essen steckten wir kurz die Nase in den Garten, fanden es aber zu frisch draußen und gingen wieder hinein. Ich fühlte mich durch den Rangunterschied gehemmt, aber Justinus schien ehrlich erfreut über meine Gesellschaft und plauderte drauflos: »Abwechslungsreiche Reise gehabt?«

»Nichts Weltbewegendes. Recht und Ordnung scheinen sich in Gallien und Germanien noch nicht ganz durchgesetzt zu haben.« Ich erzählte ihm von dem Doppelmord bei Lugdunum.

149

Er machte ein erschrockenes Gesicht. »Meinen Sie, ich sollte da was unternehmen?«

»Immer mit der Ruhe, Tribun! Sie haben damit nichts zu schaffen. Erstens ist das Verbrechen in einer anderen Provinz geschehen, und zweitens sind für Straßenraub die Zivilgerichte zuständig ... Ach, übrigens: Der Zenturio, den ich am Tatort traf – ein gewisser Helvetius –, der muß Ihnen unterstellt sein. Jedenfalls hat er mir erzählt, daß er zur Ersten gehört. Aber ich habe dabei nicht an Sie gedacht, weil ich Sie ja immer noch auf Ihrem alten Posten vermutete.«

»Helvetius ... der Name sagt mir nichts. Ich bin noch nicht lange genug hier, um den ganzen Haufen zu kennen. Aber ich werde mir den Mann mal ansehen.« Alle sechzig Zenturionen in seiner Legion beim Namen zu kennen war nun wirklich übertrieben. Langsam wunderte es mich, daß dieser junge Mann überhaupt je befördert worden war. Einer, der wie er mit Leib und Seele bei der Arbeit war und sich so gewissenhaft hineinkniete, wird bei persönlichen Belobigungen in der Regel übergangen.

Um ihn aufzuheitern, erzählte ich ihm, was ich in Argentoratum von den Allüren seines Nachfolgers gehört hatte. »Würden *Sie* ein Wort wie ›Xenophobie‹ als Parole ausgeben?«

»Die meinen sind, fürchte ich, viel banaler. ›Mars der Rächer‹ oder ›Pökelfisch‹ oder ›der zweite Vorname des Lagerarztes‹.«

»Kluge Entscheidung.«

Wir hatten eine Flasche geköpft. »Der Wein hier ist leider nicht besonders ...« Justinus war entweder zu schüchtern oder zu faul, seinem Weinhändler einmal richtig den Marsch zu blasen. Das Zeug schmeckte wie Ziegenpisse (von einer Ziege mit Gallensteinen), aber immerhin verging die Zeit angenehmer mit einem Glas in der Hand. »Sagen Sie, Marcus Didius, was hat Sie eigentlich zu meiner alten Garnison geführt?«

150

Bestimmt wußte er, daß ich auf der Suche nach Helena war.

»Ich wollte Sie besuchen, Tribun.«

»Ach, wie nett!« So, wie er das sagte, klang es tatsächlich ehrlich.

»Ja, ich dachte, Sie würden vielleicht gern erfahren, wie's der Familie geht. Anscheinend alles wohlauf. Ihr Vater möchte sich eine Yacht zulegen, aber Ihre Mutter will nichts davon hören ... Haben Sie übrigens in letzter Zeit von Ihrer Schwester gehört?«

Die Frage war mir einfach so rausgerutscht; zu spät, um noch rein flüchtiges Interesse zu heucheln. Justinus parierte sofort: »Nein, sie macht sich derzeit ungewöhnlich rar. Ist was mit Helena, das ich wissen sollte?«

Sicher wußte er längst, daß sie sich entschlossen hatte, mit dem billigen Schrotbrot an meinem Tisch vorlieb zu nehmen. Aber ich war nicht Manns genug, ihrem Bruder unsere Beziehung zu erklären. Also sagte ich bloß: »Sie ist fort aus Rom.«

»Seit wann?«

»Kurz vor meiner Abreise.«

Justinus, der sich auf einem Lesediwan aus Armeebeständen ausgestreckt hatte, verlagerte das Gewicht, um seinen Arm zu entlasten. »Das klingt ja nach einem ziemlich überstürzten Aufbruch!« Noch lachte er, aber ich sah schon, wie sich was hinter seiner Stirn zusammenbraute. »Hat sie sich über irgendwas geärgert?«

»Wenn, dann über mich. Helena hat eine hohe Moral, und ich habe schlechte Angewohnheiten ... Eigentlich hatte ich gehofft, sie wäre hier bei Ihnen.«

»Ist sie nicht, nein.« Der Grund für mein Interesse stand zwar nach wie vor gefährlich im Raum, blieb aber unausgesprochen. An den Brocken trauten wir uns beide nicht heran. »Meinen Sie denn, daß Grund zur Sorge besteht?« fragte Justinus.

»Ach, sie ist vernünftig.« Justinus hielt große Stücke auf seine

151

Schwester und war bereit, diese Einschätzung zu unterschreiben. Mir bedeutete sie auch sehr viel, und ich war leider alles andere als beruhigt. »Sehen Sie, Tribun, soweit ich weiß, hat Ihre Schwester keine Absprache mit dem Bankier getroffen und auch keinen Leibwächter mitgenommen. Sie hat sich nicht von Ihrem Vater verabschiedet und sogar Ihre Mutter beschwindelt; meine, die sie sehr gern hat, ist völlig perplex; und sie hat nicht mal eine Nachsendeadresse hinterlassen. Das«, sagte ich, »macht mir Sorge.«

Wir schwiegen beide.

»Was schlagen Sie vor, Falco?«

»Nichts. Es gibt einfach nichts, was wir tun könnten.« Und das beunruhigte mich nicht minder.

Wir wechselten das Thema.

»Ich weiß immer noch nicht«, nahm Justinus das Wort, »wie es möglich ist, daß Sie in dem Augenblick, da wir Probleme mit Gracilis haben, hier auftauchen und nach einem verschwundenen Legaten fahnden?«

»Reiner Zufall. Ich suche nämlich nicht Gracilis, sondern Munius Lupercus.«

»Olympus! Da würde ich mir an Ihrer Stelle keine Hoffnungen machen!«

Ich lächelte bedripst.

Etliche seiner Angehörigen standen dem Kaiser nahe, und ich war überzeugt, daß Justinus ihre Diskretion geerbt habe. Also erzählte ich ihm freimütig von meiner Mission, die Vierzehnte Gemina erwähnte ich allerdings nicht. Fairneß dieser Truppe gegenüber war vielleicht überflüssig, aber ein paar Grundsätze habe ich eben auch. »Da haben Sie ja ein paar harte Nüsse zu knacken!« war sein Kommentar.

»Allerdings. Ich weiß inzwischen, daß die Seherin Veleda in einem Turm haust und nur durch ihre männlichen Verwandten mit der Außenwelt verkehrt. Das soll wohl ihre Aura heben. Ich finde einen Ausflug auf das rechte Rheinufer auch ohne solche Mätzchen aufregend genug!« Justinus gluckste vergnügt. Er hatte gut lachen. Er brauchte ja nicht rüber. »Sie sind anscheinend gut informiert, Justinus. Können Sie mir etwas über den Rebellenführer erzählen?«

»Civilis ist verschwunden – über seine schaurigen Gebräuche sind allerdings eine Menge Geschichten im Umlauf.«

»Nur zu! Lehren Sie mich das Gruseln!« knurrte ich.

»Also die blutrünstigste Anekdote behauptet, daß er seinem kleinen Sohn römische Gefangene als Zielscheibe für dessen Übungen mit Pfeil und Bogen überläßt.«

»Und, stimmt das?«

»Könnte sein.«

Großartig! Genau der Typ, den ich gern auf einen Schoppen einlade, um mit ihm am Tresen ein vertrauliches Schwätzchen unter vier Augen zu führen. »Bevor ich diesem mustergültigen Vater einen ausgebe – kursieren da vielleicht noch ein paar weniger schrille Histörchen, die ich kennen sollte?«

Über die Hintergründe war ich natürlich in groben Zügen informiert. Bis zu dem großen Aufstand hatten die Bataver ein ausnehmend gutes Verhältnis zu Rom gehabt: Ihr Stammesland war von der Kolonisation – und damit auch von Steuerabgaben – befreit; dafür unterstützten sie uns mit Hilfstruppen. Das war kein schlechter Handel. Sie bekamen viel Geld und allerlei Vergünstigungen – eine enorme Verbesserung gegenüber der rauhen Keltentradition, wonach man einfach beim Nachbarn plünderte, wenn die eigenen Kornvorräte zur Neige gingen. Umgekehrt leisteten uns ihre hervorragenden Schwimmer, Ruderer und Lotsen gute Dienste. Die Bataver waren berühmt dafür, daß sie, neben ihren Pferden entlangpaddelnd, einen Fluß in voller Montur durchqueren konnten.

Justinus kam gleich zur Sache. »Wie Sie wissen, ist Julius

Civilis ein Mitglied der batavischen Königsfamilie. Er hat zwanzig Jahre in römischen Feldlagern verbracht und die Auxiliarkräfte für uns ausgebildet. Als die jüngsten Unruhen begannen, wurde sein Bruder Paulus vom damaligen Statthalter Untergermaniens, Fonteius Capito, als Rädelsführer hingerichtet. Civilis ließ der Statthalter in Ketten legen und an Nero ausliefern.«

»Und? *Waren* die beiden Brüder damals schon die Rädelsführer?«

»Die Beweislage spricht eher dafür, daß Capito sie falsch beschuldigt hat«, versetzte Justinus auf seine bedächtige Art. »Fonteius Capito war ein höchst fragwürdiger Statthalter. Wissen Sie, daß ihn seine eigenen Offiziere vors Kriegsgericht gestellt und zum Tode verurteilt haben? Er stand im Ruf, sich in seinem Amt bereichert zu haben; ob das stimmt, kann ich Ihnen nicht sagen. Galba hat allerdings darauf verzichtet, seine Hinrichtung zu untersuchen, und das spricht ja für sich.«

Vielleicht war Galba aber auch bloß ein inkompetenter Tattergreis. »Jedenfalls hat Galba Civilis freigesprochen, sich aber nur acht Monate als Kaiser halten können. Danach war Civilis wieder in Gefahr.«

»Wie das?«

»Als Vitellius an die Macht kam, drängten seine Legionen darauf, daß etliche Offiziere, angeblich wegen ihrer Loyalität zu Galba, sterben mußten.« Jetzt fiel mir diese häßliche Episode wieder ein. Es war schlicht und einfach darum gegangen, alte Rechnungen zu begleichen. Unbeliebte Zenturionen waren das Hauptziel gewesen, aber ich wußte, daß die Truppen auch den Kopf des Bataverhäuptlings gefordert hatten. Vitellius ließ sich von dem blutgierigen Mob nicht beeinflussen und bestätigte Galbas Gnadenerlaß. Trotzdem muß die ganze Zitterpartie Civilis sehr verbittert und gegen seine sogenannten römischen Verbündeten aufgebracht haben. »In dieser Zeit«,

154

fuhr Justinus fort, »ist den Batavern überhaupt übel mitgespielt worden.«

»Zum Beispiel?«

»Während der Einberufung für Vitellius' Armee setzten die kaiserlichen Werber einfach Alte und Sieche auf ihre Listen, nur um hinterher hohe Bestechungsgelder dafür zu kassieren, daß sie die armen Teufel wieder von der Aushebung befreiten. Außerdem wurden junge Mädchen und Burschen von den Soldaten hinter die Zelte geschleppt und gefügig gemacht ... wirklich alles sehr unangenehm.«

Bataverkinder sind in der Regel groß, schlank und hübsch. Da alle germanischen Stämme ausgeprägten Familiensinn haben, muß dieser Frevel den Stamm abgrundtief verletzt haben. Nicht zuletzt deshalb hatte der nächste Thronanwärter, Vespasian, darauf gehofft, Civilis als Verbündeten gegen Vitellius zu gewinnen. Aber Vespasian im fernen Judäa hatte sich trotzdem verrechnet. Zwar schlug sich Civilis anfangs, zusammen mit dem Stamm der Canninefaten, auf seine Seite, und in einem alliierten Angriff auf die Rheinflotte erbeuteten sie die ihnen fehlenden Waffen und Schiffe und schnitten überdies den Römern den Nachschub ab; ein strategisches Glanzstück, für das Vespasian mit dem Cäsarenpurpur belohnt wurde. Da aber zeigte Civilis sein wahres Gesicht. »Er berief alle Stammeshäuptlinge der Gallier und Germanen zu einer Versammlung in einem heiligen Hain«, fuhr Justinus fort. »Dort ließ er den Wein in Strömen fließen und peitschte die Männer mit zündenden Reden auf, sie sollten das römische Joch abschütteln und ein freies gallisches Reich errichten.«

»Richtig mitreißend!«

»O ja, und brillant inszeniert! Civilis färbte sich Haar und Bart knallrot und schwor, er werde kein Barbiermesser daranlassen, ehe er nicht den letzten Römer aus Germanien vertrieben habe.«

Dieser markige Auftritt rückte unwillkürlich auch meine Mission in die schrill-pittoreske Ecke, die ich nicht ausstehen kann. »Genau der Typ nationalistischer Spinner, den ich für mein Leben gern aufs Kreuz lege! Hat er sich denn seitdem mal rasiert?«

»Nach Vetera.«

Beide schwiegen wir einen Moment und dachten an die Belagerung.

»Eine solche Festung hätte eigentlich ausharren müssen ...«

Justinus schüttelte den Kopf. »Ich bin nicht dabeigewesen, Falco, aber nach allem, was man hört, war Vetera einfach heruntergekommen und vor allem unterbelegt.«

Wir begossen uns die Nase mit Justinus' schaurigem Essigwein, und ich dachte über das nach, was ich von Vetera wußte. Das ursprüngliche Zwillingskastell war längst nicht mehr vollzählig belegt gewesen, weil Vitellius für seinen Marsch auf Rom ganze Abteilungen abgezogen hatte. Die restliche Garnison verteidigte sich, so gut sie konnte. An Einsatzbereitschaft fehlte es gewiß nicht, aber Civilis hatte die römische Belagerungstaktik gut studiert. Er setzte seine Gefangenen zum Bau von Sturmböcken und Wurfmaschinen ein. Nicht, daß es den Eingeschlossenen an Erfindungsgeist gemangelt hätte: Sie konstruierten sogar einen mechanischen Greifarm, der die anstürmende Vorhut packte und über die Wehrmauern ins Lager zerrte. Aber irgendwann hatten sie sämtliche Maultiere und Ratten verzehrt; und als sie schließlich nur noch die Wurzeln und Gräser der Festungswälle zu essen hatten, war irgendwann ihre Widerstandskraft gebrochen. Gleichzeitig tobte in der Heimat der Bürgerkrieg, und sie fühlten sich ganz von ihr abgeschnitten. In der Tat war Vetera eines der nördlichsten Forts in Europa, und Rom hatte damals ganz andere Sorgen.

Ein Ersatzheer wurde geschickt, aber dessen Befehlshaber,

Dillius Vocula, verpatzte seine Chance. Civilis schnitt ihm den Weg ab und ritt dann mit den erbeuteten Feldzeichen vor die Feste von Vetera, um die Eingeschlossenen vollends in Verzweiflung zu stürzen. Vocula gelang zwar später noch der Durchbruch, und er konnte die Belagerung aufheben, aber da war die Stimmung der Garnison schon auf dem Tiefpunkt angelangt. Seine eigenen Soldaten meuterten und ermordeten ihn bei Vetera. Das Kastell ergab sich, und die Truppen, die ihren Befehlshaber getötet hatten, schworen dem gallischen Reich die Treue. Die Rebellen hießen sie, ihre Waffen abzulegen und das Lager zu verlassen – und dann meuchelten sie die ahnungslosen Soldaten aus dem Hinterhalt.

»Justinus, stand Civilis eigentlich im Ruf, ein Verräter zu sein? Mit anderen Worten: Hätten unsere Leute Grund gehabt, auf der Hut zu sein?«

Justinus ließ sich mit der Antwort Zeit, er wollte den Bataver nicht im voraus verurteilen. »Ich glaube nicht«, sagte er schließlich. »Unsere Soldaten dachten natürlich, auf das Wort eines einstigen Kommandeurs der römischen Auxiliartruppen sei Verlaß. Civilis soll seine Verbündeten ja nach dem Massaker streng ins Gebet genommen haben.«

Wieder schwiegen wir.

»Was ist dieser Civilis für ein Mann?« fragte ich nach einer Weile.

»Hochintelligent. Unglaubliches Charisma. Höchst gefährlich! Es hat eine Zeit gegeben, da stand Gallien fast geschlossen hinter ihm, dazu etliche Stämme aus Germania Libera. Civilis war in Untergermanien praktisch der Alleinherrscher. Er selbst sieht sich als einen zweiten Hannibal – oder vielmehr Hasdrubal; auch Civilis hat ja nur ein Auge.«

Ich seufzte. »Ich suche also einen hochgewachsenen, einäugigen Fürsten mit wehender roter Mähne und unversöhnlichem Haß auf Rom. Na, wenigstens werde ich ihn auf dem Marktplatz nicht übersehen … Ob er protestiert hat, als Munius Lúpercus überfallen und der Seherin Veleda zum Geschenk gemacht wurde?«

»Das glaube ich nicht. Civilis und Veleda gelten als Partner. Er hat sich immer nach ihren Weissagungen gerichtet. Und als er Petilius Cerialis' Flaggschiff kaperte, hat er es der Seherin geschenkt.«

»Ich bin schon zu erledigt, um Sie zu fragen, wie es zu dieser blamablen Niederlage kommen konnte!« Natürlich war mir nicht neu, daß unser General Cerialis seine Schwächen hatte. Er war ein Heißsporn und konnte sich bei der Truppe nicht durchsetzen; so kam es zu – eigentlich vermeidbaren – Verlusten. »Jedenfalls hat die große Veleda ihre Staatsbarkasse bekommen und dazu einen wohlverschnürten, hochrangigen römischen Offizier, den sie sich nun als Sexsklaven oder sonstwas in ihrem Turm halten kann! Was glauben *Sie,* das die Dame mit Lupercus gemacht hat?«

Camillus Justinus schauderte. Offenbar wagte er sich das nicht auszumalen.

Mir brummte der Schädel. Der Moment schien günstig, um den ermatteten Reisenden zu spielen und mich unter ausgiebigem Gähnen in mein Bett zurückzuziehen.

Das Signal des Trompeters, der auf seinem verbeulten Instrument die Vigilien blies, erschreckte mich noch im Schlaf, und ich träumte, ich sei wieder ein junger Rekrut.

XXI

Am nächsten Tag widmete ich mich den Denksportaufgaben, die Vespasian mir gestellt hatte. Das heißt, ich versuchte es, konnte mich aber so wenig dafür begeistern, daß ich schließlich auf das einzige Problem auswich, um das ich mich von Rechts wegen überhaupt nicht hätte zu kümmern brauchen: Ich besuchte die Frau des verschwundenen Legaten. Auf dem Weg hinüber zur Lagerseite der Vierzehnten war ich, ehrlich gesagt, ziemlich sicher, daß ich das angebliche Verschwinden des großen Florius Gracilis gleich als faulen Zauber entlarven würde.

Das Haus des Legaten hätte man sich nicht prächtiger denken können. Aber seit Julius Cäsar sogar unterwegs im Feindesland und mit praktisch leerer Staatskasse sein Zelt immer noch hatte mit Mosaikplatten auslegen lassen, um die Barbaren mit römischem Glanz und Pracht zu beeindrucken, seitdem war es einfach *undenkbar,* daß ein ausgewachsener Diplomatenresident in einem stehenden Lager auf irgendwelchen Komfort verzichtete. Die Villa Gracilis war so groß wie nur möglich und mit ausgefallenen Materialien dekoriert. Warum auch nicht? Der nächste Bewohner würde unweigerlich eine einfallsreiche und auf Innenarchitektur spezialisierte Frau mitbringen, die alles ummodeln würde. Und so mußte das Haus alle drei Jahre entrümpelt und einem anderen Geschmack entsprechend eingerichtet werden. Und alle diese Extravaganzen gingen auf Staatskosten.

Die Residenz lag eingebettet in weitläufige Parkanlagen mit Teichen und Springbrunnen, deren Fontänen die Luft mit hauchfeinem Sprühnebel netzten. Im Sommer leuchteten hier sicher farbenprächtige Blumenbeete, doch jetzt, im Oktober, dominierte das kunstvoll beschnittene Baumwerk in erhabener Einsamkeit. Darunter stolzierten Pfauen, und Schildkröten krochen über den Rasen. Als ich am frühen Morgen mit strahlendem Lächeln aufkreuzte, wuselten laubfegende und heckenstutzende Gärtner ameisengleich durch die Gegend. Richtige Ameisen hatten hier natürlich keine Chance. Ich wahrscheinlich auch nicht.

Ins Innere des Hauses gelangte man über eine ganze Flucht von freskengeschmückten Empfangssälen. Die weißstrahlenden Stuckdecken waren überwältigend. Genau wie die geometrischen Fußbodenmosaike mit ihren faszinierenden dreidimensionalen Effekten. Die Lampen waren vergoldet (und an den Wänden festgeschraubt); die Urnen riesengroß (und zu schwer, um damit abzuhauen). Diskrete Wärter patrouillierten unter den Kolonnaden oder hatten sich unauffällig zwischen den hellenischen Statuen plaziert. Angesichts der Möbel im Salon hätte mein Vater, der Auktionator, sofort hektisch an den Nägeln zu kauen begonnen und den Hausverwalter auf ein Wort hinter eine Säule gebeten.

Besagter Hausverwalter war ein Juwel seines Standes. Florius Gracilis hatte längst den reibungslosen Übergang von jener nonchalanten Junggesellenschlamperei, in der Camillus Justinus lebte, hinüber in die vornehme Welt des Lebemannes geschafft. Sein Haushalt lag in den bewährten Händen eines Heers von dienstbeflissenen Lakaien, die vermutlich zum Großteil schon zwanzig Jahre anstrengenden Senatorenlebens auf gesellschaftlichem Parkett mit ihm durchgestanden hatten. Da hohen Würdenträgern die Umzugskosten in die Provinz voll erstattet werden, hatte der Legat nicht nur seine Bettgestelle aus Schildpatt und die Lampen mit dem vergoldeten Cupido mitgebracht, sondern, da er einmal beim Packen war, noch dazu Platz für die Frau Gemahlin geschaffen. Schon bevor ich sie kennenlernte, wußte ich allerdings, daß es höchstwahrscheinlich vollkommen überflüssig gewesen war, dieses professionelle System der Haushaltsführung durch eine junge Braut zu ergänzen.

Meine Recherchen in Rom hatten ergeben, daß Gracilis im richtigen Alter für ein Legionskommando war: Ende Dreißig, noch frei von Arthritis, aber schon mit der nötigen Reife für den eindrucksvoll-gemessenen Auftritt im Purpurmantel. Seine Frau war zwanzig Jahre jünger als er. In Patrizierkreisen ist es Usus, Schulmädchen zu heiraten. Wo Ehen aus rein politischen Gründen geschlossen werden, haben die Unberührten und Willfährigen eben einen Bonus. Männer dieser Klassen verbrennen sich nicht die Finger an einer jener zufällig gefundenen Flammen, die unsereinem den Rest des Lebens versauen. Florius Gracilis hatte das erste Mal mit Anfang Zwanzig geheiratet, als er gerade für den Senat kandidierte. Dieser Frau gab er dann bei erstbester Gelegenheit wieder den Laufpaß und angelte sich geschickt eine neue – eine, die aus einer noch älteren und reicheren Familie kam als die erste. Das war vor ungefähr anderthalb Jahren, also zu der Zeit, als er den Posten des Legionskommandeurs anpeilte und als aufrechter, integrer Staatsbürger erscheinen wollte.

Mänia Priscilla empfing mich in einem schwarz-goldenen Salon, einem jener gelackten Protzräume, in denen ich immer gleich die Flohbisse vom Vortag spüre. Sie hatte eine Eskorte von sechs Zofen dabei, robuste Mädchen, die mit ihren buschigen Augenbrauen aussahen, als hätte man sie auf dem Sklavenmarkt in Serie erstanden. Ihre Herrin hielt sie offenbar auf Abstand, denn sie saßen in zwei Grüppchen in den Ecken und hielten die breite Stirn über eine langweilige Stickerei gebeugt.

Priscilla übersah sie geflissentlich. Sie war klein, und ein liebenswerter Charakter hätte ihr vielleicht Anmut verliehen. Zeit und Geld hatte man reichlich in sie investiert, ihre angeborene Verdrießlichkeit aber damit nicht übertünchen können. Sie gefiel sich in einer trägen, katzenhaften Pose, die freilich rasch zur kalten Maske erstarrte. Vermutlich war sie die Tochter eines muffigen Prätors, der erst aufblühte, als seine weiblichen Nachkommen heiratsfähig wurden und er sie gewinnbringend verkuppeln konnte. Und nun war Priscilla mit Gracilis verheiratet – wahrscheinlich auch nicht gerade ein lustiges Leben.

Es dauerte ein paar Minuten, bis sie sich in einer Woge aus violetten Volants zurechtgesetzt hatte. Sie trug Perlenohrringe, amethystbesetzte Armreifen und mindestens drei geflochtene Goldketten um den Hals – der allerdings dermaßen von Falten und Rüschen umbauscht war, daß darunter noch etliche mehr verborgen sein mochten. Ihr Negligé für werktags wurde vervollständigt von der üblichen Kollektion Fingerringe, einem Haufen Talmi, zwischen dem irgendwo auch ein knapp zentimeterbreiter Ehering steckte, der allerdings nicht ins Auge sprang.

»Didius Falco, gnädige Frau.«

»Ach, wirklich?« Konversation am frühen Morgen kann wirklich mühsam sein. Meine Mutter hätte dieses apathische Geschöpf auf eine Diät aus rohem Fleisch gesetzt und eine Woche lang Steckrüben ausbuddeln lassen.

»Ich komme im Auftrag des Kaisers.« Der Besuch eines kaiserlichen Kuriers hätte sie eigentlich aufheitern sollen, wie überhaupt manche junge Frau fasziniert gewesen wäre vom Leben im gefährlichsten Teil des Reiches. Aber Mänia Priscilla sah nicht so aus, als würde sie sich für Politik interessieren. Nein, hier saß ein Vögelchen, das sich erfolgreich vor höherer Bildung gedrückt hatte. Für die schönen Künste hatte sie nichts übrig. Und auch als engagierte Mitarbeiterin eines Wohltätigkeitsbasars konnte ich sie mir nicht vorstellen. Kurz gesagt, als Diplomatengattin auf einem

162

der brisanten Posten des Imperiums machte sie eine klägliche Figur.

»Wie schön für Sie!« Kein Wunder, daß es an den Rändern des Reiches neuerdings hörbar bröckelte. Ich reagierte nicht darauf, aber ihr Benehmen war unklug und nicht zu entschuldigen. Diese Person war eine Mischung aus arrogantem Schulmädchen und ignorantem Dämchen, eine verhängnisvolle Kombination. Wenn Gracilis nicht aufpaßte, gab ich ihm sechs Monate, bis ein Skandal mit einem Zenturio oder ein Vorfall in der Kaserne ihn zwingen würde, einige übereilte Versetzungen zu befehlen.

»Verzeihen Sie mein Eindringen, gnädige Frau, aber ich muß Ihren Gemahl unbedingt sprechen, und da er nicht auf der Principia war ...«

»Hier ist er auch nicht!« Diesmal kam ihre Antwort rasch und mit jener triumphierenden Schärfe, die manche Menschen für Schlagfertigkeit halten. Ihre braunen Augen musterten mich von oben bis unten, wogegen im Prinzip nichts zu sagen war. Schließlich hatte ich sie mir genauso gründlich angeguckt. Nur sah sie eigentlich nichts, sondern wollte mich bloß kränken.

Ich zog eine Braue hoch. »Sicher machen Sie sich große Sorgen. Oder kommt es öfter vor, daß Gracilis einfach verschwindet?«

»Die Gewohnheiten des Legaten gehen nur ihn etwas an.«

»Nicht ganz, Gnädigste.«

Wenn sie wütend war, verzog sich ihr Mund zu einer häßlichen Fratze. Und jetzt schäumte sie regelrecht, denn sie war es nicht gewohnt, daß Männer in unförmiger rotbrauner Tunika und mit Wollfutter in den abgelatschten Stiefeln ihr widersprachen. (Ich hätte mich schon gern mehr in Schale geworfen, aber meine Bank hatte mir dringend davon abgeraten, dieses Jahr wieder mein Budget zu überschreiten. Ein Ban-

163

kier ist ja so leicht zu durchschauen. Mein Budget übrigens auch.)

»Mänia Priscilla, die Sache ist leider sehr ernst! Ein Mann vom Range Ihres Gatten darf sich nicht plötzlich unsichtbar machen. Das schadet der Moral der Truppe. Und selbst der Kaiser könnte daran Anstoß nehmen ... Falls Gracilis vor seinen Gläubigern in Deckung gegangen ist ...« Ich hatte nur einen Scherz machen wollen, aber sie lachte bitter. Ins Blaue geraten, ins Schwarze getroffen. »Ach, es geht also wirklich um Geld?«

»Kann schon sein.«

»Könnten Sie mir eine Liste seiner Gläubiger geben?«

Sie zuckte die Achseln. Vielleicht hatte Gracilis sie nur deshalb nach Germanien gebracht, damit sie nicht zu Hause seine diversen Vermögensverwalter becircen und ihnen Bares entlocken konnte. Männer wie er halten ihre Frauen vom heimischen Abakus fern. Ich bohrte noch ein bißchen nach, aber sie wußte offenbar wirklich nichts – was mich nicht überraschte.

»Sie können mir also nicht weiterhelfen? Haben Sie denn gar keine Ahnung, wo Ihr Mann sein könnte?«

»Hach, das weiß ich!« rief sie schelmisch. Ich verkniff mir meinen Ärger.

»Gnädigste, hier geht es um wichtige Staatsgeschäfte. Ich bringe Ihrem Gatten eine Botschaft von Vespasian, und wenn der Kaiser eine Depesche schickt, dann erwartet er, daß sie ihren Adressaten auch erreicht. Wenn Sie mir jetzt also sagen wollen, wo ich Ihren Mann finde?«

»Vermutlich bei seiner Mätresse.« Sie war so phlegmatisch, daß sie nicht einmal sehen wollte, welche Wirkung diese Information auf mich hatte.

»Hören Sie«, sagte ich, immer noch um Beherrschung bemüht, »Ihr Privatleben geht mich nichts an, aber selbst wenn Sie eine noch so moderne Ehe führen, werden Sie und Gracilis

164

sich doch an *gewisse* Spielregeln halten. Die gesellschaftliche Konvention ist da ja klar und deutlich.« Trotzdem zählte ich sie ihr noch einmal auf: »Er verplempert Ihre Mitgift; Sie halten sich an seinem Erbe schadlos. Er kann Sie verprügeln; Sie können ihn verleumden. Er gibt Ihnen moralischen Halt und ein extravagantes Nadelgeld, und dafür schützen Sie, Gnädigste, allzeit seinen guten Ruf in der Öffentlichkeit. Und darum passen Sie jetzt einmal ganz genau auf: Wenn ich ihn nicht finde, und das sehr rasch, dann gibt es einen Skandal! Und egal, was passiert ist: Den kann Gracilis gewiß nicht gebrauchen.«

Begleitet vom atonalen Klimpern ihrer Pretiosen, sprang sie auf. »Wie können Sie sich unterstehen!«

»Wie kann ein Legionskommandeur sich unterstehen, seinen Statthalter an der Nase herumzuführen und einfach zu verschwinden?«

»Mir ist das völlig egal!« rief Mänia Priscilla, zum ersten Mal aus ihrer Apathie erwachend. »Machen Sie, daß Sie rauskommen, und lassen Sie sich hier nie wieder sehen!«

Damit rauschte sie aus dem Saal, eine Woge unangenehm schweren Parfums zurücklassend. Bei ihrem zornigen Aufbruch war eine Haarnadel aus den schnörkeligen Zinnen ihres kunstvollen Haarturms geflogen und direkt vor meinen Füßen gelandet.

Ich hob sie auf und reichte das Geschoß einer ihrer Zofen. Die Mädchen sammelten bedrückt ihre Siebensachen ein und folgten ihrer Herrin.

Mich hatte der theatralische Abgang nicht beeindruckt. Irgendwo in dieser weitläufigen Residenz saß bestimmt ein verhutzelter alter Buchhalter, der realistischer auf meine Fragen reagieren würde als die zickige Ehefrau. Er wußte sicher auch, welche Gläubiger Gracilis tagtäglich mit Versprechungen abspeiste, und wenn ich ein bißchen Interesse an

165

seiner harten Arbeit bekundete, würde er mir womöglich sogar ihre Namen verraten.

Und was die Mätresse des Legaten betraf, so würde ich deren Namen vermutlich in der Kaserne erfahren.

XXII

Auf meiner Spurensuche stolperte ich irgendwann auch in den Hobbyraum des Legaten. Ein Blick genügte, und ich begriff, was Justinus gemeint hatte, als er Gracilis sportbesessen nannte: Diese Privatturnhalle war vollgestopft mit Gewichten, Hanteln, mit Bohnen gefüllten Säcken für Wurfspiele und all dem Brimborium, mit dem sich normalerweise Männer abgeben, die Angst davor haben, als schwächlich abgestempelt zu werden – wahrscheinlich, weil sie's sind. An einer Wand hingen seine Speere und Jagdtrophäen. Ein trauriger Ägypter, dem es sicher besser gefallen hätte, einen König für seinen Einzug bei Osiris zu mumifizieren, saß mit untergeschlagenen Beinen an einem niedrigen Tisch und stopfte ein ziemlich kleines Reh aus. Mit Ägyptern zu reden ist reine Zeitverschwendung, und deshalb lasse ich es lieber gleich. Der Bursche hier konnte einen Bock präparieren, aber seine Philosophie über das Leben als immerwährenden Leidensstrom würde mir nicht helfen, seinen Herrn zu finden. Also nickte ich ihm bloß zu und ging meiner Wege.

Endlich fand ich den Buchhalter, der mir eine endlose Liste düpierter Weinlieferanten, Kürschner, Buchmacher, Schreibwarenhändler und Importeure wohlriechender Essenzen vorlegte.

»Beim Jupiter! Der Mann hält aber wirklich nichts davon, seine Rechnungen zu begleichen.«

»Er ist nicht gerade geschäftstüchtig«, bestätigte der nachsichtige Schreiberling. Der Mann beherrschte sich vorbildlich. Er hatte geschwollene Augenlider und sah schrecklich müde aus.

»Werfen denn die Güter des Legaten in der Heimat nichts ab?«

»Aber ja doch! Nur sind sie leider fast alle mit Hypotheken belastet.«

»Dann steckt er also in der Klemme?«

»Das glaube ich nun wieder nicht.«

Recht hatte er. Gracilis war Senator. Als solchem war es ihm vermutlich zur zweiten Natur geworden, am Rand des finanziellen Ruins entlangzubalancieren, daß er deswegen längst keine schlaflosen Nächte mehr hatte. Außerdem war sein Kredit durch die Heirat mit Mänia Priscilla bestimmt wieder gestiegen. Vor seinem nicht zu unterschätzenden politischen Prestige würde jeder kleine Kaufmann in der Provinz erst einmal kuschen. Und mit ein paar geschickten, wenn auch vielleicht nicht ganz einwandfreien Transaktionen würde Gracilis sich bald wieder aus seinen momentanen Finanznöten befreien.

»Demnach haben Sie also keine Ahnung, warum Ihr Herr verschwunden sein könnte?«

»Mir ist nichts bekannt, nein.«

»Hat er Ihnen denn keine Anweisungen hinterlassen?«

»Er plant nie sehr weit im voraus. Ich dachte, er sei für ein paar Tage auf Geschäftsreise. Weil doch auch sein Page fort ist.«

»Woher wissen Sie das?«

»Na, seine Freundin jammert schließlich laut genug vor Sehnsucht.«

167

»Sie arbeitet auch hier im Haus?«

»Nein, sie ist Kellnerin in der Medusa, eine Kneipe an der Principia Dextra.«

Bevor ich ging, kritzelte ich noch die Namen der Gläubiger und den der Kellnerin auf mein Notiztäfelchen. Das Wachs war schon ganz hart geworden, so lange hatte ich nicht mehr darauf geschrieben; höchste Zeit also, daß ich wieder richtig an die Arbeit ging.

»Eine Frage noch: Ist Ihr Herr ein Frauenheld?«

»Darauf erwarten Sie doch wohl keine Antwort von mir!«

»Ach, nun drücken Sie mal ein Auge zu!«

»Ich bin nur für die Buchführung zuständig.«

»Meine Frage betrifft womöglich genau Ihr Ressort! Gracilis könnte doch zum Beispiel deswegen so schlecht bei Kasse sein, weil er sich kostspielige Mätressen hält ...«

Ich tat ihm den Gefallen und schlug als erster die Augen nieder. Wir wußten beide, daß ich andere Quellen finden konnte, die bereitwillig schlüpfrige Geschichten aussprudeln würden.

Beschwingt verließ ich die Residenz. Einer Spur zu folgen ist gut für meinen Optimismus.

Leider machte ich dann den Fehler, noch einmal mein Glück bei den überheblichen Chargen von der Vierzehnten Gemina zu versuchen.

Die traditionelle republikanische Legion war immer ohne Lagerpräfekten ausgekommen. Und hier wie in vielen anderen Punkten denke ich, die alten Republikaner wußten, was sie taten. Heutzutage haben diese Präfekten einen übermäßigen Einfluß. Jede Legion ernennt einen und überträgt ihm weitreichende Verantwortung für Organisation, Drill und Ausrüstung der Truppe. In Abwesenheit von Legat und Erstem Tribun führt der Präfekt das Kommando, und dann

168

wird's gefährlich. Die Präfekten rekrutieren sich nämlich aus dem Kreis der Hauptleute, die auch nach Erreichen der Pensionsgrenze aktiv bleiben wollen; mit anderen Worten, sie sind zu alt, zu pedantisch und zu langsam. Ich kann sie nicht leiden. Aus Prinzip nicht. Es war nämlich ein Präfekt, dessen Beschränktheit beim Aufstand der Briten den Ruf der Zweiten Augusta ruiniert hatte.

In Moguntiacum hatten sie nur einen, der für das ganze Lager verantwortlich war. Und da die Vierzehnte weit mehr Erfahrung hatte als die Erste Legion, hatte sie auch den Präfekten gestellt.

Er saß in einem Büro, dessen übertriebene Größe sicher seiner unterentwickelten Persönlichkeit schmeichelte. Als ich hereinkam, las er gerade in einer Schriftrolle und machte sich nebenher emsig Notizen. Er hatte sich sein Nest mit Absicht eher spartanisch eingerichtet. Sein Klappstuhl mit dem rostigen Eisenrahmen und der Kartentisch, an dem er saß, sahen aus, als hätten sie schon in Actium gedient. Es sollte so aussehen, als wäre dieser Mann lieber draußen im Feld aktiv. Meiner Ansicht nach gehörten solche Leute wie er im Lager angebunden und geknebelt – falls Rom seinen Ruf als Militärmacht nicht ganz verspielen wollte.

»Sextus Juvenalis? Ich bin Didius Falco, der Kurier Vespasians.«

»Ach ja, ich habe schon gehört, daß irgendein Wurm seinen Kopf aus einem Loch im Palatin gesteckt hat.« Er schrieb mit Federkiel. Typisch!

Nachdem er die Feder vorsichtig, damit es nur ja keine Kleckse gab, auf das Tintenfaß gelegt hatte, nahm er mich ins Verhör: »Woher kommen Sie? Ausbildung, Werdegang?«

Ich nahm nicht an, daß er an meinen Tanten in der Campania interessiert war, also übersprang ich ein paar Etappen meines bewegten Lebens. »Wehrdienst in einer unserer Provinzen abgeleistet, dann fünf Jahre Kundschafter.«

»So? Und, noch in Uniform?« Das war der einzige gesellschaftliche Maßstab, den er kannte. Wahrscheinlich langweilte er alle Welt zu Tode mit seinen verbohrten Theorien von
den traditionellen Werten und den gräßlichen alten Haudegen,
deren Namen außer ihm schon niemand mehr kannte.

»Nein, ich arbeite jetzt freiberuflich.«

»Ich habe nichts übrig für Soldaten, die vorzeitig aus der
Legion ausscheiden.«

»Hatte ich auch nicht anders von Ihnen erwartet, Präfekt.«

»War Ihnen das Heer nicht mehr gut genug?«

»Ich hatte mir eine böse Speerwunde eingefangen.« Gar so
schlimm war sie freilich nicht, aber: »Dadurch kam ich raus.«

»*Wo* raus?« hakte er nach. Der Mann hätte Privatermittler
werden sollen.

»Aus Britannien«, gestand ich resigniert.

»Ah, Britannien! Kennen wir, kennen wir!« Er fixierte mich
mißtrauisch.

Ich wappnete mich. Es gab kein Entrinnen. Wenn ich noch mehr
Ausflüchte machte, würde er mit seinem Argwohn auch so drauf-
kommen. »Dann kennen Sie ja sicher auch die Zweite Augusta.«
Sextus Juvenalis rührte sich kaum, aber auf seinen Zügen
malte sich die Verachtung so grell, als hätte ein Chamäleon
eben die Hautfarbe gewechselt. »So, so, die Zweite! Na, ihr
habt ziemlich viel Pech gehabt«, höhnte er.

»Allerdings, das hatten wir – und zwar mit einem Präfekten
namens Pönius Postumus!« Das war der Trottel gewesen, der
den Befehl zum Angriff gegen die Icenier ignoriert hatte.
Nicht einmal wir hatten je erfahren, warum. »Dieser Pönius
Postumus hat uns, die Zweite, genauso verraten wie euch.«

»Ich habe gehört, er hätte dafür bezahlt.« Schaudernd vor
Neugier senkte Juvenalis die Stimme. »Es heißt, Postumus
sei nach der Niederlage in sein Schwert gefallen. *Ist* er gefallen, oder wurde er gestoßen?«

170

»Was meinen Sie?«

»Wissen Sie's?«

»Ja.« Ich war schließlich dabei. Wie all meine Kameraden. Aber was in jener schrecklichen Nacht geschah, ist das Geheimnis der Zweiten Augusta.

Juvenalis starrte mich an, als wäre ich der Wächter vor den Toren des Hades, der seine Fackel nach unten richtet. Aber er erholte sich rasch wieder. »Wenn Sie bei der Zweiten waren, dann sollten Sie sich hier in acht nehmen. Besonders«, setzte er drohend hinzu, »wenn Sie als Vespasians Spitzel kommen.« Ich machte keine Anstalten, das zu bestreiten. »Oder ist Ihr Freund, der Lackaffe, der Spitzel?«

»Ah, Xanthus ist Ihnen also schon aufgefallen?« Ich lächelte leise vor mich hin. »Ich weiß wirklich nicht, was für eine Rolle er spielt. Und ich will es auch gar nicht wissen.«

»Wo haben Sie ihn denn aufgegabelt?«

»Er ist ein ungebetenes Geschenk von Titus Cäsar.«

»Als Belohnung für geleistete Dienste?« höhnte der Präfekt.

»Wenn schon, dann eher für künftige.« Jetzt galt es, die Schrauben etwas fester anzuziehen »Sie sind doch derjenige, der die Vierzehnte rauspauken muß, wenn's drauf ankommt. Also – reden wir über Gracilis.«

»Was gibt's da zu sagen?« fragte Juvenalis leichthin. Er gab sich ganz locker. Aber mich konnte er nicht täuschen.

»Ich muß ihn sprechen.«

»Das läßt sich einrichten.«

»Wann?«

»Bald.«

»Gleich?«

»Nicht sofort.«

Ich trat nervös von einem Fuß auf den anderen. »Oktober ist in Obergermanien wohl kaum die Zeit, die ein Legat sich für einen heimlichen Urlaub aussuchen würde.«

»Er hört nicht auf meinen Rat.«

»Vielleicht sollte er das!« Grobe Schmeichelei verfing auch nicht. Lagerpräfekten sind von Haus aus unbescheiden. Der hier fand mein Lob selbstverständlich. »Womöglich ist es ein Fehler Ihres Legaten, daß er keinen Rat annimmt. Wie ich höre, hat er sich in letzter Zeit öfter mal unbeliebt gemacht.«

»Gracilis hat seine eigenen Methoden.« Er verteidigte seinen Vorgesetzten, wie es sich gehörte. Dennoch sah ich das Flackern in seinen Augen – auch der Präfekt ärgerte sich also über die aggressive Art des Legaten.

»Wo steckt er denn nun? Hinter einem Weiberrock her oder auf der Flucht vorm Gerichtsvollzieher?«

»Unterwegs in amtlichen Geschäften.«

»Und wo? Ich bin schließlich auch in amtlicher Eigenschaft hier.«

»Seine Mission ist aber streng geheim«, frohlockte er, wohl wissend, daß ich mein Pulver verschossen hatte. Leute wie er können einen Mann danach einschätzen, wie der seine Stiefel schnürt. Meine waren wohl verkehrt herum gebunden.

»Ich habe meine Befehle, Präfekt. Und wenn ich die nicht ausführen kann, muß ich womöglich einen Boten mit entsprechender Rückfrage nach Rom schicken.«

Auf Juvenalis' Lippen spielte ein mokantes Lächeln. »Ihr Bote würde nicht weit kommen.« Ich überlegte schon, wieviel ich wohl noch von der guten alten Rauchsignalsprache zusammenbekommen würde, als er mir zuvorkam: »Und zum Signalturm haben Sie keinen Zutritt.«

»Brieftauben gibt's wohl keine in Moguntiacum?«

Ich tat so, als würde ich meine Niederlage mit Fassung tragen. Immerhin wollte ich nicht in einer der kleinen Zellen neben dem Haupttor landen, mit einer Schüssel Hafergrütze als Tagesration. Ich versuchte es mit einem anderen Trick. »Hören Sie, Präfekt, ich bin hierher geschickt worden, um die

172

politische Lage zu peilen. Wenn ich keine Audienz bei Gracilis kriegen kann, dann muß ich mich eben an Sie halten. Also, wie ist die Stimmung bei den Germanenstämmen?«

»Petilius Cerialis hat die Treverer gründlich geschlagen.« Juvenalis knurrte das in einem Ton hervor, der besagte: Bürschchen, ich bin zu alt, um mich mit dir anzulegen. Aber wenn's drauf ankommt, kann ich dir die Suppe gründlich versalzen.

»In Rigodulum? Ja, da hat die Einundzwanzigste Rapax Cerialis wirklich alle Ehre gemacht!« bestätigte ich mit einem Seitenhieb auf die Vierzehnte, die sich in dem Gefecht nicht gerade mit Ruhm bekleckert hatte.

Juvenalis ging nicht darauf ein. »Die Stämme sind wieder an ihre Arbeit gegangen und halten Ruhe.« Das war unerwartet hilfreich. Er hoffte wohl, ich würde mich nun unter die Einheimischen wagen, irgendeinen in der Siedlung vor den Kopf stoßen und ihm so die Mühe ersparen, mich unschädlich zu machen.

»Was sind denn hier die Haupterwerbszweige?«

»Wolle, Frachtverkehr auf dem Rhein – und das Töpferhandwerk«, antwortete Juvenalis. Beim letzten Wort klingelte es bei mir.

»Potztausend! Hat der Rebellenführer Civilis nicht Verwandte in dieser Gegend?« fragte ich. »Ich meine mich zu erinnern, daß seine Frau und seine Schwester während des Aufstands in Colonia Agrippinensium untergetaucht waren.«

Sein Gesicht verfinsterte sich. »Die Bataver stammen von der Nordküste.«

»Verschonen Sie mich mit Ihrer Geographiestunde, Präfekt. Ich weiß, wo der Fuchs seinen Bau hat. Aber Civilis hat sich von der ›Insel‹ und dem Umland abgesetzt. Ich muß ihn finden – nun frage ich mich, ob er vielleicht wieder hierher in den Süden gezogen ist?«

»Komischerweise«, versetzte Juvenalis sarkastisch, »hören wir von Zeit zu Zeit, daß man ihn am Rhein gesichtet haben soll.«

»Wirklich?«

»Bloß Gerüchte. Der Mann hat einen geheimnisvollen Nimbus unter seinen Leuten. Wenn einer wie er stirbt oder verschwindet, tauchen immer Scharlatane auf, die sich für ihn ausgeben.«

Damit hatte er nicht ganz unrecht. In den Anfängen des Kaiserreiches hatten ständig Tyrannenimitatoren von sich reden gemacht: Caligula zum Beispiel wurde dauernd im Kreise verrückter Anhänger des Kaisers in fernöstlichen Ländern wiedergeboren.

»Sie glauben also, es sei nur Einbildung, wenn die Leute erzählen, sie hätten Civilis hier in der Gegend gesehen?«

»Er wäre jedenfalls ein Narr, wenn er sich auch nur in die Nähe der Vierzehnten Legion traute.« Der Abfall der batavischen Kohorten wurmte ihn offenbar immer noch sehr.

»Schicken Sie trotzdem Patrouillen aus?«

»Die haben bis jetzt nichts gefunden.«

Das heißt nicht unbedingt, daß es nichts zu finden gibt. »Könnte es denn sein, daß die Stämme sich wieder gegen Rom erheben?« Juvenalis hielt es offenbar für unter seiner Würde, mir Nachhilfeunterricht in Kolonialpolitik zu geben. Also spekulierte ich selbst drauflos: »Der alte Witz gilt immer noch, oder? Wenn ein Grieche, ein Römer und ein Kelte vor einer einsamen Insel Schiffbruch erleiden, dann gründet der Grieche eine Philosophenschule, der Römer stellt eine Rostra auf den Strand – und der Kelte bricht einen Streit vom Zaun.« Er funkelte mich mißtrauisch an; sogar als Witz war das Gleichnis noch zu metaphysisch für ihn. »Also dann, vielen Dank für ...« Weiter kam ich nicht, denn in dem Moment ging die Tür auf. Ich hätte mir so was denken können.

174

Vielleicht durch Zufall, wahrscheinlich aber eher auf Veranlassung eines internen Nachrichtendienstes, gesellten sich einige hochrangige Vertreter der Vierzehnten zu uns. Als ich mich umdrehte, um sie in Augenschein zu nehmen, sank mir der Mut, so grimmig und entschlossen sahen die Herren aus. Unter ihnen erkannte ich Macrinus, den goldlockigen Ersten Tribun, der gestern mit Justinus gestritten hatte, und meinen Kontrahenten, den Primipilus. Begleitet wurden sie von mindestens drei sauertöpfischen Zenturionen und einem stämmigen, schweigsamen Mann, der vermutlich ihr Feldjäger war, ein Posten, den ich selbst einst bekleidet hatte, damals, als ich lernte, verdeckte Ermittlungen und Verhöre zu führen – samt all den unschönen Taktiken, die man benutzt, um letztere zu beschleunigen.

XXIII

Ich wurde auf einem Schemel plaziert. Sie bildeten einen so dichten Kreis um mich, daß ich nicht mehr hätte aufstehen können. Das vorhin noch so riesige Büro wurde zusehends kleiner, stickiger und dunkler. Unangenehm dicht hinter mir erklang das leise Klicken von Bronze gegen einen Leistenschutz. Aber ich konnte mich nicht einmal umdrehen, um festzustellen, welche Bewegung das Geräusch verursacht hatte. Der Tribun und die Zenturionen hatten die Hand griffbereit am Schwertknauf.
Ich spürte die Macht, die in einer über lange Zeit gewachsenen Legion waltet. Signale wurden mühelos weitergeleitet. Ein Kriegsrat fand sich fast von selbst zusammen. Verschwörungen innerhalb der Truppe würde kein Außenstehender je

zerschlagen können, und die Männer waren – wie Bärenjunge – von Geburt an mordgierig.

Da wir uns in seinem Büro befanden, war es Sache des Präfekten, das Verhör zu führen. Die Zenturionen schwiegen denn auch.

Doch dann ergriff der Tribun als erster das Wort. Der güldene Macrinus fuhr sich gewohnheitsmäßig mit der freien Hand durchs Haar, um den natürlichen Goldschimmer besser zur Geltung zu bringen. »Die Frau des Legaten hat sich bei uns über einen Eindringling beschwert.« Seine kultivierten Lippen artikulierten jede Silbe so deutlich, als wollte er Traubenkerne ausspucken. Macrinus war ein gutaussehendes, eingebildetes Mannsbild mit Schlafzimmerblick. Ich konnte mir gut vorstellen, daß Mänia Priscilla mit ihren Sorgen schnurstracks zu ihm rannte. Er war in ihrem Alter, von ihrem Rang. Wenn sie nicht schon mit ihm ins Bett ging, dann wartete sie bestimmt bloß auf eine günstige Gelegenheit.

»Eine äußerst liebenswürdige junge Dame«, murmelte ich. Er wollte mich reizen, damit ich die Frau des Legaten ein verzogenes kleines Biest nannte. Sie alle wollten mich aufs Glatteis führen. Ich sah schon, wie die Finger des Präfekten nach dem Federkiel zuckten, begierig, eine Klage wegen Respektlosigkeit aufzusetzen.

»Ein Wicht wie du spricht unseren Tribun nur an, wenn der ihn dazu auffordert«, zischte Juvenalis.

»Bitte um Vergebung, Tribun. Aber ich habe mich bei der Dame für mein Eindringen entschuldigt. Ich dachte ja auch nur, der edle Florius Gracilis sei vielleicht erkältet und deshalb daheim geblieben.«

»Die Residenz des Legaten ist für Zivilisten gesperrt.« So ein Lagerpräfekt liebt es, Demarkationslinien zu ziehen. »Wenn Sie Fragen haben, dann bedienen Sie sich gefälligst der autorisierten Quellen!«

176

»Diese Quellen waren leider wenig aufschlußreich, und ich habe im Auftrag des Kaisers Ermittlungen durchzuführen, die keinen Aufschub dulden.« Wieder spürte ich hinter mir eine beängstigende Bewegung.

Der Tribun erkundigte sich gereizt: »Wer ist dieser neugierige Dreckskerl eigentlich?«

»Ein Niemand namens Didius Falco«, gab ihm der Präfekt Bescheid. »Er war gemeiner Soldat – hat bei der Zweiten Augusta gedient. *Das* sollten wir heute mit der Losung rausgeben.« Ich unterdrückte ein Stöhnen. Er hatte gerade dafür gesorgt, daß kein Mensch in der ganzen Legion ein Wort mit mir reden würde – und wahrscheinlich hielt er noch viel Ärgeres für mich bereit. Ab dem heutigen Zapfenstreich würde ich für jeden besoffenen Muskelprotz, der sich vor seinen Kameraden großtun wollte, ein leichtes Ziel sein. »Jetzt arbeitet er für Vespasian – kein Wunder.« Die Anspielung auf das frühere Kommando des Kaisers bei der Zweiten in Britannien klang so bissig, wie Juvenalis es nur eben mit seinem Treueeid vereinbaren konnte. »Aber keine Sorge«, versicherte er der Versammlung. »Er ist nicht hier, um uns Ärger zu machen. Dieser Idiot wird vielmehr die Germanen mit Fragen nach ihrem Rebellenführer aufscheuchen. *Er bildet sich ein, er könnte Civilis zähmen!*«

Keiner lachte über den Witz.

Ich seufzte leise. »Zufällig bin ich beauftragt, einen verschwundenen Legaten zu finden, aber es handelt sich um Munius Lupercus. Die Spur ist also kalt. Meine Herren, ich habe verstanden: Ein Mitglied der Zweiten ist in Ihrem ehrenwerten Kreis persona non grata. Ich werde mich also zurückziehen.«

Schweigen war die Antwort, aber ein Wechsel des Lichts und ein kühler Luftzug an meiner Schulter verrieten mir, daß die waffenstarrende Wand in meinem Rücken sich geteilt hatte.

Ich stand auf. Sie hielten mich weiter umzingelt, so daß ich, als ich mich umdrehen wollte, gegen den Schemel stieß und taumelte. Fast war ich überrascht, daß keiner sich auf mich stürzte. Und genau das hatten sie erreichen wollen. Es machte ihnen einen Riesenspaß, mich so eingeschüchtert zu haben, aber sie ließen mich laufen. Einer knallte die Tür hinter mir zu. Ich hatte Gelächter erwartet, und daß es ausblieb, war noch schlimmer. Ich wankte hinaus auf den Exerzierplatz, wo die tiefstehende Herbstsonne mir unangenehm grell ins Gesicht schien.

Keiner hatte mich angefaßt. Aber ich fühlte mich, als hätte die ganze Legion mich bei einer Strafparade mit verknoteten Seilen geprügelt.

XXIV

Über diesem heiteren Zeitvertreib war so viel Zeit vergangen, daß ich jetzt getrost zum Haus des Tribun zurückkehren konnte, wo wir uns zum Mittagessen verabredet hatten. »Lassen Sie uns ausgehen – ich lade Sie ein. Es gibt da ein Lokal namens Medusa, das mir sehr empfohlen wurde ...«

Justinus schaute erschrocken. »Keiner meiner Bekannten verkehrt dort!«

Ich räumte ein, daß seine Freunde vermutlich zu kultiviert wären für diese Kneipe, und erklärte dann, warum ich trotzdem hin wollte. Justinus freute sich, an meinen Ermittlungen beteiligt zu werden, und überwand seine Skrupel.

Unterwegs erkundigte er sich nach meinen Fortschritten.

»Ich bin gerade wieder mit der Vierzehnten aneinandergera-

178

ten. Sie behaupten, ihr Legat sei in Amtsgeschäften unterwegs, was sich natürlich schwer widerlegen läßt. Aber irgendwas ist da im Busch. Sonst hätten die sich nicht so aufgeplustert.«

Ich warnte ihn vor der feindlichen Haltung der Vierzehnten mir gegenüber. Justinus war zu jung für die britische Rebellion, darum mußte ich ihm die ganze traurige Geschichte erzählen, wie die Zweite Augusta um ihren Ruhm betrogen worden war. Am Ende zog er ein langes Gesicht. Abgesehen von der Tatsache, daß er einen Mann, der auf der schwarzen Liste stand, in sein Haus aufgenommen hatte, beeindruckten ihn die geschichtsträchtigen Taten meiner Legion offenbar nicht mehr als andere Leute.

Die Medusa war weniger aufregend, als ich gehofft, dafür aber auch nicht so muffig, wie ich gefürchtet hatte. Das Lokal machte den Eindruck einer Nachtbar, die tagsüber nur halb zum Leben erwacht. Es gab in ganz Moguntiacum keinen Laden, der die Nacht offen hatte; die schläfrige Atmosphäre, in der die Medusa sich zur Mittagszeit präsentierte, lag schlicht und einfach an der laxen Geschäftsführung. Die Tische lehnten windschief an schlecht verputzten Wänden, wie Pilze an morschen Bäumen, und die Weinkrüge waren groteske Mißgeburten einer drittklassigen Töpferei. Die Gäste waren rüpelhafte Soldaten samt ihrem zwielichtigen Anhang. Wir bestellten das Tagesgericht, in der Annahme, wenigstens das sei frisch zubereitet – eine törichte Hoffnung.

Es war gerade noch warm genug, um draußen zu sitzen.

»Ah! Fleischklößchen!« rief Justinus höflich, als das Essen kam. Ich sah sein Interesse rasch wieder schwinden. »Sieht aus wie Kaninchen ...« Was da auf dem Teller lag, waren wohl eher die durch den Wolf gedrehten Reste eines abgetakelten, zusammengebrochenen Packesels, dem Kummer und Räude den Garaus gemacht hatten.

»Wenigstens brauchen wir uns nicht wegen der Gewürze zu sorgen, weil nämlich keine drin sind ...« Flüchtig kam mir der Gedanke, daß Julia Justa, die edle Mutter meines Tischgenossen, die schon wegen meiner Avancen bei ihrer schönen Tochter eine ganz schlechte Meinung von mir hatte, diese schwerlich ändern würde, wenn ich ihren Sohn in einer solchen Absteige vergiften ließ.

»Ist Ihnen nicht gut, Falco?«

»Wie? Oh ... doch, doch!«

Ein Tribun verirrt sich nicht alle Tage hierher. Darum hatte der Wirt uns auch persönlich bedient. Wahrscheinlich dachte er, wir wollten ihn überprüfen – eine Aufgabe, auf die wir freilich beide nicht scharf waren. Nach einer Weile schickte er eine Kellnerin heraus und ließ fragen, ob wir noch einen Wunsch hätten. Dabei ging es weder um Essen noch Trinken.

»Wie heißt du denn, mein Kind?« fragte ich, scheinbar auf das leicht zu durchschauende Spiel eingehend.

»Regina.« Hier zappelte Justinus aufgeregt, wenn auch nicht aus dem Grund, den sie vermutete. (Er wußte von mir, daß Regina der Name der Freundin des verschwundenen Pagen des verschwundenen Legaten war.)

»Eine richtige kleine Prinzessin!« rief ich Justinus zu, aber so schelmisch, daß kein Mensch es glauben konnte. Ihr gefiel es trotzdem. Ich bestellte noch eine halbe Flasche und trug ihr auf, auch einen Becher für sich mitzubringen.

»Sie hat offenbar nichts dagegen, uns Gesellschaft zu leisten«, meinte Justinus, als sie verschwunden war. Anscheinend hatte er moralische Bedenken, weil ich das Mädchen so deutlich ermunterte. Meine Skrupel bezüglich der Medusa waren rein praktischer Natur. Ich hatte Angst, wir wären womöglich einer falschen Fährte aufgesessen und hätten uns ganz umsonst mit diesen elenden Frikadellen in Gefahr gebracht.

180

»Die Gäste zu unterhalten gehört zu ihrem Beruf und schließt nicht aus, daß sie nach Dienstschluß noch ein anstrengendes Privatleben führt. Lassen Sie mich mit ihr reden«, setzte ich, rasch auf Griechisch umschwenkend hinzu, als das Mädchen mit unserem Wein zurückkam. »Und lassen Sie sich von mir ein paar Lebensregeln mit auf den Weg geben, mein Junge: Erstens, spiele niemals mit Fremden um Geld; zweitens, stimme nie für den Lieblingskandidaten; und drittens, traue keiner Frau, die ein Fußkettchen trägt ...«

»In puncto Frauen sind Sie der Fachmann!« versetzte er trocken. Sein Griechisch war besser als das meine; zumindest beherrschte er die Sprache gut genug, um mühelos Grobheiten an den Mann zu bringen.

»Jedenfalls bin ich schon bei einer Menge Kellnerinnen abgeblitzt.« Und ins Lateinische zurückschaltend, sagte ich mit einem Augenzwinkern zu Regina: »Gespräch unter Männern, verstehst du? Der Tribun hat sich beklagt, daß ich seine Schwester ruiniere.« Das verschlafene Mädchen hatte prompt den Becher für sich vergessen; mit schalem Lächeln trottete sie wieder ab.

Justinus hielt den Blick auf seine Frikadellen gerichtet (die wirklich so aussahen, als ob sie eine gründliche Inspektion nötig hätten), während er in seinem leicht modulierten, reizvollen Griechisch weiterredete. »Wo wir schon mal dabei sind, Falco – ich wüßte wirklich gern, ob es ernst ist zwischen Ihnen und meiner Schwester.«

Sofort klappte ich das Visier herunter. »Es ist so ernst, wie es von meiner Seite nur sein kann.«

Er blickte auf. »Das sagt noch gar nichts.«

»Irrtum, Tribun. Es sagt genau das, was Sie wissen wollten: Ich könnte Helena niemals weh tun.«

Hier kam unsere Kellnerin zurück.

Regina setzte sich, ohne unser Gespräch zu stören. Sie war an

Geschäftsleute gewöhnt, die erst ihren eigenen Handel unter Dach und Fach brachten, bevor sie mit ihr zu feilschen begannen. Und sie schien für jedes Angebot offen zu sein.

Justinus und ich mochten unser letztes Thema gleichwohl nicht vor fremden Ohren weiterbesprechen.

Ich aß von den faden Fleischklößchen soviel, wie ich herunterbekam, und spülte mit Wein nach. Über den Becherrand hinweg lächelte ich das Mädchen an. Sie war ein gedrungenes, flachbrüstiges Ding mit kurzem roten Haar. Ihr kesser Bubikopf hatte jene »gedrehten« Locken, wie man sie oft bei Mädchen findet, die außer Getränken noch weniger nützliche Güter kredenzen. Sie trug eine einigermaßen saubere weiße Tunika, die übliche Glasperlenkette samt billigen Schlangenringen und natürlich jenes unvermeidliche Fußkettchen, von dem ich zuvor gesprochen hatte. Sie gab sich unterwürfig, konnte aber einen Anflug von Trotz nicht ganz verbergen. Daheim in Rom hatte ich ein paar hartgesottene Schwestern. An die erinnerte mich Regina. »Sag mal, kennst du einen Pagen mit Namen Rusticus?«

»Vielleicht.« Sie war der Typ, der Fragen prinzipiell nur ausweichend beantwortet.

»Du weißt jedenfalls, wen ich meine?«

»Er arbeitet in der Festung.«

»Für einen der beiden Legaten. Keine Angst – dir geschieht nichts!« versicherte ich rasch. »Ich habe gehört, daß ihr gute Freunde seid, du und Rusticus.«

»Das waren wir vielleicht mal.« Ein dunkler Schleier schien sich über ihre blauen Augen zu legen. Vielleicht hatte sie ja doch Angst. Oder an der Sache war was faul, und sie wußte davon.

»Kannst du mir sagen, wo er ist?«

»Nein.«

»Ist er vielleicht verreist?«

182

»Was geht Sie das an?«

»Mir liegt sehr viel daran, ihn zu finden.«

»Und warum?« Ich wollte ihr schon von meiner Suche nach dem Legaten erzählen, als sie wütend loslegte: »Ich habe ihn seit einer Ewigkeit nicht mehr gesehen. Keine Ahnung, wo er steckt!« Sie sprang auf. Der verdutzte Justinus stieß seinen Stuhl zurück. »Was wollen Sie?« schrie Regina. »Warum quälen Sie mich mit all diesen Fragen?«

Die anderen Gäste – wie gesagt, fast lauter Soldaten – schauten zu uns herüber, allerdings nicht sonderlich interessiert. »Jetzt mal sachte, Falco«, mischte Justinus sich ein. Das Mädchen rannte aufgebracht ins Haus. »Ja, ja, Kellnerinnen sind Ihre Spezialität!« spottete Justinus. Er streifte mich mit mißbilligendem Blick und folgte dann dem Mädchen ins Lokal.

»Regina, wie sie leibt und lebt!« grinste einer der Soldaten.

»Eine Kratzbürste?«

»Und was für eine! Geht wegen jeder Kleinigkeit in die Luft, das Mädel.«

Ich legte das Geld für unsere Zeche auf den Tisch und schlenderte dann in der Nachbarschaft auf und ab, bis der Tribun wieder herauskam. »Bin ich froh, daß Sie noch heil sind! Die Kleine ist anscheinend stadtbekannt für ihren Jähzorn. Mit Vorliebe erschreckt sie ahnungslose Gäste mit Geschrei und Tränenausbrüchen. Und als Zugabe wirft sie ihnen eine Amphore an den Kopf. Wenn einer Pech hat, ist's 'ne volle ... Haben Sie ihre Tränen getrocknet oder sich bloß geduckt – ich meine, wegen der Amphore?«

»Sie waren zu streng mit ihr, Falco.«

»Das Mädchen hat's nicht anders erwartet.«

»Ach ja? Nun, ich habe erfahren, was wir wissen wollten, auch ohne die Ärmste zu bedrängen. Es ist ganz einfach. Sie haben Krach gehabt, Regina und der Page. Es ist aus zwischen ihnen.«

183

»Und was ist mit dem verschwundenen Legaten?«

»Sie hat nur mal gehört, daß der Herr ihres Freundes eine kurze Reise plant. Warum und wohin, weiß sie nicht.«

»Na schön – falls sie die Wahrheit sagt.«

»Warum sollte sie lügen?«

»Justinus, sie ist Kellnerin in einer ziemlich üblen Spelunke. Sie sind ein Fremder, und ich weiß, wie eine kleine Nutte aussieht, die was zu verbergen hat!«

»Also, *ich* habe ihr geglaubt.«

»Wie rührend«, sagte ich.

Langsam gingen wir zurück zur Festung. Justinus tat so, als sei er noch böse mit mir, aber seine Gutmütigkeit siegte schließlich. Ich schüttelte leise lachend den Kopf.

»Was ist denn so komisch?«

»Ach ... die Profis haben so eine Methode, Verdächtige zum Reden zu bringen: Erst schickt man den knallharten Schläger vor, der den Gauner aufmischt, dann kommt sein verständnisvoller, freundlicher Partner und tröstet den armen Teufel, bis der ihm sein Herz ausschüttet.«

»Scheint ja zu funktionieren«, meinte Justinus ziemlich kühl.

»Und ob!«

»Ich sehe immer noch nicht, wo da der Witz sein soll.«

»Na ja« – ich grinste ihn an –, »der weichherzige Partner ist *normalerweise* ein Schwindler!«

XXV

Bei der Rückkehr erwartete uns eine Überraschung. »Eine Frau hat nach Ihnen gefragt, Marcus Didius.«

Ich lachte. »Bei einer solchen Botschaft ist Vorsicht geboten!«

Justinus wandte sich schamhaft ab. Wenn ich mich als Helenas Freund profilieren wollte, dann waren frivole Reden fehl am Platz. Im Augenblick schäkerten wir zuviel mit Kellnerinnen, statt jene schwülstigen Reden zu pflegen, die unter Senatoren üblich sind. Doch es war nicht meine Schuld, wenn er nicht an mich und meinen Ton gewöhnt war. Seine Schwester hatte sich daran gewöhnt und ihre Wahl getroffen. »Wer ist denn die Dame?«

»Julia Fortunata, Marcus Didius.«

Ich sah, wie Justinus zusammenzuckte, und hob eine Braue. »Na, laßt mich raten – steht diese Julia vielleicht in Verbindung mit unserem Freund Gracilis?«

»Dann haben Sie's also schon gehört?« murmelte der Tribun, der vor seinen Dienern eisern die Diskretion wahrte.

Nun, es waren nicht meine Diener. »Mänia Priscilla sagte heute morgen, daß Gracilis sich irgendwo eine Mätresse hält. Ist sie das? Komisch, daß sie so in aller Öffentlichkeit hier im Kastell aufkreuzt. Was mag sie nur so dringend gewollt haben? Wissen Sie, wo die Dame wohnt?«

»Ich denke schon«, antwortete Justinus, immer noch auf der Hut. »Gracilis soll sie nicht weit von hier in einer Villa untergebracht haben, heißt es ...«

Ich bot ihm an, mich, sofern er sich einen Nachmittag freinehmen könnte, auf einem unterhaltsamen Ausflug zu begleiten. Er zögerte. Dann befahl er einem Sklaven, unsere Mäntel zu holen.

185

Wir mußten durchs Decumana-Tor reiten und dann nach Süden. Sobald wir den Abhang vor dem Tor hinunter waren, umfing uns friedliche Idylle. Neben der breiten Flußschleife dominierte das wuchtige Kastell hinter uns die Landschaft, die – und das war ungewöhnlich für jenen Teil des Rheins – keine der bizarren Felsformationen aufwies, die stromabwärts die Schiffer so häufig das Fürchten lehren. Hier war das Ufergelände weitgehend flach und hin und wieder von teils natürlichen, teils künstlich angelegten Buchten unterbrochen. Offenbar war dies kein Sumpfgebiet. Hohe Bäume versperrten häufig den Blick auf Rhenus und Moenus.

Justinus wählte eine Straße, die mir Gelegenheit gab, unterwegs das Drusus-Denkmal zu bewundern – ein Vergnügen, bei dem ich mich nicht über Gebühr aufhielt. Monumente zu Ehren längst verstorbener, erzkonservativer Helden reizen mich nicht, und so schenkte ich dem Herrn nur einen flüchtigen Blick.

Ungefähr eine Meile weiter stromaufwärts wachte eine kleine Feste über ein Dorf, das sich nach Justinus' Worten als die eigentliche *Canabae,* also die Siedlung von Moguntiacum betrachtete. In diesem Weiler hatte Julia Fortunata sich eingemietet; für eine Frau von Rang kein ganz ungefährlicher Platz, lag doch der Rhein kaum einen Steinwurf entfernt. Allerdings führte eine Militärstraße parallel zu unserem Grenzufer hinauf nach Argentoratum und Vindonissa, deren Wachposten der Dame beim ersten Aufflackern einer Revolte Schutz bieten würden.

Gracilis' Mätresse bewohnte ein kleines Landgut, fast im römischen Stil – bis auf den Grundriß natürlich, der den Bodenbeschaffenheiten der Provinz angepaßt war. Auch größenmäßig konnte die bescheidene Hofhaltung sich nicht mit den weitläufigen Herrensitzen der Heimat messen. Wir näherten uns dem Haus auf einem schmalen, grasbewachsenen

186

Weg, der zwischen Scheune und Ententeich hindurchführte, führten unsere Pferde unter ein paar Apfelbäumen hindurch, schlugen einen Haken um einen leerstehenden Kuhstall, wichen einem freilaufenden Schwein aus und standen endlich vor dem säulengeschmückten Eingang der Villa.

Den Mittelpunkt der rechtwinkligen, germanischen Halle im Innern bildete ein Kamin. In unserem milden, mediterranen Klima wäre dort ein Atrium mit Schwimmbad gewesen. Ansonsten freilich hatte Julia Fortunata durchaus römisches Ambiente geschaffen: Vorhänge in modischen Farben, Polsterbänke mit verschnörkelten Lehnen, wohlplazierte Plastiken griechischer Läufer und Ringer, ein Beistelltisch mit einer kleinen Bibliothek an Schriftrollen im Silberfutteral. Auch ein Hauch von Theatralik fehlte nicht, dafür sorgten effektvoll drapierte purpurne Portieren und zahlreiche Bronzelampen mit Arkanthus-Ornamenten.

Als die Hausherrin erschien, reichte sie mir (obwohl sie mich doch mit großer Ungeduld erwartet hatte) kühl und förmlich die Hand. Sie wäre die ideale Frau für einen hochgestellten Diplomaten gewesen, hätte das Schicksal ihr nicht einen zwar guten, aber doch nicht ganz ausreichenden Hintergrund mitgegeben. Wo Mänia Priscilla Geld und Arroganz besaß, mußte Julia sich mit Kultur und Kinderstube begnügen. Ihr fehlten die gesellschaftlichen Vorzüge, die sich in Rom auf berühmte Ahnen, aber auch auf jahrzehntelang gehortetes Barvermögen stützen. Sie hätte natürlich einen Zollbeamten heiraten und ungekrönte Königin irgendeiner Kleinstadt werden können, aber welche willensstarke, phantasievolle Frau mag sich schon auf das langweilige Mittelmaß biederer Wohlanständigkeit herunterstutzen lassen?

Wenn meine Schätzung stimmte und Gracilis Ende Dreißig war, dann mußte Julia Fortunata deutlich älter sein. Justinus hatte mir erzählt, daß die beiden schon viele Jahre zusammen waren: Ihr Verhältnis hatte die erste Ehe des Legaten überdauert und würde, wie es aussah, auch der jetzigen standhalten. Julia Fortunata begleitete Gracilis an all seine Standorte. Wohin er auch im Reich oder Nordeuropa versetzt wurde – sie tauchte binnen kurzem dort auf, quartierte sich in der Nachbarschaft ein und verschaffte ihrem Gebieter das, was eine Mätresse üblicherweise bereithält. Ein Skandal war das Verhältnis inzwischen längst nicht mehr. Für Julia freilich war es sicher kein schönes Leben, besonders, wenn mein Eindruck stimmte und Florius Gracilis mehr Jammerlappen als Mann war. Aber ehrgeizige Frauen zahlen einen Preis für den Fuß im richtigen Steigbügel.

Sie war ziemlich groß und in dezente malvenfarbene Gewänder gekleidet. Keine ausgesprochene Schönheit. Ein kantiges Gesicht, ein Hals, der von reiferen Jahren zeugte, und Fesseln, die, als sie sich uns mit gekreuzten Beinen gegenübersetzte, schrecklich dürr unter dem Kleid hervorlugten. Aber sie hatte Stil. Mit anmutigen Bewegungen zupfte sie ihre Stola zurecht. Eleganz, Haltung im Umgang mit Männern – kurz gesagt, sie verkörperte jenes seltene Juwel: die unabhängige, reife Frau, die weiß, was sie will, selbstbewußt und mit Chic.

»Gnädige Frau, ich bin Didius Falco, und das ist Camillus Justinus, Erster Tribun der Ersten Adiutrix.« Da er in ihren Kreisen zu Hause war, wollte ich Justinus die Gesprächsführung lassen, aber er hielt sich lieber als stiller Beobachter im Hintergrund. Julia Fortunata blickte abwechselnd uns beide an: Justinus in seiner frisch geplätteten weißen Tunika mit dem breiten Purpurstreifen, stiller und ernsthafter als die meisten seines Ranges; ich laut Kalender zehn, der Erfahrung nach wohl hundert Jahre älter. Sie beschloß, mit mir zu verhandeln.

»Danke, daß Sie meine Einladung angenommen haben.« Ihre Stimme klang kultiviert und sicher. Sie paßte ausgezeichnet

188

zu ihrer schlichten Kleidung und dem wenigen, aber exquisiten Schmuck – einem ausgefallenen ägyptischen Armreif und einem Paar übergroßer Ohrringe aus gehämmertem Gold. Sogar ihre Sandalen hatten einen aparten Schnitt. Sie war eine Frau, die selbst entschied, was sie trug, und die einen Hauch von Extravaganz liebte. »Wenn ich recht verstanden habe, führen Sie eine Art Untersuchung durch?«

Ich nickte, ohne das näher zu erklären. »Sie haben heute im Kastell nach mir gefragt? Ich war überrascht, als ich davon erfuhr.«

»Nun ja, es war dringend. Ich nehme doch an, daß Ihnen, wenn Ihre Nachforschungen meinen lieben Freund Florius Gracilis betreffen, jede Hilfe willkommen ist?«

Ich versuchte, sie aus dem Gleichgewicht zu bringen. »Mänia Priscilla denkt, er sei vielleicht bei Ihnen.«

»Kann Mänia Priscilla *denken?*« Die Frage schoß heraus wie ein Schwall verschütteten Weins und ließ uns ordentlich zusammenfahren. »Leider muß ich Sie enttäuschen, hier ist er nicht.«

Ich lächelte. Ja, ich konnte mir gut vorstellen, was ihn an dieser Frau fesselte. In dem Haus wußte man, woran man war. »Kennen Sie beide sich schon lange?«

»Zehn Jahre.« So trocken, wie das klang, durfte man getrost mehr als eine Grußbekanntschaft vermuten.

Ich wollte es freilich genauer wissen. »Und wie ist Ihr Verhältnis zueinander?«

»Herzlich«, sagte sie mit Nachdruck.

Ich ließ es dabei bewenden. Erstens würde ich mit Grobheit nicht weiterkommen, und zweitens wußten ohnehin alle Bescheid. »Julia Fortunata, ich bin hier als Bote Vespasians. Mein Auftrag hat zwar nicht direkt mit Florius Gracilis zu tun, aber ich bin beauftragt, alle Vorkommnisse, die mir während meines Aufenthalts auffallen, zu untersuchen. Sie haben ganz recht: Ich wäre dankbar für jeden Hinweis auf Gracilis' Verbleib. Bitte sprechen Sie ganz offen.«

Sie antwortete nicht gleich, sondern musterte mich erst einmal unverhohlen. Ich ließ die Musterung ruhig über mich ergehen, und als sie sich ein Urteil gebildet hatte, hieß sie uns mit einer Handbewegung, ebenfalls Platz zu nehmen.

Offenbar hatte sie sich schon zurechtgelegt, was sie sagen wollte; jedenfalls sprach sie präzise und ohne Stocken. Gracilis war tatsächlich verschwunden. Seine Freundin Julia machte sich große Sorgen. Sie hatte mich sprechen wollen, weil sie fand, daß entweder »andere Elemente« die Sache zu leicht nähmen oder mehr wußten, als sie zugeben wollten, und etwas vertuschten. Es war unvorstellbar, daß Gracilis einfach verreiste, ohne Julia vorher Bescheid zu sagen.

»Bespricht er auch militärische Belange mit Ihnen?«

»Natürlich nur, soweit sie nicht der Geheimhaltung unterliegen.«

»Natürlich«, wiederholte ich. Justinus neben mir hatte Mühe, sich seine Mißbilligung nicht anmerken zu lassen. »Sagen Sie, gnädige Frau, hatte er vielleicht Sorgen in letzter Zeit?«

»Gracilis ist unheimlich gewissenhaft. Er regt sich über die geringste Unregelmäßigkeit auf.« Aha, mit anderen Worten: ein Choleriker, wie? Ein Vorgesetzter, der seine Untergebenen schurigelte und seiner Frau auf die Nerven ging. Seine Geliebte hatte dagegen in zehn Jahren vermutlich gelernt, das zu ignorieren. Vielleicht, dachte ich, war das ja von Anfang an Julia Fortunatas Rolle in seinem Leben: ihn zu beruhigen und ihm den Rücken zu stärken.

»Und worüber war er besorgt? Können Sie mir ein Beispiel geben?«

»Sie meinen, seit wir in Germanien sind? Zunächst einmal die politische Situation ganz allgemein. Er fürchtete, Petilius Cerialis sei vorschnell nach Britannien versetzt worden und der

190

Aufstand hier noch längst nicht vollständig niedergeschlagen. Gracilis hatte vielmehr das Gefühl, bei den Stämmen gäre es weiter.« Diese Frau sprach über Politik wie ein Mann. Ob Gracilis selbst seine Sorgen so flüssig formulieren konnte oder ob er es vielleicht seiner Mätresse überließ, seine Gedanken in Worte zu fassen? Als sie freilich beschrieb, wie er, als Kommandeur vor Ort, die Lage einschätzte, da bekam ich doch zum ersten Mal Achtung vor der Autorität dieses Mannes. Doch natürlich hatte er in ihr auch eine glänzende Fürsprecherin.

»Und wie war seine Beziehung zur Truppe?«

»Nun, er wußte natürlich, daß die Vierzehnte Legion einen großen Erfahrungsvorsprung besaß und daher ihre Kameraden von der Ersten sehr stark mitziehen mußte.« Mit anmutiger Geste entschuldigte sie sich bei Justinus für diese Herabsetzung der Ersten; ihre Feinfühligkeit überraschte uns nicht. Justinus lächelte kläglich zurück.

»Fällt Ihnen sonst noch etwas ein? Hatte er vielleicht Geldsorgen?«

»Nicht übermäßig.«

»Oder Probleme mit seiner Frau?«

»Ach, ich denke, mit der wird er schon fertig!« Wieder erlaubte sie sich einen Anflug von Bitterkeit und einen leicht verächtlichen Ton, hatte sich freilich gut in der Gewalt. Julia Fortunata wußte, daß sie die Stärkere war.

»Und *andere* Frauen?« fragte ich obenhin. Ihr Schweigen war Tadel genug. »Also, was hat ihn am meisten beschäftigt? Die Situation unter den aufrührerischen Stämmen?«

»Er hatte die Theorie, daß Häuptling Civilis sich nicht mit der Niederlage abfinden, sondern versuchen würde, wieder eine Gefolgschaft um sich zu scharen.«

»Und hatte er Beweise dafür?«

»Nichts Konkretes, nein.«

Ich lächelte. »Hatte er sich entschlossen, etwas gegen Civilis zu unternehmen?«

»Er würde gern zu Ende führen, was Petilius Cerialis versäumt hat. Schließlich ist Gracilis ehrgeizig. Gelingt es ihm, Civilis das Handwerk zu legen, dann würde das sein Prestige in Rom erhöhen und ihm den Kaiser zu Dank verpflichten. Aber soviel ich weiß, hatte er keine konkreten Anhaltspunkte.«

Für einen Kurier, der Prestigezuwachs und kaiserlichen Dank ebenfalls bitter nötig hatte, klang das natürlich sehr beruhigend! »Hat der Legat sich in dem Zusammenhang auch für Veleda interessiert?«

»Er hat nie von ihr gesprochen.« Das klang verdächtig nach Loyalität. In Wahrheit faszinierte die berühmte Seherin den Legaten wahrscheinlich ebenso sehr wie jeden anderen Mann.

»Demnach hatte er also noch nichts unternommen und Ihres Wissens auch keine Pläne für die unmittelbare Zukunft?«

»Alles, was ich Ihnen dazu sagen kann, ist, daß der Legat mit Problemen rechnete. Und im übrigen«, erklärte sie in einem Ton, der durchklingen ließ, für einen Profi hätte ich doch nun schon genug Informationen, um aktiv zu werden, »im übrigen kümmert Florius Gracilis sich mit großem Engagement um alles, was die Legion betrifft, angefangen von der Qualität der Kornvorräte bis hin zu den Lizenzen für das Eßgeschirr der Soldaten!«

Ich stutzte. »Nach den Wirren des Bürgerkrieges sind sicher sehr viele Lieferverträge neu ausgehandelt worden?«

»Ja, gewiß. Und wie gesagt, Gracilis kümmert sich auch um diese Kleinigkeiten gern persönlich.« Was ich mir lebhaft vorstellen konnte!

»Wie stehen denn die Lieferanten zu ihm?«

»Das können Sie sich ja wohl denken!« versetzte Julia Fortunata scharf. »Die Erfolgreichen rühmen seinen Sachverstand, und die, die ihren Vertrag verloren haben, intrigieren gegen ihn.«

Wie immer, wenn ich eine Spur wittere, spürte ich ein Prikkeln im Nacken. Ich fragte mich, ob der Legat für einen lukrativen Liefervertrag wohl auch schon mal mehr bekam als lobenswerte Dankesworte – oder ob die Verlierer an der Korrektheit seines Geschäftsgebarens zweifelten ... Natürlich mußte ich meinen Verdacht sehr behutsam umschreiben: »Gab es in letzter Zeit vielleicht Probleme mit Vertragsabschlüssen, die eventuell mit dem Verschwinden des Legaten zu tun haben könnten?«

»Nein.« Ich denke, sie hat gewußt, wovon sie sprach. »Er hat nichts dergleichen auch nur angedeutet.«

Ich hatte das Gefühl, Julias Sorge um Gracilis ginge viel tiefer, als ihre gelassenen Worte erkennen ließen. Aber sie war wohl zu stolz – sowohl um ihret- wie um seinetwillen –, als daß sie ihre kühle Selbstbeherrschung aufgegeben hätte.

Ich ließ ihr das letzte Wort. Sie versprach, sich zu melden, falls ihr noch etwas einfallen sollte, das uns weiterhelfen mochte.

So, wie ich sie einschätzte, würde sie nicht aufhören, über das Schicksal ihres Geliebten nachzugrübeln, bis sie die Antwort gefunden hatte.

Hoffentlich würde es nicht die sein, vor der sie sich fürchtete.

Ihn würde ich wahrscheinlich verachten, aber sie mochte ich.

Auf dem Rückweg nach Moguntiacum fragte Justinus: »Was haben Sie für einen Eindruck?«

»Eine charakterstarke Frau, die einem Schwächling die Stange hält. Das Übliche, wie Ihre sarkastische Schwester sagen würde.«

Er überging meine Anspielung auf Helena. »Hat uns dieses Gespräch irgendwas gebracht?«

193

»Das wird sich zeigen. Ich wette, Gracilis' Verschwinden hängt mit Civilis zusammen.«

»Meinen Sie?«

»Na ja, entweder das, oder Seine Hochwohlgeboren hat sich auf unsaubere Geschäfte eingelassen, sei's ein Futterschwindel für die Reiterei oder irgendeine Mauschelei mit den Geschirrlieferanten. Im Interesse des Nationalstolzes würde ich es vorziehen, ihn in Geiselhaft eines gefährlichen Aufrührers zu wissen, als zu erfahren, daß der Trottel sich einen von diesen roten Frühstückspötten hat über den Kopf hauen lassen!«

Camillus Justinus lächelte verständnisvoll. Dann sagte er nachdenklich: »Ich glaube, mir wäre der Pott lieber!«

XXVI

Justinus befehligte die Nachtwache, und so galoppierten wir denn eilig zur Festung zurück, als die Dämmerung hereinbrach. Kurz vor dem Tor bat ich ihn, mein Pferd mitzunehmen, weil ich noch eine Runde drehen und mich ein wenig mit dem Schauplatz vertraut machen wollte. Das kann ich nun mal besser auf Schusters Rappen.

Nachdem wir uns getrennt hatten, ging ich also auf Entdeckungsreise. Das Kastell erhob sich ein ganzes Stück hinter den geschäftigen Uferkais, die ich deshalb links liegenließ. Die Zivilisten wohnten hauptsächlich im Schutz der Festung, wo ein gut funktionierender Aquädukt die Siedlung mit Wasser versorgte. Auf der anderen Seite standen, in einiger Entfernung zum Militärstützpunkt, eine Zollstelle und die Jupiter-

194

säule, die hier in der fernen Provinz ein Lippenbekenntnis zum Palatin bedeutete. Da die Inschriften in der Regel peinlich gedrechselte Worthülsen waren, legte ich mir meine eigene Version zurecht: *Lang lebe Nero, der Gefährte der olympischen Götter. Dafür beten die Bürger unserer Stadt (in der inständigen Hoffnung, daß Nero uns dafür ein Theater baut).* Offenbar war das Timing schlecht gewesen, denn ich konnte nirgends ein Theater entdecken.

Von seiner leichten Anhöhe aus bot das Kastell einen weiten Rundblick über die Flußschleife, bis hinunter zum Zusammenfluß mit dem Moenus. Dort änderte der kraftvolle breite Strom seine Richtung ein wenig und verschwand fast aus meinem Gesichtskreis. Ich schlug den Weg zur Brücke ein. Erst als ich oben stand, sah ich, wie breit der Rhein wirklich ist. Im Vergleich dazu schien mir der Tiber bloß noch wie ein mäanderndes Rinnsal, das unbedeutend in seinem Kiesbett vor sich hin plätschert. Jenseits der Brücke war ein Wachlokal aufgeschlagen, das mit der Zeit erheblich gewachsen war und nun sogar einen eigenen Namen bekommen hatte: Castellum Mattiacorum. Nun war ich also in Germania Libera.

Zunächst empfand ich keinen Unterschied zur römischen Seite. Die Atmosphäre schien mir weniger bedrohlich als in dem gesetzlosen Einwandererviertel der Transtiberina in Rom. Aber das hier war nun einmal nicht die Transtiberina, und sicher war man – oder ich – in dieser Gegend genausowenig. Ein römischer Wachturm auf dieser Seite des Flusses war eine Rarität. Am Anfang der großen Handelsstraße stehend, die dem Moenus ins Landesinnere folgte, war er eigentlich nur ein Symbol. Ich hatte die ersten zögernden Schritte über die Grenze des Imperiums gewagt. Hinter mir flackerten die Lichter von Moguntiacum in ordentlichen Reihen. Vor mir lagen Hunderte, wenn nicht Tausende von Meilen ungewissen Landes. Die ersten Etappen wurden von Stämmen bewohnt, die aus ihrem Haß auf Rom keinen Hehl machten; dann folgten andere, mit denen wir Römer noch nie in Berührung gekommen waren und deren Heimat bislang noch kein Angehöriger meiner Welt erforscht hatte. An diesem trüben Abend, über den allzu früh die Nacht hereinbrach, packte mich angesichts der endlosen, unwirtlichen Weiten Nordeuropas plötzlich das Heimweh.

Um den Wachturm scharte sich eine zwanglose Ansammlung von Zivilunterkünften. In Ufernähe fand ich eine Taverne, die nicht so überlaufen war wie die Medusa, dafür aber sauber und ansprechend. Dort setzte ich mich auf die Terrasse und sah zu, wie die letzten Schiffe vor Einbruch der Nacht gemächlich in den Hafen einliefen.

Ich dachte über meinen Auftrag nach. Obwohl ich nur langsam vorankam, fand ich mich doch allmählich in meiner Rolle zurecht – entdeckte aber auch neue Hindernisse. So hatte ich das untrügliche Gefühl, einen Rivalen bekommen zu haben. Falls Florius Gracilis den Ehrgeiz hatte, Civilis zu bekehren (dazu konnte, ganz gleich, was Julia Fortunata glauben mochte, durchaus auch der Plan gehören, die Seherin Veleda unschädlich zu machen), so hoffte ich, daß er scheitern möge. Sonst konnte es mir nämlich blühen, daß ich in diesem Nest festsaß – tausend Meilen von zu Hause und wer weiß wie weit von Helena entfernt, um meine Mission für den Kaiser betrogen und deshalb ohne Aussicht auf ein Honorar. Vespasian war ein Snob. Er würde viel eher einen Senator standesgemäß entlohnen als notgedrungen ein paar Sesterzen für einen wie mich herauszurücken.

Es war durchaus möglich, daß Gracilis sich zu einer Suchaktion aufgemacht hatte. Vielleicht war es ihm diesmal zu riskant erschienen, die energische Julia einzuweihen. Zumindest, wenn er auf eigene Faust handelte, schien das ganz plausibel. Die Vierzehnte mußte natürlich wissen, was ihr

Legat vorhatte. Also hatten die Krieger, sobald ich mich als Kurier Vespasians ausgewiesen hatte, doppelten Grund, die Ahnungslosen zu spielen, um dann um so besser gegen mich intrigieren zu können. Neuer Besen oder nicht, gegen einen Außenseiter würde die Legion allemal zu ihrem Kommandanten halten. Und Gracilis war ganz bestimmt der Meinung, daß eine so heikle Mission in seinen illustren Händen besser aufgehoben wäre als bei einem Kerl wie mir ...

Pech gehabt, Legat! Falls dies ein Wettrennen werden sollte, dann war M. Didius Falco entschlossen, es zu gewinnen.

Ich hatte nur keine Ahnung, wie. Aber das war letztlich nur eine Frage der Organisation. Alles, was ein Held braucht, ist Mumm.

Zufrieden mit dem Tagwerk, genoß ich meinen Wein. Die Nacht war ruhig, die Atmosphäre am Hafen geschäftig und angenehm. Meine Gedanken wandten sich den Frauen zu: Kellnerinnen, Offiziersgattinnen, Mätressen ... und endlich einer, von der sich wirklich zu träumen lohnte: Helena.

Natürlich zerbrach ich mir schon bald wieder den Kopf darüber, wo sie wohl stecken mochte. Niedergeschlagen machte ich mich auf den Heimweg.

Auf unserer Seite des Ufers schlossen die Händler bereits ihre Läden zu, was mich daran erinnerte, daß ich in vier, fünf Stunden vielleicht auch müde sein würde. Hatte ich in Argentoratum schon geglaubt, daß in der Provinz früh die Gehwege hochgeklappt würden, so erschienen mir die Leute dort nachträglich, im Vergleich zu Moguntiacum, wie die reinsten Nachteulen. Wenn hier in Moguntiacum der erste Mensch gähnte, verschwand gleich die ganze Stadt in den Federn. Um die Zeit, da ein kosmopolitischer Römer Appetit bekam und Lust auf seine abendliche Unterhaltung, standen hier bereits die Bänke hochkant auf den Tischen, und Nachzügler wurden von tüchtigen Saaltöchtern hinausgekehrt. Jeder, der sich zu langsam trollte, lief Gefahr, daß seine Tunika in der hinter ihm zugedrückten Falttür festgeklemmt wurde.

Ich schlich durch die nüchternen Gassen und hoffte, daß ich niemandem auffallen würde. Ich wollte die braven Leute nicht erschrecken.

Am Festungstor hatte ich Schwierigkeiten.

»Parole?«

»Woher soll *ich* die wissen? Ich bin bloß Gast hier.« Ein Jahr nach dem Aufstand herrschten in Germanien eherne Vorschriften. Ein solider Standpunkt – und eine schlimme Drohung für einen Menschen wie mich.

Zum Glück kam die heutige Wachmannschaft von der Ersten und war hilfsbereit. Wäre es eine Abteilung der Vierzehnten gewesen, hätte ich die Nacht im Freien kampieren müssen.

Ich erinnerte mich an mein Gespräch mit Justinus. »›Mars, der Rächer‹?«

»Probieren Sie's noch mal.«

»›Pökelfisch‹?«

»Hatten wir gestern.«

»O Hades! Wie wär's dann mit ›dem zweiten Vornamen des Lagerarztes‹?«

»Haargenau!« dröhnte der Soldat, versäumte es allerdings, seine Speerspitze von ihrem empfindlichen Ziel zu entfernen: meiner Kehle.

»Was denn noch, Mann?« krächzte ich.

»Wie heißt er?«

»Wie heißt wer?«

»Wie«, versetzte er langsam und deutlich, »heißt der Lagerarzt mit dem zweiten Vornamen?«

Die Vierzehnte hatte doch recht: Die Erste Adiutrix bestand aus einer Bande haarsträubend dummer Decksgehilfen und Halbaffen, die zwar vielleicht gelenkig in der Takelage herumturnen konnten, aber nur Stroh im Kopf hatten.

198

Schließlich kam ich doch noch rein. Wer sich einmal in ein Bordell auf der Via Triumphalis reingeschmuggelt hat, um eine falsche Jungfrau von Cyrenaïca zu retten – und wieder rausgekommen ist, ohne seinen Humor oder noch mehr einzubüßen –, den kann der einfältige Torhüter einer Festung nicht aufhalten.

Wutschnaubend (aber äußerlich beherrscht, für den Fall, daß jemand mich mit der Frage nach der Ursache meines Grolls in Verlegenheit brachte), steuerte ich raschen Schrittes auf meine Unterkunft zu. Wenn ich bis zum Abendessen nicht zurück war, würde Camillus Justinus womöglich ausgehen und mit seinen Offizierskameraden speisen, während ich mit den Semmeln von gestern vorlieb nehmen mußte. Um der traditionellen Pflicht des Besuchers nachzukommen und meinen Gastgeber um Haus und Hof zu futtern, schaute ich nicht rechts und links und legte noch einen Zahn zu.

Keine fünf Schritte von der Tür des Tribun entfernt lauerten sie mir auf.

XXVII

Zu dritt. Ein Soldatentrio, das in einer Wolke süßlichen Malzbierdunstes die Via Principalis runtertorkelte – betrunken genug, um gefährlich zu werden, aber nicht so hinüber, daß ich es allein hätte mit ihnen aufnehmen können.

Zuerst hielt ich sie bloß für tolpatschig. Sie kamen mir im trunkenen Zickzack so in die Quere, daß ich stehenbleiben mußte, denn die Burschen waren offenbar zu unhöflich, um mich auch nur wahrzunehmen. Im letzten Moment taumelten sie aber doch noch auseinander, und dann hatte ich plötzlich einen rechts und einen links von mir und den dritten im Rücken.

Meiner Erfahrung verdankte ich das Warnsignal, das mir das Leben rettete. Ich sah zwar keinen Dolch, hatte aber die Armbewegung erkannt. Bei meinem blitzschnellen Ausweichmanöver riß ich einen anderen Angreifer fast um, schnappte ihn mir aber rasch und hielt ihn wie ein Kissen vor die Brust. Mit diesem menschlichen Schutzschild dribbelte ich ein paar Sekunden auf der Stelle. Seine Bartstoppeln kratzten mich am Hals, und seine Fahne stank bestialisch. Dann war die Sicherheit auch schon vorbei: Wenn der Kerl mich jetzt aus nächster Nähe attackierte, würde er mir erst recht gefährlich werden. Freilich durfte ich es nicht riskieren, ihn loszulassen, aber dieses Ekelpaket im Schwitzkasten zu halten war so gräßlich, daß ich, hätte ich die Wahl gehabt, lieber eine einfache Fahrt über den Styx gelöst hätte.

Mit einem kräftigen Ruck riß er sich los. Irgendwie spürte ich, was er im Sinn hatte, und stolperte rückwärts außer Reichweite. Dicht hinter mir bot eine Hauswand dürftigen Schutz. Mein Instinkt riet mir, mich flach gegen den Stein zu pressen, doch wenn alle drei auf einmal auf mich losgingen, wäre ich verloren gewesen. Einen Hilferuf konnte ich gerade noch loslassen – leider nicht laut genug –, dann blieb mir zum Schreien keine Zeit mehr. In der Nähe waren eine Menge Leute, aber die drei hatten ihren Anschlag so gut choreographiert, daß er völlig harmlos wirken mußte. Wer rechnet schon damit, ausgerechnet vor der Offiziersunterkunft einen Überfall zu erleben? Und wer rechnet schon damit, überfallen zu werden?

Ich, lautet die Antwort. Ich bin überall auf das Schlimmste vorbereitet. Zum Glück hatten diese Schläger angenommen, ich würde beduselt heimwanken und sie hätten leichtes Spiel mit mir. Doch da hatten sie sich verrechnet.

Hastig peilte ich die Lage. Sehen konnte ich – aus einem Fenster im ersten Stock von Camillus Justinus' Haus, dessen Läden noch nicht geschlossen waren, drang ein breiter Lichtstreifen. Gleich zu Anfang war ein Schatten über dieses Licht gewandert; es mußte also jemand im Zimmer auf und ab gehen. Ich linste hinauf, hoffte, auf mich aufmerksam zu machen, doch jetzt war hinter dem Fenster kein Lebenszeichen mehr.

Mein Messer hielt ich fest in der Hand. Mich danach greifen zu lassen war ein großer Fehler gewesen. Mein Atem ging noch schwer vom Schock des ersten Angriffs, aber ansonsten stand ich unversehrt auf beiden Beinen. Trotzdem sah es ziemlich schlecht für mich aus. Bei jeder Finte, die ich antäuschte, versuchte ich, dem Portikus des Tribun näher zu kommen. Die Erfolgsaussichten waren nicht groß, denn jedesmal, wenn einer von denen eine Finte machte, riskierte ich beim Parieren, den beiden anderen ins Messer zu laufen. Wenigstens ließen sie es beim Dolch bewenden – gezogene Schwerter hätten denn wohl doch unliebsames Aufsehen erregt. Sie begleiteten unsere gegenseitigen Ausweichmanöver mit Lachen und Schubsen, dadurch sah das Ganze für die Passanten nur nach einer harmlosen Rempelei aus. Und mich hielten sie so auf Trab, daß ich nicht um Hilfe rufen konnte.

Einen Schritt war ich der Tür näher gekommen, dafür aber jetzt um so enger zwischen zwei der Soldaten und der Wand eingeklemmt, während der dritte mir nach der anderen Richtung hin die Flucht versperrte. Es war höchste Zeit für vernünftige Handlungen, aber mein Mund war so trocken, daß ich kein Wort herausbekam.

Ohne recht zu wissen, was ich tat, stürzte ich mich auf den Einzelstehenden, machte dann blitzschnell kehrt und griff mit dem Mut der Verzweiflung die beiden anderen an. Klingen ratschten mit einem hohen Ton gegeneinander, der mir schmerzhaft in den Eckzahn fuhr; Funken stoben. Ich schlug so berserkerhaft um mich, daß ich kaum hörte, wie weit hinten im Haus des Tribuns eine Frauenstimme aufschrie. Ich riß einen Arm hoch, und schon schepperte hinter mir Stahl auf Stein. Das Licht von oben wurde heller. Jetzt konnte ich die Gesichter deutlicher erkennen. Wieder glitt oben ein Schatten hin und her, aber ich hatte keine Zeit zu rufen.

Mein Dolch traf sein Ziel, aber so ungeschickt, daß ich mir beim Zurückziehen die Schulter verrenkte. Immerhin fluchte der Getroffene und hopste jammernd auf der Stelle. Langsam fiel unser seltsames Treiben auf. Der zweite Bandit war denn auch sehr dafür, das Weite zu suchen. Der dritte hatte mehr Mut – oder weniger Grips. Er fiel mich an. Ich brüllte vor Wut. Dann, als ich mich schon wieder gegen alle drei auf einmal wehren mußte, wurde die Haustür aufgerissen. Jemand erschien, von hinten angeleuchtet, wie in einem schwarzen Rahmen. Für Justinus hatte die Gestalt die falsche Statur; für seine Wachen war sie zu zierlich.

Ein unheimlicher Schatten glitt ins Freie. Die drei Schurken wagten noch einen letzten, stürmischen Angriff, gegen den ich mich nur mit knapper Not wehren konnte. Daher bekam ich kaum mit, was jetzt geschah. Der Schatten schlüpfte an mir vorbei, ergriff einen der Soldaten und zog ihm mit beängstigendem Ruck den Kopf in den Nacken. Der Mann klappte lautlos zusammen und sank auf unmißverständliche Weise zu Boden. Einen Moment lang blieb alles still. Die beiden Überlebenden verdufteten mit der Geschwindigkeit einer Truppe, die weiß, was es geschlagen hat. Gesehen hatte ich es auch, nur begreifen konnte ich's noch nicht.

Den Flüchtigen nachzurennen blieb keine Zeit. Ich hatte ohnehin keine Puste mehr. Die Wachen des Tribun eilten mit Fackeln aus dem Haus. Justinus folgte ihnen. Schrille Stimmen gellten aufgeregt durcheinander, verebbten aber schlagartig zu einem schwachen Diminuendo, als das Licht einer Fackel auf den Toten fiel.

Es war wie nach einem Schlachtfest – alles voller Blut. Eine Klinge, schärfer als die beste Militärwaffe, hatte dem Soldaten fast den Kopf vom Rumpf getrennt.

Ich drehte mich zu dem Mann um, der das getan hatte. Er stand reglos, die Waffe immer noch mit fachmännischem Griff umklammert. Einer der Leibwächter des Tribun machte einen halbherzigen Versuch, sie ihm fortzunehmen – hatte aber dann doch nicht den Mut dazu. Ein anderer hob zögernd seine Fackel, als fürchte er, etwas Übernatürliches zu enthüllen.

Das Glück war ihm freilich nicht beschieden. Alles, was wir zu sehen kriegten, waren die glasigen Augen eines Touristen, der sein jüngstes Abenteuer mit einem Mut und einer Geistesgegenwart gemeistert hatte, die ihm nun selbst unheimlich waren.

»Xanthus!«

O weh! Jetzt würde ein gewisser Jemand erst recht heikle Fragen beantworten müssen, bevor dieser vom Pech verfolgte Weltreisende seinen Paß zurückbekam und nach Hause durfte.

XXVIII

Er sah in mir noch immer seinen Beschützer und wandte sich jetzt ängstlich blökend an mich. Ich ließ ihm sein Rasiermesser – anscheinend konnte er wirklich damit umgehen. »Ich frage lieber nicht, wie oft du das schon gemacht hast!«

»Nein, besser nicht.« Die Stimme klang sachlich, aber ich sah, daß er einen Schock weg hatte.

»Und ich dachte immer, du hättest den Auftrag, mich umzubringen. Anscheinend habe ich von meiner eigenen Vergangenheit viel mehr zu befürchten ...«

»Ich glaube, ich will nach Hause, Falco.«

»Das wird schon wieder.«

»Nein, wirklich, ich wünschte, ich wäre in Rom.«

Justinus nahm die Sache in die Hand. Er hatte die eingeritzten
Erkennungszeichen auf der Schwertscheide des Toten identi-
fiziert. »Einer von den Rowdys aus der Vierzehnten ...« Er
befahl einer seiner Wachen, ihren Ersten Tribun zu holen.
»Aber ohne Aufsehen. Und sieh zu, daß Aulus Macrinus allein
kommt. Ich will nicht, daß die ganze verdammte Legion hier
antanzt.« Dann kam Justinus herüber und half mir, den Barbier zu beruhigen. »Keine Angst, Xanthus. Du wirst meinem
Kommandeur ein paar Fragen beantworten müssen, aber damit dürfte der Fall erledigt sein.«

»Sie sind ja sehr optimistisch!« flüsterte ich ihm zu. »Aber wie
wollen Sie Ihren notorisch mißtrauischen Kollegen von der
anderen Seite erklären, warum einer der ihren auf dem Gelände der Ersten kaltgemacht wurde?«

»Mir wird schon was einfallen.« Der Junge schien krisenfest.
Seine Augen leuchteten vor Aufregung, aber er plante kühl
und besonnen. Seine Selbstbeherrschung beruhigte auch die
anderen. »Marcus, machen Sie sich auf was gefaßt. Das
Schlimmste haben Sie noch vor sich!« Nach dieser geheimnisvollen Frotzelei fuhr er mit gewohnt freundlicher Stimme fort:
»Aber jetzt wollen wir erst mal den armen Kerl da wegschaf-
fen ...«

Xanthus hatte angefangen zu zittern und stand wie in Trance
bei der Leiche. Ihn ins Haus zu bugsieren würde einiges an
Takt erfordern. Uns fiel es allen schwer, den Blick von der
schaurigen Szene zu wenden.

Als die Wache mit Macrinus zurückkam, standen wir noch auf

der Straße. Sogar seine hochmütige Aristokratenvisage wurde blaß, sobald wir beiseite traten und er sah, warum man ihn gerufen hatte.

»Ist das einer von uns? O ihr Götter – Camillus!«

»Aulus, lassen Sie mich erklären ...«

»Darum möchte ich allerdings auch gebeten haben!«

»Drohen Sie mir nicht!« schnauzte Justinus mit erstaunlicher Schärfe zurück. »Der Fall ist einwandfrei geklärt. Ich habe ehrbare Zeugen. Drei von Ihren Männern haben Falco überfallen ...«

»Wahrscheinlich waren sie betrunken und wollten ihm einen Streich spielen.«

»O nein! Der Angriff war geplant und geschah ohne jede Provokation. Die drei hatten schon eine halbe Stunde vor meinem Haus auf der Lauer gelegen – mein Zeuge kann das bestätigen. Das war weit mehr als ein Streich, Aulus! Die Nacht hätte ein böses Ende nehmen können ...«

»Hat sie auch, Justinus, hat sie!«

»Anderenfalls hätte man meinen Gast erstochen.«

In die Enge getrieben, nahm der Tribun der Vierzehnten Haltung an. »Wenn es wahr ist, was Sie da sagen, dann werden die Schuldigen zur Rechenschaft gezogen. Aber ich protestiere gegen die Heimlichtuerei, mit der Sie hier vorgehen, und ich mißbillige, daß Sie mich allein herzitiert haben. Ich verlange einen meiner Männer am Tatort, ich verlange, daß einer meiner Zenturionen als Protokollführer anwesend ist ...«

Bevor er mit seinem Klagenkatalog vollends abheben konnte, unterbrach ich ihn: »Keine Sorge, Tribun, hier wird schon nichts vertuscht. Aber niemand will doch wohl so ein Spektakel, wie Ihre Legion es in Augusta Taurinorum veranstaltet hat!«

Macrinus würdigte mich keiner Antwort. »Wer hat das getan?«

»Der Barbier.«

Das verschlug ihm die Sprache. Offensichtlich fiel ihm ein, wie er den kleinen Friseur als kaiserlichen Attentäter präsentiert bekommen hatte. Aller Augen richteten sich auf Xanthus. Für einen professionellen Attentäter sah er ziemlich mickrig aus.

»Manchem von uns dürfte ziemlich mulmig werden, wenn er sich das nächste Mal rasieren läßt«, sagte ich. Wie ein feiner Sprühnebel hatte das Blut des toten Soldaten die blütenweiße Leinentunika des Barbiers befleckt. Wie gewöhnlich hatte er sich so herausgeputzt, daß seine geschniegelte Erscheinung fernab eines Thronsaals peinlich wirkte. Die Blutflecken fielen doppelt störend ins Auge, so, als hätte er bei einer einfachen Rasur gepatzt.

»In meinem Beruf«, versetzte er ruhig, »wird man leicht zum Opfer übler Nachrede. Ich habe lernen müssen, mich zu wehren.«

»Das ist noch lange keine Entschuldigung für den Mord an einem Soldaten!« bellte Macrinus. Dem Mann fehlte einfach jeder diplomatische Schliff.

»Und Ihr Soldat«, warf ich ein, »hatte keinen Grund, mich zu ermorden!«

Vor soviel geballter Vernunft gab er sich endlich doch geschlagen. Es war offensichtlich, daß Justinus die Absicht hatte, alle Untersuchungen selbst zu übernehmen, wozu er, da das Verbrechen im Zuständigkeitsbereich der Ersten geschehen war, ja auch jedes Recht hatte. Mit einer letzten Giftspritze trat Macrinus den Rückzug an: »Sie sprechen von einem Zeugen. Ich hoffe, die Person ist unbescholten und vertrauenswürdig!«

»Absolut!« Justinus schien mit den Zähnen zu knirschen.

»Dennoch muß ich darauf bestehen, daß Sie mir diesen Zeugen nennen.« Macrinus spürte zwar, daß man ihn hier verulkte, war aber zu plump für einen diskreten Abgang.

»Es ist meine Schwester«, antwortete Justinus ruhig.

Ich zuckte zusammen. Er hatte wahrhaftig nicht übertrieben. Das Schlimmste stand mir noch bevor: Helena Justina war hier.

Wir sahen hoch zu dem erleuchteten Fenster. Sie stand immer noch an derselben Stelle, von der aus sie einen Teil meines Kampfes beobachtet haben mußte. Ihr Gesicht lag im Dunkel. Aber ihre unverwechselbare Gestalt, der Umriß der hochgesteckten Haare, ja, selbst die eleganten, tropfenförmigen Ohrgehänge warfen einen ebenmäßigen, länglichen Schatten herab, der bis über den Leichnam reichte und seine grausige Wunde in barmherziges Dunkel hüllte.

Der Tribun Macrinus straffte sich, strich seine steifen Ringellöckchen zurück und lieferte eine Ehrenbezeigung ab, wie sie sich für einen Tribun mit gesteigertem Selbstwertgefühl geziemt, wenn er die einzige unverheiratete Senatorentochter diesseits der Alpen grüßt.

Ich hatte die falschen Stiefel an, konnte also nicht zackig die Hacken zusammenschlagen. Darum winkte ich zu ihr hinauf, grinste ihren Bruder an und stolperte ins Haus.

XXIX

Na, wieder mal gerauft, Falco?« Für ihre Verhältnisse eine glimpfliche Rüge.

Sie trug langärmelige Wolle und ziemlich dunkle Jettohrringe. Ihr braunes, seidiges Haar, das an den Schläfen mit Kämmen hochgesteckt war, schien eine Spur sorgfältiger frisiert als sonst; und ihr Parfum roch ich schon auf zwei Schritt Entfernung. Aber nach der Reise oder vielleicht auch, weil sie den

Angriff auf mich mit angesehen hatte, wirkte sie erschöpft und abgespannt.

Ich war nicht zum Schäkern aufgelegt. »Es hat dich wohl amüsiert, mich leiden zu sehen?«

»Ich habe Hilfe geschickt.«

»Einen Barbier hast du mir geschickt!«

»Er scheint doch sehr tüchtig.«

»Das konntest du aber nicht wissen – ich glaube, er hat es nicht mal selbst gewußt.«

»Laß uns nicht streiten. Er war der erste, den ich finden konnte ... Du kommst reichlich spät, wir haben mit dem Essen auf dich gewartet«, knutterte sie, als wäre damit alles geklärt.

Ich warf den Kopf in den Nacken und rief den Göttern zu: »Na also! Zurück zur Normalität!«

Bei uns fliegen immer erst mal die Funken, wenn wir längere Zeit getrennt waren. Und besonders, wenn beim Wiedersehen Fremde zuschauen. Ich zögerte den Moment hinaus, in dem ich würde eingestehen müssen, daß sie mir gefehlt hatte. Und Helena – wer weiß? Wenigstens war jetzt, da sie mit mir gesprochen hatte, ein Funkeln in ihren Augen, gegen das ich überhaupt nichts einzuwenden hatte.

Ihr Bruder hatte Xanthus hereingebracht und dirigierte uns jetzt alle in einen Salon. Er hatte seinem Kollegen von der Vierzehnten nicht angeboten, ihn seiner hochwohlgeborenen Schwester vorzustellen, und so blieb uns zumindest der Greuel erspart, zusehen zu müssen, wie der Pfau Macrinus seine Räder schlug. Xanthus behielten wir in unserer Mitte, um ihn nach seiner Feuerprobe gebührend zu loben und zu hätscheln. Wir wechselten hinüber ins Speisezimmer. Der Tisch war gedeckt, und man hatte offenbar schon vor einiger Zeit serviert. Inzwischen hatte ich mich wieder so weit gefangen, daß

208

ich zu Förmlichkeiten aufgelegt war. Ich wäre also gern her-
gegangen und hätte Helena auf die Wange geküßt, aber sie
ließ sich demonstrativ auf den Diwan ihres Bruders fallen.
Wenn ich Justinus nicht kränken und mir seinen Stammplatz
anmaßen wollte, so war sie jetzt unerreichbar für mich. Das
machte mich wütend; wenn ich sie nun überhaupt nicht be-
grüßte, sah das so aus, als wäre sie mir egal.

Ich entschuldigte mich unter dem Vorwand, mich erst säubern
zu müssen – zum Teil von Blut, vor allem aber vom Dreck. Als
ich zurückkam, hatte ich die Vorspeise verpaßt (meinen Lieb-
lingsgang), und Helena unterhielt die Gesellschaft mit un-
glaublichen Reiseabenteuern. Ich futterte still in mich hinein
und versuchte, nicht hinzuhören. Als sie an die Stelle kam, wo
das Rad von ihrer Kutsche absprang und der Anführer der
Bergräuber sie gefangennahm, um Lösegeld zu erpressen,
erhob ich mich gähnend und ging auf mein Zimmer.

Etwa eine Stunde später kam ich wieder zum Vorschein. Im
Haus war es still geworden. Ich tastete mich durch seine
Tiefen, bis ich Xanthus fand, der auf seinem Bett lag und
Tagebuch schrieb. Auf unserer gemeinsamen Reise hatte ich
sattsam mitbekommen, wie stinklangweilig seine Einträge
waren.

»Na, den Bericht von heute, dem ›Tag, da ich den Soldaten
erstach‹, werden noch deine Enkelkinder mit roten Ohren
lesen, Xanthus! Und ich habe noch eine aufregende Neuigkeit
für dich und dein Tagebuch: Heute abend wirst du mir einen
tadellosen Haarschnitt nebst Naßrasur verpassen!«

»Wollen Sie noch ausgehen?«

»Nein, ganz im Gegenteil!«

Er hatte sich hochgerappelt und packte seine Gerätschaften
aus. Die leibhaftige Goldgrube, die ich ihm bot, beeindruckte
ihn allerdings nur mäßig. Der Wein zum Abendessen hatte ihn
nicht nur beruhigt, sondern auch völlig albern werden lassen.

»Hat Ihr Scharmützel mit dem Tod Sie bekehrt, Falco? Haben Sie den Göttern Ihre Bartstoppeln als Opfergabe in einem Alabasterkelch versprochen? Ich weiß nicht, ob es überhaupt so große Vasen gibt ...« Ich ließ mir von ihm einen Platz anweisen und einen Umhang aus feinem Mako umlegen, seine Sticheleien überhörte ich. »Was steht dem Herrn zu Diensten – Enthaarungsmittel? Ich hätte da eine ausgezeichnete Creme aus weißen Trauben. Ich empfehle meinen Kunden ja nie dieses exzentrische Zeugs ... denken Sie nur: Fledermausblut ...« Langsam amüsierte er sich auf meine Kosten mehr, als ich zu ertragen bereit war.

»Eine einfache Rasur genügt.« Ich hoffte abergläubisch, daß er eine andere Klinge nehmen würde als die von vorhin.

»Sind Sie sich ganz sicher? Ich könnte auch eine Flächenbehandlung mit Bimsstein anbieten oder die behutsame Methode mittels Pinzette – Sie brauchen nur zu wählen. Meine Güte, Sie haben Ihr Äußeres aber wirklich vernachlässigt. So ein Urwald! Wahrscheinlich sollten wir den erst mal mit Pechharz abbrennen!« Ich *glaube,* dieser letzte Vorschlag war als Witz gemeint.

»Mach es so, daß es möglichst glatt wird. Und was die Haare angeht – schneide mir nicht alle Locken weg. Es reicht, wenn du die ärgsten Zotteln zurechtstutzt.« Xanthus drückte mir einen gravierten Kupferspiegel in die Hand und machte dabei ein Gesicht wie eine Amme, die ein quengeliges Kind mit einer Rassel ablenkt. Ich erklärte eifrig weiter meine Wünsche, obwohl ich wußte, daß Friseure einem nie zuhören. Aber als Privatermittler braucht man nun mal eine gewisse Sturheit.

»Beim Jupiter, Falco! Wem wollen Sie denn so sehr imponieren?«

»Das geht dich gar nichts an!«

»Oh!« Xanthus spuckte auf seinen Wetzstein. »*Oho!*« Selbst

er blickte irgendwann durch. Sein Wunsch zu gefallen machte im Nu jenen augenzwinkernden Ferkeleien Platz, die ich zu diesem Thema überall zu hören bekomme. »Da werden Sie aber alle Hände voll zu tun haben!« Pessimistisch erinnerte ich mich daran, daß sogar Helena Justina mir oft mit diesem Spruch kam. »Also, wenn das so ist, dann nehme ich meinen norischen Stahl ...«

Ich wollte das Allerbeste und durfte also nicht meckern. Aber ich hatte das ungute Gefühl, daß der norische Stahl eben der war, mit dem Xanthus meinem Angreifer die Kehle durchgeschnitten hatte.

Ehre, wem Ehre gebührt – ich will nicht verschweigen, daß er aus dem verhunzten Material, das ich ihm unters Messer gab, wirklich das Beste gemacht hat. Noch nie war ich mit so wenig Unannehmlichkeiten derart glatt rasiert worden, und sogar der Haarschnitt fiel genau so leicht zerzaust aus, wie ich ihn mag. Nach jahrelanger Praxis im diskreten Erraten kaiserlicher Wünsche, konnte Xanthus seine Kundschaft so exakt einschätzen, wie man es von einem Barbier erwartet, der für eine irrtümlich abgeschnittene Locke auf dem Richtblock enden kann.

Wie sich herausstellte, hätte er sich die Mühe sparen können; aber es war sicher nicht das erste Mal, daß er einen Kunden stundenlang für ein Rendezvous feinmachte, das dann ins Wasser fiel.

Mit prickelndem Kinn und umwogt von einem beunruhigenden Salbenmief, schlich ich mich leise ins schönste Gästezimmer des Hauses. Die ganze Zeit über hatte ich mir eingeredet, daß alles wieder ins Lot käme, wenn ich Helena nur erst allein gegenüberstünde und ihr auf meine hingebungsvolle Art den Hof gemacht hatte. Ich konnte es kaum erwarten, sie zu sehen. Und es drängte mich mächtig, unsere Beziehung wieder einzurenken.

Es sollte nicht sein. Zwar brannte eine Kerze, aber der große Raum lag zur Hälfte im Dunkeln. Ich blieb einen Moment stehen, um mich an das schummrige Licht zu gewöhnen und mir einen weltmännischen Gesprächsbeginn auszudenken, für den Fall, daß meine Geliebte, hingegossen auf Schwanendaunen, ein, zwei leichte Oden las, während sie voll Ungeduld auf mich wartete ... Ich hätte meine grauen Zellen schonen können, denn Helena war nicht da. Das hohe Bett mit dem Schildpattrahmen, der Rüschendecke und dem anmutig geschnitzten Fußschemel davor war leer. Statt dessen lag eine kleine, zusammengekrümmte Gestalt schnarchend auf einem niedrigen Sofa – vermutlich eine Sklavin, die Helena sich als Zofe mitgebracht hatte.

Was für ein Schlag! Mit einer Dienerin bestand natürlich keine Chance auf eine leidenschaftliche Versöhnung. Ach, und wie erinnerte ich mich noch an die Zeiten, da sie nachts *nie* eine Zofe in ihrem Zimmer schlafen ließ, wenn sie mich in der Nähe wußte.

Ich trat den Rückzug an. Als ich die Tür hinter mir schloß, brachen sich die aufgestauten Gefühle Bahn. Sie mußte doch gewußt haben, daß ich kommen würde. Also war sie absichtlich fort. Plauderte wahrscheinlich immer noch mit Justinus. Ängstigte dieses simple Gemüt mit Schauergeschichten von gebrochenen Wagenrädern und Banditen. Kaute Familienklatsch durch. Riet ihm, wie er seine Karriere auf Vordermann bringen könne. Und alles nur, um mir aus dem Weg gehen zu können, der ich ihr zwar übelnahm, daß sie sich so klammheimlich aus Rom fortgeschlichen hatte, mich aber so sehr danach sehnte, mit ihr ins Bett zu sinken.

Ich beschloß, meine so unerhört rasierte Wenigkeit nicht in diesem öden Haus zu vergraben, sondern unten im Ort einen draufzumachen und mich sinnlos zu besaufen.

Meine Entrüstung brachte mich gerade mal bis zur Haustür.

212

Dort fiel mir ein, daß ich ja in Moguntiacum war, einer Kleinstadt mit kleinkarierten Sitten. Um diese Zeit würde nichts
mehr offen sein, ausgenommen jene verrufenen Spelunken,
auf die ich nun wirklich keine Lust hatte. Außerdem schreckte
mich die Aussicht, morgen mit einem Kopf wie ein Sack
Hafermehl arbeiten zu müssen, bloß weil ich mir mit irgendeiner Dumpfbacke die Nacht, die ich eigentlich hatte mit
Helena verbringen wollen, in einer verräucherten Kneipe um
die Ohren geschlagen hatte. Ich setzte mich ein Weilchen in
den Garten und pflegte mein Selbstmitleid, aber der Tribun
war kein großer Naturfreund, und zwischen seinen kümmerli-
chen Sträuchern schmollte es sich schlecht. Justinus' Hund
spürte mich auf und hopste neben mir auf die Bank, um den
Saum meiner Tunika anzuknabbern. Doch da selbst an der
Bank feuchtes Moos klebte, sprang er bald wieder hinunter
und schnüffelte hinaus in die Dunkelheit. Dann trollte auch ich
mich wieder in mein Zimmer.

Ich stand mit dem Rücken zur Tür und hatte eben die Tunika
ausgezogen (eine saubere, zu schade, um darin zu schlafen),
als jemand hereinkam.

»Der hübscheste Rücken eines nackten Waldgeistes, den ich
je bewundern durfte!«

Helena.

Da ich heute schon einmal überfallen worden war, fuhr ich
aufgeschreckt herum. Helenas warme, forschende Augen lä-
chelten, als ich meine Handvoll Tunika keusch senkte. Ihr
Lächeln wirkt immer wieder auf mich. Unwiderstehlich.

»Das ist ein Privatzimmer, meine Dame.«

»Gut so«, sagte sie. Ich spürte, daß ich rot wurde, setzte aber
eine spöttische Miene auf. Sie spornte das nur an. »Hallo,
Marcus.« Ich sagte nichts. »Ich dachte, du wolltest mich
sehen?«

»Wie kommst du denn auf diese Idee?«

»Ach, in meinem Zimmer roch es auffallend stark nach Rasierwasser.« Sie zog die Nase kraus. Ich verfluchte Xanthus. Er hatte mich dermaßen mit Pomade eingedeckt, daß ein Bluthund mich leicht von der gallischen Straße bis rauf nach Cappadocia hätte verfolgen können.

Helena legte den Kopf schräg und beobachtete mich. Sie hatte sich so gegen die Tür gelehnt, als wolle sie mir den Fluchtweg versperren. Mein Lächeln gefror. »Wie geht es Titus?«

»Woher soll ich das wissen?«

»Und was bringt eine vornehme junge Dame in diese Wildnis?«

»Ein gewisser Jemand, dem ich nachreise.« Helena verstand es großartig, selbst die unlogischste Handlung ihrerseits als eine ganz vernünftige Reaktion auf irgendeinen verrückten Affront von mir darzustellen.

»Du hast mich verlassen«, warf ich ihr vor.

»Und wie war's in Veii?« In ihrer kultivierten Stimme schwang ein sarkastischer Ton mit, der mir den Mund austrocknete wie saure Trauben.

»Veii ist ein Kaff.« Auf einmal und ganz ohne Grund fühlte ich mich müde.

»Sind die Witwen attraktiv?« Wie ich es nicht anders erwartet hatte, bahnte sich da ein Streitgespräch an. Jetzt wußte ich, warum ich mich so geschlagen fühlte.

»Manche halten sich dafür.«

»Ich habe mit einer gesprochen«, sagte Helena spitz. »Sie ließ durchblicken, daß deine Reise nach Veii ein Wahnsinnserfolg gewesen sei.«

»Diese Witwe lügt.«

Helena sah mich an. Sie und ich, wir waren aus gutem Grund Freunde: Wir kannten einander gut genug, um uns mordsmäßig in die Wolle zu kriegen, wußten aber auch beide, im

214

rechten Augenblick um Waffenstillstand zu bitten. »Das habe ich mir auch gesagt«, antwortete sie leise. »Aber warum, Marcus?«

»Aus Eifersucht. Weil ich ihr einen Korb gegeben habe und heim zu dir gefahren bin. Was hast *du* denn in Veii gemacht?«

»Dich gesucht, was sonst?«

Und damit hatten wir den Streit begraben. »Jetzt hast du mich ja gefunden«, sagte ich.

Helena Justina kam quer durchs Zimmer auf mich zu. Ihr Gesicht spiegelte eine Zielstrebigkeit, für die ich noch nicht bereit war. Aber das würde schon noch kommen. »Was hast du vor, Helena?«

»Nichts, was dir nicht gefallen wird ...« Sie nahm mir die Tunika aus der Hand.

Um meinen Stolz zu wahren, sperrte ich mich noch ein wenig. »Ich warne dich, ich mag keine emanzipierten Frauen.«

»Falsch! Dir gefällt eine Frau, die so aussieht, als wüßte sie genau, was du denkst, und der das nichts ausmacht ...«

Trotzdem hatte ich sie verunsichert. Sie trat einen Schritt zurück. Ich folgte ihr. Ich spürte ihre Körperwärme, noch bevor ihre bloßen Arme sich um mich schlangen. Offenbar hatte sie das wollene Kleid, in dem ich sie unten gesehen hatte, gegen etwas Leichteres vertauscht. Wenn ich die Achselspangen öffnete, würde der dünne Stoff zu Boden gleiten, und ich hätte sie ganz und gar unverhüllt in meinen Armen. Leichtes Spiel. Die Spangen sahen aus, als hätten sie einen einfachen Klappverschluß. Ich legte die Hände auf ihre Schultern, als wisse ich nicht recht, ob ich sie auf Abstand oder fester halten sollte. Meine Daumen fanden die Spangen ganz von allein.

Helena wollte sich losmachen, aber es war mir ein leichtes, uns zum Bett zu steuern. »Sei doch nicht so nervös, meine Schöne!«

»Ich bin nicht so leicht zu erschrecken.«

»Könnte ein Fehler sein ...«

»Nun hör schon auf, den Macho zu spielen!« Helena wußte fast alles von mir, und was sie nicht wußte, das reimte sie sich zusammen. »Du bist gar nicht so. Du kannst sehr zärtlich sein ...« Mir war ganz zärtlich zumute. Ja, vor lauter Zärtlichkeit konnte ich an nichts anderes mehr denken.

Wir landeten auf dem Bett. Ich überließ ihr die Führung. Sie organisierte so gern. Und heute nacht mochte ich alles, was sie mochte. Probleme hatte ich tagsüber genug gehabt. Jetzt hielt ich Helena Justina in den Armen und war nur glücklich. Ich hatte alles, was ich mir wünschte, und war auf alles vorbereitet.

Sie machte es sich bequem, strich das Bettzeug glatt, nahm die Ohrringe ab, nestelte ihr Haar auf, löschte die Lampe ...

»Entspann dich, Marcus!«

Ich entspannte mich. Entspannte mich ganz und gar. Alle Ängste wichen aus meinem eben noch so hektisch arbeitenden Hirn. Ich zog Helena noch fester an mich und seufzte tief, während meine Hände langsam über ihren vertrauten Körper glitten und sich aufs neue mit seinen Geheimnissen bekannt machten. Ich hielt sie umschlungen und schloß dankbar die Augen. Dann tat ich das einzige, was man unter diesen Umständen von einem Mann erwarten kann.

Ich schlief ein.

XXX

Die Nacht war fast schon vorbei. Im Aufwachen überfiel mich siedendheiß die Erinnerung an das, was ich getan oder vielmehr nicht getan hatte.

»Gut geschlafen?« Immerhin war sie noch da.

»Du hast gesagt: ›Entspann dich‹ ... Aber jetzt bin ich wach«, sagte ich und versuchte, bedeutungsvoll zu klingen.

Helena lachte bloß und kuschelte sich an meine Schulter. »Manchmal, wenn ich mit dir Freundschaft schließen will, komme ich mir vor wie Sisyphos, der seinen Felsbrocken den Berg raufwälzt.«

Jetzt mußte auch ich lachen. »Und gerade dann, wenn er es höher hinauf geschafft hat als je zuvor, fängt seine Schulter so furchtbar an zu jucken, daß er sich einfach kratzen muß ... ich kenne das.«

»Du doch nicht«, widersprach sie. »Du würdest einen Trick finden, den Stein mit einem Keil festzuklemmen.«

Ich liebte ihren absonderlichen Glauben an mich.

Unvermittelt rollte ich mich herum und packte sie mit herrischem Griff. Und dann, als sie sich in Erwartung wilden Ungestüms erschrocken steif machte, küßte ich sie so sanft, daß es ihr den Atem nahm. »Mein Herz, du bist die einzige, die immer und überall unbesorgt mit mir Freundschaft schließen kann.«

Ich lächelte ihr in die Augen. Sie schloß die Lider. Manchmal war es ihr nicht recht, daß ich sah, wie tief ihre Gefühle waren. Ich küßte sie noch einmal, lang und gründlich.

Als sie die Augen wieder aufschlug, glänzten sie samtig braun und waren voller Liebe. »Warum bist du beim Abendessen weggerannt, Marcus?«

217

»Ich hasse Geschichten, in denen gefährliche Banditen Frauen, an denen ich hänge, als Geiseln nehmen.«

»Ah, aber dieser Räuber war ein ganz reizender Mensch!« neckte sie leise.

»Ich wette, er hat dir aus der Hand gefressen.«

»Na ja, ich habe ein bißchen Übung im Umgang mit so ollen Brummbären, die sich einbilden, daß sie die Frauen in- und auswendig kennen!« scherzte sie, streckte sich aber gleichzeitig so einladend unter mir, daß ich mich kaum konzentrieren konnte. Eine Weile schwieg sie versonnen und sagte dann: »Stimmt das, daß du an mir hängst?«

»Und ob.«

»Habe ich dir gefehlt?«

»Ja, mein Liebling ...«

Als ich mich anschickte, ihr zu beweisen, wie sehr (eine höchst angenehme Aufgabe!), da flüsterte sie besorgt: »Marcus, es wird schon hell. Ich sollte jetzt gehen.«

»Ich fürchte, das kann ich nicht erlauben ...«

Einen Moment lang spürte ich noch ihr Zaudern. Ich machte unbeirrt weiter; wenn sie wirklich wollte, daß wir aufhörten, dann lag die Entscheidung ganz allein bei ihr. Im nächsten Augenblick hatte sie vergessen, was sich im Haus ihres Bruders schickte, und gehörte wieder ganz mir.

XXXI

Das Morgenlicht hatte eine Ritze in dem massiven nordeuropäischen Fensterladen gefunden und fiel auf mein gemütlich zerwühltes Bett. Diesmal hatten wir noch nicht lange geschlafen, denn wir hielten uns immer noch fest umschlungen in einer zwar romantischen, zum Schlafen aber denkbar ungeeigneten Position.

»Dank dir, meine Schöne. Das habe ich gebraucht.«

»Ich auch.« Für eine züchtige Senatorentochter konnte sie sehr direkt sein. Da ich unter Frauen aufgewachsen war, deren schamloses Treiben sich nur selten mit Aufrichtigkeit im Bett paarte, schockierte mich Helena immer wieder.

Ich küßte sie. »Was soll ich denn deinem Bruder sagen?«

»Nichts. Wozu?« Das entsprach schon eher dem, was ich von einem Mädchen erwartete: völlig hilflos. Sie lächelte. »Ich liebe dich, Marcus.«

»Danke – aber wirst du mir auch verzeihen, daß ich nicht an deinen Geburtstag gedacht habe?« Jetzt, dachte ich, kann man das Thema vielleicht angehen.

Tatsächlich hatte ich den richtigen Zeitpunkt erwischt: Sie hätte zwar gern einen Streit deswegen angefangen, doch ihr Gerechtigkeitssinn siegte. »Du hast ja gar nicht gewußt, daß ich Geburtstag hatte.« Sie stutzte. »Oder?«

»Nein! Das solltest du eigentlich wissen ...« Ich langte an ihr vorbei, wurde von ihrer süßen Nähe wieder aufgehalten und holte dann mit einiger Verzögerung die Bernsteinkette hervor, die ich auf dem Weinschiff von Dubnus, dem Hausierer, gekauft hatte.

Dabei fiel mir ein, daß ich wegen Dubnus unbedingt etwas unternehmen mußte. Warum unterbrechen einen wichtige Gedanken immer in so unpassenden Momenten? Dabei hatte ich den ubischen Aasgeier und den Plan, ihn für meine Suche nach Veleda einzuspannen, schon so schön vergessen! Mit Helena Justina in meinen Armen fand ich die Vorstellung, die Barbaren in ihren Wäldern aufzuspüren, ganz unerträglich.

Ich ließ Helena sich erst einmal an den weichschimmernden

Steinen satt sehen, dann legte ich ihr das Geschmeide um.
»Steht dir gut – besonders zu diesem Kostüm.«

»So? Damit werde ich beim nächsten Galadiner wohl Furore machen! Ach, Marcus, sie ist wunderschön ...« Helena nur mit ihrem Geburtstagsgeschenk bekleidet vor mir zu sehen stimulierte mich zu weiteren Versöhnungsschritten, besonders, da es mir gelungen war, unsere Umarmung auch dann nicht zu lockern, als ich zum Nachttisch hinüberlangte. »Marcus, du mußt doch ganz erschöpft sein ...«

»Ich habe ja heute nacht gut geschlafen.«

»Hast du etwa Angst, du könntest vergessen haben, wie's geht?« Trotz der Spöttelei ließ sie sich meine Zärtlichkeiten gern gefallen. Helena wußte, was sich für eine Dame gehört, die gerade ein erlesenes und sündteures Schmuckstück geschenkt bekommen hat. »Oder hattest du bloß vergessen, wie schön es ist?«

»Vergessen? Herzblatt, wenn du mich schmachten läßt, ist mir die größte Qual, daß ich mich gar zu gut erinnere.«

Aus irgendeinem Grund wirkte dieses mannhafte Geständnis auf Helena so stark, daß sie leise aufschluchzte.

»Ach, Marcus, halt mich – halt mich fest ...«

»So?«

»Ja, ja! So ... da ... *überall.*«

Irgendwo im Haus fiel etwas mit lautem Scheppern um.

Etwas Großes. Eine Statue im Museumsformat oder eine riesige Vase.

Der erwartete Aufschrei blieb aus. Aber im nächsten Moment hörten wir ein Paar kleiner Füße blitzschnell davonrennen.

»Da muß ein Kind im Haus sein!« Ich war verblüfft.

»O Juno! Das hatte ich ganz vergessen ...« Helena war als erste an der Tür. Das Kind floh den langen Korridor hinunter – nur fort von den riesigen Tonscherben! Zu ihrem Pech floh die Kleine genau in unsere Richtung.

220

Was sie umgestoßen hatte, war ein imposantes Gefäß mit zwei Henkeln, das sich als schwarzfiguriger Volutenkrater aus der zweiten hellenistischen Periode ausgab. Der arglose Betrachter wäre auch bestimmt darauf hereingefallen, aber ich war bei einem Experten in die Schule gegangen und erkannte eine Fälschung, selbst eine erstklassige, die sorgfältiger gearbeitet war als das Original (und entsprechend mehr kostete). Der Krater hatte just auf dem Sockel gestanden, in dessen Staubschicht ich gestern erst, um die Diener des Tribun zu ärgern, *Falco war hier* geschrieben hatte. Das Kunstwerk war groß genug gewesen, daß ein Finanzbeamter bequem seine Ersparnisse darin hätte verstecken können, und Camillus Justinus hatte vermutlich nichts Wertvolleres besessen. Wahrscheinlich war es das erste Stück einer als Lebenswerk angelegten Sammlung.

»Halt! Bleib sofort stehen!«

Wenn sie wollte, konnte Helena Justina mich blitzartig zum Stehen bringen, wie hätte sich ihr da eine Achtjährige widersetzen sollen? Allein, es war die kleine Übeltäterin, die jetzt fragte: »Was macht ihr denn da?« Der trotzig-rüde Ton kam mir bekannt vor.

»Uns vor dir verstecken!« knurrte ich unwirsch zurück, denn der kleine Störenfried konnte nur das unwillkommene Geschöpf sein, das ich zuvor in Helenas Schlafzimmer gesehen hatte. Ich ging hinüber zu dem Scherbenhaufen und hob ein geschwungenes Bruchstück auf. Ein bärtiger Odysseus ließ sich genießerisch von einer Weibsperson umgarnen; sie hatte verführerische Fesseln, doch der Rest von ihr war abgebrochen.

Ärgerlich drehte ich mich wieder um und musterte das Kind, das nicht hübsch war, dafür aber ein bockiges Gesicht machte. Sein Haar war zu fünf, sechs Rattenschwänzchen geflochten und oben auf dem Kopf mit einem fadenscheinigen Tüchlein

zusammengebunden. Mein Hirn mühte sich ab, herauszufinden, wessen spitzbäuchiger kleiner Fehltritt dies wohl sein
mochte und in welchem Verhältnis es zu mir stand. Denn die
Kleine stammte zweifelsohne aus unserer weitläufigen Verwandtschaft. Die Götter allein mochten wissen, wie sie nach
Obergermanien geraten war, aber ein Mitglied des fruchtbaren Didius-Klans erkannte ich auf den ersten Blick, auch ohne
daß es mir die vertraute Ausrede vorheulte: »Ich hab' bloß
gespielt – das Ding ist von ganz allein umgefallen!«
Sie reichte mir bis zur Hüfte, trug eine Tunika, an der eigentlich nichts auszusetzen gewesen wäre, hätte sie es nicht
geschafft, den Rock so hochzuziehen, daß ihr Popo darunter
hervorlugte. Damit war der Fall klar; ich wußte, wen ich vor
mir hatte. Augustinilla. Ein hochtrabender Name, aber eine äußerst unkomplizierte Persönlichkeit – Frechheit mit
Dummheit gepaart! Sie war das unausstehlichste Kind meiner
bestgehaßten Schwester Victorina.
Victorina war die älteste von uns Geschwistern, der Fluch
meiner Kindheit und in späteren Jahren diejenige, die mich
mit Wonne bis auf die Knochen blamiert hatte. Als Kind war
sie eine freche kleine Rotzgöre gewesen, der ständig die Nase
lief und der Lendenschurz auf halbmast über den schorfigen
Knien hing. Alle Mütter der Nachbarschaft hatten ihren Kindern verboten, mit uns zu spielen, nur weil Victorina so ein
Raufbold war. Victorina erreichte trotzdem, daß sie sich mit
ihr herumtrieben. Als sie größer wurde, spielte sie nur noch
mit Jungs. Die rissen sich um sie. Ich habe nie verstehen
können, warum.
Von allen ungezogenen Kindern, die meine zärtliche Versöh-
nungsstunde mit Helena hätten stören können, mußte es
ausgerechnet eins von Victorinas Blagen sein.
»Onkel Marcus hat ja gar nichts an!« Wie sollte ich auch, wenn
die Tunika, die Helena sich übergeworfen hatte, als sie zur

Tür rannte, meine war. Zu der hübschen Bernsteinkette paßte sie freilich überhaupt nicht. Diese eigenwillige Kombination nährte nur den Verdacht, daß wir in meinem Zimmer ein Bacchanal gefeiert hätten. Die vorwurfsvollen Augen wanderten jetzt von mir zu Helena, doch die Kleine war klug genug, sich jedes Kommentars zu enthalten. Wahrscheinlich hatte Augustinilla aus nächster Nähe miterlebt, wie Helena Justina mit dem wilden Räuberhauptmann umgesprungen war.

Ich nahm Haltung an und machte auf sportlich; ein Fehler. In einem sonnendurchfluteten Stadion, einen Steinwurf vom Mittelmeer entfernt, mag es Eindruck schinden, wenn einer seine geölten Muskeln spielen läßt, aber in einem spärlich beleuchteten Korridor im unwirtlichen Germanien kriegt man dabei bloß eine Gänsehaut. Niedergeschlagen wartete ich darauf, daß Helena den schon Tradition gewordenen Befehl ausgeben würde: »Marcus, sie ist deine Nichte. Also rede du mit ihr.«

Sie sagte ihren Spruch her, und ich gab die gleichfalls traditionelle rüde Antwort.

Helena versuchte, sich ihren Ärger vor dem Kind nicht anmerken zu lassen. »Du bist schließlich das Oberhaupt der Didius-Familie, Marcus!«

»Nur theoretisch.«

Das Oberhaupt unserer Familie zu sein war eine solche Strafe, daß mein Vater, dem der Titel von Rechts wegen gebührte, seinen Stammbaum verleugnet, ja, sogar seinen Namen gewechselt hatte, nur um sich der grauenvollen Aufgabe zu entziehen. So war mir die Rolle zugefallen. Das erklärt vielleicht, warum ich den Kontakt zu meinem Papa, dem Auktionator, abgebrochen hatte. Und es erklärt womöglich auch, warum ich keine Hemmungen hatte, einen Beruf zu ergreifen, der den meisten Römern ein Greuel ist. Schließlich war ich daran gewöhnt, mit Flüchen und Verachtung traktiert zu

223

werden; meine Familie hatte das schon seit Jahren getan. Und der Beruf eines Schnüfflers bot den großen Vorteil, daß ich im Untergrund oder besser noch weitab von zu Hause zu tun hatte.

Vielleicht sind alle Familien so. Vielleicht stammt die Vorstellung, daß die väterliche Autorität für Ordnung und Frieden im Hause sorgt, von ein paar optimistischen Gesetzgebern, die selbst weder Schwestern noch Töchter hatten.

»Du hast sie hergebracht; also überlasse ich dir auch das Vergnügen, ihr den Hintern zu versohlen«, erklärte ich Helena ungerührt. Ich wußte, daß sie niemals ein Kind schlagen würde.

Ich stolzierte zurück in mein Zimmer und war ganz deprimiert. Da wir nicht verheiratet waren, hatte Helena keinen Grund, von meinen Verwandten Notiz zu nehmen. Wenn sie es doch tat, konnte das nur ein Vorbote jener massiven Druckmittel sein, vor denen ich mich schon immer gefürchtet hatte.

Und tatsächlich: Nach ein paar kurzen Worten, gefolgt von einer erstaunlich zahmen Erwiderung Augustinillas, kam Helena herein und fing an zu erklären. »Sieh mal, Marcus, deine Schwester hat Probleme ...«

»Wann hat sie die nicht?«

»Nicht doch, Marcus. *Frauenprobleme,* verstehst du?«

»Das ist wirklich mal was anderes. Normalerweise hat sie Probleme mit Männern.«

Seufzend bat ich sie, mich mit den Details zu verschonen. Victorina hatte immer schon über ihre Eingeweide gejammert. Wahrscheinlich hat sie ihrem Körper mit ihrem wildbewegten Leben einfach zuviel zugemutet, vor allem seit ihrer Heirat mit einem geistig zurückgebliebenen Stukkateur, der mit seiner Fähigkeit, in rascher Folge gräßlichen Nachwuchs zu zeugen, jedes Nagetier in Rom übertrifft. Trotzdem

224

würde ich niemals jemandem eine Operation wünschen. Schon gar nicht eine dieser schmerzhaften und selten erfolgreichen Prozeduren mit Zangen und Dehnsonden, mit denen Frauen traktiert wurden. Ich hatte vage davon gehört.

»Weißt du, Marcus, die Kinder wurden aufgeteilt, damit deine Schwester sich in Ruhe erholen kann. Ja, und in dieser Lotterie hast du Augustinilla gewonnen.« Lotterie, daß ich nicht lache! Eine abgekartete Sache war das, sonnenklar! »Aber keiner wußte, wo du steckst.« Sollte ja auch keiner wissen.

»Und da haben sie dich gefragt! Augustinilla ist von der ganzen Brut die schlimmste. Hätte Maia sie nicht nehmen können?« Maia war die einzige halbwegs sympathische unter meinen Schwestern, und das brachte sie ins Hintertreffen, wann immer die anderen sich ein Problem vom Hals schaffen wollten. Ihre liebenswerte Natur sorgte dafür, daß sie sogar von mir ziemlich oft ausgenutzt wurde.

»Maia hat keinen Platz mehr. Und überhaupt – warum soll immer Maia diejenige sein, die sich opfert?«

»Hoppla! Du klingst ja schon ganz wie sie! Aber ich verstehe immer noch nicht, warum du die Göre mit hierher bringen mußtest?«

»Was hätte ich denn sonst mit ihr machen sollen?« gab sie böse zurück. Ich hätte ein paar Vorschläge machen können, aber die Vernunft siegte. Helena war sowieso schon sauer. »Und wenn du's genau wissen willst: Ich wollte den Leuten nicht auf die Nase binden müssen, daß ich dir durch halb Europa hinterherlaufe.« Im Klartext hieß das natürlich: Sie hatte nicht zugeben wollen, daß sie mir nach einem kleinen Streit durchgebrannt war.

Ich grinste sie an. »Ich liebe dich, wenn du so verlegen bist!«

»Ach, halt den Mund! Und um Augustinilla werde ich mich schon kümmern«, versprach sie. »Du hast ja wirklich genug zu tun. Justinus hat mir von deinem Auftrag erzählt.«

Ich setzte mich aufs Bett und fluchte leise vor mich hin. Mit einer von Victorinas ungezogenen Gören wollte ich nicht länger als nötig unter einem Dach bleiben. Helena, als wohlerzogene Römerin, hatte dagegen keine Wahl. In einem Militärkastell würde sogar meine eigenwillige Schöne ihren Freiheitsdrang zügeln müssen.

Helena hockte sich neben mich und tauschte meine Tunika gegen ihre eigene. Als sie sich das Gewand über den Kopf streifte, versuchte ich, wieder mit ihr zu schmusen.

»Mit dir zu reden ist geradeso, als wollte man einen Tausendfüßler als Masseur engagieren ...« Ihr Kopf tauchte aus dem Halsausschnitt auf. »Wie weit bist du denn mit deinem Auftrag?« forschte sie.

»Ich mache Fortschritte.« Jetzt war ich mit Anziehen dran und Helena mit den Annäherungsversuchen, aber leider nutzte sie die Gelegenheit nicht, obwohl ich so lange wie möglich mit meiner Tunika herumtrödelte. Offenbar hatte ich meinen Spaß gehabt. Das leidenschaftliche Tête-à-tête, das Augustillina unterbrochen hatte, würde heute keine Fortsetzung mehr finden.

»Was heißt Fortschritte, Marcus? Hast du schon irgendwas herausgefunden?«

»Nein. Bis jetzt habe ich bloß meinen Aufgabenkreis erweitert – jetzt suche ich auch noch einen verschwundenen Legaten, von dem sie in Rom gar nicht wissen, daß er fehlt ...«

»Hier dürfte doch der ideale Ort sein, um Verdächtige zu überführen – so eine Festung, meine ich. Schließlich ist das eine hermetisch abgeschlossene Gemeinschaft.«

Ich lachte bitter. »Ja, freilich – aber diese Gemeinschaft ist zwölftausend Mann stark! Und der Legat hat seine ganze Legion brüskiert, ganz zu schweigen von seiner rachsüchtigen Frau, einer Mätresse, die sich in alles einmischt, zahlreichen Gläubigern und Angehörigen der hiesigen Zivilbevölkerung.«

»Wen meinst du damit?« fragte Helena.

»Nun, zum einen hat er versucht, den Rebellen aufzuspüren, hinter dem ich her bin.« Sie erkundigte sich nicht näher nach Civilis. Justinus hatte ihr anscheinend gestern abend alles Nötige erzählt. »Und dann war er offenbar noch in einen Streit um Militärlizenzen verwickelt.«

»Oh, so was kann natürlich leicht ins Auge gehen, wenn man sich nicht auskennt. Um was für Lizenzen geht's denn?« fragte sie neugierig.

»So genau weiß ich das auch noch nicht. Das heißt – unter anderem um Töpferwaren.«

»Wie bitte?«

»Ja – wahrscheinlich dieses rote Steingutgeschirr.«

»Für die Armee? Ist denn damit viel zu verdienen?«

»Sicher! Denk doch mal nach: Sechstausend Mann in jeder Legion brauchen Schüssel und Becher. Dazu kommen dann noch Kochtöpfe und Servierschüsseln für jedes Zehner-Zelt. Des weiteren feines Tafelgeschirr für die Zenturionen und Offiziere und dann noch all der Edelnippes für den fürstlichen Haushalt des Statthalters. Und die Legionen sind nicht kleinlich. Für die Armee ist das Beste gerade gut genug. Samnisches Tafelgeschirr ist zwar relativ haltbar, aber wenn man es zu hart anfaßt, geht es natürlich schon kaputt; also gibt es dauernd Nachbestellungen.«

»Aber muß man das Geschirr denn aus der Heimat oder Gallien holen?«

»Nein. Wie ich höre, gibt es auch hier vor Ort Töpfereien.«

Sie tat so, als wolle sie das Thema wechseln. »Hast du eigentlich schon eine Kompottschale für deine Mutter gefunden?«

»War es das, was sie sich gewünscht hat? Eine Kompottschale?« fragte ich scheinbar ahnungslos.

»O Marcus! Du hast keine gekauft!«

»Erraten.«

»Ich wette, du hast nicht mal danach gesucht.«

»O doch, gesucht habe ich, und wie. Aber es war alles zu teuer. Mama hätte nie gewollt, daß ich soviel Geld ausgebe.«

»Marcus, du bist furchtbar! Wenn es hier Töpfereien gibt«, meinte Helena entschlossen, »dann wirst du mich hinbringen, damit ich ihr eine kaufen kann. Und während ich das Geschenk für deine Mutter aussuche, kannst du dich nach Spuren umschauen.«

Helena Justina vergeudete keine Zeit. Mir selbst überlassen, hätte ich leicht noch eine halbe Woche damit verplempern können, ihrem Bruder bei seinen Untersuchungen im Fall des getöteten Soldaten zu helfen. So aber mußte Justinus allein zurechtkommen. Ich konsultierte ihn allerdings kurz in einem anderen Fall und bat ihn, den Hausierer suchen und einsperren zu lassen.

»Was hat der Mann verbrochen?«

»Das lassen Sie im Haftbefehl erst mal lieber offen. Ich will den Kerl nur in Reichweite haben. Außerdem geht's um das, was er tun *wird*.«

Unterdessen hatte Helena sich erkundigt, wo es in Moguntiacum die besten Keramikwaren gab, und kaum, daß ich mein Frühstück heruntergeschlungen hatte, trabte ich auch schon brav als Eskorte neben ihrem Tragesessel her zur Festung hinaus. So ganz ungelegen kam mir der Ausflug freilich nicht, denn ich mußte Justinus noch beibringen, daß meine Nichte seinen Weinkrater zerbrochen hatte. Bis jetzt war mir keine plausible Erklärung für das Desaster eingefallen.

Helena und ich hatten das Kastell am späteren Vormittag verlassen. Draußen herbstelte es bereits sehr: Obwohl die Sonne schon vor etlichen Stunden aufgegangen war, schimmerte das Gras am Wegrand immer noch feucht, und es ging ein frischer Wind. Die Baumkronen hingen voller Spinnweben, und wann immer mein Pferd unter einen tiefhängenden Ast geriet, mußte ich mir die Augen reiben. Helena lugte lachend aus ihrem Tragesessel, mußte sich aber zur Strafe gleich darauf selbst ein paar Fäden aus den Wimpern zupfen. Nun ja, das war ein guter Vorwand, um anzuhalten und ihr behilflich zu sein.

Die Töpferwerkstätten von Moguntiacum waren sehr bescheiden im Vergleich mit dem Gewerbehof, den Xanthus und ich in Lugdunum besucht hatten. Aber man merkte doch, daß die germanischen Handwerker sich zum Wettstreit gegen ihre Rivalen in Gallien rüsteten. Deren Position war freilich durch die Unterstützung der Originalfabrik in Arretinum gefestigt. Die hiesigen Töpfer konnten sich auf keine Mutterfirma berufen. Das Geschirr in ihren Auslagen war von mustergültiger Qualität, und doch schienen die Töpfer überrascht, daß Kundschaft kam. Die größte Werkstatt war sogar verriegelt.

Wir fanden eine ganz in der Nähe, die offen hatte. Sie gehörte einem gewissen Julius Mordanticus. Viele Kelten in unseren Provinzen legten sich Aristokratennamen wie Julius oder Claudius zu. Wer will schon, wenn er im Leben vorankommen möchte, gleich bei der Vorstellung als billiger Handwerker entlarvt werden? Kaum ein romanisierter Stammesangehöriger der zweiten Generation hört noch auf den Namen *Didius,* ausgenommen ein, zwei Fratzen mit auffallend hübschen Müttern, die in Städten leben, wo mein älterer Bruder Festus früher mal einquartiert war.

Helena hatte bald eine wirklich schöne Schale für Mutter gekauft – und obendrein zu einem Preis, der mich nur ganz leicht zusammenzucken ließ. Nebenbei freundete sie sich mit dem Töpfer an, erzählte, daß sie bei ihrem Bruder, dem Tribun, auf Besuch sei, und lenkte das Gespräch dann rasch auf die Legionen im allgemeinen. Sie war kultiviert, liebenswürdig – und ehrlich an seinem Geschäft interessiert. Der Töpfer fand sie einfach wunderbar. Ich natürlich auch, aber ich beherrschte mich. Sobald ich ihn bezahlt hatte, lehnte ich mich an eine Wand und kam mir überflüssig vor.

»Sie verkaufen doch bestimmt sehr viel an die Festung oben!« Der Töpfer war klein und stämmig, mit einem breiten, blassen Gesicht. Beim Sprechen bewegte er kaum den Mund, was ihn hölzern wirken ließ, aber seine Augen waren wach und intelligent. Eben hatte er Helena sehr impulsiv und bewegt geantwortet – eigentlich war er eher vorsichtig. So wollte er denn auch das Thema Militär nicht weiterverfolgen.

Ich löste mich von der Wand, während Helena unbeirrt weiterplauderte: »Offengestanden, habe ich bis gestern gar nicht gewußt, daß samnisches Geschirr auch in Germanien hergestellt wird. Gibt es das nur hier in Moguntiacum oder auch weiter weg – bei den Treverern zum Beispiel?«

»Freilich! Die ganze Gegend von Augusta Treverorum bis rüber zum Fluß kennt das rote Geschirr.«

»Dann machen Sie doch sicher gute Geschäfte?«

»In letzter Zeit leider nicht mehr.«

»Ach? Uns ist schon die Werkstatt nebenan aufgefallen, die geschlossen ist. Julius Bruccius heißt der Besitzer, nicht wahr? Hat er wegen der Wirtschaftskrise zugemacht, oder ist er auf Urlaub?«

»Bruccius? Nein, der ist auf Geschäftsreise.« Ein Schatten glitt über sein Gesicht.

Ich hatte eine ungute Vorahnung, als ich einwarf: »Er ist doch nicht zufällig nach Lugdunum gefahren?«

Helena Justina zog sich augenblicklich aus dem Gespräch zurück und setzte sich still auf eine Bank. Auch dem Töpfer war mein besorgter Tonfall nicht entgangen. »Ich bin auf dem Weg nach Germanien durch Lugdunum gekommen«, erklärte ich ruhig. Tief durchatmen, Falco – und lächeln, lächeln! »Ist

Ihr Nachbar Bruccius so um die Vierzig, untersetzt und reist in Begleitung eines jungen Burschen mit roten Haaren und vielen Warzen?«

»Sein Neffe, ja. Klingt ganz so, als hätten Sie die beiden unterwegs irgendwo getroffen.«

Julius Mordanticus sah mich besorgt an. Das lange Ausbleiben seiner Freunde hatte ihn gewiß schon auf schlechte Nachrichten vorbereitet, aber auf eine so traurige Kunde wohl doch nicht. Ich faßte mich kurz. Als ich ihm von dem Streit berichtete, dessen Zeuge ich in Lugdunum geworden war, und dann von den beiden Leichen, die ich später im Straßengraben gesehen hatte, da schrie er entsetzt auf und verhüllte sein Gesicht.

Helena brachte ihm einen Korbstuhl. Wir setzten ihn hinein, und ich blieb, die Hand auf seiner Schulter, neben ihm stehen, bis er sich in das Unabänderliche geschickt hatte.

XXXII

Tiw!« Er spuckte den keltischen Namen unseres Gottes Mars förmlich aus. »Bruccius und sein Neffe in Gallien ermordet ...«

»Es tut mir leid«, sagte ich. »Das ist vielleicht kein großer Trost, aber ich traf einen Zenturio von der Feste, der nach Cavillonum wollte, um den Leichenfund beim Zivilgericht zu melden – er könnte Ihnen sagen, wer den Mord untersucht und was man inzwischen schon herausgefunden hat. Außerdem dürfte der Richter für das Begräbnis gesorgt haben. Wenn Helena und ich wieder in der Festung sind, werde ich versuchen, den Zenturio ausfindig zu machen und ihn zu Ihnen schicken. Er heißt übrigens Helvetius.« Julius Mordanticus nickte wie betäubt. Ich hatte nicht zuletzt deshalb so lange geredet, weil ich ihm Zeit geben wollte, sich zu sammeln. Jetzt, da er mir ruhiger schien, fragte ich behutsam: »Haben Sie eine Ahnung, wer hinter diesen Morden stecken könnte?«

Seine Antwort kam prompt. »Natürlich diese raffgierigen Schweinehunde in Lugdunum!«

Das überraschte mich nicht; ich hatte ja selbst gesehen, daß Lugdunums Reichtum mit der Keramikindustrie stand und fiel. Ich hielt es trotzdem für meine Pflicht, Mordanticus zu warnen. »Ihr Verdacht dürfte sich nur schwer beweisen lassen.«

»Wenn diese Burschen hier aufkreuzen, dann brauchen wir keinen Beweis!«

»Das habe ich nicht gehört! Aber würden Sie mir sagen, worum es hier eigentlich geht?«

Mordanticus sah, daß wir ihm wohlgesonnen waren, und sprudelte die ganze Geschichte heraus. »Das Leben ist nicht leicht heutzutage. Die Geschäfte gehen schlecht. Bisher war die Legion unser bester Abnehmer, aber seit den jüngsten Unruhen ...« Er brach hilflos ab. Helena und ich vermieden wohlweislich nachzufragen, aber er wollte in kein falsches Licht geraten. »Oh, wir halten zu Rom, das kann ich Ihnen versichern! Die Beziehungen zwischen unserer Stadt und dem Kastell sind bestens, wirklich.« Er trug das so pädagogisch vor wie ein Stammesführer, der ein absonderliches Volksfest durch einen historischen Anlaß rechtfertigen muß. »Daß die Legionen hier am Rhein stationiert bleiben, ist ganz in unserem Sinne. Wie hat General Petilius Cerialis es bei seiner Ankunft so treffend formuliert: Rom hat dieses Territorium auf Bitten unserer Vorfahren hin besetzt, die von anderen Stämmen, auf der Suche nach neuem Land, arg bedrängt

232

wurden. Wenn die Römer abzögen, würden die Stämme vom anderen Rheinufer herüberdrängen und uns alles wegnehmen.« Vermutlich nicht zuletzt deshalb, weil die Stämme am Westufer ja jetzt als Kollaborateure galten.

»Ihr habt also keine großen Sympathien füreinander?« hakte Helena nach.

»Nein. Civilis und Konsorten haben zwar großartig von Freiheit geredet, aber sie haben nicht mehr für uns übrig als ihre Vorfahren für unsere Väter und Großväter. Civilis will König der reichsten Stämme des Nordens werden. Sein Volk will fort aus den Sümpfen Batavias und sich hier unten in fruchtbarerem Weideland niederlassen. Die einzige Unabhängigkeit, an die diese Leute glauben, ist ihre eigene Freiheit, sich überall da reinzudrängen, wo's ihnen besser gefällt als daheim.«

Das schien mir eine etwas einseitige Betrachtungsweise. Zum einen hatte ich bei meinen Recherchen in Rom erfahren, daß Augusta Treverorum, die nächstgelegene Stammeshauptstadt, mit Julius Tutor und Julius Classicus zwei der hitzköpfigsten Rebellenführer nach Civilis hervorgebracht hatte, ein Beweis dafür, daß es auch hier, am linken Rheinufer, stärker gärte, als unser wackerer Freund zugeben wollte. Dennoch konnte ich es Mordanticus nicht verübeln, daß er die eigene Position ein wenig schönte.

Ich wechselte das Thema. »Was ich in Lugdunum gesehen habe, hatte mehr mit wirtschaftlichen als politischen Differenzen zu tun. Es geht doch wohl eher um einen knallharten Konkurrenzkampf mit den Galliern. Hat das hauptsächlich mit dem Geschäft mit den römischen Truppen zu tun?«

Er nickte, wenn auch widerwillig. »Alles hängt davon ab, wer den Zuliefervertrag für die neuen Legionen oben im Kastell bekommt. Die in Lugdunum werden selbst von einem großen Konsortium in Südgallien unter Druck gesetzt. Bruccius und

233

ich, wir haben versucht, den neuen Legaten dazu zu bringen, daß er die Lizenz wieder an unsere Werkstätten vergibt.«

»Und dieser Legat ist Florius Gracilis?«

»Genau. Sie haben zwar noch einen zweiten oben, aber der ist nicht so wichtig.«

»Ich weiß. Seine Truppen wurden von einem Flottenkommando abgezogen und stehen als frischgebackene Landratten noch auf ziemlich wackligen Beinen. Sie und Ihre Kollegen haben die Lizenz schon früher gehabt, als noch die Vierte und die Einundzwanzigste in der Festung stationiert waren?«

»Aus gutem Grund, ja! Unsere Waren können sich mit der Qualität der römischen und gallischen messen, und der Vertrieb ist längst nicht so aufwendig.«

Wenn der Ton hier brauchbar war, würde Rom natürlich bereits während der Feldzüge unter Drusus und Germanicus die Gründung von Werkstätten vor Ort unterstützt haben. Waren die Manufakturen dann erst einmal in Betrieb und die Bevölkerung hatte sich darauf eingerichtet, ihren Lebensunterhalt im Dienste der Legionen zu verdienen, würde eine neuerliche Umstellung für alle sehr hart werden. Aber Rom hatte sich noch nie mit Sentimentalitäten abgegeben.

»Sind Ihre Preise denn konkurrenzfähig?«

Er sah mich mißbilligend an. »Für eine Offerte an die Legionen sind unsere Preise goldrichtig! Außerdem fallen bei uns ja keine Transportkosten an. Ich glaube nie und nimmer, daß Lugdunum unser Angebot unterbieten kann.«

»Es sei denn durch Betrug! War Gracilis bei Ihren Verhandlungen verständnisvoll?«

»Er hat uns nie direkt geantwortet. Ich habe den Eindruck, daß unsere Appelle den Mann völlig kalt ließen.«

Ich runzelte die Stirn. »Wär's möglich, daß man ihn geschmiert hat?«

Mordanticus zuckte die Achseln. Er war einer jener übervorsichtigen Geschäftsleute, die grundsätzlich keine Kritik an jemandem üben, mit dem sie vielleicht später einmal zusammenarbeiten müssen. Meiner Meinung nach würde er mit diesem diplomatischen Kurs nicht weiterkommen. »Machen Sie sich doch nichts vor, Mordanticus!« drängte ich. »Florius Gracilis ist dieses Frühjahr bestimmt auf demselben Weg durch Gallien gereist wie ich jetzt. Er hat eine junge Frau, die sich wahrscheinlich ein neues Tafelservice gewünscht und ihn zu den Werkstätten von Lugdunum geschleift hat. Ihre Konkurrenten konnten ihn dort bestechen, noch bevor er seinen Dienst angetreten hat. Und das wissen Sie auch, nicht wahr? Die mächtigen Fabrikherren in Lugdunum haben den Legaten in der Tasche.«

Ohne mir direkt zu antworten, erklärte Mordanticus: »Die hiesigen Töpfer wollten einen letzten Versuch machen, um das Problem zu klären. Wir haben Bruccius zu unserem Sprecher gewählt und ihn nach Lugdunum geschickt, wo er einen Kompromiß aushandeln sollte. Mit ein bißchen gutem Willen reicht das Geschäft für uns alle. Diese Schurken in Lugdunum sind einfach gierig. Dabei machen sie wirklich glänzende Umsätze mit den Legionsaufträgen aus Britannien und Spanien. Und von ihren südlichen Häfen aus beliefern sie den ganzen ligurischen Golf mitsamt der Balearenküste.« Er sprach wie einer, der sich gründlich mit den verschiedenen Absatzmärkten beschäftigt hat. »Daß wir hier so bequem vor Ort waren, hat die aus Lugdunum schon immer gefuchst. Und nach dem Aufstand sahen sie dann ihre Chance, uns dazwischenzufunken.«

»Wir müssen wohl annehmen, daß Bruccius und sein Neffe dort ihr Möglichstes versucht, aber nichts erreicht haben. Ich hatte schon auf dem Markt das Gefühl, daß es jeden Moment zu einer Schlägerei kommen könnte, aber als ich Ihre Freunde dann am Abend ihres Todes in einem Lokal beim Abendessen sah, waren sie noch unverletzt. Offenbar hatten sie die Hoffnung aufgegeben, sich mit dem Pack in Lugdunum verständigen zu können, und waren mit der schlechten Nachricht unterwegs nach Hause. Aber daß man sie dann ermordet hat«, setzte ich nachdenklich hinzu, »kann nur bedeuten, daß noch nicht endgültig geklärt ist, wer die Lizenz bekommt.«

»Wie kommst du darauf?« fragte Helena.

»Nun, warum sollten die Lugdunenser die beiden Unterhändler umbringen, wenn sie das Abkommen sicher in der Tasche gehabt hätten? Ich nehme an, die gallischen Töpfer fürchteten Bruccius und seine Überredungskunst. Mit den Rheinlegionen praktisch vor der Haustür und dem zuständigen Legaten ständig in Reichweite konnte ein Konkurrent wie Bruccius ihnen ernsthaft gefährlich werden. Und darum haben sie ihn aus dem Weg geräumt. Die Mörder folgten ihm und seinem Neffen weit genug von Lugdunum fort, und dann töteten sie die beiden an einer Stelle, wo sie wahrscheinlich kein Mensch je gefunden hätte.«

»Aber warum?« fragte der Töpfer ratlos. »Was nützt es, zwei umzubringen, wenn noch so viele von uns übrig sind?«

»Aus dem ältesten Motiv der Welt, mein lieber Mordanticus! Wer zwei aus einem Verband tötet – oder besser noch, sie einfach verschwinden läßt –, der jagt den übrigen Angst ein.«

»Uns nicht!« erklärte Mordanticus entschlossen. »Wir werden niemals aufgeben, und genausowenig die Lugdunenser ungeschoren davonkommen lassen!«

»Sie sind ein willensstarker Mann, aber ich muß Sie warnen: Andere werden nicht so denken. Sie dürfen nicht vergessen, daß viele Ihrer Kollegen Frauen haben, die nicht gern Witwen werden wollen. Und was wird aus den kinderreichen Familien, wenn sie ihren Ernährer verlieren? Und was wird aus jenen Töpfern, die einfach mehr vom Leben haben wollen als einen ewigen Wirtschaftskrieg, den sie vielleicht nie gewinnen?«

»Aber das ist ungeheuerlich!« empörte sich Helena. »Rom dürfte sich nicht einmal dem Verdacht aussetzen, solche Geschäftsmethoden zu sanktionieren. Und der Legat sollte einen Boykott über Lugdunum verhängen und jede verfügbare Lizenz an Moguntiacum vergeben!«

Unwillkürlich lächelte ich über ihr leidenschaftliches Plädoyer. »Nach allem, was ich über Florius Gracilis gehört habe, dürfen wir auf seine Moral wohl nicht bauen. Außerdem weiß ich, daß er dringend Geld braucht.«

»Willst du damit sagen, er läßt sich bestechen?« Helenas Eltern hatten versucht, ihr ein behütetes Leben zu schenken, und das war ihnen zum Teil auch gelungen. Aber seit sie mich kannte, hatte sie genug gesehen, um sich über nichts mehr zu wundern. »Ist Gracilis *korrupt,* Falco?«

»Das wäre ein schwerwiegender Vorwurf. So weit will ich nicht gehen.« Jedenfalls jetzt noch nicht. Ich wandte mich wieder dem Töpfer zu. »Julius Mordanticus, ich arbeite für den Kaiser. Ihre Probleme gehen mich zwar nicht direkt an, könnten sich aber mit meinem Auftrag überschneiden.«

»Und wie lautet Ihr Auftrag?« fragte er gespannt.

Ich sah keinen Grund, hinterm Berg zu halten. »Vor allen Dingen soll ich mit Civilis Verbindung aufnehmen. Im Augenblick weiß zwar niemand, wo er steckt, aber ich glaube, der Legat sucht nach ihm. Es könnte allerdings auch sein, daß Gracilis der bruktischen Seherin Veleda auf der Spur ist.«

»Wenn er sich rüber aufs andere Rheinufer gewagt hätte, wäre er ein Narr!« Mordanticus sah mich an, als wäre schon der Gedanke daran irrsinnig.

»Sagen Sie das lieber nicht. Vielleicht muß ich selbst bald nach drüben.«

»Na, dann machen Sie sich auf einiges gefaßt! Aber für Gracilis wäre es bestimmt das Todesurteil.«

»Vielleicht reist er ja inkognito.«

»Ein römischer Offizier wird früher oder später unweigerlich entdeckt. Hat sein Ausflug was mit den Lizenzen zu tun?« fragte Mordanticus, in Gedanken schon wieder bei seinem eigenen, drängenden Problem.

»Nein, dabei geht es um politischen Lorbeer für Florius Gracilis. Aber ich denke, Sie und ich, wir haben ein gemeinsames Anliegen. Ich möchte nichts versprechen, aber falls mir der Legat über den Weg läuft, werde ich versuchen, ihn auf Ihre Lizenzprobleme anzusprechen. Das versichere ich Ihnen. Und vielleicht kann ich ihn sogar überzeugen, wenn ich im Namen Vespasians für Sie eintrete.« Der Name des Kaisers hatte aus irgendeinem Grund Gewicht. Wahrscheinlich war das in einer Stadt, die Nero mit einem Denkmal ehrte, nicht anders zu erwarten. Mordanticus schaute so dankbar drein, als hätte ich seinen kostbaren Liefervertrag eben selbst unterzeichnet. »Könnten Sie mir nicht ein Treffen vermitteln, Mordanticus? Haben Sie eine Ahnung, wo der Legat sich im Moment befindet, oder vielleicht sogar, wo ich Julius Civilis finden kann?«

Der Töpfer schüttelte den Kopf, versprach jedoch, sich umzuhören. Er wirkte immer noch ziemlich mitgenommen. Wir verabschiedeten uns, damit er seinen Kollegen mitteilen konnte, was mit ihren beiden Unterhändlern geschehen war; eine Aufgabe, um die ich ihn wahrhaftig nicht beneidete. Er hatte mir erzählt, daß beide Tote Kinder hatten.

XXXIII

Um ungestört mit ihr sprechen zu können, führte ich Helena zur Jupitersäule; zumindest war das meine Ausrede.

Gemächlich wanderten wir um das Monument herum, das zwei Finanziers, die sich in Rom lieb Kind machen wollten, im Namen der Gemeinde gestiftet hatten, und heuchelten Bewunderung für den vierseitigen Obelisken. Er sah gar nicht einmal übel aus, vorausgesetzt, man konnte sich für eine Huldigung an Nero erwärmen. Den Säulenschaft schmückten die üblichen Konterfeis olympischer Lieblinge: Romulus und Remus als Beweis dafür, daß eine ungewöhnliche Mutter der Karriere eines Mannes nicht im Wege stehen muß; Herkules, wie er mit gewohnt haariger Großspurigkeit den Halbgott spielte; und endlich Castor und Pollux, die freilich ihre Pferde auf getrennten Paneelen tränken mußten, als ob sie sich verkracht hätten. Hoch droben thronte eine riesige Bronzestatue von Göttervater Jupiter, der, ganz Rauschebart und in Schlappsandalen, einen besonders zackigen Donnerkeil schwang, eine Rarität, die auf jedem Schickeriatreffen Furore gemacht hätte. Leider war das Denkmal zu sehr frequentiert, als daß ich Helena in seinem Schatten hätte in den Clinch nehmen können. Natürlich wußte sie, daß das meine Absicht gewesen war, und sie schien enttäuscht zu sein. Da mindestens drei Stunden vergangen waren, seit ich sie zuletzt in den Armen gehalten hatte, war ich es auch.

»Ich werde dich wohl zu einer Kahnpartie mit Picknick auf dem Rhein einladen müssen«, flüsterte ich ihr zu.

»Juno! Ist das nicht zu gefährlich?«

»Zugegeben, für eine beschauliche Bootsfahrt im Herbst ist Germanien nicht gerade der rechte Ort.«

»Aber *du* wirst dich flußabwärts wagen, oder?« fragte sie mit so betont ruhiger Stimme, daß ich die Angst dahinter spürte.

»Ich werd's wohl müssen, Liebste.« Sie war krank vor Sorge. Und das wiederum machte mich krank.

Ich hatte Helena in eine mißliche Lage gebracht. Sie versuchte nie, mir einen Auftrag auszureden; schon deshalb nicht, weil auch ihr viel daran lag, daß ich genug Geld zusammenbekam, um mich in den Mittelstand einzukaufen. Denn nur so würden wir heiraten können, ohne daß es einen Skandal gab. Dafür aber brauchte ich vierhunderttausend Sesterzen – für einen windigen Habenichts vom Aventin eine ungeheure Summe. Ein Vermögen, wie ich es nur mit illegalen Geschäften (für die ich mich natürlich *niemals* hergeben würde) oder mit gefährlichen Aufträgen verdienen konnte.

»Immerhin ist es schon mal ein Lichtblick«, meinte sie fröhlich, »daß du in politischer Mission hergekommen und gleich in einen handfesten Töpferkrieg reingeschlittert bist.«

»So sieht's aus, ja.«

Helena lachte. »Wenn du so lammfromm ja sagst, dann denkst du in der Regel das Gegenteil.«

»Stimmt. Ich halte das Konkurrenzgerangel der Töpfer für ein Randproblem.« Trotzdem würde ich den Töpfern helfen, wenn sich das irgendwie bewerkstelligen ließ. »Diese Handwerker hatten mit dem üblichen Behördenkram zu kämpfen. Irgendein Idiot, der es bei seinem Verdienst aus unseren Steuergeldern eigentlich besser wissen sollte, hat die Ausschreibung vermasselt. Das passiert immer wieder. Mein Pech ist bloß, daß sich Florius Gracilis jetzt eingemischt hat und sich obendrein mit Civilis arrangieren will, obwohl Vespasian das doch mir aufgetragen hat.«

Wenn ich mich aber schon in ein Gefahrengebiet wagte, dann sollte mir dort gefälligst kein Hanswurst von Senator in die Quere kommen, der nicht mal mit einem simplen Vertrag für

240

Küchengeschirr fertig werden konnte. Nun sah es leider so aus, als würde Gracilis den Unruheherd vor mir erreichen und Zeit haben, mit seinen tolpatschigen Annäherungsversuchen die prekäre Stimmung unter den Stämmen vollends aus dem Gleichgewicht zu bringen.

»Hast du eigentlich auch mal Glück, Falco?«

»Nur an dem Tag, als ich dich traf.«

Darauf ging sie nicht ein. »Du hast vorhin von Civilis gesprochen. Wie willst du den denn finden?«

»Das wird sich schon irgendwie ergeben.«

»Und was ist mit der Seherin?«

»Veleda?« Ich grinste. »Von der hat dir Justinus wohl auch erzählt, was?«

»Klingt wie 'ne Neuauflage von der Geschichte mit der Witwe aus Veii«, maulte Helena spöttisch.

»Wenn's weiter nichts ist – mit der werde ich schon fertig.«

Helena Justina schimpfte mich einen Schwerenöter und Gigolo; ich nannte sie eine zynische Hexe ohne jede Treue und Loyalität; sie schlug mich mit dem perlenbewehrten Zipfel ihrer Stola; ich drängte sie gegen die Säulenplinthe und küßte sie so lange und ausgiebig, bis sie mehr oder minder schwach geworden und ich in höchstem Grade erregt war.

»Ich frage lieber nicht«, sagte sie, als ich sie widerstrebend freigab, bevor unser mondänes römisches Treiben öffentliches Ärgernis erregte, »wie du das Schicksal des Legaten von Vetera ausforschen willst. Er soll irgendwo auf der anderen Seite des Flusses verschwunden sein, habe ich gehört.«

»Er wurde besagter Veleda als Freundschaftsgabe übersandt.«

Helena schauderte. »Das heißt, du mußt auf jeden Fall nach Germania Libera?«

»Wenn du nicht willst, daß ich gehe, dann bleibe ich.«

Ihre ernste Miene verdüsterte sich noch mehr. »Sag das nicht

– sag so was nie wieder –, es sei denn, du meinst es wirklich ehrlich, Marcus.«

Helena verlangte von mir immer absolute Aufrichtigkeit. »Na schön, ich verspreche dir, nicht zu gehen, wenn ich das Rätsel auf irgendeine andere Weise lösen kann.«

»Oh, du wirst gehen«, antwortete sie. »Du wirst gehen, das Rätsel lösen und damit wenigstens der Familie dieses armen Mannes einen kleinen Trost spenden. Und darum darf ich nicht einmal versuchen, dir die Reise auszureden.«

Die Familie von Munius Lupercus war mir völlig schnuppe. Der Kerl war ein reicher Senator gewesen, der ganz oben auf der Karriereleiter stand und als Mensch vermutlich genauso unausstehlich war wie alle anderen seines Standes. Aber wenn Helena sich so ins Zeug legte, konnte ich einfach nicht widersprechen. Also küßte ich sie noch einmal, und wir gingen nach Hause.

In der Festung ertappten wir meine Nichte Augustinilla dabei, wie sie die Wachen am Prätorianertor terrorisierte. Zum Glück waren die Männer so erleichtert über unsere Hilfe, daß sie mich das mißratene Gör ungestraft unter den Arm klemmen und davontragen ließen. Augustinilla strampelte und schrie und beschimpfte uns alle miteinander auf das furchtbarste.

XXXIV

Der Rest des Tages verlief ruhig. Justinus hatte seinen zerbrochenen Weinkrater entdeckt und daraufhin fluchtartig das Haus verlassen. Er war sehr böse, aber zu höflich, um Krach zu schlagen.

»Wenn dein Bruder so weitermacht, wird man ihn sein Leben lang ausnutzen.«

»Ich dachte, er hätte seine Gefühle deutlich gezeigt!« Helena war genau wie er; auch sie verkrümelte sich, wenn sie böse war.

Vor dem Essen schickte ich Augustinilla zum Tribun, um sich zu entschuldigen. Da bis jetzt noch niemand von ihr verlangt hatte, daß sie sich für irgend etwas entschuldigte, stürzte sie sich mit unverfälschtem Pathos in die Aufgabe, was auf Justinus die gleiche Wirkung hatte wie der armselige kleine Hund, den er gerettet hatte. Während sie ihn mit schwärmerischem Blick anhimmelte, erwachte sein Beschützerinstinkt. Es war Augustinillas erste Begegnung mit einem reichen Jüngling in schmucker Uniform; ich sah schon das Erbe ihrer Mutter durchschlagen.

Was Camillus Justinus anging, so konnte ich mir freilich gut vorstellen, daß er nicht nur leicht entflammbaren Schulmädchen das Herz gebrochen hatte. Die Frauen lieben nun mal das Tiefgründige, Sensible. (Ganz besonders bei einem Mann, der obendrein noch so aussieht, als würde er große Rechnungen wie ein Kavalier begleichen.) Justinus machte den Eindruck, als brauche er ein nettes Mädchen mit einem großen Herzen, das ihn aus der Reserve locken würde. Wenn er daheim in Rom seine nachdenklichen braunen Augen in ein paar Speisezimmern umherschweifen lassen könnte, dann fände er im Nu eine ganze Reihe netter Mädchen – und ebenso hilfsbereite reife Frauen –, die ihn dreimal die Woche aus der Reserve locken würden.

In Moguntiacum mußte er nur vor einer Achtjährigen auf der Hut sein, die fand, er sähe aus wie der junge Apoll. Bis jetzt hatte Augustinilla noch zuviel Respekt vor seinem hohen Rang, als daß sie seinen Namen auf Häuserwände gekritzelt hätte. Und bis sie den Mut fand, liebeskranke Briefchen unter seine Frühstücksschüssel zu schieben, würde alle Tinte im nordischen Winter eingefroren sein und Justinus diese Peinlichkeit ersparen.

Am nächsten Morgen kamen gleich zwei Mitteilungen: Die Mätresse des Legaten ließ mich wissen, daß ihre Diener Gracilis häufig in Gesellschaft von Töpfern gesehen hatten. Und der Töpfer Mordanticus wußte zu berichten, daß eine Mätresse im Spiel sei.
»Das geht ja alles schön im Kreis herum!« dachte ich.
Ich nahm an, die Mätresse meinte die Töpfer von Moguntiacum. Der gute Mordanticus aber meinte eine *andere* Mätresse – das ging aus seiner Nachricht eindeutig hervor. Ich schickte Julia Fortunata ein höfliches Dankschreiben und betonte, daß ich ihren wertvollen Hinweisen so bald wie möglich nachgehen würde. Bei Mordanticus schien mir ein Besuch angebracht.
Zuvor machte ich aber noch den Zenturio Helvetius ausfindig, den ich zuletzt in der Nähe von Cavillonum gesehen hatte. Er war nicht schwer zu finden, so lautstark, wie er seine Kommandos brüllte, während er sich redlich mühte, den tolpatschigen, O-beinigen, spreizfüßigen, hirnlosen Rekrutenhaufen, mit dem ich ihn schon auf dem Marsch durch Gallien getroffen hatte, auf Vordermann zu bringen. (Die schmeichelhaften Adjektive stammten übrigens allesamt von ihm.) Er hatte die Aufgabe, diesen Prachtexemplaren Laufen, Springen, Reiten, Schwimmen, Fechten und Ringen, Speerwerfen, Torfstechen, Mauer- und Palisadenbau beizubringen. Ferner sollten sie noch lernen, wie man aus den Schildern ein Schutzdach formt, Rom liebt, alles Unehrenhafte haßt und woran man den Feind erkennt: »Bläuliche Gesichtsfarbe, rotes Haar, karierte Hosen, schrecklich laut und ungehobelt – ja, und sie zielen mit Wurfgeschossen auf eure Köpfe!« Helvetius mußte die Kame-

244

raden aussondern, die beim Sehtest gemogelt hatten, und sie als Pfleger in der Krankenstation unterbringen. Er mußte die rauspicken, die weder Rechnen noch Schreiben oder anständig Latein konnten, und hatte dann die Wahl, ihnen das Versäumte nachträglich beizubringen oder sie wieder heimzuschicken. Er mußte sie alle über das Heimweh nach ihren Mädchen, ihrer Mutter oder ihrem Schiff hinwegtrösten (die Erste Adiutrix nahm immer noch abgemusterte Matrosen auf), ja, sogar ihre Sehnsucht nach der Lieblingsziege lindern (das Rückgrat der Legionen sind immer schon die zweitgeborenen Söhne kleiner Bauernfamilien gewesen). Er mußte sie vom Alkohol fernhalten und am Desertieren hindern; ihnen Tischmanieren beibringen und beim Aufsetzen des Testaments behilflich sein. Inzwischen hatte er sie gerade mal so weit, daß sie in geordneten Dreierreihen antreten konnten.

Helvetius war froh, seine stumpfsinnige Schleiferei einen Moment unterbrechen zu können, um sich mit mir zu unterhalten.

»Didius Falco? Natürlich, ich erinnere mich.«

»Besten Dank. Sehr schmeichelhaft, daß ich einen so bleibenden Eindruck hinterlassen habe.« Natürlich konnte er sich nur an unsere erste und einzige Begegnung neben jenem Straßengraben erinnern, in dem seine Rekruten den grausigen Leichenfund gemacht hatten. Wir kamen kurz auf diesen traurigen Vorfall zu sprechen. »Deswegen bin ich übrigens hier.«

»Habe ich mir gedacht.«

Er ging alles ziemlich gelassen an. Die Jahre beim Militär hatten ihn gelehrt, immer mit dem Schlimmsten zu rechnen und sich über nichts unnötig aufzuregen. Er hatte tiefbraune Augen, die auf südländische Abstammung deuteten, und ein Gesicht wie ein Frottierlappen – einer, mit dem die Stallknechte ihre erhitzten Pferde trockenreiben: zerknittert, steif geworden vom langen Gebrauch und völlig abgewetzt. Seine

Illusionslosigkeit war ebenso sturmerprobt wie dieses Gesicht. Kurz gesagt, er war jeder Zoll ein grundsolider, verläßlicher Unteroffizier.

Ich sagte ihm, der Tribun Camillus sei einverstanden, daß er seine Pflichten als Ausbilder für den Augenblick hintanstelle und sich statt dessen um ein Problem der einheimischen Handwerker kümmere. Helvetius war nur zu gern bereit, dem Töpfer einen Besuch zu machen, und so nahm ich ihn denn gleich mit zu den Werkstätten.

Der Morgen war wieder herbstlich frisch, obwohl eine fahle Sonne den Tau zu trocknen suchte. Der Wechsel der Jahreszeiten trieb mich zur Eile. Ich erklärte Helvetius, daß ich wahrscheinlich schon bald auf die andere Rheinseite würde übersetzen müssen und möglichst vor Einbruch des Winters zurück sein wolle. Ich hatte wirklich nicht die geringste Lust, im Barbarenland eingeschneit zu werden.

»Da drüben ist es zu jeder Jahreszeit übel«, meinte er grimmig.

»Waren Sie schon mal da?«

Er antwortete nicht gleich. »Nur, wenn irgendein beschränkter Tribun auf einer Wildschweinjagd in aufregenderen Gegenden bestanden hat.« Camillus Justinus meinte er damit sicher nicht. Beschränkt würde den wohl kaum jemand nennen.

»Natürlich würde ein junger Kerl mit Senatorenstreifen den Nervenkitzel nicht so weit treiben, ohne Eskorte zu reiten ... Haben Sie da drüben auch mal Ärger gehabt?«

»Nein, aber man hat die ganze Zeit das untrügliche Gefühl, von Glück sagen zu können, wenn man ohne Zwischenfälle wieder nach Hause kommt.«

»Ein paar von uns haben den Verdacht, der Legat der Vierzehnten könnte drüben sein.«

»Gracilis? Wozu das denn?«

»Um Civilis aufzustöbern – oder vielleicht auch Veleda.«

Wieder trat eine kleine Pause ein. »Das hätte ich ihm gar nicht zugetraut.«

»Nein? Und wie hätten Sie ihn eingeschätzt?« fragte ich.

Helvetius, der ein echter Zenturio war, gluckste darauf bloß in seinen Bart, ein krauses Militärgestrüpp. »Er ist Legat, Falco. Und Legaten sind durch die Bank gräßlich.«

Kurz vor der Töpferwerkstatt sprachen wir noch einmal vorsichtig über den gemeinsam entdeckten Mord. Helvetius wollte wissen, warum ich mich so für den Fall interessierte. Ich erzählte ihm von dem Streit in Lugdunum und wie mich die Erinnerung daran nicht losließ. Er lächelte.

Ich wunderte mich über seine neugierige Frage. Da wurde sein Gesicht wieder ernst, ja, beinahe ausdruckslos, so, als sei er in Gedanken ganz woanders – irgendwo weit, weit fort. Doch als ich schon keine Antwort mehr erwartete, sagte er plötzlich: »Als wir die Leichen fanden, habe ich geschwiegen, Falco, weil ich Sie damals noch nicht kannte. Aber auch ich habe die beiden Männer vorher gesehen – als sie noch sehr lebendig waren!«

»Und wo?«

»In Lugdunum, genau wie Sie.«

»Waren Sie beruflich dort?«

»Eigentlich schon. Manchmal ist unsere Armee ja sehr tüchtig! In dem Fall hatte unser Kommandeur einen Geistesblitz und schickte mich auf eine Reise, die zwei – nein, sogar drei – Fliegen mit einer Klappe schlagen sollte: Heimaturlaub, Rekrutenanwerbung und dann ein Abstecher, um die Ausschreibungen für die Geschirrlizenz zu überprüfen. So stand's jedenfalls in meinem Marschbefehl.«

»Aber dann kam etwas dazwischen.« Ich konnte es mir fast denken.

»Na ja, ich kam hin, aber es lohnte sich nicht mehr, die Lieferanten zu erfassen. Seine Hochwohlgeboren Gracilis war nämlich schon vor mir dagewesen und hatte im Namen aller Legionen Ober- und Untergermaniens den ganzen Handel abgeschlossen.«

»Nein, so was!« staunte ich. »Bedenken Sie nur die Verantwortung!«

»Ha! Ein Reibach war das – falls er Provision gekriegt hat!« Helvetius hatte offenbar seine eigenen Schlüsse gezogen.

»Vorsicht, Zenturio! Und was war mit den beiden Töpfern von hier?«

»Genau wie Sie habe ich mit angesehen, wie die zwei in einen handfesten Krach verwickelt wurden.«

»In einem großen Pulk?«

»Nein, nur mit einer höhnisch grinsenden Bohnenstange samt Anhang. Den Dürren habe ich übrigens später noch mal gesehen.«

»Ach, ja?«

»Da staunen Sie, was? Auf der Landstraße; einen Tag bevor wir die zwei Pechvögel mausetot aus dem Graben gefischt haben.«

Das war freilich eine hochinteressante Neuigkeit. An den Gallier mit der höhnischen Visage erinnerte ich mich natürlich auch, aber unterwegs hatte ich ihn wohl übersehen. Allmählich sah es gar nicht gut aus für Gracilis. Ich vereinbarte mit Helvetius, daß wir diese Geschichte einstweilen für uns behalten würden. Er musterte mich von der Seite und fragte: »Sollen Sie hier eine Akte über die Schieber und schwarzen Schafe anlegen?«

Allmählich sah es ganz so aus.

In der Töpferei stellte ich die beiden einander vor und ließ dann Helvetius berichten, was er bei den Behörden in Cavillonum erreicht hatte. Der Magistrat hatte sich natürlich nicht sonderlich für die beiden Toten interessiert. Helvetius ging im Gespräch mit dem Freund der Ermordeten diskret darüber hinweg, aber ich hörte doch heraus, was geschehen – oder vielmehr nicht geschehen war.

Ich ließ die beiden, die immer noch über Bruccius und seinen Neffen sprachen, allein und machte derweil einen Rundgang durch den Ausstellungsraum, wo ich sehnsüchtige Blicke auf das samnische Tafelgeschirr warf. Als Mordanticus herauskam, fragte er, ob mir irgend etwas besonders gut gefalle.

»Ach, ich finde einfach alles schön! Ihre Sachen haben wirklich Stil!« Das war keine leere Schmeichelei: Seine Ware leuchtete in satten Farben, war erstklassig gebrannt, mit geschmackvollen Mustern, schöner Glasur und lag gut in der Hand. »Ich würde mir schon gern ein hübsches Service bei Ihnen aussuchen – nur leider hapert es am passenden Ambiente dazu.«

»Wie das? Ich dachte, Sie haben eine reiche Freundin!« Der Ton, in dem er das sagte, machte seinen Witz selbst für ein Sensibelchen wie mich akzeptabel.

Also spielte ich ausnahmsweise mit. »Ach ja, die fruchtbaren Güter in den Albaner Bergen gehören alle ihrem Vater. Und nun sagen Sie selbst: Wenn Sie an seiner Stelle wären, würden Sie Ihr sauerverdientes Vermögen an einen Flegel wie mich verschleudern?« Außerdem hatte ich schließlich meinen Stolz.

Nicht nur die Hoffnung, Helena zu meiner Frau machen zu können, hatte mich auf diese Wahnsinnsmission für den Kaiser getrieben. Nein, ich träumte auch davon, eines Tages aus meinen elenden Verhältnissen rauszukommen. Ich wünschte mir ein eigenes Haus – still, umgeben von weinbelaubten Wandelgängen, großzügig und weitläufig und mit viel Licht zum Lesen. Ein Haus, in dem ich eine Amphore guten Weins bei richtiger Temperatur lagern konnte, um sie irgendwann bei einem philosophischen Gespräch mit meinem Freund Petronius Longus an einem mit spanischem Linnen gedeckten Ahorntisch zu leeren – vielleicht sogar aus samnischen Bechern, falls wir uns an meinen ziselierten Bronzekelchen mit den Jagdszenen und an meinen goldgesprenkelten phönizischen Gläsern satt gesehen hätten ...

Ich lenkte das Gespräch auf handfestere Themen zurück. »Schönen Dank auch für Ihre Nachricht. Was hat es mit dieser Frau auf sich? Julia Fortunata wird schäumen vor Wut, wenn Gracilis sie betrogen hat – ganz zu schweigen von dem Spektakel, das ihn bei der kleinen Ehefrau mit dem knackigen Po erwartet!«

»Na ja, also, ich weiß nichts Genaues ...« Mordanticus schaute verlegen. Es war angenehm zu sehen, wieviel Respekt die Provinz Rom gegenüber besaß: Dieser gute Mann schämte sich beinahe einzugestehen, daß einer unserer hohen Offiziere den römischen Moralkodex verletzt hatte. »Ich möchte den Legaten natürlich nicht verleumden ...«

»Keine Sorge, Sie werden bestimmt nicht wegen übler Nachrede vor Gericht landen!« beruhigte ich ihn. »Erzählen Sie mir nur, was Sie herausgefunden haben; die diffamierenden Schlußfolgerungen ziehe ich dann selbst.«

»Na ja ... also, einer von meinen Kollegen ist mal gefragt worden, wie Florius Gracilis eine gewisse Claudia Sacrata kontaktieren könne.«

»Ach? Ist das wichtig? Ich meine, sollte ich schon mal von der Dame gehört haben?«

Wieder wand er sich schier vor Verlegenheit. »Sie ist Ubierin, aus Colonia Agrippinensium.« Mordanticus fixierte einen Becher, als sei ihm eben erst aufgefallen, daß der Henkel schief saß. »Ihr ... Ihr General Petilius Cerialis hatte angeblich eine Affäre mit ihr.«

»Ah!«

250

Ich hatte eine ziemlich klare Vorstellung von Cerialis; Frauen kamen darin allerdings bislang nicht vor. In Britannien hatte er die Neunte Spanische befehligt. Als Fürstin Boudiccas Aufstand losbrach, hatte er alles getan, um uns zu helfen, war aber von den feindlichen Stämmen im Wald in einen Hinterhalt gelockt worden – mit anderen Worten, er war Hals über Kopf und ohne eine verläßliche Vorhut von Kundschaftern losgestürmt. Petilius verlor in diesem Kampf ein Großteil seiner Truppen und konnte sich nur mit einem versprengten Rest seiner Reiterei retten. Die kläglichen Überbleibsel der Neunten nahmen zwar an der Entscheidungsschlacht gegen die Fürstin teil, wurden aber hinterher, nicht wie die Vierzehnte und die Zwanzigste von Nero geehrt. Nach allem, was ich gehört hatte, war die jüngste Kampagne des Generals zur Rückeroberung Germaniens aus der Hand des Civilis von ähnlichen taktischen Fehlern begleitet gewesen. Und jedesmal hatte der General selbst entkommen können – gerade noch rechtzeitig, um wenig später bei siegreichen Unternehmungen zu glänzen, womit sein guter Ruf stets gewahrt blieb.

Ich sagte mit unbeweglicher Miene: »Eine ubische Circe kam in den offiziellen Siegesprotokollen des Generals nicht vor.« Vielleicht, weil Petilius Cerialis die Protokolle selbst verfaßt hatte.

Mordanticus merkte zwar, daß ich ihn aufzog, wußte aber nicht, wie er darauf reagieren sollte. »Vielleicht war es ja auch bloß Klatsch, nichts weiter ...«

»Na, da wäre ich aber enttäuscht! Warum sollte unser hochverehrter Florius Gracilis diese Schöne sonst besuchen? Um sie in ihrer Einsamkeit zu trösten, jetzt, da Cerialis wieder nach Britannien verduftet ist? Dorthin mitnehmen konnte er sie ja wohl schlecht, denn wenn er sein ubisches Püppchen im Palast des Statthalters in Londinum untergebracht hätte, wäre das Rom nicht verborgen geblieben und hätte eine Menge Staub aufgewirbelt.« Nachdem er sich seine Provinz erobert hatte, würde Petilius Cerialis als nächstes ein Konsulat anstreben. Er war – wenn auch nur durch Heirat – mit dem Kaiser verwandt, und Vespasian pflegte bekanntlich eine sehr altmodische Moral. Gewiß, er selbst hielt sich, seit er Witwer geworden war, eine Mätresse, aber wer von ihm einen lukrativen Posten haben wollte, durfte sich einen solchen Luxus nicht erlauben. »Sind die Ubier eng mit den Batavern im Bunde?«

Julius Mordanticus wurde immer verlegener. »Das läßt sich schwer beantworten. Einige Verbündete von Civilis haben die Ubier schwer bestraft wegen Kollaboration mit den Römern, aber am Ende haben manche von ihnen mit Civilis gegen die Römer gekämpft ...«

»In der Tat eine verfahrene Geschichte! Hat Claudia Sacrata Civilis gekannt?«

»Möglich wär's. Er hat Verwandte, die eine Zeitlang in Colonia Agrippinensium gewohnt haben.«

»Das würde erklären, warum Gracilis die Dame sprechen wollte. Er weiß, daß sie mit hohen politischen Persönlichkeiten beider Parteien in Verbindung steht und folglich auch wissen könnte, wo Civilis zu finden ist.«

»Vielleicht.«

»Die andere Möglichkeit«, fuhr ich eher scherzhaft fort, »die andere Möglichkeit wäre, daß unser getreuer Legat Florius Gracilis, nicht zufrieden mit der offiziellen Mätresse, die er sich aus Rom mitgebracht hat, noch nach einer *inoffiziellen* Ausschau hält – und sie in Claudia Sacrata findet. Vielleicht ist eine Affäre mit ihr ja der traditionelle Bonus für die Herren im Purpurrock, die in Germanien Dienst tun müssen? Vielleicht liegt ihre Adresse schon dem ersten Marschbefehl bei? Was nur nach eine Frage offenläßt, Mordanticus. Da ich nur ein ganz kleines Licht bin – wer wird *mir* Claudia Sacratas Adresse geben?«

Der Töpfer war zwar nicht bereit, sich über den Status der Dame auszulassen, aber er sagte mir immerhin, wo ich sie finden konnte.

Damit ergab sich allerdings eine weitere Frage, nämlich die, wie ich Helena Justina beibringen sollte, daß ich mich aufmachte, um die Kurtisane eines Generals zu besuchen?

BUCH IV

ZU SCHIFF RHEINABWÄRTS

Von Obergermanien nach Vetera

Oktober – November 71 n. Chr.

»Der Heerführer, noch halb im Schlaf und fast unbekleidet, rettete sich durch einen Irrtum der Feinde: Sie schleppten das an seiner Flagge kenntliche Befehlshaberschiff in dem Glauben ab, der Heerführer befinde sich darauf. Cerialis hatte anderwärts die Nacht zugebracht, um, wie die meisten glauben, bei einer verheirateten Ubierin, namens Claudia Sacrata, zu schlafen.«

TACITUS, *Historien*, V, 22.

XXXV

Es wurde weniger schlimm, als ich erwartet hatte. Helena erklärte nämlich, daß Colonia Agrippinensium genau die Stadt sei, die sie für ihr Leben gern kennenlernen wollte. Ich hatte meine eigenen Gründe, auf ihre Laune einzugehen.

Meine Hoffnung auf ein wenig lauschige Zweisamkeit mit Helena zerschlug sich. Zum einen bestand ihr Bruder darauf, daß wir Augustinilla mitnahmen. Offenbar hatte er Bedenken, allein mit einem liebeskranken Mädchen in der Festung zurückzubleiben.

Zum anderen wollte Xanthus sich uns unbedingt anschließen. Er stand immer noch unter schwerem Schock, weil er den Soldaten getötet hatte. Seitdem, sagte er, habe er ernsthaft über das Leben nachgedacht. Ihm gefiel es in Germanien, und er wollte sich hier niederlassen – als Friseur sah er große Entfaltungsmöglichkeiten in diesem Land. Doch der Ton in Moguntiacum war ihm zu militärisch-rauh, und deshalb wollte er sich nach einer anderen Stadt umsehen, einer, die einem ehrgeizigen Menschen und ehemals kaiserlichen Sklaven ein kultivierteres Umfeld bot. Ich sagte ihm klipp und klar, daß ich ihn nicht weiter als bis Colonia mitnehmen könne, aber er meinte, das sei ihm schon recht.

Und dann hatten wir noch Justinus' Hund dabei. Er hatte einen Waffenschmied gebissen und mußte deshalb so schnell wie möglich aus dem Lager fort.

Trotz der Entourage war es eine Freude, auf einem Flottenschiff gen Norden zu fahren: vorbei an bizarren Felsformationen und grünen Auen, kleinen Kais und Anlegeplätzen, an schroffen Klippen und Stromschnellen und hochgelegenen, schräg abgestuften Terrassen, wo die neugegründeten Winzerbetriebe leichte, spritzige Weine zogen, von denen wir unterwegs auch einige verkosteten. Wir saßen träumend an Deck und sahen zu, wie die Enten, die sich zwischen trudelnden Spieren flußabwärts treiben ließen, zwischendurch ein Stück weit ihre Flügel erprobten, indem sie gegen den Strom flogen, und dann wieder in unserem Kielwasser landeten. Flache Lastkähne, beladen mit allen nur erdenklichen Gütern, schipperten in Zweier- oder Dreierzügen nordwärts, andere wurden teils mit Ruderkraft, teils über Treidelpfade flußaufwärts gezogen. In dieser Gegend schien das Leben angenehm zu sein. Die Händler, die längs des Rheins ihren Geschäften nachgingen, machten einen wohlhabenden Eindruck. Mit Helena an meiner Seite hätte ich für immer hierbleiben können, wäre ein glücklicher Flußgammler geworden und hätte mich nie mehr nach Hause gesehnt.

»Was hast du eigentlich in deiner dicken Reisetasche?« wollte Helena wissen.

»Schriftrollen, die ich lesen soll.«

»Gedichte?«

»Nein, Historisches.«

»À la Thukydides?«

»Mehr à la kleine Arschlöcher der Moderne.«

Helena blickte verstohlen in die Runde, um zu sehen, ob Augustinilla diese Pietätlosigkeit mitbekommen hatte. Doch zu ihrer Erleichterung war meine Nichte vollauf damit beschäftigt, auszuprobieren, wie sie am elegantesten von Bord fallen könnte. Helena lachte. »Und warum interessierst du dich dafür?«

»Informationen für meine diversen Aufträge hier. Ein Archivar in Rom hat mir ein paar Depeschen über den Aufstand kopiert.«

Da Helena nun wußte, was ich bei mir trug, hatte es keinen Sinn mehr, meine Lektüre zu verstecken. Also kramte ich die Tasche aus und vertiefte mich in Roms traurige Abenteuer mit Civilis. Je mehr ich über die Kampagne las, desto mulmiger wurde mir.

Viel zu rasch waren wir am Zusammenfluß von Rhenus und Mosella bei Castrum ad Confluentes vorübergeglitten, hatten Bingium und Bonna passiert (beide noch schrecklich verwüstet von den jüngsten Brandschatzungen, aber überall reckten sich neue Firststangen) und näherten uns unaufhaltsam meinem Ziel.

Colonia Claudia Ara Agrippinensium bemühte sich nach besten Kräften, ihren vollmundigen Titeln gerecht zu werden. Ursprünglich eine Gründung des Agrippa (als Ara Ubiorum), wurde die Siedlung von dessen Tochter, der energischen Frau des Germanicus, vor deren herrischem Wesen selbst die tapfersten Männer knieweich wurden, umbenannt – und zwar, wie bei einer solch dominierenden Person nicht anders zu erwarten, nach ihr selbst. Colonia war der auch von der römischen Besatzungsmacht sanktionierte Schrein der Ubier und die Provinzhauptstadt Untergermaniens. Außerdem besaß die Stadt die wichtigste römische Zollstation am Fluß und war das (von einer kleinen Feste bewachte) Standquartier der römischen Rheinflotte.

Die Stadt war klug geplant, mehr als wohlhabend, wurde von einem durch das Militär errichteten Aquädukt versorgt und beherbergte eine große Veteranenkolonie; was Wunder, daß ihre Beziehungen zu Rom sehr eng und freundschaftlich waren. Während des Aufstandes hatte sie das natürlich arg in die Zwickmühle gebracht. Anfangs hatten die Bürger treu zu Rom gestanden, Civilis die Gefolgschaft verweigert und seinen Sohn gefangengenommen – wenn auch nur in »Ehrenarrest«, für den Fall, daß das Blatt sich wenden sollte. Erst als die Lage aussichtslos wurde, sahen sich die vorsichtigen Stadtväter gezwungen, dem Ruf ihrer Stammesgenossen zu folgen und sich zu ihrer germanischen Abstammung zu bekennen. Aber selbst dann blieb ihre Haltung zu den Freiheitskämpfern zwiespältig. Da inzwischen etliche Verwandte von Veleda und Civilis in Colonia unter Hausarrest standen, konnten sie mit den Batavern Sonderkonditionen aushandeln. Im übrigen waren sie reich genug, die große Seherin mit angemessenen Geschenken zu besänftigen. Sorgsam jonglierendes diplomatisches Taktieren bewahrte die Stadt vor Plünderungen von beiden Seiten. Sobald Petilius Cerialis wieder an Boden gewann, flehten die braven Bürger ihn um Rettung an und verbündeten sich wieder mit Rom.

Sie verstanden sich darauf, ihre Stadt in Ordnung zu halten. Ich hatte das beruhigende Gefühl, daß Helena hier sicher sein würde.

Wir kamen frühmorgens an. Ich brachte meine Begleitung in einer Pension in der Nähe der Präfektur unter und übergab die Damen samt Hund in Xanthus' Obhut. Helena würde sich freilich bald genug daraus befreien.

Von der Schiffsreise belebt, ging ich los, um mich nach Claudia Sacrata zu erkundigen. Ich hatte Helena versprochen, nirgends anzubandeln, aber gleich die erste Tür, an der ich klopfte, war zufällig die der Freundin des Generals. Dem Diener genügte ein römisches Männergesicht als Referenz, und obwohl ich nur eine Verabredung treffen wollte, komplimentierte er mich gleich zu seiner Herrin hinein.

Es war ein bescheidenes Stadthaus. Der Provinzdekorateur hatte sich alle Mühe gegeben, dann aber doch mit den ihm bekannten Freskenmotiven vorlieb nehmen müssen: Jason entdeckte das Goldene Vlies, als er bei einem Gewitter unter einer Stechpalme Schutz suchte. Drohende Schlachtszenen tobten unter einem Fries, der nur dann zum Leben erwachte,

260

wenn ein Schwarm rheinischer Wildgänse darüber hinflog. Venus, hier in ubischer Tracht mit hochgeschlossenem Kleid und Schleier, ließ sich von einem Mars in keltischem Filzmantel umgarnen. Sie sah aus wie ein Marktweib, und er schien ein schüchterner Kerl mit Spitzbauch zu sein.

Der Diener führte mich in ein Empfangszimmer. Hier begrüßten mich leuchtende Farben und ausladende Sofas mit prallen Kissen, auf denen ein müder Krieger sich ausstrecken und all seine Sorgen vergessen konnte. Aber die Rottöne waren zu grell, die Streifen zu breit und die Quasten viel zu dick. Der Gesamteindruck war beruhigend vulgär. Die Männer, die hierher kamen, überließen Geschmacksfragen ihren Ehefrauen und hatten selbst wahrscheinlich gar nichts übrig für Inneneinrichtungen und deren Effekte. Alles, was sie wollten, war ein sauberes, gemütliches Nest, durchweht vom Duft nach Bienenwachspolitur und leise köchelndem Eintopf – kurz gesagt, einen Ort, der sie an ihre Kindheit in der Heimat erinnerte. Dieses war eins jener Häuser, in denen einem das Brot in dicken, grobgesäbelten Scheiben serviert wird und schmeckt wie Ambrosia mit Haselnüssen gespickt. Die Konzerte, die hier gegeben wurden, waren vermutlich die reinste Katzenmusik, aber das würden die Gäste vor lauter Lachen und Schwatzen nicht merken ...

Ich fand Claudia Sacrata so dekorativ auf einen Sessel drapiert, als erwarte sie Besuch. Sie war keine atemberaubende Verführerin, sondern eine pummelige Frau mittleren Alters, deren Busen so fest geschnürt war, daß man ihn hätte als Tablett benutzen können. Sie trug ein römisches Gewand, hellbeige und ockerfarben, mit pingelig geordneten Schulterfalten und darüber eine Stola, befestigt mit einer indischen Rubinbrosche, die weithin das Signal aussandte: *Achtung! Liebespfand!* Ihre Erscheinung erinnerte mich an eine leicht altmodische, herzensgute Tante, die sich herausgeputzt hat, um bei der Floralia-Parade vor den Nachbarn zu glänzen.

»Nur herein, mein Freund! Was kann ich für Sie tun?« Das konnte eine reine Höflichkeitsfloskel sein ... oder ein geschäftliches Angebot.

Ich entschloß mich für Offenheit und fiel gleich mit der Tür ins Haus. »Mein Name ist Marcus Didius Falco. Ich komme im Auftrag der Regierung und wäre Ihnen sehr verbunden, wenn Sie mir ein paar Fragen beantworten würden.«

»Aber gewiß doch.« Natürlich war das noch keine Garantie dafür, daß sie mir auch wahrheitsgemäß antworten würde.

»Besten Dank. Sie nehmen es mir hoffentlich nicht übel, wenn ich gleich mit Ihnen beginne? Sie sind Claudia Sacrata, und Sie führen ein sehr gastfreundliches Haus. Wohnen Sie mit Ihrer Mutter zusammen?« Ich war mir sicher, daß sie diesen Euphemismus verstand.

»Mit meiner Schwester«, korrigierte sie. Überall der gleiche fadenscheinige Schleier der Respektabilität; nur daß während meines Besuches kein einziges Mal eine Anstandsdame auftauchte, um den Schein zu wahren.

Ich kam zur Sache. »Wenn ich recht informiert bin, dann waren Sie einmal die Vertraute Seiner Exzellenz, des Generals Cerialis?«

»Ganz recht, mein Lieber.« Sie gehörte zu denen, die andere verblüffen, indem sie das Unerhörte ruhig zugeben. Ihre klugen Augen musterten mich, während sie zu erraten suchte, weshalb ich gekommen war.

»Ich muß ein paar sehr heikle Dinge untersuchen, und es ist schwer, vertrauenswürdige Informanten zu finden.«

»Hat mein General Sie geschickt?«

»Nein, nein. Er hat nichts damit zu tun.«

Die Stimmung schlug schlagartig um. Sie wußte, daß ich gegen jemanden ermittelte; wäre es Seine Exzellenz gewesen, hätte sie mir gehörig eins aufs Dach gegeben. Aber jetzt, da sie hörte, daß ihr bester Kunde aus dem Schneider war, besann sie sich auf ihre Gastgeberpflichten. »Ich habe nichts dagegen, mit Ihnen über Cerialis zu sprechen.« Mit einer Handbewegung forderte sie mich auf, Platz zu nehmen. »Fühlen Sie sich nur ganz wie zu Hause ...« Mein Zuhause sah ganz anders aus.

Sie läutete nach einem Diener, einem flinken Burschen, der ganz so aussah, als habe er schon auf etliche Klingelzeichen geantwortet. Nachdem sie mich kokett betrachtet hatte, flötete Claudia: »Ich würde sagen, Sie sind ein Glühweintrinker!« Außer bei mir daheim kann ich das Zeug nicht ausstehen. Um die guten Beziehungen zu festigen, gab ich mich für einen Glühweintrinker aus.

Das schwere Getränk wurde in opulenten Bechern kredenzt und war viel zu stark gewürzt. Eine wohlige Wärme machte sich schon nach den ersten Schlucken in meinem Magen breit und kroch von dort ins Nervensystem, so daß ich mich selbst dann noch beschwingt und sicher fühlte, als Claudia Sacrata mir zugurrte: »Und nun erzählen Sie mir mal alles schön der Reihe nach!« – Ein Satz, der eigentlich in mein Repertoire gehörte.

»Nein, nein«, korrigierte ich lächelnd. »Sie wollten mir doch was erzählen.« Sollte sie ruhig merken, daß ich mich auskannte mit starken Frauen, die einen auszutricksen versuchen.

»Wir sprachen gerade von Petilius Cerialis.«

»Ein überaus *netter* Herr.«

»Aber ein bißchen ein Heißsporn?«

»Auf welchem Gebiet?« säuselte sie.

»Na, zum Beispiel auf militärischem.«

»Wie kommen Sie darauf?«

Das war ein albernes Versteckspiel, aber mir war klar, daß ein längeres Gespräch über ihr Juwel Cerialis der Preis war, den ich zahlen mußte, wenn ich an Informationen herankommen wollte. »Nun, ich habe über seine Schlacht in Augusta Treverorum gelesen.« So gesittet wie möglich nippte ich an meinem gehaltvollen Wein. Wenn Cerialis sich nicht grundlegend von den anderen Lamettaträgern unterschied, dann hatte er mit der Geschichte seines großen Kampfes alle Welt in Grund und Boden gelangweilt.

Claudia Sacrata warf sich in Pose und dachte nach. »Es gab damals Kritiker, die behaupteten, er habe Fehler gemacht.«

»Na ja, das kann man immer von zwei Seiten sehen«, beschwichtigte ich, den lieben Onkel spielend. Tatsächlich gab es für *mich* hier nur eine einzige Betrachtungsweise. Cerialis war dumm genug gewesen, untätig auf Verstärkung zu warten und so seinen zahlreichen Gegnern die Chance zu geben, sich zusammenzurotten. Das allein war schon fahrlässig genug. Aber auch bei seinem berühmten Gefecht hatte er Mist gebaut. Er hatte sein Lager der Stadt gegenüber, am anderen Flußufer aufgeschlagen. Der Feind griff in aller Frühe von verschiedenen Richtungen her an, stürmte das Lager und stürzte alle in heillose Verwirrung.

»Ich habe gehört, daß einzig die entschlossene Tapferkeit des Generals die Lage gerettet hat.« Claudia verteidigte ihn treu und beherzt. Diese geschönte Version hatte sie natürlich von ihm.

»Ganz ohne Zweifel.« Meine Arbeit erfordert mitunter ein Talent zum geradezu schamlosen Lügen. »Cerialis sprang ohne Rüstung aus dem Zelt und sah das ganze Lager in Aufruhr – seine Reiterei auf der Flucht, den Brückenkopf in Feindeshand. Da stellte er sich den Deserteuren in den Weg, trieb sie zurück, befreite unter tapferem persönlichen Einsatz die Brücke, stürmte wieder ins Lager, scharte seine Soldaten um sich, wendete das Blatt und schaffte es, daß am Ende des Tages nicht sein, sondern das Hauptquartier des Feindes zerstört war.«

Claudia Sacrata drohte mir mit dem Finger. »Na, und warum sind Sie dann so skeptisch?«

Weil es noch eine andere Sichtweise gab, derzufolge unsere Truppen ganz jämmerlich geführt worden waren. Der Feind hätte sich niemals unentdeckt so weit ans Lager heranpirschen dürfen; die Bewachung war nicht ausreichend; die Patrouille hatte geschlafen und ihr Kommandant sich unerlaubt von der Truppe entfernt. Einzig die Tatsache, daß die Germanienkrieger hauptsächlich aufs Plündern ausgewesen waren, hatte unseren schneidigen General vor einer katastrophalen Niederlage bewahrt.

Ich unterdrückte meine Bitterkeit. »Warum hat der General in dieser Nacht nicht im Lager geschlafen?«

Die Dame blieb ganz ruhig. »Das kann ich Ihnen nicht sagen.«

»Haben Sie ihn damals schon gekannt?«

»Wir sind uns erst später begegnet.« Also hatte er es schon vor ihrer Affäre vorgezogen, in einem bequemeren Privathaus zu übernachten.

»Darf ich fragen, wie Ihre Freundschaft begann?«

»Nun ja ... der General hat Colonia Agrippinensium besucht ...«

»Eine romantische Geschichte?« Ich grinste.

»Das wahre Leben, mein Lieber.« Ich begriff, daß sie Liebesdienste verkaufte, wie andere Eier verhökern.

»Wollen Sie mir davon erzählen?«

»Warum nicht? Der General kam, um sich für meine Hilfe bei der Schwächung des Feindes zu bedanken.«

»Was hatten Sie denn gemacht?« Ich dachte an irgendeine Puffintrige.

»Unsere Stadt suchte nach einem Weg, das Band mit Rom neu zu knüpfen. Die Stadtväter boten an, Frau und Tochter des Civilis, die bei uns in Geiselhaft waren, auszuliefern; ebenso die Tochter eines anderen Rädelsführers. Aber dann hatten wir noch einen nützlicheren Einfall. Civilis, der seine Hoffnung auf die tapferen friesischen Krieger setzte, war immer noch zuversichtlich und dachte gar nicht daran, aufzugeben. Die Männer unserer Stadt haben seine friesischen Verbündeten zu einem großen Fest geladen und sie fürstlich mit Essen und Trinken traktiert. Als die Gäste gut abgefüllt waren, wurde die Tür verriegelt und die Halle in Brand gesetzt.«

Ich versuchte, mir mein Entsetzen nicht zu sehr anmerken zu lassen. »Eine freundliche Germanensitte, das?«

»Nun, sie wurde nicht das erste Mal ausprobiert.« Das Schrecklichste an der Sache war ihr sachlich-nüchterner Erzählton.

»Aha, und als Civilis erfuhr, daß seine Elitetruppen bei lebendigem Leibe verbrannt waren, da floh er gen Norden, und Petilius Cerialis hielt dankbar und siegreich Einzug in Colonia … was war nun Ihre Rolle in dem Spiel, Claudia?«

»Ich habe Speisen und Getränke für das Festmahl gestiftet.«

Ich stellte meinen Becher ab.

»Ich will gewiß nicht indiskret sein, aber könnten Sie mir eines verraten …« Diese seltsam vertraueneinflößende und doch so gefühllose Frau ging mir an die Nieren. Darum wechselte ich ganz bewußt das Thema. »Als der General sein Flaggschiff verlor – was hat sich da wirklich zugetragen?«

Sie lächelte und schwieg.

Das war auch so ein dummer Zwischenfall gewesen. Ich erzählte ihr, was ich bereits herausgefunden hatte. Nach einer ziemlichen Pechsträhne in Nordeuropa, wo Civilis und die Bataver, entschlossen, niemals vor Rom zu kapitulieren, ihn in den Sümpfen ihrer Heimat in Guerillakämpfen verwickelt hatten, war Petilius Cerialis nach Novaesium und Bonna gereist, um ein paar Winterquartiere zu inspizieren und sich eine Verschnaufpause zu gönnen (seine Lieblingsbeschäftigung). Zurückkehren wollte er mit einer dringend benötigten Flotteneinheit. Doch wieder mangelte es an Disziplin; wieder waren seine Vorposten nachlässig. So konnten sich in einer finsteren Nacht die Germanen einschleichen, kappten die Zeltschnüre und richteten Chaos an, während unsere Soldaten wie die Ameisen unter ihren eingestürzten Zelten herumkrabbelten oder kopflos und halbnackt durchs Lager rannten. Diesmal war überhaupt keiner da, der sie hätte sammeln können, denn Cerialis verlustierte sich wieder einmal anderswo.

»Ja, und dann nahm der Feind das Flaggschiff ins Schlepptau; Julius Civilis glaubte ja, der General sei an Bord.«

»Sein Pech!« schnurrte Claudia.

»Dabei hatte er wieder mal außerhalb des Lagers geschlafen, wie?« Ich versuchte, nicht kritisch zu klingen.

»Offensichtlich.«

»Mit Ihnen? Ich meine ... das behaupten die Leute.« Ich hatte große Schwierigkeiten, mir das vorzustellen.

»Sie erwarten doch hoffentlich nicht, daß ich darauf antworte.«

»Verstehe.« Also tatsächlich mit ihr.

»Sie sagten doch, Ihre Ermittlungen hätten nichts mit Petilius zu tun – warum dann all diese Fragen über längst Vergangenes?« Ich kam der Wahrheit näher, als ihr lieb war.

»Ach, wissen Sie ... ich habe nun mal 'ne Schwäche für lebensechtes Hintergrundmaterial.« Ich setzte darauf, daß mein Interesse an Petilius ihr gefährlich erscheinen und sie versuchen würde, mich mit den Informationen abzulenken, hinter denen ich eigentlich her war. Aber sie war härter als erwartet. Hinter der Fassade törichter Geschwätzigkeit verbarg sich ein hellwacher Geschäftssinn. »Apropos: Was ist eigentlich aus dem Flaggschiff geworden?«

»Bei Tagesanbruch segelten die Rebellen mit den römischen Schiffen davon. Das Flaggschiff haben sie ihrer heiligen Seherin zum Geschenk gemacht.«

»Veleda!« Ich pfiff leise durch die Zähne. »Aber gesetzt den Fall, Cerialis war in dieser Nacht bei Ihnen – dann hätten Sie ihm ja das Leben gerettet?«

»Stimmt!« bestätigte sie stolz.

»Wäre er an Bord gewesen« – wo er hingehörte! –, »hätte ihn ein grausiges Schicksal erwartet. Vom letzten römischen Offizier, den die Aufständischen ihrer Seherin Veleda schickten, hat man nie mehr etwas gehört.«

»Schrecklich!« bemerkte sie mit höflich-ungerührter Anteilnahme.

»Ihm gilt mein Auftrag«, erklärte ich. »Er war Legionslegat, und ich soll nun im Namen des Kaisers und seiner Familie herausfinden, welch trauriges Schicksal ihn ereilt hat. Sie sind ihm vermutlich nie begegnet, denn er war weitab von hier stationiert – in Vetera ...«

»Munius Lupercus?« Sie klang überrascht. »Oh, aber da irren Sie sich, mein Lieber«, erklärte die unerschütterliche Claudia. »Ich habe Munius *sehr* gut gekannt.«

XXXVI

Mit einem heimlichen Stoßseufzer versuchte ich, mich in den weichen Kissen aufzurichten, aber sie zogen mich mit peinlicher Sogwirkung immer tiefer hinab. Wenn Claudia Sacrata einem Mann empfahl, sich wie zu Hause zu fühlen, dann sollte der sich offenbar nicht ohne Hilfe eines Baukrans wieder aus ihrem Dunstkreis befreien können.

Ich war hier an eine Frau geraten, die alle Welt kannte. In diesem Haus fielen große Namen wie Wassertropfen aus einem Springbrunnen. Klatsch war die Verkehrssprache. Ich saß im Herzen eines Spinnennetzes, das die Spitzen der Gesellschaft einhüllte und an jedem beliebigen Punkt Europas verankert sein mochte.

»Sie haben Lupercus gekannt?« krächzte ich heiser. Ich hasse zwar Wiederholungen, aber diesmal konnte ich mich zu keinen rhetorischen Kunststücken mehr aufraffen.

»Sooo ein netter Mann! Ganz natürlich. Und sehr spendabel.«

»Das glaube ich Ihnen! Sie haben offenbar einen sehr großen Bekanntenkreis.«

»O ja! Früher oder später kommen die meisten Jungs aus Rom hier durch. Und ich«, erklärte Claudia selbstgefällig, »bin berühmt für meine Gastfreundschaft.«

So konnte man es freilich auch ausdrücken.

»Eine einflußreiche Frau!« Mit unbewegter Miene warf ich den nächsten Köder aus. »Wie stehen Sie übrigens zum Legaten der Vierzehnten Gemina?«

Sie war jeder noch so peinlichen Frage gewachsen. »Warten Sie – ist das Priscus? Oder der neue, Gracilis?« Offenbar hatten beide ihren Harnisch in ihrer Garderobe aufgehängt.

»Ich meine den neuen.«

»Ja, den habe ich ein-, zweimal getroffen.«

»Ein netter Mann?« Das konnte ich mir einfach nicht verkneifen.

»O ja, *sehr* nett!« Zum Glück hatte sie den Spott nicht bemerkt. Ihr Humor – vorausgesetzt, sie hatte welchen – war vermutlich unkompliziert und fröhlich statt hinterfotzig wie der meine.

»Hat Gracilis Sie vielleicht vor kurzem besucht?«

Was immer er auch sonst hier treiben mochte – und darüber wollte ich lieber gar nicht nachdenken –, bei einer Visite in jüngster Zeit hatte Gracilis bestimmt die gleichen Fragen gestellt wie ich jetzt. Sie antwortete mit einem wissenden

269

Augenzwinkern, daß ich ihr eigentlich nicht hätte durchgehen lassen dürfen, und sagte dann: »Doch, mein Lieber, ich glaube, er ist neulich hier gewesen!«

»Wahrscheinlich hatte er eine plausible Erklärung, was ihn so plötzlich in den Norden getrieben hat.«

Sie lachte. Es klang unmelodisch, und ich sah, daß ihr etliche Zähne fehlten. »Er sagte irgendwas von einer Jagdpartie ...«

»Die alte Leier!«

»Oh, aber bei ihm war's keine Ausrede, mein Lieber – er hatte eine Gruppe Gallier als Kundschafter und Treiber dabei.«

»*Gallier!*« Als ob ich mit den Germanen nicht schon genug zu tun hätte! Diese neue Komplikation gefiel mir ganz und gar nicht – zumal der aromatische Wein mir allmählich das Gehirn vernebelte.

»Was wollte er denn jagen?« Abgesehen von Civilis und Veleda, die er mir vor der Nase wegschnappen würde, wenn ich nicht höllisch aufpaßte.

»Wildschweine, glaube ich.«

Ich schwenkte auf eine andere Spur über. »In Moguntiacum sorgt man sich um seinen kleinen Pagen, einen Sklaven namens Rusticus. Ist der vielleicht auch auf dieser gallischen Safari, damit sein Herr nicht ungekämmt auf den Anstand muß?«

»Ein Page, sagen Sie? Nein, der war nicht bei ihm.«

Ich beschloß, nicht weiter nach dem verflixten Legaten der Vierzehnten oder seinem Anhang zu fragen. Sonst würde ich am Ende noch einem armen Sklaven nachjagen, der nur die Abwesenheit seines Herrn ausgenutzt hatte, um sich in die Freiheit abzusetzen.

Lächelnd ergab ich mich. Claudia war entzückt über ihren Sieg. So entzückt, daß sie sich herabließ, mir noch einen Tip zu geben. »Die Gallier haben *alles* bezahlt.«

Das wollte ich nun freilich genauer wissen. »Ich möchte

wirklich nicht indiskret sein, aber soll das heißen, daß sie Florius Gracilis auch hier bei Ihnen freigehalten haben?«

Sie nickte.

Jetzt hatte ich ihn im Sack! Wenn der Legat der Vierzehnten Gemina sich zu so einem Ausflug einladen ließ, würde Vespasian seinen Namen aus dem Offizierscorps streichen, ohne mit der Wimper zu zucken.

»Was für Gallier waren denn das?«

»Töpfer«, sagte Claudia.

Ich fragte mich, warum sie mir ausgerechnet diesen Kunden ans Messer lieferte. Weil die Germanen mit den Galliern rivalisierten? Aus gekränkter Eitelkeit, weil ihre Dienste so schnöde für Bestechungszwecke mißbraucht wurden? Das unehrenhafte Geschäftsgebaren mußte wohl den Ausschlag gegeben haben. Claudia, die selbst Geschäftsfrau war, hatte einen natürlichen Haß auf Betrüger.

»Ich will Sie nicht durch ungebührliche Neugier in Verlegenheit bringen, Claudia Sacrata. Aber könnten wir noch einmal auf Munius Lupercus zurückkommen? Sehen Sie, der Krieg liegt nun schon lange zurück, und ich habe große Mühe, noch eine Spur zu finden. Womöglich muß ich sogar über den Rhein und drüben seinen Weg in die Gefangenschaft verfolgen. Darum hätte ich gern gewußt, ob Ihre weitverzweigten Kontakte auch dorthin reichen. Natürlich werden Sie jemanden wie die Seherin nicht persönlich kennen, aber ...«

Ich hätte es besser wissen müssen. »Veleda?« rief Claudia Sacrata lebhaft. »Oh, natürlich kenne ich die!«

Leicht genervt sagte ich: »Aber ich denke, sie hält keinerlei Kontakt mit der Außenwelt? Sie soll doch hoch oben in einem unzugänglichen Turm hausen, und selbst die Gesandten aus Colonia mußten sich, als sie mit ihr verhandeln wollten, mit Mittelsmännern begnügen – Veledas männlichen Verwandten, die ihr Kurierdienste leisten.«

271

»Ganz recht, mein Lieber.«

Mir kam ein furchtbarer Gedanke. »Waren Sie etwa Mitglied dieser Abordnung aus Colonia?«

»Gewiß doch«, versetzte Claudia. »Wir sind hier schließlich nicht in Rom, Marcus Didius.« Damit hatte sie zweifellos recht. Germanische Frauen mischten offenbar gern an vorderster Front mit – eine bedrohliche Vorstellung für einen konventionell erzogenen Römer wie mich. Ich und mein Weltbild, wir waren empört – und fasziniert zugleich. »Ich genieße hohes Ansehen in Colonia, Marcus Didius. Mich kennt hier jeder.«

Ich konnte mir schon denken, worauf ihre Prominenz sich gründete – auf jenes universell anerkannte Gütesiegel nämlich: »Ich darf annehmen, Sie sind eine reiche Frau?«

»Meine Freunde sind gut zu mir gewesen, ja.« Mit anderen Worten, sie hatte von manch stattlichem Bankkonto auf dem Forum den Rahm abgeschöpft. »Ich habe mitgeholfen, die Geschenke für Veleda auszusuchen, und habe auch selbst einige beigesteuert. Dann reizte es mich, ein Stück von der Welt zu sehen, und so habe ich mich den Gesandten angeschlossen.« Sie war nicht besser als Xanthus. Die Welt war offenbar voll von furchtlosen Idioten, die sich mit aller Gewalt ein lebensgefährliches Sumpffieber einfangen wollten.

»Jetzt lassen Sie mich raten ...« Unwillkürlich mußte ich doch lachen. »Die Männer mußten sich den Regeln fügen und durften nicht in das Heiligtum der Seherin eindringen. *Sie* dagegen haben sich irgendwie reingemogelt und mit ihr ein Gespräch von Frau zu Frau geführt? Wahrscheinlich muß Ihre Hoheit auch irgendwann mal runter von ihrem Turm – und sei es nur, um sich das Gesicht zu waschen?« Dieser neckische Euphemismus schien mir in Claudias dezenten Räumen angemessen, wo Jupiter, Schutzpatron der Verirrten, bestimmt alle Hände voll zu tun hatte, um jenen beizustehen, die verzweifelt

272

nach einer taktvollen Umschreibung suchten, wenn sie den Weg zur Latrine wissen wollten.

»Ich habe ihr geholfen, so gut ich konnte.« Claudia Sacrata machte ein bekümmertes Gesicht. »Sie können sich ja vorstellen, was für ein trauriges Leben das arme Mädchen führt. Keine Unterhaltung, keine Gesellschaft. Die Mannsbilder, die sie bewachen, sind allesamt Waschlappen. Die Gute hatte einen herzhaften Schwatz bitter nötig, das können Sie mir glauben. Und bevor Sie jetzt wieder anfangen, mich zu löchern, mein Lieber: Ja, ich habe sie nach Lupercus gefragt. Ich vergesse keinen von meinen Jungs, und wenn ich einem was Gutes tun kann – jederzeit!«

Das ärgerte mich. »Wenn ein Mann im fremden Land den Tod findet, dann ist das doch kein Thema für Weiberklatsch! Habt ihr etwa in den bruktischen Hainen über Lupercus gelacht? Hat sie Ihnen erzählt, was sie mit ihm getrieben hat?«

»O nein!« erwiderte Claudia so pikiert, als hätte ich alle Frauen dieser Welt verunglimpft.

»Ah – schickt sich's vielleicht nicht für zivilisierte Ohren? Was hat sie denn mit ihm angestellt? Seinen Kopf als Laterne benutzt, sein Blut auf ihrem Privataltar vergossen und seine Eier zwischen ihre Mistelzweige gesteckt?« Rom hatte, entsetzt über Methoden, die ausnahmsweise noch barbarischer als die von uns erfundenen, derlei Riten in Gallien und Britannien aufs strengste verboten. Aber was nützte das einem armen Tropf, der jenseits unserer Grenzen in Feindeshand fiel?

»Sie hat den Mann überhaupt nicht zu Gesicht bekommen«, versetzte Claudia ruhig.

»Was denn? Er ist nie in ihrem Turm angekommen?«

»Da ist irgendwas unterwegs passiert.« *Etwas Schlimmeres als das, was geschehen wäre, wenn Lupercus seinen Bestimmungsort erreicht hätte?*

273

»Was ist passiert?«

»Das konnte Veleda mir nicht sagen.«

»Bestimmt hat sie Sie angelogen.«

»Dazu hatte sie keinen Grund, mein Lieber.«

»Offenbar ein *nettes* Mädchen!« Diesmal ließ ich meine Ironie wie Salzsäure von der Zunge tröpfeln.

Claudia schaute mich mit heruntergezogenen Mundwinkeln an. Als sie jetzt sprach, hörte ich einen leichten Tadel heraus: »Ich habe Ihnen viel von meiner Zeit geopfert, Marcus Didius.«

»Und ich weiß es zu schätzen. Ich bin auch gleich fertig – nur eine Frage noch: Sind Sie je mit Julius Civilis zusammengekommen?«

»Früher einmal hatten wir gesellschaftlichen Kontakt, aber das ist lange her.«

»Wo ist er jetzt?«

»Tut mir leid, mein Lieber, da muß ich passen. Aber ich dachte, er wäre zurück auf die Insel der Bataver?«

Zum ersten Mal klang ihre Antwort unaufrichtig. Ich hatte das sichere Gefühl, daß sie etwas wußte. Aber ich erkannte auch, daß es mir nicht gelingen würde, Claudia Sacrata noch einmal aus der Reserve zu locken, wenn sie erst das Visier heruntergelassen hatte. Sie sah so harmlos aus wie ein weicher Ball aus Entenflaum, aber sie besaß einen eisernen Willen. Außerdem hatte ich den Fehler begangen, sie in ihrer Stammesehre zu verletzen und eine der ihren schlechtzumachen.

Es war also aussichtslos, aber ich bohrte trotzdem weiter. »Civilis ist von der Insel verschwunden. Es wäre gut möglich, daß er wieder südwärts gezogen ist, in der Hoffnung, seine alte Machtzentrale wieder aufzubauen. Ich habe munkeln hören, daß er bei den Ubiern und Treverern gesehen worden sei«, berichtete ich sachlich, »und ich denke, da könnte was dran sein. Seine Familie hat immerhin in Colonia gelebt.«

274

»Aber damals hat Civilis noch für die Römer gearbeitet.«

»Sicher, aber er kennt die Gegend hier wie seine Westentasche. Können Sie mir vielleicht sagen, wo ich mich erkundigen könnte?«

»Nein, tut mir leid«, wiederholte sie. Ich war vermutlich der erste Römer in ihrem Haus, dem das Prädikat »nett« entzogen wurde.

Meine Audienz war unweigerlich beendet. Aber zum Schluß brach Claudias Gutmütigkeit doch wieder durch, und sie fragte mich noch einmal, ob sie nichts für *mich* tun könne. Ich erklärte ihr, daß meine Freundin in dem guten Glauben auf mich warte, ich sei nur rasch zum Bäcker gelaufen, um einen Korb Semmeln zu holen.

»Oh, dann wird sie sich aber schon Sorgen machen!« tadelte Claudia auf einmal ganz prüde. Sie verschaffte Ehemännern fern der Heimat ein paar schöne Stunden, aber die Vorstellung, ein Verhältnis gewissermaßen auf ihrer Türschwelle zu zerstören, fand sie in höchstem Grade anstößig. »Sie müssen sich beeilen!« Claudia brachte mich persönlich zur Tür – Dienst am Kunden, aber einer, der auch ihrem Haus zugute kam. Sicher genoß sie es, ihren Nachbarn, wenn sie etwa einen General verabschiedete, dessen breiten Purpurstreifen vorzuführen. Mit dem abgerissenen Gast von heute würde sie freilich kaum Eindruck schinden.

»Also, wie finde ich nun diese Veleda?« fragte ich. »Alles, was ich weiß, ist, daß sie bei den Brukterern lebt. Aber das ist ein weit verstreuter Stamm.«

»Ach, in Geographie kenne ich mich leider überhaupt nicht aus. Aber wir sind seinerzeit einen Fluß entlanggefahren.« Sie meinte die Lupia.

»Und sie lebt in den Wäldern?« Das wußte ich zwar schon, aber der Gedanke, sie dort suchen zu müssen, ließ mir das Blut in den Adern gefrieren. Veleda hauste ausgerechnet in dem Gebiet, das ganz Rom am liebsten von der Landkarte gestrichen hätte, weil dort unsere Hoffnung darauf, die Stämme des Ostens zu unterwerfen, ein so grausames Ende gefunden hatte. »Genauer gesagt: im Teutoburger Wald? Ich wünschte, ihr Turm stünde irgendwo, nur nicht ausgerechnet dort!«

»Sie denken an Varus, nicht?« Einen wahnsinnigen Augenblick lang dachte ich, sie würde mir nun eröffnen, Quinctilius Varus samt seinen drei untergegangenen Legionen seien alle »ihre Jungs« gewesen. Ach, Unsinn! Sie war eine Matrone, ja, aber *so* alt nun auch wieder nicht. »Die freien Germanen sind immer noch mächtig stolz auf Arminius.« Und das würde auch noch lange Zeit so bleiben. Arminius war schließlich der Häuptling, der Varus vernichtend geschlagen hatte; der Germanien vom römischen Joch befreite und dem Civilis nun offenbar mit aller Gewalt nacheifern wollte. »Seien Sie vorsichtig, Marcus Didius.«

Claudia Sacrata sagte das so schonend wie ein Arzt, der eine Trepanation anordnet – eine Operation, bei der man dem Patienten ein Loch in den Kopf bohrt, um den Hirndruck zu lindern.

XXXVII

Das hat aber lange gedauert!« grummelte Helena. Ich erklärte ihr, warum. Das schien mir ratsam, für den Fall, daß einer aus Claudia Sacratas großem Bekanntenkreis sich irgendwann verplapperte. Helena entschied, ich hätte mich absichtlich verdrückt. »Und getrunken hast du auch?«

»Ein bißchen Entgegenkommen war schon angebracht. Aber bei den Appetitanregern, die sie ihren römischen Jungs sonst serviert, habe ich gepaßt.«

»Wie zurückhaltend! Du bist schließlich kein Salonlöwe – hat dein ›Entgegenkommen‹ denn was gebracht?«

»Ein paar Horrorgeschichten habe ich schon zu hören gekriegt. Florius Gracilis ist mir tatsächlich auf der Suche nach den Rebellenführern einen Schritt voraus. Außerdem ist er korrupt, steckt bis zum Hals in dunklen Geschäften, tarnt seine Suchaktion als herbstliche Jagdpartie. Aber die einzig wirklich wertvolle Information, nämlich wo ich Civilis finden könnte, die hat sie mit Absicht für sich behalten.«

»Nanu? Was ist denn aus deiner Überredungskunst geworden?«

»Meine Süße, einer Frau, die daran gewöhnt ist, von Männern mit Spitzengehältern umgarnt zu werden, habe ich doch nichts zu bieten.«

»Dann läßt du aber mächtig nach!« rief Helena, schärfer als gewöhnlich. »Ach, das Brot habe ich übrigens selbst besorgt. Mir war klar, daß du geschäftlich unterwegs bist, und ich dachte, darüber könntest du's vergessen.« Sie tröstete mich mit einem Vollkornbrötchen. Ich kaute lustlos darauf herum. Gegen Claudia Sacratas Glühwein half das leider nicht. Ich fühlte mich immer noch betrunken, und es war einfach gräßlich, wie immer, wenn man obendrein noch in Ungnade gefallen ist. »Marcus, ich habe eine ubische Kammerfrau eingestellt, die mir hilft, wenn du fort mußt. Sie ist Witwe – die Aufstände, du weißt ja. Und sie hat eine Tochter in Augustinillas Alter. Eine kleine Freundin, die strenger erzogen ist, hat vielleicht einen guten Einfluß auf deine Nichte.«

Ich hatte noch keine Lust, ans Fortgehen zu denken. »Gute Idee. Ich zahle.«

»Kannst du's dir denn leisten?«

»Ja!« Sie maß mich mit einem dieser typischen Helena-Blicke. Sie wußte, daß ich eigentlich »nein« meinte.

Wie zur Illustration ihrer jüngsten Pläne lugten genau in dem Moment zwei kleine Köpfe zur Tür herein und starrten mich aus neugierigen Augen an. Schön waren sie beide nicht, weder das gutgebräunte Rundstück mit den Rosinenaugen noch der bleiche, ungesäuerte Teigklumpen daneben. Aber beide sahen aus, als hätten sie nichts als dumme Streiche im Kopf. Die mit den blonden Rattenschwänzen fragte jetzt die Dunkle mit dem Dutt: »Ist er das?« Sie hatte einen germanischen Akzent, lispelte ein wenig und war ungefähr sechsmal so intelligent wie meine Nichte.

»Entweder raus oder rein!« knurrte ich.

Sie näherten sich bis auf einen halben Schritt und kicherten pausenlos. Ich kam mir vor wie ein Nilpferd in einer schäbigen Menagerie – und zwar das unberechenbare, das mitunter plötzlich gegen ein Gitter anrennt.

»Bist du der Onkel Privatermittler?«

»Nein, ich bin der Menschenfresser, der am liebsten kleine Kinder verspeist. Und wer bist du?«

»Ich heiße Arminia.« Ich war nicht in Stimmung für Kinder, die nach heldenhaften Feinden Roms getauft waren. Arminia und Augustinilla stachelten sich immer noch gegenseitig dazu an, mich zu einer Attacke herauszufordern. »Und was, bitte, ermittelst du in Colonia?«

»Staatsgeheimnis.« Beide konnten sich vor Lachen kaum halten.

»Hör gar nicht auf ihn«, riet Augustinilla. »Meine Mutter sagt, er kann nicht mal seinen eigenen Bauchnabel finden. Ganz Rom weiß, daß Onkel Marcus ein Schaumschläger ist.«

Höchst überlegen dreinschauend stolzierten sie Hand in Hand davon.

»Wie ich sehe, haben sie sich schon ganz gut angefreundet«,

meinte ich zu Helena. »Zwischen unausstehlichen kleinen Mädchen gibt es offenbar keine Verständigungsschwierigkeiten. Jetzt haben wir also nicht bloß ein ungeratenes Gör auf dem Hals, sondern gleich zwei.«

»Aber Marcus, sei doch nicht so pessimistisch.«

Leicht gesagt, aber es kam noch dicker. Helena Justinas Bruder erschien in unserer Pension. Er wäre uns hochwillkommen gewesen, nur kam er leider eine Woche zu früh. Sein kleiner Hund war ganz außer sich vor Freude – nur, um dann loszurennen und auf meinen Stiefel zu pinkeln.

Vor unserer Abreise aus dem Kastell hatten wir mit Justinus vereinbart, daß er uns nach Colonia folgen und den Hausierer Dubnus mitbringen sollte, den ich bei den Brukterern als Dolmetscher einsetzen wollte. Außerdem sollte Justinus noch seinen Legaten überreden, eine Eskorte freizustellen, die mich über den Fluß begleiten konnte. Einem General für eine solche Mission einen Trupp seiner Männer abzuluchsen, das würde schon seine Zeit dauern. Deshalb war ich ganz überrascht, als Justinus nun schon an unserem ersten Abend hereinplatzte.

»Na so was! Ihre Besatzung muß ja die ganze Strecke mit doppelter Schlagkraft gerudert sein, um Sie so rasch herzubringen! Tribun, ich bin kein Freund von Überraschungen, denn die bedeuten meist nichts Gutes.«

Justinus druckste herum. »Es ist ein Brief gekommen für Helena. Ich dachte, den bringe ich ihr lieber so schnell wie möglich.« Er reichte seiner Schwester die Schriftrolle. Wir erkannten beide Pergament und Siegel des Palatins. Justinus erwartete offenbar, daß sie das Petschaft eilig erbrechen würde, aber sie hielt die Rolle unschlüssig auf den Knien und machte ein mürrisches Gesicht. Meine Miene war vermutlich auch nicht freundlicher. »Hat in der Festung ganz schön für Aufregung gesorgt«, betonte Justinus, als er sah, daß Helena dem Brief so gar keine Beachtung schenkte.

»Ach, wirklich?« Seine Schwester hatte auch den Ton eisiger
Verachtung im Repertoire. »Normalerweise betrachte ich
meine Korrespondenz als Privatsache.«

»Aber der Brief kommt von Titus Cäsar!«

»Das sehe ich.«

Sie hatte ihren Trotzkopf aufgesetzt. Ihrem Bruder zuliebe
sagte ich: »Helena berät ihn bei Problemen mit seiner alten
Tante.« Der Blick, den sie mir daraufhin zuwarf, hätte ein
Wiesel bei lebendigem Leibe häuten können.

»Ah ...« Justinus hatte ein Gespür für Stimmungen. Und er
war taktvoll genug, meinen bitteren Witz nicht zu kommentie-
ren. »Ich verabschiede mich jetzt, Marcus Didius. Ich brauche
dringend ein Bad. Alles Weitere besprechen wir dann später.
Ich wohne im Stützpunkt der Rheinflotte.«

»Haben Sie die Eskorte für mich bekommen?«

»Der Legat hat Ihnen einen Zenturio mit zwanzig Mann zugeteilt.
Leider ziemlich unerfahrene Burschen, aber mehr war nicht
rauszuholen. Ich habe dem General gesagt, daß Sie in offizieller
Mission des Kaisers reisen, ja, habe ihm sogar angeboten, Sie
kennenzulernen, aber er sagt, wenn Sie verdeckt ermitteln, dann
hält er sich lieber raus und überläßt Ihnen alles.«

Verständlich! Mit *der* Mission hätte ich selbst am liebsten
auch nichts zu tun. »Alte Schule, Ihr General, wie?«

»Ausflüge in den Osten werden eben heutzutage nicht gern
gesehen.« Er meinte damit, daß Rom schon innerhalb der
Besatzungsgebiete genug Ärger hatte und sich nicht auch
noch mit den Stämmen im Osten anlegen wollte.

»Mir soll's recht sein. Ich bin kein Freund von Formalitäten.
Richten Sie ihm meinen Dank aus. Ich bin froh über jede
Unterstützung. Ach, und der Hausierer? Haben Sie den auch
mitgebracht?«

»Ja. Ich muß Sie allerdings warnen: Der Mann protestiert in
einem fort.«

280

»Macht nichts. Ich bin mit einer Quasselstrippe von Barbier durch ganz Gallien gezogen. Seitdem kann mich nichts mehr schrecken.«

Justinus küßte seine Schwester und entfernte sich eilig.

Wir saßen jeder für sich in einer Ecke und schwiegen. Unter diesen Umständen, fand ich, müsse sie als erste reden. Helena hielt sich nie an das, was ich für richtig fand.

Nach einer Weile murmelte ich: »Ich würde dich ja auch gern küssen, aber wenn du gerade einen Brief vom Sohn des Kaisers auf dem Schoß hast, schickt sich das wohl nicht.« Sie gab keine Antwort. Ich wünschte, sie würde aufspringen und die verwünschte Rolle verbrennen. Laut sagte ich: »Helena, du solltest den Brief lieber aufmachen.« Wenn sie mir widersprochen hätte, wäre alles nur noch schlimmer geworden. Langsam erbrach sie das Siegel. »Soll ich rausgehen, bis du ihn gelesen hast?«

»Nein.«

Sie war eine Schnelleserin. Außerdem war das Schreiben für einen Liebesbrief irrwitzig kurz. Sie las mit ausdruckslosem Gesicht, dann rollte sie das Pergament wieder fest zusammen und hielt es in der geballten Faust.

»Das ging ja flott.«

»War auch mehr wie eine Bestellung für 'n Paar neue Stiefel«, pflichtete sie mir bei.

»Na ja, daß er nicht gerade ein großer Redner ist, weiß ich. Aber in seiner Position sollte er doch imstande sein, einen Gelegenheitsdichter ein paar Hexameter als Huldigung an eine Dame schreiben zu lassen ... Ich an seiner Stelle würde das tun.«

»Du?« flüsterte Helena so leise, daß ich vor Angst fast den Kopf verlor. »Du würdest die Hexameter selbst schreiben.«

»Für dich schon, ja.«

Sie saß ganz in sich gekehrt da. Ich konnte nichts für sie tun.

281

»... paar tausend Zeilen würde ich schon brauchen dazu«, brabbelte ich unglücklich weiter. »Und du würdest vielleicht ein, zwei Monate warten müssen, bis ich sie richtig ausgefeilt hätte ... wenn *ich* dich bitten würde, zu mir nach Hause zu kommen, dann würde ich dir das auch sagen wollen ...«

Hier stockte ich. Wenn Titus ihr das Imperium angeboten hatte, würde Helena Justina Zeit zum Nachdenken brauchen. Sie war ein vorsichtiges Mädchen.

Ich versuchte mir einzureden, daß Titus' Antrag bis jetzt nur inoffiziell war. Sobald er Ernst machte, würden die beiden Väter in Verhandlung treten. Sogar bei Kaisers – *besonders* bei Kaisers – gibt es Vorschriften, nach denen solche Dinge ablaufen müssen.

»Mach dir keine Sorgen.« Helena blickte unvermittelt auf. Es war immer das gleiche. Sowie ich Grund hatte, mich ihretwegen zu sorgen, drehte sie den Spieß um und sorgte sich um mich. »Es wird nichts geschehen, das verspreche ich dir.«

»Hat der große Herr die berühmte Frage gestellt?«

»Marcus, sobald ich ihm antworte ...«

»Tu's nicht«, sagte ich.

»Was?«

»Antworte noch nicht gleich.«

Falls mir etwas zustoßen sollte, würde Titus Cäsar sich um sie kümmern. Es würde ihr an nichts fehlen. Und das Imperium hätte unermeßlich viel gewonnen. Ein Cäsar, der zusammen mit Helena Justina regierte, wäre imstande, Unvergleichliches zu leisten. Titus wußte das. Ich wußte es auch.

Ich sollte sie freigeben. Manche Leute fanden vielleicht, daß es, sobald ich in Germania Libera angekommen war, meine Pflicht sei, auf Nimmerwiedersehen in den Wäldern zu verschwinden. Und in den absonderlichen Momenten, da mir Rom am Herzen lag, dachte ich das sogar selbst.

Sie war merkwürdig. Statt zu fragen, was ich meinte, stand sie auf, setzte sich neben mich und hielt meine Hand. In ihren Augen glänzten Tränen, denen sie in ihrer Sturheit nicht freien Lauf lassen wollte.

Sie wußte natürlich Bescheid. Ich wollte sie für mich behalten. Noch auf der Überfahrt zum Hades würde ich mich mit dem Fährmann anlegen, um wieder von seinem Kahn runter und zurück zu Helena zu kommen. Jetzt ging es mir darum, ihre Zukunft zu sichern, für den Fall, daß ich mal nicht mehr dasein würde.

Sie wußte auch alles übrige. Die Exkursion auf die andere Rheinseite würde enorm gefährlich werden. Die Geschichte war gegen mich. Die freien Stämme verfolgten alles, was aus Rom kam, mit unerbittlichem Haß. Und ich hatte in Britannien gesehen, wie die Kelten ihre Feinde behandelten. Falls ich in Gefangenschaft geriet, durfte ich nicht auf diplomatische Immunität hoffen. Meinen Schädel würden sie in einer Nische außen am Tempel ausstellen. Was aber mit dem Rest geschehen würde, bevor sie mir den Kopf abschlugen, das mochte ich mir gar nicht erst ausmalen. Ich fragte vorsichtshalber nicht, wieviel Helena über diese Foltermethoden wußte, aber als gebildete junge Frau war sie sehr belesen.

Als ich mich in Helena Justina verliebte, hatte ich geschworen, mich nie wieder auf große Risiken einzulassen. Vor ihrer Zeit hatte ich manches heikle Abenteuer bestanden, von dem ich ihr wohlweislich nichts erzählte. Aber ein Mann wird älter, und er lernt, die wahren Werte des Lebens schätzen. Sie ahnte zwar, daß ich eine haarsträubende Karriere hinter mir hatte, glaubte aber, daß ich, als ich ihr meine Liebe gestand, damit zugleich auch meinem waghalsigen Leben adieu gesagt hätte. Keiner konnte ihr das verdenken; ich hatte es ja selbst geglaubt.

Und jetzt stand ich da wie einer dieser Irren, für die Gefahr und Nervenkitzel eine Sucht sind. Helena schien nicht besser dran, als wenn sie sich an einen Trunkenbold oder einen Hurenbock gehängt hätte. Bestimmt hatte sie sich gesagt, daß unter ihrem Einfluß alles anders werden würde, und mußte jetzt zugeben, daß das nicht stimmte … Ich dagegen wußte, daß ich mich geändert hatte. Dies war nur ein allerletzter Versuch, dem Kaiser eine anständige Prämie abzuluchsen, um sie zu gewinnen. Nur noch ein letzter Wurf … Wahrscheinlich reden alle Verrückten sich das ein.

»Kopf hoch!« sagte sie forsch. »Komm, Marcus! Verschaffen wir Claudia Sacrata noch einen Skandal für ihre Sammlung. Was hältst du davon, deine liebste Senatorentochter der Liebsten des Generals vorzustellen?«

XXXVIII

An der Flurgarderobe hing ein scharlachroter Mantel. Helena und ich wechselten einen Blick und mußten uns beide das Lachen verbeißen. Schon kam Claudia Sacrata zu uns heraus. Heute abend trug sie einen schiefsitzenden Kranz im Haar und ein zwischen melonenkern- und traubenhautfarben changierendes Kleid. Eine plumpe Hand hatte ihren Augen mit dickem Pinselstrich jene Leuchtkraft verliehen, von der Frauen glauben, Männer fänden sie jugendlich (was ja viele Männer auch tun). Hinter ihr dudelte eine Panflöte, bis abrupt die Tür geschlossen wurde – aber nicht von Claudia. Die Hausherrin komplimentierte uns eilig in ein anderes Zimmer und verschwand wieder. »Sieht ganz so aus«, flüsterte Helena, »als hätten wir einen hohen Offizier mit offenem Brustpanzer überrascht.«

»Nutze deine Chance. Ich glaube kaum, daß wir lange bleiben dürfen.«

»Wo ist sie denn hin? Will sie ihm vielleicht einen griechischen Roman zustecken, damit er sich die Zeit vertreiben kann, während sie uns abfertigt?«

»Wer weiß, vielleicht entwischt er auch gerade mit einer bloßen Beinschiene durchs Gartentor ... Habe ich dir schon erzählt, daß mein Freund Petronius bei jeder Razzia in einem Bordell den Ädil, der die Lizenzen für die Freudenhäuser vergibt, in einer Wäschetruhe versteckt findet? Die großen Tiere sind halt unverbesserlich.«

»Bei einem so aufreibenden Amt ist das wahrscheinlich einfach Therapie«, meinte Helena gesetzt.

Sie war mal mit einem Ädil verheiratet gewesen. Ich hoffte inständig, daß er seine Freizeit in Wäschetruhen zugebracht hatte statt bei ihr.

Claudia Sacrata kam zurück.

»Meine Begleiterin wollte Sie unbedingt kennenlernen, Madame ...« Und dann stellte ich Helena Justina vor. Was für hohe Herren auch zu Claudias Kundschaft zählten, die leibhaftige Tochter eines Senators saß sicher zum ersten und vielleicht einzigen Mal in ihrem Haus. Für eine solche Ehre ließ sie selbst einen General warten.

Helena hatte sorgfältig Toilette gemacht, in dem Bewußtsein, daß ihr weißes Kleid mit den aufgestickten Blütenzweigen, der Hauch von Rouge auf ihren Wangen, die Fransen ihrer Stola, ihre schaukelnden Ohrgehänge aus Staubperlen und nicht zu vergessen die Bernsteinkette, die ich ihr geschenkt hatte, für die nächsten zehn Jahre der letzte Schrei in der ubischen Gesellschaft sein würden.

»Was für ein reizendes Mädchen, Marcus Didius!« rief Claudia, die sich im Geiste bereits die Accessoires notierte. Helena lächelte huldvoll. Auch dieses Lächeln würde bald in zig Speisesälen Colonias Nachahmer finden.

»Freut mich, daß Sie Ihnen gefällt.« Diese schlagfertige Antwort strafte das reizende Mädchen mit einem schmerzhaften Tritt ihres perlenbesetzten, zierlichen Schuhs. »Sie ist mitunter noch etwas ungestüm, aber ich bin schon dabei, sie zu zähmen ... Sie dürfen die römischen Sitten nicht an diesem impulsiven Geschöpf und seinem kecken Umgangston messen. Eigentlich sind die Mädchen bei uns nämlich lauter verschämte Gänseblümchen, die ihre Mutter für alles um Erlaubnis bitten müssen.«

»Die hält Sie sicher ganz schön in Trab!« sagte Claudia mit einem vielsagenden Blick auf mich.

»Wir machen alle mal Fehler«, seufzte Helena zustimmend. Dann musterten beide den Gegenstand ihres Spotts. Um Helena nach Colonia zu begleiten, hatte auch ich mich sorgfältig gekleidet: Tunika, Gürtel, Stiefel samt Futter, Mantel, freches Grinsen – die gleiche vergammelte Kluft wie sonst auch.

Unsere Gastgeberin wunderte sich offenbar, wie eine so elegante junge Dame wie Helena so tief hatte sinken können. Jeder sah doch, daß sie aus besten Kreisen stammte (prädestiniert, sich in einem Portikus zum Gespött zu machen) und dennoch ein praktisches, vernunftbegabtes Wesen war (weshalb sie mich vermutlich eher mit einem herzhaften Tritt durch den nächsten Triumphbogen befördern würde). »Sind Sie verheiratet, Helena?« wollte Claudia wissen. Die Möglichkeit, daß Helena Justina mit mir verheiratet sein könnte, schloß diese Frage von vornherein aus.

»Ich war.«

»Und ist es erlaubt ...«

»Wir haben uns scheiden lassen. Beliebtes Hobby in Rom«, sagte Helena leichthin. Dann aber besann sie sich und fügte freimütig hinzu: »Mein Mann ist tot.«

»Ach, das tut mir aber leid! Wie ist es denn geschehen?«

»Die näheren Umstände habe ich nie so richtig erfahren. Aber Marcus weiß Bescheid.«

Ich war wütend über die dreiste Fragerei. Helena ließ sie ruhig und stolz über sich ergehen, ganz in der Haltung, mit der sie für gewöhnlich die Öffentlichkeit auf Distanz zu halten pflegte, aber ich wußte, daß dieses Thema sie insgeheim stets aufs neue in Erregung versetzte. In kühlem Ton sagte ich zu Claudia Sacrata: »Ihr Gatte war in einen politischen Skandal verwickelt und hat Selbstmord begangen.«

Damit war unmißverständlich klar, daß ich das Thema wechseln wollte. In Claudias Augen blitzte es auf, als wollte sie fragen: »*Klinge oder Gift?*«, aber dann wandte sie sich an Helena und sagte: »Wenigstens kümmert er sich um Sie.«

Helena hob die Brauen, die zu anmutigen Halbmonden gezupft und mit ziemlicher Sicherheit gefärbt waren, allerdings sehr dezent und mit höchst sehenswertem Ergebnis. Claudia Sacrata zischte: »Wenn ich weiter so neugierig bin, wird er mich aufspießen und an die Decke nageln!«

Helena gab ihr eine Vorstellung davon, wie eine wohlerzogene Frau es anstellt, Unangenehmes einfach zu ignorieren. »Claudia Sacrata, wie ich höre, sind Sie eine Säule der ubischen Gesellschaft? Marcus Didius erzählte mir, Sie seien seine einzige Hoffnung bei der Suche nach Civilis.«

»Aber ich konnte ihm leider nicht helfen, meine Liebe.« Um Helenas willen bedauerte Claudia das jetzt sogar. Vor ihr hätte sie sich gern als Wohltäterin aufgespielt. »Wenn einer gewußt hätte, wo Civilis steckt, dann der Sohn meiner Schwester, Julius Briganticus. Der hat seinen Onkel zwar gehaßt und immer treu zu Rom gehalten, aber durch den Kontakt zur Familie wußte er doch immer, wo Civilis steckte.«

»Könnte Falco sich mit diesem Neffen in Verbindung setzen?«

»Er ist gefallen – er war mit Cerialis oben im Norden.«

Helena ließ nicht locker. »Und was ist mit der übrigen Familie?«

Claudia Sacrata hatte offenbar einen Narren an ihr gefressen. Jedenfalls wartete sie jetzt geflissentlich mit Informationen auf, die sie mir eisern verweigert hatte. »Ach, wissen Sie, Civilis hatte einen Haufen Verwandte – seine Frau, etliche Schwestern, eine Tochter, einen Sohn, eine ganze Brut von Neffen ...« Langsam beschlich mich das Gefühl, dieser Civilis müsse ein sympathischer Mensch sein. Die Bataverfamilie, die er am Hals hatte, schien genauso schrecklich wie meine eigene: zu viele Frauen, und die Männer haben sich gegenseitig an der Gurgel. »Aber die werden nicht mit Ihnen sprechen«, fuhr Claudia fort. Auch das klang ganz nach meiner Familie. »Die meisten waren glühende Unterstützer des freien gallischen Reiches. Civilis hat seine Frau und die Schwestern manchmal sogar mit an die Front genommen; und seine Offiziere haben das mit ihren Familien auch gemacht – ganz wie die Krieger in früheren Zeiten.«

»Um mit ihnen zu picknicken?« frotzelte ich.

»Damit Frauen und Kinder sie in der Schlacht anfeuern konnten, mein Lieber.«

»Und sie am Schlappmachen hindern!« fuhr Helena dazwischen. Ich konnte sie mir gut auf einem Planwagen hinter den Kampflinien vorstellen, wie sie mit ihren feurigen Tiraden den Feind das Fürchten lehrte und das unfähige Mannsvolk auf der eigenen Seite anfeuerte. »Gut, Claudia, aber wenn sie nicht als Speerfutter mißbraucht werden, dann wohnen sie doch vielleicht hier in der Gegend?«

»Jetzt nicht mehr. Früher, ja, da haben Civilis und die anderen Rädelsführer sich sogar in ihren Häusern zu konspirativen Gesprächen getroffen. Aber das war noch zu der Zeit, als Colonia sich nachdrücklich von dem Aufstand distanzierte. Heute läßt sich keiner von seinem Klan mehr hier blicken. Da ist zuviel Bitterkeit auf beiden Seiten. Civilis hat die Ubier von Nachbarstämmen ausrauben lassen; seine Freunde, die Treverer, belagerten Colonia; und man weiß, daß er drauf und dran war, auch unsere Stadt plündern zu lassen.«

»Aber wohin würde er sich dann wenden?« überlegte Helena laut. »Wenn er sich in der Gegend verstecken will, die ihm so vertraut ist, aber nicht den Ubiern über den Weg laufen darf, weil die ihn sofort an Rom ausliefern würden?«

»Ich weiß es nicht ... Vielleicht bei den Lingonen, aber wohl eher bei den Treverern. Denn der Lingonenführer ...« Claudia gluckste plötzlich vergnügt. »Also, das ist eine lustige Geschichte. Der Mann heißt Julius Sabinus und ist ein furchtbarer Aufschneider, aber natürlich ist alles gelogen. Er hat sogar mal behauptet, seine Urgroßmutter, angeblich eine richtige Schönheit, hätte Julius Cäsar verführt.«

»Das ist nichts Besonderes«, murmelte ich.

»Was sagen Sie, mein Lieber?«

»Den haben noch ganz andere verführt!«

»Aber Marcus Didius! Na, jedenfalls hat Sabinus wer weiß wie angegeben, aber sowie Cerialis auftauchte, da fuhr ihm der heilige Schrecken in die Glieder. Er steckte seinen Hof in Brand und richtete alles so ein, daß es aussah, als habe er Selbstmord begangen. In Wirklichkeit ist er natürlich untergetaucht; seine Frau Eponnina hält ihn versteckt. Alle wissen das, aber wir sprechen nicht darüber. Und die Leute freuen sich schon darauf, wenn er eines Tages mit rotem Kopf und Stroh an den Hosen wieder zum Vorschein kommt. Aber so, wie die Dinge stehen, sitzt er womöglich noch jahrelang in seinem Unterschlupf fest.« Es war wirklich eine gute Geschichte – und ein Hinweis auf die Ängste, die wahrscheinlich auch meinen Civilis plagten. »Jedenfalls will Civilis mit so einem Feigling bestimmt nichts zu tun haben. Nein, da tut er sich eher mit Classicus zusammen.«

»Wer ist denn das?« fragte Helena.

»Ein Stammesführer bei den Treverern. Der, der Colonia zwischendurch auf die Seite der Rebellen gebracht hat. Und in Moguntiacum hat er ein paar römische Tribune hinrichten lassen, weil die dem germanischen Bund den Treueeid verweigert haben ...«

»Nette junge Offiziere, die Sie kannten?«

»Den einen oder anderen schon, ja.« Wie immer sagte Claudia das in ihrer ausdruckslosen Art, aber vielleicht ging es ihr ja doch nahe. Sie sah älter aus heute abend und schien der Vergnügungen müde.

»Verzeihen Sie – ich wollte Sie nicht unterbrechen.«

»Ja, richtig, wir sprachen von Classicus. Also, nachdem mein General die Treverer geschlagen hatte, zog ihr Anführer heim und mogelte sich irgendwie durch. Heute lebt er sehr zurückgezogen. Die Römer haben ihm erlaubt, auf seinem Gut zu bleiben.«

»Wir haben versprochen, keine Vergeltung zu üben«, bestätigte ich. »Aber wir wissen, wo er ist, und beim ersten Fehler kommt er in Acht und Bann. Würde er es wirklich riskieren, Civilis aufzunehmen?«

»Nicht bei sich zu Hause, nein. Aber er könnte ihm vielleicht einen Unterschlupf besorgen. Ja ...« Claudia nickte, so als sei sie selbst davon überzeugt, »... Augusta Treverorum ist bestimmt das aussichtsreichste Jagdrevier, Marcus Didius.«

Damit mochte sie ja recht haben, aber mir half es trotzdem nicht weiter, denn ich hatte nun einmal beschlossen, zuerst die Seherin Veleda aufzuspüren. Die Hauptstadt der Treverer lag über hundert Meilen südwestlich tief in der belgischen Provinz; mein Weg dagegen führte erst weit hinauf in den Norden und dann weiter in östlicher Richtung. Im Vergleich zu Augusta Treverorum lag Vetera, wo ich mit meiner Suche beginnen wollte, wesentlich günstiger. Sollte Civilis wirklich bei den Treverern untergetaucht sein, dann würde ich mir die Jagd nach ihm für später aufheben müssen.

Mit Helenas Hilfe hatte ich zwar einiges aus Claudia Sacrata herausbekommen, aber jetzt schien mir die Informationsquelle doch zu versiegen. »Es war reizend von Ihnen, uns ohne Anmeldung zu empfangen, aber jetzt wollen wir Sie nicht länger aufhalten. Außerdem sagt mir mein untrügliches Gefühl, daß Helenas Frisur jeden Moment abstürzen kann ...«

Ihre neue Zofe hatte ihr mit dem Brenneisen einen Kranz von Korkenzieherlocken gebaut, die anmutig das Gesicht umrahmten. Aber dafür hatte es vorhin in ihrem Zimmer beängstigend nach abgesengten Haarspitzen gerochen.

»Ach ja«, sagte Claudia verständnisvoll, »das ist in der Tat immer ein Grund zur Panik.«

Als wir aufstanden, fragte Helena: »Und wie geht es jetzt weiter, Marcus?«

»Ich werde mich wohl zu dem Ausflug ans Ostufer entschließen müssen.«

»Nach Germania Libera! Wo die streitbarsten und wildesten Krieger der Welt hausen!« rief Helena.

Ich lächelte. »Wahrscheinlich haben auch die irgendwo einen sentimentalen Punkt.«

»Und die Frauen sind noch schlimmer!« gab sie besorgt zurück.

»An wutschnaubende Frauen bin ich gewöhnt, Liebste.«

Sie wandte sich an Claudia. »Ist diese Veleda jung oder alt?«

»Jung genug.«

»Und ist sie schön?«

»In Männeraugen wahrscheinlich schon«, gab die Kurtisane von Legaten und Generälen so bissig zurück, als sei äußere Schönheit allein nun wirklich kein Verdienst.

Sie brachte uns hinaus. Ich sah ihre silbrig umrahmten Augen aufblitzen, als sie entdeckte, daß Helena in einem Tragesessel gekommen war. Sie half Helena mit viel Theater hinein, drapierte ihr dann noch die Stola kunstvoll um die Schultern und zündete mit einer Kerze unsere Laternen an, damit die Nachbarn das Schauspiel auch entsprechend würdigen konnten. Dann tätschelte sie Helena begütigend den Arm und sagte: »Um Veleda machen Sie sich mal keine Sorgen. Die stecken Sie noch allemal in die Tasche.«

»Ich werde ja nicht dabeisein!« gab Helena kläglich zurück.

Als wir uns unserer Pension näherten, flitzten zwei kleine Gestalten im Dunkel davon. Offenbar hatten sie auf der Lauer gelegen, um unsere Rückkehr abzupassen, im letzten Moment aber den Mut verloren. Es waren meine Nichte und ihre neue Freundin. Ich rief ärgerlich hinter ihnen her, was sie aber nicht beeindruckte.

Justinus war wiedergekommen. Er hoffte immer noch, zu erfahren, was Titus geschrieben hatte. Aber Helena vermied das Thema eisern. Dann eröffnete er uns, daß er sich freiwillig zu meiner Eskorte gemeldet habe und mich bis Vetera begleiten werde. Ich hatte meine Zweifel, ob sein General ihn wirklich für das ganze Abenteuer freigeben würde, aber vor Helena wollte ich lieber nicht darüber sprechen. Sie nahm mich beiseite und schärfte mir ein, gut auf ihren Bruder aufzupassen, nur um mich gleich darauf ihm ans Herz zu legen.

Die Kinder hatten sich wieder eingefunden.

»Hört mal zu, ihr beiden, ich möchte eins klarstellen: Die Frauen meines Hauses haben nach Einbruch der Dunkelheit *nichts* auf der Straße zu suchen!« Die Gardinenpredigt rief wie üblich jauchzendes Gelächter hervor und zeigte ansonsten nicht die geringste Wirkung.

Die ubische Witwe, eine stille Frau, die einen sehr tüchtigen Eindruck machte, wollte die beiden zu Bett bringen. Da fing Augustinilla an zu heulen. Arminia war zwar genauso todmüde wie sie, ließ sich aber die Gelegenheit nicht entgehen, ihre Freundin und deren Theater so erstaunt anzustarren, als habe sie noch nie ein so ungezogenes kleines Mädchen gesehen. Ich mußte mich schon sehr beherrschen, als Helena ärgerlich

292

empfahl: »Marcus, hör auf zu schimpfen, das bringt doch nichts. Die Kleine ist einfach erschöpft, weit weg von zu Hause und unter lauter fremden Leuten. Außerdem tut ihr ein Zahn weh, und ihre Puppe ist kaputt.« Das Gesicht meiner Nichte war ganz heiß und unschön geschwollen; und tatsächlich fehlte der Puppe, die sie immer mit sich herumschleppte, ein Arm.

Um die Geschichte mit dem Zahnweh hätte ich mich liebend gern herumgedrückt, denn eher würde ich mir selbst einen Zahn ziehen als einem Kind. Glücklicherweise war Augustinilla aber gar nicht bereit, den Mund aufzumachen und den kranken Zahn zu zeigen. »Na, da kann sie mich wenigstens nicht beißen! Auch gut. Und der Puppe richten wir am besten gleich ein Begräbnis und verbrennen sie schön!«

»Halt die Klappe, Marcus! Hab keine Angst, Augustinilla, Onkel Marcus macht sie wieder heil. Aber du mußt ihm schon die Teile geben, sonst kann er deine Puppe nicht reparieren.«

»Schafft er ja doch nicht. Mama sagt, er hat zwei linke Daumen...«

Ich seufzte leise. Schließlich bin ich nicht vollkommen herzlos. Zumindest die Puppe tat mir leid. Aber ich hatte auf den ersten Blick gesehen, daß sie diese eingesetzten Terrakotta-ärmchen hatte, die wirklich gemein konstruiert sind. »Gut, ich werd's versuchen – aber nenne mich nicht Mörder, falls sie auseinanderfällt. Und wenn jetzt irgendwer sagt: ›Hast du aber ein großes Herz, Marcus‹, dann verlasse ich auf der Stelle das Haus.«

Helena konterte schonungslos. »Ich dachte, das tust du so oder so!«

»Nein, Herzblatt. Meine Reisegenehmigung ist noch nicht unterschrieben.«

Anderthalb Stunden brauchte ich, um die Puppe zu reparieren. Ohne Übertreibung.

Justinus hatte inzwischen jede Hoffnung auf eine zivilisierte Unterhaltung, geschweige denn ein Abendbrot, aufgegeben. Er verkniff sich seinen geharnischten Kommentar und verschwand frühzeitig. Die Kinder saßen in Decken gehüllt im Zimmer und schauten mir zu. Helena und die Ubierin aßen eine Kleinigkeit, unterhielten sich aber nicht dabei, als hätten sie Angst, ich wäre der Typ Handwerker, der jederzeit völlig unberechenbar explodieren kann. Sie aßen Wurst. Ich mußte dankend ablehnen, um mir die Hände nicht fettig zu machen.

Wie nicht anders zu erwarten, rastete die Armkugel irgendwann wie von allein in die Gelenkpfanne ein. Die Frauen schenkten sich vielsagende Blicke; sie hatten die viele Flucherei und das Herumgestümpere von vornherein für Zeitverschwendung gehalten. Augustinilla sah mich feindselig an, riß die Puppe an ihre heiße Wange und ging ohne ein Wort des Dankes ins Bett.

Ich war nervös. »Laß uns ausgehen«, raunte ich Helena zu.

»Ich dachte, dein Weibervolk kommt nach der Abendglocke hinter Schloß und Riegel?«

»Ich muß einfach mal weg von all den Menschen hier.«

»Und warum soll ich dann mit?«

Ich strich ihr flüchtig über den Nacken. »Dich brauche ich eben.« Ich nahm eine Lampe vom Haken und tappte aus dem Haus. Helena suchte noch unsere Überkleider, dann eilte sie mir nach.

»Danke, daß du dir Zeit genommen hast für die Puppe«, flüsterte Helena, als ich im Gehen ihre Hand nahm. »Und das, obwohl du doch soviel um die Ohren hast ...«

Ich winkte ab. »Wozu riskiere ich schließlich meinen Hals, wenn nicht für eine Welt, in der Kindern der Glaube bewahrt bleibt, daß immer ein Zauberer da sein wird, der ihr zerbrochenes Spielzeug wieder heil macht.« Es klang ziemlich abgedroschen, aber genau das fand ich tröstlich. Ein Held zu sein lohnt

294

sich nur, wenn man auch nach Herzenslust Banalitäten runtersülzen kann.

»Augustinillas Zahn sieht wirklich böse aus, Marcus. Hast du was dagegen, wenn ich mit ihr zu einem heilenden Schrein gehe?«

Nein, hatte ich nicht, vorausgesetzt, man würde nichts unversucht lassen, um das Kind dort in einer geweihten Quelle zu ersäufen.

Wir gingen hinunter zum Fluß, und es gelang mir sogar, einen Garten zu finden. Wir waren fast in den Iden des Oktober, und doch duftete es noch nach Rosen, auch wenn wir sie nicht sehen konnten. »Sie müssen eine Züchtung haben, die mehrmals im Jahr blüht, wie die Zentifolie in Paestum ...« Ich warf den Kopf in den Nacken und atmete tief ein. »Das erinnert mich an einen anderen Garten, Helena, einen Garten am Ufer des Tiber, wo mir eines Abends klargeworden ist, wie unsterblich verliebt ich bin.«

»Du sprühst ja heute vor zündenden Einfällen, Marcus.« Sie zitterte unter der dünnen Stola, und ich zog sie fest an mich, damit ich uns beide in meinen Mantel wickeln konnte. Sie war grantig und auf Abwehr bedacht. »Was machen wir eigentlich hier?«

»Du mußt mit mir reden.«

»Allerdings«, bekräftigte sie. »Das habe ich ja auch schon den ganzen Abend versucht, aber hörst du mir überhaupt zu?«

»Nun sei doch nicht so! Deshalb sind wir ja hier, damit ich dir endlich in Ruhe zuhören kann.«

Vor meiner unschlagbaren Logik gab sie seufzend klein bei. »Danke schön.« Sie befreite einen Arm aus meinem Mantel und deutete übers Wasser. Der Fluß war hier nicht mehr so breit wie in Moguntiacum, aber in der Dunkelheit konnte man kaum das andere Ufer ausmachen. Falls drüben Lichter brannten, so waren sie von hier aus jedenfalls nicht zu sehen.

»Schau mal da rüber, Marcus. Das ist fast ein anderer Konti-
nent. Dort drüben erwartet dich das genaue Gegenteil von
allem, was römisch ist. Nomadenvölker. Namenlose Götter
in wilden Hainen. Keine Straßen. Keine Festungen. Keine
Städte. Kein Forum; keine Thermen; keine Gerichte. Keinerlei Organisation und keine Instanz, die im Notfall weiter-
hilft.«

»Und keine Helena«, sagte ich.

Ich war mir ziemlich sicher, daß sie mich bitten würde, nicht
zu gehen. Und vielleicht hatte sie das ja auch vorgehabt. Statt
dessen fand sie trotz der Finsternis einen Rosenstrauch und
brach uns eine Blüte ab. Bei Rosen braucht man dazu ganz
schön Kraft. Und die hatte sie, wenn's drauf ankam.

Gemeinsam schnupperten wir den betörenden Duft. »Also,
hier bin ich, Liebste. Und ich höre zu.«

Sie saugte an einer Fingerkuppe, wo sie ein Dorn gestochen
hatte. »Claudia hat recht. Du beschützt mich. Seit wir uns
kennengelernt haben, warst du immer für mich da – ob ich's
wollte oder nicht. Dabei hatte es anfangs fast den Anschein,
als ob du mich gar nicht leiden könntest; trotzdem hast du
damals schon angefangen, mich zu ändern. Ich war immer die
Erstgeborene, die große Schwester, die ältere Cousine, die
Eigensinnige, Herrische, die *Vernünftige*. Immer hieß es: ›*Helena Justina kann selbst auf sich aufpassen*‹ ...«

Ich ahnte, worauf sie hinauswollte. »Die Leute lieben dich,
mein Schatz. Deine Familie, deine Freunde, *meine* Familie ...
und sie sind alle genauso um dich besorgt wie ich.«

»Aber du bist der einzige, von dem ich mir es gefallen
lasse.«

»War es das, was du mir sagen wolltest?«

»Manchmal habe ich Angst, dich merken zu lassen, wie sehr
ich dich brauche. Dann kommt es mir vor, als wäre das einfach
zuviel verlangt, nach allem, was du mir schon gegeben hast.«

296

»Du kannst verlangen, was du willst.« Ich wartete immer noch auf die große Bitte, die Bitte, nicht zu gehen. Ich hätte es besser wissen müssen.

»Versprich mir nur, daß du zurückkommst.« Helena sagte das ohne jede Theatralik. Und ihre Bitte bedurfte keiner Antwort. Für zwei Gerstenkörner hätte ich dem Kaiser gesagt, er solle sich seinen Auftrag in Weinblätter einwickeln und mit seinem triumphalen Streitwagen darüberpreschen. Aber das wäre Helena nicht recht gewesen.

Ich sagte ihr, daß sie wunderschön sei. Ich sagte ihr, daß ich sie liebe. Da sie fair war und obendrein in der Etikette wohlbewandert, revanchierte sie sich mit entsprechenden Komplimenten. Dann schloß ich die Klappe an der Laterne, damit Colonia Ara Agrippinensium (Ara Ubiorum) nicht mit anzusehen brauchte, wie auf ihrer schmuckbeflaggten Uferpromenade ein Plebejer mit dem Habitus eines vergammelten Hafenstrolches sich der Tochter eines Senators gegenüber unerhörte Freiheiten herausnahm.

XL

Am nächsten Morgen brachen wir auf. Es gelang mir, Xanthus abzuwimmeln, aber Justinus, der eigentlich klüger hätte sein sollen, schmuggelte seinen gräßlichen Hund an Bord.

Auch diesmal hatte mein kaiserlicher Paß uns Beförderung auf einem Schiff der staatlichen Flotte verschafft. Und ich stellte schnell fest, daß Justinus derlei Expeditionen stilvoll auszurüsten verstand. Er hatte Pferde mitgebracht, drei Lederzelte, Waffen, Proviant und eine Kiste Bares. Einzig die Eskorte, die er angefordert hatte, erwies sich als Enttäuschung, aber da ich es gewohnt war, Missionen wie diese im Alleingang anzugehen, beklagte ich mich nicht. Eine freudige Überraschung erwartete mich dagegen am Hafen: Der Zenturio, der das Beladen unseres Schiffes überwachte, war niemand anderer als Helvetius!

»Nanu?« grinste ich. »Befehligen Sie etwa meine Eskorte? Ich hätte Sie für gescheiter gehalten, als daß Sie sich auf so ein verrücktes Abenteuer einlassen.«

Nicht zum ersten Mal spürte ich ein sekundenlanges Zögern, ehe er konterte: »Der Angeschmierte sind diesmal Sie. Ihre Eskorte besteht nämlich aus zwei Zeltschaften meiner X-beinigen Rekruten.« Das war allerdings eine schlechte Nachricht, aber ein paar von den Jungs waren in Hörweite, und so mußten wir die Höflichkeit wahren. »Ich habe versucht, Ihnen die besten rauszusuchen.« Trotzdem hatte mir Helvetius einen Korb Fallobst angeschleppt, auf dem überall der Schimmel keimte.

»Wir müssen erst mal hundert Seemeilen per Schiff hinter uns bringen«, erklärte ich dem Zenturio. »An Deck ist reichlich Platz, und beim Fechttraining kann ich gern einspringen.« Auf diese Weise würde ich mich gleich selbst in Form bringen. »Bis wir in Vetera sind, dürften wir die Truppe schon anständig auf Vordermann haben.«

Wieder dieser Schatten der Zurückhaltung auf seinem Gesicht. »Sie brechen also von Vetera aus auf?«

Ich dachte, er verwechsle mich vielleicht mit einem dieser morbiden Kriegstouristen. »Ja, aber da ist nichts Makaberes dabei. Ich fange einfach dort wieder an, wo Lupercus aufgehört hat.«

»Klug von Ihnen.«

Diese lakonische Antwort überzeugte mich endgültig davon, daß ich an irgendeine persönliche Tragödie gerührt hatte.

Wir kamen in die rheinische Tiefebene. Vom rechten Flußufer bis hinüber zur Lupia erstreckte sich hier das Land der Tencterer – ein mächtiger Stamm und, abgesehen von den Galliern, einer der wenigen in Nordeuropa, die sehr gut mit Pferden umgingen. Während des Aufstands hatten sie fest zu Civilis gehalten und alles daran gesetzt, unsere Verbündeten – allen voran Colonia – zu überrennen und zu plündern. Jetzt hatten sie sich wieder auf die andere Seite des Flusses zurückgezogen. Trotzdem hielt sich unser Schiff, solange die Fahrrinne es erlaubte, dicht am linken, dem römischen Ufer.

Nach den Tencterern kamen die Brukterer. Alles, was ich von ihnen kannte, war ihr schon legendärer Haß auf Rom.

Manchmal stellten wir dem Hausierer Dubnus, der ja als künftiger Dolmetscher mit an Bord war, Fragen nach dem Ostufer. Doch seine ausweichenden Antworten schürten nur unsere Ängste. Dubnus reagierte überhaupt enttäuschend auf das lockende Abenteuer; er schien sich mehr als Geisel zu betrachten denn als unser Kundschafter und Vermittler. Andauernd beschwerte er sich über irgend etwas. Wir waren ebenfalls verstimmt, hauptsächlich seinetwegen, aber ich gab die Parole aus, ihn nachsichtig und hilfsbereit zu behandeln. Damit wir ihm als Führer trauen konnten, mußte er erst einmal das Gefühl bekommen, unter Freunden zu sein.

Tagsüber vertrieben wir uns die Zeit mit Exerzieren. Wir gaben das zwar als Sport und Freizeitbeschäftigung aus, weil es am unverfänglichsten klang, aber im Grunde wußten alle, daß wir Körper und Geist für ein Abenteuer stählten, das unser letztes sein könnte.

Camillus Justinus hatte mir inzwischen gesagt, daß sein Kommandeur ihm erlaubt hatte, die ganze Fahrt mitzumachen. Ich äußerte mich nicht dazu. Sein Legat war womöglich der Meinung, der Junge hätte zu schwer gearbeitet; vielleicht betrachteten auch beide diese Exkursion als Belohnung für Fleiß und Unternehmungsgeist.

»Ich hatte mich schon gewundert, wie ich an diesen mustergültigen Versorgungszug komme! Den verdanke ich also Ihrer geschätzten Gesellschaft ... Vermute ich richtig, daß Sie Helena nichts gesagt haben?«

»Nein. Glauben Sie denn, sie hat was gemerkt?«

»Das weiß ich nicht, aber Sie sollten ihr lieber von Vetera aus schreiben.«

»Ja, das mache ich! Sie würde mir sonst womöglich nie verzeihen.«

»Und was wichtiger ist, Justinus, sie würde *mir* nicht verzeihen.«

»Wird sie glauben, daß Sie mich ermuntert hätten?«

»Wahrscheinlich. Außerdem wird es ihr nicht recht sein, daß wir uns beide in Gefahr begeben.«

»Ihretwegen schien sie sehr in Sorge«, erwiderte er. »Besonders, was diesen Besuch bei der Waldhexe angeht. Ist diese Angst auf einschlägigen Erfahrungen begründet?«

»Ihre Schwester weiß, daß jede Unterstellung, ich könnte der Seherin Veleda ins Netz gehen, erstunken und erlogen ist!« Mein Zorn schien ihn zu verwirren. Im nächsten Moment lenkte ich seufzend ein. »Na ja, Sie kennen doch die traditionelle Methode, mit einer verhängnisvollen Schönen im feindlichen Lager fertig zu werden.«

»Diese Lektion in strategischer Kriegsführung muß ich wohl versäumt haben«, antwortete Justinus ziemlich frostig.

»Nun, Sie gehen mit ihr ins Bett und bescheren ihr die schönste Nacht ihres Lebens. Am nächsten Morgen haben Ihr sagenhaftes Gerät und Ihre brillante Technik sie derart weichgemacht, daß sie Ihnen schluchzend alle Geheimnisse verrät.«

»Ihre Nichte hat recht. Sie sind ein Schwindler, Falco.«

»Ist bloß so ein Veteranenmythos.«

»Haben Sie's je probiert? Ich meine natürlich in Ihrem früheren Leben«, setzte er, aus Respekt vor Helena, rasch hinzu.

»Ha! Die meisten Frauen, die ich kenne, würden beim ersten Versuch loskeifen: ›Pack dich, du Windhund, und dein mickriges Gerät dazu!‹« Bescheidenheit schien mir die klügste Taktik.

»Aber warum ist meine Schwester dann so in Sorge?«

»Der Mythos«, versetzte ich, »ist eben sehr tief verwurzelt. Denken Sie doch nur an Kleopatra, an Sophonisbe ...«

»Sophonisbe?«

»Hasdrubals Tochter und Gattin des Königs von Numidien. Eine atemberaubende Schönheit.« Ich seufzte wieder. Diesmal war es der Seufzer eines alten Mannes. »Haben Sie denn all Ihre kostspielige Schulbildung vergebens genossen, mein Freund? Die Punischen Kriege – Scipio – nie gehört?«

»Jedenfalls habe ich nie gehört, daß der stolze Scipio mit afrikanischen Prinzessinnen ins Bett gegangen wäre!«

»Nein, nein! Scipio war ein abgeklärter, weiser General.« Und obendrein wahrscheinlich ein prüder Römer vom alten Schlag.

»Also?«

»Scipio hat dafür gesorgt, daß er ihr nie gegenüberstand. Lieber schickte er seinen afrikanischen Verbündeten und Adjutanten Massinissa.«

»Der Glückspilz!«

»Warten Sie's ab. Dieser Massinissa also war so hingerissen von der Schönen, daß er sie zur Frau nahm.«

»Ich denke, sie war schon verheiratet?«

»Kleinigkeit. Massinissa war schließlich verliebt.« Justinus lachte. »Na und? Hat er die Königin für unsere Sache gewonnen?«

»Nein. Scipio sah voraus, daß umgekehrt sie Massinissa auf ihre Seite locken würde; deshalb knöpfte er sich den jungen Bräutigam vor und redete ein paar ernste Worte mit ihm.

Massinissa brach in Tränen aus, zog sich in sein Zelt zurück – und sandte endlich der Geliebten einen Becher Gift. Dazu schrieb er ihr, wie gern er seine Pflichten als Gatte erfüllt hätte; aber da seine Freunde und Gönner sich der Verbindung so vehement widersetzten, möge sie zumindest das Mittel empfangen, das es ihr ersparen würde, als Gefangene durch Rom geschleppt zu werden.«

»Ich nehme an, zum Glück für die Geschichtsschreiber hat sie das Gift genommen, und Massinissa konnte sich bei seinem General wieder reinwaschen...«

Das war die Antwort eines Knaben.

Helena hatte mir einmal Sophonisbes von spitzer Feder diktierte Antwort an den verflossenen Gemahl vorgelesen: *Mit Dank empfange ich Ihre Morgengabe, die mir von einem Gatten, der Besseres nicht zu bieten hat, wohl auch willkommen wäre. Indessen wäre ich getrösteter in den Tod gegangen, hätte mein Brautbett nicht so nahe an meinem Grab gestanden...*

Zu fein gedrechselt, dachte ich, für einen Tribun. Selbst wenn er, laut meiner Nichte, empfindsame Augen hatte. Nun, er würde es schon noch lernen.

Helena Justina stand natürlich auf Sophonisbes Seite.

Wir hatten die Grenzen meiner früheren Germanienfahrt schon hinter uns gelassen. Damals war ich bis nach Colonia Agrippinensium gekommen, wo die große Claudische Straße westwärts durch Gallien dem Fährhafen nach Britannien entgegenführte. Die großen Kastelle Novaesium und Vetera waren bisher für mich nur Namen auf der Karte gewesen. Und von den kleinen Stützpunkten in Gelduba und Asciburgium hatte ich wahrscheinlich auch schon gelesen, aber man kann schließlich nicht alles behalten. Von Britannien abgesehen, markierten diese Festungen die Grenzen des römischen Imperiums. Wir hatten oben im Norden nie einen guten

302

Stand gehabt, ja, Rom konnte sich dort überhaupt nur behaupten, weil es mit den Batavern Sonderkonditionen aushandelte. Unsere Vorposten wieder einzurichten und die Allianz der Bataver als Puffer gegen die wilden Völker im Osten zurückzugewinnen würde alles andere als einfach werden.

Inzwischen waren wir über die Iden des Oktober hinaus, und als wir in den Norden kamen, schlug das Wetter plötzlich um. Abends wurde es merklich früher dunkel, und selbst bei Tage wich das goldene Herbstlicht, das so weich und schmeichelnd über Moguntiacum geleuchtet hatte, einem grauverhangenen Dunst. Nicht zum ersten Mal graute mir vor der riesigen Strecke, die noch vor uns lag.

Auch die Landschaft veränderte sich allmählich. Die dramatischen Felshänge und die verträumten Inseln blieben hinter uns. Manchmal sah ich vom Schiff aus anmutige Hügelketten, in die den Legaten der Vierzehnten sein Jagdausflug geführt haben mochte – *falls* er auf der Jagd war! Hoch über uns zogen Schwärme von Wildgänsen und anderen Zugvögeln südwärts und schürten mit ihren heiseren Rufen unsere bangen Vorahnungen. Je aufgeregter die Rekruten wurden, desto stiller schien mir ihr Zenturio. Der Hausierer schmollte wie gewohnt. Justinus litt unter einem Anfall romantischer Melancholie. Ich war einfach nur deprimiert.

Immer deutlicher machte sich die Nähe der anderen Wasserstraßen bemerkbar, die sich ebenfalls ins Rheindelta ergossen: aus Gallien die Mosa, der Vaculus als zweiter Rheinarm und dazu eine Vielzahl unbedeutender Nebenflüsse, die samt und sonders größer und mächtiger waren als jeder unserer heimischen Flüsse. Die tiefhängenden Wolken am Himmel waren von jenem düsteren Schiefergrau, das ich schon vom britannischen Meer her kannte – dem wildesten Ozean der Welt. Vereinzelt sahen wir jetzt schon Meeresvögel, und

303

unter die Eichen, Erlen und Weiden am Flußufer mischten sich Riedgras und Moorblumen. Es gab noch keine ausgebaute Militärstraße hier oben. Die Besiedelung wurde auf unserer Seite des Flusses immer spärlicher, und viele der weit auseinanderliegenden Keltensiedlungen waren noch vom Bürgerkrieg verwüstet. Die meisten wurden von trutzigen römischen Grenztürmen bewacht. Die andere Rheinseite wirkte gänzlich unbewohnt.

Wir verbrachten eine Nacht in Novaesium, in dessen kürzlich wiederaufgebautem Kastell quirliges Leben herrschte. Dann ging es, vorbei an der Mündung der Lupia, noch ein letztes Stück weit flußabwärts, bis wir zu unserer Linken Vetera liegen sahen.

Ehrlich gesagt, freute ich mich nicht besonders darauf, hier an Land zu gehen. Und unser Zenturio weigerte sich rundheraus, das Schiff zu verlassen.

XLI

Der Kapitän hatte getan, was er konnte, um uns noch vor Einbruch der Dunkelheit nach Vetera zu bringen und uns in dieser unsicheren Gegend einen provisorischen Ankerplatz zu ersparen. Aber dann war es doch schon Nacht, als wir ankamen – die ungünstigste Ankunftszeit, selbst in einer gut gesicherten Festung. Wir hätten natürlich alle an Bord bleiben können, aber dort war es sehr eng, und die Rekruten wollten sich gerade in einer so berühmten Stadt den Landgang nicht entgehen lassen.

Wenn wir jetzt noch Quartier bekommen wollten, hieß es sich

sputen. Justinus redete auf den Zenturio ein und wollte ihn schon per Befehl die Landeplanke hinunterexpedieren.

»Lassen Sie ihn!« sagte ich knapp.

»Aber in Jupiters Namen …«

»Lassen Sie ihn einfach in Ruhe, Camillus.«

Helvetius stand unbeweglich auf der anderen Seite des Schiffes und starrte mit ausdruckslosem Gesicht über den Fluß.

»Aber warum macht er so ein …«

»Helvetius hat seine Gründe.« Inzwischen wußte ich auch, welche.

Wir setzten die Rekruten in Marsch, meldeten uns in einem dunklen Empfangsgebäude und bekamen Unterkünfte zugeteilt. Die eigentliche Festung lag in einiger Entfernung vom Fluß, und so erschraken wir nicht schlecht, als wir entdeckten, daß man uns praktisch am Ankerplatz unseres Schiffes untergebracht hatte. Das Quartier, nichts weiter als rohe Holzverschläge, stand auf dem Kai. Die Rekruten, die sich schon auf die Annehmlichkeiten eines großen Stützpunktes gefreut hatten, maulten über dieses seltsame Provisorium, und sogar Justinus schien dagegen meutern zu wollen. Als wir unsere Sachen verstaut hatten, ließ ich die Männer antreten. Das trübe Licht einer einzelnen Kerze warf unheimliche Schatten auf die Gesichter, und wir sprachen unwillkürlich mit gedämpfter Stimme.

»Tja, Jungs, das ist ein schlechter Anfang, ich weiß. Ihr wundert euch, warum man uns nicht rauf ins Lager gelassen hat. Offenbar haben die batavischen Rebellen es völlig verwüstet und unbewohnbar gemacht. Ihr seht ja selbst, daß sogar die hier stationierten Truppen in Zelten und Behelfsunterkünften hausen, während ein neues Lager errichtet wird.«

»Aber warum können wir nicht wenigstens in den alten Festungsmauern übernachten?«

»Das werdet ihr morgen, wenn's hell wird, mit eigenen

Augen sehen können. Bis dahin müßt ihr halt eure Phantasie strapazieren. Die Festung bleibt im Moment deshalb leer, weil dort viele, viele Römer unter Qualen gestorben sind. Also nehmt euch ein Beispiel an den hier stationierten Soldaten, und erweist dem Ort der Trauer den gebührenden Respekt.«

»Aber, Falco, ich dachte, die Legionen in Vetera treiben Handel mit dem Feind?« Die Jungen kannten keinerlei Ehrfurcht. Nun, morgen würde sich das ändern.

»Nein, Soldat.« Diesmal ergriff Justinus das Wort. Er hatte begriffen, worauf ich hinauswollte, und seine Stimme klang sachlich und ruhig. »Die Legionen in Vetera haben in verzweifelter Lage tapfer ausgeharrt. Einmal ist es zwar so weit gekommen, daß Voculas Ersatztruppen ihre Dienste ans Gallische Reich verkauften, aber wir dürfen nicht vergessen, daß es zu dem Zeitpunkt so aussah, als wäre die ganze Welt aus den Fugen und das Rom, dem sie Treue geschworen hatten, würde gar nicht mehr existieren.«

Die Rekruten hatten zunächst noch mit spöttischen Einwürfen reagiert. Die meisten von ihnen waren in der jüngsten Geschichte überhaupt nicht bewandert und kannten bestenfalls ein paar Lokalanekdoten, wie die von den Vitellianer-Soldaten, die in einem Dorf drei Meilen weiter eine Kuh getötet hatten. Aber als Justinus jetzt zu ihnen sprach, wurden sie still und lauschten so aufmerksam, als hätten sie einen Spukgeschichtenerzähler an den Saturnalien vor sich. Er war in der Tat ein guter und gründlicher Lehrmeister. »Hier oben, müßt ihr wissen, traf es die Legionen am härtesten. Es stimmt freilich, daß die Fünfte und die Fünfzehnte einen Legaten hingerichtet haben.« Er meinte natürlich den Vocula. »Aber ergeben haben sie sich erst, als Civilis sie fast hatte verhungern lassen. Und dann wurden sie abgeschlachtet. Manche wurden getötet, als sie unbewaffnet vor die Tore traten;

306

andere flohen in die Festung zurück, wo sie elend in dem vom rasenden Civilis gelegten Feuer umkamen. Was immer diese Männer sich vorher hatten zuschulden kommen lassen – sie haben dafür bezahlt. Der Kaiser selbst hat sich entschlossen, ihren Schild reinzuwaschen, wie könnten wir uns da ein anderes Urteil anmaßen? Hört auf Didius Falco! Keiner von uns hat das Recht, über die Legionen, die hier gekämpft haben, den Stab zu brechen, solange wir nicht sicher sind, was wir an ihrer Stelle getan hätten.«

Die Rekruten waren ein verlotterter Haufen, aber nicht unempfänglich für die Stimme der Vernunft. Justinus' Appell hatte ihnen einen ziemlichen Dämpfer versetzt, aber sie auch neugierig gemacht. »Tribun, warum wollte Helvetius nicht mit uns an Land?«

Justinus sah mich hilfesuchend an. Ich atmete tief durch. »Das müßt ihr ihn schon selbst fragen.«

Ich vermutete, daß der Zenturio nicht zum ersten Mal in Vetera war. Wahrscheinlich gehört Helvetius zu einer der vier in Ungnade gefallenen germanischen Legionen, die Vespasian aufgelöst und auf andere Einheiten verteilt hatte. Wenn das stimmte, dann war Helvetius einer der wenigen Überlebenden der Fünften oder der Fünfzehnten.

In dem Fall wären mir seine Motive, an meiner Expedition teilzunehmen, fragwürdig erschienen, und ich hätte ihn – wenn ich früher davon gewußt hätte – vermutlich nicht mitgenommen. Nun hatten wir in Helvetius einen Mann unter uns, dessen seelische Narben gefährlich werden konnten; das letzte, was ich auf meiner Mission gebrauchen konnte. Aber mit einer Eskorte von nur zwanzig ungeschulten und unerprobten Halbwüchsigen und dazu meiner Verantwortung für Justinus waren mir die Hände gebunden. Wenn ich nur einen aus unserem Trupp zurückließ, würde ich keinen Ersatz bekommen. Und vielleicht brauchten wir bald jeden Mann.

Also behielt ich den Zenturio. Am Ende war ich sogar froh, ihn dabei zu haben. Er hatte sich freiwillig gemeldet. Und ich glaube, selbst wenn er gewußt hätte, was passieren würde – Helvetius wäre trotzdem mitgekommen.

XLII

Am nächsten Tat entluden wir die Pferde und ritten hinauf nach Vetera, zum Pflichtbesuch in der zerstörten Festung. Das riesige Doppelkastell lag wüst und verlassen da, aber die wenigen Überreste bestätigten alle Schreckensmeldungen. Sturmböcke, zu deren Bau Civilis seine Gefangenen gezwungen hatte. Umgestürzte Plattformen, die die Eingeschlossenen selbst umgeworfen hatten, als sie allzu schwere Steinbrocken auf die Angreifer herabzuschleudern versuchten. Der große Artimedorische Greifarm, den ein findiger Tüftler ersonnen hatte, um damit den Feind von den Wällen zu picken. Ausgehöhlte Torfmauern, in denen die Hungernden nach Wurzeln oder sonst etwas Eßbarem gegraben hatten. Schwere Feuerschäden. Wurfgeschosse, die nicht getroffen hatten, und eingestürzte Wachtürme.

Die Außenmauern der Festung waren über lange Zeit immer wieder berannt und schließlich mit Brandsätzen zerstört worden. Und nachdem Civilis die Anlage für eigene Zwecke wiederaufgebaut hatte, kam Petilius Cerialis und zertrümmerte sie ein zweites Mal. Die Leichen der Gefallenen waren schon vor einem Jahr geborgen worden, und doch roch man noch überall den dumpfen Verwesungsgeruch.

Wir errichteten einen kleinen Altar. Justinus sprach laut und mit erhobenen Händen ein Gebet für die Seelen der Gefallenen. Ich glaube, die meisten von uns fügten im stillen eine kurze Fürbitte in eigener Sache an.

Als wir, sehr still geworden, zum Schiff zurückkamen, stand Helvetius am Ufer. Mir fiel auf, daß er, wie um nicht hinsehen zu müssen, der Straße ins Landesinnere den Rücken kehrte. Er unterhielt sich mit einem der in Vetera Stationierten und erfuhr, daß, all den Gerüchten, die weiter südlich kursierten, zum Trotz, hier alle sicher waren. Civilis habe sich in sein Revier irgendwo auf der »Insel« zurückgezogen.

Justinus, Helvetius und ich hielten Kriegsrat.

»Dieses ›Er ist auf unserem Terrain‹ könnte bloßes Wunschdenken sein«, sagte ich. »Altbekanntes Syndrom: Die Einheimischen reden sich ein, ein Schurke verstecke sich in ihrer Gegend, weil sie ihn unbedingt einfangen und die Belohnung kassieren wollen. Ein Freund von mir ist Hauptmann der Aventinischen Wache in Rom. Sowie dem ein Zeuge sagt ›Der Verdächtige ist eben hier die Straße runter‹, fängt er am anderen Ende der Stadt an zu suchen.« Ich dachte schon seit einer ganzen Weile an Petronius Longus. Der alte Schwerenöter fehlte mir richtig. Und Rom fehlte mir ebenfalls.

»Das Problem ist nur«, gab Justinus zu bedenken, »wenn wir dieser Spur jetzt nicht nachgehen und wie geplant nach Osten zu den Brukterern ziehen, dann wird uns später der Marsch nach Norden nur um so härter ankommen. Ihr wißt, was passieren wird, wenn wir ein Treffen mit Veleda zustande bringen? Wir werden so erleichtert die Lupia hinunterfahren, daß wir vor lauter Glück darüber, noch am Leben zu sein, nur eines wollen – nämlich so schnell wie möglich nach Hause.«

Das wollte ich jetzt schon. »Und was schlagen Sie vor, Helvetius?«

»Ich hasse die ›Insel‹, aber der Tribun hat recht – jetzt oder nie. Noch können wir den Abstecher in unsere Reiseroute einplanen. Nachträglich würde der Umweg entschieden zu lang.«

»Woher haben Sie eigentlich Ihre guten Ortskenntnisse?« fragte ich harmlos.

»Von da, wo Sie glauben, daß ich sie her habe«, antwortete Helvetius trocken.

Der Tribun und ich sahen wohlweislich aneinander vorbei. Ich setzte alles auf eine Karte: »Sie haben in der Fünften gedient?«

»In der Fünfzehnten.« Sein Gesicht blieb ausdruckslos. Die Fünfte hatte mit knapper Not ihren Ruf retten können, aber die Fünfzehnte hatte sämtliche Eide gründlich gebrochen.

Justinus fragte in seiner ruhigen, zuvorkommenden Art weiter. »Und was ist mit Ihnen geschehen?«

»Ich war verwundet. Während der kurzen Atempause nach Voculas Entsatz brachten mich die Kameraden per Schiff ins Lazarett nach Novaesium. Dort blieb ich, bis auch diese Festung angegriffen wurde. Schließlich landete ich stöhnend auf einer Trage in einer Pflegestation, die in aller Eile auf einem Schiff vor Gelduba eingerichtet worden war. Und dort war ich noch, als Civilis den letzten, vernichtenden Schlag gegen Vetera führte.« Die Nachwirkungen waren offenkundig und verständlich. Der Überlebende fühlte sich schuldig, weil die meisten seiner Kameraden gefallen waren. Und er warf sich sogar vor, nicht mit den übrigen den Eid auf das gallische Reich geleistet und so seine Ehre verloren zu haben. »Schickt Ihr mich jetzt zurück?«

»Nein«, sagte Camillus Justinus. »Über die Vergangenheit haben wir nicht zu richten, und jetzt sind Sie in der Ersten Adiutrix.«

»Und wir brauchen Sie, Helvetius«, setzte ich hinzu. »Ganz besonders, wenn Sie sich in der Gegend auskennen.«

»Nicht nur hier.«

»Wie das?«

»Ich war auch drüben im Osten.«

Das hatte ich nun doch nicht erwartet. »Reden Sie, Zenturio!«

»Sehen Sie, Falco, ich war vier Jahre in diesem Loch stationiert. Ohne ein Hobby hält kein Mensch so was aus, denn das hier war immer schon ein trostloses Fleckchen Erde. Ich habe mich weder fürs Glücksspiel noch für die schicken Klubs interessiert, aber viel gelesen und stieß dabei auf die geheimnisvolle Geschichte des Varus, die mich auf Anhieb fasziniert und nicht mehr losgelassen hat. Immer wieder habe ich mir meine Urlaubstage zusammengespart und bin, sooft es ging, über die Grenze gegangen – illegal natürlich, aber damals war es hier noch relativ ruhig. Ich war besessen von der Idee, jenes alte Schlachtfeld zu finden.«

Das also steckte hinter seinen Geschichten von den Jagdpartien, die er angeblich für die hohen Offiziere seiner Legion ausgerichtet hatte. Soldaten erleben gern andere Kriege nach und lenken sich so von den eigenen Ängsten ab. Sie wollen natürlich auch immer dahinterkommen, was ihren Vorgängern *wirklich* zugestoßen ist. War es die Heimtücke des Feindes, die sie zu Fall brachte, oder wieder nur die schiere Dummheit eines unerfahrenen Oberbefehlshabers?

»Und?« fragte ich gespannt. »Haben Sie die Wallstatt gefunden?«

»Ich bin überzeugt, daß ich ganz dicht dran war.«

Ich kann zwanghafte Forscher nicht ausstehen. »Dubnus kennt den Platz«, sagte ich darum hinterhältig. Helvetius pfiff verärgert durch die Zähne. »Vergessen Sie's!« grinste ich. »Das Geheimnis soll der erhabene Germanicus getrost behalten. Lassen wir die Toten ruhen. Die Schlacht war das Desaster unserer Großväter. Uns hat Vespasian genug aufgebürdet, und ich habe nicht vor, den Teutoburger Wald zu besuchen.« Unser Gespräch schien ihm gutgetan zu haben, denn er sah längst nicht mehr so zerquält aus wie zuvor.

311

Ich ließ mich zwar von den beiden überreden, die »Insel« zu besuchen, aber ich wußte schon, als wir losfuhren, daß diese Expedition reine Zeitverschwendung war.

Ebenso war mir klar, daß sich nach diesem Abstecher in den Norden der Teutoburger Wald mit seinem unheilschwangeren Ruf als kürzeste Route für den Rückweg in die bruktische Provinz empfehlen würde.

Wir setzten unseren Weg zu Pferde fort. Für die Rekruten war das ein arger Schock. Jupiter weiß, wofür wir ihrer Meinung nach die dreißig Pferde an Bord hatten. Normalerweise ist die Infanterie das Rückgrat der Legionen, aber die Entfernungen, die wir zurücklegen mußten, waren in Fußmärschen einfach nicht zu bewältigen. Außerdem wären unsere Rekruten dem auch gar nicht gewachsen gewesen. Tatsächlich waren die meisten von ihnen so armselige Krücken, daß fast ganz Vetera zusammenströmte, um sich den handverlesenen Haufen von Trotteln anzusehen, mit dem ich mich in die Wildnis wagte.

Die Rekruten waren ein typischer Querschnitt unserer römischen Jungmänner: schlampig, faul, ständig maulend und aufsässig. Sie redeten den ganzen Tag über römische Gladiatoren oder ihr Sexleben und bewiesen dabei eine erstaunliche Mischung aus Lügen und Unwissenheit. So langsam lernten wir sie kennen. Lentullus war unser Problemkind. Lentullus konnte rein gar nichts. Helvetius hatte ihn nur mitgebracht, weil er so gebettelt und überdies ein so rührendes Gesicht hatte. Dann war da noch Sextus, der von allen die wundgelaufensten Füße hatte, das heißt, sie faulten ihm buchstäblich in den Stiefeln. Probus, der vermutlich nie lernen würde, beide Beine auf einmal zu gebrauchen. Ascanius, das kesse Stadtbürschchen aus Patavium, dessen Witze gut gewesen wären, wenn er sie nur nicht immer ohne jedes Gespür für Ort und Zeit erzählt hätte. Dann der, dessen ländlichen Dialekt keiner verstehen konnte; der mit der großen Nase; der mit dem

Mordsgemächt; und schließlich der ohne jedes Merkmal. Meine Mutter hätte keinem von ihnen einen Kochtopf überm Feuer anvertraut.

Mir übrigens auch nicht.

Beim Abmarsch von Vetera sahen wir aus wie eine zerzauste Kaufmannskarawane, die nach fünfzehntägigem Sandsturm aus der arabischen Wüste taumelt. Neunzehn von zwanzig Rekruten hatten noch nie länger als drei Meilen auf einem Pferd gesessen; der zwanzigste war Lentullus, der noch nie auf irgend etwas mit vier Beinen geritten war. Alle hatten sie unstet wandernde Blicke; ihre Ohren ragten wie Schiffspaddel hinter dem Wangenschutz vor, und ihre Schwerter wirkten viel zu groß für sie. Die Pferde stammten zwar aus Gallien, was für einen guten Stammbaum bürgte, aber sie waren trotzdem noch unansehnlicher als unsere Rekruten.

Justinus und ich ritten vorneweg und versuchten, so adrett wie möglich auszusehen; keine leichte Aufgabe, weil der kleine Hund des Tribun unseren Gäulen ständig kläffend zwischen die Beine fuhr. In der Mitte des Zuges hatten wir Dubnus untergebracht, der ein O-beiniges Pony ritt, an dessen Zaumzeug ein unmelodischer Satz Schafsglocken bimmelte. Wir hießen den Hausierer, sie mit Werg zu umwickeln, doch das fiel schon nach der ersten Meile wieder ab. Helvetius ritt als letzter und hatte alle Mühe, die Meute zusammenzuhalten. Untermalt vom Dingdong der Schafsglocken, hörten wir die monotonen Flüche, mit denen er seine Jungs antrieb.

Neben dem Hausierer ritt Helvetius' Diener, ein Luxus, der ihm als Zenturio zustand und um den wir ihn heftig beneideten. Er kümmerte sich um seine Ausrüstung und um sein Pferd, war aber sonst ein rechter Jammerlappen. Während wir ihn abzuwerben versuchten, lag er Helvetius ständig mit der Bitte in den Ohren, ihn doch nach Moesia versetzen zu lassen (Moesia ist eine schaurige Garnison am trostlosesten Zipfel des Schwarzen Meeres). Justinus, dem seinem Rang nach ein ganzes Gefolge zugestanden hätte, war bezeichnenderweise ganz ohne Domestiken unterwegs. Er sagte, unsere Exkursion sei zu gefährlich, als daß man den Troß unnötig aufblähen dürfe. Ein exzentrischer Mensch! Wer hätte je gehört, daß ein Senator solche Rücksichten auf seine Sklaven nahm? Doch ich muß zugeben, daß Justinus, obwohl er verhätschelt und im Luxus aufgewachsen war, nicht nur sich selbst, sondern auch seinen Hund versorgen konnte.

Wir trugen alle Panzer. Sogar ich. Nach langem Suchen hatte ich einen Waffenschmied aufgetan, der mir einen wirklich passenden Brustharnisch heraussuchte.

»Tja, im Moment haben wir jede Menge Auswahl!« Der glatzköpfige Mensch mit dem leicht gallischen Akzent und dem trockenen Humor war wie geschaffen für seinen Beruf. Woher sein reich bestücktes Ausrüstungslager stammte, war nicht schwer zu erraten; manche Stücke trugen noch die Namen der gefallenen Vorbesitzer. »Aber wollen Sie tatsächlich so auffällig im Feindesland herummarschieren? Warum geht ihr nicht alle im Jagdkostüm und vertraut darauf, daß man euch zwischen den Bäumen nicht sieht?«

Ich rollte mit den Schultern und prüfte das vertraute Gewicht, das kalte Brennen der Rückenscharniere durch die Tunika, während ich mir die Eisenplatten über der Brust zuhakte und ein rotes Halstuch unter die Halsberge stopfte. Es war lange her. Ich zappelte in der Rüstung wie ein Krebs in einer Hummerschale.

»Tarnung würde uns nichts nützen, Schmied. Die Männer dort sind allesamt größer und kräftiger als wir, bleiche Kerle mit Schnurrbärten, so lang, daß sie den Boden damit aufwischen könnten. Zwanzig braungebrannte Jungs mit Glutaugen und nacktem Kinn erkennen die doch meilenweit als Römer. Nein, nein, sowie wir die Grenze passieren, kann es uns an den Kragen gehen. Da geben einem Brustharnisch, Bauchreifen und Schamkapsel wenigstens ein trügerisches Gefühl von Schutz und Sicherheit.«

»Und was, wenn's wirklich brenzlig wird?«

»Ach, ich hab' schon einen Plan.«

Darauf ging er nicht weiter ein. »Schwert?«

»Danke, da habe ich mein eigenes.«

»Speere?«

»Haben wir eine ganze Schiffsladung dabei.« Dafür hatte Justinus gesorgt.

»Beinschienen, Kniekacheln?«

»Na, na! Ich bin doch kein aufgemotzter Offizier.«

»Dezdeckel?« Na gut, einen Helm ließ ich mir noch andrehen.

»So, und dann nehmen Sie noch das hier.« Er drückte mir etwas in die Hand. Es war ein kleines Stück Speckstein mit einem eingemeißelten Menschenauge, durchbohrt von etlichen mystischen Zeichen. »Waffen helfen euch da oben ja doch nicht viel. Und Zauberei ist das einzige, was ich sonst noch auf Lager habe.«

Ein hochherziger Bursche: hatte mir doch glatt sein eigenes Amulett geschenkt.

Tag um Tag, und jedenfalls länger, als mir lieb war, paddelten wir durch die Sümpfe. Die Insel der Bataver muß auch schon vor dem Aufstand ein trostloser Morast gewesen sein. Mit seinen vielen Wasserläufen schien der Landflecken eine bloß verlängerte Meereszunge zu sein. Ein extrem harter Winter während des römischen Feldzugs hatte im letzten Frühjahr zu besonders schweren Überschwemmungen geführt. Und da die leidgeprüfte Bevölkerung sich seitdem kaum mehr um ihre Äcker gekümmert hatte, erholte das Delta sich nur langsam. Die fruchtbare Salztonebene, die hätte bewirtschaftet werden sollen, lag überflutet und brach. Civilis hatte während seines letzten Gefechts sogar den von Germanicus erbauten Damm zerstört und damit große Landstriche der Verwüstung preisgegeben. Wir dachten an Petilius Cerialis und seine Heerhaufen, wie sie auf Feldwache verzweifelt nach trockenen Wegen für ihre Pferde gesucht, wie sie sich unter Pfeilhagel und Regengüssen geduckt hatten, und unermüdlich nach Furten und seichten Übergängen Ausschau hielten, stets belauert von den Batavern, die mit aller List versuchten, sie in die unergründlichen Sümpfe und ins Verderben zu locken.

Batavodurum, die Hauptstadt der Bataver, hatte man geschleift. Jetzt sollte sie unter dem neuen Namen Noviomagus wiederaufgebaut und von einer Garnison geschützt werden. Vespasian hatte mir schon davon erzählt, aber so richtig ins Bewußtsein drang es mir eigentlich erst, als wir jetzt zwischen den niedergewalzten Häusern standen und die halbherzigen Versuche der Bevölkerung, ihre Siedlung wiederzubeleben, betrachteten. Einstweilen hatten die Bedauernswerten mit Schweinen und Hühnern in Behelfszelten Unterschlupf gefunden. Zum Glück zeichnete sich bereits ein neuer Aufschwung ab; jedenfalls trafen wir auf ein Sonderkommando römischer Ingenieure, die Bestandsaufnahme machten, die Schäden protokollierten und mit den Dorfältesten beratschlagten, wie Baumaterial und Facharbeiter heranzuschaffen seien.

In der letzten Schlacht der Aufständischen war Civilis in Batavodurum geschlagen und anschließend immer tiefer ins Inselland zurückgedrängt worden. Auf dem Rückzug hatte er vieles, was er zurücklassen mußte, niedergebrannt. Was dann noch stand an Gehöften und Siedlungen, brannten unsere Streitkräfte nieder – alles, bis auf die Besitzungen des Civilis. Diese hinterhältige Feldherrnlist sollte die notleidenden Bundesgenossen des Rebellenführers zu Wut und Mißgunst treiben, diesen selbst aber nie bis an den kritischen Punkt kommen lassen, wo er nichts mehr zu verlieren hatte. Wir folgten dem Weg, den auch Civilis landeinwärts genommen hatte. Die selektive Politik der verbrannten Erde zeigte uns, auf welchem Gut Civilis sich hätte aufhalten sollen. Aber er hatte die überschwemmten Felder und die niedrigen Wohn- und Wirtschaftsgebäude aufgegeben; weder von seiner großen Familie noch von dem streitbaren Fürsten selbst fand sich hier auch nur eine Spur.

Vielleicht hatte sich Cerialis' Strategie ja bewährt. Die Bataver waren – zumindest vorläufig – geschlagen, und ihre Treue zu dem Führer, der ihren Ruin verschuldet hatte, schien zumindest zu wanken. Zum ersten Mal kamen mir Zweifel, ob Civilis tatsächlich den Krieg fortsetzen wollte – oder ob er nicht einfach vor dem Messer eines gedungenen Mörders aus den eigenen Reihen geflohen war.

Bedroht fühlten wir uns während des Aufenthaltes auf der Insel nicht. Gewiß, die Atmosphäre war düster und bedrückend, aber die Bevölkerung hatte mit Rom Frieden geschlossen und das alte Bündnis erneuert. Die Bataver waren wieder ein unabhängiges Volk innerhalb des Römischen Reiches, dem im Tausch gegen Militärdienste die Steuern erlassen wurden – auch wenn jedem klar war, daß batavische Auxilien nie wieder in Germanien zum Einsatz kommen würden. Sie ließen uns unbehelligt durch ihre Lande reiten. Und als wir abzogen, überspielten sie taktvoll ihre Erleichterung.

Als mit den Kalenden des November ein neuer Monat anbrach, war ich alles gründlich leid: die erfolglose Suche, die Flußüberquerungen auf wackeligen Pontons und die halb überfluteten alten Straßen auf ihren schlingernden Holzgerüsten. Also sprach ich ein Machtwort und erklärte, wir würden dorthin reiten, wo man endlich wieder festen Boden und trockene Füße bekam.

So setzten wir über in den Gau der Friesen.

317

BUCH V

SÜMPFE UND WÄLDER

Germania Libera

November 71 n. Chr.

»Der Legionslegat Munius Lupercus wurde nebst anderen Geschenken der Veleda zugesandt. Diese, eine Jungfrau aus dem Stamme der Brukterer, übte eine weitreichende Herrschaft aus, entsprechend einer alten Sitte bei den Germanen, wonach sie viele Frauen für Prophetinnen und, mit dem Wachsen des Aberglaubens, sogar für Göttinnen halten.«

TACITUS, *Historien*, IV, 61.

XLIII

Es fiel schwer, zu glauben, daß Rom früher das Land bis fast zur Elbe für sich beansprucht hatte. Drusus, sein Bruder Tiberius und Germanicus, sein Sohn, hatten sich jahrelang abgerackert, um ein großes Stück des freien Germanien zu erobern. Dazu bedienten sie sich des Zangenangriffs und rückten auf zwei Seiten gleichzeitig vor, nämlich von Moguntiacum im Süden und vom Rheindelta im Norden. Varus und sein tragisches Mißgeschick hatten diesen Eroberungszügen ein Ende gesetzt. Doch auch heute zeugten noch etliche Spuren von der Zeit, da Rom sich vorgegaukelt hatte, diese wilden Moorgründe zu beherrschen. Statt auf direktem Wege nach Batavodurum zurückzukehren, fuhren wir vom Delta bis zum Rheinarm Flevo auf dem Drusus-Kanal hinunter, einem Wunderwerk der Technik, das man sich nicht entgehen lassen durfte.

Südlich des Flevo, wo wir wieder an Land gingen, gab es kaum noch Spuren der römischen Besatzung, die vor sechzig Jahren zu Ende gegangen war. Der stets ungeduldige Lentullus wollte wissen, wann wir endlich in eine Stadt kämen. Ich erklärte ihm ziemlich schroff, daß es hier keine Städte gebe. Es fing an zu regnen. Ein Pferd strauchelte und riß sich die Achillessehne. Wir mußte es abschirren und, noch in Sichtweite des Flevo, zurücklassen.

»Na, Marcus Didius, was wissen wir über die Friesen?« flachste Justinus, als wir im Schutz der Dämmerung verstohlen unser erstes Lager aufschlugen.

»Nehmen wir an, sie sind ein friedfertiges, viehzüchtendes,

getreideanbauendes Volk, dessen sehnsüchtige Liebe dem Meer gilt – und hoffen wir, daß ihre Rinderherden gefährlicher sind als sie. Aber Spaß beiseite: Die Friesen wurden unterworfen – nein, ich muß das taktvoller formulieren! –, sie einigten sich mit den Römern auf einen von unserem hochverehrten Domitius Corbulo ausgearbeiteten Allianzvertrag. Das ist noch gar nicht lange her, Tribun.« Corbulo war ein gestandener Soldatengeneral, ein Feldherr, neben dem Petilius Cerialis wirkte wie ein ausrangierter römischer Feuerwehrhauptmann.

»Aha! Und wo waren die guten Friesen während des Aufstandes?«

»Natürlich im Schulterschluß mit Civilis!«

Wir ritten durch flaches, offenes Küstengebiet und hatten den Waldgürtel noch nicht erreicht. Für uns war diese Landschaft eintönig, trist und öde; wir vermißten Naturschönheit und mediterrane Wärme. Aber für einen Bataver oder Friesen, der hier geboren war, hatten das unendliche Panorama von Meer und Himmelsgrau und die unermüdliche Herausforderung der Naturgewalten durch Überschwemmungen und Sturmfluten vielleicht auch ihren Reiz.

Ein Großteil der Region machte einen verlassenen Eindruck. Blühende Siedlungen wie in Gallien sah man kaum. Selbst Britannien war bis auf ein paar wilde Küstenstriche ein dicht bevölkertes, freundliches Land. Germanien dagegen wollte anders sein. Vereinzelte Häuser oder bestenfalls ein kunterbuntes Gewirr von Hütten und Ställen war alles, was wir entdecken konnten.

Die Leute hier führten – ihrem Ruf entsprechend – ein abgeschiedenes Leben. Wenn ein Stammesangehöriger den Rauch seines Nachbarn erkennen konnte, wurde er unruhig und wäre am liebsten hinübergeritten; aber nicht zu einem geselligen Nachtessen mit anschließendem Würfelspiel, sondern um den Nachbarn umzubringen, seine Familie in die Sklaverei zu verkaufen und Haus und Hof zu plündern. Seit der römischen Besetzung des anderen Rheinufers hatten diese rüden Sitten wahrscheinlich erst recht überhand genommen. Jetzt hatten die Stämme nämlich eine wunderbare Entschuldigung für ihre Überfälle und einen ungeahnt großen Absatzmarkt für die als Sklaven feilgebotenen Gefangenen.

»Falco, werden sie uns denn auch überfallen und gefangennehmen?«

»Die wissen, daß sie Rom keine römischen Bürger als Sklaven aufschwatzen können.«

»Aber was dann, Falco?«

»Sie werden uns umbringen, denke ich.«

»Ist es wahr, daß alle Barbaren Kopfjäger sind?« fragte Ascanius, der sich wieder mal einen schlechten Scherz nicht verkneifen konnte.

»Nun, wenn's stimmt, dann wird ihnen dein Kalbskopf schon nicht entgehen.«

Ich machte mir langsam Sorgen um den Hausierer. Dubnus schien von einer rätselhaften Unruhe geplagt. Ich hatte ihm ausdrücklich erlaubt, mit den Einheimischen Handel zu treiben, aber er tat es nicht. Wenn ein Mann sich reguläre Verdienstmöglichkeiten entgehen läßt, schließe ich daraus immer, daß er auf irgendeine Art von Kopfgeld hofft – und das ist mir naturgemäß suspekt.

Ab und zu gab ich mir einen Ruck und versuchte, nett zu ihm zu sein. Bei einer dieser Gelegenheiten erkundigte ich mich nach seinen Geschäften. Ich wußte, daß die großen Handelsstraßen nach Nordeuropa von Moguntiacum aus an den Flüssen Moenus und Lupia entlangführten und dann einen Bogen rings um die baltische Bernsteinküste machten. Die Händler an Moenus und Lupia trafen etwa im Siedlungsgebiet der Brukterer mit anderen, die von der Donau heraufkamen, zusammen, und genau dorthin waren ja auch wir unterwegs. »Ich habe alle Routen abgeklappert«, sagte Dubnus. »Mit Ausnahme des Seewegs. Diese großen Schiffe sind nichts für mich. Ich bin ein Einzelgänger und ziehe am liebsten auf eigene Faust los.« Kam er deshalb so schlecht mit unserer Gruppe aus?

»Lohnt sich denn der Handel mit den Stämmen, Dubnus? Kaufen oder verkaufen sie?«

»Die verkaufen meist, wollen am liebsten ihre Beute loswerden.«

»Was denn für Beute?«

Darauf wollte er offenbar nicht näher eingehen. »Ach alles, was sie sich halt so anderswo zusammengeklaut haben.«

»Verstehe. Und was wird so geklaut?«

»Leder, Pelze, Trinkhörner, Bernsteine, Eisenbeschläge.« Dubnus war offenbar immer noch schlecht gelaunt, weil ich ihn hatte einsperren und als unseren Dolmetscher zwangsverpflichten lassen. Jetzt grinste er verschlagen, als er sagte: »In der Gegend gibt es immer noch einen ordentlichen Vorrat an Gold und römischen Rüstungen!«

Er wollte mich mit allen Mitteln reizen. Natürlich wußte ich, worauf er anspielte. Zwanzigtausend Mann waren mit Varus umgekommen – mit der kompletten Ausrüstung der Armee, der Privatschatulle des Oberbefehlshabers und den Kisten mit dem Sold für die Mannschaften. Wahrscheinlich hatte jeder Haushalt zwischen Ems und Weser jahrzehntelang bequem von den Beutestücken dieses Massakers gelebt. Jedesmal, wenn sie ein Kalb verloren, brauchten sie nichts weiter zu tun, als sich tapfer zwischen die bleichen Knochenberge zu wagen und einen Brustharnisch zu ergattern, den sie dann gegen ein neues Tier eintauschten.

»Und was«, fragte ich ruhig, »wird am liebsten gekauft? Ich habe gehört, daß römische Bronze und Glas recht begehrt seien.«

»Stimmt! Kein Stammeshäuptling, der auf sich hält, wird ohne Sibertablett unterm Kopf und komplettes römisches Trinkservice beerdigt.«

»Und für Broschen und Anstecknadeln finden sich gewiß auch immer Interessenten?«

»Na ja, Schmuckstücke ... Silber, doch, das mögen sie. Vor allem Münzen – aber nur die alten, gerändelten.« Nero hatte im Jahr vor dem großen Brand in Rom die Währung abgewertet. Auch mir waren die alten Münzen immer noch die liebsten – sie hatten so etwas Solides. In Rom garantierte der Staat den Wert der neuen leichtgewichtigen Sesterzen, aber hier in der fernen Provinz zählte nur der Metallgehalt.

»Benutzen die germanischen Stämme eigentlich Geld?«

»Nur, wenn sie mit uns Händlern Geschäfte machen.«

»Münzen sind sonst eher eine Art Schmuck, ein Statussymbol, oder? Ach, übrigens: Stimmt es, daß kein Wein importiert werden darf?«

Dubnus senkte den Kopf. »Nicht so ganz, aber wir sind hier auch nicht in Gallien, wo die Leute für ein Glas Roten die eigene Mutter verkaufen würden. Hier zählt in erster Linie der Kampf.«

»Ach, und ich dachte, die Germanen feiern so gern. Was trinkt man denn hier?«

»Met. Ein fermentiertes Gemisch aus Gerste und Früchten, die sie am Wegrand pflücken.«

»Na, *der* Versuchung könnte ich leicht widerstehen!

Die germanischen Stämme finden demnach unsere Geschenkartikel ganz nett, aber sonst hat Rom ihnen, scheint's, nicht viel zu bieten. Sie verabscheuen, was wir als Kultur ansehen: ein gutes Gespräch in den Thermen, harmonische Zusammenkünfte, ein herzhaftes Gelage mit viel Falerner.«

»Sie hassen Rom, basta!« sagte Dubnus.

Ich sah ihn schräg von der Seite an. »Sie sind doch Ubier. Ihr Stamm ist über den Rhein zugewandert, Sie haben also auch germanische Wurzeln. Wie stehen Sie denn zu Rom?«

»Jeder muß sehen, wie er sein Brot verdient.« Sein verächtlicher Unterton war nicht zu überhören.

Hier wurde die Unterhaltung jäh unterbrochen, weil wir unsere erste Begegnung mit einem Trupp Friesen hatten. Als höfliche Besucher hielten wir unsere Pferde an. Sie kamen zögernd näher.

Sie waren barhäuptig – *rot*haarig – mit blauen Augen, Tuniken und Mänteln aus dunkler Wolle; kurz, sie sahen aus wie dem Bilderbuch entstiegen. Dabei hatten wir uns eingeredet, daß Chronisten immer übertreiben. Aber vielleicht war es ja das aufbrausende Temperament der Germanen, das unsere Geschichtsschreiber verfälscht wiedergegeben hatten.

»Treten Sie vor, Falco!« befahl Justinus fröhlich. »Jetzt wird's Zeit für Ihren fabelhaften Plan.«

Wir atmeten alle flacher als gewöhnlich. Ich schubste Dubnus nach vorn. »Sagen Sie den Herrn, daß wir auf dem Weg zu Veleda sind und ihr den Gruß des Kaisers entbieten wollen.« Er machte sich unwirsch von mir los, sprach dann aber doch mit den Männern. Veledas Name fiel, das konnte ich hören.

Der Hund des Tribun erwies sich als unser bester Verbündeter. Bellend und schwanzwedelnd sprang er an jedem der Friesen hoch und versuchte, ihnen vor lauter Freude die Gesichter zu lecken. Sie begriffen, daß jemand, der einen so hoffnungslosen Jagdhund dabei hatte, unmöglich in feindlicher Absicht kommen konnte und es eine Schmach für ihre eigene Tapferkeit wäre, wenn sie unsere Skalps gefordert hätten. Zum Glück vergaß das kleine Bündel, seine Zähne an einem Männerbein zu erproben.

Die Friesen starrten uns neugierig an. Da sie weiter nichts Aufregendes taten, salutierten wir lächelnd und zogen unseres Weges. Anfangs folgten sie uns wie neugierige Kinder, dann schwenkten sie ab.

»Veledas Name scheint hier Wunder zu wirken.«

»Sie meinen, weil die Kerle so aussahen, als hätten sie noch nie von ihr gehört!« spottete Helvetius.

»Nicht doch, Zenturio«, tadelte der Tribun ihn in seiner gesetzten Art. »Gehört haben sie ganz gewiß schon von ihr – warum sonst hätten sie uns mit solch mitleidigen Blicken nachgesehen?«

Im Weiterreiten tätschelte er seinen Hund, der aus einer Falte seines Mantels hervorlugte und sehr stolz auf sich zu sein schien. Es war ein flauschiges weißes Kerlchen mit schwarzen Flecken, das immer Hunger hatte, völlig undressierbar war und am liebsten im Dreck herumwühlte. Justinus hatte ihn Tigris getauft. Ein denkbar unpassender Name. Der Köter ähnelte einem Tiger so sehr wie mein linker Stiefel.

Am nächsten Tag trafen wir auf vereinzelte lichte Gehölze, und gegen Abend erreichten wir den eigentlichen Waldrand. Von jetzt an würden wir all unseren Orientierungssinn zusammennehmen müssen, um die Richtung zu halten. Von hier aus erstreckte sich der Wald bis weit in den Osten Europas. Ich als Stadtkind habe, ehrlich gesagt, dieses nordische Arboretum immer schon für übertrieben gehalten. Oh, ich mag Laub und Blattwerk – aber am liebsten ist es mir, wenn das Grünzeug zu einer Pergola über einer Steinbank führt, neben der ein unabhängiger Weinverkäufer herumlungert und ich in knapp fünf Minuten meine Liebste zum Rendezvous erwarte.

Die erste Nacht auf dem feuchten, stacheligen Waldboden, vor allem aber der Gedanke daran, daß uns ein solch ungemütliches Quartier jetzt wochenlang bevorstand, legte sich allen schwer aufs Gemüt; wir wurden gereizt und streitsüchtig.

Inzwischen hatten die Rekruten alle Stadien der Abhärtung

durchlaufen, mit denen man verweichlichte grüne Jungs traktieren muß, um sie für den Dienst in der Wildnis zu stählen. Und wir hatten die ganze Skala von Beschwerden, Diebstahl persönlicher Kostbarkeiten, verdorbenen Mahlzeiten, verbummelter Ausrüstung, Bettnässen und blaugeschlagenen Augen hinter uns. Ob sie von dem rauhen Gemeinschaftsleben profitierten, weiß ich nicht, aber wir drei Verantwortlichen waren inzwischen so geschlaucht, daß uns schon die pure Erschöpfung zu einem starken Team zusammengeschweißt hatte.

Eines Abends, nach einem besonders harten Tag, an dem die Lausebengel bei einer Rauferei sogar die Degen gezückt hatten, schlug Helvetius so wütend um sich, daß sein Knotenstock zerbrach. Da schritt Camillus Justinus ein und verabreichte den Rekruten eine tüchtige Dosis tribunaler Rhetorik.

»Alles mal herhören, ihr Lumpenpack!«

»Guter Einstieg!« zischte Helvetius mir respektlos zu.

»Ich bin todmüde. Ich starre vor Dreck. Ich bin die lausige Marschverpflegung leid und habe es satt, im Regen unter einer Eiche zu pissen!« Seine unorthodoxe Rede hatte den Jungen die Sprache verschlagen. »Ich hasse dieses Land genauso wie ihr. Und wenn ihr euch so aufführt wie vorhin, dann hasse ich euch nicht weniger. Am liebsten würde ich sagen: Der nächste, der aus der Reihe tanzt, wird auf der Stelle heimgeschickt. Leider haben wir aber keinen Transport zurück ins Hauptquartier, sonst würde ich nämlich als erster aufspringen. Also reißt euch jetzt zusammen! Wenn wir nicht alle unser Bestes geben, kommt *keiner* von uns nach Hause.« Er gab ihnen Zeit, diese düstere Prophezeiung zu verdauen. »Ich denke, ihr habt begriffen, worum es geht: Wir müssen alle an einem Strang ziehen ...«

»Sogar Lentullus?« rief Probus dazwischen.

Justinus runzelte die Stirn. »Alle, außer Lentullus. Wir übrigen werden fest zusammenstehen – und allesamt auf ihn aufpassen.«

Das befreiende Gelächter, das folgte, verhieß eine ruhige Nacht. Und am nächsten Tag würden alle ganz mustergültig spuren.

»Der Tribun ist schon in Ordnung«, befand Helvetius.

»Ja, seine Geduld mit den Jungs ist bewundernswert«, stimmte ich ihm bei.

»Ich erlebe das nicht zum ersten Mal – anfangs halten sie ihn für einen unerträglichen Snob, und am Ende lassen sie sich vierteilen für ihn.«

»Das würde Camillus ihnen nun freilich nicht danken«, sagte ich. »Wenn er auch nur einen von ihnen verlieren würde, könnte er sich das niemals verzeihen.«

»Selbst wenn es Lentullus wäre?«

Ich seufzte. »Dann erst recht! Der Tribun ist ganz in Ordnung, wie?«

»Wahrscheinlich wird er uns vor dem Schlimmsten bewahren.«

»Aha! Und wie steht's mit mir?«

»Mithras, daß ich nicht lache, Falco. Sie sind doch derjenige, der uns reinreitet in den Schlamassel!«

Am nächsten Morgen spurten alle etwa eine halbe Stunde ganz mustergültig. Dann meldete sich Lentullus und fragte auf seine liebenswürdige Art: »Falco, wo ist denn Dubnus hin?«

XLIV

Ich holte tief Luft. »Was ist los, Lentullus?«

»Na ja, er ist weg, Falco. Und sein Pony auch.«

Justinus sprang auf. »Alles mal herhören! Weiß jemand, wann Dubnus verschwunden ist?« Natürlich meldete sich keiner.

Jetzt war auch ich auf den Beinen. »Erste Zeltschaft – zu mir! Helvetius, Sie führen die zweite Gruppe. Räumt das Lager, packt zusammen und folgt uns!«

Helvetius war mir dicht auf den Fersen, als ich zu den Pferden lief. »Wozu die Aufregung? Ich kenne mich hier aus. Eine grobe Ortsbestimmung kriege ich auch ohne Dubnus zusammen ...«

»Denken Sie doch mal nach! Wie sollen wir uns mit Veleda verständigen? Dubnus ist unser Dolmetscher!«

»Das schaffen wir auch ohne ihn.«

»Ach, es geht ja nicht bloß darum«, keuchte ich, in fliegender Hast meinen Gaul aufzäumend. »Bisher sind wir nirgends aufgefallen. Noch hat uns kein kampflustiger Verband entdeckt. Aber Dubnus war die ganze Zeit schon so eigenartig. Bestimmt hat er was ausgeheckt. Was, wenn der Kerl nun einen kriegslüsternen Trupp Germanen auf unsere Fährte hetzt?«

»Aber Falco, warum denn gleich so schwarzsehen! Vielleicht hat er bloß irgendwo ein günstiges Geschäft gewittert.«

»Nein, nein, ich habe ihm ja angeboten, daß er nebenher handeln kann ...« Jetzt hatte ich allerdings den Verdacht, daß der Hausierer einen neuen Weg ausgeguckt hatte, um auf die Schnelle reich zu werden: mit dem Verkauf von Geiseln nämlich. »Wir dürfen nicht riskieren, daß er uns verschachern will, oder?«

Wir verfolgten seine Spur bis weit in den Norden; für uns der falsche Weg. Aber vielleicht baute er ja darauf, daß wir gerade deshalb irgendwann aufgeben und umkehren würden. Wenn ja, dann hatte er sich verrechnet: Mich machte so was nur stur, und ich blieb dran. Über kurz oder lang würde er unvorsichtig werden, hoffte ich, und uns für dermaßen auf unsere Mission fixiert halten, daß er gar nicht mit einer ernsthaften Verfolgung rechnete.

Meine Zeltschaft war die langsamere der beiden Fährtensuchtrupps. Wir mußten aber auch zwischen all dem Gerümpel auf dem Waldboden jene eine, ganz bestimmte Hufspur herauslesen, während Helvetius nur unserer breitgetretenen Bahn zu folgen brauchte. Natürlich hatte er uns bald eingeholt, und wir zogen gemeinsam weiter. Nach einiger Zeit führte die Fährte nach Osten, und dann auf einmal wieder nach Süden.

»Was hat der Kerl bloß vor?«

»Mithras, wenn ich das wüßte!«

»Bin mir nicht mal sicher, ob ich's wissen will.«

Dubnus mußte sich schon relativ früh aus dem Lager geschlichen haben und die Nacht durchgeritten sein. Anders hätte er kaum einen so großen Vorsprung geschafft. Ich beschloß, die Suche noch bis zum Abend fortzusetzen und dann abzubrechen. Bereits am Nachmittag hatten wir die Spur verloren.

Unterdessen waren die Bäume ringsum immer höher und mächtiger geworden, und in ihrem kühlen Schatten lag das tiefe Schweigen uralter Wälder. Ein großes gehörntes Insekt funkelte von einem eingerollten, welken Blatt auf uns nieder, offenbar sehr ungehalten über die ungewohnte Störung. Sonst aber war kein Lebenszeichen auszumachen.

Als wir zur Lagebesprechung anhielten, wußten wir nur eines ganz genau: Diese Gegend hatten wir mit Sicherheit niemals angepeilt. Mit etwas Glück würden uns hier auch keine feindlichen Banden aufspüren. Hatten wir dagegen Pech, so würden unsere Freunde nicht wissen, wo ihre Rettungstrupps nach uns suchen sollten – aber dem hatten wir sowieso schon einen Riegel vorgeschoben. Justinus und ich hatten auf der Festung strikte Anweisung gegeben, uns auf keinen Fall eine Suchmannschaft nachzuschicken, weil eine in den germanischen Wäldern verschwundene Expedition sowieso verloren war. Es würde also keiner nach uns suchen.

Unsere Reise hatte uns von der Bataverinsel fast durch ganz Südfriesland geführt, inzwischen waren wir vermutlich im Gebiet der Brukterer. Der Weg, den wir genommen hatten, war etwas umständlich, hatte aber den Vorteil, daß wie die normalen Handelsstraßen meiden und so länger unentdeckt bleiben konnten. Auch von den noch übriggebliebenen Römerschanzen im Delta und von den Festungen entlang des Flusses Lupia waren wir weit entfernt; mit anderen Worten, wir näherten uns den feindlichen Brukterern nicht von ihrem heimischen Fluß her, an dessen Ufern sie immer nach Fremden Ausschau hielten, sondern kamen ganz unerwartet von Norden.

Unsere Marschroute hatte uns zum größten Teil reichlich hundert Meilen (plus/minus vierzig, fünfzig bei den Orientierungsschwierigkeiten in dieser Hartholzwildnis) oberhalb der Lupia entlang geführt. Dieser Weg bot eine gewisse Sicherheit, aber irgendwann mußten wir natürlich doch nach Süden. Der Orientierungspunkt, den ich mir für den Wechsel von Ost nach Süd ausgeguckt hatte, war der Kamm der Teutoburger Höhen. Wir wußten, daß der berühmte Gebirgszug zur Quelle der Lupia hin abfiel, und mußten also nur den Einstieg im Norden finden und dann der Hügelkette folgen. Helvetius erinnerte sich sogar an einen alten Patrouillenpfad, auf den freilich keiner von uns sonderlich erpicht war. Von den Höhen an gerechnet, standen uns noch einmal vierzig Meilen Geländewanderung bis hinunter ins Flußtal bevor. Inzwischen

332

waren wir so weit vorgerückt, daß wir bei jeder Lichtung, die den Blick aufs Umland freigab, eifrig nach den ersten Erhebungen des Gebirges Ausschau hielten.

Und dann war es soweit: Wir lenkten die Pferde nach Süden. Der Umweg, den uns die Suche nach dem Hausierer beschert hatte, war auch auf Kosten der Orientierung gegangen. In einem Gelände wie diesem konnte man sich ohnehin leicht verirren. Straßen gab es nicht, und Waldwege verlaufen fast immer ohne Plan und Ziel. Wir gerieten mitunter an welche, die einfach im Dickicht aufhörten, so daß wir uns stundenlang durchs Unterholz kämpfen mußten, bis wir einen neuen Pfad fanden. Helvetius, der in diesem Gebiet früher seine historischen Studien betrieben hatte, war der Meinung, daß wir noch ein gutes Stück vom äußersten Kamm der Teutoburger Höhen entfernt seien. Aber, meinte er tröstend, wenn der dichte Wald nicht wäre, könnte man die Berge bestimmt schon sehen. Uns blieb keine andere Wahl, als ihm zu vertrauen und uns weiter durch den düsteren Forst zu kämpfen. Und solange wir geradeaus nach Süden wanderten, mußten wir irgendwann auf die Lupia stoßen.

Bei Einbruch der Dunkelheit machten wir halt. Während die Zelte aufgeschlagen wurden, verschwanden etliche und suchten sich die sprichwörtliche Eiche fürs stille Geschäft. Noch war die Sonne nicht vollends untergegangen. Es war kalt. Jede Zeltschaft wärmte die Abendmahlzeit für die Gruppe, doch bis zum Essen würde es noch eine ganze Weile dauern. Helvetius teilte die Nachtwachen ein; sein Diener striegelte sein Pferd. Justinus unterhielt sich mit Sextus und einem anderen Rekruten, die ihm, der sich offenbar für Sprachen interessierte, ein paar Dialektausdrücke von der adriatischen Küste beibrachten. Ich quälte mich wie gewöhnlich mit meinen finsteren Gedanken herum.

Zufällig sah ich, wie Lentullus vom Pinkeln im Wald zurückkam. Er duckte sich heimlichtuerisch, was bei ihm nichts Besonderes war. Aber diesmal sah er auch so aus, als ob er Angst hätte.

Er sagte zu niemandem ein Wort. Erst wollte ich gar nicht darauf achten, ging aber schließlich doch zu ihm hinüber. »Na, alles in Ordnung?«

»Ja, Falco.«

»Hast du mir was zu sagen?«

»Nein, Falco.«

»Da bin ich aber froh!«

»Also, wissen Sie, Falco ... *O Jupiter!* Ich glaube, ich habe was gesehen.«

Lentullus war der Typ, der sich drei Tage überlegen würde, ob er melden solle, daß eine ausgewachsene Armee mit Korbstreitwagen, Schlachthörnern und breiten Schwertern anrückte. Er konnte Wichtiges und Unwichtiges einfach nicht unterscheiden. Der Junge würde uns eher umbringen lassen, als seine Befehlshaber durch eine Meldung zu beunruhigen.

»Was Lebendiges?« fragte ich.

»Nein, Falco.«

»Einen Toten?«

Lentullus mochte nicht antworten. Langsam sträubten sich mir die Nackenhaare.

»Auf geht's, Lentullus! Du und ich, wir werden jetzt mal den Hund Gassi führen.«

Ungefähr zehn Minuten lang bahnten wir uns einen Weg durchs Dickicht. Lentullus war eine scheue Seele. Schon zweimal hatten wir ihn suchen müssen, als der Drang der Natur ihn so weit vom Lager fortgetrieben hatte, daß er nicht mehr allein zurückfand. Er blieb kurz stehen und versuchte, sich zu orientieren. Um ihn nicht vollends zu verwirren, hielt ich meinen Mund, fürchtete aber insgeheim schon, wir könn-

334

ten die ganze Nacht hier draußen herumstolpern, bevor Lentullus seinen Schatz wiederfinden würde.

Ich hasse den Wald. Wenn ringsum alles so reglos war wie jetzt, konnte man es leicht mit der Angst bekommen. Zwischen diesen Bäumen mochten noch Bären und Wölfe, Elche und Eber auf der Jagd sein. Die klamme Herbstluft streifte mich mit tückisch ungesundem Hauch. Die Vegetation war zwar üppig, aber nichts blühte mehr, und die Kräuter zu unseren Füßen waren mir allesamt fremd. Pilze hingen wie runzlige Gesichter in den uralten Baumkronen. Das verwilderte Unterholz verfing sich in den Kleidern, zog in unseren Tuniken Fäden und zerkratzte uns die bloßen Arme. Irgendein Insektensekret hatte mir den Brustharnisch mit häßlichen Flecken bespritzt. An diesem verlassenen Flecken schienen wir die einzigen atmenden Wesen zu sein, beobachtet nur noch von den unheimlichen Gaukelgebilden der keltischen Geisterwelt. Von denen spürte ich freilich eine ganze Menge, teils ganz nahe, teils in einiger Entfernung.

Zweige knackten, wie immer im Wald zu laut und zu dicht am Ohr, als daß einem nicht mulmig geworden wäre. Sogar Tigris kniff den Schwanz ein und blieb brav bei Fuß, statt wie sonst nach Wühlmäusen und stinkenden Fährten zu stöbern.

»Mir gefällt's hier nicht, Falco.«

»Zeig mir, was du gefunden hast, dann können wir gleich wieder umkehren.«

Er führte mich noch durch das eine oder andere Dickicht, über einen riesigen umgestürzten Baumstamm, vorbei an einem toten Fuchs, den ein offenbar sehr viel größeres Tier gerissen hatte – eines, das womöglich gerade jetzt unterwegs war, sich den Rest der Mahlzeit zu holen. Tigris knurrte jedenfalls schon ganz beängstigend. Ein Mückenschwarm attackierte meine Stirn. »Da! Hier habe ich gestanden. Das sieht doch aus wie ein Weg.« Möglich. Vielleicht aber auch bloß eine Schneise zwischen den Bäumen hindurch. »Ich bin dann ein Stück weitergegangen, weil ich wissen wollte, wo der Weg hinführt ...« Lentullus war von einer unstillbaren Neugier. Und Dummheit: Der Junge war imstande, einen Skorpion aufzuheben, bloß um rauszufinden, ob er wirklich sticht.

Ich hatte immer noch keine Ahnung, was er gesehen haben mochte, aber er war so aufgewühlt, daß auch mich eine Gänsehaut überlief. »Na los, worauf warten wir noch?«

Wir folgten dem angeblichen Pfad. Vielleicht war es einfach ein Wildwechsel. Aber die Luft wehte uns jetzt unheilschwanger entgegen, und das Tageslicht schwand beängstigend rasch. Unsere Stiefel hatten sich voll Tau gesogen und schwappten nun bei jedem Schritt plump und quietschend. Reisig und abgestorbene Zweige knackten unter unseren Schritten lauter, als mir lieb war. Wahrscheinlich konnte man uns mindestens zwei Meilen weit kommen hören.

Und dann öffnete sich urplötzlich der Wald.

Ich war müde. Ich fühlte mich unwohl und fror erbärmlich. Zuerst traute ich meinen Augen nicht. Dann begriff ich, warum dem Rekruten seine Entdeckung solche Angst eingejagt hatte.

Über der stillen Lichtung, die wir betreten hatten, hingen silbrigweiße Nebelschwaden. Es schien eine ungewöhnlich große Rodung – oder zumindest war sie's mal gewesen. Jetzt erstreckte sich zu unseren Füßen dichtes, undurchdringliches Dornengestrüpp, unter dem der Boden erst abschüssig schien, in einiger Entfernung aber terrassenförmig wieder anstieg und hinter einer Art Wall abermals in Wald überging. Die grabenähnliche Senke vor uns erstreckte sich zu beiden Seiten weiter, als das Auge reichte. Die Sträucher waren halb umgekippt, so, als hätte man ihnen das Erdreich weggeschaufelt. Und genau das war auch geschehen. Wir wußten es, auch ohne uns näher heranzutasten – was lebensgefährlich gewesen wäre. Unmittelbar vor uns stürzte der Boden steil ab, und in der Schlucht, die etwa sechs, sieben Fuß tief war, lauerten, unsichtbar unter dem Dornengestrüpp verborgen, teuflisch spitze Pfähle. Am Grund der Senke befand sich ein sauber ausgeschachteter Abflußkanal – etwa einen Spaten breit –, hinter dem die Böschung zuerst bis auf Dammhöhe anstieg und sich dann stufenweise der ebenen Erde anglich. Und dort, im schwach geneigten Absatz der Berme, wuchsen Bäume. Doch die Fläche war relativ jung aufgeforstet; nicht zu vergleichen mit den mächtigen alten Stämmen, zwischen denen wir uns den ganzen Tag hindurchgekämpft hatten und die gewiß schon seit jener sagenhaften Vorzeit Wind und Wetter trotzten, da Herkules nach Germanien gekommen war.

Wir aber waren hier auf eine andere Sage gestoßen.

Hinter dem Forst erhob sich eine Wehranlage, von der wir über die Baumkronen hinweg nur die Zinnen sehen konnten. Bestimmt führte ein palisadengeschützter Rundgang, unterbrochen von den bekannten quadratischen Wehrtürmen, rings um den Wall. In der Ferne konnte man im Dämmerlicht gerade noch den wuchtigen Umriß eines Festungstores sehen.

Alles war still. Keine Wachen patrouillierten, und keine Lichter flammten auf. Und doch stand hier, gut hundert Meilen von den römischen Provinzen entfernt, ein Römerlager.

XLV

Ob da jemand drin ist, Falco?«

»Bei allen Göttern, das will ich nicht hoffen!« Ich war nicht in der Stimmung, mit Gefallenen oder deren Geistern Reiseberichte auszutauschen.

Ich setzte mich in Bewegung.

»Gehen wir rein?«

»Nein, wir kehren um!« Ich packte ihn an den Schultern.

»Aber da drin könnten wir doch übernachten ...«

»Wir übernachten in unserem Zeltlager!«

In der Nacht haben wir wohl alle wenig geschlafen. Ich jedenfalls lag wach und lauschte auf die Trompetenrufe vom Hades, bis ich schließlich kurz vor Morgengrauen einnickte. Als ich aufstand, war ich verschnupft und an allen Gliedern steif. Kurz nach mir krochen auch die anderen aus den Zelten. Nachdem wir uns mit kaltem Wasser und einem Bissen Brot gestärkt hatten, packten wir zusammen, bestiegen die Pferde und brachen in dichtem Pulk auf, um dem Lager unserer einstigen Kameraden einen Besuch abzustatten. Im grauen Frühlicht sah die verlassene Feste womöglich noch trister aus als am Abend zuvor.

Diese Anlage war mit einem Kastell wie Vetera nicht zu vergleichen, sondern ein reines Feldlager, aber ungewöhnlich groß. Wenn auch wohl nur als Provisorium geplant, vermittelte es in seiner trutzigen Abgeschiedenheit doch ein Gefühl von Dauer. Während keine Spuren von Ansturm und Belagerung zu erkennen waren, hatten Zeit und Natur um so gründlichere Arbeit geleistet. Die Außenwerke waren von Gestrüpp überwuchert, ein paar Türme eingestürzt, und die Palisaden hatte der Wind gefällt. Im Näherkommen sahen wir, daß auch ein Teil der Brustwehr eingefallen war.

Wir bahnten uns einen Weg zum Torhaus. Einer der mächtigen Torflügel war aus den Angeln gerissen. Wir trauten uns nur bis unter den Eingang. Eine Spinne, so groß wie ein Entenei, beobachtete uns argwöhnisch.

Die wildwuchernde Vegetation hatte buchstäblich jeden Fußbreit Boden innerhalb der Wälle in Besitz genommen.

»Ob hier gekämpft worden ist, Falco?«

»Jedenfalls sind keine Leichen zu sehen.«

Helvetius war der einzige, der vom Pferd stieg und einen Erkundungsgang unternahm. Aber auch er wagte sich nicht sonderlich weit vor. Nach ein paar Schritten blieb er stehen, bückte sich und hob etwas auf. »Sieht nicht so aus, als ob dieses Lager aufgegeben worden wäre«, murmelte er verwundert.

Als er sich aufrichtete und suchend weiterging, faßten wir uns ein Herz und folgten mit einigem Abstand. Die weite, offene Fläche innerhalb der Wehr deutete darauf hin, daß wir ein ehemaliges Zeltlager vor uns hatten, wo die länglichen, ledernen »Schmetterlinge« in Reihen im Hof aufgeschlagen wurden. Aber wo immer die Streitkräfte längere Zeit Quartier nehmen, sind zumindest Vorratshaus und Principia aus wetterfestem Material. Nach denen suchten wir nun an ihrem angestammten Platz im Lagergeviert. Wegen der soliden, gefliesten Fußböden hätte das Unkraut sich hier eigentlich noch nicht sehr breitmachen dürfen, und doch stießen wir auf verwilderte Fundamente mit morschen Balken, zwischen denen sich Trümmer türmten.

»Was halten Sie davon, Zenturio?« fragte Justinus, der vor Schlafmangel und Sorge ganz käsig aussah.

»Das Lager ist zwar leer, aber nicht vorschriftsmäßig gebaut worden.«

»Sie sind in ein festes Winterquartier umgezogen«, sagte ich
und war meiner Sache ziemlich sicher. Schrein und Tresorkammer, beides solide Steinkonstruktionen, standen noch.
Natürlich fehlten Banner und Adler auf dem Schrein. Die
Goldadler, die hier einst stolz ihre Schwingen spreizten, hatte
ich anderswo gesehen: im Marstempel in Rom.
Helvetius sah mich an. Auch er wußte, worauf wir gestoßen
waren. »Stimmt, Falco! Die Gebäude sind zurückgelassen
worden. Strenggenommen nicht zulässig, aber sie dachten
natürlich, sie würden im Frühjahr zurückkommen.«
Er war tief bewegt. Ich übernahm es, die Rekruten aufzuklä-
ren. »Ihr kennt ja alle die Vorschriften und wißt, in welchem
Zustand ein Feldlager zu verlassen ist.« Sie hörten aufmerksam zu, aber an ihren Blicken sah ich, daß sie keine Ahnung
hatten. »Alles, was sich wiederverwenden läßt, wird abtrans-
portiert. Zum Beispiel nimmt man die Stützsprossen des
Palisadenzauns mit, um sie im nächsten Lager wieder einzusetzen. Jeder Soldat trägt zwei Sprossen.«
Wir schossen herum. Hinter uns auf den Befestigungswällen
kollerten Zaunteile über den Wehrgang, zum Teil noch zusam-
mengefügt wie Hofgatter, die ein Orkansturm umgerissen
hat. Andere Teile waren offenbar verfault, ebenso die Treppen. Zeit und Witterung hatten diese Zerstörung vollbracht,
nicht rohe Gewalt.
»Alles übrige wird verbrannt«, nahm Helvetius den Faden
wieder auf. »Nichts, was dem Feind nützen könnte, bleibt
zurück – vorausgesetzt, ein Feind ist in der Nähe.« Er beklopf-
te die halb verrottete Tresorkammer.
»Dieses Lager war geräumt!« rief er, und es klang fast wie ein
Tadel gegen den groben Regelverstoß. »Aber dann haben
Plünderer hier offenbar gründliche Arbeit geleistet. Errichtet
wurde das Lager, wie ihr selbst seht, von Römern – Römern,
die so naiv waren, zu glauben, sie könnten hier unbesorgt wie

harmlose Hausväter herausspazieren und den Schlüssel unter die Fußmatte legen.« Langsam redete der Zenturio sich in Rage. »Die armen Idioten hatten offenbar keine Ahnung von der Gefahr, in der sie schwebten!«

Als er jetzt zu uns trat, ballte er die Faust mit dem Gegenstand, den er aufgelesen hatte.

»Wer waren diese Römer, Zenturio?«

»Die drei Legionen, die Arminius hier in den Wäldern niedergemetzelt hat!« schrie Helvetius. »O ja, es hat einen Kampf gegeben – ach, ihr Götter, was für einen Kampf. Aber die Gefallenen sind nicht mehr da, weil später Germanicus gekommen ist und sie begraben hat.«

Er öffnete die Faust und hielt uns seinen Fund hin. Eine Silbermünze. Sie trug das Sonderzeichen, das P. Quinctilius Varus dem Sold seiner Soldaten einzustanzen pflegte.

Nicht viele dieser Geldstücke sind je in Rom in Umlauf gekommen.

XLVI

Irgendwo in dieser Gegend mußte das Grabmal stehen. Jene Totengedenkstätte, wo Germanicus mit eigener Hand die Grassamen ins Erdreich geklopft hatte – gegen Tradition und Sitte, da er zu der Zeit auch das Priesteramt bekleidete. Doch hier war er in erster Linie Soldat gewesen. An dieser trostlos verödeten Stätte konnten wir das nicht nur verstehen, sondern wurden selbst von unseren Gefühlen überwältigt.

Nach der Grabstätte suchten wir trotzdem nicht, ja, wir errichteten nicht einmal einen Altar, wie wir das in Vetera getan hatten. Hier bezeugten wir unsere Ehrfurcht durch Schweigen, ein Schweigen, das allen galt: den Toten und jenen, die es sich zur Pflicht gemacht hatten, ihre Leichen zu bergen. So im Banne der Vergangenheit hat sich wohl jeder insgeheim gefragt, ob – sollten wir in diesem Wald den Tod finden – unsere Lieben daheim jemals unser wahres Schicksal erfahren würden.

Wir verließen das Lager durchs geborstene Prätorianertor und folgten den stabilen Überbleibseln der einstigen Ausfallstraße. Hier ritt es sich leichter als auf jedem anderen Waldweg, und wir waren in Eile. Nach einigen Meilen hatte die Straße unserer Vorfahren allerdings den Kampf gegen die Natur verloren.

Wir setzten unseren Weg fort, so gut es ging. Wie die Legionen des Varus zogen auch wir nach Süden. Wie sie damals, so erwartete auch uns jetzt dort das Schicksal. Der einzige Unterschied war: Wir wußten es.

Die Vergangenheit hielt unser Denken gefangen. Selbst Justinus beteiligte sich jetzt an den Spekulationen: »Wir wissen, daß Varus auf dem Weg ins Winterquartier war – entweder in eine der Festungen am Ufer der Lupia wollte oder gleich bis an den Rhein zurück. Er muß beim Verlassen des Lagers geglaubt haben, das Terrain sei gesichert bis zu ihrer Rückkehr im nächsten Frühling.«

»Wieso konnten sie nicht den Winter über dort bleiben, Tribun?«

»Die Versorgungswege waren einfach zu lang. Außerdem werden seine Truppen ihm keine Ruhe gelassen haben, ihnen den Winter in dieser Einöde zu ersparen.« Der kleine Trupp unseres Tribun grinste unwillkürlich, als Justinus so ernsthaft nachdachte.

»Und wir sind jetzt genau auf dem Weg, den sie damals genommen haben«, fiel Helvetius ein. Mit seiner Liebe zum Drama und zu historischen Spekulationen hatte er sich schon

342

ganz in die Szene eingelebt. »Alle Welt glaubt, sie hätten bereits den Gipfelkamm erreicht, als das Unglück über sie hereinbrach. Aber kann es nicht ebensogut hier gewesen sein, viel weiter nördlich? Mit Bestimmtheit wissen wir schließlich nur, daß Germanicus sie irgendwo östlich der Ems gefunden hat.«

»Oh, Zenturio« – je weiter wir uns von dem gespenstisch leeren Lager entfernten, desto mutiger wurden unsere Rekruten –, »Zenturio, werden wir das berühmte Schlachtfeld von damals finden?«

»Ich glaube«, versetzte Helvetius bedächtig, als habe er dies eben erst ausgetüftelt, »ich glaube, das Schlachtfeld ist hier überall. Darum hatte Germanicus auch solche Mühe, es zu finden. Man kann nicht zwanzigtausend Mann – lauter erfahrene Krieger – mir nichts, dir nichts auf einem Flecken so groß wie ein römischer Hausgarten erschlagen.«

Ich nickte. »Wir denken, alles wäre schnell gegangen, aber vielleicht haben sich die Gefechte auch hingezogen. Bestimmt sogar. Arminius gelang zwar zunächst ein Überraschungsangriff, bei dem viele unserer Soldaten ihr Leben lassen mußten. Aber nach dem ersten Schock haben die tapferen Legionen sich bestimmt kräftig gewehrt.«

»Stimmt, Falco! Germanicus' Funde belegen das. Er ist auf ganze Berge von Skeletten gestoßen, die von Soldaten auf Rückzugsgefechten stammten. Ja, manche hat er sogar in ihrem Lager gefunden, wohin die armen Teufel sich retten konnten, ehe der nachrückende Feind sie erbarmungslos massakrierte.«

»Sie meinen das Lager, das wir gefunden haben?«

»Schwer zu sagen. Nach so langer Zeit – und den Aufräumungsarbeiten des Germanicus – müßte man tagelang suchen, um Spuren zu finden.«

»Nach dem ersten Blitzangriff hatten die Legionen also noch

einen langen und qualvollen Kampf zu bestehen; es gab ja sogar Überlebende. Arminius hat schließlich Gefangene gemacht: Manche ließ er, um die keltischen Götter versöhnlich zu stimmen, an den höchsten Bäumen aufknüpfen, andere wurden in schauerlichen Fallgruben eingesperrt.« Glücklicherweise hatten wir keine gefunden. »Und einigen wenigen war sogar die Rückkehr in die Heimat vergönnt. Von diesen ist dann freilich der eine oder andere Tropf wieder mit Germanicus hierher gekommen.« Jeder Krieg produziert Masochisten. »Aber für die Kelten gibt es keine geordnete Kapitulation, da zählt nur der endgültige Sieg über den Gegner. Jeder Soldat, der die Flucht ergriff, ist bestimmt erbarmungslos bis in die tiefsten Wälder verfolgt worden. Genau wie damals in Britannien, als das Volk der Fürstin Boudicca sich auflehnte.« Ich hörte selbst, wie die Stimme heiser wurde bei der Erinnerung. »Die Jagd ist wichtiger Bestandteil des grausamen Spiels. Blutrünstige Krieger verfolgen mit trunkenem Siegesgeheul ihre dem Untergang geweihten Opfer, die wissen, daß sie keine Chance haben . . .«

»Arminius hat den Spaß wahrscheinlich mit Absicht in die Länge gezogen«, warf Helvetius ein. »Leichen vom Kampfplatz bis zum nächsten Fluß – und das in alle vier Himmelsrichtungen, dann wäre der Triumph perfekt gewesen.«

»Wie das, Zenturio?«

»Nun, die Krieger versperren allen Flüchtigen am nächsten Wasserlauf den Weg. Kopf und Rüstung werden den Flußgöttern geopfert.«

Still in sich gekehrt, ritt unser Häuflein weiter. Obwohl das Wetter gut und die Wege passabel waren, brauchten wir zwei Tage bis zum Teutoburger Wald.

Ich weiß, daß ein paar von unseren Rekruten jeden Abend, wenn wir Rast machten, für längere Zeit im Unterholz verschwanden. Ich weiß auch, daß sie dort allerhand ausbuddelten. Sie waren eben noch halbe Kinder. Das Schicksal ihrer Kameraden von damals ging ihnen zu Herzen, gewiß, aber der Souvenirjagd konnten sie einfach nicht widerstehen.

Die Stimmung der Truppe wurde besser, vielleicht waren die Rekruten aber auch nur allmählich abgestumpft. Nur Lentullus, der sich nie an der Trophäensuche beteiligte, saß stumm und gedrückt bei Justinus und mir am Feuer. Er hatte sich in sein Schneckenhaus zurückgezogen, als fürchte er, an allem schuld zu sein.

Einmal lachte ich, obwohl mir gar nicht danach zumute war. »Da sitzen wir mit einem ganzen Korb voll eigener Probleme im Niemandsland fest, und was tun wir? Brüsten uns wie Stammtischstrategen, die an der Theke ihrer Taverne mit Äpfeln die Schlachten von Salamis und Marathon nachstellen!«

»Nun reden Sie doch nicht ausgerechnet von Tavernen, Falco«, brummte Justinus schläfrig aus seinem Feldbett herüber. »Mancher von uns würde sonstwas für einen Falerner geben!«

Da ich Gast in seinem Haus gewesen war und seinen fürchterlichen Tischwein gekostet hatte, konnte ich mir ausrechnen, wie verzweifelt Seine Hochwohlgeboren, der Tribun, sein mußte.

Am nächsten Tag nahmen wir den Teutoburger Höhenzug in Angriff.

Wir überquerten den langgestreckten Gebirgskamm ohne Zwischenfall. Zu schön, um wahr zu sein, dachte ich mir. Und sollte natürlich wieder einmal recht haben.

Beim Abstieg fanden wir, ganz nach Plan, die Quelle der Lupia. Als wir bei Sonnenuntergang unser Lager aufschlugen, zündeten wir vorsichtshalber ein Feuer an. Ich sah, wie Probus mit einem Kameraden zusammen fortging und die beiden

345

lange fortblieben. Bestimmt suchten sie wieder nach Knöpfen und Schwertscheiden. Zuerst ignorierte ich es stillschweigend, wie gewöhnlich, aber als wir das Essen verteilt hatten und die beiden immer noch nicht auftauchten, schlug ich doch Alarm. Helvetius blieb im Lager, während Justinus und ich uns auf die Suche nach unseren verlorenen Schafen machten. Wir nahmen jeder einen Rekruten mit: Er einen gewissen Orosius und ich hatte natürlich wieder mal das Glück, Lentullus zu erwischen. Für den Fall, daß es uns immer noch an Gesellschaft mangeln sollte, schloß Tigris sich an.

Wie nicht anders zu erwarten, waren es Tigris, Lentullus und ich, die über den heiligen Hain stolperten.

Auf den ersten Blick unterschied er sich nicht von einer ganz gewöhnlichen Lichtung. Wahrscheinlich wurde die Stätte schon seit Generationen gepflegt. Wir marschierten unbefangen aus dem Schatten der knorrigen Bäume hervor und dachten, die Natur hätte jenes weite, freie Rund in ihrer Mitte geschaffen. Ein unangenehmer Wind frischte auf und raschelte unermüdlich im trockenen Novemberlaub. Tigris, der vorausgelaufen war, kam wie wild zurückgerannt und brachte uns einen Stock mit, den wir für ihn werfen sollten. Ich bückte mich, und nach der üblichen Kabbelei ließ er sich seinen Fund abnehmen.

»Nanu! Der sieht aber komisch aus!« rief Lentullus.

Und dann erkannten wir in dem vermeintlichen Stecken ein menschliches Wadenbein.

Während der Hund bellend und winselnd zum Spielen aufforderte, sahen Lentullus und ich uns aufmerksam um und spürten endlich die besondere Atmosphäre dieses verwunschenen Platzes. Es roch nach Moos, Erde und Leid. Die Stille schnürte uns die Kehle zu. Panik flammte auf, und im nächsten Moment sah ich, daß leere Augenhöhlen uns von allen Seiten her beobachteten.

346

»Bleib stehen, Lentullus. *So bleib doch stehen!*« Ich weiß selbst nicht, warum ich das sagte. Da war ja niemand außer uns ... und doch schlug mir von überall her diese *Ausstrahlung* entgegen.

»Tut mir leid, Falco«, krächzte Lentullus. »O heilige Mutter! Schon wieder mein unseliger Riecher, nicht wahr?«

Ich versuchte, ihn ein bißchen aufzumuntern, als ich zurückflüsterte: »Ganz recht, mein Junge. Das scheint wieder einer deiner furchterregenden Funde zu sein ...«

Vor uns stand in einiger Entfernung eine halb verfaulte, groteske Statue aus roh behauenem Holz: ein Wasser-, Wald- oder Himmelsgott – vielleicht auch alles auf einmal. Von weitem hätte man ihn für eine verwachsene, knorrige Eiche halten können, die, halb abgestorben schon und mit bläulich- rotem Schimmel in den Schründen, dennoch bedrohlich über der Lichtung thronte. Im Näherkommen aber erkannte man die mit ein paar groben Beilschlägen angedeutete Figur mit den kaum ausgeformten Extremitäten. Das Götzenbild hatte drei primitive Gesichter, auf die wiederum vier starre, man- delförmige Keltenaugen verteilt waren. Und das wuchtige Elchgeweih, das man ihm aufs Haupt gepflanzt hatte, reckte seine vielzackigen Enden empor, als wolle es den Himmel berühren.

Vor der Gottheit stand ein schlichter Grasaltar, auf dem die Keltenpriester ihre Opferfeiern zelebrierten. Jetzt lag ein furchtbar verwester Stierschädel darauf. Auch bei den Brukte- rern wurde, wie bei uns, die Zukunft aus den Eingeweiden der Opfertiere geweissagt. Anders als bei uns galt hier die Sitte, jedes Pferd oder anderes vom besiegten Feind konfiszierte Getier brutal in Stücke zu schlagen. Und das waren beileibe noch nicht ihre schrecklichsten Opferriten. Wir wußten das, weil ringsumher von den uralten Bäumen am Saum des heili- gen Hains lauter Totenschädel auf uns niedergrinsten.

Lentullus, der doch normalerweise von Tuten und Blasen keine Ahnung hatte, wußte hier auf einmal Bescheid. »Wer in einen Druidenhain eindringt, ist des Todes, stimmt's?«

»Wenn wir lange genug warten, kommt vielleicht ein Druide vorbei, der dir's genau sagen kann ...« Damit packte ich ihn am Arm und dirigierte ihn vom Platz.

Rechts von uns schimmerte etwas durch die Bäume: ein Trophäenberg. Da stapelten sich unzählige Waffen – fremdartige lange Germanenschwerter, Kriegsbeile, runde Schilde mit wuchtigem Buckel – und viele andere Beutestücke, die wir mit wehem Schrecken als römische Handarbeit erkannten.

Lentullus stolperte kreischend über eine Wurzel. Erst im Frühjahr war es mir gelungen, eine Teilausgabe von Cäsars *De Bello Gallico* zu ergattern, die jetzt, da Rom ein paar böse neue Kriege am Hals hatte, billig zu haben war. Darin berichtet Julius Cäsar, daß die Sweben – wenigstens zu seiner Zeit – in einem heiligen Hain Andacht hielten, den jeder Fromme betreten durfte. Wenn aber jemand das Pech hatte, dort auf geweihtem Boden hinzufallen, dann verlangte der Ritus, daß er in der Horizontalen aus dem Hain herausrollte. Bestimmt zitiert Cäsar auch noch andere Gebräuche, mit deren Hilfe wir uns aus dieser mißlichen Lage hätten befreien können, aber mein Geld hatte leider nie für die nächste Rolle der Edition gereicht.

Die Lichtung war besonders üppig mit unschöner Flora und matschigen, giftgrünen Pilzen bewachsen, und als ich dann noch die Losung von so viel Wild sah, warf ich der feindselig grinsenden Holzgottheit einen trotzigen Blick zu und entschied, daß Cäsars Ritus hier auf keinen Fall in Frage käme. Wie ein Baumstamm durch die Gegend zu rollen, um fremde Götter zu besänftigen, gehörte nicht zur Ausbildung unserer Rekruten, und selbst wenn, hätte der Tropf an meiner Seite die Übung bestimmt nicht geschafft. Also zerrte ich ihn am Ellbogen hoch, wir machten kehrt und verließen den Hain auf die konventionelle Art.

Was wir noch bereuen sollten.

Zunächst aber mußten wir abermals an etwas äußerst Unangenehmem vorbei.

Das Gebilde am Ausgang des Hains war quadratisch und sah aus wie ein zweiter, aber sehr viel größerer Altar. Es umschloß eine Art Scheiterhaufen und bestand aus vielen kleineren, teils spitz zulaufenden, teils länglich-ovalen grauen Teilen. Mehrere Generationen schienen daran gearbeitet zu haben, jetzt war es hüfthoch und zwei Fuß tief. Die Stücke waren mit besonderer Sorgfalt übereinander geschichtet worden – eine Reihe quer, die nächste längs –, wie Zweige für ein extra prächtiges Freudenfeuer. Nur war es eben kein Holz.

Es war eine gigantische Knochensammlung. Knochen von menschlichen Armen und Beinen. Hunderte von Opfern mußten hier zerstückelt worden sein, damit dieses Ossarium entstehen konnte. Erst hatte man sie als Opfergaben an die Bäume gehängt, dann kaltblütig in Stücke gehackt und zerlegt wie ein schmackhaftes Rind. Und nach meiner bescheidenen Kenntnis der keltischen Riten waren die meisten junge Männer gewesen, so wie wir.

Bevor wir ihn daran hindern konnten, kam der Hund des Tribun angelaufen und beschnüffelte diesen wunderlichen Knochenhort. Aus Respekt vor den Toten schlugen wir die Augen nieder, während Tigris allen vier Ecken des Ossariums seine ganz spezielle Hundereverenz erwies.

Wir verließen den Hain in großer Hast.

Wir wollten zurück zum Lager. Doch auf dem Weg dorthin begann der nächste Alptraum.

Wieder einmal war ich bei Einbruch der Dunkelheit mit Lentullus allein im Wald. Diesmal war es nicht die Stille, die uns schreckte, im Gegenteil! Auf einmal lärmte und krachte es um uns herum: etwas oder jemand brach eilig und ungestüm durchs Dickicht. Wir waren vor Angst wie versteinert. Dann hörten wir ein Rufen. Fremdländische Stimmen gellten durch die Nacht. Es klang auf Anhieb nach Verfolgung, und wir begriffen auf Anhieb, daß wir die Opfer waren. Ich schob Lentullus in eine andere Richtung.

»Sie können auf mich zählen, Falco!« versprach er.

»Das ist ein Trost . . .«

Wir hatten den Weg verloren und stolperten jetzt durch tückisches Gelände, wo abgebrochene Äste und rutschige Moospolster nur darauf lauerten, uns zu Fall zu bringen. Während wir verzweifelt durchs Unterholz stampften, versuchte ich, einen klaren Gedanken zu fassen. Niemand hatte uns aus dem Druidenhain kommen sehen, dessen war ich mir ziemlich sicher. Ja, vielleicht hatte man uns überhaupt noch nicht entdeckt. Irgendwer war da hinter irgendwas her, aber vielleicht waren es ja bloß Jäger, die den heimischen Kochtopf füllen wollten.

Wir machten halt und kauerten uns ins Gebüsch, unsere Nasen und der Schweiß liefen um die Wette.

Nein, nicht den Kochtopf. Wer immer da entlangpreschte, machte einfach zuviel Krach für einen Jägertrupp, der Wildbret in seine Fangnetze locken wollte. Sie hieben mit Stöcken aufs Unterholz ein, um Flüchtlinge aus ihrem Versteck zu scheuchen. Rauhes Gelächter ließ uns das Herz bis zum Hals schlagen. Dann hörten wir Hundegebell. Eine Art Waldhorn dröhnte. Und jetzt kam die ausgelassene Bande direkt auf uns zu.

Sie waren so nahe, daß wir freiwillig unsere Deckung verließen. Sie hätten uns sowieso gefunden. Jemand hatte uns bemerkt. Die Rufe wurden lauter.

Kopflos vor Angst rannten wir weiter, wagten noch nicht einmal, unsere Verfolger richtig anzuschauen. Auf einmal hatte ich Lentullus verloren. Er war stehengeblieben, um den Hund zu rufen. Ich lief weiter. Vielleicht kriegten sie ihn ja nicht. Vielleicht würden sie mich nicht kriegen. Vielleicht kamen wir noch einmal mit heiler Haut davon.

Keine Chance. Zwar konnte ich den Abstand zwischen uns vergrößern, aber dann brach hinter mir ein Geschrei los, das nur eins bedeuten konnte: Sie hatten Lentullus geschnappt. Mir blieb keine Wahl. Seufzend kehrte ich um.

Es war offenbar ein Trupp Brukterer. Sie standen im Kreis um eine tiefe Grube und lachten. Lentullus und Tigris waren beide hineingefallen. Vielleicht war es eine Wildfalle oder womöglich gar eine jener Gruben, die ihr Held und Fürst Arminius als eine Art Speisekammern hatte anlegen lassen, um die Gefangenen frisch zu halten. Lentullus war offenbar unverletzt, denn ich hörte ihn so schneidig brüllen und schimpfen, daß ich richtig stolz auf ihn war. Aber die Krieger machten sich über ihn lustig, schwangen drohend ihre hölzernen Lanzen, und bald merkte ich an seiner Stimme, daß der Rekrut, dem sicher auch der Sturz arg zugesetzt hatte, eine Heidenangst hatte. Da hob ein Brukterer die Lanze – eine Drohung, die deutlicher war als tausend Worte. Ich fing an zu schreien und stürmte auf die Waldschneise, als ein Riese mit beinharten Schultern hinter einem Baum hervorsprang und mich mit einem Hieb zu Boden streckte.

Lentullus konnte mich natürlich nicht sehen, hatte aber meinen Sturz offenbar mitbekommen. Seltsamerweise schien meine Gegenwart ihm Mut zu machen.

»Falco, wie sollen wir ohne Dolmetscher mit diesen Männern verhandeln?« *Der Junge war ein unverbesserlicher Idiot ...*

Die Welt hörte auf, Karussell zu spielen. Da meine Antwort womöglich das einzig Freundliche war, was er in diesem Leben zu hören bekam, hatte ich nicht das Herz, mit ihm zu schimpfen. »Sprich langsam, und vergiß nicht zu lachen, Lentullus!«

Möglich, daß er meinen Rat nicht ganz verstanden hat. Es ist nicht leicht, so geschliffen und selbstsicher wie üblich zu sprechen, wenn man mit dem Gesicht nach unten auf dem Waldboden liegt, die Nasenlöcher sich ins modernde Laub bohren und ein hünenhafter Krieger mit nacktem Oberkörper (der meinen Witz bestimmt nicht verstanden hatte) einem den Fuß ins Kreuz rammt und herzhaft dazu lacht.

XLIX

O ihr Götter, wie ich solche ungeschlachten, jovialen Einfaltspinsel hasse! Man weiß nie, ob sie sich einfach nur über einen lustig machen oder ob sie sich ausgiebig und mit schallendem Gelächter mokieren, um einen dann fröhlich mit der Axt zu köpfen ...

Der Riese, der mich gefangengenommen hatte, zerrte mich halbwegs auf die Füße, nahm mir Schwert und Degen ab, die er zwar geringschätzig verlachte, aber trotzdem behielt, und schubste mich dann über die kleine Lichtung zu seinen Kumpanen. Dann ermunterten sie Lentullus, aus der Grube herauszukrabbeln, indem sie ihn mit ihren Lanzen piksten. Er brachte auch den Hund mit herauf, der seine Treue sofort dadurch bewies, daß er schleunigst das Weite suchte.

Die heitere Jagdgesellschaft stellte uns nebeneinander und taxierte ihren Fund wie Naturforscher, die ein seltenes Käferpaar vergleichen. Der Trupp wirkte nicht übermäßig gebildet. Wahrscheinlich zählten sie Beine und Fühler eines erbeuteten Krabbeltieres, indem sie sie einfach ausrissen. Ich spürte plötzlich ein nervöses Zucken in Gliedern, die ich gar nicht hatte.

Sie waren alle größer als wir. Für die zweite Gruppe, die bald darauf mit Triumphgeheul unsere Kameraden aus dem Lager heranschleppte, galt dasselbe. Sie hatten auch unseren vermißten Souvenirjäger Probus samt Freund dabei. Vermutlich waren die zwei ihnen als erste in die Falle gegangen.

Ich sah sie mir alle genau an. Helvetius hatte ein blaues Auge und fluchte sich die Seele aus dem Leib, und von den Rekruten waren ein paar auch nicht gerade mit Samthandschuhen angefaßt worden. Am schlimmsten hatte es offenbar den Diener des Zenturio erwischt, was aber nicht unbedingt von der Grausamkeit der Brukterer zeugte; dieser Jammerlappen forderte eine Abreibung geradezu heraus. Unsere Jungs erzählten mir später, sie hätten sich relativ brav gefangennehmen lassen. Schließlich waren wir ja angeblich in friedlicher Absicht unterwegs. Die Krieger hatten plötzlich wie aus dem Boden gewachsen vor den Zelten gestanden. Helvetius hatte sich an die Vorschrift gehalten und diplomatische Verhandlungen aufnehmen wollen. Erst als die Krieger unsere Rekruten hart anfaßten, befahl er ihnen, die Waffen zu ergreifen. Doch da war es bereits zu spät. Wir hätten im Kampf sowieso praktisch keine Chance gehabt – wir waren zu wenige und so weit weg von daheim.

Danach hatten die Krieger den Wald nach versprengten Nach-
züglern durchgekämmt. Nun waren sie offenbar überzeugt,
mit Lentullus und mir sei der Fang komplett.

»Falco, was ist denn mit ...«

»Was immer du gerade sagen wolltest, Lentullus – *tu's nicht!*«
Justinus und Orosius waren nicht da. Sie waren jetzt unsere
letzte und einzige Hoffnung, auch wenn ich mir nicht auszudenken wagte, worauf. »Nimm ihre Namen nicht in den Mund
– ja, denke nicht mal an sie, vielleicht kann ja einer dieser
Waldmenschen Gedanken lesen.«

Womöglich waren sie schon im Hades; wir würden ihnen
sicher bald folgen.

Zu meiner unsagbaren Erleichterung brachten sie uns nicht in
den Druidenhain. Jedenfalls nicht sofort.

Inzwischen war es dunkel geworden. Die Brukterer manö-
vrierten uns Richtung Fluß, wollten aber offenbar nicht direkt
ans Ufer, was mich ebenfalls erleichterte. Wenn sie mich
nämlich als Leckerbissen für ihren Flußgott aus einem Boot
geworfen hätten, dann wäre meine Seele ihm sofort in die
schwimmhautbewehrten Hände gefallen. Ich konnte nämlich
nicht schwimmen. Und auch für die Rekruten hatte ich da
wenig Hoffnung; sie waren bestimmt im gleichen Trainings-
programm gewesen wie ich seinerzeit – und Wassersport
gehörte nicht zur Ausbildung.

Umzingelt von Germanenkriegern stolperten wir weiter. Sie
hatten offenbar großen Spaß daran, ihre Witze über uns zu
reißen. Schlimmeren Schaden fügten sie uns zum Glück nicht
zu, aber wir hüteten uns wohlweislich auch, sie zu reizen und
etwa nach ihrem Häuptling zu fragen oder wann es Pause
gäbe.

Stunden schienen vergangen, als wir endlich eine Siedlung
erreichten. Langgezogene Fachwerkhäuser mit Lehmbewurf
und steilen Dächern, die fast bis zum Boden reichten. Ein paar

bleiche Gesichter, die uns im Schein rußiger Fackeln anstarrten. Ein muhendes Rind.

Unsere Viehtreiber scheuchten uns laut johlend durch ein Tor in einen Stall, der im rechten Winkel an das größte Haus angebaut war. Bis vor kurzem mußte hier noch Vieh gestanden haben, der Gestank ließ keinen Zweifel daran. Wir taumelten in einen breiten Mittelgang, von dem rechts und links Boxen abgingen, unterteilt durch Pfeiler und Heuraufen. Am anderen Ende des Raumes war eine große, offene Feuerstelle. Das Tor schlug zu, und wir hörten, wie von draußen ein mächtiger Balken vorgeschoben wurde. Es dauerte nicht lange, bis wir die schmuddelige Herberge erkundet hatten. Wir hockten uns einfach auf die Fersen und schauten uns um.

»Was soll jetzt werden, Falco?« Wir hatten jenen unheilvollen Tiefpunkt erreicht, wo den Leuten nichts anderes übrigbleibt, als sich an mich zu wenden. Wahrscheinlich würde es jetzt auch nicht mehr lange dauern, bis sie mich daran erinnerten, daß die Marschroute entlang der Lupia meine Idee gewesen war.

»Erst mal abwarten.« Ich klang halbwegs zuversichtlich. »Aber ich kann mir nicht vorstellen, daß wir uns aus ihrer hochqualifizierten Anwaltschaft einen Spitzenverteidiger aussuchen dürfen.«

»Wie sind die überhaupt auf uns gestoßen, Falco?«

»Ich schätze, Dubnus hat sie alarmiert.«

Wir richteten uns auf langes Warten ein; was an dessen Ende passieren würde, war wohl kaum erfreulich.

»Vielleicht kommt ja eine schöne Jungfrau, bringt uns etwas zu essen, verliebt sich in mich und hilft uns, zu fliehen«, meinte Ascanius versonnen. Er war der hagerste und – hygienisch betrachtet – verkommenste unserer Rekruten.

»Auf das Essen würde ich mir genausowenig Hoffnung machen wie auf den Anwalt, Ascanius.«

355

Ungefähr in der Mitte unseres Gefängnisses befand sich eine Luke mit einem Fensterladen davor. Neugierige blonde Kinder hakten den Laden auf und lugten stumm zu uns herein. Helvetius wurde das Gegaffe bald leid, ging hin und sperrte den Laden wieder zu. Dabei sah er die großen Krieger draußen in Grüppchen beieinanderstehen und herumreden. Vorsichtshalber duckte er sich rasch, damit sein krausgelockter Römerkopf sie nicht auf mordlüsterne Gedanken brachte.

Die Männer draußen warteten offenbar auf jemanden. Es verging noch etwa eine Stunde, bevor derjenige kam. Das Stimmengemurmel draußen schwoll an. Bald schnatterten alle so aufgeregt durcheinander wie meine Verwandten, wenn sie sich bei einem Familientreffen darüber in die Haare kriegen, ob Großtante Atia nun im Mai oder im Juni Geburtstag hat. Sogar dem bedeutenden Neuankömmling muß das auf den Geist gegangen sein, denn plötzlich öffnete er polternd das Tor und kam herein, um uns zu inspizieren.

Er war um die Fünfzig. Sein rotbraunes Haar war schütter und ausgebleicht, was er offenbar durch Länge wettzumachen suchte. Jedenfalls reichte es ihm in wirren Zotteln weit über den Rücken hinab. Xanthus wäre entsetzt gewesen. Außerdem trug er einen langen Schnurrbart, der dringend einer kräftigen Pomade bedurft hätte, und hatte eine rote Knollennase und recht wäßrige blaßgraue Augen. Er war im wahrsten Sinne des Wortes ein großer Mann: Schultern, Knochenbau, Kopf, Hände, alles an ihm war riesig. Er trug braune Wollhosen, eine langärmelige Tunika, einen grünen Mantel mit runder Goldbrosche dran, die nicht nur das faltenreiche Ensemble zusammenhielt, sondern sich auch eindrucksvoll hob und senkte und deutlich machte, wie weit seine Brust sich bei jedem Atemzug dehnte. Der eine oder andere von den Viehtreibern draußen hatte vielleicht etwas unterernährt gewirkt, aber dieser Bursche strotzte vor Kraft.

Er kam in Begleitung seiner Leibwache. Lauter junge Burschen, von denen jeder gut als Vorlage für eine Statue vom edlen Keltenkrieger hätte dienen können, wenn man sie erst ein bißchen rausgefüttert und den melancholischen Germanenblick gelehrt hätte. So stierten sie genauso stumpfsinnig ins Leere wie die Dorfjugend jedes x-beliebigen Landes auch. Die meisten hatten, zum Zeichen, wie abgehärtet (oder wie arm) sie waren, auf die Tunika verzichtet. Sie spuckten häufig aus und funkelten uns boshaft an, sooft ihnen einfiel, daß sie sich Gefangenen gegenüber möglichst ekelhaft zu benehmen hatten. Jeder von ihnen trug ein überlanges Germanenschwert, vermutlich, damit sie was zum Anlehnen hatten, wenn ihr Herr sie warten ließ. Er sah ganz so aus, als würde er unermüdlich neue Interessen verfolgen, und in seiner Miene lag etwas Exzentrisches, das ihm Charakter verlieh. Selbst in Rom hat jener leichte Hauch von Wahn schon manchem Kandidaten zum Sieg verholfen.

Deprimiert und wütend über unsere eigene Dummheit, machten wir keinen Versuch, ihn mit höflicher Konversation zu empfangen, sondern blieben einfach in zwei Reihen zu beiden Seiten des Ganges sitzen.

Er ging zwischen uns auf und ab. Niemand sprach. Wir waren hungrig und müde und ließen uns das auch anmerken, allerdings ohne dabei demoralisiert zu wirken. Ein Mann mit stolzem Römerstammbaum kann trotzig und entschlossen dreinschauen, selbst wenn er zwei Fuß tief in Kuhscheiße hockt. Na ja, Helvetius zumindest brachte es fertig; aber er hatte ja auch den Vorteil, Zenturio zu sein – ein hochnäsiger Rang.

Der Häuptling war ein Mann, dessen langsamer, schwerer Schritt etwas Bodenständiges hatte. Jetzt ging er zurück zum

Tor, machte kehrt und musterte uns aufs neue. Dabei zischte er, als wolle er Himbeerkerne ausspucken. Dies schien sein Urteil über unsere Gruppe zu sein, ein hörbares Zeichen der Verachtung. Ich war verblüfft, daß er zwei Zähne finden konnte, die für so ein Kunststück noch nahe genug beieinanderstanden, denn sowohl in seinem Ober- wie im Unterkiefer klafften auffallend große Lücken.

»Man sollte ihm mal raten, mit dem Trick vorsichtig zu sein«, höhnte Ascanius. »Wahrscheinlich hat er die anderen Zähne genau dabei verloren.«

Der Blick des Häuptlings fiel auf unseren Scherzbold. Uns wurde klar, daß er Ascanius verstanden hatte.

Ich stand auf, als sei ich der gewählte Sprecher.

»Wir kommen als Freunde«, beteuerte ich. M. Didius Falco, der unverbesserliche, naive Optimist. »Wir sind auf dem Weg zu Veleda, eurer berühmten Seherin.« Veledas Name zeigte ungefähr soviel Wirkung wie der Versuch, einer Rabenkrähe ihr Frühstück auf einem Salatblatt zu servieren.

»Ihr kommt also als Freunde?« Der Häuptling reckte das Kinn. Er verschränkte die Arme. Die Pose hatte zwar etwas Klischeehaftes, war aber unter den gegebenen Umständen durchaus wirkungsvoll. »Ihr seid als Römer ins freie Germanien eingedrungen.« Sein Akzent im Lateinischen war grauenhaft, aber um ein miefiges Renegatenhäuflein zur Schnecke zu machen, reichte es allemal. »Ihr habt hier nichts zu melden. Wir sind die Brukterer«, beschied der Häuptling uns herrisch. »*Wir bestimmen hier!*«

Dann pfiff er nochmals angewidert durch die Zähne und ging.

»Jetzt ist's wirklich Essig«, rief unser unbelehrbarer Ascanius. »Der streicht uns die Jungfrau. Also kein Abendessen heute, Jungs!«

Und diesmal sollte er recht behalten.

L

Die schöne Jungfrau war am nächsten Morgen wohl verhindert, denn sie ließ sich durch ihre Schwester vertreten. Diese hatte die Figur einer Zeltstange, ein Gesicht wie die Unterseite eines Felsbrockens und die Persönlichkeit einer Stubenfliege. Das allein hätte uns vielleicht nicht so deprimiert, aber sie war außerdem diejenige, die nicht kochen konnte.

»Besten Dank, liebes Kind«, sagte ich höflich zu ihr, während die anderen Grimassen schnitten. »Wir sind entzückt, Ihre Bekanntschaft zu machen – Ihre und die Ihres Kochtopfs.« Sie hatte vier Schüsseln für zweiundzwanzig Mann gebracht und einen lauwarmen Metallkessel mit klebrigem Haferschleim.

Ohne auf meine Galanterie zu achten, stapfte sie wieder hinaus. Ich tat, als hätte ich ein Faible für Frauen, die nicht gleich so deutlich rangehen.

Das Frühstück war eine Erfahrung, die eigentlich jeder mal machen sollte, damit er bei jedem mißratenen Gericht, das er in Zukunft löffelt, weiß, es hätte schlimmer sein können.

Die Brukterer, die uns aufgegriffen hatten, waren allesamt Langschläfer. Ja, der ganze verträumte Weiler wäre der ideale Erholungsort gewesen, hätten die Bewohner uns nur ein bißchen sympathischer gefunden. Erst gegen Mittag rührte sich draußen etwas. »Achtung, Männer, da geht was vor...«

Wir spähten aus unserer Luke und stellten fest, daß man Kundschafter zurückgeschickt hatte, um unser Lager zu plündern.

Helvetius und ich drängten die Rekruten beiseite und zählten unsere Ausrüstung und die Pferde mit. »Da fehlen sechs Gäule und ein Zelt...«

»Plus Geldkassette, Speere ...«

»Wahrscheinlich noch Proviant und die Sachen des Tribun ...«

»Ah, der Mann ist goldrichtig!« brummte Helvetius stolz. »Mithras, was für ein *Kerl!*«

Es sah ganz so aus, als würde Camillus Justinus zumindest in Rom melden können, daß wir in germanische Gefangenschaft geraten waren. Er hatte Vorräte, Pferde und Orosius als Begleiter. Die Brukterer würden jetzt, wo *wir* ihnen ins Netz gegangen waren, nicht mehr auf Beute lauern. Justinus hatte also gute Chancen zu entkommen. Es war das Beste, worauf wir hoffen konnten. Was sonst war von einem vornehmen Offizier und einem zurückgebliebenen Rekruten zu erwarten?

Normalerweise eine Dummheit. (Das hat Helvetius gesagt.)

Die Ankunft der Pferde brachte für uns einen Ortswechsel mit sich. Das Gute daran war, daß wir den stinkigen Stall verlassen konnten; das Unangenehme, daß die Brukterer unsere ganze Habe in ihrem Dorf zurückbehielten, daß Ascanius keine Chance mehr hatte, der Haferbreiköchin den Hof zu machen, und daß die Herren Germanen zu Pferde (auf *unseren* Pferden) aufbrachen, während wir zu Fuß nebenher traben mußten. Sie waren flotte Reiter, und das Ziel unseres Marsches schien etliche Tagesreisen entfernt.

»Sehen wir's von der positiven Seite, Jungs! Immerhin geht's nach Westen. Sie hätten uns ja auch weiter ins Landesinnere entführen können ... Jetzt kommen wir mit jeder Meile der Heimat näher.«

»Wie weit ist es denn bis Rom, Falco?«

»Jupiter, du stellst vielleicht Fragen!«

Als die Brukterer es leid wurden, uns mit irritierenden Pfiffen und unter schmerzhaftem Einsatz dorniger Knotenstöcke wie eine Schar Gänse neben sich her zu treiben, bildeten wir eine ordentliche Formation und zeigten ihnen, wie Reichsgründer

360

marschieren. Selbst die Rekruten rissen sich jetzt am Riemen. Anfangs hatte ich Bedenken wegen Helvetius' Diener, aber wie sich herausstellte, hatte der in zwanzig Dienstjahren nicht nur rüstig marschieren gelernt, sondern konnte sich auch gleichzeitig weiter beschweren.

Wir fingen sogar an zu singen, ja, dachten uns ein Marschliedchen aus, das mit dem Vers begann: *Wenn ich mit meinem Essensnapf zu meiner Liebsten stapf*... In den nächsten Strophen ging es dann mit je einem anderen Teil der Legionärsausrüstung weiter (die sehr umfangreich ist), bis wir endlich bei der Herzallerliebsten ankamen, ein Höhepunkt, den wir bei gleichbleibender Stanzenform mit einem obszönen Kontrapunkt feierten. Die Rekruten waren begeistert. Es war das erste Mal, daß sie sich ihre eigene Weise erfinden durften.

»Falco, was für ein Abenteuer! Das macht ja richtig Spaß, Zenturio!«

»Nicht wahr? Sümpfe, Urwälder, Gespenster, Lichtungen voller Totenschädel und dazwischen eine dreckige, hungrige, angstgepeinigte Bande auf dem Weg in die Sklaverei – was könnte wohl lustiger sein?«

»Falco, ich glaube, daß die Leute, deren Namen wir nicht aussprechen dürfen, uns retten werden. Was denken Sie, Zenturio?«

Helvetius faßte seine Meinung in ein Wort. Einen Fachausdruck aus der Anatomie.

Ich sagte, wenn die, deren Namen nicht genannt werden durften, so gescheit gewesen seien, auf schnellstem Wege in die Heimat zu fliehen, wäre ich bereit, Vorschläge zu unserer Rettung entgegenzunehmen. Keiner hatte ein Angebot.

Wir sangen noch dreizehn Strophen Selbstgereimtes, um den karottenköpfigen Brukterern weiszumachen, daß sie einem echten Römer niemals den Schneid abkaufen könnten.

361

Mit Blasen an den Füßen und unsere Angst, so gut es ging, überspielend, erreichten wir schließlich eine große Lichtung am Flußufer, wo schon mehrere Brukterer-Sippen sich um einen verdächtig hohen Turm versammelt hatten. Rings um den Turm hauste in schmucken, kleinen lehmverputzten Häusern ein rappeldürrer Germanenklan, der sich mit einer stattlichen Menge goldener Armreifen und juwelenbesetzter Mantelspangen schmückte. Dieses Gelichter erinnerte mich stark an die Pferdediebe aus den Pontinischen Sümpfen, die sich ihren Lebensunterhalt offiziell als Kesselflicker verdienen. Sie sahen genauso fragwürdig aus, wie man sie mir beschrieben hatte, aber jeder von ihnen besaß einen schicken Halsring, einen Gürtel mit Emaillebeschlägen und etliche Schwertscheiden aus Bronze oder gar Silber. Im Gegensatz zu den anderen trugen sie gleich mehrere Gewänder übereinander und hatten übergroße Stiefel an den Füßen. Sie hielten sich ein paar ansehnliche Jagdhunde als Schoßtiere, und auf dem Anger vor ihrem Domizil parkte protzig das neueste Modell eines Streitwagens.

Diese wenig beeindruckenden Gestalten würden reiche Spender nie aus eigener Kraft, sondern nur im Kielwasser einer mächtigeren Persönlichkeit anlocken. Mit der im Rücken aber wagte niemand einen Einwand, wenn die Zaunlatten nach kostbaren Geschenken winselten. Zumindest die Brukterer wollten es sich nicht mit ihnen verderben. Ganz ohne Zweifel waren diese zwielichtigen Herren der männliche Anhang der Seherin Veleda.

Wir waren aneinandergefesselt, durften uns aber ansonsten frei bewegen.

Schnurstracks marschierten wir als erstes im Gänsemarsch zu Veledas Domizil. Ich hätte es längst wissen müssen! Wann hat man je gehört, daß die Kelten hohe Türme bauten? Veleda

hatte sich auf einem alten römischen Schanzenausguck einge-
nistet.

Freilich war der nun pervertierte Bau etwas verändert worden. Die Plattform oben für die Leuchtfeuer und den Beobach-
tungsposten war zwar noch vorhanden, aber mit Wänden aus
Flechtwerk umkleidet und mit einem behaglichen Schindel-
dach gedeckt worden. Kein Zweifel: Der Beinahe-Sturz unseres Imperiums wurde von einem unserer eigenen Stützpunkte aus dirigiert. Angewidert wandten wir uns ab.

Die Quellen der Lupia hatten sich hier längst vereinigt, und
der Fluß war breit und tief genug für den Schiffsverkehr. Am
Ufer hatten allerhand einheimische Boote festgemacht, darunter hochwandige Ledersegler und verschiedene Ruder-
boote. Außerdem entdeckten wir ein noch wesentlich größeres Schiff, das hier seltsam aus dem Rahmen fiel. Die Rekruten waren begeistert und liefen immer wieder hin, um es zu
bestaunen, ohne auf das Geschrei unserer Wächter zu achten.
Ich hatte vergessen, daß viele von ihnen von der Adriaküste
stammten und eigentlich mit Leib und Seele Matrosen waren.
»Nein, so was! Eine Liburne!«

Die Liburne ist ein leichtes, wendiges, auch zum Segeln
verwendetes Ruderschiff, das Piratenbooten nachempfunden
ist und in der römischen Flotte sehr beliebt ist. Dieser
Schnellsegler hatte einen farbenprächtigen Neptun als Bug-
schmuck und war nach achtern mit einer luxuriösen Kabine
ausgestattet. Er wirkte durchaus seetüchtig, auch wenn die
Hälfte der Ruder fehlten und die Takelage heillos verheddert war. Die Seherin schien sich das Schiff jedenfalls nicht
für gelegentliche Mondscheinfahrten zu halten. Vielmehr lag
die Liburne wohl schon seit Monaten verlassen hier vor
Anker.

»Das«, sagte ich, »kann nur das Flaggschiff sein, das Petilius
Cerialis sich hat stehlen lassen.«

»Mann! Ist das aber eine Schönheit, Falco! Wie konnte dem Legaten denn so was passieren?«

»Ganz einfach – er war bei seiner Gespielin im Bett.«

»Aber Falco!«

»Recht hast du, Junge! Regen wir uns jetzt nicht über die Nachlässigkeit des Generals auf. Schließlich ist es uns nicht besser gegangen als seiner schnittigen Liburne: Präsente für Frau Veleda, allesamt! Also verhaltet euch ruhig, bleibt zusammen und seid auf der Hut. Der letzte lebende Römer, den die Dame geschenkt bekam, ist spurlos verschwunden. Und so sicher, wie ein echter Held nach Ambrosia rülpsen muß, ist der arme Teufel nicht mehr am Leben.«

Trotz meiner düsteren Prophezeiung hoffte ich, der verschollene Legat Lupercus könne sich den Eingeborenen angeschlossen haben und hier wie ein Fürst mit Veleda zusammenleben. Es war freilich eine so vage Hoffnung, daß mir selbst ganz elend dabei wurde, schließlich kannte ich die wahrscheinlicheren Alternativen nur zu gut. Und ich wußte, daß die auch für uns galten.

»Ob die Seherin wohl jetzt in ihrem Turm ist, Falco?«

»Woher soll ich das wissen?«

»Werden Sie sie um ein Gespräch bitten?«

»Das würde man mir wohl kaum bewilligen. Aber ich will auf alle Fälle mal die Lage peilen.«

»Oh, gehen Sie ja nicht da rauf, Falco! Sonst kommen Sie vielleicht nie mehr wieder.«

»Danke, ich werd's mir merken.«

Die bruktische Volksversammlung war offenbar lange vorbereitet.

Trotzdem hatte die Gastronomie sicher ihre liebe Not damit, denn die Keltenstämme sind bekannt dafür, daß sie zu einem Treffen gern bis zu drei Tage vor oder nach dem verabredeten Datum erscheinen. Hier war die Tafel auf roh behauenen, aufgebockten Tischen gedeckt. Offenbar war das Festmahl schon geraume Zeit im Gange; es sollte dem Fußvolk anscheinend die Zeit vertreiben, bis die hohen Damen und Herren zu erscheinen geruhten. Ich fragte mich, wer die Einladungen an diesen bunt zusammengewürfelten Haufen verschickt haben mochte. Und dann versuchte ich, ganz schnell die Frage zu verdrängen, wie dieser Schießbudenverein wohl über uns urteilen würde.

Unsere interessante Gefangenenseilschaft erregte allerhand Aufsehen. Die Unterlinge anderer Stammesfürsten fühlten sich bemüßigt, aufzutrumpfen und die erfolgreichen Krieger unseres Häuptlings zu schmähen. Dazu bedienten sie sich der üblichen Drohgebärden gegen uns, die wir aber ignorierten, da unsere Wärter bestimmt nicht zulassen würden, daß andere ihnen das Privileg, uns zu foltern, streitig machten. Inzwischen fühlten wir uns unserem Haufen fast schon zugehörig, feuerten ihn lautstark an und setzten einen richtig lebhaften Streit in Gang. Aber keiner schien für unsere Unterstützung dankbar; allmählich waren sie des Streitens müde und machten sich wieder über das Festmahl her.

Auch wir bekamen zu essen, allerdings in weit bescheidenerem Rahmen. Die Krieger saßen vor einfachen, aber herzhaften Speisen: Brot, Früchte, gebratenes Wildbret und ich glaube auch Fisch. Für uns hatte der Koch sich die Mühe gemacht, wieder einen seiner Spezialbreie anzurichten; er schmeckte wie Zugsalbe. Zu trinken gab es eine Art fermentierten Preiselbeersaft, aber ich befahl den Rekruten, sich zurückzuhalten, für den Fall, daß wir später noch einen klaren Kopf brauchten. Nach unserer flüchtigen Begegnung mit der Jungfrauenschwester waren die Frauen hier ein großer Fortschritt; besonders das Mädchen, das mit dem Saftkrug herumging, wäre eine Sünde wert gewesen. Ich verbot unseren Jungs auch das Flirten aufs strengste und wurde daraufhin einstimmig zum unbeliebtesten Mitglied unserer Gruppe gekürt.

Langsam verging die Zeit. Ich lehnte mich gegen einen Baum und dachte darüber nach. Zeit schien hier keine Rolle zu spielen. Aber das war ja auch nicht anders zu erwarten von Banausen, die nie eine Sonnenuhr erfunden, geschweige denn eine italienische Wasseruhr importiert hatten, mit der sie sich die Freizeit präzise einteilen konnten. Diese Wilden schienen tatsächlich von dem Irrglauben beseelt, im Leben käme es nur darauf an, alle Freuden in vollen Zügen zu genießen. Falls sich die asketischen Dogmen griechischer Philosophie jemals in diesen abgeschiedenen Wäldern herumsprechen sollten, stand den armen Germanen ein böser Schock bevor. Und wenn man sah, wie chaotisch es bei ihnen zuging, wunderte es niemanden mehr, warum die Söhne und Stiefenkel des über alle Maßen durchorganisierten Augustus es nie geschafft hatten, genügend Stammesfürsten für eine anständige Kapitulationsschau in Rom zusammenzutrommeln. Natürlich hatte Rom Schulungen für Nomadenstämme ausgearbeitet – aber bei diesen Nordländern fruchtete der Unterricht erst, wenn man ihnen vorher haarklein den Nutzen auseinanderklamüserte, den *sie* daraus ziehen würden.

Jetzt saßen *wir* bei den Brukterern auf der Schulbank, aber die Lehrmeister ließen uns warten; ein Verstoß gegen jede diplomatische Etikette, den wir entsprechend ungehalten vermerkten.

Nichts geschah. Niemand außer uns schien darauf zu warten, daß etwas passierte. Allmählich fand ich die ganze Veranstaltung ziemlich sinnlos. Da saßen wir nun, abseits von der Festgesellschaft, mit einem elenden Strick aneinandergeknotet, und brannten darauf, daß endlich etwas Offizielles geschah – und wenn es nur die offizielle Eröffnung unseres Prozesses gewesen wäre.

366

Ascanius winkte dem Mädchen mit dem Saftkrug. Als sie ihn ignorierte, versuchte er, sie am Saum ihres groben Wollrocks zu erwischen. Da hob sie ihren Krug, und mit einer Miene, als mache sie das nicht zum ersten Mal, schüttete sie ihm den restlichen Inhalt über den Kopf.

Manche Dinge sind überall auf der Welt gleich.

Als sie, das hübsche Näschen keck in die Luft gereckt, davontänzelte, lächelte ich matt, darauf schenkte sie mir ein wirklich ganz reizendes Lächeln. Mein Ansehen bei der Truppe stieg wieder.

Anderen Leuten beim Essen zuzusehen ist eine eintönige Angelegenheit.

Die Zeit tröpfelte weiter vor sich hin. Der Abend kam. Dem, was Dubnus mir über die germanischen Trinkgewohnheiten erzählt hatte, zum Trotz, schien das Preiselbeergebräu eine jener Mischungen zu sein, die bekanntlich eine heimtückische Wirkung haben. Meine Großtante Phoebe setzte mit Myrtenbeeren ein ganz ähnliches Gesöff an, das bei den Saturnalien jedesmal zu Aufruhr führte. Tantchens Tropfen hätte man auch hier zu schätzen gewußt. Bald wurde die Unterhaltung lauter, klangen die Stimmen schriller, und das Gespräch wuchs sich zu hitzigen Debatten aus. Wie überall, so beschlossen die Frauen auch hier, sich vor einem drohenden Männerzwist zurückzuziehen, um anderswo in Ruhe weiterplaudern zu können. Ein paar Härtefälle – offenbar die vom Leben Enttäuschten –, blieben freilich sitzen. Sie wirkten noch beschwipster als die Männer. Die Mannsbilder, denen der gehaltvolle Rote bislang nicht einmal den Schweiß auf die Stirn getrieben hatte, gerieten allmählich doch in Rage. Meinungen und Ansichten gingen wild durcheinander, immer ein schlechtes Zeichen. Schleppende, nuschelnde Stimmen widersprachen, und bald verliehen die ersten ihrem Standpunkt mit Fausthieben auf dem Tisch Nachdruck. Dann erhob sich unser

Häuptling mit trunkener Anmut und hielt schwankend eine leidenschaftliche Ansprache. Offensichtlich sollte abgestimmt werden.

Normalerweise hätte es uns natürlich geschmeichelt, daß unser Mann der flammendste Redner war; einem würdigen Feind unterlegen zu sein ist für jeden Gefangenen ein erhebendes Gefühl; leider ließ sich an den wütenden Blicken in unsere Richtung ablesen, daß unser Schicksal den Streit ausgelöst hatte. Wir schnappten auch deutliche Hinweise dafür auf, daß der Häuptling mit der fabelhaften Spucktechnik beschlossen hatte, sein Ansehen dadurch aufzumotzen, daß er seine Gefangenen fürs nächste Menschenopfer in irgendeinem Druidenhain zur Verfügung stellte.

Die Rede war lang; er berauschte sich an seiner eigenen Rhetorik. Allmählich veränderte sich aber der Lärm, und die Krieger fingen an, mit den Lanzen gegen ihre Schilde zu trommeln.

Ich wußte, was das zu bedeuten hatte.

Immer lauter und rascher prasselten die Schläge auf die Schilde. Instinktiv rückten wir dichter zusammen. Eine mit größter Treffsicherheit geworfene Lanze schlug direkt vor unseren Füßen in den Boden.

Auf einmal verebbte der Lärm, ja, es wurde beinahe still – so still, wie eine große Menschenmenge, die vom Essen und Streiten erschöpft ist, nur werden kann. Köpfe reckten sich, und allmählich wurde aller Aufmerksamkeit in eine Richtung gelenkt.

Eine Frau war auf die Lichtung geritten, ohne Sattel und Zaumzeug, auf einem weißen Pferd.

LI

Helvetius packte mich am Arm. »Ich wette, das ist die Seherin.«

»Pech gehabt, ich biete nicht mit.«

Zwei der dürren Botenjungen rahmten das nervös tänzelnde
Pferd rechts und links ein. Hätte es keine Reiterin getragen,
ich hätte geschworen, das Tier sei noch nicht zugeritten. Es
war klein, mit zottigem Fell und unstet flackerndem Blick. Die
beiden Bohnenstangen rechts und links von ihm taten so, als
führten sie das Pferd an der Mähne, doch es gab keinen
Zweifel daran, wer die beiden – und natürlich auch den tempe-
ramentvollen Schimmel – beherrschte.

Veleda stieg vom Pferd und mischte sich unter ihr Volk.
Claudia Sacrata hatte gemeint, Männer würden sie wohl für
eine Schönheit halten. Claudia hatte recht. Zu unserem Trupp
gehörten zweiundzwanzig Männer; und wir alle fanden sie
schön.

Sie war groß, ruhig und selbstsicher. Ihr Teint war von jener
durchsichtigen Blässe, die Männer schwächlich wirken läßt,
Frauen dagegen etwas Geheimnisvolles gibt. Ihr dickes, gold-
blondes Haar reichte bis in die Taille. Es war wunderbar
gepflegt. Helena hätte sicher gesagt, daß eine Frau, die tagein,
tagaus allein in einem Turm hockt, viel Zeit für Kamm und
Bürste hat. Sie trug ein ärmelloses rotes Kleid und hatte
figürlich genug zu bieten, um das Auge des Betrachters auf
den tiefen, runden Halsausschnitt oder die hochgeschlitzte
Schulterpasse zu lenken und ins Schwärmen zu bringen.
Apropos Augen: Die ihren waren blau, und was sich in ihnen
widerspiegelte, war das Vertrauen in die eigene Macht.

Ich versuchte zu erraten, wie sie zu ihrem hohen Ansehen

gekommen war. Sie wirkte unnahbar und selbstsicher zugleich. Sie sah so aus, als könne sie nicht nur Entscheidungen treffen, sondern auch anderen Menschen die eigenen Entschlüsse als einzig mögliche Lösung verkaufen. Für uns war sie der sichere Untergang. Die Seherin der Brukterer war zu alt, als daß man sie jung, und zu jung, als daß man sie alt hätte nennen können. Nach römischen Maßstäben hatte sie so oder so das falsche Alter. Sie wußte zuviel, um uns zu verzeihen, und zuwenig, um den Kampf gegen uns zu beenden. Ich wußte sofort, daß wir ihr nichts zu bieten hatten.

Helvetius wußte das auch. »Na, dann viel Glück, Falco. Hoffen wir in unser aller Interesse, daß wir nicht zur falschen Zeit des Monats an ihre Tür klopfen.«

Ich hatte fünf Schwestern und eine Freundin, die alle auf mich losgingen, wenn sie schlecht aufgelegt waren; da lernt man, sich zu ducken. Aber diese Dame hielt wahrscheinlich *jeden* Tag, an dem sie sich mit Römern abgeben mußte, für den falschen.

Sie schritt zwischen den tafelnden Männern auf und ab, als wolle sie jeden einzeln willkommen heißen. Als Gastgeberin war sie weder zu kühl noch übertrieben charmant. Sie gab sich offen und zugleich äußerst reserviert. Soweit wir sehen konnten, rührte sie kein Essen an (Teil ihrer Aura – die Durchgeistigte, unabhängig von irdischer Nahrung), aber einmal hob sie der ganzen Versammlung wie zum Salut einen Becher entgegen, was mit Beifall und fröhlichen Zurufen quittiert wurde. Während sie an den Tischen die Runde machte, sprachen die Leute ohne Scheu mit ihr wie Gleichberechtigte, aber ihren Antworten wurde mit stiller Andacht gelauscht. Nur einmal sahen wir sie lachen, und zwar mit einem Krieger, der offenbar seinen halbwüchsigen Sohn das erste Mal mit zur Versammlung gebracht hatte. Anschließend unterhielt sie sich minutenlang mit dem Neuling, der freilich so überwältigt war, daß er kaum ein Wort herausbrachte.

370

Man überreichte ihr Geschenke. Der Krieger, der mich gefangengenommen hatte, gab ihr mein Messer.

Unser Häuptling deutete auf uns. Offenbar hatte sie ihm für das Präsent gedankt. Sie schaute einmal kurz in unsere Richtung und schien alles über uns zu wissen, ohne daß ihr jemand etwas gesagt hatte.

Dann setzte sie ihren Rundgang fort.

Mit beiden Händen zerriß ich das Seil, das mich an die Kameraden fesselte. Ich ging langsam auf sie zu – allerdings nicht so nahe, daß ich mir einen Lanzenstoß durch die Kehle verdient hätte. Sie war größer als ich. Ihr hübscher Halsring aus geflochtenem Gold war zwar nicht so schwer wie manch anderer, dafür aber um so kunstvoller getrieben; ich hielt ihn für eine spanische Arbeit. Ihre Ohrringe stammten aus einer griechischen Werkstatt – goldene Halbmonde, ungewöhnlich fein ziseliert, ein Gedicht. Genau wie ihre zarte, klare Haut. Einen Moment lang war es, als näherte ich mich irgendeinem hübschen Mädchen, das beim Verteilen des Familienerbes besonders gut weggekommen ist. Doch dann traf mich die ganze Wucht ihrer Persönlichkeit. Aus nächster Nähe dominierte ihre ungeheure Intelligenz, wach, geschliffen und sprungbereit. Und dazu die tiefblauen Augen, die geradezu auf die Konfrontation mit mir gewartet zu haben schienen. Sie blickten vollkommen ruhig. Noch nie war ich einem Menschen begegnet, der sich so grundlegend von mir und meinesgleichen unterschied.

Das Gefährlichste an ihr war ihre Ehrlichkeit. Der Zirkus von Kesselflickern, der sie umgab, mochte aus lauter Scharlatanen bestehen. Aber Veleda hielt sich abseits und strahlte, unberührt von ihrem geschmacklosen Gaukelspiel, kraftvolle Stärke aus.

Ich wandte mich an den Häuptling. »Sagen Sie Ihrer weisen Frau, daß ich die weite Reise von Rom hierher gemacht habe, um mit ihr zu sprechen.« Ich wunderte mich, daß keiner nach seiner Waffe griff, aber die Krieger schienen gewohnt, von *ihr* das Zeichen zum Einsatz zu bekommen. Sie stand regungslos. Auch der Stammesfürst reagierte nicht. »Sagen Sie der hohen Frau«, beharrte ich, »daß ich Sie im Namen Cäsars zu sprechen wünsche!«

Die Erwähnung des verhaßten und gefürchteten Titels entlockte Veleda eine rasche, ungeduldige Bewegung. Der Häuptling sagte etwas zu ihr, aber sie gab keine Antwort.

Diplomatisch vorzugehen ist schon schwer genug, wenn der Verhandlungspartner den Versuch zu schätzen weiß. Mir platzte der Kragen. »Schauen Sie doch nicht so feindselig, schöne Frau – Sie ruinieren sich Ihr hübsches Gesicht!« Nachdem ich meinem Ärger Luft gemacht hatte, egal, ob sie mich verstand oder nicht, konnte ich nicht mehr an mich halten. »Ich komme in friedlicher Absicht. Wenn Sie genau hinschauen, werden Sie selbst sehen, wie blutjung und schüchtern meine Eskorte ist. Wir können den mächtigen Brukterern nicht gefährlich werden.« In Wahrheit hatten ihre Abenteuer – und wahrscheinlich auch das lebendige Beispiel zweier so zäher Haudegen wie Helvetius und mir – die Rekruten sichtlich gestählt.

Meine Rede schien bei Veleda auf (freilich eher geringschätziges) Interesse zu stoßen, also fuhr ich rasch fort: »Es ist wirklich nicht leicht, eine Friedensbotschaft zu überbringen, die keiner haben will. Aber ich hatte doch auf Ihre vielgerühmte germanische Gastfreundschaft gehofft ... Statt dessen nun dieses Elend, also das enttäuscht mich schon sehr!« Mit tragischer Gebärde deutete ich auf meine Begleiter, die sich hinter mir duckten. Diesmal mißdeutete ein vermutlich betrunkener Krieger die Situation und schoß wütend nach vorn. Veleda verzog keine Miene, aber einer ihrer Männer hielt den Hitzkopf zurück. Ich seufzte. »Wenn man nur sagen könnte,

372

Ihre Leute wären nicht an Kommunikation interessiert ...
Leider ist sonnenklar, was sie vorhaben. Darum bitte ich Sie:
Wenn Sie meine Botschaft nicht hören wollen, dann lassen Sie
mich und meine Gefährten umkehren, und wir melden unserem Kaiser, daß wir gescheitert sind.«
Die Seherin starrte mich an, ohne mit der Wimper zu zucken.
Auch wer ein Leben lang an harte Verhandlungen gewöhnt
war, geriet hier in völlig neue Untiefen. Ich schlug zur Abwechslung einen leichteren Ton an. »Sollten Sie ernsthaft
vorhaben, uns alle zu Sklaven zu machen, Madame, dann
bedenken Sie bitte, daß meine Soldaten allesamt Fischerjun-
gen sind, die nichts von Viehzeug verstehen und keinen Pflug
lenken können. Was mich betrifft, so verstehe ich mich zwar
ein bißchen auf die Handelsgärtnerei, aber im Haushalt bin ich
nicht zu gebrauchen – fragen Sie nur meine Mutter!«
Jetzt hatte ich es geschafft. »*Silentium!*« befahl Veleda.
Damit hatte ich nicht gerechnet. »Gut, ich bin ein folgsamer
Römerknabe, Fürstin. Wenn eine Frau mir auf lateinisch die
Leviten liest, dann gehorche ich aufs Wort!«

Langsam machten wir Fortschritte. Nur führten sie wie gewöhnlich in einen Engpaß, in den ich mich lieber nicht hinein-
gewagt hätte.
Die Seherin lächelte bitter. »Ja, ich spreche eure Sprache. Was
blieb mir auch anderes übrig, da ihr Römer euch nie die Mühe
gemacht habt, die unsere zu erlernen?« Sie hatte eine kräftige
Stimme, ruhig und melodisch, und unter anderen Umständen
wäre es sicher eine Freude gewesen, ihr zu lauschen. Ich
hatte meine Verblüffung inzwischen überwunden. Alles, was
diese Frau sagte und tat, war folgerichtig. Und natürlich wollte
sie, wenn römische Händler zu ihr kamen, Nachrichten austauschen und sichergehen, daß niemand sie betrog. Für Bot-
schafter, die aus den Wäldern krochen, galt sicher das gleiche.

Ich hatte zwar in Britannien ein paar keltische Brocken aufgeschnappt, aber zwischen den Völkern dort und den Stämmen
hier lagen so viele Meilen, daß einer den Dialekt des anderen
sicher nicht verstand.

Also konnte ich nur auf das erniedrigende Ritual der Diploma-
tensprache zurückgreifen: »Ihre Höflichkeit beschämt uns,
hohe Frau.« Das klang wie ein Zitat aus einer schwachen
griechischen Komödie, übersetzt von einem Stümper in Tus-
culum. »Gern priese ich die Dame Veleda ob ihrer Schönheit,
doch ich glaube, ihr wären Komplimente über ihre Fähigkeiten und ihren wachen Geist lieber ...«

Die Dame Veleda sagte etwas in ihrer Sprache. Nur ein paar
kurze Worte, die aber ihre Leute zum Lachen brachten. Wahrscheinlich gebrauchte sie einen viel rüderen Ausdruck, doch
sinngemäß erklärte sie: *Dieser Mensch langweilt mich.*

Na, das war wohl nichts mit der Diplomatie!

Veleda reckte ihr Kinn. Sie wußte, wie hinreißend sie aussah,
wollte daraus aber offensichtlich kein Kapital schlagen.
»Was«, fragte sie mich bedächtig, »was haben Sie mir zu
sagen?«

Das war unmißverständlich, aber ich konnte doch nicht einfach antworten: *Wir wollen wissen, wo Munius ist, und sorgen
Sie bitte dafür, daß Ihre Krieger den Kampf gegen Rom beenden!*

Statt dessen probierte ich es mit meinem charmanten, offenen
Lächeln. »Da habe ich wirklich eine unangenehme Rolle erwischt!«

Mit einem ähnlichen Lächeln hatte sich offenbar mal ein
Schwindler an sie rangemacht. »Jeder kriegt, was er verdient.« Sie klang genau wie ein anderes überhebliches Mädchen, mit dem ich so oft Streit hatte.

»Veleda, die Botschaft, mit der Vespasian mich schickt, ist für
uns alle äußerst wichtig. Darüber kann man nicht leichtfertig

bei einem trunkenen Gelage Witze reißen. Sie sprechen doch
für Ihr Volk ...«

»Nein!« unterbrach sie mich.

»Aber die Brukterer verehren Sie als ihre Priesterin, ja,
Prophetin ...«

Veleda lächelte still, ein ganz und gar in sich gekehrtes Lächeln, das keinerlei Kontakt zur Außenwelt herstellte, sondern im Gegenteil nur ihre Unnahbarkeit unterstrich. Sie
sagte: »Ich bin eine unverheiratete Frau, die, allein mit ihren
Gedanken, in den Wäldern lebt. Die Götter haben mich einiges gelehrt ...«

»Und auch Ihre Taten werden unvergessen bleiben.«

»Aber ich habe nichts getan. Ich sage bloß meine Meinung,
wenn Leute mich danach fragen.«

»Dann haben eben schon Ihre Gedanken ausgereicht, Ihnen
Macht zu verleihen! Leugnen Sie getrost jeden Ehrgeiz, aber
fest steht doch, daß Sie und Civilis um ein Haar ganz Nordeuropa regiert hätten.« Und dabei fast in den Ruin getrieben.
»Veleda, Ihre Meinungen haben die ganze Welt erschüttert
wie ein Gewittersturm. Vielleicht haben Sie ja sogar recht
gehabt mit Ihren Prophezeiungen, aber jetzt braucht die Welt
Ruhe und Frieden. Der Kampf ist vorbei.«

»Der Kampf wird nie vorbei sein.«

Die Schlichtheit, mit der sie das sagte, erschreckte mich.
Wäre sie einfach machthungrig gewesen, dann hätten diese
wilden Krieger sie ausgelacht, und Civilis hätte in ihr nicht die
Partnerin, sondern die Rivalin gesehen. Vielleicht hätte sie
den Pöbel ein-, zweimal mit flammenden Reden aufgehetzt,
aber über kurz oder lang hätten die Brukterer so eine Auf-
wieglerin von selbst verjagt. Schließlich war sogar der Volks-
held Arminius am Ende von seinen eigenen Anhängern ent-
machtet worden. Ein Führer, der nicht auch die Insignien der
Macht begehrte, wäre in Rom undenkbar gewesen. Hier da-

gegen untermauerte gerade Veledas Verzicht auf jeden Ehrgeiz die Stärke dieser Frau.

»Es ist vorbei«, beharrte ich. »Rom steht so fest wie nie zuvor. Es jetzt zu bekriegen hieße, gegen Grundgestein anrennen zu wollen. Ihr könnt Rom nicht besiegen.«

»Wir haben Rom einmal geschlagen, und wir werden es wieder tun.«

»Das waren andere Zeiten, Veleda.«

»Unsere Zeit wird wiederkommen.«

So zuversichtlich ich auch reden mochte, Veledas Selbstvertrauen war nicht zu erschüttern. Jetzt wandte sie sich ab. Ich konnte doch unmöglich vor einer Frau kapitulieren, die mir den Rücken zukehrte. Seit ich erwachsen war, behandelten mich die Frauen wie einen Striegel-Sklaven in den Thermen, der sein Trinkgeld nicht wert ist.

Da ich nichts mehr zu verlieren hatte, versuchte ich, sie bei ihrer Ehre zu packen. »Wenn dies das gepriesene germanische Reich sein soll, dann kann ich nur sagen, es imponiert mir nicht, Veleda. Civilis ist getürmt, und alles, was ich hier sehe, ist eine Waldbühne nebst drittklassiger Vorstellung, die mit jedem Pferdemarkt konkurrieren kann. Und mittendrin ein x-beliebiges Mädchen, das sich, wie tausend andere, nach dem Rampenlicht sehnt und unbedingt einen Namen machen will – bloß, um hinterher rauszufinden, daß der Erfolg all ihre armen Verwandten anlockt, die nun einen Job in ihrem Troß fordern ... Wenn ich mich so umschaue, dann tun Sie mir leid, Veleda. Ihre Verwandtschaft ist, scheint's, noch schlimmer als meine.« Den teilnahmslosen Gesichtern nach zu urteilen, waren die Angehörigen der Dame entweder noch dümmer, als ich dachte, oder sie hatten nicht am Unterricht ihres Lateinlehrers teilnehmen dürfen. Veleda selbst aber blickte mich jetzt wieder an. Es geht doch nichts über Familiensinn! Ich fuhr in ruhigerem Ton fort: »Bitte verzeihen Sie meine dum-

376

men Scherze. Meine Sippschaft ist vielleicht nicht viel wert, aber ich habe trotzdem Heimweh nach ihnen.« Was ich ihr eigentlich damit sagen wollte – nämlich, daß auch Römer Menschen sind –, schien sie nicht verstanden zu haben. Aber immerhin hörte sie mir jetzt wieder zu, oder tat wenigstens so.

»Veleda, Ihr Einfluß beruht auf der richtigen Prophezeiung, daß Arminius die römischen Legionen schlagen würde. Nun, das war kein Kunststück! Jeder, der das Gezerre um den Kaiserthron verfolgt hat, sah doch, daß Rom dadurch seine Stellung in Germanien aufs Spiel setzte. Das konnte nur so oder so ausgehen: Sie hatten Glück und zogen den richtigen Strohhalm, weiter nichts! Aber die Zeiten sind vorbei! Rom hat seine Herrschaft wieder gefestigt. Sowie der Palatin wieder eine Autorität hatte, zog Petilius Cerialis mit seinen Truppen den Rhein hinunter – von den Alpen bis hinauf zum britannischen Ozean –, und die Feinde Roms haben auf der ganzen Strecke vor ihm kapituliert. Wo steckt denn euer glorreicher Civilis heute? Wahrscheinlich hat er sich ins Meer gestürzt.«

Die offizielle Version von der siegreichen Kampfkraft unseres Oberbefehlshabers blendete vielleicht seine ruhmsüchtige Geliebte in Colonia, aber eine intelligente, nüchterne Frau, die noch dazu das Flaggschiff des Cerialis an ihrem eigenen Landungssteg schaukeln sah, würde sich kaum davon beeindrucken lassen. Andererseits wußte Veleda so gut wie ich, daß Cerialis – obwohl ein lausiger Stratege – am Ende den Sieg davongetragen hatte.

»Man hat mir erzählt«, berichtete die Seherin und schien sich schon im voraus an meiner betretenen Miene zu weiden, »daß unser Vetter Civilis sich das Haar wieder rot gefärbt hat.«

Das war ein unverhoffter Treffer! Ich hatte schon gar nicht mehr mit Neuigkeiten von Civilis gerechnet. Es klang aller-

dings nicht so, als ob der Rebellenführer bei *ihr* unterge-
schlüpft sei.

»Ihr Vetter ist nicht zufällig bei Ihnen?«

»Civilis fühlt sich nur am linken Rheinufer daheim.«

»Ach? Sonst nirgends? Nicht einmal auf der Bataverinsel?«

»Heutzutage nicht einmal mehr dort, nein.«

»Rom wird den Civilis schon noch balbieren. Die Frage ist nur,
ob Sie, geniale Seherin, den Mut haben, einzugestehen, daß
die neugegründeten Legionen *nicht* besiegt worden sind.
Kurzum: Werden Sie uns helfen, die Welt, die wir alle um ein
Haar verloren hätten, wiederaufzubauen?«

Langsam gingen mir die Appelle aus. Die Seherin stand immer
noch so still und regungslos, daß ich mir vorkam wie einer, der
auf Granit beißt. »Die Entscheidung«, sagte sie endlich, »liegt
bei den Brukterern.«

»Ach, sind sie deshalb hier? Veleda, geben Sie Ihren fanati-
schen Widerstand gegen Rom auf. Wenn Sie zur Umkehr
raten, werden die Brukterer auf Sie hören, und mit ihnen viele
andere Stämme.«

»Sie irren, es geht hier gar nicht um mich. Aber die *Brukterer*
werden den Widerstand gegen Rom nie aufgeben.«

Als ich mir jetzt die Stammeskrieger ansah, war ich selbst
überrascht, daß diese Trutzgestalten überhaupt jemals auf
irgendwen gehört hatten.

Veleda blieb so unnahbar wie ein griechisches Orakel oder die
Sibylle. Aber ihre Masche mit dem Turm war vermutlich der
gleiche faule Zauber wie weiland die erschreckenden Rituale in
Delphi oder Cumae. Nur sagen griechische und römische Pro-
pheten das Schicksal voraus in Form von Rätseln, während
Veleda mit der lauteren Wahrheit argumentierte. Das, dachte
ich, ist ihr bester Trick! Wie ein Redner, der die geheimen
Gedanken seines Publikums in Worte faßt, so stützte sie sich
auf Gefühle, die tief im Herzen ihres Volkes verankert waren.

378

Und die Arglosen glaubten hinterher, sie hätten selbst entschieden. Wir hatten es ja gerade selbst erlebt: Sie mimte so zurückhaltend und neutral die Gastgeberin dieser Versammlung, als wolle sie sich an der anstehenden Entscheidung gar nicht beteiligen. Und doch war ich überzeugt, daß sich, wenn es zur Abstimmung käme, ihr Wille durchsetzen würde. Für Rom wäre das eine Katastrophe. Aber Veleda schien unerbittlich.

Meine Audienz war vorüber. Veleda, die sich ohnehin nur ganz selten in der Öffentlichkeit zeigte, wandte sich zum Gehen. Sofort nahmen ihre Begleiter rechts und links von ihr Aufstellung, um sie vor Zudringlichkeiten zu schützen.

Noch einmal wandte sie sich nach mir um. Es war, als hätte sie meine Gedanken erraten: Wenn bei dieser Versammlung große Entscheidungen anstanden, waren wir vielleicht gerade zur rechten Zeit gekommen. Sichtlich erfreut machte sie mir klar, daß ich nichts würde ändern können. »Sie und Ihre Kameraden sind mir soeben zum Geschenk gemacht worden. Die Häuptlinge haben mich gebeten, euch ein Schicksal zu bereiten, das Sie vermutlich erraten können?« Zum ersten Mal las ich Neugier in ihrem Blick, als sie jetzt fragte: »Fürchten Sie sich vor dem Tod?«

»Nein.« Aber wütend wäre ich, wenn es mich so dumm erwischte.

»Ich habe mich noch nicht entschieden«, meinte sie freundlich.

Ich raffte mich zu einer allerletzten Retourkutsche auf. »Veleda, Sie würden sich erniedrigen und Ihren hochgeehrten Namen beschmutzen, wenn Sie einen alten Soldaten, seinen Diener und eine Schar Rekruten, die noch halbe Kinder sind, so einfach abschlachten lassen.«

Ich hatte die ganze Sippe beleidigt. Der Häuptling, der uns hergebracht hatte, beförderte mich mit einem einzigen gewaltigen Schlag zu Boden.

Veleda hatte ihren Turm erreicht. Ihre Stammesbrüder versammelten sich zum Abschied vor dem Eingang. Als die schlanke Gestalt in ihrem Schlupfwinkel verschwand, fiel der Schatten des mächtigen Römertores auf ihr goldenes Haar. Dann hatte der Meldeturm sie auch schon verschluckt – ein gespenstischer Effekt.

Er wirkte um so nachhaltiger, wenn man mit zerbeultem Stolz und hämmerndem Schädel im Gras lag und seinen qualvollen Tod in einem Druidenhain vor Augen hatte.

LII

Helvetius machte einen halbherzigen Versuch, mir beim Aufstehen zu helfen. »Das war aber keine Glanzleistung!«

Ich schüttelte ihn ab. »Jeder, der glaubt, seine geübte Zunge hätte größere Chancen als meine, soll gehen und sein Glück im Turm probieren!«

Die bissigen Kommentare verstummten.

Zwei von Veledas Vettern waren dazu abkommandiert worden, uns auf eine Viehweide zu treiben, deren Palisadenzaun aussah, als ob die einzelnen Staketen noch wachsen. Hier verwahrte Veleda offenbar lebende Geschenke bis zum rituellen Schlachtfest. Die Krieger scheuchten uns in die Hürde und verschlossen das Gatter. Aber der Pferch war schon besetzt. Das Individuum, das da in einer Ecke kauerte, sah freilich nicht so aus, als könne es eine Naturgottheit wie die, die Lentullus und ich im Druidenhain gesehen hatten, versöhnlich stimmen.

»Oh, schaut mal alle her! Wir haben Dubnus gefunden!«

Unser lang vermißter Hausierer war übel zugerichtet. Offenbar hatte man ihm im ersten Durchgang eine gründliche Abreibung verpaßt und ihn sich dann ein paar Tage später noch einmal vorgenommen, um eventuelle Lücken zwischen Blutergüssen und blauen Flecken zu schließen. »Wofür war denn das?«

»Dafür, daß ich Ubier bin.«

»Lüg doch nicht, Kerl! Du bist hierher gekommen, um uns für Geld an die Brukterer zu verraten. Deine Informationen haben sie zwar akzeptiert, dir dann aber doch ihre Verachtung bewiesen!«

Er sah uns an, als erwarte er von uns gleich die nächste Tracht Prügel, aber wir erklärten ihm, daß wir prinzipiell niemanden verhauen, dessen Stamm offiziell romanisiert ist. »Nicht mal Schufte, die ein doppeltes Spiel treiben, Dubnus.«

»Nicht mal unzuverlässige Dolmetscher, die sich aus dem Staub machen, wenn man sie gerade dringend braucht.«

»Nicht mal ubische Schweinehunde, die uns in die Sklaverei verkaufen wollen.«

»Nicht einmal dich, Dubnus.«

Er sagte etwas in seiner Sprache, das wir auch ohne Dolmetscher verstanden.

Was dann geschah, kam für alle überraschend. Kaum hatten Veledas klapperdürre Gefolgsleute uns hinter Schloß und Riegel gebracht, da trabten sie auch schon wieder an und sperrten das Gatter auf.

»Mithras! Die Hexe hat sich's anders überlegt. Jetzt kriegen wir jeder einen hübschen neuen Mantel und sitzen als Ehrengäste an ihrer Festtafel ...«

»Sparen Sie sich Ihre Puste für Ihren Haferschleim, Zenturio. Diese Frau ändert ihre Meinung nicht!«

Die Bohnenstangen zerrten uns allesamt ins Freie. Bei Dubnus' Anblick fiel ihnen ein, was für ein schönes Gefühl es ist, der Stärkere zu sein. Der Hausierer war aber schon zu zermatscht, als daß sich noch eine Runde gelohnt hätte, darum fielen sie über Helvetius und mich her. Als wir sie wütend beiseite schubsten, folgten sie dem allgemeinen Trend und hieben auf den Diener des Zenturio ein. Diesmal mochte Helvetius das aber nicht dulden, sondern fing an, seinen Mann zu verteidigen.

Wir machten uns auf Ärger gefaßt – und den gab es auch prompt. Allerdings nicht so, wie wir's und vorgestellt hatten.

Zuerst tauchte Veleda wieder aus ihrem Turm auf.

Dann erscholl ein Trompetensignal. »Jupiter und Olympus – *das ist einer von uns!*«

Es war ein kurzer, getragener Sammelruf, geblasen auf einem klaren, wenn auch nicht seine ganze Strahlkraft entfaltenden Instrument. Die melancholisch-gedämpfte Koda klang zwar römisch, aber eben doch nicht ganz. Das Signal kam vom Waldrand, irgendwo ganz in der Nähe. Geblasen wurde es offenbar auf einem bronzenen Bügelhorn, wie es die Lagerwachen benutzen, und es war der Ruf zur zweiten Nachtwache. Seltsamerweise kam er heute vier Stunden zu früh.

Im nächsten Moment kam Tigris auf den Platz geschossen, rannte schnurstracks auf Veleda zu und legte sich, die Schnauze zwischen den Pfoten, zu ihren Füßen nieder.

Ich hatte kaum Zeit, mir zusammenzureimen, daß die Seherin den seltsamen Boten wohl von ihrer luftigen Turmhöhe aus entdeckt hatte, als auch schon der nächste Überraschungsgast die Szene betrat. Es war Helenas jüngerer Bruder. Ich hatte schon seit längerem vermutet, daß in ihm allerhand verborgene Talente schlummerten, aber improvisierte Bühnenauftritte hätte ich ihm doch nicht zugetraut.

Mit fröhlichem Hufgetrappel ritt er auf den Platz, Orosius als folgsamer Knappe hinterdrein. Das Bügelhorn hatten sie beide nicht dabei, ein hinterlistiger Verweis darauf, daß irgendwo noch eine dritte Partei wartete (in Wirklichkeit hatten sie die Trompete wahrscheinlich einfach an einen Baum gehängt). Sie sahen prächtig aus; einer – oder womöglich beide – hatte den ganzen Nachmittag damit zugebracht, Federbüsche zu kämmen und Bronze zu polieren. Helenas Bruder benahm sich den Brukterern gegenüber, als hätte er eine fünfzehntausend Mann starke Armee hinter sich, die gleich an der nächsten Straßenecke wartete. Nun gab es hier zwar keine Straßen, aber Camillus Justinus sah aus, als hätte er eigens eine für sich bauen lassen. Leider gab es weder die Straße noch die Armee – das wußten wir.

Für einen Mann, der seit einem Monat in der Wildnis unter einem Zeltdach kampiert hat, sah der Tribun tadellos aus. Und auch die draufgängerische Attitüde beherrschte er perfekt. Er ritt das beste unserer gallischen Pferde und hatte offenbar unseren Vorrat an Olivenöl geplündert, denn der Gaul glänzte bis hinunter zu den Hufen wie ein lebender Spiegel. Der Reiter stand seinem geschniegelten Roß in nichts nach. Justinus und Orosius hatten es sogar fertiggebracht, sich mitten im germanischen Urwald tadellos zu rasieren. Neben den beiden kamen wir uns vor wie das von Flöhen geplagte, radebrechende Gesindel, das beim Rennen nicht mal dann einen Platz kriegt, wenn der Torhüter Mittagspause macht und nur seinen zehnjährigen Bruder als Rausschmeißer dagelassen hat.

Justinus trug die volle Rüstung mit allen Ehrenzeichen, die seinem Tribunrang zukamen, dazu ein paar Phantasiedekorationen, die er selbst entworfen hatte: eine weiße, violett gesäumte Tunika; funkelnagelneue Beinschienen mit Goldbeschlägen; einen feschen Roßhaarschweif auf einem Helm, der so blank gewienert war, daß jedesmal, wenn Justinus den

Kopf drehte, ein Blitzstrahl durch den Wald zuckte. Der Harnisch über seinem dichtbefransten Lederpanzer glänzte dreimal so hell wie üblich. Über seinen dekorativ modellierten Heldentorso hatte er den schweren Purpurmantel drapiert, und in der Armbeuge trug er eine Art Zepter, das er offenbar einem Standbild des Augustus nachempfunden hatte. Auf seinem Antlitz lag die noble Gefaßtheit eines Kaiserporträts, und wenn sich dahinter womöglich Furcht verbarg, so hätten das nicht einmal seine Freunde sehen können.

Er ritt im Halbkreis um den Platz, schön langsam, damit die Seherin seine Aufmachung auch gebührend bewundern konnte, und stieg dann ab. Orosius nahm die Zügel – und das Zepter – mit stummer Ehrerbietung entgegen. Mit großen Schritten ging Justinus auf Veleda zu und nahm respektvoll den Helm ab. Die Camilli waren alle hochgewachsen; besonders in den dreifach besohlten Militärstiefeln. Vielleicht zum ersten Mal sah Veleda einem Römer gerade in die Augen. Die Augen, in die sie jetzt blickte, waren groß, braun, bescheiden und grenzenlos ehrlich.

Justinus stutzte, errötete leicht – sehr wirkungsvoll! Daß er seinen goldenen Kopfschmuck abnahm, hatte der Dame schon seine unverhohlene Bewunderung und jungenhafte Schüchternheit verraten. Das empfindsame Augenpaar machte nun den Zauber perfekt, und er setzte ihrer unergründlichen Stille seine ruhige Standhaftigkeit entgegen.

Dann hörten wir ihn sprechen. Offenbar wollte er Veleda vertraulich anreden, aber seine Stimme hallte über den Platz. Wir kannten den Mann. Wir kannten die Stimme. Und doch hatten wir nicht die leiseste Ahnung, was er zu der Seherin gesagt hatte.

Camillus Justinus hatte sich ihrer Sprache bedient.

Er tat es mit jener lässigen Eleganz, die ich schon von seinem Griechisch her in Erinnerung hatte. Veleda brauchte länger, um sich wieder zu fangen, als ihr wahrscheinlich lieb war. Dann neigte sie den Kopf. Justinus sagte wieder etwas zu ihr, diesmal schaute sie zu uns herüber. Offenbar hatte er etwas gefragt. Sie erwog ihre Antwort, entschied sich dann aber rasch.

»Ergebensten Dank«, sagte Justinus, diesmal in formvollendetem Latein, wie um ihr das Kompliment zu machen, daß er ihr selbstverständlich zutraute, auch unsere Sprache zu sprechen. »Wenn Sie erlauben, möchte ich erst noch rasch meine Freunde begrüßen.«

Er bat sie nicht wirklich um Erlaubnis, sondern konstatierte unmißverständlich seine Absicht. Dann wandte er sich mit einer höflichen Verbeugung ihr zu: »Ich heiße übrigens Camillus Justinus.«

Seine Miene verriet nichts, als er jetzt auf uns zukam. Und wir benahmen uns seinem Vorbild entsprechend.

Gemessen und ernst schüttelte er jedem von uns die Hand. Da die versammelten Brukterer ihn nicht aus den Augen ließen, sagte Justinus kaum mehr als unsere Namen, während wir ihm hastig alle möglichen Informationen zuflüsterten.

»Marcus Didius.«

»Sie behauptet, daß sie im Turm nur ihren Gedanken nachhängt.«

»Helvetius.«

»Hoffentlich kommt bald mal einer und bringt sie auf andere Gedanken!«

»Ascanius.«

»Ach, Tribun, die wollen uns alle umbringen.«

»Probus.«

»Tribun, was haben Sie zu ihr gesagt?«

385

»Sextus. Wir werden beizeiten über alles reden. Ich will sehen, was ich tun kann, Lentullus!«

Als er alle begrüßt hatte, suchten seine braunen Augen meinen Blick. »Na, diesmal habt ihr mich die ganze Arbeit allein machen lassen. Sogar die verdammte Trompete mußte ich selbst blasen!«

Mit dem Witz versuchte er, seine Angst zu überspielen; unter der amüsierten Maske sah er traurig aus. Eine plötzliche Eingebung ließ mich das Amulett hervorziehen, das mir der Waffenschmied in Vetera geschenkt hatte; ich hängte es dem Tribun um den Hals. »Ob es viel helfen wird, weiß ich nicht, aber jemand hat mir geflüstert, daß die Turmschöne sich vielleicht schon lange nach einem vernünftigen Gesprächspartner verzehrt ... Und den Talisman da, den kriegen Sie Helena zuliebe, Tribun. Seien Sie vorsichtig, Justinus!«

»Ach, Marcus!« Er umarmte mich wie einen Bruder, gab mir seinen Helm und entfernte sich mutigen Schritts.

Er ging zurück zu Veleda. Justinus war ein schüchterner Mensch, der gelernt hatte, sich Herausforderungen allein zu stellen. Veleda erwartete ihn wie eine Frau, die damit rechnet, vielleicht bald etwas zu bereuen.

Ich stürzte mich auf den Hausierer, den einzigen von uns, den der Tribun absichtlich übersehen hatte. »Was hat er zu ihr gesagt, Dubnus?«

Dubnus fluchte, antwortete aber dann doch. »Er hat gesagt: ›Sie sind bestimmt Veleda. Ich bringe Ihnen Grüße von meinem Herrn und Kaiser, er sendet Ihnen eine Friedensbotschaft‹ ...«

»Du verschweigst was, Kerl! Er hat ihr ein Angebot gemacht – das war nicht zu übersehen.«

Ohne lange zu fackeln, trat unser verläßlicher Helvetius hinter den Hausierer, riß ihm mit einem herzhaften Ruck die

Arme auf den Rücken, daß es krachte, und drückte so lange, bis Dubnus überzeugt war. »Er hat gesagt« – keuchte er –, »er hat gesagt: ›Wie ich sehe, sind meine Kameraden Ihre Geiseln. Ich möchte mich an ihrer Stelle anbieten.‹«

Ich hatte es gewußt. Justinus brachte sich ebenso mutig in Gefahr, wie seine Schwester loszupreschen pflegte, wenn ihr etwas nicht schnell genug ging. »Na und? Was hat Veleda ihm geantwortet?«

»Kommen Sie in meinem Turm!«

Der Hausierer sagte die Wahrheit. Sowie Justinus bei ihr angekommen war, schritt Veleda die Stufen zu ihrem Turm hinauf. Er folgte. Und dann sahen wir unseren unschuldigen Tribun allein mit der Druidenpriesterin im dunklen Gebäude verschwinden.

LIII

Ich schlenderte hinüber zum Turm. Die ziegenklauenden Wachposten standen ziemlich verdattert herum, aber als ich näher kam, gingen sie auf Schulterschluß. Ich legte den Kopf in den Nacken und starrte das alte römische Bollwerk mit den roten Backsteinstreben an. Ich konnte nichts tun. Also ging ich zurück zu meinen Leuten. Der Hund des Tribun blieb am Turmeingang sitzen und wartete gespannt auf die Rückkehr seines Herrn.

Die Rekruten schlossen Wetten auf die Chancen des Tribun ab, und ich hörte sie halb entsetzt, halb neidisch unken: »Sie wird ihn auffressen!«

Ich wollte mich auf andere Dinge konzentrieren. »Vielleicht spuckt sie ihn ja wieder aus ...«

Wie sollte ich das bloß Helena beibringen? Sie würde mir die Schuld geben, das war klar.

»Warum ist er da reingegangen, Falco?«

»Ihr habt's doch gehört: Er will mit ihr reden.«

»Aber worüber, Falco?«

»Ach, nichts Besonderes.«

Über das Schicksal. Die Weltgeschichte. Das Leben seiner Freunde. Den Tod eines Tribun ...

»Falco ...«

»Halt die Klappe, Lentullus!«

Ich ging zurück in den Pferch und hockte mich, sorgsam Bodenkontakt vermeidend, in eine ruhige Ecke. Es war die falsche Jahreszeit, um sich ins Gras zu setzen. Der feuchten Luft nach zu urteilen, würde heute nacht schwerer Tau fallen. Irgendwie war es für alles die falsche Jahreszeit.

Die anderen löcherten Orosius nach Kräften, dann kamen sie einer nach dem anderen angezockelt, und wir warteten gemeinsam auf das Ungewisse. Orosius hatte wenig zu erzählen, außer, daß der Tribun seiner Meinung nach schwer in Ordnung sei. Ich kniff ihn ins Ohr und sagte, das sei bereits allgemein bekannt.

Ich hätte es wissen müssen. Er war nicht umsonst so neugierig und wissensdurstig. Camillus Justinus würde nicht drei Jahre lang die Grenzen einer Provinz bewachen, ohne die Sprache ihrer Bewohner zu erlernen. Aber jetzt war er ganz auf sich allein gestellt – und das nicht nur mit etwaigen Sprachproblemen.

Er war von einer Gründlichkeit, die ich nur bewundern konnte. Mit seiner frisch-fröhlichen Art und der altmodischen Idee, ein Offizier müsse jeden Soldaten seines Kommandos mit Namen kennen, hatte diese reine Seele sogar einen hartgesottenen Trompeter dazu gebracht, ihn eine halbwegs passable Vigilie blasen zu lehren. Der Monat als Waldläufer

388

war ihm genauso aufs Gemüt geschlagen wie mir, hatte seinen Einfallsreichtum aber nicht geschmälert. Nachdem er sich einmal auf dieses Abenteuer eingelassen hatte, würde er nicht klein beigeben. Aber er war erst zwanzig. Und noch nie ernsthaft in Gefahr gewesen. Er hatte nicht die geringste Chance.

Er hatte auch keine Erfahrung mit Frauen, aber vielleicht brauchten wir auf dem Sektor nichts zu befürchten.

»Muß eine Druidenpriesterin Jungfrau sein, Falco?«

»Ich glaube, zwingend vorgeschrieben ist das nicht.« Nur Rom setzte Keuschheit mit Heiligkeit gleich. Und selbst Rom setzte zehn Vestalinnen gleichzeitig ein, um einen gewissen Spielraum für Irrtümer zu lassen.

»Glauben Sie denn, der Tribun wird ...«

»Der Tribun wird über Politik reden.« Die ungewohnte Kombination von einer Konferenz über das Geschick ganzer Völker und der betörendsten Frau, die ihm je begegnet war, als Verhandlungspartner, würde unserem jungen Freund womöglich zu Kopf steigen.

»Die Hexe hat was anderes vor!« Die Rekruten wurden langsam mutiger. »Womöglich weiß der Tribun dann nicht, was er tun soll ...«

»Der Tribun versteht sich aufs Improvisieren!«

Ich hoffte inständig, nie seiner Schwester beichten zu müssen, daß eine tolläugige Seherin ihren kleinen Bruder auf einem alten Meldeturm zum Manne gemacht hatte, während ich untätig unten wartete.

Als die Fackeln heruntergebrannt waren und das Fest zu Ende ging, befahl ich unseren Rekruten, sich schlafen zu legen. Später übergab ich Helvetius die Wache und schlich mich vorsichtig zwischen den schnarchenden Brukterern hindurch zurück zum Turm. Ein einzelner Posten lag mit seiner Lanze auf den Eingangsstufen und schlief. Ich hätte seine Waffe nehmen und ihm damit die Kehle durchbohren können. Aber ich tat es nicht. In den Turm hineingekommen wäre ich sowieso nicht, denn jenseits der schweren Tür, im Torhof, war noch ein ganzes Wachkommando postiert.

Ich ging um das Gebäude herum. Der Mond tauchte die Mauern in milchig weißes Licht. Hoch oben im Turmzimmer brannte eine abgedunkelte Lampe. Ich hörte Stimmen. Schwer zu sagen, in welcher Sprache sie sich unterhielten; das Gemurmel war zu leise. Jedenfalls klang es eher nach einer Diskussion als nach Streit. Man hätte meinen können, sie unterhielten sich über ein Konzert oder die Schönheit eines Wandfreskos, statt dem Imperium das Horoskop zu stellen. Einmal sagte der Tribun etwas, was die weise Frau amüsierte; sie antwortete, und dann lachten beide.

Ich wußte nicht, ob ich seufzen oder feixen sollte. Also ging ich zurück zu meinen Männern.

Helvetius klopfte mir auf die Schulter. »Alles in Ordnung?«

»Sie reden.«

»Ha, klingt gefährlich!«

»Richtig gefährlich wird's erst, wenn sie aufhören, Zenturio.« Und plötzlich platzte ich heraus: »Ich möchte seine Schwester heiraten.«

»Ja, hat er mir schon erzählt.«

»Ach? Ich dachte, er wüßte gar nicht, daß es mir ernst ist.«

»*Er* fürchtet bloß, *Sie* wüßten vielleicht nicht, daß seine Schwester wild entschlossen ist, Sie an die Kette zu legen.«

»Oh, sie sagt, was sie denkt. Ich hatte Angst, daß er mich für einen Abenteurer hält, der seine Schwester als Spielzeug benutzt.«

»Nein, er denkt, Sie sind genau der Richtige!« Helvetius legte mir die Hand auf die Schulter. »Jetzt wissen wir doch wenigstens, woran wir sind! Ist schließlich auch was wert, oder?«

390

»Sicher! Der Mann, den ich mir als Lieblingsonkel meiner Kinder wünsche, wird gerade ...«

»... wird wahrscheinlich mit ziemlich weichen Knien und schwiemeligem Blick zu uns zurückkommen! Sie können ihm die Entscheidung nicht abnehmen, Falco. Er ist kein Kind mehr.«

»Nein, er ist zwanzig und war bis heute ungeküßt.«

Jedenfalls nahm ich das an. Bei jedem anderen hätte ich mich gefragt, ob er seinen fließenden Germanendialekt von einem Mädchen gelernt hatte. »Und bis jetzt hat ihm auch noch niemand in einem Druidenhain mit scharfer Sichel die Kehle durchgeschnitten, Zenturio!«

»Schlafen Sie ein bißchen, Falco. Sie wissen doch, wie er ist, wenn ihn ein Thema gepackt hat. Falls die Dame genauso gesprächig ist wie er, dann haben wir eine lange Nacht vor uns.«

Es wurde meine längste Nacht in Germanien. Als er zurückkam, lagen die anderen in tiefem Schlaf. Ich hatte nach ihm Ausschau gehalten.

Es war finster. Der Mond hatte sich hinter einer breiten Wolkenbank versteckt, aber unsere Augen waren an die Dunkelheit gewöhnt. Er sah, wie ich aufstand. Wir tauschten einen Händedruck und unterhielten uns dann flüsternd. Justinus wirkte beschwingt, ja erregt.

»Ich habe Ihnen so viel zu erzählen!« Sein Adrenalinspiegel hätte kaum höher steigen können.

»Was ist los? Sind Sie beurlaubt?«

»Veleda will ein bißchen allein sein. Wenn der Mond wieder rauskommt, muß ich zurück, und dann wird sie mir sagen, ob's Krieg gibt oder Frieden.« Er hielt erschöpft inne. »Ich hoffe bloß, daß ihre Mondvorhersage stimmt ...«

Ich betrachtete den Himmel. Die schweren Gewitterwolken,

die sich bislang nicht entladen hatten, würden jetzt wohl langsam abziehen. »Doch, sie hat recht – und wie jede Zauberei, die was taugt, fußt sie auf Beobachtung, nicht auf Prophezeiungen.«

Wir hockten uns unter einen Baum. Er drückte mir etwas in die Hand. »Ein Messer?«

»Ja, gehört Ihnen. Sie hatte alle ihre Geschenke auf einer Truhe liegen, da habe ich's gleich erkannt und gesagt, daß es meinem Schwager gehört.«

»Danke – auch für das Kompliment. Es ist mein bestes Messer, aber wenn sie jetzt Gastgeschenke austeilt, dann wüßte ich was Nützlicheres.«

»Ich glaube, das Messer hat sie mir gegeben, um zu beweisen, daß sie unvoreingenommen ist und sich nicht durch Gaben beeinflussen läßt.«

»Oder sie ist auf ganz was anderes aus.«

»Zyniker! Um was hätten Sie denn an meiner Stelle gebeten?«

Ich machte einen albernen Vorschlag, und er lachte. Aber seine Aufgabe war zu wichtig, um darüber zu witzeln. »Marcus, ich kann ihr gar nichts anbieten. Wir hätten wirklich Geschenke mitbringen sollen.«

»Wozu haben wir die Geldkassette?«

»Aber das ist der Sold für unsere Rekruten!« Der Junge war von einer seltenen Einfalt.

»Die würden lieber weiterleben, als tot und ausbezahlt sein.«

»Ah!«

»Ich hole das Geld. Orosius kann mir zeigen, wo ihr es versteckt habt. Aber nun erzählen Sie mir, worüber Sie mit Veleda gesprochen haben.«

»Es war wirklich ein Erlebnis!« Ominöser Auftakt. »Wir haben uns rund ums Forum geschwatzt. Ich habe für die Mission des Kaisers getan, was ich konnte, und ihr gesagt, wir müßten alle akzeptieren, daß die Stämme auf dem westlichen Rheinufer sich aus freien Stücken für Rom entschieden haben, der Kaiser aber keine Expansionsabsichten in Richtung Osten hat, ja, den Rhein nicht überschreiten wird, solange wir nicht von drüben bedroht werden.« Justinus senkte die Stimme. »Marcus, ich bin mir nicht sicher, ob wir uns dafür auf Dauer verbürgen können.«

»Aber Tribun! Das ist Politik. Passieren kann alles mögliche, zur Zeit gärt es an der Donau, aber vielleicht geschieht auch nichts, und wir wollen doch nicht unnötig die Pferde scheu machen. Außerdem ist sie klug genug, ihre eigenen Schlüsse zu ziehen.«

»Ich habe mit solchen Verhandlungen überhaupt keine Erfahrung. Ich fühle mich so schlecht gerüstet.«

Unsere einzige Hoffnung war, daß Veleda seiner Integrität, seinem naiven Rechtsglauben und seiner Lauterkeit vertrauen würde.

»Nur Mut! Wenigstens hört sie zu. Bevor Sie Ihren großen Auftritt hatten, habe ich selbst versucht, mit ihr zu diskutieren ...«

»Ein bißchen davon habe ich mitbekommen. Orosius und ich, wir hatten uns nämlich hinter den Bäumen versteckt; nicht so nahe, daß wir alles hätten verstehen können, aber zum Beispiel das über die neu gestärkte Macht der Legionen, das habe ich mitbekommen.«

»Man muß sie davon überzeugen, daß es glatter Selbstmord wäre, sich gegen die disziplinierte römische Kriegsmaschinerie zu stellen.«

»Marcus, das weiß sie längst.« Das klang nach Loyalität mit ihr.

»Geredet hat sie aber ganz anders.«

»Was Wunder! Schließlich hat ihr ganzes Volk zugehört.«

»Und ich war der hergelaufene Gauner, dem gegenüber Vorsicht angebracht war ...«

»Nein, ich glaube, sie hat sich Ihre Worte zu Herzen genommen. Jedenfalls macht sie sich große Sorgen, und mir scheint, sie hat schon, bevor wir kamen, viel über die Zukunft nachgegrübelt. Deshalb hat sie wohl auch das Stammestreffen einberufen. Aber sie schreckt noch vor der Verantwortung zurück, die es bedeuten würde, dem Volk zu enthüllen, was sie kommen sieht.«

»Schüren Sie ihre Ängste!«

»Das brauche ich gar nicht. Veleda leidet auch so genug.«

»O ihr Götter, schon wieder dieses übertriebene Mitleid – wie bei der kleinen Kellnerin aus der Medusa.«

Ich hatte einen Witz machen wollen, aber Justinus ließ den Kopf hängen. »Die Kellnerin ... ja ... da muß ich mich noch bei Ihnen entschuldigen.«

»Entschuldigen? Wofür?« Die Frikadellen in der Medusa schienen tausend Jahre zurückzuliegen.

»Nachdem Sie schon nach Colonia abgefahren waren, hat es in der Taverne ein großes Spektakel gegeben. Irgendwem ist ein eigenartiger Geruch aufgefallen, und diesmal war nicht das Tagesgericht daran schuld. Um es kurz zu machen: Man hat die Leiche von Cerialis' Pagen unter den Dielenbrettern im Hinterzimmer gefunden. Regina hat gestanden. Die beiden hatten einen Streit, dabei hat sie die Beherrschung verloren und ihm eine Amphore zu hart über den Schädel geschlagen.«

Ich sagte, das sei immerhin mal eine Abwechslung, weil doch sonst immer die Kellnerinnen dran glauben mußten.

»Aber Sie haben ihr gleich angesehen, daß was nicht stimmte. Also, Marcus, wie steht es mit der Dame im Turm?«

»Ach was, ergreifen Sie einfach die Initiative – Sie haben doch offenbar eine ganze Menge guter Ideen. Was mich angeht, ich gehe Prophetinnen und weisen Frauen aus dem Weg. Meine Mutter hat mir beigebracht, daß ein anständiger Junge nicht mit heiligmäßigen Mädchen rummacht.«

Wir kicherten noch, als der Mond wieder zum Vorschein kam.

»Marcus.«

»Justinus.«

»Also eigentlich Quintus«, meinte er trocken, wie einer, der die Vorstellung nachholt, wenn im Bett schon alles gelaufen ist.

»Danke, ich fühle mich geehrt. Ich habe deinen privaten Vornamen gar nicht gekannt.«

»Den verrate ich auch nur wenigen Leuten«, sagte er ruhig.

»Also, was mache ich jetzt? *Geschenke austauschen, den Streit begraben* ...«

»Warum nicht? Aber vergiß nicht die dritte Regel: *Vorsicht walten lassen.* Du sollst nicht enden wie Lupercus.«

»Ah! Hätte ich beinahe vergessen: *nach Lupercus fragen.*«

Ich war schon bereit, Lupercus zu vergessen, falls Veleda durch die Erinnerung womöglich auf blutrünstige Gedanken käme. »Vor allem muß ich sie überreden, euch freizulassen ... Ich hoffe, ihr kommt wohlbehalten nach Hause.« Jetzt brach ihm doch die Stimme.

»*Wir?* Aber doch nicht ohne dich! Hör zu, wenn du jetzt wieder raufkletterst in den Turm und Veleda in ihrem besten Gewand vorfindest, dazu die Haare eigens geflochten – dann vergiß das römische Reich und mach, daß du wieder rauskommst! Das rate ich dir, Quintus.«

»Marcus, jetzt mach dich doch nicht lächerlich«, antwortete Justinus, und er, der doch immer so sanft und ausgeglichen war, klang auf einmal merkwürdig gereizt.

395

Wenigstens hatte ich jetzt etwas zu tun, solange er fort war. Ich weckte Orosius, und wir krochen zu dem Versteck am Waldrand, wo Justinus und er Zelt und Vorräte gelassen hatten. Wir packten alles zusammen und schleppten es in die Nähe des Turms. Dann führten wir das Pferd mit der Geldkassette ans Tor, und ich machte mich mit einem vereinbarten Pfiff bemerkbar.

Die Seherin höchstpersönlich drängte sich durch einen Pulk von Verwandten zur Tür. Justinus war nicht bei ihr. Sie war über alle Maßen blaß und hielt den Mantel, den sie übergeworfen hatte, krampfhaft über der Brust fest. Wir wuchteten die Kassette auf den Boden, und ich öffnete sie, um ihr das Silber zu zeigen. Veleda inspizierte den Schatz, indes ich mir alle Mühe gab, so anständig zu klingen wie Justinus. »Ich weiß, daß man die Brukterer nicht kaufen kann ... Das, hohe Frau, ist auch nicht meine Absicht. Dies ist nichts weiter als eine Freundschaftsgabe des Kaisers.«

»Ja, das hat Ihr Unterhändler mir bereits erklärt.«

»Wo ist er?« fragte ich rundheraus.

»In Sicherheit.« Sie amüsierte sich unverhohlen über meine Angst. »Sie sind Falco, nicht wahr? Ich will mit Ihnen sprechen.«

Sie führte mich in die Eingangshalle ihres Turms. Von dem achteckigen Raum führte eine Wendeltreppe über mehrere Stockwerke nach oben. Das Innere des Turms verjüngte sich aus Gründen der Stabilität von Stock zu Stock. Ein durchgehender Fußboden war nur ganz oben eingezogen, wo die Seherin ihre Wohnung hatte. Aber dorthin lud sie mich nicht ein.

Veleda runzelte die Stirn. Ich versuchte, mitfühlend zu klingen, als ich fragte: »Ist Frau Luna vorzeitig wieder erschienen?« Ich hatte es erraten. Veleda war noch zu keinem Entschluß gekommen, und die Unentschiedenheit quälte sie.

»Zweierlei wollte ich Ihnen sagen, Falco.« Sie sprach rasch und stoßweise, als habe man sie unter Druck gesetzt. »Ich habe eurer Freilassung zugestimmt. Geht noch heute nacht. Niemand wird euch aufhalten.«

»Besten Dank! Und was war das andere?«

»Ich will Ihnen sagen, wie Munius Lupercus gestorben ist.«

»Dann wissen Sie es also? Eine Ubierin aus Colonia hat mir etwas anderes erzählt.«

»Ich weiß es jetzt«, erwiderte sie kühl. Offenbar hatte sie weniger mit Claudia Sacrata gemeinsam, als die sich einreden wollte. Veleda reichte mir einen purpurnen Stoffetzen, in den noch zwei Kleinodien aus ihrem Kuriositätenkabinett gewickelt waren – Miniaturspeere aus Silber, wie der Kaiser sie seinen Legaten für besondere Verdienste im Ausland verleiht. Lupercus hätte nach dem Abschluß seines fatalen Manövers in Vetera den dritten bekommen.

»Dann ist er also hier gewesen?«

»Nein, er war nie hier.« Sie sprach mit der ihr eigenen Sicherheit; vielleicht war sie auch froh, mit dieser schmutzigen Geschichte nichts zu tun zu haben. »Diese Auszeichnungen hat man mir erst später gebracht. Ich wünsche, daß Sie sie der Mutter des Mannes oder seiner Frau überbringen.«

Ich dankte ihr, und dann erzählte sie mir, was geschehen war. Ich habe normalerweise nicht viel übrig für Legaten, aber diese Geschichte ging auch mir an die Nieren. »Haben Sie das dem Tribun Camillus erzählt, Veleda?«

»Nein.«

Nun, ich konnte sie verstehen. Zwischen ihr und Justinus hatten sich zarte Bande geknüpft, die ein solches Horrorszenario rasch wieder zerrissen hätte.

Civilis hatte Munius Lupercus mit einer (wie Veleda sich ausdrückte) aus verschiedenen Stämmen gemischten Gruppe

als Eskorte in Marsch gesetzt. Ich setzte ihr nicht mit Detail-
fragen zu; sie tat recht daran, keine Munition für gegenseitige
Beschuldigungen zu liefern. Der Legat war verwundet gewesen; er hatte seine Festung verloren und mit angesehen, wie
der Feind seine Legion hinschlachtete; er dachte, daß auch das
Imperium auseinanderbrechen würde. Ob er dann um seine
Freilassung gebettelt hatte oder um einen schnellen Tod oder
ob seine Bewacher nur die Geduld verloren und rasch zu
Civilis und der Schlacht zurückwollten – das war im nachhinein nicht mehr zu klären. Auf jeden Fall beschimpften sie
Lupercus plötzlich als Feigling und vollstreckten dann an ihm
das Urteil, das Feiglinge nach ihrem Recht verdienten: Er
wurde nackt ausgezogen, gefesselt, halb erdrosselt, in einen
Sumpf geworfen und so lange mit Stangen niedergezwungen,
bis er ertrunken war.

Der Fairneß halber muß ich zugeben, daß Veleda sich anscheinend beim Erzählen genauso überwinden mußte wie ich beim
Zuhören. »Die Krieger hatten mich um mein Geschenk gebracht, deshalb trauten sie sich lange Zeit nicht, mit der
Wahrheit herauszurücken.«
Ich stützte das Kinn in die Hand. »Diese traurige Wahrheit
sollte mit Lupercus in jenem Sumpf begraben bleiben.«
»Wenn ich seine Mutter wäre oder seine Frau«, meinte Veleda, »dann würde ich Bescheid wissen wollen.«
»Meine Mutter und meine Zukünftige würden genauso reagieren – aber die sind beide Ausnahmen, genau wie Sie ...«
Komplimente machten sie offenbar verlegen. »Das ist alles,
was ich Ihnen darüber sagen kann. Im übrigen bitte ich Sie und
Ihre Männer, leise und ohne Aufsehen abzuziehen. Ich möchte den Fürsten, der Sie hergebracht hat, auf keinen Fall
dadurch kränken, daß ich sein Geschenk in aller Öffentlichkeit
austausche.«

398

»Wo ist Camillus?« fragte ich mißtrauisch.

»Oben. Ich habe noch mit ihm zu reden.« Veleda hielt inne, und dann, als könne sie all meine Gedanken lesen, sagte sie leise: »Natürlich wird Ihr Freund sich noch verabschieden.«

Ich war verzweifelt. »Muß es denn unbedingt ein Tauschgeschäft sein?«

»Den Tausch hat doch Ihr Tribun mir angeboten«, versetzte die Druidenpriesterin und lächelte weise.

In dem Moment kam Justinus mit lautem Gepolter die Wendeltreppe herunter. »Was ist denn nun aus Lupercus geworden?«

»Der Legat«, begann ich zögernd, denn ich mußte mir meine Antwort zurechtlegen, während ich redete, »der Legat ist auf dem Weg hierher hingerichtet worden. Näheres wird sich jetzt, nach so langer Zeit, nicht mehr feststellen lassen.«

Veleda preßte die Lippen zusammen, aber sie widersprach nicht. Dann ging sie an Justinus vorbei nach oben und ließ mich mit ihm allein. Auf der Treppe verrutschte ihr Mantel, die Kapuze glitt herab, und ich sah, daß ihr üppiges blondes Haar jetzt zu einem Zopf geflochten war, so dick wie mein Handgelenk. Justinus und ich vermieden jeden Augenkontakt.

Als sie außer Hörweite war, sagte ich ärgerlich: »Zu dumm! Jetzt habe ich glatt vergessen, sie nach Pferden zu fragen.«

Justinus lachte. »Nicht nötig! Ich habe sie schon um das gebeten, was du vorhin vorgeschlagen hast.«

Sie war tatsächlich auf meinen albernen Vorschlag eingegangen. »Quintus, du Teufelsbraten! Hoffentlich kommst du nie zu mir und willst dir was borgen ... So was von Überredungskunst! Aber die Dame hat offenbar noch nicht genug von deiner Beredsamkeit. Paß nur auf, daß du dir beim

Süßholzraspeln nicht die Zunge abbeißt! Sie will, daß wir rasch verschwinden, aber wir müssen warten, bis es hell wird ...«

»Ich ... ich habe hier noch etwas zu erledigen, Marcus.« Er wirkte nervös und angespannt.

»Das haben schon zu viele gute Männer gesagt und dann eine vielversprechende Karriere in den Wind geschlagen, ohne daß Vater Staat ihnen diesen Idealismus je gedankt hätte. Sei kein Narr, Quintus – tote Helden nützen keinem! Sag ihr, der Tauschhandel ist abgeblasen. Ich will dich bei uns haben, bevor wir aufbrechen, Tribun. Ich lade alles ein, und dann warten wir auf dich, egal, wie lange es dauert.« Wir beide waren für Helvetius und unsere Rekruten verantwortlich. Wir wußten beide, was geschehen mußte.

»Brecht auf, sobald es Tag wird«, sagte Justinus knapp, die Hand schon auf dem Treppenpfosten. Ein kurzes Nicken noch, dann lief er wieder nach oben.

Ich sah ihm nach und war mir unsicher, ob er morgen früh mit uns kommen würde. Ja, ich hatte sogar das ungute Gefühl, der Tribun wisse es womöglich selbst noch nicht.

Dagegen war ich sicher, daß Veleda genau wußte, was *sie* für Pläne mit *ihm* hatte.

Draußen weckte ich leise die Kameraden, versammelte sie im Kreis um mich und berichtete im Flüsterton, was geschehen war.

»Veleda läßt uns entwischen, aber ihre Vettern sind vielleicht nicht dafür, darum müßt ihr ganz leise sein. Dank unseres furchterregenden Unterhändlers kriegen wir sogar einen schwimmenden Untersatz für die Heimfahrt.« Ich machte eine Pause, um die Spannung zu erhöhen, und fuhr dann fort: »Jetzt ist nur die Frage, wie viele von euch Strandgammlern sich auf einer Liburne auskennen?«

Wie ich gehofft hatte, war das ausnahmsweise einmal kein Problem. Schließlich war die Erste Adiutrix nicht umsonst mit ausgemusterten Matrosen von der Misenum-Flotte aufgefüllt worden. Unsere Rekruten waren die beste Mannschaft, die ich hätte wählen können, um das Flaggschiff des Legaten heimzubringen.

BUCH VI

WIEDER NACH HAUSE (VIELLEICHT)

Germania Libera, Belgica und Obergermanien

November 71 n. Chr.

»*Civilis hatte sich entsprechend einem bei den Barbaren üblichen Gelübde nach dem Beginn des Krieges gegen die Römer das Haupthaar lang wachsen lassen und rot gefärbt. Erst nach der Vernichtung der Legionen schnitt er es ab.*«

TACITUS, *Historien*, IV, 61.

LIV

Wir schafften es, an Bord zu gehen, ohne daß die Brukterer etwas merkten. Zuerst wollte ich den Hausierer nicht mitnehmen, überlegte es mir dann aber anders. Die beiden Pferde, auf denen Justinus und Orosius zum Turm geritten waren, hatten unsere Gastgeber beschlagnahmt, doch die vier anderen ließen sich die Laufplanke hinaufbugsieren; wahrscheinlich, weil sie nicht sehen konnten, wo wir sie hinführten.

Leise mühten wir uns im Dunkeln, verheddlerte Taue zu entwirren und verkeilte Ruder freizubekommen. Mit einer erfahrenen Mannschaft an Bord ist eine Liburne schneller als jedes andere Schiff, aber unser Segler war nicht gut gewartet, wir waren zu wenig Leute, und keiner von uns kannte das Boot, geschweige denn den Fluß, den wir hinaufrudern mußten. Ein paar unserer Rekruten huschten am Kai entlang und schlugen die Kähne leck, die uns vielleicht hätten verfolgen können, aber der Krach machte Helvetius Sorgen, und wir holten die Jungs zurück.

Die Rekruten waren natürlich in ihrem Element. Alle konnten rudern und segeln. Gut, alle außer Lentullus. Der war nach wie vor unser Sorgenkind, das rein gar nichts konnte.

Am Himmel zeigte sich das erste schwache Grau des heraufdämmernden Morgens. Mir wurde schlecht vor Sorge.

»Helvetius, wenn Camillus nicht bald kommt, dann übernehmen Sie die Jungs und sorgen dafür, daß alle heil rauskommen.«

»Sie wollen doch nicht etwa zurück an Land?«

»Ich lasse ihn da nicht allein.«

»Sparen Sie sich Ihr Heldentum: Da kommt er!«
Ich gebe zu, ich war überrascht.

Wir hatten das Schiff vom Anlegeplatz auf den Kanal hinaus-
manövriert und dort wieder Anker geworfen. Probus wartete
am Kai mit einem Beiboot, um den Tribun zu uns zu rudern.
Der Anker war bereits gelichtet. als wir ihn an Bord zogen.
»Na, wie ist es ausgegangen – Krieg?«
»Frieden.«
Es war noch zu dunkel, als daß ich Justinus' Gesicht hätte
sehen können.
Ohne ein weiteres Wort ging er nach hinten, aufs Achterschiff.
Ich sah seine Anspannung, die hochgezogenen Schultern und
gab den anderen ein Zeichen, ihn jetzt nicht zu stören. Er
hockte sich in eine schummrige Ecke hinter der Prunkkabine
des Legaten und schaute unverwandt zurück ans Ufer. Sein
kleiner Hund lag ihm zu Füßen und wimmerte mitfühlend,
weil er das Leid seines Herrn spürte. Mir sank das Herz, als
ich ihn so niedergeschlagen sah.
Bald hatten wir alle Hände voll zu tun. Erst ließen wir die
Liburne ein Stück weit mit der Strömung treiben, um nur ja
kein unnötiges Geräusch zu machen. Erst als es heller wurde,
konnten wir sehen, wie heruntergekommen das Schiff war.
Bald war die halbe Mannschaft damit beschäftigt, Wasser zu
schöpfen, während Helvetius sich unterdessen fluchend und
schimpfend abmühte, die eingetrocknete Bilgepumpe wieder
in Gang zu bringen. Das war ursprünglich eine raffiniert
konstruierte Hochleistungsmaschine gewesen – so raffiniert,
daß Holz- und Lederteile nach nur einem Jahr in Ruhestellung
einfach nicht mehr funktionierten.
Immerhin schien uns niemand zu verfolgen. Bald hatten Ascanius und Sextus die Segel gefunden. Das Leder war zwar steif
geworden, daß sie sich kaum aufziehen ließen, aber wir tram-

pelten und klopften sie weich, so gut es ging. Der kleine dreieckige Klüver war denn auch nicht so schwierig, aber das Rahsegel kostete uns viel Mühe und Zeit. Als wir es endlich geschafft hatten, stellte sich heraus, daß wir inzwischen dem seichten Uferstreifen viel zu nahe waren. Eine Liburne ist nicht einfach zu steuern, und eine Bande von Neulingen (die obendrein noch zum Teil Idioten sind) kann sie schon das Fürchten lehren. Aber ich schüttelte trotzdem den Kopf, als immer mehr Augenpaare sich heckwärts wandten.

»Der Tribun könnte uns wirklich ein bißchen helfen!«

»Der Tribun hat genug getan.«

»Falco ...«

»Er will seine Melancholie auskosten. Laßt ihn in Frieden.«

Ich scheuchte alle Mann auf die Gefahrenseite, und wir schafften es gerade noch, die Riemen einzulegen, bevor die Ruder an den Uferwänden zerschellten. Dann beobachteten wir mit angehaltenem Atem, wie das Schiff knarzend und schwankend durchs seichte Gewässer schlingerte. Irgendwie gelang es uns, die Liburne in die Fahrrinne zurückzumanövrieren. Im grauen Licht eines Novembermorgens dümpelte sie langsam vorwärts, während wir uns eine weitere Stunde lang mit der Takelage abquälten. Endlich war auch das Rahsegel unter leisem Hurra unserer Mannschaft gehißt. Anschließend hieß es, in Windeseile wieder Leckwasser schöpfen; dann zogen wir erst einmal Bilanz.

Bis auf unsere Speere waren wir unbewaffnet, und der Proviant würde auch nicht weit reichen. Nur zwei von uns trugen eine Rüstung. Aber wir hatten immerhin vier Pferde gerettet – die womöglich über dem Feuer enden würden. Wir waren ohne Bargeld, konnten also auch unterwegs keine Geschäfte machen, und von den Uferanwohnern (die Brukterer im Norden, die Tenkterer im Süden) hatten in Not geratene Römer keine Hilfe zu erwarten. In diesem Gebiet an Land zu gehen wäre mehr als riskant, und es würde noch gut eine Woche dauern, ehe wir an den Rhein und damit in Freundesland kamen. So, wie unser Schiff schlingerte und krängte, stand uns eine Woche harter Arbeit bevor.

Immerhin waren wir mit dem Leben davongekommen und in Freiheit. Die Freude darüber war so groß, daß unsere Rekruten trotz aller Schufterei – die Hälfte ruderten, andere warfen Ballast über Bord, um ihnen die Arbeit zu erleichtern, und der Rest hing in der Takelage – zu singen begannen.

Helvetius kriegte allmählich die Pumpe in Gang.

Da ließ ich Ascanius ans Ruder und ging nach achtern, um herauszufinden, was Veleda mit unserem Tribun angestellt hatte.

LV

Holla-he, Massinissa!« Justinus war zu höflich, um sich über mein Grinsen zu beschweren. »Freut mich, daß das Amulett geholfen hat.«

»O ja, das hat es!« Er sagte das in einem ganz merkwürdigen Ton.

Ich schlüpfte in die Rolle des guten Onkels. »Du siehst müde aus, Quintus.«

»Halb so schlimm.«

»Gut! Ich hatte schon Angst, das käme von 'nem gebrochenen Herzen.«

»Wie gut, daß dem nicht so ist«, antwortete er, viel zu still.

»Sie ist zu alt für dich, ihr habt keine Gemeinsamkeiten, und deine Mutter ist mit Helena und mir schon genug gestraft.«

»Natürlich«, sagte er. Wenigstens das mit mir und Helena hätte er anstandshalber bestreiten können.

»Tja, Quintus Camillus, freut mich, daß du das alles philosophisch siehst. Du bist ein feiner Kerl und hast es verdient, dich ein bißchen zu amüsieren, bevor du dich an das langweilige Leben eines Senators gewöhnst. Aber wir wissen doch beide, daß das, was dort im Turm passiert ist, ein Erlebnis der Größenordnung war, die schon manchen ernsthaften Mann aus der Bahn geworfen hat.«

»Der Senat kommt für mich nicht in Frage.«

»Nicht so hastig, mein Freund! Ich denke, so ein Amt hat durchaus was für sich, wenn du die Langweiler und Heuchler zu ertragen lernst. Schließlich mußt du nur einmal im Monat in der Curia erscheinen und kriegst dafür in allen Theatern Logenplätze.«

»Bitte, Marcus, du brauchst mich nicht aufzuheitern.«

»Schon gut. Aber eins interessiert mich noch: Bist du geflohen, oder hat die Dame dich an die Luft gesetzt?«

»Mir war es ernst mit meinem Tauschangebot. Ich habe ihr gesagt, daß es meine Pflicht sei, zu bleiben.«

»Ach, weißt du, manche Frauen können die hochtrabenden Typen mit den ehernen Prinzipien nicht ausstehen.«

Er schwieg.

»Möchtest du darüber reden?«

»Nein.«

Wir schauten ins aufschäumende Kielwasser. Für mein Sicherheitsbedürfnis war das Schiff zu langsam, dem Tribun ging es zu schnell. Kein Wunder! Erst war er überwältigt und dann, noch ehe er sich zurechtfinden konnte, auch schon wieder fortgerissen worden. Jetzt fand er sich im Ansturm seiner Gefühle nicht zurecht.

»Du solltest dir was zurechtlegen«, riet ich. »Es werden dich noch andere löchern außer mir – vor allem die ganz oben. Ein

junger Offizier, dem eine Privataudienz bei so einem promi-
nenten Vertreter des Feindes gewährt wurde, muß allerhand
erklären.« Ich wandte mich zum Gehen.

Da fragte Justinus plötzlich in ironischem Ton: »Du, Marcus,
was ist eigentlich aus Massinissa geworden?«

Ich blieb stehen. »Nachdem er seiner Prinzessin den Laufpaß
gegeben hatte? Er lebte noch viele Jahre hochgeachtet und
widmete sich dem König und so.«

»Ah, ja, natürlich!« Ich wartete. Er zwang sich, das offizielle
Tagesgeschäft rasch hinter sich zu bringen. »Als ich wieder
nach oben kam, hatte sie sich bereits entschieden. Sie wird
ihrem Volk klarmachen, daß die Utopie vom freien gallischen
Reich ein unerfüllbarer Traum ist. Daß Rom zumindest zu
unseren Lebzeiten das westliche Rheinufer nicht hergeben
wird. Daß die Freiheit in ihrem eigenen Territorium wichtiger
ist als ein sinnloser Krieg ... Aber wird man auf sie hören?«
Er klang verzweifelt.

»Sie übt nie Druck aus, das ist ihr Erfolgsgeheimnis. Wenn
man den Menschen ihre Entscheidungsfreiheit läßt, wählen
sie manchmal den steinigeren Weg.«

»O ja!« Er seufzte schwer.

»Ist es ihr sehr nahegegangen?« Mir kam der Gedanke, daß er
sie vielleicht hatte trösten müssen.

Er antwortete nicht, sondern stellte statt dessen eine Gegen-
frage: »Was wird nun aus ihr?«

»Entweder sie wird eine ätherische Spinnerin, oder sie heira-
tet einen stämmigen rothaarigen Riesen und bekommt in zehn
Jahren neun Kinder.«

Nach kurzem Schweigen sagte Justinus: »Sie hat mir prophe-
zeit, daß, wenn die Stämme im Osten ihr Nomadenleben
wieder aufnehmen und sich gegenseitig die Weidegründe
abjagen, das zum Untergang der Brukterer führen wird.«

»Möglich wär's.«

Wir hörten Ascanius nach Ablösung rufen. Da ich Helvetius schlafen geschickt hatte, damit er später ausgeruht die Wache übernehmen konnte, mußte ich selbst gehen. »Eins verstehe ich nicht, Quintus. Wenn Veleda sich doch bereits entschieden hatte – warum hat sie dich dann erst bei Morgengrauen vor die Tür gesetzt?«

Er zögerte fast unmerklich. »Sie wollte sich ausführlich und in Ruhe unterhalten – genau, wie du gesagt hast. Ich übrigens auch«, setzte er noch hinzu.

Ich sagte lachend, daß er ein Meister darin sei, Grobheiten liebenswürdig zu verpacken. Der Wink mit dem Zaunpfahl hatte funktioniert.

Ich schlurfte wieder nach vorn, um Ascanius abzulösen. Als der im Namen aller fragte: »*Na? Hat er oder hat er nicht?*«, da antwortete ich im Brustton der Überzeugung: »Nein.«

Das Amulett des Waffenmeisters hat Justinus mir übrigens nie zurückgegeben. Ich hätte nicht gedacht, daß er es behalten würde. Aber manchmal (besonders, wenn er diesen wehmütigen Gesichtsausdruck hatte, mit dem er aufs Schiff gekommen war), kam es mir fast so vor, als hätte er es irgendeinem Mädchen als Liebespfand geschenkt.

Fortuna hatte ihn beschützt. Er war nicht verliebt. Das hatte er mir selbst gesagt. Quintus Camillus Justinus, Erster Tribun der Ersten Adiutrix, hatte sich als Diplomat bewährt und um das Imperium verdient gemacht. Zur Diplomatie gehört auch ein gewisses Maß an Schwindelei, aber ich konnte mir nicht vorstellen, daß Helenas Bruder mich hinters Licht führen würde.

411

LVI

Bald hatten wir keine Zeit mehr für Spekulationen. Das Flaggschiff des Petilius Cerialis war genauso sprunghaft und unzuverlässig wie der General selbst. Es war nicht nur übel vernachlässigt, offenbar hatte auch das Ruder einen bösen Schlag abbekommen, als die Rebellen die Liburne entführten, jedenfalls widersetzte sie sich allen Steuerungsversuchen wie ein bockiges Kamel und ließ sich auch weder von Wind oder Strömung beeinflussen. Obendrein hatte das Boot deutlich Schlagseite, ein Problem, das sich im Laufe des Tages verschlimmerte. Wir hatten uns ein Schiff mit Charakter ausgesucht – leider einem von der randalierenden Sorte, wie mein Bruder Festus ihn mit heimzubringen pflegte, wenn er nach einer durchzechten Nacht aus einer entlegenen Kneipe kam und sich an nichts mehr erinnern konnte. Den Segler flußabwärts zu dirigieren war, als ritte man ein Pferd, das partout rückwärts gehen will. Außerdem war der Kiel so leck, daß unser Boot bald mit der Grazie eines vollgesogenen Baumstamms im Wasser lag.

Das größte Problem war freilich die kärgliche Besatzung. Denn trotz aller Mängel wäre die Liburne unter den richtigen Händen wunderbar gesegelt. Aber sie verlangte nun einmal zwei Dutzend kräftige Rudergänger, schwindelfreie Segelreffer in der Takelage, einen Kapitän samt Stellvertreter und ein Rudel Matrosen – nicht zu vergessen Seine Hochwohlgeboren, den Legaten, der sich ohne Zweifel in einer besonders haarigen Kehre auch einmal selbst auf die Ruderbank gesetzt hätte. Wir dagegen waren mit fünfundzwanzig Mann einfach zu wenige, und dabei zählte ich noch Dubnus mit, der sich als völlig untauglich erwies, und den Diener des Zenturio, der

412

keinen Zweifel daran ließ, daß mit ihm nicht zu rechnen war (greinend brachte er wieder das Versetzungsgesuch nach Moesia ins Spiel). Dann, als die Tage verstrichen und der Fluß breiter und tiefer wurde, gingen unsere Vorräte zur Neige. Ausgerechnet jetzt, wo wir unsere Kräfte so dringend brauchten!

Der Zusammenfluß von Lupia und Rhein erwischte uns unvorbereitet. Das Schiff hatte auf einmal so zügig Fahrt gemacht, daß wir hastig die Segel einholten und jeder verfügbare Mann zum Wasserschöpfen in den Kielraum beordert war. Als Probus Meldung machte, hörte ihn daher zuerst keiner. Darauf schrie er aus Leibeskräften, und alles stürmte an Deck. Zuerst jubelten die Rekruten sogar, schließlich erkannten wir unsere mißliche Lage. Die Unterströmung war stärker geworden, und das Flaggschiff, das nach Steuerbord hin weiter heftig Schlagseite hatte, lag nun gefährlich flach im Wasser und war dadurch fast manövrierunfähig geworden. Gegen Turbulenzen hatten wir nicht die geringste Chance.

Ich brüllte, wir sollten Anker werfen, aber der Versuch mißglückte.

Gerade als wir uns schon fast in Sicherheit wähnten, wandte das Schicksal sich gegen uns. Der bleierne Himmel ließ alles nur noch bedrohlicher erscheinen. Ein steifer Nordwind wehte salzige Meeresluft herüber und erinnerte uns unbarmherzig ans Bataverland, dem wir doch so schnell wie möglich den Rücken kehren wollten. Immer noch hofften wir, die Liburne in die Mitte des Stroms steuern zu können. Ohne geübte Ruderknechte blieb uns gar nichts anderes übrig, als flußabwärts zu fahren. Auf jeden Fall mußten wir den Rhein kreuzen und ans römische Ufer gelangen, wo wir dann gemächlich auf Vetera zuhalten konnten. Der Strömung hatten wir nichts entgegenzusetzen. Doch wenn wir wohlbehalten in die Fahrrinne des Rheins gelangten, würden wir vielleicht einen Flottensegler finden, der uns ins Schlepp – oder vielleicht sogar an Bord nahm. Für eine rasche Heimreise hätten wir leichten Herzens auf die Ehre verzichtet, die Liburne des Petilius Cerialis zurückzubringen.

Das Glück war uns wohl schon zu lange hold gewesen – jedenfalls wandte uns Fortuna jetzt ihren betörenden Rücken zu. Getrieben von der reißenden Strömung und durch die geflutete Bilge übermäßig schwer, fing das Flaggschiff an, langsam zu kreisen. Selbst mir ahnungsloser Landratte wurde klar, daß der Kahn drauf und dran war, abzusaufen. Eine entsetzliche Aussicht! Jetzt, im November, führte der Fluß zwar Niedrigwasser, hatte aber immer noch respektable Wellen, und wir waren schließlich keine schwimmfüßigen Wasserhühner.

Helvetius rief: »Wir müssen ans Ufer, ehe der Rhein sich das Schiff holt!«

Er hatte recht. Wir waren auf der falschen Seite des Flusses – und eigentlich immer noch auf dem *falschen* Fluß –, aber wenn die Liburne mitten auf dem Wasser sank, würden wir alles verlieren, und Menschen würden ertrinken. Die Rekruten waren am Meer aufgewachsen, gewiß, aber bisher konnten sich nur die Batraver rühmen, den Rhein durchschwommen zu haben. Ich erwähnte es nicht, aber zumindest ein Mitglied unserer Truppe (ich) hatte überhaupt nie schwimmen gelernt.

Wir hatten insofern Glück im Unglück, als die widerspenstige Liburne, die uns partout nicht brav in Sicherheit hatte schaffen wollen, sehr damit einverstanden war, an einem feindlichen Ufer auf Grund zu laufen.

Wir brachten sie also an Land, das heißt, sie torkelte in eigener Regie auf den schlammigsten Uferstreifen zu, den sie finden konnte, und rammte ihn mit einem so ohrenbetäubenden Krachen, daß fortan nur noch der Schrotthändler Freude

414

an ihr finden würde. Auch wenn das Schiff gestrandet war, mußte die arme Besatzung noch eine weite Strecke durch sumpfiges Brachland, Schlick und Morast waten, bis sie auf einen Untergrund stieß, den menschliche Füße als Land empfinden. Die Liburne hatte sich für ihre Abschiedsvorstellung das Ufer der Tenkterer ausgesucht. Wenigstens würden die (das hofften wir jedenfalls) noch nicht wissen, daß wir unter Bedingungen aus Veledas Turmfried entwischt waren, die ihre brukterischen Kollegen wahrscheinlich fragwürdig nennen würden.

Die Gegend um den Zusammenfluß der beiden bedeutenden Wasserläufe wirkte düster und wenig einladend. Da der Boden für Ackerbau zu sumpfig war, lag das Land brach und öde. Ein kalter Wind pfiff über das ungeschützte, flache Moor. Als plötzlich ein Schwarm Wildgänse mit unheimlich sirrendem Flügelschlag über uns wegzog, erschraken wir mehr, als dem Anlaß angemessen war.

Der Rhein war immerhin in Sichtweite, und so schickte ich einen kleinen Trupp los, der in Ufernähe nach einem römischen Schiff Ausschau halten sollte. Natürlich war gerade heute weit und breit keines in Sicht. Unsere gelangweilte Suchmannschaft kam vorzeitig zurück und beschwerte sich, der Boden sei zu sumpfig, um hindurchzuwaten; das war zwar befehlswidrig, aber wir hatten nicht mehr die Kraft, ihnen die Leviten zu lesen. Helvetius wäre freilich kein Zenturio gewesen, wenn er nicht wenigstens einen müden Versuch gemacht hätte, uns auf Trab zu halten.

»Na, Falco? Wie geht's weiter?«

»Ich werde meine Stiefel trocknen und mich dann mindestens drei Stunden auf einen Erdbuckel setzen, um gewissen anderen Leuten die Schuld an unserem Mißgeschick zu geben ... Hat jemand einen besseren Vorschlag?«

»Tribun?«

»Ich bin zu hungrig zum Denken.«

Hungrig waren wir alle. Und so schlug Helvetius vor, wir sollten, da wir hier nun mal festsäßen, unsere Speere auspacken und auf Jagd gehen; Sumpfvögel gab es ja in Hülle und Fülle. Mir fiel ein, was er einmal über dumme Offiziere gesagt hatte, die ausgerechnet im gefährlichen Grenzland auf die Bärenjagd wollten, aber den Rekruten knurrte so laut der Magen, daß ich meinen Mund hielt. Helvetius zog mit seiner kleinen Jagdpartie ab, und ich schickte Lentullus mit einem Korb auf Krebsfang, damit er uns nicht im Weg herumstand. Wir übrigen holten dann unsere Habseligkeiten vom Wrack der Liburne, beluden die Pferde (die jetzt, da sie als Packtiere gebraucht wurden, eine Schonfrist vor dem Bratspieß bekamen) und machten uns auf die Suche nach einem trockenen Fleckchen, wo wir unser Lager aufschlagen konnten.

Ich hatte immer noch nasse Füße, und die Aussicht, mit vierundzwanzig Leuten ein Achtmannzelt zu teilen, war alles andere als verlockend. Die Flintsteine in der Zunderbüchse waren mittlerweile so abgeschliffen, daß keiner mehr ein Feuer anzünden konnte. Helvetius würde Rat wissen – er war in allen praktischen Dingen äußerst geschickt. Wir warteten also schon dringend auf unseren Zenturio, als Orosius und die anderen mit ein paar Schnepfen ins Lager geschlurft kamen und zugeben mußten, daß sie Helvetius unterwegs offenbar verloren hätten.

Da das nun gar nicht seine Art war, wußte ich sofort, daß ein Unglück geschehen sein mußte.

Justinus blieb als Posten im Lager zurück. Ich schnappte mir Orosius, ein Pferd und unseren Arzneikasten.

»Wann habt ihr ihn zuletzt gesehen? Und vor allem: Wo?«

»Das wußte keiner so genau. Darum sind wir ja zurück ins Lager, als wir ihn nicht finden konnten.«

»Jupiter!« Das gefiel mir gar nicht.

»Was ist passiert, Falco?«

»Bestimmt ist er verletzt.« Oder schlimmer.

Natürlich wußte Orosius nicht mehr, wo die Gruppe sich getrennt hatte. Während wir das Moor absuchten, hatte ich immer wieder das Gefühl, wir würden verfolgt; vielleicht war es nur meine Einbildung, jedenfalls nahmen wir uns nicht die Zeit, dem Rascheln auf den Grund zu gehen. Nach langem Umherirren kamen wir auf eine kleine Schilfinsel im manns-hohen Röhricht, wo mehrere kleine Entwässerungsgräben mündeten. Hier, neben einem Bächlein, fanden wir unseren Zenturio.

Er lebte. Aber um Hilfe rufen konnte er nicht mehr. Ein römischer Wurfspieß steckte in seinem Hals, ein zweiter in der Leistengegend.

»Allmächtige Götter! Orosius, sieh dir das an! Dafür werde ich einem von euch Idioten den Kragen umdrehen!«

»Aber das sind nicht unsere ...«

»Lüg mich nicht an! Schau doch hin! Sieh sie dir genau an – *da!*«

Es waren Römerspeere, ohne jeden Zweifel. Sie hatten neun Zoll lange Spitzen mit Eisenkuppen, die sich beim Aufprall nach innen gebogen hatten, genau wie vorgesehen. Auf diese Weise kann der Feind einen Speer, der sich in seinen Schild gebohrt hat, nicht mit der bloßen Hand herausziehen. Ist er durch den wippenden Schaft in der Bewegungsfreiheit ge-hemmt, fallen wir mit dem Schwert über ihn her.

Die Augen des Zenturio sahen mich flehend an – oder viel-mehr befehlend. Ich konnte seinen gepeinigten, fieberglän-zenden Blick nicht ertragen.

Ganz in der Nähe flog heiser krächzend ein Vogel auf.

»Geh und halte Wache, Orosius.«

Ein Arzt hatte mir einmal gesagt, daß man beim Anblick von Blut nicht in Panik geraten dürfte. Nun, der Mann hatte leicht

417

reden, schließlich war für ihn Blut bares Geld. Wenn er in diesem Moment hinter einer Weide hervorgetreten wäre, hätte ich ihn zum Millionär gemacht. Helvetius' schmerzverzerrter Mund unterdrückte stolz ein Stöhnen. Angesichts eines Menschen, der so furchtbare Qualen litt, war es schwer, nicht in Panik zu geraten. Ich wagte nicht, ihn zu bewegen. Selbst wenn ich ihn ins Lager geschafft hätte, wäre das keine große Hilfe gewesen. Was getan werden mußte, konnte ich ebensogut hier tun. Hinterher war immer noch Zeit, ihn zu transportieren.

Ich rollte meinen Mantel fest zusammen und schob ihn als Stützkissen unter den Speer in seiner Leiste. Den anderen packte Helvetius, der immer noch bei vollem Bewußtsein war. Wenn ich die Holzschäfte abbrach, würde ich ihn zwar von ihrem Gewicht befreien, aber die Eisenspitzen saßen so gefährlich, daß ich es nicht wagte.

Stimmen. Orosius nutzte erleichtert den Vorwand und verschwand.

Ich brabbelte pausenlos, teils um Helvetius, mehr aber, um mich selbst zu beruhigen. »Schau mich doch nicht so an! Du mußt einfach nur daliegen und den Tapferen spielen. Um alles andere kümmere ich mich schon . . .« Er versuchte dauernd zu sprechen. »Ist gut, Helvetius! Ich tu ja, was ich kann. Beschweren kannst du dich später.«

Ich wußte, daß ich rasch handeln mußte, aber es wäre leichter gewesen, wenn ich ein bißchen mehr Zutrauen in meine Fähigkeiten gehabt hätte. Die Halswunde blutete besonders schlimm. Einer der beiden Widerhaken war nicht eingedrungen, ich konnte also vielleicht die ganze Spitze herausziehen. An innere Blutungen dachte ich vorsichtshalber nicht. Man muß einfach tun, was man kann, und ansonsten auf die Götter vertrauen.

Unser Arzneikasten war eines der wenigen Utensilien, die

Justinus vor den Brukterern hatte retten können. Er enthielt hauptsächlich Salben und Verbandszeug, aber ich fand auch ein Paar feine Bronzehaken, mit denen ich vielleicht die Umgebung der Wunde weit genug zurückschieben konnte, um die Speerspitze herauszuziehen. Sogar ein Gerät zur Entfernung von Wurfgeschossen entdeckte ich, aber um das zu benutzen, brauchte man Geschick und Fingerspitzengefühl – genau das, woran es mir mangelte. Ich beschloß, mein Glück zunächst ohne diesen Spezialapparat zu versuchen.

Im Schilf zu meiner Linken bewegte sich etwas, und ich hörte ein Glucksen oder vielmehr Platschen, als wäre ein Frosch ins Wasser gesprungen. Es war so leise, daß ich kaum darauf achtgab, als ich mich jetzt über Helvetius beugte. Im Augenblick hatte ich ja auch wahrhaftig andere Sorgen, als die Fauna der Moorlandschaft zu studieren.

»*Auerochs* ...« Der tapfere alte Soldat sprach im Fieber.

»Pscht! Nicht reden, Helvetius.«

Dann ging ein Rascheln durch die Weiden, gefolgt von einem langgezogenen Schrei, und plötzlich sprang, wie aus dem Boden gewachsen, ein Trupp Männer auf die Landzunge. Sie hatten die Speere schon zum Wurf geschwungen, hielten sie aber dankenswerterweise fest, als sie uns erblickten.

LVII

Es war eine Jagdpartie, angeführt von einem hohen Tier in unaufdringlich elegantem Wollkostüm. Er ritt ein spanisches Vollblut, hatte etliche unterwürfige Gefährten sowie zwei Träger für die Reservespeere dabei und war ein klassischer

Choleriker. Er sah wild um sich, entdeckte mich und wütete in glänzendem Latein los: »Ja, Castor und Pollux – was haben denn *Menschen* hier verloren?«

Ich stand auf »Wir haben sicher genau soviel Recht, hier zu sein, wie Sie.«

Meine lateinische Antwort verschlug ihm erst mal die Sprache.

Er schwang sich vom Pferd, ließ achtlos den Zügel fallen und kam näher – aber nicht zu nahe. »Dachte, ihr wärt Tenkterer. Wir haben nämlich ein paar von denen hier rumschleichen hören.« Das hatte mir gerade noch gefehlt. »Ich habe meine Jagdbeute verloren. Einen wirklich kolossalen ...«

Das Haar, das er sich jetzt raufte, war schwarz und so geschnitten, daß die hübsche Kopfform darunter zur Geltung kam; die Zähne, mit denen er knirschte, waren ebenmäßig, gepflegt und strahlend weiß. Sein Gürtel war mit Silber beschlagen; die Stiefel waren Maßarbeit mit Quasten und Bronzekappen; als Siegelring trug er einen Smaragd. Sein Wutanfall war von der Güte, die man jeden Tag auf dem Forum Romanum bestaunen kann, wenn ein unachtsamer Eselstreiber einen Mann von Rang vor der Basilica Julia anrempelt.

Ich war sehr müde. Mir tat alles weh. Mein Herz war selten so schwer gewesen. »Ihre Beute liegt hier«, sagte ich ruhig. »Ist aber noch nicht ganz tot.«

Ich trat beiseite, damit der Mann mit der trommelfellschädigenden Senatorenstimme unseren Zenturio sehen konnte.

»Das ist Appius Helvetius Rufus, Zenturio der Ersten Adiutrix. Aber machen Sie sich keine Gedanken«, sagte ich mit eisiger Höflichkeit. »Helvetius ist Realist. Er hat immer gewußt, daß der Feind weniger gefährlich ist als die Stümperei der Stabsoffiziere ...«

420

»Ich bin römischer Offizier«, unterbrach der Anführer der Jagdgesellschaft und hob arrogant die Brauen.

»Ich weiß, wer Sie sind.« Etwas an dem trotzigen Blick, mit dem ich ihm zu begegnen wagte, hatte ihn anscheinend gewarnt. »Und ich weiß eine ganze Menge *über* Sie. Ihre Finanzen jonglieren Sie durch ein kompliziertes System von Schulden; Ihr Familienleben ist aus den Fugen. Ihre Gattin ist auf dem Sprung, und Ihre Geliebte hat was Besseres verdient. Aber beide Damen wären *sehr* böse, wenn sie erführen, daß Sie ein gewisses Haus in Colonia frequentieren ...«

Erstaunt fragte er: »Wollen Sie mir drohen?«

»Schon möglich.«

»Wer sind Sie?«

»Ich heiße Didius Falco.«

»Der Name sagt mir nichts!« bellte er.

»Sollte er aber! Wären Sie erreichbar gewesen, hätte ich mich Ihnen schon vor sechs Wochen vorgestellt. Dann hätten Sie sich auch einen Schreibtisch voll unbeantworteter Depeschen erspart, einschließlich Vespasians kritischem Brief über die Zukunft Ihrer Legion.« Er wollte etwas sagen, aber ich ließ ihn nicht zu Wort kommen. »Der Kaiser macht sich außerdem Gedanken über *Ihre* Zukunft. Sie heißen Florius Gracilis. Ihre Legion ist die Vierzehnte Gemina, und man kann nur beten, daß die Soldaten erfahren genug sind, um einen Legaten zu überleben, dessen Einstellung zu seinem Kommando von so beispielloser Nachlässigkeit ist.«

»Hören Sie.«

»O nein, jetzt werden Sie mir zuhören! Ich habe Sie gerade dabei ertappt, wie Sie Armeewaffen für Privatzwecke verwenden, noch dazu auf der falschen Rheinseite und in einer Gesellschaft, die der Kaiser gewiß in höchstem Maße anrüchig finden wird ...«

Einer der Jagdhelfer des Legaten machte plötzlich eine obszöne Handbewegung. Ich erkannte die rasche, verstohlene Geste ebenso wieder wie das gespaltene Kinn und die höhnische Visage.

Ich sah dem Mann fest in die Augen. »Sie sind aber sehr weit weg von Lugdunum!« sagte ich.

LVIII

Der Gallier, den ich zuletzt im Streit mit den beiden germanischen Tölpeln gesehen hatte, pflanzte sich drohend vor mir auf. Ich war gewissermaßen in einer anderen Welt gewesen, seit ich auf dem Weg nach Obergermanien durch seine Provinz gekommen war, doch jetzt sah ich alles wieder vor mir: das Spektakel in Lugdunum, die Leichen der beiden unglücklichen Töpfer in der Fossa ... Der hünenhafte Gallier machte den Mund nicht auf. Mir war's recht. Ich war nicht erpicht darauf, mich hier draußen, wo ich schutzlos war, mit ihm anzulegen. Und aufgeschoben war schließlich nicht aufgehoben.

Ich spürte Helvetius' schwache Bewegung mehr, als daß ich sie sah. Aber ich wußte instinktiv, daß er mich warnen wollte. Und plötzlich begriff ich, warum der Zenturio mit zwei Speeren im Leib hier lag. Unser Gespräch vor unserer Abreise aus Moguntiacum fiel mir ein. Auch er hatte ja den Streit zwischen den gallischen Töpfern und Bruccius und seinem Neffen in Lugdunum mit angesehen und war sogar Zeuge gewesen, als die beiden später verfolgt wurden. Vielleicht hatte der Gallier umgekehrt auch Helvetius gesehen? Vor Gericht würde das Wort eines Zenturio genügen, um einen Provinzhandwerker zu verurteilen. Einem Mann, der bereits zweimal getötet hatte, war es wahrscheinlich wie ein Geschenk der Götter erschienen, als er Helvetius ganz allein hier draußen in der Wildnis entdeckte.

Ob Florius Gracilis wußte, was für ein »Unfall« dem Verwundeten zugestoßen war? Der Miene nach, mit der er Helvetius betrachtet hatte, war er wohl nicht am Komplott beteiligt. Korrupte Geschäfte waren eine Sache, aber sich in einen Mord verwickeln zu lassen, das wäre für einen Mann in seiner Position denn doch zu töricht gewesen.

Da er nicht die ganze Geschichte kannte, verlegte Gracilis sich erst einmal auf die diplomatische Tour. Er glaubte offenbar, daß man ihm seine Beteiligung an dem Lizenzbetrug nicht würde nachweisen können, und wähnte sich somit relativ sicher.

»Eine Tragödie«, murmelte er. »Wenn ich irgendwie helfen kann ...? Tut mir wirklich leid, aber Unfälle passieren nun mal. Meine Reise war von Anfang an eine einzige Katastrophe. War mit einem Hausierer verabredet, der sich brüstete, er könne mir den Schauplatz der Varusschlacht zeigen. Ein Gauner, wie er im Buche steht! Hat bei mir für seine Ausrüstung kassiert und sich dann nie mehr blicken lassen.« Dubnus!

»Wenn Sie einem Ubier mit hängender Oberlippe meinen, der immerzu was zu meckern hat – den habe ich kassiert«, sagte ich. Meine Position festigte sich um einiges. Dubnus wußte, daß der Legat sich Vergnügungsreisen auf Staatskosten gönnte, und wenn ich Dubnus hatte ... Ich sah, wie Gracilis die Augen zusammenkniff; er hatte kapiert. Zur Sicherheit setzte ich noch eins drauf: »Dieser Hausierer hat uns übrigens an die Brukterer verraten, und das gleiche Schicksal hatte er bestimmt auch Ihnen zugedacht.«

»Ach, das würde er nicht wagen!« Selbst nach jahrelanger Erfahrung im Umgang mit Senatoren verschlug mir soviel Arroganz immer noch die Sprache.

423

Irgendwie mußten wir nach Hause kommen. Also versuchte ich, mit dem Legaten einen Handel abzuschließen. »Wenn dieser Gallier ein Freund von Ihnen ist«, sagte ich frech, »dann sollten Sie vorsichtig sein. In Cavillonum liegen nämlich zwei Leichen, für deren Tod man ihn zur Rechenschaft ziehen könnte.« Und jetzt zeigte ich ihm das Schlupfloch. »Die Opfer gehörten aber in *Ihren* Hoheitsbereich. Deshalb wird die Germanensiedlung in Moguntiacum darauf vertrauen, daß Sie sich des Falles annehmen.«

Ich hatte ihn richtig eingeschätzt. »Hört sich an, als käme da eine komplizierte Untersuchung auf mich zu!« Schon hatte er sich unmerklich von dem Kerl mit dem gespaltenen Kinn distanziert. Gaunereien fallen leider oft auf den Initiator zurück.

»Nun wüßte ich gern, was Sie eigentlich hier zu suchen haben!« herrschte er mich an; mit der kühlen Stimme eines Mannes, der glaubt, mit seinem kultivierten Patrizierstammbaum im Rücken könne er sich alles erlauben. »Ich für meinen Teil führe hier einen Aufklärungseinsatz durch.«

Das war auch eine Möglichkeit, seine aus Steuergeldern finanzierte Vergnügungsreise zu beschreiben. »Ach ja?« schnarrte ich ärgerlich. »Dann haben Sie Civilis gesehen, wie? Batavodurum? Die Insel? Waren Sie längere Zeit in Vetera?«

»Ich wollte mich mehr im Hintergrund halten, einen allgemeinen Eindruck von der Stimmung im Lande bekommen ...« Noch ein passionierter Tourist! Helvetius zuckt unruhig.

Auch mir riß die Geduld. »Aha! Sie wollten also die Trümmer sehen? Das Unglück riechen? Vielleicht einen Stein von den zerstörten Wällen als Souvenir mit heimnehmen? Und dann noch ein paar Tage *echt* auf Jagd gehen – aber wehe dem armen römischen Veteranen, der einem Ihrer flinken

Speere in die Flugbahn stolpert ... Übrigens wundert es mich, daß Sie nicht übergesetzt haben, um mit der Seherin zu verhandeln.«

»Veleda?« Gracilis schien ehrlich schockiert. »Vespasian würde nicht wollen, daß wir uns mit dieser Hexe einlassen.«

Ich wollte ihm seine Illusion nicht rauben. »Haben Sie wenigstens Civilis gefunden?«

»Nein«, sagte er, »leider nicht.« Ach was, er war Senator. Wahrscheinlich würde man ihm schon für den bloßen Versuch einen Lorbeerkranz umhängen.

Ich durfte nicht hoffen, daß Vespasian diesen Widerling degradieren würde, es sei denn, ich konnte ihm einen weit schlimmeren Skandal anhängen als Korruption und eine vergnügliche Jagd auf Barbarenterritorium.

»Sie befinden sich unerlaubt auf Sperrgebiet, Legat.« Und zwar in jeder Beziehung. Jetzt hätte ich das Recht in die eigenen Hände nehmen können. Aber zu meinen Füßen wurde Helvetius von Minute zu Minute schwächer. »Ich habe einen erschöpften, halb verhungerten Rekrutenzug und diesen schwerverwundeten Zenturio zu versorgen. Wir befinden uns auf einer streng geheimen kaiserlichen Mission und sitzen hier ohne Transportmittel, Waffen und Proviant fest. Darf ich vorschlagen, daß Sie Ihren Ruf wiederherstellen, indem Sie uns zurück zum Stützpunkt bringen? Der Kaiser würde es Ihnen danken!«

Ich hatte sie falsch eingeschätzt. Der Gallier flüsterte dem Legaten etwas zu, und der wog zynisch lächelnd unsere Hilflosigkeit gegen die Beweismittel ab, mit denen ich seinen Namen hätte beflecken können.

»Eher will ich euch im Hades sehen!« sagte Gracilis.

Aber auch er hatte einen Fehler begangen. Und seiner war schlimmer als meiner.

Plötzlich ging alles blitzschnell. Helvetius stöhnte so herz-erweichend, daß ich neben ihm in die Hocke ging.

Der Gallier hob seinen Speer. Laute Stimmen stoppten ihn. Vom anderen Ende der Landzunge her bahnte sich Orosius einen Weg durchs Gestrüpp, gefolgt von Lentullus, der noch seinen Korb für die Krebse trug, und dem Diener des Zenturio. Ich faßte Helvetius am Handgelenk und machte ihm stumm klar, er sollte sich nur ja stillhalten und alles mir überlassen.

Helvetius bäumte sich in schier übermächtiger Anstrengung auf.

Er schleuderte mich zur Seite. Mit voller Absicht. All seine Warnungen hatten ja nichts genützt.

Als ich, alle viere von mir gestreckt, auf dem Rücken strampelte, blieb mir der Empörungsschrei in der Kehle stecken. Keine fünf Schritte von mir entfernt stand schnaubend und stampfend der größte Bulle, den ich je gesehen hatte, und fixierte den Legaten.

LIX

Ich rappelte mich hoch, wedelte mit den Armen und gab ein paar besänftigende Geräusche von mir. Der Auerochse warf verächtlich das mächtige Haupt zurück.

Kein Kuhstall wäre groß genug gewesen für dieses Ungetüm. Der Ur hatte ein rötlichbraunes Fell mit schwarzen Sprenkeln am Schwanz. Sein Rücken war breit und flach, dem Brustkasten hätte keine Steinmauer standgehalten, und das zottige, fuchsrote Fell würde manch armen Mann wärmen. Die Beine

426

waren kurz und stämmig, die langen, nach vorn geschwungenen Hörner so kräftig, daß ein Richter mit einem Faible für Foltermethoden etwa hätte auf grausame Ideen kommen können. Der Atem des Untiers rasselte wie der eines Zyklopen mit Lungenentzündung im allerletzten Stadium.

Der Auerochse läßt sich nicht zähmen, er stammt noch aus einer Zeit, lange bevor der Mensch anfing, Haustiere zu züchten. Das wuchtige Exemplar, das wir vor uns hatten, wirkte trotz seines massigen Körpers behende und wendig. Seine wild funkelnden Augen verrieten, daß die Speere, die in seinen Flanken steckten, ihn blind vor Zorn gemacht hatten und er nun, da er seine Peiniger endlich gestellt hatte, entschlossen war, sich unerbittlich an allem zu rächen, was sich bewegte. Wie um das zu bekräftigen, stieß er ein langgezogenes Gebrüll hervor, das lautstark von urzeitlichem Zorn und Schmerz zeugte. Fast grüblerisch starrte der Ur jetzt den Legaten an, wie um abzuschätzen, wo er am verwundbarsten sei. Dann preschte der Bulle los.

Wir standen da wie die Salzsäulen.

Wenn ich an das denke, was mit Florius Gracilis geschah, graust es mich noch heute. Das Schlimmste war: Er sah es kommen! Er gurgelte leise, dann rannte er um sein Leben. Aber das mächtige Rind setzte ihm so geschwind nach, daß er nicht die geringste Chance hatte. Er wurde aufgespießt, durch die Luft geworfen und schließlich zu Tode getrampelt. Ein paar seiner Begleiter versuchten, den Ur mit ihren Speeren aufzuhalten, aber als Gracilis erst einmal am Boden lag, stoben alle in panischer Furcht davon.

Ich und mein Häuflein, wir blieben.

Dem Auerochsen schien mein Gesicht zu gefallen. Ich sah ihm an, daß ich als nächster dran war.

Ich mußte Helvetius beschützen. Langsam, ganz langsam

begann ich, nach links auszuweichen. Es war die einzig mögliche Richtung, und ziemlich bald ging es auch da nicht weiter, weil ich am Bachbett angelangt war. Die Uferböschung war erstaunlich steil, und außerdem drohte dicht hinter mir ein grasüberwucherter Überhang. Das letzte, was ich wollte, war ein Sturz in dieses Gewässer, wo ich hilflos herumpaddeln würde, während das mächtige Vieh mich angriff.

Der Ur atmete rasselnd Dampfwolken aus, während er dem blutüberströmten Leichnam des Legaten mit einem seiner wuchtigen Hörner einen letzten verächtlichen Stoß versetzte. Er wartete, bis ich stehenblieb, dann legte er los.

Das Ende war schnell, dreckig und alles andere als heldenhaft. Hinter dem Auerochsen erwachten plötzlich meine drei verblüfften Kameraden zum Leben. Orosius bückte sich mit lautem Kriegsgeschrei nach einem herabgefallenen Speer. Helvetius' Diener rannte auf seinen Herrn zu. Lentullus benutzte tapfer den Krebskorb als Wurfgeschoß und traf den Auerochsen auf die Nüstern. Irritiert warf er den Kopf zurück, jedoch ohne seinen mörderischen Ansturm zu verlangsamen. Der Korb war wie eine lästige Fliege, die ihn natürlich nicht aufhalten konnte – nichts war dazu imstande. Aber der Moment genügte mir für einen Sprung zur Seite und fort vom Bachufer. Ich warf mich im letzten Moment mit angewinkelten Knien in die entgegengesetzte Richtung; das Ungetüm schoß so haarscharf vorbei, daß es mir noch den Arm ritzte.

Der Auerochse stieß mit seinem Angriff ins Leere. Sein Kopf war gesenkt, und wenn ich geflohen wäre, hätte er mich nach zwei, drei Sätzen aufgespießt. Und auf einmal wurde ihm Einhalt geboten. Lentullus! Er war aus dem schützenden Dickicht gestürzt und hatte den Ur am Schwanz gepackt. Sein Gesicht wurde vor Anstrengung zur Grimasse, aber er ließ nicht los. Zornig ließ das Tier von mir ab, und mit kraftvollem Schütteln entledigte er sich des lästigen Angreifers. Wie von einem Katapult geschleudert, sauste unser Legionstrottel in hohem Bogen in den Bach. Aber da hatte sich bereits ein zweiter Trottel gefunden. M. Didius Falco, der einmal ein kretisches Fresko gesehen hatte, erkor sich ausgerechnet dieses sumpfige germanische Ufer zur Arena, um die vergessene Kunst des Stiertanzes wiederzubeleben. Während der Auerochse noch indigniert hinter Lentullus herbrüllte, nahm ich ordentlich Anlauf und sprang dem Tier auf den Rücken.

Sein Fell war so derb und grob wie Schiffstaue, und es roch nach Wildnis. Sein kotverkrusteter Schwanz peitschte mein Rückgrat. Ich hatte nur eine einzige Waffe, und die steckte wie gewöhnlich im Stiefelschaft: mein Messer. Irgendwie konnte ich es herausangeln, während ich mich mit der anderen Hand krampfhaft an einem Horn festklammerte. Zum Überlegen blieb keine Zeit: Der Tod griff mit beiden Händen nach einem von uns! Ich preßte beide Schenkel gegen den mächtigen Leib, zerrte mit aller Kraft an dem riesigen Horn, zog den Kopf des Ungetüms hoch, beugte mich über ein zuckendes Ohr und ein zornblitzendes Auge und stieß dem Auerochsen die Klinge bis zum Heft in den gestreckten Hals.

Der Schlußakt war weder kurz noch sauber. Den Ur zu erlegen kostete mehr Zeit und vor allem sehr viel mehr Kraft, als man je für möglich halten würde, wenn man bislang nur in blütenweißer Toga dabeigestanden hatte, während die distinguierten Jupiterpriester auf dem Kapitol ein Stieropfer zelebrierten.

LX

Mithras!« Erst dachte ich, der ehrfürchtige Schrei käme von Helvetius, aber es mußte wohl sein Diener gewesen sein.

Mein linker Arm, mit dem ich mich festgehalten hatte, war so verkrampft, daß ich ihn kaum losbekam. Der Gestank des Urs schien durch meine Kleider bis in meine Poren einzudringen. Erschöpft und an allen Gliedern zitternd, rutschte ich zu Boden. Orosius rannte herbei und zerrte mich aus der Gefahrenzone. Lentullus kam aus dem Bach gewankt, sackte zusammen und fiel in Ohnmacht. »Ist sicher der Schock«, murmelte Orosius. »So plötzlich was hinzukriegen . . .«

Ich ekelte mich – vor mir selbst, vor dem Tier, dessen blinde Wut mich dazu gezwungen hatte, und vor dem warmen Blut, das an mir klebte. Ich stützte die Stirn in die Hand und wischte sie gleich angewidert ab, als ich auch dort Blut spürte. Mühsam humpelte ich zu Helvetius. Sein Diener Dama sah zu mir auf.

»Ich wußte ja, ich hätte nach Moesia gehen sollen . . .«, schimpfte er verbittert. Dann brach er schluchzend zusammen.

Helvetius war tot.

Kaum hatte ich meine eigenen Tränen heruntergeschluckt, da kamen ein paar Mitglieder der Jagdpartie aus ihren Schlupflöchern, angeführt von dem Gallier mit der höhnischen Visage. Ohne Zweifel wollten sie versuchen, ihre Haut zu retten.

Es war eine kurze Konfrontation. Ich kniete noch neben Helvetius und hielt seine Hand. »Nie wieder«, sagte ich zu dem Gallier, »nie wieder will ich Ihr Gesicht im freien oder im römischen Germanien sehen. Aus schnöder Gewinnsucht haben Sie getötet – das ist einfach ekelhaft.«

»Und die Beweise?« Feixend deutete er auf den toten Zenturio.

Plötzlich meldete sich Dama. Als könne er sich nicht überwinden, den Mörder seines Herrn anzusprechen, wandte er sich an mich. »Helvetius Rufus war ein verschwiegener Mann. Aber wenn ich ihm in die Rüstung half, hat er oft mit mir geredet. Er hat mir erzählt, was er in Gallien mit ansehen mußte.«

»Würdest du das auch vor Gericht aussagen?« Dama nickte.

Der Gallier hob den Speer. Seine Absicht war nicht mißzuverstehen, aber wir waren jetzt nicht mehr wehrlos. Orosius und Lentullus wogen beide wurfbereit den Speer in der Hand.

Ich stand auf. Blutbeschmiert, wie ich war, muß ich einen furchtbaren Anblick geboten haben. »Ein falsches Wort, eine unpassende Bewegung, und ich lasse Sie mit Wonne nachempfinden, wie der Auerochse sich fühlt, jetzt, wo er tot ist!« Die Jagdgehilfen wichen langsam zurück. Ich scheuchte sie mit zorniger Geste weg. Mitsamt dem Gallier aus Lugdunum entfernten sie sich aus unserem Gesichtsfeld. Ich weiß nicht, was weiter mit ihnen geschah, und es interessiert mich auch nicht. Aber sie waren als Kelten in Germania Libera weit weniger bedroht als wir.

An diesem Abend gab es im Lager Auerochsensteak. Aber keiner schien so recht Appetit zu haben. Wir stellten doppelte Wachen auf und schliefen trotzdem schlecht. Schon sehr früh am nächsten Morgen räumten wir das Lager und zogen Richtung Süden, in der Hoffnung, irgendwo am Fluß auf das Schiff des toten Legaten zu stoßen.

Wir wollten nach Hause. Wir führten zwei Leichen mit, und

mehr als einer war darüber untröstlich. Bald sollten es freilich alle sein.

Denn als wir so traurig vor uns hin marschierten, kamen wir unversehens in ein Waldgebiet. Es dauerte nicht lange, und wir merkten, daß wir nicht die einzigen Wanderer waren. Die anderen waren in der fünffachen Überzahl, und sie hatten uns als erste entdeckt. Es war eine berittene Abteilung der Erzfeinde Roms, der Tenkterer.

LXI

Ehe wir recht wußten, wie uns geschah, waren wir auch schon umzingelt. Aber sie griffen nicht sofort an. Vielleicht waren sie genauso überrascht und hatten nicht damit gerechnet, in ihrem Wald auf Fremde zu treffen.

Wir stellten die Rekruten im Viereck auf – sie machten das sehr gut, wenn man bedenkt, daß sie die Übung bisher nur aus der Theorie kannten. Aber schließlich hatte Helvetius ihnen das beigebracht. Als Formation war das Ergebnis passabel, nur war das Quadrat leider viel zu klein.

Der eigentliche Zweck eines solchen Manövers ist es, Schild an Schild einen festen Schutzwall zu bilden. Wir hatten keine Schilde.

Justinus war zu müde und niedergeschlagen für eine mitreißende Ansprache, doch er forderte die Rekruten auf; ihr Bestes zu geben. Die Blicke, die sie tauschten, waren weise wie die altgedienter Soldaten; sie begriffen unsere Lage.

Es war Spätnachmittag. Feiner Nieselregen tröpfelte durch die Bäume. Wir waren ungewaschen, hungrig und froren. Das

432

Haar hing uns feucht in die Stirn, und die Stiefel waren hart und rissig geworden von getrocknetem Salzwasser und Schlick. Ich sah, daß die Bäume zum Teil schon ihr buntes Herbstlaub abgeworfen hatten. Die frostig klare Luft warnte vor dem nahenden Winter.

Es roch nach modrigem Laub und Furcht. Diese neue Krise war genau eine zuviel. Es war wie einer jener Alpträume, in denen man endlos von einer Katastrophe in die andere schlittert, immer *wissend*, daß es eigentlich nur ein Traum ist, aus dem man jeden Augenblick erwachen muß; und doch kann man sich nicht aus dem Labyrinth befreien, wartet und wartet vergebens auf den erlösenden Augenblick, da man sicher und geborgen daheim im Bett liegt, neben sich ein liebes, tröstendes Gesicht.

Wir verstanden nicht, warum die Tenkterer nichts unternahmen.

Ihre Gegenwart war deutlich spürbar, und manchmal sahen wir einen Pferderücken oder eine Rüstung durch die Bäume schimmern. Wir hörten die Rosse schnauben und das Klirren der Geschirre. Einmal hustete jemand. Wenn er immer in diesem nebligen Flußtal lebte, nur zu verständlich.

Sie waren knapp außer Speerweite. Eine Ewigkeit standen wir so in Formation und lauschten angestrengt auf jenen ersten fatalen Schritt, der unser Ende bedeuten würde. Hufe scharrten im frisch gefallenen Laub. Über uns raschelte ein frischer Wind in den Baumkronen.

Und dann war mir, als hörte ich noch etwas anderes.

Justinus und ich standen mit dem Rücken zueinander. Er muß meine Anspannung gespürt haben, jedenfalls blickte er sich verstohlen nach mir um. Ich hielt das Gesicht in den Regen und lauschte angestrengt. Ich wagte nicht, etwas zu sagen, aber dieser seltsame, stille Einzelgänger hatte sich seine Neigung zu spektakulären Alleingängen auch über den Auf-

433

tritt vor Veledas Turm hinaus bewahrt. Auch er lauschte angestrengt, reglos. Dann, auf einmal, stieß er einen schrillen Schrei aus, und ehe einer von uns ihn daran hindern konnte, brach er die Formation.

Er setzte in wenigen Sprüngen hinüber zu dem Platz, wo wir unser dürftiges Gepäck deponiert hatten. Zum Glück lief er im Zickzack, denn schon flirrte eine Lanze durch die Luft, verfehlte ihn aber. Im nächsten Moment war er hinter unseren Pferden in Deckung gegangen. Dann sah ich ihn fieberhaft herumkramen, und als er sich wieder aufrichtete, blitzte in seiner Hand das Bügelhorn.

Als er das Instrument an die Lippen hob und zu blasen anfing, kamen die Töne quäkender und gequetschter als an jenem Abend bei den Brukterern, aber das Leitmotiv der zweiten Vigilie war immer noch deutlich herauszuhören. Offenbar war dies das einzige Signal, das er spielen konnte.

Ein Hagel tenkterischer Pfeile und Speere versuchte, ihn zum Schweigen zu bringen. Justinus hob schützend die Hände über den Kopf und sank zu Boden. Aber sicher hörte auch er, genau wie wir, jenen anderen Ton: strahlend, hell, rein, von professioneller Atmung gestützt. Irgendwo, irgendwo gar nicht weit von uns, hatte eine zweite römische Bronzetrompete seinem Signal aufs schönste geantwortet.

Ihren Abzug bekamen wir nicht mit. Die Tenkterer müssen sich klammheimlich davongeschlichen haben.

Nicht lange danach marschierte eine Vexillation der Vierzehnten Gemina aus dem dichten Wald. Es war ein Freiwilligenkorps, zusammengestellt und rheinabwärts geführt von einem Mann, dessen Namen und Rang ich trotz meines Vorurteils gegen ihn hier nicht verschweigen will: Es war niemand anderes als Sextus Juvenalis, der Lagerpräfekt aus Moguntiacum.

Eigentlich war der Verband ausgerückt, um nach ihrem vermißten Legaten zu suchen, aber die Vierzehnte hat sich schon immer viel auf ihre Gründlichkeit zugute gehalten; getreu diesem Ruf retteten sie uns gleich mit, als sie den Leichnam ihres Generals auf die Festung überführten.

LXII

Moguntiacum.

Eine Brücke, eine Mautstelle, eine geradezu alberne Säule – und das Mädchen, nach dem ich mich die ganze Zeit gesehnt hatte.

Die lange Schiffsfahrt hatte uns Gelegenheit gegeben, uns langsam wieder an die Welt zu gewöhnen. Allerdings würde diese Welt vielleicht länger brauchen, um mit uns Wilden klarzukommen. Den Fluß säumten zivilisierte Städte mit Thermen und römischen Restaurants. Auch zivilisierte Kontakte mit Menschen, deren Sprache wir verstehen konnten, ergaben sich, obwohl wir uns die meiste Zeit absonderten und so eng zusammenrückten, als seien unsere germanischen Abenteuer zu ungeheuerlich, um sie mit Fremden zu besprechen, ja, als drückten sie uns eine Art Quarantänestempel auf. Als wir endlich vor dem Kastell, von dem wir aufgebrochen waren, landeten, trugen wir die Asche des Zenturio hinauf zum Schrein in der Principia. Anschließend verabschiedeten sich die Rekruten von Justinus und mir. Ich würde die Festung bald verlassen, und auch ihr enger Kontakt zu ihrem Ersten Tribun mußte jetzt, da man von ihm die Rückkehr in die seinem Rang entsprechenden höheren Kreise erwartete, ein Ende haben. Unsere abgerissene Truppe war fast den Tränen nahe, da kam just im rechten Moment eine befreundete Einheit vorbei, die ihnen ein fröhliches Willkommen zurief; ich sah, wie unsere Jungs sich in die Brust warfen; und schon stolzierten sie den Daheimgebliebenen mit großer Gebärde entgegen. Nur Lentullus drehte sich in letzter Minute noch einmal um und winkte schüchtern.

Justinus hatte sich offenbar verschluckt. »Der Haufen wird mir fehlen, verdammt!«

»Ach, keine Sorge!« Auch mir war ganz eigenartig zumute. »Jetzt stehst du wieder im Geschirr, Quintus, und glaube mir, im Nu hast du genug andere Sachen, über die du dich ärgern kannst.«

Er fluchte lautstark in einem der vielen Dialekte, die er aufgeschnappt hatte, um überall mit den Damen plaudern zu können.

Er hatte den guten Einfall, seinem Legaten durch Boten zu melden, daß sein Rapport über Gebühr lang sei und daher einer gesonderten Audienz bedürfte – später. Dieser Trick gab uns genügend Zeit, um erst einmal zu ihm nach Hause zu gehen; lässig, so als hätten wir nichts Besonderes vor, schlenderten wir los.

Helena war im Garten. Eigentlich war es schon zu kalt draußen, aber nur hier konnten wir ungestört allein sein. Sie grämte sich um uns. Seite an Seite traten ihr Bruder und ich unter den Portikus. Ihr Gesicht schien vor Freude aufzuleuchten, noch bevor sie unsere Schritte erkannt haben konnte; und dann hatte sie nur noch das Problem, wem sie zuerst um den Hals fallen sollte.

Wir hielten uns beide zurück, wollten einer dem anderen den Vortritt lassen. Ich ging aus dem Wettstreit als Sieger hervor. Was ich auch beabsichtigt hatte. Sollte Quintus sie ruhig einmal nach Herzenslust an seine brüderliche Brust drücken. Wenn er seine Schwester dann an mich weiterreichte, würde ich sie so schnell nicht mehr loslassen. Aber Helena Justina machte den schönen Plan zunichte, flog an ihrem Bruder vorbei und fiel mir um den Hals.

Er brachte es fertig zu lächeln, bevor er sich traurig abwandte. »Bleib doch, mein Freund ...«

Helena schaltete wie der Blitz. Als ob sie es nie anders geplant hätte, machte sie sich von mir los und warf sich lachend dem Bruder an die Brust. »Falco, du schrecklicher Mensch, was hast du nur mit Quintus gemacht?«

»Dein Bruder ist erwachsen geworden«, sagte ich. »Ein Leiden, um das sich die meisten Leute herummogeln, aber wenn's doch mal einen trifft, dann geht das in der Regel nicht ohne Schmerzen ab.«

Sie lachte. Fast hatte ich vergessen, wie sehr ich dieses Lachen liebte. »Und wie ist es zu diesem bedauerlichen Unfall gekommen?«

»Frag mich nicht. Aber es muß so schlimm gewesen sein, daß er nicht darüber reden will.«

Helenas versonnener Blick gab ihrem Bruder zu verstehen, daß sie ihn schon bald zur Beichte überreden würde. Jetzt hielt sie ihn auf Armeslänge von sich weg und musterte ihn kritisch. »Ich glaube, du bist noch gewachsen, Quintus.«

Quintus lächelte nur wie einer, der ein Geheimnis zu wahren versteht und das auch nicht ändern wird.

Da erst ging mir auf, daß ich sein Abenteuer in Veledas Turm womöglich doch nicht ganz richtig gedeutet hatte. Aber ich kam nicht mehr dazu, ihn zu fragen, weil meine schreckliche Nichte und ihre kleine Freundin mit den Flachszöpfen von unserer Ankunft erfahren hatten und mit gellendem Geschrei, das als Willkommensgruß gelten sollte, auf uns zustürzten. Dann richtete der Hund des Tribun sich wieder häuslich ein, indem er einen Diener ins Bein biß, und gleich darauf kam die Nachricht, daß der Legat der ersten Legion vor lauter Freude über unsere glückliche Heimkehr alle Termine abgesagt habe und den Tribun sofort empfangen wolle.

Nachdem Justinus fort war, machte ich mich darauf gefaßt, daß Helena mich gezielt nach ihm ausfragen werde, aber obwohl er ihr Lieblingsbruder war, wollte sie sich diesmal seltsamerweise nur mit mir befassen.

Ich hätte mich natürlich wehren können, aber das Mädchen war offenbar so versessen darauf, mich zu schamlosem Gerangel in eine dunkle Ecke zu zerren, daß ich es nicht übers Herz brachte, sie zu enttäuschen.

Ich hatte meinen Auftrag nach besten Kräften erfüllt, ja, hatte mehr getan, als Vespasian von Rechts wegen erwarten durfte, aber ich war nicht so naiv, mir einzubilden, daß der unbelehrbare Tyrann mir darin beipflichten würde. Der alte Geizkragen würde mich erst wieder nach Hause lassen, wenn alles bis aufs I-Tüpfelchen erfüllt war. Für mich bedeutete das, ich mußte erst noch Civilis zur Vernunft bringen.

Im Moment hatte ich es freilich auch aus privaten Gründen nicht so eilig mit der Heimreise. Wichtige Entscheidungen standen ins Haus und plagten mich um so mehr, als ich den Ausgang bereits kannte. Aber da sie offenbar nicht bereit war, den entscheidenden Schritt zu tun, mußte ich Helena auf den richtigen Weg bringen.

Ich tat so, als müsse ich im Kastell bleiben, um meinen Bericht über die Vierzehnte fertig zu schreiben. Ich behauptete, der sei sehr schwierig. Eine Tortur (tatsächlich hasse ich es, Protokolle zu schreiben). Dieses hätte ich relativ leicht zuwege gebracht, konnte mich aber einfach nicht aufraffen anzufangen.

Stundenlang saß ich im Studierzimmer des Tribun, kaute auf einem Stylus herum und schaute Helena Justina zu, die gegen sich selbst Dame spielte. Ich fragte mich, wie lange sie brauchen würde, um zu merken, daß ich sie beim Schummeln ertappt hatte. Schließlich hielt ich es nicht mehr aus. Daraufhin zog sie beleidigt ab, was ärgerlich war, denn ich konnte mir nichts Schöneres vorstellen, als in meinem Stuhl vor mich hin zu träumen und ihr zuzusehen.

Ich plagte mich weiter. Der Stylus war inzwischen kürzer geworden. Spuckefeuchte Holzfasern brachen immer wieder ab und ritzten mir die Zunge. Als ich wieder einmal eine Ladung ausspuckte, sah ich, daß meine Nichte und ihre Freundin geheimnisvoll tuschelnd in der Tür standen. Seit meiner Rückkehr hatte ich sie schon öfter so wichtigtuerisch im Haus herumgeistern sehen, aber diesmal langweilte mich mein Bericht dermaßen, daß ich mich leise von hinten anschlich, dann mit lautem Gebrüll hervorstürzte und die beiden am Kragen packte. Ich schleppte sie zum Schreibtisch, setzte mich und hob je eine Nervensäge auf ein Knie.

»Jetzt seid ihr meine Gefangenen und kommt erst wieder frei, wenn ihr mir verraten habt, was diese Spioniererei soll.«

Zuerst schien es nur eine harmlose Kinderei. Ich war zufällig der Verdächtige des Tages. Sie spielten oft Privatermittler. Das war freilich kein Kompliment für mich, denn sie taten es aus dem gleichen Grund, aus dem Festus und ich früher immer Lumpensammler werden wollten: weil es ein verrufenes Geschäft war, bei dem man nach Herzenslust im Dreck wühlen konnte. Und natürlich, weil unsere Mutter eisern dagegen war.

»Aber wir verraten dir nicht, was wir gesehen haben!« prahlte Augustinilla.

»Auch recht. Dann habe ich wenigstens nichts damit zu tun.«

Sie schien mit der Antwort zufrieden, bestätigte sie doch die Familienmeinung über den verkommenen Onkel Marcus, der sich lieber den ganzen Tag faul im Bett herumfläzte, als auch nur einen ehrlichen Denar zu verdienen. Ich grinste hinterhäl-

439

tig. »Was Brauchbares habt ihr sicher sowieso nicht gefunden. Dazu seid ihr gar nicht schlau genug. Die meisten Ermittler stehen sich wochenlang die Beine in den Bauch, wenn sie Verdächtige überwachen, und fast nie kommt etwas dabei heraus.«

Ich sah, wie Rattenschwänzchen mit sich kämpfte. Im Gegensatz zu meiner Nichte war sie aufgeweckt genug, um sich Anerkennung für ihre Intelligenz zu wünschen. So weit, sie zu verbergen und so erst recht wirkungsvoll einzusetzen, war sie zum Glück noch nicht. »Erzähl ihm von dem Jungen mit den Pfeilen!« platzte Arminia heraus.

Irgendwas klingelte bei mir. Jetzt war mein Interesse geweckt, um so mehr bemühte ich mich um einen gelangweilten Gesichtsausdruck. Augustinilla fiel nicht darauf herein, sondern schüttelte energisch den Kopf. Also mußte ich Arminia fragen, wo sie denn diesen Jungen gesehen hätten.

»In Augusta Treverorum.«

Ich war entsetzt. »Was um alles in der Welt habt ihr denn da gemacht?« Meine Nichte sperrte den Mund auf und zeigte auf ein rotentzündetes Loch zwischen ihren Zähnen. »Na, na, ich kann ja dein ganzes Frühstück sehen! Also, bei wem wart ihr in Augusta Treverorum?«

»Mars Lenus!« sagte sie in einem Ton, als hätte sie es mit einem Idioten zu tun.

»Mars wer?«

»Na, Mars, der Heiler«, erklärte Arminia.

Das war ein schweres Stück Arbeit. Ich raffte mich auf, ein paar Lücken selbst zu füllen. »Augustinilla hatte Zahnweh, bevor ich weg mußte ... ja, ich erinnere mich. Helena Justina wollte dich zu einem Schrein bringen deswegen, nicht wahr?«

»Aber der Zahn ist schon vorher ausgefallen«, sagte Augustinilla. »Helena wollte trotzdem mit uns nach Augusta Treverorum.«

440

»Ja, aber warum denn?«

»Tapetenwechsel!« posaunten sie im Chor.

»Ah, verstehe. Und habt ihr was Interessantes gesehen?« Nein. Helena hätte es mir sonst gesagt, auch wenn sie mich nicht mit unwichtigem Klatsch über einen kleinen Ausflug behelligte. Nicht, solange ich an meinem Bericht arbeiten mußte, den sie für ernsthafte Arbeit hielt. »Aha! Der Junge mit den Pfeilen. Also, wie war das nun?«

»Er hat auf uns geschossen und gesagt, wir wären Römer, und er wäre im freien Gallien und sein Vater hätte ihm erlaubt, uns totzuschießen. Da wußten wir's«, schloß Arminia.

»Was denn?«

»Na, wer er war.« Das war mehr, als ich wußte. Sie flüsterte fast ängstlich: »Der Sohn des Häuptlings! Der, der echte, lebende Gefangene erschießt.«

Unwillkürlich zog ich die Kinder fester an mich. Aber diese beiden waren so selbstbewußte Damen, daß sie mich nicht als Beschützer brauchten. »Ihr seid doch hoffentlich weggerannt?«

»Denkste!« rief Augustinilla empört. »Den Stümper haben wir ordentlich reingelegt. Erst haben wir ihn abgeschüttelt, dann sind wir zurückgeschlichen und haben ihn verfolgt.«

Sie freuten sich diebisch über die List, mit der sie ihn ausgetrickst hatten. Vor diesen beiden kleinen Hexen wäre vermutlich kein Knabe sicher. Alle zwei waren, wenn auch auf verschiedene Weise, dazu bestimmt, eines Tages männermordende Weibsbilder zu werden.

Ich schluckte beklommen. »Und dann? Wie ging's weiter?«

»Dann haben wir den Einäugigen gesehen.«

»Der mit dem roten Bart. Der *gefärbt* ist«, ergänzte das flachsblonde Herzchen mitleidlos. Für den Fall, daß mir noch immer nicht klar wäre, was für brillante Helfer ich vor mir hatte.

441

Helena bot an, meinen Bericht zu schreiben.

»Aber du kennst dich doch überhaupt nicht aus!«

»Na und? Die meisten Männer, die Protokolle schreiben, wissen noch weniger. Wie wär's mit: ›Die Vierzehnte Gemina Martia Victrix ist eine im Kern stabile, funktionstüchtige Einheit, die allerdings einer strengeren Leitung bedarf, als unter dem gegenwärtigen Kommando gewährleistet ist. Die Ernennung eines neuen Legaten mit ausgeprägten Führungsqualitäten sollte daher absoluten Vorrang haben. Einer Wiedereingliederung der Vierzehnten im germanischen Grenzland (ob auf Dauer oder temporär, müßte gesondert geklärt werden) steht hingegen prinzipiell nichts im Wege, ja, sollte vor allem im Hinblick auf ihre fundierten Kenntnisse der Provinz befürwortet werden. Auch ihre beachtlichen Erfahrungen im Umgang mit den Keltenvölkern dürften im gegenwärtig heiklen politischen Klima im rheinischen Korridor von unschätzbarem Nutzen sein‹...«

»Aber das ist doch Quatsch!« unterbrach ich.

»Stimmt. Genau der Quatsch, den sie auf dem Palatin hören wollen.« Also ließ ich sie gewähren.

Sie versprach, bis zu meiner Rückkehr etliche Seiten dieses schwülstigen Bombasts zusammenzustoppeln. Außerdem war ihre Schrift leserlicher als meine.

Ich hätte Helena Justina gern mitgenommen, aber Augusta Treverorum lag neunzig Meilen entfernt, und wenn ich zum Geburtstag des Kaisers und der großen Parade zurück sein wollte, dann mußte ich ein scharfes Tempo vorlegen.

Indessen braucht ein Mann einen Reisegefährten, und darum nahm ich an Helenas Stelle jemand anderen mit. Xanthus, der doch so gern die Welt sehen wollte, bot sich da geradezu an.

LXIII

Augusta Treverorum, Hauptstadt von Belgica.

Der Gründervater Augustus hatte zunächst an einem strate-
gisch wichtigen Punkt eine Brücke über die Mosella gebaut,
wie das jeder vernünftige Städtebauer tun sollte. Die Siedlung, die dann am Fuß der Brücke entstand, ist hübsch und
übersichtlich angelegt, und auf den Hügeln hinter der Stadt
wird seit neuestem Wein angebaut. Auch Getreide gedeiht in
der Gegend sehr gut, aber die Haupterwerbszweige sind
Keramik und Wolle. Die heimische Schafwolle wird in staatlichen Webereien zu Uniformen verarbeitet, und auch das rote
Steingeschirr geht größtenteils in Lizenz an die Legionen. Da
ich alles wußte, überraschte es mich nicht, die prunkvoll und
modern ausgestatteten Villen der Vororte von Augusta Treverorum zu sehen; schönere gab es selbst in der Heimat nicht.
Diese Stadt würde jedem gefallen, der ein Faible für das
römische Leben in seiner kultiviertesten Form hatte (Reichtum und schönen Schein). Also zum Beispiel einem hohen,
romanisierten Bataverfürsten.

Im Tempel des Mars Lenus wird neben unserem Gott auch
sein keltisches Pendant, *Tiw*, verehrt. Hier freilich ist nicht
Mars der Krieger gemeint, sondern Mars der Heiler – eine
zwangsläufige Kombination, da der Gott der Soldaten auch
ihre Wunden heilen muß, wenn er sie möglichst rasch in die
Schlacht zurückscheuchen will. Und Mars, der Gott der Jugend (sprich: junges Speerfutter), war ebenfalls vertreten.

Der Tempel bildete das Herzstück eines üppigen Schreins für
Krankheiten und Gebrechen aller Art. In den umliegenden
Straßen hatten sich zahlreiche schlampige Tavernen und
säuerlich riechende Pensionen angesiedelt. Natürlich fehlten

auch die üblichen Schmuck- und Andenkenverkäufer nicht, die rasch noch mit ihrem Plunder reich werden wollten, bevor ihnen die siechende Kundschaft wegstarb. Um den Tempel drängten sich außerdem jene widerlichen Händler, die Votivmodelle sämtlicher Körperteile feilboten – angefangen von den Sexualorganen (beiderlei Geschlechts) über Füße (wahlweise rechts oder links) bis zu Ohren (neutral). Daneben hatten sich Quacksalber aller medizinischen Disziplinen niedergelassen, die zusammen mit Wahrsagern und Geldwechslern aus Hoffnung und Verzweiflung gleichermaßen Profit zu schlagen wußten. Hin und wieder entdeckte ich in dem regen Markttreiben tatsächlich auch mal einen Lahmen oder Kranken, aber diesen bedauernswerten Kreaturen wurde nahegelegt, sich im Hintergrund zu halten: bleiche, abgezehrte Gesichter sind schlecht fürs Geschäft.

Wie überall, wo zwielichtige Unternehmer sich bereichern wollen, kam es auch hier vor allem auf schnellen Umsatz an. Anbieter und Kunden kamen und gingen, ohne daß jemand viele Fragen stellte. In dieser Stadt konnte ein Mann, der untertauchen wollte, sich mehr oder minder frei bewegen.

Seinen Sohn, den Jungen mit den Pfeilen, habe ich nie zu Gesicht bekommen. Was ein Glück für ihn war. Ich hätte ihn nämlich windelweich gehauen, weil er nicht besser auf meine Nichte gezielt hatte.

Ich fand Julius Civilis auf einem Schemel vor einer Hütte am Stadtrand sitzen, wo er sich die Zeit mit ungelenken Schnitzereien vertrieb. Er wirkte ziemlich mitgenommen. Zwar schien er auf der Hut und spähte immer wieder verstohlen in die Runde, aber er hatte nur ein Auge, und ich näherte mich ihm auf leisen Sohlen von seiner blinden Seite.

»Das Spiel ist aus, Civilis!«

Er fuhr herum und sah mich dort stehen. Langsam zog ich

mein Schwert und legte es zwischen uns auf den Boden, als Zeichen der Waffenruhe für die Dauer der Verhandlung. Wahrscheinlich erriet er, daß ich noch ein Messer bei mir hatte, aber dafür war er als ehemaliger Reitergeneral gewiß mit diversen Dolchen ausgerüstet, die – außer schmerzende Steine aus unbeschlagenen Hufen zu entfernen – auch ordentliche Kerben in die Brust eines kaiserlichen Kuriers schlagen konnten. Um mich hereinzulegen, hätte er freilich als erster handeln müssen; so entmutigt, wie er aussah, traute ich ihm nicht einmal den Versuch zu.

Er war älter als ich. Größer und breiter. Wahrscheinlich auch deprimierter. Seine Lederhosen reichten bis knapp unters Knie, und der weite Mantel war mit geröteltem Schaffell gefüttert. Sein Gesicht war von Narben gezeichnet, und er hatte den steifen Gang eines Mannes, der einmal zu oft vom Pferd gefallen ist. Sein gesundes Auge blickte klug und scharf in die Welt; das andere hatte er vermutlich durch ein Bolzengeschoß eingebüßt; zurückgeblieben war eine tief klaffende Schramme. Der Bart reichte ihm bis über die Mantelspange; ebenso wie das lange, gewellte Haar, war er tatsächlich rot gefärbt – freilich nicht in jenem trotzig leuchtenden Rebellenton, den ich mir vorgestellt hatte, sondern in einer eher fahlen, ja fast traurigen Abschattung, die widerzuspiegeln schien, was von seinem Rebellenleben übriggeblieben war.

Ich stellte mich vor und sagte dann, mit einem verstohlenen Blick auf die grauen Haarwurzeln an seinem gefärbten Scheitel: »So ist das also, wenn man einer Fußnote der Geschichte lebendig gegenübersteht.«

»Verschonen Sie mich mit Fußnoten – davon gibt's schon zu viele!« knurrte er. Der Mann wurde mir sympathisch. »Sagen Sie, was Sie wollen.«

»Ach, ich war nur auf der Durchreise und dachte, ich schau mal vorbei. Jedes Kind könnte Sie ja hier finden. Übrigens: Ein

Kind hat Sie gefunden! Ein achtjähriges Gör, nicht mal sonderlich gescheit. Allerdings hat eine kleine Ubierin ihr geholfen. Na, erschreckt Sie das?« fragte ich sanft. »Sie wissen doch, was das bedeutet, nicht? Wenn ein Kind Sie aufspüren kann, dann schafft das auch irgendein rachsüchtiger Legionär, dessen Kameraden Sie bei Vetera getötet haben. Und genausogut ein Bataver, der auf Sie sauer ist.«

Julius Civilis erklärte mir kurz und bündig, was er am liebsten mit mir machen würde; es war nicht nur treffend formuliert, sondern auch originell. »Ihr Wunsch deckt sich ziemlich mit dem der berühmten Vierzehnten Gemina. Die halten mich auch für ein lästiges Stinktier. Geht Ihnen dieses schneidige Militärspiel eigentlich ab?«

»Nein!« sagte er, aber ich hörte Neid heraus. »Die Vierzehnte? Pah! Lauter Angeber!« Er hatte eine germanische Auxilie befehligt, bevor ihn die Sehnsucht nach Ruhm packte. Bestimmt hatte er von seinen Stammesbrüdern, den berüchtigten Deserteuren aus den acht Bataverkohorten, viel über ihre Mutterlegion gehört. »Tja, Falco, da muß ich wohl mit Ihnen reden, wie? Was wollen Sie wissen? Soll ich Ihnen meine Lebensgeschichte erzählen?«

Er hatte seine Lektion gelernt; diese Unterredung würde sachlich und geschäftsmäßig verlaufen. Es war, als würde ich mit einem der Unseren debattieren. Und eigentlich gehörte er ja auch beinahe zu uns. »Tut mir leid, aber ...« Hoffentlich hörte er mein Bedauern, denn es war mir wirklich ernst damit. Die Geschichte des Aufstandes hätte ich gar zu gern aus seinem Munde gehört. »... aber ich muß zur Kaiserparade wieder in Moguntiacum sein und habe keine Zeit für das Gejammer über zwanzig vergeudete Jahre in römischen Lagern. Und für das Mißtrauen des Kaisers und das drohende Henkersbeil als einzigen Lohn leider genausowenig ... Lassen Sie uns zur Sache kommen, Civilis. Sie haben das Geld kassiert. Sich ein schönes Leben gemacht. Sie waren dankbar für die Steuerfreiheit, das regelmäßige Einkommen, die Aufstiegsmöglichkeiten bei der Armee. Unter anderen Umständen hätten Sie sich irgendwann Ihre Entlassungsurkunde aushändigen lassen und als römischer Bürger in irgendeiner hübschen Villa zur Ruhe gesetzt. Bis zu dem Augenblick, da Vespasian den Thron bestieg, durften Sie sich in seiner Freundschaft sonnen und waren in Ihrer Heimat ein einflußreicher Mann. All das haben Sie für einen Traum geopfert – einen sinnlosen Traum, Civilis! Und jetzt sind Sie staatenlos und haben keine Hoffnung.«

»Was für ein Unsinn! Sind Sie fertig?« Sein eines Auge musterte mich, und ich las darin mehr gutes Urteilsvermögen, als mir lieb war.

»O nein, ich bin noch lange nicht fertig, aber Sie sind es, Civilis – endgültig! Ich sehe Ihnen doch an, wie erschöpft Sie sind, wie ausgelaugt. Sie tragen die Verantwortung für eine große Familie; ich übrigens auch. Deshalb kann ich mir lebhaft vorstellen, wie man Ihnen zusetzt, jetzt, wo das Glück Sie verlassen hat. Bestimmt leiden Sie neben Rücken- und Herzschmerzen auch an furchtbarem Ohrenweh. Sie sind die Sorgen leid, haben das Kämpfen satt ...«

»Ich würde alles wieder genauso machen!«

»Oh, das bezweifle ich gar nicht. An Ihrer Stelle täte ich das sicher auch. Sie haben eine Chance gewittert und sie ergriffen. Aber jetzt ist es vorbei. Sogar Veleda sieht das ein.«

»Veleda?« Er sah mich mißtrauisch an.

»Kaiserliche Kuriere«, sagte ich, »haben die Druidenpriesterin vor kurzem in ihrem Turm besucht. Ich finde, nebenbei bemerkt, daß Rom ihr dafür eine ordentliche Monatsmiete berechnen sollte! ... Jedenfalls – sie befürwortet den Frieden, Civilis.«

Wir wußten beide, daß die Unabhängigkeitsbestrebungen der

Bataver ohne Unterstützung des freien Germanien und der Gallier zum Scheitern verurteilt waren. Gallien war für die Rebellion schon lange verloren; dort liebte man einfach die Annehmlichkeiten des Lebens zu sehr. Und nun wollte also auch Germanien ausscheren.

»Soviel zum Thema Freiheit!« murmelte der rothaarige Mann.

»Freiheit, wozu? Zu einem Leben ohne Recht und Gesetz? Verzeihen Sie, wenn ich rede wie das Klischee eines Vaters, der seine Kinder ermahnt, wenn sie sich unbedingt in schlechter Gesellschaft die Nacht um die Ohren schlagen wollen.«

»Schon gut, Sie können nichts dafür«, versetzte er trocken.

»Rom ist nun mal ein patriarchalisch regiertes Land.« Es war merkwürdig, von diesem Mann, der aussah, als hätte er den letzten Monat auf dem offenen Moor unter einem Ginsterstrauch kampiert, so gepflegtes, ja, sogar satirisch angehauchtes Latein zu hören.

»Immer funktioniert das auch bei uns nicht mit dem Patriarchat«, gestand ich. »Mein Vater zum Beispiel ist von zu Hause abgehauen und hat die ganze Arbeit den Frauen überlassen.«

»Sie hätten Kelte werden sollen, Falco.«

»Dann würde ich jetzt auf Ihrer Seite kämpfen.«

»Danke«, sagte er. »Das hat mir gutgetan, Falco. So, und weiter? Bietet man mir wieder einen Gnadenerlaß?« Er spielte damit auf die zahlreichen Kaiser an, die ihn in seinem Leben schon begnadigt hatten. Hoffentlich war ihm klar, daß *dieser* Kaiser das Zepter fest in der Hand hielt. »Was verlangt man von mir?«

»Sie und Ihre Familie werden in Augusta Treverorum unter fester Adresse wohnen. Anfangs bekommen Sie Personenschutz, aber ich denke, die Bürger werden Sie schon bald in ihre Gemeinschaft aufnehmen.« Ich grinste. »Daß Vespasian

Ihnen ein neues Legionskommando überträgt, halte ich allerdings für unwahrscheinlich!« Daraus hätte er sich in seinem
Alter ohnehin nichts mehr gemacht. »Außerdem kommt hier
– wie aufs Stichwort – ein Mann, mit dem ich Sie ganz
besonders gern bekannt mache ...«

Eine vertraute Gestalt war herangetreten, die seltsam abstach
von dem armseligen Viertel, wo Civilis Unterschlupf gefunden
hatte. Dieser Neuankömmling trug einen Haarschnitt, dem
man das römische Flair von weitem ansah, und völlig unmög-
liche hochmoderne Schuhe in Krabbenrosa. Ungeniert über
die eigene grelle Aufmachung, musterte er Civilis mit offen-
kundigem Bedauern.

»Aber Falco, was hat Ihr Freund da denn für einen Urwald auf
dem Dach? Dieses Gestrüpp würde ja selbst einen Apoll
entstellen!«

Ich seufzte. »Dieses Individuum hat sich im Umgang mit mir
eine wirklich ekelhafte Sprache angewöhnt.«

»Julius Civilis, Fürst von Batavia, erlauben Sie mir, Ihnen
Xanthus vorzustellen, weiland Figaro von Cäsaren – und im
übrigen wirklich der beste Barbier auf dem Palatin. Er hat
Nero rasiert und Galba, Otho und Vitellius und wahrscheinlich
auch unseren jungen Titus Cäsar; aber die Namen seiner noch
lebenden Kundschaft verrät er grundsätzlich nicht. Ich glaube
übrigens, daß auch er etwas mit den Kelten gemein hat: Er
sammelt die Köpfe berühmter Leute. Und dieser Xanthus«,
eröffnete ich dem Rebellenführer mit den furchterregend
struppigen Locken schonend, »hat die weite Reise von Rom
nach Augusta Treverorum extra gemacht, um *Ihnen* einen
flotten Haarschnitt und eine erstklassige Rasur zu verpassen.«

LXIV

Es gelang mir, Helena Justina während der Parade zu sprechen. Ich hoffte, daß sie sich in der Öffentlichkeit notgedrungen zusammennehmen und meinen Vorschlag ruhig anhören würde. Jedenfalls war es einen Versuch wert. Freilich würde es überall Ärger geben, wo ich das heikle Thema aufs Tapet brachte. Sie würde sich niemals für das erwärmen, was ich ihr zu sagen hatte, auch wenn ich mich damit tröstete, daß sie sich letztlich der Vernunft meiner Argumentation würde beugen müssen.

Die Vierzehnte hatte keinen Zweifel daran gelassen, daß sie bei dieser Parade, wie bei allen anderen in Moguntiacum, selbst Regie führen würde. Natürlich wurde es dann der übliche Krampf. Geldmangel und überschüssiger Zynismus sorgten dafür, daß man in letzter Zeit nicht einmal mehr in Rom ein wirklich erhebendes Schauspiel zu sehen bekam. Hier aber waren wir obendrein in Nordeuropa, und die Iden des November waren die denkbar ungünstigste Zeit für eine Festivität unter freiem Himmel. Man sollte ein Gesetz erlassen, wonach niemand Kaiser werden darf, der nicht mit einem Geburtstag im Hochsommer aufwarten kann. Die einzige Ausnahme könnte man vielleicht für gewisse Aventiner machen, die vor dreißig Jahren im März zur Welt gekommen sind ...

Der Festakt fand auf dem Exerzierplatz statt, der im Gegensatz zu einem anständigen Amphitheater keine übersichtlichen Ausgänge besaß. Die wenigen Damen der römischen Gesellschaft, die teilnahmen, wurden auf einem mit gelber Seide verkleideten Podium plaziert, wo zwölftausend Mann sie mit begehrlichen Blicken anstarrten. Schmeichelhaft für eine Frau, die so was mag; ich kannte zumindest eine, der diese Fleischbeschau zuwider war.

Die Festlichkeiten würden den ganzen Tag dauern. Ich brauchte allerdings nur bis zur offiziellen Übergabe der Eisenhand zu bleiben. Sobald das überstanden war, wollte ich Helena meinen Spruch aufsagen – vorausgesetzt, ich konnte mich bis zu ihr durchkämpfen – und dann einen diskreten Abgang machen.

Tatsächlich nahmen beide Legionen an der Parade teil, was den Aufmarsch natürlich in die Länge zog. Ich habe solche Demonstrationen militärischer Stärke nie für unterhaltsames Theater gehalten, selbst dann nicht, wenn die Akteure in Galauniform und mit wippendem Federbusch am Helm auftreten. Hier hatten die Veranstalter obendrein noch das Orchester vergessen; alles, was sie aufbieten konnten, war eine eintönige Militärkapelle. Da man nun auch noch jede Formation zweimal vorgeführt bekam, damit beide Legionen dem Kaiser ihre Loyalität bekunden konnten, steigerte sich die Langeweile zur Folter. Ich war freilich schon vorher in denkbar trüber Stimmung gewesen.

Dann begann es zu regnen.

Das war der Moment, auf den ich gewartet hatte. Die Damen auf dem Podium stießen spitze Schreie aus, vor Angst, ihre Kleider könnten eingehen oder die Schminke würde verlaufen. Die Sklaven, die den schützenden Baldachin über ihnen hätten aufschlagen sollen, verhedderten sich hoffnungslos in den Schnüren. Ich sah Helena die Geduld verlieren – wie immer, wenn andere ein Chaos anrichteten und sie nicht einschreiten durfte. Sie würde es mir nachsehen, wenn ich die Situation rettete, also sprang ich aufs Podium, schnappte mir einen der Stützpflöcke und half den Sklaven, den Baldachin aufzuspannen.

451

Die Damen, über die wir dieses schützende Dach hielten, waren die Frau des Legaten von der Vierzehnten, Mänia Priscilla, eine ältere und gesetztere Matrone, die offenbar die Mutterglucke der Ersten Adiutrix war, Helena Justina, eine Schulfreundin der Mutterglucke und Julia Fortunata. Vermutlich hatte man sie eingeladen, weil eine Dame ihres Ranges nicht einfach übergangen werden konnte, ihre Stellung im Leben des verstorbenen Gracilis andererseits aber nicht bedeutend genug gewesen war, um der offiziellen Witwe gefährlich zu werden. Jedenfalls machte Mänia Priscilla, die ganz in verführerischer weißer Trauer erschienen war, das Beste aus ihrer Rolle, und Julia ließ keine Gelegenheit aus, sie zu trösten und zu hätscheln. Das unehrenhafte Verhalten des verblichenen Legaten war zwar nicht öffentlich angeprangert worden, aber seine Damen hatte man immerhin unterrichtet, mit dem Resultat, daß keine von beiden sonderlich um ihn trauerte. Ich fand es erhebend, mit anzusehen, wie die Witwenschaft (oder deren Pendant) das Beste in beiden Frauen zutage förderte. Ihre Tapferkeit und Stärke waren bewundernswert.

Es hörte auf zu regnen. Die Damen entspannten sich. Wir rollten den Baldachin ein, und dann schlich ich mich an Helenas Seite, um sofort zur Stelle zu sein, wenn das Wetterdach wieder gebraucht werden sollte.

Mir war so, als ob die Tochter des Senators mir einen höchst eigenartigen Blick zugeworfen hätte.

Unten auf dem Platz näherte sich das Schicksal allmählich dem Höhepunkt. Reiterkohorten sprengten in die Arena, um das Publikum mit einem Schaukampf zu unterhalten. Endlich konnte sich hier die Erste Adiutrix profilieren, denn die abtrünnigen Batáverauxilien der Vierzehnten waren noch nicht durch neue Hilfstruppen ersetzt worden. Die Kohorten der Ersten stammten, soweit man das bei ihrem phantasievollen Aufputz erkennen konnte, aus Spanien. Eine halbe Stunde lang erfüllte dieses noble Reiterkorps den zugigen Exerzier-platz mit Spannung, und als sie nach einem letzten bravourö-sen Gefechtslauf plötzlich und unvermittelt durch die weiten Tore zur Via Principia hin verschwanden, lief ein bedauerndes Raunen durch die Zuschauerreihen.

Auf dem Podium wurden heiße Getränke serviert.

Genau im rechten Augenblick.

Ich überlegte traurig, ob ich Helena jetzt ansprechen sollte. Aber sie genoß gerade ihre Erfrischung, und so hielt ich es für besser, noch ein Weilchen zu warten.

»Schau! Da ist Julius Mordanticus!« rief Helena mir zu und winkte hinunter in die Menge. Aus einer kapuzenbewehrten Gruppe hob sich ein Arm und erwiderte den Gruß. Julius und seine Freunde waren sehr zufrieden. Der Statthalter hatte mich nach dem Lizenzbetrug gefragt, und nach meiner Audienz bei ihm konnte ich den Töpfern im Ort eine gute Nachricht überbringen. »Was ich dir noch sagen wollte . . .«, begann Helena schuldbewußt, ». . . als du in Augusta Treverorum warst, hat Mordanticus uns ein wunderschönes Tafelgeschirr geschenkt. Ein Jammer«, flötete meine gefühllose Liebste, »daß wir kein Eßzimmer haben, in dem wir es benutzen könnten!«

Und nun würden wir auch nie mehr eins bekommen. Ich schaute weg.

»Ist es wahr«, plapperte Helena unbekümmert weiter, »daß du, nachdem Xanthus dem Rebellen die Haare geschnitten hatte, die Locken eingesammelt hast, um dem Kaiser damit zu imponieren?«

»Ja, das stimmt.«

»Wie hast du Xanthus dazu überreden können?« Xanthus würde heutzutage alles für mich tun: Ich hatte ihm nämlich ein *echtes* Urhorn geschenkt. Wenn er sich ein Trinkhorn daraus machen ließ, würde er glatt darin ersaufen, so groß war es. Ich hatte ihm eingeschärft, gut darauf achtzugeben, weil es außer dem zweiten, das ich besaß, keine Duplikate gab. »Als Aufseher für einen Rebellen kann ich ihn mir kaum vorstellen«, fuhr Helena fort.

»Xanthus sucht ein Plätzchen, wo er sich niederlassen und Neros Name ihm möglichst viel Geld einbringen kann, damit er endgültig aus seinem Sklavendasein herauskommt. Augusta Treverorum bietet die idealen Voraussetzungen: kultiviert, aber nicht zu versnobt. Er wird die Crème de la crème von Belgica unter seinem Portikus balbieren, und die Frauen der Armen werden an seiner Hintertür Schlange stehen, um sich die goldenen blonden Zöpfe für teures Geld abschneiden zu lassen, aus denen er dann extravagante Perücken für die Damen der römischen Gesellschaft macht.«

»Ich glaube nicht, daß mir das gefällt.«

»Aber, Liebste, sie könnten weit Schlimmeres verkaufen. Jedenfalls mache ich jede Wette, daß unser kleiner Schuhfetischist als ehrbarer Bürger enden und eines Tages Tempel und Denkmäler stiften wird wie die ganz großen Herrn.«

»Und Civilis?«

»Dem hat Xanthus eine Ebenholzspülung verpaßt, damit er nicht so leicht erkannt wird. So ist er vor gedungenen Mördern sicher, und wir haben ihn dank Xanthus, der jeden Morgen zum Rasieren zu ihm kommt, schön unter Aufsicht. Sollte er zu türmen versuchen, würde Xanthus uns umgehend Meldung machen.«

Es war ein ideales Arrangement. Und der unglückliche Fürst würde gar nicht mehr dazu kommen, irgendwo einen Aufstand anzuzetteln, jetzt, wo er allmorgendlich unter heißen Tüchern schwitzen und sich Xanthus' Klatschgeschichten anhören mußte.

Helena lächelte. Ich liebte dieses Lächeln. »Marcus, du bist wunderbar.« Der Spott war wirklich zart verbrämt.

Unten auf dem Exerzierplatz schickte der Provinzstatthalter sich an, den Spruch des eigens für diesen Tag in Auftrag gegebenen Orakels zu empfangen. Als Adjutant stand ihm, stellvertretend für die Vierzehnte, deren Erster Tribun Macrinus zur Seite, der heute für den verblichenen Legaten eingesprungen war. Ich sah, wie Mänia Priscilla unruhig wurde. Aber sie hatte jetzt leider keine Chance mehr. Der Ehrgeiz hatte alle anderen Regungen verdrängt, und Macrinus nur noch die Förderung seiner Karriere im Sinn.

Ich brauchte nicht erst auf die angekränkelte Leber eines einjährigen Schafes zu starren, um zu wissen, daß für mich die Zeichen schlecht standen. »Was hast du denn?« fragte Helena ruhig.

»Ich muß dir etwas sagen.«

»Na, dann raus damit!«

Die Bannerträger schritten mit ihren Fahnen ins innere Rund der Arena. Hünenhafte Männer mit Bären- oder Wolfsfellen über der Uniform, die Tierköpfe auf dem Helm und die Tatzen vor der Brust gekreuzt. Sie bildeten einen Kreis um den Statthalter und bohrten ihre Fahnenstangen schwungvoll in den Boden. Die Banner blieben aufrecht stehen – die Götter waren uns wohlgesonnen. Stolz flatterten die Fahnen der Vierzehnten Gemina Martia Victrix. In der Mitte der Goldadler mit der Legionsnummer. Darunter die Kennziffern der dazugehörigen Kohorten. Auf einem kleinen Sockel hinter dem Statthalter thronte das Porträt des Kaisers, umgeben von den Ehrenzeichen, die die Legion sich in den Schlachten eines halben Jahrhunderts erkämpft hatte. Davor die Marsstatue. Und jetzt würden sie dazu noch, im Angesicht der versammelten Truppenverbände, mit der mächtigen Eisenhand ausgezeichnet werden, die beides symbolisieren konnte, Macht und Freundschaft.

Den Blick unverwandt auf die feierliche Übergabezeremonie

gerichtet, begann ich endlich zu sprechen. »Meine Mission ist erledigt, und es wird Zeit, daß ich nach Rom zurückkehre. Ich habe nachgedacht und bin zu dem Schluß gekommen, daß manche Frauen mehr Gutes für die Welt erreichen können als Männer.« Ihre Finger kitzelten mich im Nacken; nur noch ein paar Sätze, dann würde sie wissen, daß sich das jetzt nicht mehr schickte, und damit aufhören. Ich zwang mich weiterzureden: »Helena, um Roms willen solltest du Titus heiraten. Wenn du seinen Brief beantwortest ...«

Eine Trompetenfanfare schnitt mir das Wort ab.

Wunderbar! Die einzige hochherzige Geste meines Lebens zerstört von einem Militärsignal.

Der Bannerträger mit der Hand begann auf ein Zeichen des Statthalters hin, die Reihen der Legion abzuschreiten, um allen Vespasians Präsent vorzuführen. Jetzt näherte er sich den Kohorten. Mit jedem Auxilienführer tauschte er einen Salut und eine Ehrenbezeigung, bevor er zum nächsten weiterschritt. Der feierliche Marsch wurde vom vollen Trompetenkorps der Legion begleitet.

Helenas Hand ruhte jetzt ganz still auf meinem Nacken. Diese süße, tröstende Berührung zu verlieren würde unerträglich sein. Aber ich war schließlich abgehärtet. Ich würde es tun. Ich würde mich dazu zwingen. Wenn Helena Justina sich für ihre Pflicht gegenüber dem Imperium entschied, würde ich sie allein nach Rom zurückschicken und für mich das dauerhafte Exil wählen, würde die wilden Randgebiete des Reiches durchstreifen, mich vielleicht sogar darüber hinauswagen, ruhelos wie ein unglückliches Gespenst.

Als ich eben vom Podium springen und meinen Abgang als Held inszenieren wollte, beugte Helena sich zu mir Kniendem herab. Ihr Haar streifte meine Wange. Ihr Parfüm umhüllte mich mit Zimtduft. Ihre Lippen bewegten sich leise ganz dicht an meinem Ohr: »Du kannst aufhören, so tragisch zu gucken.

Ich habe ihm schon an dem Tag geschrieben, als du nach Colonia gefahren bist.«

Helena lehnte sich zurück. Ich blieb zu ihren Füßen hocken. Wir sahen zu, wie der Bannerträger noch zwei letzte Infanteriekohorten abschritt; dann schwiegen die Trompeten.

Ich blickte auf. Helena tippte mich sanft mit dem Finger auf die Nase, und ich sah, daß sie den Silberring trug, den ich ihr einmal geschenkt hatte. Sie sah mich nicht an, sondern blickte mit dem gleichen geheuchelten Interesse wie alle anderen Damen auf den Exerzierplatz hinab und schien sich insgeheim zu überlegen, wann sie endlich nach Hause gehen könne. Niemand außer mir konnte sehen, wie schön und wie dickköpfig sie war.

Mein Mädchen.

Der Bannerträger der Vierzehnten Gemina überreichte die Eiserne Hand dem Ersten Tribun als Stellvertreter der Legion. Die zwei Fuß hohe Statue war eine schmucke Trophäe, aber der Mann in der Bärenhaut war unter ihrem Gewicht bestimmt in Atemnot geraten. Ein Waffenschmied hatte die Sprünge in der Vergoldung übertüncht, aber ich erkannte doch noch die Delle im Daumen, die von einem Zusammenstoß mit dem Bettgestell einer drittklassigen Pension stammte, wo ich auf der Fahrt durch Gallien übernachtet hatte.

»Heißt das, du bleibst bei mir, Helena?« wagte ich endlich zu fragen.

»Mir wird wohl nichts anderes übrigbleiben«, sagte sie (nachdem sie sich mit der Antwort reichlich Zeit gelassen hatte). »Schließlich gehört mir die Hälfte von deinem samnischen Tafelgeschirr, und das gebe ich auf keinen Fall wieder her. Also hör endlich auf, Blödsinn zu verzapfen, Marcus, und schau dir die Parade an.«

Edward Gibbon schildert die Germanen, die
er abwechselnd als Deutsche und als
Barbaren bezeichnet, folgendermaßen:

Das neuere Deutschland soll zweitausend dreihundert mit
Mauern umgebene Städte enthalten. (...)
Wir können sie nur als rohe Befestigungen ansehen, inmitten
der Wälder zu dem Zwecke errichtet, die Weiber, Kinder und
die Heerden sicher zu stellen, während die Krieger des Stammes auszogen, um einen plötzlichen Feindeseinfall abzuweh-
ren. Tacitus führt es als eine wohlbekannte Tatsache an, daß
die Deutschen zu seiner Zeit *keine* Städte hatten und daß sie
die römischen Bauten mehr als Plätze der Einkerkerung als
der Sicherheit verachteten. Ihre Gebäude grenzten weder
aneinander, noch bildeten sie regelmäßige Dörfer; jeder Bar-
bar schlug seine unabhängige Wohnung dort auf, wo es ihm
wegen einer Ebene, eines Waldes oder einer Quelle am besten gefiel. Weder Steine, noch Backsteine, noch Ziegel wurden bei diesen leichten Wohnungen verwendet. Sie waren
nichts mehr als niedrige Hütten von runder Gestalt, aus
rohem Holze gebaut, mit Stroh bedeckt und oben mit einem
Loche versehen, um dem Rauche freien Ausgang zu lassen. In
dem strengsten Winter begnügte sich der abgehärtete Deutsche mit einem dürftigen Gewande, welches aus der Haut
irgend eines Thieres gefertigt war. (...)

* Edward Gibbon: Verfall und Untergang des Römischen Reiches, Eichborn
  Verlag, 1992.

Ein starkes Bier, das ohne Kunst aus Weizen oder Gerste gezogen und (wie Tacitus' kräftiger Ausdruck lautet) zu einer Ähnlichkeit von Wein *verderbt* wurde, reichte für die groben Zwecke deutscher Völlerei hin. Diejenigen aber, welche die reichen Weine Italiens und später die Galliens gekostet hatten, seufzten nach dieser angenehmeren Art der Trunkenheit. Sie versuchten jedoch nicht (wie dies später mit so vielem Erfolge geschehen ist), den Weinbau an den Ufern des Rheins und der Donau zu naturalisiren; noch weniger strebten sie, sich durch Fleiß die Materialien eines vorteilhaften Handels zu verschaffen. Durch Arbeit erwerben, was durch die Waffen geraubt werden konnte, hielt der Deutsche seiner unwürdig. Der unmäßige Hang nach starken Getränken trieb diese Barbaren oft zu Einfällen in die Provinzen, welche die Kunst oder die Natur mit diesen so beneideten Erzeugnissen beschenkt hatte. (...)

Die Sorge für Haus und Familie, für Ackerbau und Viehzucht blieb den Alten und Schwachen, den Weibern und Sklaven überlassen. Der müßige Krieger, welchem es an jeder Kunst fehlte, womit er seine unbeschäftigten Stunden ausfüllen konnte, verbrachte seine Tage und Nächte in den thierischen Befriedigungen des Schlafens und Essens. Und doch sind in Folge eines mächtigen Gegensatzes der Natur (...) dieselben Barbaren abwechselnd die trägsten und die thätigsten aller Menschen. Obschon sie Faulheit lieben, verabscheuen sie doch Ruhe. Ihre matte, von der eigenen Schwerfälligkeit gedrückte Seele strebt gierig nach irgend einer neuen und mächtigen Aufregung, und Krieg und Gefahr sind die einzigen, ihrem wilden Temperamente angemessenen Vergnügungen. Das Schmettern der Trompete, welches den Deutschen zu den Waffen rief, klang seinem Ohre angenehm. Es weckte ihn aus drückender Lethargie, gab ihm eine thäthige Richtung und stellte in ihm durch starke Körperanstrengung und heftige

Gemüthsbewegungen ein lebhafteres Gefühl seines Daseins her. (...)

Die Deutschen behandelten ihre Frauen mit Hochachtung und Vertrauen, zogen sie bei jeder wichtigen Angelegenheit zu Rathe, und glaubten ernstlich, daß in ihrer Brust mehr als menschliche Heiligkeit und Weisheit wohne. Einige dieser Dollmetscher des Schicksals, wie Velleda im batavischen Kriege, regierten im Namen der Gottheit die grimmigsten Nationen Deutschlands. Die übrigen Frauen wurden zwar nicht als Göttinnen angebetet, aber als freie und gleiche Gefährten der Krieger geachtet, ihnen durch das eheliche Bündniß zu einem Leben voll Mühe, Gefahr und Ruhm beigesellt. Bei den großen kriegerischen Einfällen der Barbaren waren ihre Lager mit einer Schaar von Frauen angefüllt, welche standhaft und unerschrocken blieben inmitten des Getöses der Waffen, aller Arten der Zerstörung und der ehrenvollen Wunden ihrer Söhne und Gatten. Mehr als einmal wurden weichende Heere der Deutschen durch die hochherzige Verzweiflung der Weiber, welche die Sklaverei mehr fürchteten als den Tod, wieder gegen den Feind getrieben. (...)

Das war die Lage, das waren die Sitten der alten Deutschen. Klima, Mangel an Kenntnissen, Künsten und Gesetzen, ihre Begriffe von Ehre, Galanterie und Religion, ihr Freiheitssinn, Friedenshaß und Unternehmungsdurst, Alles trug dazu bei, um ein Volk kriegerischer Helden zu bilden.

Obschon die deutschen Pferde weder schön, noch schnell, noch in den künstlichen Evolutionen der römischen Reitkunst geübt waren, erwarben doch mehrere Stämme durch ihre Reiterei Ruhm: die Hauptstärke der Deutschen bestand aber gewöhnlich in ihrer Infanterie, in mehreren tiefen Kolonnen, je nach den Stämmen und Familien, aufgestellt. Feind alles Zwanges und Verzuges, stürzten diese halbbewaffneten Krie-

461

ger mit furchtbarem Geschrei und ohne Ordnung in die Schlacht, und trugen oft durch ihre angeborene Tapferkeit den Sieg über die zusammengehaltene und künstliche Bravour der römischen Söldlinge davon. Da aber die Barbaren bis auf den letzten Mann anstürmten, verstanden sie sich nachher weder auf Sammlung noch auf Rückzug. Wurde der Angriff abgeschlagen, so war die Niederlage gewiß, und diese kam in der Regel der völligen Vernichtung gleich. Wenn wir die vollständige Bewaffnung der römischen Soldaten, ihre Disciplin, Übungen, Manoeuvres, befestigten Lager und Kriegsmaschinen bedenken, staunen wir mit Recht, wie es die nackte und ununterstützte Tapferkeit der Barbaren wagen konnte, im Felde der Stärke der Legionen zu begegnen und den verschiedenen Schaaren von Hülfsvölkern, welche ihre Bewegungen unterstützten. Der Kampf war nur allzu ungleich, bis das Einreißen der Üppigkeit die Kraft der römischen Heere geschwächt und der Geist des Ungehorsams und Aufruhrs ihre Disciplin gebrochen hatte. Die Aufnahme barbarischer Hülfstruppen in diese Heere war eine mit augenfälliger Gefahr verbundene Maßregel, indem sie die Deutschen allmälig in die Künste des Krieges und der Politik einweihen mochte. Obschon sie nur in kleiner Anzahl und mit der strengsten Vorsicht aufgenommen wurden, mußte doch das Beispiel des Civilis die Römer überzeugen, daß die Gefahr weder in der Einbildung bestand, noch daß ihre Vorsichtsmaßregeln stets genügten. Während der Bürgerkriege, die auf den Tod Neros folgten, faßte jener listige und unerschrockene Bataver, den seine Feinde sich herabließen mit Hannibal und Sertorius zu vergleichen, einen großen Plan der Freiheit und des Ehrgeizes. Acht batavische Kohorten, in den Kriegen von Brittanien und Italien berühmt geworden, reihten sich unter seine Fahnen. Er führte ein Heer Deutscher nach Gallien, vermochte die mächtigen Städte Trier und Langres seine Partei zu ergreifen, schlug die Legionen, zerstörte ihre befestigten Lager und gebrauchte gegen die Römer jene Kriegskunst, welche er in ihrem Dienst erlernt hatte. Als Civilis endlich nach einem hartnäckigen Kampfe der Macht des Reiches weichen mußte, sicherte er sich und sein Vaterland durch einen ehrenvollen Vertrag. Die Bataver bewohnten fortwährend die vom Rheine gebildeten Inseln, aber als Bundesgenossen, nicht als Unterthanen der römischen Monarchie. (…)